成都往事

CHENGDU WANGSHI

杨红樱 / 著

四川人民出版社

图书在版编目（CIP）数据

成都往事 / 杨红樱著. -- 成都：四川人民出版社，2025.6. -- ISBN 978-7-220-12577-5

Ⅰ.I247.5

中国国家版本馆CIP数据核字第2025AL7874号

成都往事
CHENGDU WANGSHI

杨红樱 著

出 版 人	黄立新
策　　划	郭　健　谢姝廷
责任编辑	郭　健　舒晓利
装帧设计	王　珂
营销编辑	罗骞昀　范雯晴　陈　纯
责任校对	林　泉
责任印制	周　奇

出版发行	四川人民出版社（成都市三色路238号）
网　　址	http：//www.scpph.com
E-mail	scrmcbs@sina.com
新浪微博	@四川人民出版社
微信公众号	四川人民出版社
发行部业务电话	（028）86361653　86361656
防盗版举报电话	（028）86361653
照　　排	四川胜翔数码印务设计有限公司
印　　刷	成都市东辰印艺科技有限公司
成品尺寸	160mm×230mm
印　　张	33.75
字　　数	363千
版　　次	2025年6月第1版
印　　次	2025年6月第1次印刷
书　　号	ISBN 978-7-220-12577-5
定　　价	69.80元

■版权所有·侵权必究

本书若出现印装质量问题，请与我社发行部联系调换

电话：（028）86361656

献给

　　共我青丝为戏者

　　　　——杨红樱

目录

第一章　8号公馆　　　　　　　　　　　/ 001

第二章　小　哥　　　　　　　　　　　/ 018

第三章　毛根儿朋友　　　　　　　　　/ 037

第四章　斯小姐　　　　　　　　　　　/ 060

第五章　后　妈　　　　　　　　　　　/ 077

第六章　小　满　　　　　　　　　　　/ 096

第七章　舅　舅　　　　　　　　　　　/ 125

第八章　白日梦　　　　　　　　　　　/ 143

第九章　一百天　　　　　　　　　　　/ 161

第十章　双胞胎姐妹　　　　　　　　　/ 187

第十一章　一只眼睛的血案　　　　　　/ 216

第十二章　飞蛾扑火的爱情　　　　　　/ 238

第十三章　王宝器　　　　　　　　　　/ 269

第十四章	过年	/ 290
第十五章	火锅英雄	/ 319
第十六章	活得漂亮	/ 339
第十七章	球迷的狂欢之夜	/ 366
第十八章	蜘蛛精	/ 391
第十九章	帝王绿玉镯	/ 412
第二十章	梁姆姆猝死之谜	/ 429
第二十一章	最爱小满的人走了	/ 446
第二十二章	美人依旧	/ 461
第二十三章	人算不如天算	/ 486
第二十四章	喜丧	/ 509

《成都往事》地图　　　　　　　　　　　/ 530

人物小传　　　　　　　　　　　　　　　/ 531

第一章　8号公馆

一

成都人民南路广场毛主席挥手的塑像背后，原来是蜀王府，成都百姓叫它"皇城"，是明初蜀王朱椿在成都修建的。百姓按皇城的称呼，将南门端礼门称为"天安门"，将北门广智门称为"厚载门"。"厚载"一词出于《易·坤卦·彖辞》："坤厚载物，德合无疆。"后来，厚载门在民间叫来叫去就叫成了后子门。后子门藏着一条深深的巷子叫九思巷，九思巷又窄又长，巷头正对着后子门街，巷尾紧邻平安桥街。巷子里大大小小有十几座公馆，每一座公馆都有故事。

九思巷是一条长满故事的巷子。

九思巷里的公馆在解放后大多归了公，由房管局统一管理。巷头最大的斯公馆成了街道幼儿园，巷尾的田公馆成了街道办的劳保用品生产组，巷子中间的8号公馆最新，也最洋气，是九思巷唯一建有两层小洋楼的公馆，公馆的主人来历不明，左邻右舍还没来得及打听出这家人的底细，成都就和平解放了，8号公馆理所当然地成了公房。

8号公馆公有后拆了院墙，前庭的几间房成了街道医院的中药房，坐堂医生姓梁，三代行医，他祖父是当年享誉少城的"梁草药"，不管啥子病，几味草药就能药到病除；他父亲的专长是针灸，靠一根银针不知治愈了多少顽疾，是有口皆碑的"梁神针"。到了梁医生这一辈，虽然医术不敢和他父亲、祖父相提并论，却有自己的专长，专攻慢性哮喘病，成都人俗称"老齁巴儿"，梁医生就成了响当当的"梁齁巴儿"。当然，梁医生本人并不是齁巴儿，这是人民群众对名医的一种心服口服的尊称，表示他在医治哮喘病这一领域具有绝对的权威性。一到冬天，来自成都东门西门南门北门的老齁巴儿们，便早早地在8号公馆门前排起了长队，又粗又急的喘息声此起彼伏，像拉开了一排风箱。

"排好排好，梁医生要出来了！"老齁巴儿们上气不接下气地都抢着维持秩序。其实，出来的是梁姆姆，她身形富态，慈眉善眼，长着一张"家和万事兴"的脸，笑眯眯地端来一盆窜着蓝色火苗的火盆，放在梁医生的座椅与病患坐的凳子之间，转身离去。过一会儿，她又出现了，还是笑眯眯的，捧着用厚厚的毛巾包裹起来的紫砂壶，放在梁医生诊脉的长桌上，再把诊脉要用的棉垫子放好，转身离去。这是梁齁巴儿出诊前固定的仪式，就像那些年看场电影，正片之前会加映"工业学大庆""农业学大寨"的纪录片一样。

在病人们急切的盼望中，梁齁巴儿穿着白大褂从药房的后门出来了，他面无表情，直接走到火盆边，伸出双手烤了手心又烤手背，这是一个温暖的细节，为的是搭脉的时候，搭在病人手腕上的手指不是冰凉的，而是温暖的。

诊脉的时候，梁齁巴儿还是面无表情，不说一句话，他双眼微闭，很享受的样子，只是偶尔请病人伸出舌头来给他看，然后点点头，用蘸水笔蘸了蓝墨水写药方。他的身后是一块长匾，上面是他用遒劲的颜体书写的五个大字：为人民服务。长匾两侧挂着两面吊着黄色流苏的大红锦旗，都是治愈的病患送来的，一面是"华佗再世，妙手回春"；一面是"扁鹊转世，药到病除"。其实还收到了许多锦旗，但梁齁巴儿认为这两面最有分量，无论是华佗还是扁鹊，都是他心中永远的医圣，所以只挂出了这两面。

8号公馆有前庭、中庭和后花园。原本政府的规划是要把整个街道医院都搬到这里来，但由于九思巷过于僻静，巷子又窄又长，8号公馆又在巷子的中间，进出不便，救护车都开不进来，不利于救死扶伤，所以前庭的几间房改建成了中药房后，中庭的二层小洋楼和后花园就闲置下来。梁家本来在青羊宫附近有个院子，被政府征收后，为方便梁齁巴儿全心全意地为人民服务，加上梁齁巴儿的名气也不小，理应享受专家待遇，干脆安排梁家搬进了8号公馆，8号公馆就成了前店后住的模式。

8号公馆小洋楼的一楼共有5个房间，作为公房都租给了梁家，中间最大的一间，原来是小洋楼的会客厅，现在是梁家人聚集的客堂，吃饭、会客、下棋、打麻将、摆龙门阵都在这里，左边两间房，一间是两个儿子的，一间是两个双胞胎女儿的；右边的两间房，梁齁巴儿和梁姆姆住一间，靠墙的那一间，房门永远紧锁着，里面藏着一个天大的秘密。

小洋楼的二楼上有三间房，正中那间是8号公馆最大最好的房间，房间里还带一个起居室和一个大阳台，大阳台正对着后花园的八角亭，据说这是当年8号公馆主人的卧室。主卧两边各有一间房，房管局都用封条交叉封了起来，不晓得会分配给啥子人来住。

我父亲和我母亲结婚那年，搬进了8号公馆的主卧室。父亲当时在川藏线贡嘎山下的一个兵站当站长，常年不在家，想尽办法要找一个离我母亲教书的学校近一点的地方住，来来回回折腾了几个月，终于如愿以偿。8号公馆距离我母亲教书的学校，步行不过十分钟。

因为我父亲是革命军人，8号公馆的朱红门上贴着醒目的"光荣之家""拥军优属"，街道上的干部隔三岔五就来贴一张，前前后后已有七八张了，逢年过节还有敲锣打鼓的人来拥军优属，母亲因为工作忙总是不在家，所以总是梁姆姆笑眯眯地出来道谢。每天买菜回来，梁姆姆都要仔细检查那几张拼贴在两扇门上的"光荣之家""拥军优属"，发现有翘起的边边角角，一定要用糨糊结结实实地贴牢，就当是贴在门上驱妖辟邪保平安的桃符。

二

五月立夏的这一天，真的就有了夏天的意味。阳台上的花盆里开出了第一朵栀子花。母亲换了一件白衬衣，摘下那朵吐露芬芳的栀子花，别在衬衣的第三颗扣眼上，白色的栀子花和白色衬衫浑然一体，一眼看不出来，却有幽香一股一股地送到鼻子底下，这正是母亲身上仅存的一点小资情调的小心思。

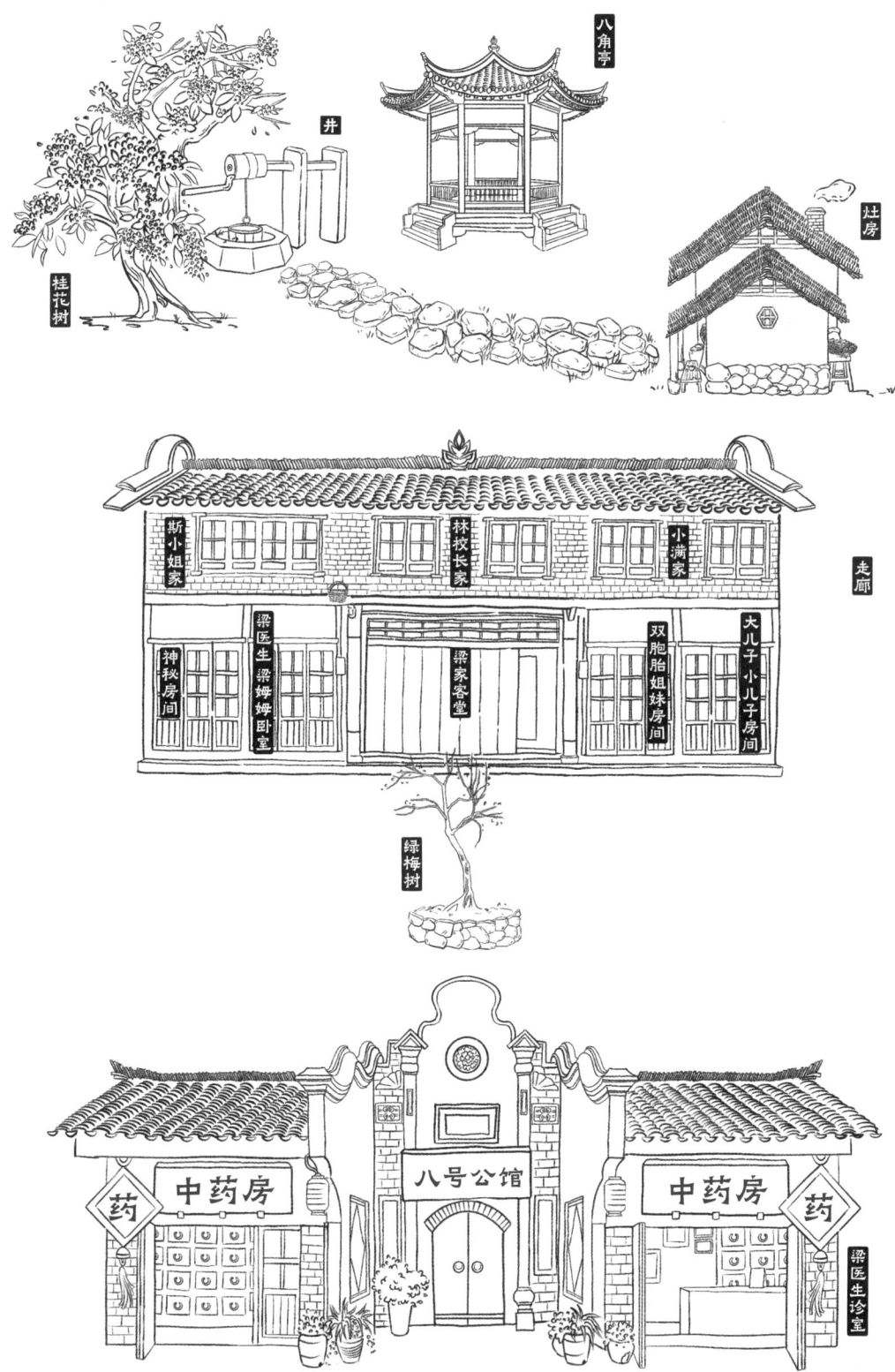

母亲怀孕七个月了，她肚子里的胎儿就是我。母亲总说我是她的幸运星，她一个资产阶级的小姐在小学里当老师，她热爱这份工作。没想到母亲刚怀上我，教育局人事科科长就来学校找她谈话，要她担任学校的教导主任，仍然教原来那个班的语文课兼班主任，工作量增加了一倍，还要她主抓全校语文教学工作，也就是说，全校语文老师的课她都要听，全校语文老师的教案她都要看，隔三岔五地还要去她自己教的那个班的学生家里做家访。母亲怀着一颗感恩的心，忙得不可开交，从来没有在晚上八点之前回到8号公馆，却开开心心任劳任怨。

下午放学后，母亲把排着队的学生送到十字路口，目送着学生们往回家的路上走远了，这才回到办公室。改完作业本，一看墙上的挂钟已经六点，正准备看三年级语文老师的教案，隐约听见有雷声从远处滚来，母亲看看窗外的天空，亮堂堂的，不像要下雨的样子。

"林主任，要下雨了，多半是雷阵雨，你赶紧回家，身子不方便，千万要小心哈！"校长推开办公室的门，伸进来一颗白花花的头。

"校长你先走，我马上收拾一下就走哈。"母亲一边说，一边把桌子上的教案都收进抽屉里，这才锁了门走到操场上，真真切切地听见轰隆隆的雷声从远处滚来，抬头再看看天空，还是亮堂堂的，就在心里说"干打雷不下雨"。

母亲走到学校门口，听见一声"买樱桃，买新鲜的樱桃"，循声望去，泡桐树下，一个驼背老汉蹲在一个竹筐边，竹筐上面盖着一片一片的绿叶。母亲走过去，驼背老汉揭开一片绿叶，自卖自夸：

"看嘛，好巴适的樱桃！一棵树上摘下来的，这棵树少说也有十几二十年。"

母亲看那樱桃鲜红欲滴，每一颗都饱满鲜嫩透亮，驼背老汉以为母亲在犹豫，赶紧献上一颗："你尝一颗嘛，不甜不给钱。"母亲不尝，怕没洗过吃了拉肚子。

驼背老汉将盖在樱桃上的绿叶都揭开，全部亮给母亲看："就剩两斤多了，我就打堆卖给你，收你两斤的钱。"

母亲一个人吃不了这么多，可梁家人多，正好买给他们尝尝鲜，再说她也不忍心驼背老汉把剩下的樱桃再担回去，便让驼背老汉把筐里的樱桃称一称，有多少要多少。

"我都说了，就收你两斤的钱。"

母亲不肯，说驼背老汉也不容易。驼背老汉只好将筐里的樱桃都倒在秤盘里，秤杆翘得高高的，称出来是二斤三两。

母亲给了二斤三两的钱，提着一袋樱桃走进九思巷，天色突然黑下来，扯起一个亮得晃眼的火闪，紧接着响起一个炸雷。这时，梁家的小儿子梁家雄迎面跑来，双手抱着一把油纸伞。母亲叫住他："小弟，你要去哪里？"

"我妈说要下雨了，叫我大哥给你送雨伞，我大哥说作业还没写完，他叫我来送。"

母亲笑了，她搂住五岁的小弟往8号公馆走。她说，小弟你还没有上学，咋个找得到去学校的路？小弟说他大哥的红领巾、作业本忘带了，都是他妈叫他给大哥送到学校去。他妈还说谁叫他长了一双飞毛腿呢！小弟说的大哥，是梁家的大儿子梁家龙，在母亲任教的那所小学读五年级，母亲正是他的语文老师和班主任。

刚跨进8号公馆的门槛，一个震耳欲聋的响雷炸下来，母亲赶紧将小弟搂进怀里，小弟挣脱出来说："我不怕。林老师，我来保护你肚子里的小娃娃！"

这就是我的小哥，我还在母亲的肚子里，他就已经开始保护我了。小哥护着母亲的肚子往里走，梁姆姆从客堂里迎了出来："哎哟喂，林老师，你再不回来，我的心都要跳出来了。你莫忘了你现在是两个人，淋不得雨哈！"

母亲说她买了樱桃，要给大家尝尝鲜。梁医生说孕妇多吃樱桃好，樱桃是补铁的。梁姆姆连声附和："就是就是，你要多吃点。"

母亲说："我也吃不了这么多，留到明天就不新鲜了。"

母亲提起装樱桃的袋子，往桌上的果盆里倒，梁姆姆摆着两手："够了够了，再倒你就莫得了。"

母亲笑道："我一个人能吃好多嘛？"

梁姆姆留母亲吃晚饭，说："你一个人就不要动锅动灶的，在我们这儿将就一口算了。"

梁医生也留母亲吃晚饭，母亲谢过梁医生和梁姆姆，说去灶房煮碗面吃。

三

母亲和梁家合用的一间大灶房，是原来8号公馆的灶房，有一个大灶台，一口大铁锅，母亲用不了这些，她在大灶房的一角墙边，放了一个煤油炉子,平时就在这炉子上煮点东西吃。自从她怀孕后,一闻到煤油味儿就难受,想到煮面又要闻到煤油味儿,母亲不想煮面了,她想吃樱桃。她把樱桃全部倒进一个盆子里,端着向井边走去。

8号公馆被视为风水宝地,就是因为在后花园里有一口井,井水清亮充沛,取之不竭,传说当年8号公馆的主人不惜重金买下这块地修建公馆,就是看中了这口井。最喜欢这口井的是梁姆姆,一天当中,她有一半的时间都在井边洗衣洗菜,简直羡慕死左邻右舍的街坊,他们家里水缸里的水,都是从巷头幼儿园的自来水管那里一担一担挑回来的,还得省着用,一桶水要收一分钱呢。

8号公馆的井好是好,美中不足的是井台边长了厚厚的青苔,要很小心地踩在露出砖块的地方才不会滑。梁姆姆给街道房管所反映了好多次,请他们来人修理,可一直不见人来。

天已经完全黑下来,雷声和闪电更加密集。借着闪电白晃晃的光亮,母亲沿着鹅卵石铺成的小道,绕过八角亭,来到后面的井台边,刚好踩在青苔上,重重地摔倒在地。母亲捂着肚子,喊了几声"梁姆姆",但呼救声被滚滚的雷声卷走了。

几乎没有雨点的前奏,倾盆大雨便从天上泼下来,泼在母亲的身上,从她身下流出来的雨水都是红色的。

梁家人吃完晚饭,梁姆姆收拾了碗筷拿到灶房来洗,不见母亲在灶房煮面吃,连叫几声"林老师",没有回应,又站在走廊上,向着二楼的阳台喊了几声"林老师",见二楼一片漆黑,这才慌了神,她判断母亲没有回到二楼的房间。

"遭了遭了！出事了！"

梁姆姆一路高呼跑到客堂里，张着嘴巴居然说不出话来。梁医生正在享受饭后一壶茶，他放下紫砂壶，一脸镇定地盯着梁姆姆："不要慌，慢慢说。"

梁姆姆带着哭腔："林老师出事了，她不在灶房里，也不在她房里。"

梁医生问："你咋晓得她不在她房里？"

梁姆姆说母亲房里黑乎乎的，一点亮光都没有。梁医生一听松了一口气："打雷天不开灯很正常，林老师可能已经睡下了。"

梁姆姆对梁医生说的每一句话都坚信不疑，她连声附和道："哦，就是。又打雷又扯火闪，她一个人肯定害怕，钻进被窝里蒙头一睡，睡着了就不怕了。"

除了小哥，梁家人都坚信我母亲在这个雷雨交加的夜晚，早早地睡下了。小哥咚咚咚地往楼上跑，梁姆姆追在后面喊："小弟，快下来！你莫要把林老师惊醒了。"

过了一会儿，只听小哥从楼上跑下来，一边跑一边哭："林老师不在……"

梁医生一听变了脸色，拿起手电筒就往后花园跑。

雨越下越大，后花园的雨声轰然作响，那是雨水泼在芭蕉叶上和八角亭顶上的混响，令人毛骨悚然。白色闪电下面，清楚地看见地上溅起的水花儿是粉红色的，离井台越近，水花儿的颜色越红。梁医生的手电筒终于射到了母亲的身上。母亲早已昏迷过去，她身下的血水把她的脸衬托得像死人脸一样惨白。

梁家龙吓得哭起来，他说林老师死了。

"不许乱说！"

梁医生翻开母亲的眼皮看了看，又摸了摸母亲颈上的脉搏，叫梁姆姆赶紧去抱铺盖来，要把母亲移到屋子里去。又叫梁家龙去街道生产组打电话叫救护车来。梁家龙说这么晚了，生产组的人都下班了。梁医生朝他吼道："有守门的大爷，你快去呀！"

"我去！"

小哥撒腿就跑，梁家龙磨磨蹭蹭跟在后面。小哥有一双飞毛腿，几乎不好好走路，总是在跑。在梁家，小哥是老幺，但帮家里干的活儿最多，家里打酱油打醋打甜面酱这些跑腿的差事，小哥全部包了。

生产组在九思巷的巷尾。小哥叫开了生产组的门，守门的大爷一看是梁觗巴儿家的老大和老幺，便很热心地帮他们打叫救护车的电话。打了十几通，不是占线就是没人接。

梁家龙独自回到8号公馆，梁姆姆问他小弟喃。他说小弟跑到三医院去叫救护车了。梁医生一跺脚："他才多大？他晓得三医院在哪里？"

"他咋不晓得喃？"梁姆姆却是很放心的样子，"每个星期天早上，老大要吃痣胡子的龙眼小笼包和三合泥，都是小弟去买的。"

痣胡子龙眼小笼包子店和三医院都在青龙街。小哥在雨中飞跑，不到十分钟便跑到了三医院，他不晓得要找急诊室，他只往灯光最亮的地方跑，最亮的地方恰好就是急诊室，有一男一女两个医生值班，看见张大嘴巴大口喘气的小哥，以为这个浑身湿透的男娃娃在雨夜迷路了，说等雨停了就把他送回家。问小哥家在哪里，小哥说在九思巷的8号公馆。

"九思巷的8号公馆？"男医生猜道，"你是不是梁齁巴儿家的娃儿？"

那时小哥还小，不晓得梁医生的名气有多大，更不晓得"梁齁巴儿"这个听起来像骂人的称呼是人们对梁医生在治疗哮喘病这一领域的最高肯定。他一本正经地纠正男医生："我爸不是齁巴儿，我爸是医齁巴儿病的医生。你们快点去嘛，林老师要死了，她肚子里头还有一个小娃娃……"

小哥突然放声大哭。其实他早就想哭，看见我母亲躺在血水里，他就想哭，只是他来不及哭，他要救我的母亲和她肚子里的小娃娃，他一直在跑，一直在雨中狂奔。

女医生去妇产科找来一个戴眼镜的女医生，眼镜女医生带着小哥上了一辆老旧的救护车，一路上开得东倒西歪，像喝醉了酒。司机一直在骂这辆破车，他说今晚被雷劈的人咋那么多，救护车都出去了，就剩这辆浑身上下都是毛病的破车。在小哥的记忆中，救护车是闪着蓝色灯光哇哇叫的，这辆救护车咋个不叫？司机没好气道："深更半夜又打雷又下雨，鬼都没得一个，叫给哪个听嘛？"

话音刚落，救护车就撞在路边的一棵大树上。眼镜女医生是个暴脾气，她对司机吼道："你咋个开车的？开车不看路嗦？"

司机很委屈："雨刮坏了，根本就看不见路，咋个怪我喃？"

雨还在哗哗地下，救护车熄火了，发动几次，轮胎都转不动。司机一点办法都没有："哦豁，咋个办嘛？"

小哥哇哇大哭："林老师要死了，她肚子里还有一个小娃娃……"

眼镜女医生穿上雨衣，背着药箱下了车，雨水模糊了她的眼镜片，她问道："这是啥子地方哟？"

小哥说是骡马市，九思巷就在前面，走两步就到了。

小哥在前面给女医生带路。女医生深一脚浅一脚，眼镜也掉了，两眼一抹黑，和瞎子差不多，只有靠小哥拉着往前走。她不停地问小哥："不是说走两步就到了？这都走了多少步了，咋个还不到？"

小哥像哄小娃娃："快了快了，都到九思巷了。"

女医生听说已经到了九思巷，便有了精神，步子也轻快了许多，其实离九思巷中间还隔了一条羊市街。

就这样被小哥哄着拉着，女医生终于到了8号公馆。这时，雨停了。

四

"医生来了！医生来了！"

小哥跑到梁医生和梁姆姆的房里，见母亲躺在大床上，身边有个包起来的小婴儿，小得只有小猫那么大，哭声也像小猫的叫声。这就是我，一个七个月大的早产儿。

梁姆姆一直在抹眼泪："这么丁点儿大，小得跟小猫一样，咋个养得活哦！"

"我来养！我把小猫养得活！"在小哥的记忆中，梁家是养过小猫的，把小猫养大并不难，他妈妈咋个会担心把小猫一样大的小婴儿养不活喃？

梁姆姆破涕为笑："我的幺儿哟，你不晓得不足月的小娃娃有多难养！"

"也不见得，老话说七活八不活。"梁医生话不多，但总是言简意赅，意思是七个月的早产儿活得下来。他的话是说给母亲听的，是宽母亲的心。

女医生给母亲和我做了检查，她说母亲要住院治疗，我要在保温箱里放些日子才有可能活下来。天亮时，医院又开来一辆救护车，好不容易开进窄窄的九思巷，接走了我和母亲。

我父亲是在我出生七天后才见到我和母亲的。他乘坐的是兵站的一辆军用卡车，日夜兼程，无奈川藏线路险又遇上泥石流，堵车堵了两天半，翻越二郎山时还爆了车胎，换车胎又耽误些时间，历经千辛万苦，好不容易才回到成都。

九思巷太窄了，军用卡车开不进来，就停在巷尾的平安桥街。父亲从车上抱下来一头羊，牵着羊走进了九思巷，早有人去给8号公馆通风报信："你们公馆里的解放军牵了一头羊回来了。"

小哥如离弦的箭一般，冲出8号公馆。父亲向飞奔而来的小弟招手："小弟，你来得正好！你帮我把羊牵回去。"

小哥问父亲："你是不是要把羊杀了给林老师炖汤喝？"梁姆姆经常炖羊肉汤，说羊肉汤最补人。

父亲赶紧说："这羊不能杀，要把羊喂得肥溜溜的，挤出羊奶给林老师生的小娃娃喝。"

小哥问父亲："给梁小猫喝了羊奶，是不是就可以把她养活了？"

父亲听得云里雾里："梁小猫是啥子哟？"

小哥说："梁小猫就是林老师生的小娃娃，她生下来和小猫一样大，都说养不活，我说我一定要把她养活，她是我的小猫，所以她跟我姓，我叫她梁小猫。"

父亲哪有心思听这个五岁男娃的童言童语，他一心挂念还在医院里的母亲，恨不得生双翅膀立刻飞到母亲的身边。到了8号公馆，父亲也没有进去，他把奶羊交给小哥就直奔医院去了。

母亲见到父亲就哭了，她说她对不起父亲，没有给父亲生一个足月的娃娃，如果那天她不买樱桃，她就不会去井边洗樱桃，就不会踩在青苔上滑倒早产了，还有……母亲伤心得说不下去。父亲温柔地握住母亲的双手，说早产的娃娃聪明。母亲还是哭，哭得死去活来，哭得父亲的心都碎了，他在心里犯了嘀咕：生了一个早产儿，不至于这么难过嘛？他安慰母亲说，头胎早产了，二胎肯定不会早产。刚刚平息下来的母亲又哭起来，她抽抽搭搭地说："没有二胎了……我不能再生了……"

父亲明白了，这才是母亲真正伤心的原因。父亲抱住了母亲，深情地在她耳边轻声唤道："丽雅，我的丽雅……"

母亲闭上眼睛，默默流泪，泪水把父亲胸前的军装打湿了一大片。"丽雅"是母亲原来的名字。解放后，我那革命军人后来转业成革命干部的舅舅，说我母亲的名字直接暴露了资产阶级的家庭成分，便把母亲的名字改叫"卫红"，从此，再也没人晓得母亲的曾用名

"林丽雅"。母亲和父亲是经人介绍认识的，那时他们都不年轻了，我母亲是被家庭出身耽误了，我父亲是因为在川藏线的兵站当站长，一年到头也见不着几个女的，他俩是在对的时间遇到了对的人。母亲见到父亲的第一面，她便把她的出身，包括她原来的名字都如实地向父亲交代了，在那个特别看重家庭出身的年代，她以为会吓退这个前途光明的年轻军官。没想到父亲对母亲一见钟情，尤其是她的真诚令他心动，她原来的名字也令他心动，真是名如其人，在父亲的心目中，母亲就是一个又美丽又优雅的女人。

从认识母亲的那天起，父亲就叫母亲"丽雅"，他和母亲一直两地分居，母亲每周都收到父亲从雪山上寄来的信，开头都是"我最亲爱的丽雅"。

"丽雅，有句悄悄话我一直没有给你说，其实我只想要一个娃娃。"

"真的？你真的这么想？"母亲是个简单天真的女人，她很好哄，父亲说的话她都信。

"我真的这么想。丽雅，我不在你的身边，我不想你太辛苦。再说，一个娃娃才更宝贵嘛，今后，她就是我们两个的心肝宝贝儿。"

母亲破涕为笑，她让父亲给我取个名字，父亲冲口而出："唐爱林！"

父亲姓唐，母亲姓林，这个名字的含义可想而知。8号公馆的人都跟着小哥叫我"梁小猫"，只有母亲叫我"唐爱林"，她不叫"小林""林林"，也不叫"爱林"，她一定要直呼全名"唐爱林"。

有父亲的爱，比啥子药都管用，母亲的身体恢复很快，还长胖了一点点，就是没有奶水，父亲说有羊奶，羊奶的营养比牛奶还好。把我和母亲从医院接回来的第二天，父亲就要回兵站了，一辆军用吉普车停在8号公馆的门口，母亲还在月子里不能下床，梁姆姆带着小哥在门口送别父亲。梁姆姆对父亲说："老唐，你放心哈，我们会把林老师照顾得巴巴适适的。"

小哥像大人一样握住父亲的手说："老唐，你放心哈，我一定把梁小猫养活！"

梁姆姆一巴掌拍在小哥的脑壳上："没大没小的，你黄瓜还没有起蒂蒂，'老唐'也是你叫的？快叫唐叔叔！"

父亲握住小哥的手温暖有力，像两个男人之间说话那样，正儿八经地对小哥说："就叫'老唐'吧。别看你小，你可是我爱人和我女儿的救命恩人，我还没有正式感谢你呢！"

梁姆姆的眼眶又红了："还真是的，那天如果不是小弟硬要去楼上看林老师睡没睡，林老师和梁小猫的命都怕保不住哦。"

父亲拍拍小哥的肩膀，郑重其事地又握了一次手，这才上了吉普车，伸出头来问小哥："你想要啥子，我下次给你带回来。"

小哥郑重其事地回答道："我长大了想当解放军！"

第二章 小 哥

一

常言道"皇帝爱长子，百姓爱幺儿"，可在梁家，看不出梁医生是爱长子还是爱幺儿，但绝对看得出梁姆姆是爱老大梁家龙的。如果说她的母爱有十分，她是想把十分的母爱全都给梁家龙。家里有了梁家龙，本来她只想和梁医生再生一个，却偏偏生了双胞胎女儿，她只好从梁家龙那里分出一点母爱来，平均分给大双梁佐翼和小双梁佑翼。她坚决不肯再生，在双胞胎女儿不满三岁的时候，偏偏又怀上了，梁姆姆只好从双胞胎那里再分出一点母爱来，给不受欢迎的小哥。不是梁姆姆不爱生小孩，是她不敢生，她太忙了，她忙的事情，除了大家看得见的，还有大家看不见的。

从娘胎里出来，小哥似乎就晓得他是这个家里的不速之客，他知趣地不给任何人添麻烦，只要把他喂饱，他就可以一直睡，睡到饿，吃饱了又睡。老话说爱睡的娃娃长得高，小哥比他同龄的娃娃真的要高出一大截。

刚满一岁，小哥学会了走路，梁姆姆便把他送进了在九思巷的街道幼儿园，只接送过他两次，他便可以自己上幼儿园了。小哥很快会跑了，每天早晨，他总是一个人从8号公馆跑去幼儿园；每天下午，他总是一个人从幼儿园跑回8号公馆。小哥的飞毛腿也许就是这样练出来的。后来，梁姆姆经常在炒菜时才发现酱油瓶子空了，便高声叫小哥去西玉龙街的酱园铺打酱油，一边把打酱油的钱给小哥一边叮嘱道："快点哈，锅里就等着放酱油了。"

小哥飞奔而去，梁姆姆还在他背后喊："要打郫县的犀浦酱油！"

小哥如风一般在九思巷奔跑，九思巷附近的杂货店酱园铺的人，没有不认识小哥的，见了梁姆姆总是夸小哥，说从小看到大，梁家老幺长大肯定有出息。

"还是我家老大有出息，人家回回考试都是班上的第一名。"梁姆姆嘴上这么说，心里却比谁都明白，小哥帮她做的何止跑腿这些事，小哥帮她做得最多的事情，是帮她把一盆一盆的热水，从灶房端到那个房门永远紧闭的房间外，小哥还小，不会问她把水端来干啥子用，叫他干啥就干啥。

自从小哥救了我和母亲的命，他就开始每天吃鸡蛋了。以前，他总是问梁姆姆："为啥子每天只给大哥吃鸡蛋？"梁姆姆说大哥读书费脑子，鸡蛋是给大哥补脑的。梁姆姆又对小哥说："等你上学读书了，我也天天煮鸡蛋给你吃。"

现在，小哥还没有上学读书，为啥子就开始天天吃鸡蛋了？梁姆姆说："因为你救了林老师和梁小猫的命，你爸爸说要奖励你。"

小哥说他想把鸡蛋留给梁小猫吃。梁姆姆就笑道："还没满月的奶娃儿，咋个能吃鸡蛋嘛？"

小哥就说把给他吃的鸡蛋都攒起来，等梁小猫上学读书了给她补脑子。梁姆姆听罢哭笑不得,只有一声叹息:"我的幺儿好仁义哟!"

父亲把还在月子里的母亲托付给了梁姆姆,把那头从雪山上带回来的奶羊托付给了小哥,小哥以为这是一个男人对另一个男人的重托,而他向父亲保证一定要把我养活,是一个男人对另一个男人的承诺。五岁的小哥已经把自己当作男人了。

要把我养活,得把父亲带回来的奶羊喂好才挤得出羊奶来给我喝。我母亲没有奶水,要把不足月的我养大全靠羊奶了。梁姆姆每天早晨六点钟起床给全家人做早饭,小哥也六点钟起床,背起小背篓就往御河跑。

天还没亮,寂静的九思巷回荡着小哥奔跑的脚步声。跑出九思巷便是平安桥街,有一条小道直通御河。御河是当年皇城的护城河,碧波荡漾,两岸挺立着树叶如小扇子般的银杏树,到秋天树上结了果子,御河边又成了白果林。御河不宽的河滩上长着青草,小哥总是挑又鲜又嫩的割,割下来的青草还带着露水,装满一背篓,小哥背起来跑回九思巷,这时天才麻麻亮,才有出门担水或倒马桶的人,回家便骂自家的娃儿:"还在睡,人家梁老幺割草都回来了。"

带露水的草不能直接给奶羊吃,怕奶羊吃了拉肚子。小哥把背篓里的青草都倒在灶房外面宽宽的走廊上,昨天割的青草已经晾干了,小哥把晾干的青草装进背篓里,背起来朝八角亭走去。

奶羊养在后花园的八角亭里。八角亭是8号公馆的点睛之笔,八角顶上铺着琉璃绿瓦,大理石的台阶,青砖砌成齐腰的墙,墙上八面都是玻璃镶嵌在绿色的窗棂里。人在八角亭里,能把8号公馆的小洋楼和后花园尽收眼底。

8号公馆归公时，房管所就给八角亭贴上了封条，梁家人从来没有打开看过，也不晓得里面有些啥子东西。不晓得公家是不是把八角亭忘了，自从贴上了封条就没人来管过，梁家人和我母亲一直把这八角亭当作公家财产，梁医生给梁家老大老幺还有那两个双胞胎姐妹都下了禁令：八角亭是公家财产，不许走近八角亭，更不许上八角亭的台阶。

父亲托付给小哥的那头奶羊，梁姆姆说不能养在灶房里，也不能养在花园里，下雨了咋个办？奶羊跑了咋个办？小哥说他已经找到了一个地方养奶羊，当他说出"八角亭"三个字时，梁姆姆吓得双手合一，闭着眼睛直念"阿弥陀佛"。大哥梁家龙旗帜鲜明："八角亭是公家财产，把羊养在里面，就是侵占公家财产。"

五岁的小哥懂得"公家财产"的意思，却不懂"侵占"的严重性。他说等把梁小猫养大了，羊就不住八角亭了，再在门上粘上纸条条……梁姆姆明白小哥的意思就是"神不知鬼不觉"，她用手指戳一下小哥的脑门儿："就你的鬼点子多。"

梁姆姆抬眼看梁医生，梁医生是一家之主，家里的大事他做主，小事才是梁姆姆做主。要把羊养在八角亭里显然是大事，必须梁医生拿主意。梁医生不置可否，从鼻腔里"嗯"了一声，背着双手离开了。

梁姆姆还在琢磨梁医生鼻腔里的那一声"嗯"，是同意还是不同意，小哥已跑到八角亭那里撕下了门上的封条，他理解的梁医生那一声"嗯"，是同意他把羊养在八角亭里。

八角亭里一股霉气，除了几样旧家具，满屋子都是蜘蛛网，小哥从来没见过像偷油婆那么大的蜘蛛，在亮晶晶的蜘蛛网上跑来跑去。

小哥挥舞比他个儿还高的叉头扫把，将满屋子的蜘蛛网都裹在了叉头扫把上。肥胖的蜘蛛掉在地上来不及逃走，就被小哥用脚踩死了，和地上厚厚的尘土一起被扫进了装垃圾的撮箕里。从此以后，八角亭就成了奶羊的"宫殿"，每天喂羊挤羊奶的活儿都是小哥干的，羊也只认小哥一个人，它只让小哥挤它的奶，换了别人去挤它的奶，它就用脚踢。

二

放完暑假开学了，母亲也休完了产假要去学校上班，老校长血压高还有冠心病，已过了退休的年龄，教育局希望母亲接任学校的校长。母亲心里是不情愿的，因为我刚满四个月，虽然天天有营养丰富的羊奶喝，毕竟是不足月的早产儿，看起来只有人家两个月的娃儿大。母亲的这点活思想，立即被她那身为革命干部的哥哥察觉了，苦口婆心地做母亲的思想工作，反复提醒母亲不要忘记自己是资产阶级的家庭出身，反复强调不要忘记党的恩情，要一心跟党走，党叫干啥就干啥。我舅舅是我母亲走上革命道路的引路人，我舅舅的话对我母亲来说就是金玉良言。母亲把我送到小哥上的那家街道幼儿园，全心全意地当起校长来。每天早上八点钟，我母亲准时站在学校门口迎接全校师生的到来，她的微笑让人如沐春风，无论是老师还是学生，都会走到她的身边叫一声："林校长早！"

母亲每天早上七点半就得出门，那时间幼儿园还没开门，只好把我交给梁姆姆，让她送我去幼儿园，梁姆姆忙完一家人的早饭，等梁家老大和双胞胎女儿背着书包上学了，侍候梁医生出诊了，这才抱着我去幼儿园。小哥提着一罐羊奶，跑在前面给我开路："梁小猫来咯！梁小猫来咯！"就这样一路叫唤着来到幼儿园。

幼儿园是原来的斯公馆，从后子门街拐进九思巷的头一家就是斯公馆。斯公馆是九思巷里面积最大的公馆，有十几间房，有一个方方正正的大花园。当时选中斯公馆做幼儿园，除了看中房间多花园大，最令人满意的是房前的走廊，又宽又大，绛红色的圆柱连接着造型典雅的美人靠，小朋友可以在上面排排坐吃果果，刮风下雨也可以在走廊上活动。

幼儿园的汪园长也是街道办事处的汪主任，幼儿园的老师都是她亲自挑选来的，她发现哪家的女人把娃娃带得乖喂得胖，自己的娃娃又长大了，便千方百计地把这家的女人动员来做幼儿园的老师。

幼儿园分大班、中班和婴小班，花园左边一排房是大班的，中间一排房是中班的，右边一排房是婴小班的。安放我的那间婴儿室摆了四张婴儿床，一个老师要照顾四个婴儿，一个婴儿哭，其他三个婴儿都跟着哭，老师顾了这个顾不了那个，根本忙不过来。小哥在大班，听见婴儿室的哭声他就会跑来，拉着正忙得不可开交的老师："老师老师，我们家梁小猫饿了！"

老师说："刚刚才喂过羊奶，不会饿！"

小哥打破砂锅问到底："老师老师，梁小猫的肚子不饿，为啥子还要哭喃？"

老师有点不耐烦了："我咋个晓得喃，你去问她嘛。"

小哥就走到我的床边握住我的手，还没问我为啥子哭，我已经不哭了，还对着他笑。我有生以来的第一次笑是献给小哥的。

小哥马上把他的发现报告给老师："老师老师，梁小猫笑了！"

从此以后，只要我哭，婴儿室的老师便隔着花园中间的中班朝另一边的大班喊："梁家雄，梁小猫哭了！"

走廊上立刻响起小哥的奔跑声。后来，我躺在婴儿床上觉得无聊了我就哭，小哥已经能从众多的婴儿哭声中分辨出我的哭声，我也能听出小哥在走廊上的奔跑声。我一哭，走廊上便响起奔跑声，我就知道是小哥来了，马上就不哭了。

管婴儿室的老师越来越喜欢小哥，小哥不仅可以自由出入婴儿室，还可以带玩具进来陪我玩。我的尿布都是梁姆姆亲自洗的，洗完了必须用开水烫一遍，管婴儿室的老师把我换下来的尿布用旧报纸包好，习惯性地朝大班高喊一声："梁家雄，梁小猫换尿布了！"

小哥抱起换下来的尿布就跑。跑回8号公馆把尿布交给正在井边洗衣服的梁姆姆，又顺便把梁姆姆刚蒸好的鸡蛋羹带回幼儿园给我吃。所以，九思巷的人总是看见小哥在九思巷跑来跑去，都要问一句："梁老幺，你咋个又从幼儿园跑出来咯？"

因为小哥，幼儿园的老师和小朋友，还有小朋友的爸爸妈妈，都叫我"梁小猫"，只有在正规的花名册上，才能看见我的大名"唐爱林"。

三

在我一岁多的时候,小哥上了小学,就是我母亲当校长的那所小学,他大哥梁家龙刚从那所小学毕业,他的两个双胞胎姐姐在那所小学读三年级。开学的前一天,从来不咋个管他的梁医生给小哥训了话:"从明天起,你就是小学生了,要把心收一收。"

小哥摸摸他的心,心在他胸膛里咚咚地跳。他不明白"把心收一收"是啥子意思。

"就是说,你要把心都用在学习上,不要一天到晚,尽干一些莫名其妙的事情。"

小哥不能理解梁医生说的"莫名其妙的事情"是哪些事情,不干就不干,只有一件事情他不能不干。小哥问道:"我可不可以每天早上割了青草,喂了奶羊,再去上学?"

"咋不可以嘛?你不去割青草,奶羊饿了咋个办?梁小猫饿了咋个办?"梁姆姆很少自作主张,她在梁医生的耳边说,"他上幼儿园也是天天早上去割青草。"

梁医生点点头,又叮嘱一句:"小学生要遵守学校的规矩,不准迟到,不准早退。"

梁姆姆马上附和道:"就是就是,我们家里就有一个你学习的好榜样,你大哥是最优秀的小学生。"

"老大现在是中学生了,你不要把老大捧得太高,登高必跌重。"梁医生对梁姆姆极其不满,他觉得梁姆姆对梁家龙的宠溺,有些过分了。

等梁医生背着两手离开,梁姆姆把小哥拉到身边说:"平常你看你大哥咋个做的,你就咋个做。"

"大哥做了啥子嘛?"小哥想不起来他大哥梁家龙做了啥子事情值得他学习。梁家龙啥子事情都不做,家里的油瓶子倒了都不扶一下。学校号召家家户户除"四害",要把打死的苍蝇装在瓶子里交到学校里去,苍蝇出没在又臭又脏的地方,梁家龙不肯去这种地方,他叫小哥去帮他打苍蝇,还要帮他把打死的苍蝇装进瓶子里,还要帮他在瓶子外面裹上几层报纸,免得脏了他的手。总之,学校布置的任务,除了看书做作业,他都叫小哥去做。每个星期天早上,梁家龙有个雷打不动的习惯,就是要吃小笼包子和三合泥,而且必须是青龙街痣胡子的龙眼小笼包和三合泥,梁姆姆总是从热被窝里把小哥拉起来,叫他跑到青龙街买痣胡子的龙眼小笼包和三合泥,买回来的小笼包的"龙眼"上冒着口蘑的香气;用猪油和白砂糖炒出来的糯米、黄豆、芝麻面本来就很香了,梁姆姆每次都要特别叮嘱小哥,芝麻和花生碎要另装一个纸袋里,拿回家来现吃现放,梁家龙只吃脆脆的芝麻和脆脆的花生碎。

梁姆姆心里明明白白,是她把梁家龙惯成这样子的,梁医生也没少责怪她,可她有啥子办法嘛?她是猪八戒照镜子——里外不是人。她也晓得梁家龙表面上对她很有礼貌,其实在心里和她并不亲,她的幺儿和她才是真正的亲。唉,幸好梁姆姆想得开,擅长自我安慰:梁家龙在学校的表现还是很优秀的,墙上的那些奖状就是最好的证明,没有辜负她的一片苦心。她看出小哥对他大哥梁家龙并不崇拜,怕他不把他大哥当榜样,又语重心长地对小哥说:"你大哥已经成龙了，你做小弟的不要当'梁家虫'哈！"

"你咋晓得大哥已经成龙了喃？"

梁姆姆支支吾吾，回答不出小哥这样的问题，她不能说那一墙的奖状就能证明梁家龙成龙了，更不能说有个"梁家龙"的名字就成龙了，她故作神秘道："花台上的那棵龙树……"

站在8号公馆的门口，一眼就能看见里面有一个用青花瓷片镶嵌的花台，花台里长着一棵干枯的树，看不出啥子形状，树叶也是稀稀拉拉的。梁家搬进8号公馆时，梁姆姆就想把这棵难看的树砍了，栽一棵她喜欢的桂花树，梁医生阻止道："这棵树栽在8号公馆这么重要的位置上，还配了一个这么讲究的花台，一定有它的道理。"

到了冬天，百花凋零，树木萧条，花台里的怪树，树叶落尽却现出蓬勃生机，原本干枯的树枝鼓起一颗颗绿豆般大的嫩苞。突然有一天，8号公馆的门口来了许多看稀奇的人，都在说："龙！龙！"

有人踮起脚看了半天，叫道："龙在哪里嘛？"

最先发现"龙"的人说："你要像打靶那样，睁只眼闭只眼，就能看见树上有条龙影。"

于是，8号公馆门前看稀奇的人，都像打靶那样睁只眼闭只眼，果然看见树上有一条淡淡的绿影若隐若现，加上一点想象，就是活灵活现的一条腾飞的龙。

8号公馆门前，惊呼声一片："看见了！看见了！真的是一条龙，一条飞龙！"

数九寒天正是梅花怒放的时候，在成都最常见的是蜡梅花和红梅花，难得一见的是绿梅花。等蜡梅花和红梅花开过以后，8号公馆的那棵有一条龙影的树，绿色的花苞绽放，开出一朵朵淡绿色的花来，原来是一棵珍贵的绿梅树。开出花来的绿梅树，不用像打靶那样睁只眼闭只眼，还要靠一点想象才能看见若隐若现的龙影，飞龙的形状一目了然，成了远近闻名的"龙梅"树。

梁医生为他的先见之明颇为得意："我就说嘛，一棵毫不起眼的树，栽在一开门就看见的位置，还配上一个精致讲究的花台，一定有它的道理。"

梁姆姆却有一个大胆的臆想："我总觉得这棵龙梅，就是为我们梁家龙栽的。"

梁医生心里也愿意这么想，但他嘴上却对梁姆姆说："你不要东想西想，8号公馆原来的主人与我们梁家素不相识，完全没有这种可能性。"

但是，梁姆姆却坚持要这么想。在她的暗示下，左邻右舍的街坊也会把梁家老大梁家龙和这棵龙梅有意无意地联系起来。久而久之，连梁家龙本人也以为8号公馆的龙梅，是因为他而神一般的存在。

四

每天早上去御河割了青草喂了奶羊才去上学的日子，持续到小哥读三年级，政府要填了御河修防空洞，御河都没有了，御河边的青草自然也没有了，好在我已经三岁多，因为一直喝羊奶，长得比同龄的娃儿高,若不是梁家人口口声声还叫我"梁小猫",连我母亲几乎都忘了我是一个不足月的早产儿。

养在八角亭里的奶羊没有青草吃,小哥去问梁姆姆咋个办。

"咋个办?凉拌。"梁姆姆嘴里这么说,其实她心里也难过。家里除了小哥,就数她和奶羊的关系最好,她叫一声"羊乖乖",奶羊就咩咩地叫,叫得她的心都要化了。梁医生是一家之主,奶羊的事是大事,还是要听他做主。梁医生却说:"我又不是羊的主人,我咋能做主嘞?"

梁姆姆这才反应过来,羊的主人是我父亲,是我父亲从川藏线的雪山上买了这头羊带回来的。梁姆姆又去找我母亲,让我母亲给我父亲打个电话,由我父亲来主宰羊的命运。父亲在电话里说,冬至快到了,你们就把这头羊杀了炖汤喝吧。

成都有在冬至这一天喝羊肉汤的习俗。每年冬至,梁姆姆天不亮就去肉铺排队买一条羊腿回来炖汤,今年的冬至有这头奶羊,梁姆姆打算炖一大锅羊肉汤,让8号公馆的人都来喝羊肉汤,喝了过冬不怕冷。

梁医生和梁姆姆都以为小哥会又哭又闹,梁医生已想好了给他讲道理的话,梁姆姆也想好了哄他的话,小哥居然没有闹,只是默默地流眼泪,梁姆姆不停地给他揉心口:"我的幺儿哟,你心里头难过你就大声哭出来哈,不要憋坏咯……"

小哥带着我来到八角亭,把剩下的青草都捧给奶羊吃,奶羊不吃,它似乎晓得将要发生的事情,从此以后,它再也吃不到这个小男娃给它割来的新鲜青草了,它那水汪汪的黑眼睛充满了忧伤。小哥对我说:"梁小猫,你要记住它,你是喝它的奶长大的。我向老唐保证,我一定要把你养活,没有它的奶,我也把你养不活……"

我伸手摸了羊的脸,羊的眼睫毛又密又长,羊眼睛眨了一下,一颗温热的泪珠落在我的手心里。我放声大哭,小哥捂住我的嘴对我说:"不要让他们听见了,快上楼找你妈!"

我听话地上了楼。过了一会儿,我听见楼下闹哄哄的,梁姆姆跑上楼来一脸惊慌:"梁小猫,你小哥喃?"

我说小哥和羊在一起。梁姆姆又问:"羊喃?"

我说在八角亭里。

"遭了遭了!老幺和羊都不在了。"

梁姆姆咚咚咚地跑下楼,和梁医生一起出去找小哥,逢人便问:"看见我家老幺没有?"

九思巷的人都认识小哥,有个说话结巴的人说刚才看见小哥和羊了。梁医生忙问在哪里,结巴说:"在……在……跑了……"

梁医生又问:"往哪个方向跑的?"

结巴指着平安桥的方向。梁姆姆以为小哥每天都去御河边给奶羊割青草,难道小哥带着羊去了御河边?梁医生说不可能,现在御河都挖成了防空洞的工地,青草也没得了,把羊带到那里去干啥子嘛。

有人说去问蒋公馆的蒋老幺,他是小哥的同班同学,经常看见他们两个在一起,也许他晓得小哥的去向。

"哦,对了,我咋个忘了蒋义喃?平时他两个形影不离的。"梁姆姆恍然大悟,撒腿就往蒋公馆跑。

蒋公馆在九思巷巷尾劳保生产组的隔壁，平日里关门闭户的，早晚能看见蒋公馆的蒋二爷穿着飘逸的白衣、黑色的萝卜裤，脚蹬一双白底黑鞋，一手转动着两颗发黑的老核桃，仙风道骨，每天早上都去青龙街的痣胡子吃龙眼小笼包吃三合泥；傍晚从人民公园的鹤鸣茶社喝完茶回来，轻飘飘地行走在九思巷里，没人敢和他打招呼，只等他走过去了，才用敬畏的目光目送着他的背影。

蒋公馆门上的铜环已有了一层包浆。梁姆姆一边扣着铜环一边高喊："蒋义！蒋义！"

"蒋义，你娃是不是在外面闯祸咯？"一个声如洪钟的声音从公馆里面传出来，一听就是蒋二爷的声音，只有气场强大的人才配有这样的声音。

蒋义出来开了门，他一脸懵然，不晓得出了啥子事。梁姆姆抓住他的胳膊："蒋义，你晓不晓得我家小弟去哪儿了？"

蒋义反问道："是不是你们家的羊也不见了？"

得到肯定回答后，蒋义不慌不忙地说："梁家雄带着你们家的羊去百花潭动物园了。他说你们要杀羊，把羊送到动物园，动物园就会把羊保护起来，每个星期天，他还可以带着梁小猫去和羊玩。"

根据蒋义提供的线索，可以肯定小哥带着羊去了百花潭动物园。有热心肠的邻居骑上自行车直奔百花潭，在动物园的门口，果然找到了小哥。

热心肠的邻居把小哥送回8号公馆，梁姆姆一颗悬吊吊的心终于放下来了。我母亲给小哥洗了脸，她怕梁医生和梁姆姆责骂小哥，把他拉到一边，夸小哥是个有情有义的小娃娃。

五

蒋义和小哥一样，在家里排行老幺，和小哥不一样的是，他是名副其实的老幺，在家里啥子事情都不做，也不会做。他上头有两个哥哥为他遮风挡雨，排忧解难，他在家里的地位和待遇和梁家老大倒有几分相似。上学后，和他同班的小哥立即引起了他的注意，他身上没有的小哥都有，比如独立担当，比如能干有主意，比如奔跑的速度……一学期还没有读完，小哥就成了他崇拜的偶像，他成了小哥的跟班儿，小哥走到哪儿，他跟到哪儿；小哥干啥子，他也干啥子。

每天下午放学，小哥都去幼儿园接我，蒋义总是跟在他的后面。我走出幼儿园就要小哥背，蒋义也想背我，他们把幼儿园到8号公馆的那段路一分为二，中间正好立着一根电线杆杆，每次都是蒋义把我从幼儿园门口背到电线杆杆那里，把我放下来后，小哥再接着把我背回8号公馆。

他们读四年级时，学校号召捡废铁，班上以小组为单位，要评出冠军组、亚军组和季军组。小哥和蒋义一个小组，一共就他们两个人，小哥任组长，蒋义任副组长。他们侦察到三洞桥的废铁多，因为那里有好几个街道工厂，每天都有垃圾从工厂里运出来倒在三洞桥下，垃圾里面就有好多废铁，就是有点远。蒋义问小哥带不带我去。小哥说："梁小猫也算一个人，人多力量大，把她带去！"

一个是组长，一个是副组长，把我带去，他们两个就不是光杆司令了，终于有一个听他们指挥的"兵"。

他们到幼儿园接上我，小哥把我背在背上，一口气跑出九思巷。到了羊市街，轮到蒋义背我，过了十字路口就是东门街。东门街是一条很长的街，比九思巷宽多了，东来西往的汽车在街上奔驰。小哥和蒋义换着背我，换了好几次都还没有背出东门街。看见有卖冰糕的，蒋义就要买冰糕给我吃。蒋义每天都有一角钱的零花钱，几乎一多半都花在了我的身上。我喜欢吃蛋烘糕，他和小哥来幼儿园接我时，蒋义的手中常常握着一个纸袋，纸袋里装着一个热乎乎的蛋烘糕，有时是芝麻花生白糖馅的，有时是大头菜颗颗肉渣渣馅的。

小哥和蒋义把衣服的包包和裤子的兜兜都翻遍了，加起来有九分钱，只能买一根牛奶冰糕和一根果汁冰糕，他们把五分钱的牛奶冰糕给了我，他们两个共吃一根四分钱的果汁冰糕，你咬一口我咬一口，冰糕吃完了，三洞桥也到了。

刚到三洞桥下，就捡到了一个凹进去一大块的破铁桶，小哥说："我们今天必须捡满这一桶废铁才回家。现在我们分头行动，梁小猫负责侦察，发现有废铁的地方就喊我们一声。"

等捡满一桶废铁，天已经快黑了。一桶铁太重，要两个人才抬得动。小哥和蒋义抬着一桶废铁往家跑，我也跟着跑，跑到羊市街就跑不动了，肚子饿得咕咕叫，小哥问我想不想吃"世界上最好吃的饭"。

为了吃上"世界上最好吃的饭"，我居然从三洞桥走回了九思巷，这是我有生以来第一次走这么远的路。蒋义也想吃"世界上最好吃的饭"，趁着夜色，我们悄悄地进入8号公馆。梁家人已吃过晚饭，梁家龙和双胞胎姐妹回了各自的房间，梁医生在客堂里喝茶看报纸,梁姆姆又不知干啥子去了。一天当中,梁姆姆总会像隐身人般神秘地消失一两个钟头。

小哥和蒋义把一桶废铁抬进灶房,小哥就动手给我们做"世界上最好吃的饭"。梁姆姆给小哥和我留的饭和菜都蒸在锅里,小哥只把饭盆取出来,他说"世界上最好吃的饭"不用下饭菜。

小哥打开碗柜捧出一个土陶罐子,揭开盖儿,里面是白花花的猪油。小哥舀了两勺子猪油,埋在热气腾腾的米饭下面,再把猪油罐子放回碗柜里,又在碗柜里找来找去。蒋义问他找啥子,他说找酱油。

蒋义有些失望:"原来你说的'世界上最好吃的饭'就是酱油饭嗦?"

"我要找的酱油不是一般的酱油,是我妈的秘制酱油。"小哥终于在碗柜最下面一层最里面的旮旯里,找到了梁姆姆的秘制酱油。顷刻间,一盆子白米饭被小哥手上的筷子搅成了绛红色,每一颗米粒上都均匀地裹着猪油和酱油,油亮亮的;猪油和酱油混合的香味儿,立刻把灶房都胀满了。

小哥给我舀了一小碗,又给蒋义舀了一大碗,我吃了还想吃,这是我有生以来第一次要求再添一碗饭。蒋义也要再吃一碗,小哥问他这酱油饭是不是世界上最好吃的饭,蒋义说他要再吃一碗才吃得出味道来。小哥又给他舀了一碗,看着他吃完,又问他这酱油饭是不是世界上最好吃的饭。蒋义看饭盆里还剩了一点酱油饭,就说他要把这剩下的酱油饭都吃了,才吃得出味道来。小哥把盆子里的酱油饭都扒到蒋义的碗里,蒋义把酱油饭吃得一粒不剩,这才抹抹嘴巴郑重其事地对小哥说："我可以负责任地说，你拌的酱油饭确实是世界上最好吃的饭。我们明天还去不去三洞桥捡废铁？"

"还去。"小哥踌躇满志，"我们小组一定要当冠军组！"

蒋义又问："你明天是不是还给我们做'世界上最好吃的饭'？"

小哥说明天给我们做"世界上最好吃的锅巴"。蒋义和我对今天小哥做的"世界上最好吃的饭"已经心服口服，我们对明天的"世界上最好吃的锅巴"充满了期待。

第二天去三洞桥，有了头天的经验，捡的废铁更多了，回家的时间却比头天早，梁家人还在客堂里吃晚饭，小哥带着我和蒋义摸着墙边走进了灶房。

梁姆姆平常就在蜂窝煤炉上煮饭，难得煮一次柴火饭。米在大铁锅里煮熟后，饭底下的那层焦脆酥香的锅巴，是梁姆姆的拿手好菜"锅巴肉片"的重要食材，平时她都舍不得把锅巴铲出来给大家吃，要留起来做"锅巴肉片"。早上，小哥说他想吃锅巴了，梁姆姆想她的幺儿到那么远的地方去捡废铁好辛苦哟，今天就煮了柴火饭，把锅巴都给小哥留在锅里，灶膛里没有燃尽的柴灰把锅里的锅巴烘烤得又焦又脆。

小哥揭开锅盖，一股焦香味儿扑鼻而来，我和蒋义使劲地吸着鼻子，我们以为这就是"世界上最好吃的锅巴"，恨不得马上就吃进嘴里。小哥仔仔细细地把锅巴上的米饭铲干净后，这才不慌不忙地从碗柜里捧出装猪油的土陶罐，舀出两勺子猪油来，用锅铲的背面均匀地抹在锅巴上，锅里便响起噼噼啪啪油爆的声音。小哥又从碗柜里找出一个青花小罐，从里面舀出一小勺粉末倒在手心里，另一只手捏一点点均匀地撒在锅巴上。

蒋义问小哥撒的是啥子,小哥说撒的是盐。蒋义说盐是白色的,小哥撒的盐不是白色的。小哥就说他撒的盐不是一般的盐,是梁姆姆秘制的椒盐。

小哥用锅铲的背面在锅巴上抹了又抹,看得蒋义的清口水都流下来了:"快点嘛,我都忍不住了。"

小哥还是不慌不忙,拿了一把剪刀,剪了两株梁姆姆种在瓦钵钵里的香葱叶子,切成细细的葱花儿,均匀地撒在锅巴上,这才把锅巴铲起来。蒋义不怕烫手,掰了一块就往嘴里送,一边吃一边做着起飞的动作,嘴里含混不清地说:"好吃得原地飞起……"

等椒盐锅巴不烫手了,小哥才掰了一块给我,我只咬了一口便坚定不移地相信:小哥做的椒盐锅巴真的是"世界上最好吃的锅巴"。

第三章　毛根儿朋友

一

小哥任组长、蒋义任副组长的"捡废铁小组"荣获班上的冠军小组，两人各得了一张巴掌大的奖状，兴冲冲地拿回家去贴在墙上。小哥的奖状虽然没有他大哥梁家龙的奖状多，也没有梁家龙的奖状大，有几张大奖状还镶了金边边，但小哥也有好几张，都是学工学农学军的表彰会上发的奖状，有学工的奖状"劳动最光荣"，有学农的奖状"广阔天地大有作为"，还有学军的奖状"五好战士"。蒋义得的奖状和小哥差不多，因为他心甘情愿地做了小哥的跟班儿，小哥干啥子他就干啥子，所以有小哥的荣誉就有他的荣誉。

蒋义的家教极严，他父母都是老实巴交的工人，不是他父母对他严，是他爷爷对他严。蒋二爷在解放前是成都的袍哥，"袍哥"这个称呼的由来要从《三国演义》讲起：关二爷被迫投降曹操后，曹操奖予他许多金银财帛，他一概不收，只收了一件锦袍，平时也不穿，有事才穿，却要把旧袍罩在锦袍的外面穿。曹操问他这是为何。关二爷说："旧袍是我大哥玄德所赐，如今受了丞相的新袍，不敢忘了我大哥的旧袍。"从汉朝遗留下来的精神气节世代相传，后来形成的袍哥组织以"五伦八德"为信条，"五伦"指君臣、父子、兄弟、夫妇、朋友，"八德"是孝、悌、忠、信、礼、义、廉、耻。蒋二爷曾经是成都袍哥组织一个堂口的"圣贤二爷"。"圣贤二爷"一般是大家推举出来的为人正直、重义守信的人。蒋二爷是不喜欢打打杀杀的老好人，一天到晚就喜欢养个鸟喝个茶，因"圣贤"与"剩闲"同音，"剩闲蒋二爷"便叫开了。成都的茶馆多，也是袍哥之间常来常往的联络站，"剩闲蒋二爷"常去的是成都少城公园的鹤鸣茶社，在那里结识了共产党的地下组织，暗中帮共产党做了不少的事情，所以成都和平解放后，坐落在九思巷的蒋公馆没有被公家没收。

蒋二爷连生五个女儿后终得一子，就是蒋义的爸爸，这个在五个姐姐的宠溺中长大的老幺儿一无所长，性格软弱，解放后就在隔壁的街道生产组当了工人，好在他生了三个儿子，蒋二爷从当年袍哥信奉的"八德"中取了三个字用在他三个孙儿的名字上，老大"蒋忠"，老二"蒋信"，老三"蒋义"。自从有了三个孙儿，"剩闲蒋二爷"反而忙起来，担当起培养教育三个孙儿的重任，一心要把三个孙儿调教成三个顶天立地的血性男儿。

蒋二爷早就听说蒋义有一个好得像穿连裆裤的朋友，他的人生经验告诉他，交朋友的重要性在于选择啥子样子的人做朋友。"近朱者赤，近墨者黑"是交友的老生常谈，蒋二爷形象生动地将这个道理深入浅出地讲给蒋义听："你要跟鸡做朋友，你就只能在地上捡小虫子吃，有翅膀也飞不起来；你要跟鹰做朋友，你就可以展翅高飞，在天空中自由飞翔。"

蒋义赶紧说他想跟鹰做朋友，他想在天空中自由飞翔。蒋二爷表扬了蒋义的豪情壮志，然后言归正传，要蒋义把他的连裆裤朋友带到家里来,他必须亲自过目。

一个星期天的下午,小哥带着我去了蒋公馆。刚走到门口,便听见里面有个老头儿的声音:"你是哪个?"

小哥在门外有礼貌地回答:"我是蒋义的同学。"

从里面又传来小伙子的声音:"你是哪个?"

小哥在门外回答:"梁家雄和梁小猫。"

从里面又传来一个姆姆的声音:"你是哪个嘛?"

这时,蒋义来开了门,小哥在他耳边说:"你们家的人好奇怪哟,轮番来问我是哪个,是不是不欢迎我们来嘛?"

蒋义说:"你想多了,是小凤仙在学我爷爷、我二哥、我妈说话。"

我们这才看见屋檐下吊着一个铜制的鸟架,鸟架上站着一只白色鹦鹉。蒋义说它的年龄比他大哥的年龄还大,它会背唐诗会唱川戏,还会模仿不同的人说话的声音,模仿得最像的是蒋二爷的声音。

蒋义带着我们往里走。蒋公馆的格局和斯公馆差不多,只是房间没有斯公馆的房间多,走廊没有斯公馆的走廊宽,走廊上有柱子但没有美人靠,花园里不种花草只种树,进门就看见一棵伸着钢针般树叶的铁树,院墙边种着几棵桑树,墙上爬满了绿得发紫的巴壁虎儿,巴掌大的叶子密密层层,把院墙遮得严严实实。

进了蒋二爷的房间,里面黑乎乎的,只听见咕噜咕噜的水声,蒋义悄声告诉我们,他爷爷在抽水烟。

看不见蒋二爷在哪里,原来他是坐在矮板凳上抽水烟,巨大的水烟筒几乎遮住了他的脸。蒋义毕恭毕敬地向他爷爷介绍小哥:"爷爷，梁家雄来咯。"

蒋二爷的头从水烟筒后面伸出来问小哥："住哪里？"

小哥回答："就住在这条巷子的8号公馆。"

"8号公馆的梁鼩巴儿是你啥子人？"

"是我爸爸。但是我爸爸不是鼩巴儿，是医鼩巴儿病的医生。"小哥不喜欢别人叫他爸"梁鼩巴儿"。

"你娃不懂，'梁鼩巴儿'才是你老汉儿的金字招牌。"蒋二爷又问小哥，"你身边的女娃娃是你妹妹？"

"她不是我妈生的，是我把她养活的。"

蒋二爷听糊涂了："说些啥子哟，你把她养活的？她又不是你们家的一只猫。"

"她生下来真的只有小猫那么大，我妈都说养不活，我说我一定要把她养活……我就让她跟我姓了，我叫她'梁小猫'。"

小哥把我出生的故事讲给蒋二爷听。小哥也给别的大人讲过我的出生故事，可那些大人都没有耐心听完，他们还会嘲笑小哥，说小哥胡言乱语。

蒋二爷耐心地听小哥讲完我的出生故事，听的全过程他都没有抽水烟。听完了，蒋二爷沉默了一会儿，才对蒋义说："梁老幺有情有义有担当，是可以交一辈子的朋友。灶房头还有两串糖油果子，你带他们两个去吃。"

蒋义毕恭毕敬地说了声"晓得咯"，带着小哥和我走出蒋二爷的房间。我们的身后又响起咕噜咕噜抽水烟的声音。

蒋公馆没有8号公馆大，灶房却比8号公馆的灶房还大，灶台也比8号公馆灶房的灶台大，有点像大馆子的后厨，墙上挂满了大大小小的蒸笼，地上摆着大大小小的砂锅罐子。蒋义说他爷爷经常请厨师来家里做他喜欢吃的几样菜，家里人都做不出来，只有厨师才做得出来。小哥问蒋义："厨师做的菜是啥子味道的？"

蒋义说不出来，他说都没有小哥做的酱油饭和椒盐锅巴好吃。小哥不相信，蒋义就举起右手发誓"敢向毛主席保证"。毛主席在人民心中至高无上，都向毛主席保证了，小哥不再怀疑蒋义说的话的真实性。

蒋义从碗柜里拿出两串糖油果子，一根竹签上串着四个糖油果子，红亮的焦糖上粘着几粒白芝麻，我吃不了四个，分了两个给蒋义吃。蒋义认真地对小哥说："我爷爷同意我们两个交朋友了，他要我们两个做一辈子的朋友。"

小哥一边吃糖油果子，一边认真地回答："我们两个肯定可以做一辈子的朋友。"

我嘴里嚼着糖油果子含混不清地说："我也要和你们两个做一辈子的朋友。"

小哥拿掉我嘴角边的一粒白芝麻，说："你就做我们两个一辈子的梁小猫。"

蒋义试探着向小哥提要求："梁家雄，我们两个都是好朋友了，能不能你叫她梁小猫，我叫她蒋小猫？"

小哥不同意，他说我是他养大的，又不是蒋义养大的，只能叫"梁小猫"。

离开蒋公馆时，我向在屋梁上的小凤仙摆手道"再见"，小凤仙模仿蒋二爷的说话声:"慢走!不送!"

我又向蒋义摆手道"再见",小凤仙模仿蒋义的说话声:"二天来耍哈!"

就冲这只巧嘴白鹦鹉,蒋公馆成了我天天都想去的地方。

二

经过蒋二爷的"亲自过目",认定了小哥是蒋义"可以交一辈子的朋友"。蒋二爷自信得很,他阅人无数,看人能透过皮看到骨,透过形看到魂,从来没有看走眼过。从此以后,小哥可以自由地出入蒋公馆,经常带我一起去,偶尔他自己去一回,蒋二爷就会问:"咋个不把梁小猫带来喃?"

蒋义只有两个哥哥,没有姐姐妹妹,每次我到蒋公馆,一家人都围着我转,特别是他妈妈蒋姆姆,恨不得把家里所有的好东西都找出来给我吃,还常常捧着我的脸不晓得对我说还是对她自己说:"我如果有一个你这么乖的女娃娃,做梦都要笑醒。"

蒋义想讨他妈欢心的一个招数,就是哄我到他家去,他说他家小凤仙想我了,天天都叫我的名字。我跟着蒋义去了蒋公馆,小凤仙果然一看见我便高声叫道:"梁小猫来了!梁小猫来了!"

蒋二爷和蒋姆姆,还有蒋义的大哥二哥都从房里出来了。

本来,我的童年应该是孤独无趣的,当校长的母亲每天早出晚归,父亲又在远方,但8号公馆和蒋公馆成了我的乐园,有小哥和蒋义的陪伴和守护,我的每一天都过得幸福而快乐。我们三个天天在一起，只有两次超过十天的别离，一次是他们去苏坡桥苏坡公社学农，一次是他们去双流牧马山学军，对我来说就像过了两个世纪那么久。

每年五月，学校都要组织高年级的学生去农村参加"双抢"。"双抢"是农村最忙的时候，忙着割麦子，忙着插秧子，让丰收的土地没有片刻的停歇，马上接着耕耘，循环往复，白面和大米都是争分夺秒从地里抢来的，所以叫"双抢"。

小哥和蒋义在五年级的下学期去成都郊区的苏坡桥公社参加双抢，作为校长的母亲也去了，她是领队。学农的标配是一条毛巾一顶草帽，毛巾用来擦汗水，草帽用来遮太阳，学生老师都是这样的标配，母亲也是这样的标配：白毛巾搭在脖子上，草帽背在背上，英姿飒爽，像画报上的女劳模。

除了毛巾和草帽，小哥身上还多了一个药箱。学农就是要学习农民的方方面面，农村的医生叫"赤脚医生"，学农的"小农民"也要有赤脚医生。因为小哥生于医药世家，班上的同学都推举小哥当赤脚医生。赤脚医生的标配是背一个标有红十字的药箱，家里有一个梁医生使用了许多年的旧药箱，但上面没有红十字的标志，小哥先用圆规在药箱上画一个圆，涂上白水彩，然后用直角三角板在白色的圆中间画了十字，涂上红水彩，一个耀眼醒目的红十字让原来的旧药箱焕然一新，背在身上还真像那么回事。梁医生放了几样药在药箱里，每放一样，他都不厌其烦地把药的用途和用法讲了一遍又一遍。梁医生平时不爱讲话，不爱讲话的人讲出来的话，容易被人记住。小哥把梁医生讲的每一句话都记得牢牢的。

出发那天,蒋义来8号公馆约小哥一起去学校集合,见小哥背着药箱,很认真地对小哥说他不像赤脚医生,他说"赤脚"是光脚板的意思,小哥的脚上还穿着鞋,不能算赤脚医生。小哥一听有道理,把鞋脱下来塞进包里就和蒋义去了学校。

在学校集合排队的时候,老师发现小哥光着脚,问他为啥子不穿鞋。小哥说赤脚医生不能穿鞋。老师想不笑但忍不住,她说"赤脚医生"是一种象征,一种比喻,一边说一边蹲下身来帮小哥穿上了鞋。

学农都是走着去的。五年级四个班,排着长长的两路纵队,早上七点半从学校出发,走到苏坡桥公社苏坡大队,已经是下午三点多钟,早已过了吃午饭的时间。生产队准备了白面锅盔夹旋子凉粉,每人发一个,配一大碗绿豆汤。生产队队长本来要让大家下午休息,明天再去地里割麦子,同学们都不答应,说他们是来双抢的,不是来休息的,举起镰刀就冲向广阔的天地。

风吹麦浪,热烘烘的空气中充满了成熟的味道。同学们在麦地里一字排开,从麦地的这头割到麦地的那头,最先割完的就是"割麦冠军"。小哥一开始就赢在了起跑线上。为了把我养活,小哥从五岁起就在御河边割青草,割麦子对他来说就是驾轻就熟,加上你追我赶的比赛氛围,小哥更是超常发挥,把所有的人都远远地甩在了后面。眼看胜利在望,"割麦冠军"十拿九稳,却有女同学的手被割流血了,老师同学都在喊:"赤脚医生!赤脚医生!"

小哥放下手中的镰刀,背起药箱跑到那个女同学的身边,用碘酒给伤口消毒,再在伤口上撒上云南白药,缠上纱布,粘上胶布。

等小哥回到他原来的地方，有几个同学已经割到他前面去了。小哥重新拿起镰刀，正准备奋起直追，蒋义的手又割流血了，他赶紧去给蒋义包扎伤口。眼看着到手的"割麦冠军"泡了汤，蒋义安慰小哥说："你不要着急，还有六天都是割麦子，你还可以得六次冠军。"

蒋义亲眼见过小哥在御河边割青草，他毫不怀疑小哥具备"割麦冠军"的实力。然而后面几天割麦子，把手割伤的人越来越多，叫"赤脚医生"的声音此起彼伏，小哥忙得脚不沾地，不停地跑来跑去给伤员包扎伤口，几乎没有拿镰刀的机会。蒋义为小哥感到惋惜，他对小哥说："后面几天都是插秧子，插秧子不用镰刀，不会有人找你包扎伤口，'插秧冠军'非你莫属。"

蒋义对小哥说的这些话纯属安慰，但小哥却认真地相信了。第一天插秧子，小哥第一个脱了鞋，挽起裤脚下了水田。初夏的天气虽然不冷了，但水田里的水还是冰凉冰凉的。小哥打了一个寒战，蒋义问他冷不冷，小哥大声回答："不冷！一点都不冷！"

同学们听说不冷，纷纷脱鞋下了水田，冷得龇牙咧嘴，都说"梁家雄骗人"。

插秧子也搞比赛，从秧田的这一头插到秧田的那一头。割麦子往前，是把立在地里的麦穗割倒；插秧子往后，是把浮在水上的秧苗插立在水田里，一人插四窝，往后退一步再插四窝，退到底了就是"插秧冠军"。小哥又赢在了起跑线上，不一会儿，他的前面立起四行绿油油的秧苗。眼看着"插秧冠军"胜券在握，又听见有人喊："赤脚医生！赤脚医生！"

小哥扶起受伤的女生上了田坎，原来是一条肥溜溜的蚂蟥钻进了她的小腿，还留了半截身体在外面。女生吓得哇哇大哭，同学们也吓得从水田里爬上田坎，怕蚂蟥钻进他们的肉里头。

小哥捏住蚂蟥露在外面的身体，想把蚂蟥从女生的小腿里扯出来，可蚂蟥的身体滑溜溜的，根本捏不住，蚂蟥又往肉里头钻进去一点点，女生痛得闭着眼睛尖叫。同学们更害怕了，胆小的吓得脸色煞白。

小哥一巴掌拍在女生的小腿上，蚂蟥从肉里头退出来一点点；再一巴掌拍上去，蚂蟥又退出来一点点；啪啪啪！啪啪啪！几巴掌拍上去，居然把蚂蟥拍出来了。同学们欢呼起来，可不敢再下水田，小哥向大家保证："如果蚂蟥再钻进哪个的肉里头，我负责把蚂蟥拍出来。"

小哥带头下了水田，同学们这才下田插起秧子来。小哥再也当不成"插秧冠军"了，因为他常常被叫去拍蚂蟥，男生女生头痛脑热找他，被蚊子咬了找他，身上长了红疙瘩也找他，他一律给他们抹上万金油，同学们说他只晓得抹万金油，干脆就叫他"万金油医生"。

三

双抢结束了，在回家的前一天，我母亲作为学校校长，在村口的榕树下召开学农的总结大会，给在双抢中表现积极的同学发奖状，奖状上写着"广阔天地大有作为"。蒋义当过一次"割麦冠军"，当过三次"插秧冠军"，母亲念到了蒋义的名字。小哥没有当过"割麦冠军"，也没当过"插秧冠军"，他已经在心里肯定自己得不了奖状，多少有些沮丧。蒋义捧着奖状来到他的身边，要把奖状送给他。小哥挡了回去："这是你得的奖状，我咋好意思要嘛？"

"我们两个是好朋友，好朋友不分你我，我的就是你的，你拿回家贴在墙壁上……"

蒋义还没有说完，就听见母亲在叫小哥的名字。母亲特别表扬了小哥，她说小哥不怕苦不怕累，他还有一个特殊的身份是"赤脚医生"，在双抢中作出了特别的贡献。同学们鼓起掌来，掌声十分热烈，特别是那些女生鼓得最起劲，她们都得到过小哥的"救护"。

在总结会的现场，围了一圈看热闹的村民，看见小哥背着药箱上台领奖，就有村民对小哥指指点点："你们晓得这个小赤脚医生的老汉儿是哪个不？"

当村民们得知小哥是城里头大名鼎鼎的梁齁巴儿的幺儿时，都啧啧啧地感叹不已："真是龙生龙凤生凤，老鼠生儿打地洞。"

一个红脸膛老汉儿冲过来问小哥："你真的是梁齁巴儿的幺儿啊？"

"我爸是医齁巴儿病的梁医生。"小哥还是不喜欢别人叫他爸"梁齁巴儿"。

红脸膛老汉儿一把抓住小哥的胳膊："走，到我家去吃晚饭！"

小哥不去，红脸膛老汉儿和小哥拉扯起来，蒋义来帮小哥，抓住小哥的另一只胳膊，你扯过去，我拉过来，差点把小哥拉扯成两半。红脸膛老汉儿拉不过小哥和蒋义，就去找我母亲，他说："林校长啊，梁齁巴儿三服药就医好了我这个多年的老齁巴儿，我要请他的幺儿到我家去吃顿饭,这个要求不过分嘛?"

母亲连忙说"不过分不过分",命令蒋义陪小哥去王大爷家吃晚饭。这是回城之前,蒋义和小哥在苏坡桥公社苏坡大队吃的最后一顿晚饭。

在去王大爷家的路上,蒋义悄悄地对小哥说:"王大爷这么隆重地请你,是不是要请你吃九斗碗哦?"

小哥问蒋义:"啥子叫'九斗碗'?"

蒋义说:"'九斗碗'就是九个碗装九个菜,是乡坝头规格最高的宴席。"

小哥心生欢喜,长这么大,他还没有吃过"九斗碗"呢。

王大爷的家在竹林深处一个青瓦白墙的院子里,还没进门,王大爷便高声叫道:"来贵客咯!"

王婆婆迎出门来,笑得一脸的皱纹像菊花盛开。她一手牵了小哥,一手牵了蒋义,来到院子里的瓜架下,瓜架上结着黄瓜。王婆婆说:"你们两个不要客气哈,随便摘来吃,我和王大爷去给你们做一顿你们城里头的娃娃没有吃过的好东西。"

王大爷和王婆婆进了灶房,小哥和蒋义理解的"城里头娃娃没有吃过的好东西",就是"九斗碗"。

小哥问蒋义吃过"九斗碗"没有,蒋义说他爷爷经常带他去乡坝头吃"九斗碗",桌子都摆在露天坝坝上,一摆就是好多桌,每桌都要上九个菜,上一个菜吃一个菜,没有四五个钟头,根本吃不下来。一听要吃那么久,小哥就发起愁来:"老师让我们天黑之前必须回去,如果九个菜还没上完天就黑了,咋个办?"

蒋义也发愁。他俩商量来商量去，最后击掌达成一致：天黑之前必须回去，上几个菜吃几个菜，没有上的菜就不吃了，留一点念想也好，留到下一次来吃。

　　瓜架下面有张石桌，他们坐在石桌边的石凳上吃黄瓜，小哥吃了一根还想吃一根，被蒋义拦住了："等一会儿九斗碗上来，你的肚子都被生黄瓜填饱了。"

　　"来咯！来咯！"

　　王大爷端来一个洗脸盆大的瓦钵钵放在石桌上，瓦钵钵里面热气腾腾，除了比饺子还大的面疙瘩，还有莲花白和洋芋片片，奶白色的面汤上漂着碧绿的葱花儿。

　　王大爷回灶房拿碗筷，蒋义指着瓦钵钵对小哥说："九斗碗里面好像没有这个……"

　　小哥给他使眼色，蒋义赶紧闭嘴，原来是王大爷和王婆婆出来了。

　　王婆婆一边往碗里舀面疙瘩一边说："这面疙瘩虽然不值钱，但你们城里头是吃不到的。每年收完麦子，生产队就分那么一点点新面，就是吃个新鲜，放久了就吃不出麦子的味道了。算你两个娃娃运气好，赶上了。"

　　王婆婆说得这么玄乎，不就是面做的疙瘩嘛？小哥夹起一个面疙瘩咬了一口，非常劲道，越嚼越甜，吞下去后满口留香，他怀疑他吃的是不是面做的疙瘩哦？

　　"咋不是喃？这是刚割下来的麦子磨成的新鲜面粉，所以能吃出麦子的味道。"王婆婆说着又给小哥舀了一碗。

蒋义喜欢喝面疙瘩汤,喝了一碗又一碗,他问这汤咋这么鲜喃,比鸡汤还鲜。王婆婆说:"咋个不鲜嘛,汤里头的莲花白和洋芋片片,刚才还长在地里头,现在就到了你们的碗里头。"

满满一钵钵面疙瘩,被小哥和蒋义吃得一干二净,这时候才真真切切地感受到他们语言的贫乏,除了蒋义那句常挂在嘴边的"好吃得原地起飞",居然找不到合适的语言来形容这人间美味,他俩都在心里暗暗庆幸:幸好没有吃"九斗碗"。

天快黑了,小哥和蒋义必须和王大爷、王婆婆说"再见"了。王大爷拿出一个小布袋给小哥:"这里面装了一点刚磨出来的新面,带回去给梁鮈巴儿尝尝鲜。"

小哥不要,他从小受的教育是"三大纪律八项注意",其中有一条就是"不拿群众一针一线"。王大爷说:"这点面粉又不是值钱的东西,就算表表我的心意,梁鮈巴儿三服药就医好了我多年的鮈巴儿病,这个情我一辈子都还不完。"

王婆婆硬把面粉袋子塞在小哥手中:"拿着拿着,礼轻仁义重嘛。"

小哥收下了面粉,从此不再反感别人叫他爸爸"梁鮈巴儿"。

四

暑假过后,小哥和蒋义上了六年级。学校组织六年级的全体同学去双流牧马山军训,因为小哥在双抢中当过赤脚医生,全班同学又推举小哥当"随军卫生员"。小哥回家用水彩将学农用过的药箱涂成了草绿色，只留下耀眼醒目的红十字。药箱便成了"军用卫生箱"。

军训的标配是军绿色上衣，军用挎包和军用水壶交叉背着，外扎一根军用皮带，头戴树枝扎成的伪装帽，双肩背一个行李卷。小哥和蒋义的军绿色上衣，是我母亲找了两件父亲的旧军衣请梁姆姆改小的，军用挎包、军用水壶和军用皮带都是我父亲用过的，母亲也找出来给了小哥和蒋义。就是家里没有军用被子，他们只好把家里盖的花被子捆起来当行李。伪装帽是蒋义用蒋公馆院墙上的巴壁虎儿扎的，他不仅给小哥扎了一顶，还给班上好多女生都各扎了一顶。蒋义在班上的女生缘特好，春天养蚕，蒋公馆里栽了几棵桑树，蒋义就在书包里塞满桑叶，带到学校分给那些喜欢养蚕的女生，他成了这些女生心中的男神。

出发那天早晨，蒋义来8号公馆约小哥一道去学校集合，我把父亲带回来的压缩饼干和牦牛肉干全部拿出来，平分成两份，一份给小哥，一份给蒋义。小哥和蒋义都不要，他们说学校规定不许带零食，我说这不是零食是粮食，是给你们饿了的时候吃的。我硬把一份塞进了小哥的军用挎包，把另一份塞进了蒋义的军用挎包。

小哥和蒋义雄赳赳气昂昂地去了学校，把所有同学的眼睛都亮"瞎"了：除了他们背上的铺盖卷儿，他们身上的装备简直太正宗了，他俩的上衣是最正宗的军绿色，和解放军军装的颜色一模一样，不像其他同学身上穿的草绿色，深的深浅的浅，一看就是商店里扯来的布找裁缝做的，更别说小哥和蒋义交叉背在身上的军用挎包和军用水壶，还有外扎在腰上的军用皮带，那都是原装的。

也许因为小哥和蒋义一身正规的装备，也许因为小哥和蒋义都是体育尖子生，体育老师是这次军训活动的总指挥，他让小哥做红旗手，让蒋义做副旗手，就是小哥举红旗举累了，副旗手蒋义接过红旗继续前进。

军训的第一个项目是负重长途拉练，就是全体小战士背着铺盖卷儿从学校步行到双流的牧马山。六年级四个班排着四路纵队在朝霞满天的清晨，浩浩荡荡地从学校出发了。

小哥举着红旗，蒋义喊着"一二一"，同学们迈着整齐的步伐，精神都很饱满。午饭后，行军的队伍继续向牧马山挺进，已经走出城区进入双流境内，路上的车辆少了，马上要进行军训的第二个项目"防空演习"。

虽然已经立秋，但立秋后的秋老虎凶得很，太阳火辣辣地烤在头顶上，把头上伪装帽上的叶子都烤蔫儿了。突然，体育老师跳上路边一个巨大的石礅，吹出一声尖锐的口哨，高声喊道："敌机来了，卧倒！"

长长的队伍卧倒在滚烫的柏油马路上，绝对不能动，一动就会被"敌机"发现，"敌机"就会扔炸弹。卧倒在地的小战士们仿佛在热锅上受煎熬，背上还压着一个沉重的铺盖卷。这时候，他们都想起了英雄邱少云，火都烧到衣服上了，人家硬是没有动。就这样，小战士们心里一边想着邱少云，一边希望"敌机"快点过去。

终于又听见尖锐的哨声，体育老师带着胜利的喜悦高声喊道："'敌机'过去了，全体起立，继续前进！"

有些同学站起来了，有些同学还趴在地上，背上的铺盖卷犹如一座大山压在他们的身上，好不容易站起来，有几个同学的铺盖卷散了，老师叫他们抱着铺盖走在队伍的后面。

整理好行军的队伍，继续向牧马山挺进。这期间"敌机"又来了几次，同学们又卧倒了几次。

在第三次卧倒时，蒋义背上的铺盖卷散开了，被面是牡丹花的印花布，蒋义就像抱着一大捧牡丹花。蒋义也要排到队伍后面去，他带着哭腔对小哥说："我当不成副旗手了。"

蒋义非常珍惜副旗手这个荣誉，他的样子除了不舍，还有些落魄。小哥果断放弃"红旗手"的荣誉，悄悄拉开捆铺盖卷的绳子，他的铺盖卷也散了，他抱着铺盖和蒋义一起排到队伍的后面。抱铺盖的同学越来越多，一个个垂头丧气，有气无力，看见红旗手和副旗手也抱着铺盖走在队伍后面，顿时精神焕发。

这是军训的第一天。

第二天和第三天，军训的项目都是背着铺盖卷长途拉练，一路走一路卧倒防备"敌机轰炸"，到达牧马山军营已是第三天的傍晚。

在以后的几天军训里，有"飞毛腿"之称的小哥如鱼得水，许多项目仿佛是为他量身定制的。比如"山顶夺红旗"，鲜艳的红旗插在山顶上高高飘扬，全年级四个班的小战士从山脚下面向上攀登，去争夺那面红旗，小哥就像行动敏捷的蜘蛛侠，手脚并用，当小战士们才爬到半山腰，小哥已夺下红旗在山顶上挥舞起来。

在军训中，六年级四个班整编成一个连，体育老师任连长；四个班成了四个排，小哥因为夺了红旗为班上争了光，同学们都推举他当排长。

当了排长的小哥更加意气风发，在训练中一马当先，以身作则。训练"匍匐前进"时，他一遍又一遍给全班的小战士做示范，胳膊肘那里都磨破了皮，他一声不吭。连长发现小哥简直就是一个天生的军人，一个现成的教官。

军训最基础的项目是"走正步"，练了几天，小战士们的腿仍然抬不高伸不直，这让连长头痛不已。小哥走的正步是最标准的正步，成为全体小战士学习的好榜样；小哥扔"手榴弹"也是扔得最远的，连长就让他把扔"手榴弹"的心得体会讲给小战士们听，示范动作做给小战士们看；训练"通过障碍到达目的地"，要爬云梯，过独木桥，钻铁丝网，每一个动作他都做得一丝不苟，男战士们对他心服口服，女战士们在心里暗暗地崇拜他。

每天日落西山红霞飞的时候，都是小哥的高光时刻，连长表扬当天表现优秀的小战士，头一个总是小哥的名字。

军训剩下的最后一个项目是"排雷行动"，没想到在搜寻"地雷"的时候，发生了令小哥和蒋义终生难忘的事情。

五

"排雷行动"是军训中最令人激动的一个项目。漫山遍野都埋着用地瓜代替的"地雷"。牧马山的地瓜远近闻名，看起来脏兮兮的，可剥开红泥包裹的皮，里面雪白细嫩，咬一口，甘甜的汁水就顺着下巴流。

那天清晨，太阳刚在山尖尖上露出半个脸，漫山遍野已经爬满了搜寻"地雷"的小战士。小战士们都集中在一起，就像一群密密麻麻的蚂蚁，发现一个"地雷"都扑上去抢，排"雷"成了抢"雷"。小哥对蒋义说："没意思，我们去人少的地方。"

他们离开人群，专往没人的地方去搜寻，好不容易发现了三个"地雷"，捡起来都放进了药箱里。

搜寻到的"地雷"越来越多，背在身上的药箱越来越沉。蒋义憧憬起明天军训结束的表彰会，美滋滋地对小哥说："'排雷英雄'的军功章非你莫属！"

小哥说："如果只有一个军功章，我就给你。"

正当他们对憧憬中的军功章让来让去的时候，背在小哥身上的药箱背带被"地雷"压断了，药箱咕噜咕噜地滚到山底下，药箱里的药和"地雷"也滚向四面八方。

"哦豁，白忙了半天。"小哥一屁股坐在地上万念俱灰，军功章也成了泡影。

"我觉得那几个'地雷'就算了，药箱还是要捡回来，你不要忘了你的身份，除了是排长，除了是教官，你还是随军卫生员。药箱都丢了，你还当啥子卫生员嘛！"蒋义又说，"这个药箱在你们家那么多年，说不定还是你们家的传家宝呢。"

小哥翻身站起来，就要到山崖下面去捡药箱。他刚走到能看见药箱的地方，脚底下一滑便滚了下去，幸好被一块大石头挡住，一只脚却卡在石缝里出不来了。

"梁家雄，我来救你！"

蒋义把自己想象成舍己救人的小英雄，纵身一跳，幸好跳在野蛮生长的杂草丛中，他连滚带爬地来到小哥的身边，生拉活扯地把小哥那只被石缝卡住的脚扯出来，小哥却站不起来，小哥说他的脚拐拐痛得钻心。

"我来背你！"

蒋义脖子上吊着药箱，背着小哥一步一步地走，走来走去都像在原地打转转，他们迷路了。蒋义说："早晓得把我家的指南针带来。"

小哥安慰蒋义说："连长他们肯定会来找我们。"

到了下午，蒋义背着小哥还在原地打转转，肚子饿得咕咕叫，他们这才想起早上就吃了一个馒头，到现在水都没有喝一口。他们把几个代替地雷的地瓜都吃了，蒋义说要把军用水壶里的水留着慢慢喝，万一……

小哥打断蒋义的话，不让他把"万一"讲出来。他安慰蒋义说："天黑之前，连长肯定会来找我们。"

山里的天黑得特别早。连长还没来找他们，蒋义已经累得精疲力竭，他再也背不动小哥了。他把小哥放在地上，说："我们只有在这里过夜了。"

山里的夜黑得伸手不见五指，山里的风吹得像鞭子抽在身上，小哥和蒋义饥寒交迫，挤成一团互相取暖。这时，他们想起了所有吃过的好东西，比如小哥做的酱油饭和椒盐锅巴，又比如在苏坡桥王大爷家吃的用刚磨出来的面做的面疙瘩，甚至还想起了他们在学校吃的难以下咽的忆苦饭，蒋义说他这时候能吃下三大碗忆苦饭，小哥说他能吃下三大盆。

突然，蒋义想起临出发前，我在8号公馆门前塞进他们军用挎包里的压缩饼干和牦牛肉干。小哥说他每天吃一点，不知道吃完没有。蒋义在他的军用挎包里掏呀掏呀，掏出了一块压缩饼干，他们一人一半，就着军用水壶里还剩下的一点点水吃进肚子里；小哥也在他的军用挎包里掏呀掏呀，居然掏出一块牦牛肉干，像一块又干又硬的干柴，只能一丝一丝撕下来吃。他们你一口我一口，好像永远撕不完吃不完。

这救命的压缩饼干和牦牛肉干，竟让蒋义恍惚起来，他问小哥："你说，梁小猫会不会是仙女啊？"

小哥说："梁小猫就是梁小猫。"

"如果她不是仙女，她咋个晓得我们会挨饿喃？"蒋义和小哥商量，"以后我叫她蒋小仙，你叫她梁小猫，好不好？"

他们说着说着便睡着了，越睡越香，沉浸在温暖的梦乡中。

他们是被一阵咩咩的羊叫声叫醒的，睁眼一看，一轮红日正冉冉升起。再一看，他们被几只羊围在中间，怪不得他们在夜里没有挨冻，尽做温暖的梦，原来是羊用它们身上的羊毛温暖了他们。

小哥在蒋义的胳膊上狠狠地揪了一把，蒋义哎哟一声；蒋义在小哥的大腿上狠狠地揪了一把，小哥也哎哟一声。他们不是在做梦，眼前的一切都是真的。他们想了许多种解释，把脑袋都想痛了，也想不通这几只羊为啥子会来到他们的身边。突然，蒋义一拍脑袋，惊喜地对小哥说："它们是来报恩的羊。"

小哥一脸懵懂："报啥子恩？"

"报你的恩。你忘了你放走的那只羊，就是梁小猫喝它的奶长大的那只羊？"蒋义说得有鼻子有眼，"要不是你救了那只羊，那只羊已经被杀了炖汤喝了。说不定这几只羊就是那只羊的后代，它们为了报答你的救命之恩，所以就来救你，顺便把我也救了。"

不管小哥是否相信，反正蒋义是相信因果报应的。蒋二爷从小就给他讲一些因果报应的故事，现在，这些故事在小哥身上应验了。

蒋义背起小哥，那几只报恩的羊自动地在前面带路，迷路的蒋义和小哥别无选择，只好跟着羊走。

羊走的都是羊肠小道，七弯八拐，居然把他们带出了像迷宫一样的山，遇上了连长和几位老师，他们为了寻找小哥和蒋义，在夜里也迷路了，天亮以后才从山里转出来。

小哥和蒋义擅自离开集体而迷路，受到了连长的严厉批评，又问他们排了几个雷，蒋义说有七个。连长的脸上这才露出一丝喜色，这个排雷成绩足以将功补过。

连长问："'地雷'喃？"

"吃了。"蒋义说，"我们实在太饿了，忍不住就把'地雷'都吃了。"

老师们都笑起来，说"地雷"还能救命。只有连长没有笑，他觉得很为难："你们把'地雷'都吃了，咋个能证明你们排了七个'地雷'喃？"

把小哥和蒋义带出山的几只羊，正是生产队几天前擅自离开羊群开小差的几只羊，生产队派人找了好几天都没找着，现在这几只羊奇迹般地回来了，而且和来军训的两个小战士在一起，生产队坚定不移地认定这几只羊是小哥和蒋义帮生产队找到的，挽救了国家财产，敲锣打鼓地送来用大红纸写的表扬信。

小哥和蒋义想给大家说明事情的真相，是羊自己来到他俩身边的，是羊把他俩带出山的，可没人相信他俩说的话，都说他们在编童话故事。连长还批评他俩说："你们两个的优点是不撒谎，缺点是爱编故事。"

同学们也说小哥和蒋义"过分谦虚等于骄傲"，小哥和蒋义有口难辩，只好随他们想咋个说就咋个说。

有了当地老乡送来了表扬信，结合他俩在整个军训中的突出表现，在表彰大会上，小哥和蒋义双双获得"五好战士"的光荣称号。

第四章　斯小姐

一

自从有了军训的那段经历，小哥和蒋义的友情已上升为同甘共苦的生死之交。小学毕业的那个暑假，蒋义一天到晚都在8号公馆。

蒋公馆的黄葛兰树开花了，院子里装不下的香气都跑到院墙外面，引来许多爱美的年轻女子在蒋公馆外面吸鼻子。

每天清晨，都有一个瘦小的白发老婆婆走进九思巷，走到蒋公馆，就坐在木头门槛上，身旁放着一个篮子，篮子上铺着浇了水的阴丹蓝布，她在等蒋义把刚摘下来的黄葛兰送出来。她喜欢蒋义摘的黄葛兰，每一朵都含苞欲放，香气被嫩黄细长的花瓣包裹起来，随着花瓣一点一点地绽放，香气也一点一点地散发出来，这样的黄葛兰最好卖。老婆婆是住在附近的孤寡老人，每年夏天黄葛兰花开的时候，蒋二爷都让她一早来蒋公馆，每天都要送些黄葛兰给她拿去卖，挣点零花钱。老婆婆就坐在蒋公馆的门槛上，用针线把两朵黄葛兰串在一起卖，一分钱一串，无论是上了年纪的成都姆姆还是青春年少的成都女娃娃都喜欢买一串别在胸前的纽扣上，走到哪儿香到哪儿，成都的夏天总是香喷喷的。

这样不晓得持续了好多个夏天，最早是蒋二爷的大孙儿蒋忠摘黄葛兰给老婆婆，然后是二孙儿蒋信，现在是幺孙儿蒋义。蒋义每天都请老婆婆留下两朵串好的黄葛兰，那是送给我的。

蒋公馆的桑树在夏天也结出了红得发紫的桑葚，成都人习惯叫"桑果"。蒋义每天来8号公馆都要带一袋子桑果来，临出门前，蒋二爷都要叮嘱他一句："长点记性，不许再闯祸哈！"

原来前几天他在来8号公馆的路上，遇上同班的女生刘小蓉，刘小蓉从来没有吃过桑果，她问桑果是啥子味道的，蒋义说是酸甜酸甜的。刘小蓉又问是酸多一点还是甜多一点，蒋义说每一颗都不一样，便给了几颗让她自己尝。

女生一路吃着桑果回到家里。过了一会儿，一个胖姆姆一手拉着哭哭啼啼的刘小蓉，一手抓着一件白衬衫到蒋公馆来兴师问罪，指着白衬衫的几块污渍向蒋二爷告状："看你们家蒋义干的好事！"

蒋二爷问胖姆姆："蒋义干啥子了？"

"他硬要给我们家五妹儿吃桑果，把衣服吃得这么脏，洗都洗不干净，你说他是不是故意的？"胖姆姆一把鼻涕一把泪，"我们五妹儿只有这么一件白衬衣，弄成这样子咋个戴红领巾嘛？"

蒋二爷最见不得女人的眼泪，心里明白被这个胡搅蛮缠的胖姆姆赖上了，便想快刀斩乱麻："你说咋办就咋办。"

胖姆姆也干脆，直截了当地要蒋家赔钱，给她家五妹儿重新做一件白衬衣。蒋二爷爽快地赔了钱，但是他要蒋义长记性。

这天一早，蒋义一手拿着两朵黄葛兰，一手提着一袋桑果来到8号公馆，他把黄葛兰给了我，把桑果交给梁姆姆去洗，梁姆姆却说："今天可不许你们吃桑果了，等一会儿斯老师来，你们三个不要把人家吓跑了。你们自己不晓得吃了桑果的样子有好吓人，嘴皮牙齿舌头都是乌黑的，就像三只乌嘴猫。"

我们都问梁姆姆："哪个斯老师？"

"就是幼儿园的斯老师，你们都忘了啊？"

我和小哥都想起来了，蒋义小时候也上的这个幼儿园，他也想起来了。斯老师是幼儿园最年轻的老师，其他的老师都是当过妈妈的，只有她是没有当过妈妈的年轻姑娘，梳两条长辫子，辫梢那里扎两个粉蓝色的蝴蝶结，走起路来，两只蓝蝴蝶就在腰间飞动。斯老师不会照管孩子，只会唱歌跳舞弹风琴，所以她只负责教孩子们唱歌跳舞。

幼儿园原来是斯公馆，斯老师是斯家最小的女儿，从小在斯公馆里长大，九思巷的人都叫她"斯小姐"。后来，梁家搬进了8号公馆，梁姆姆也跟着街坊邻居叫她"斯小姐"。解放后，斯公馆成了街道幼儿园，斯公馆只剩下斯小姐和她的奶妈，幼儿园给了一间房给她们住。斯小姐中学毕业后，因为家庭出身不好，升不了学，也没有好单位肯要她，便在幼儿园当了老师，她的奶妈黄姆姆也在幼儿园当了炊事员。

梁姆姆告诉我们，斯小姐要搬到8号公馆来了。她说幼儿园不办了，成了街道办事处，房管所就把8号公馆小洋楼二层的一个房间分配给斯小姐住。

我们盼着斯小姐快点到来，我还把蒋义送给我的黄葛兰留起来要献给斯小姐。我们在后花园的石桌上一边看书，一边等斯小姐，还是忍不住把蒋义带来的桑果都吃了，红得发紫的桑果汁都留在了书上。梁姆姆正用毛巾给我们三个擦嘴擦脸，斯小姐和她的奶妈黄姆姆已经来了，一人抱一个大包袱，梁姆姆把她们带到二楼我家隔壁的那个房间，问她们咋不去借辆架架车搬家喃。

斯小姐说："就几步路，我和黄妈妈不过是多搬几趟。"

梁姆姆说："像你们这样蚂蚁搬家，啥子时候才搬得完哟？"

"我们去搬！"

小哥和蒋义撒腿就跑，一趟子跑到斯公馆，他们在上幼儿园的时候，便晓得斯小姐住哪间房。他们熟门熟路地进了斯小姐的房间，里面的东西并不多，大的物件就是一张单人的钢丝床、一个桃木雕花的梳妆台、一架脚踏风琴，最引人注目的是一台立式复古留声机，古铜色的大喇叭十分张扬，这台留声机看着就价值不菲，还有满满一大箱子黑胶唱片。

小哥和蒋义把搬运大件的活儿全包了，我负责一趟一趟地搬书，斯小姐和黄姆姆负责打扫新家。晚饭前，斯小姐所有的东西都从斯公馆搬来了，斯小姐和黄姆姆也把新家收拾规整好了，梁姆姆请斯小姐和黄姆姆下楼来吃晚饭。

二

梁家客堂中央的八仙桌上晾着几碗荷叶稀饭，还冒着热气，客堂里飘着荷叶淡淡的清香。熬稀饭的荷叶都是从荷塘里摘下来的新鲜荷叶，每天下午都有人挑着一担荷叶到8号公馆来卖，两分钱一片，梁姆姆每天都买两片，放一片在我的头上，放一片在小哥的头上，让我们当凉帽玩一会儿，再放进水缸里，让荷叶浮在水面上，等稀饭熬熟了，取一片荷叶盖在稀饭上，荷叶的清香和淡淡的绿色便都在稀饭里了。

八仙桌中央摆着几样配荷叶稀饭的小菜：一盘流油的咸鸭蛋切成两半摆在盘子里，红的红白的白，像盛开的花瓣；一盘青椒擂皮蛋，青椒是放在火上烧熟的，再剥两个松花皮蛋，放进碓窝里一起擂，别看擂出来的青椒皮蛋样子不中看，黑乎乎烂渣渣的，却是一道妙不可言的下饭菜；装在玻璃碗中的是粉红色的洗澡泡菜，把莲花白和红萝卜皮放在泡菜坛子里只能泡一个晚上，泡久了便会失去清脆的口感，捞起来淋上红油，撒一点花椒面，撒一点白糖，撒一点炒熟的白芝麻，上桌后现拌现吃。

梁姆姆一边拌着洗澡泡菜一边对斯小姐和黄姆姆说："用稀饭招待你们，不要见外哈！"

"天气热，吃稀饭正好，给你们添麻烦了。"斯小姐站起身来，给梁医生和梁姆姆鞠躬道谢。

"快坐下！快坐下！"梁医生也站起身来，"千万别客气，以后我们就是一家人了。"

斯小姐刚坐下，黄姆姆又站起来给梁医生和梁姆姆鞠躬，话还没说眼泪就流下来了："我明天就回乡下了，我想把小姐托付给你们。小姐从生下来到现在，我就没离开过她，她爹妈临走时把她托付给我，幼儿园不办了，我也没得法子，不得不走……"

斯小姐扶着黄姆姆坐下来，说："黄妈妈，你就放心嘛，我都这么大了，可以自己生活了。"

黄姆姆说："我就是不放心你的一日三餐。"

梁姆姆说："不就是添双筷子添个碗，斯小姐就在我们屋头吃。"

斯小姐摆手连声说"不"，她说她会做饭，可以自己做饭吃。

第二天一早，黄姆姆要走了，斯小姐把她送到8号公馆的门口，黄姆姆千叮咛万嘱咐，车轱辘话说了一遍又一遍。斯小姐催她快走："你再不走都中午了。"

黄姆姆终于走了，一步一回头，万般不舍。斯小姐含泪目送。等黄姆姆消失在九思巷，斯小姐低头朝平安桥街的方向走去。我赶紧去向梁姆姆报告："斯老师也走了，她在哭。"

"好可怜哦，三十几岁了还孤苦伶仃的一个人，她该不会……"梁姆姆叫我跟在斯小姐的后面，看她要到哪里去。

我远远地跟在斯小姐的后面。斯小姐走到平安桥天主教堂那里就不再往前走了。黑色的围墙将教堂严严实实地围在里面，一道黑色的小门紧闭着。以前御河还没有挖成防空洞的时候，小哥经常带我到御河边玩，去御河经过这个用黑墙围起来的地方，对我和小哥来说充满了神秘感，我们不止一次趴在黑色小门的门缝上往里看，啥子都看不见。小哥回家问梁姆姆："那个地方为啥子要用黑墙围起来？"梁姆姆一脸惶恐："小娃娃家晓得那么多干啥子嘛，那个地方去不得哈。"

我回家问母亲，母亲从来不会因为我是小娃娃就敷衍我，但在回答我这个问题时，也小心翼翼地把声音压得低低的："以前，那个地方是天主教堂，你以后不许再去。"

大人们都不许我们去黑墙围起来的地方，也不许我们打听黑墙里面的事情，但我晓得了那个地方是天主教堂。

斯小姐在黑墙边走过来走过去，她眼帘低垂，有个疯跑的小娃娃撞了她一下，她也浑然不知，完全沉浸在她的内心世界里。

我跑回8号公馆报告梁姆姆："斯老师去天主教堂了。"

"啊？"梁姆姆如大祸临头的样子，"她去那里干啥子？"

"没干啥子，就在那里走来走去。"

我学着斯小姐的样子，双手握在胸前，眼睛看着自己的足尖，走过来走过去。

"哎哟喂，斯小姐莫非是天主教徒，她在做祷告？"

我问梁姆姆："啥子叫'做祷告'？"

"就是把心里的话讲给她们的主听。"

我又问梁姆姆："她们的主是哪个？"

"是个外国人。"梁姆姆似乎对斯小姐有些不满，"她咋个去信了天主教嘛？天主离她那么远，咋个保佑她嘛？"

梁姆姆是信佛教的，她认为斯小姐应该像她一样信佛教，菩萨就在身边，可以天天保佑她。在梁家的客堂里有一个用屏风遮挡的角落，小小的角柜上就供着一尊菩萨，没人的时候，梁姆姆就会钻进去跪拜菩萨，念几声"菩萨保佑"，念几声"阿弥陀佛"。这一切都是悄悄进行的，她怕人家说她搞封建迷信。

下午，斯小姐回来了，像换了一个人似的，还笑吟吟地和梁姆姆打招呼，倒把梁姆姆搞蒙了："莫不是她把心里头的话讲给天主听了，天主帮她解开了心里头的疙瘩，她就想开了？"

三

那天，小哥和蒋义帮斯小姐搬家，把钢丝床、梳妆台和立式留声机都搬上楼了，在搬脚踏风琴时，斯小姐犹豫不决："我在屋里弹琴，会不会影响住在隔壁的林校长？她的工作那么忙，影响到她的休息就不好了……"

小哥说把风琴搬到后花园的八角亭去。虽然八角亭的门上贴了封条，属于国家财产，但为了挤羊奶养活我，小哥在里面养羊，一养就是三年，还不是平安无事？现在放一架风琴进去，比在里面养一头羊的风险小多了。

小哥自作主张将斯小姐的脚踏风琴搬进了八角亭，八角亭又有好多年没人进去，墙角和天花板上布满蜘蛛网，肥大的蜘蛛迈着八条腿在网上奔跑，毫不畏惧人的到来。斯小姐的手臂上鼓起了鸡皮疙瘩，尖声叫着跑出了八角亭。

第二天，就是斯小姐去平安桥天主教堂那会儿工夫，小哥用叉头扫把，把八角亭里面的蜘蛛网一扫而空；蒋义用杀虫剂，把蜘蛛和蚊虫消灭得干干净净。蒋义还跑回蒋公馆摘来一盘子黄葛兰，每个窗台上都放几朵，把八角亭熏得香喷喷的。

当天傍晚，从后花园里便传来了我们在幼儿园时都听过的琴声：长亭外，古道边，芳草碧连天……那时我躺在幼儿园的婴儿床上，几乎是听着这悠扬的琴声长大的。

母亲站在阳台上，晚风把八角亭里的琴声送到她的耳畔，她陶醉在斯小姐的琴声里，自言自语："好久没听到这样的琴声了。"

8号公馆的大灶房，原来是梁家和我们家合用，现在斯小姐搬来了，就变成了三家合用。斯小姐的奶妈黄姆姆教会了她在蜂窝煤上煮饭，还教会她炖鸡汤，鸡汤面、鸡汤抄手就成了斯小姐的主食，用鸡汤煮出来的洋芋和莲花白就成了斯小姐仅会的一两样下饭菜。

灶房外面有一条宽宽的走廊，梁姆姆喜欢在走廊上择菜，比如在春天掐豌豆尖儿，放几根在面条里，能吃出春天的味道；有时剥胡豆壳壳，剥出来的嫩胡豆白白胖胖，还要把外面的皮皮也剥下来，用胡豆瓣瓣和泡青菜一起煮酸菜汤；秋天在御河边的银杏树下捡了白果，梁姆姆用小锤子敲掉坚硬的外壳，给我一根牙签，叫我挑出藏在果仁里面的嫩芽，一遍又一遍地叮嘱："梁小猫，你一定要把白果里面的嫩芽芽挑干净，不然炖出来的鸡汤有苦味儿，还有毒性。"

这天，我坐在小板凳上帮梁姆姆剥毛豆，梁姆姆说天气热火气大，绿色的豆浆清热降火。斯小姐在蜂窝煤上熬鸡汤，也搬来一个小板凳坐下来帮梁姆姆剥毛豆，她们摆起了龙门阵，斯小姐的身世我也听了个大概。

斯小姐的父亲是国民党的高级将领，在成都解放前夕，他主张和平解放成都，被国民党特务挟持去了台湾。那一年，斯小姐还小，她父母连和她告别的机会都没有，便匆匆地离开了，从此她和她父母断了音讯，只能和她的奶妈黄姆姆相依为命。成都解放后，斯公馆归了公，成了街道幼儿园，也没有把斯小姐和她的奶妈赶出来，拨了一间房给她们住。等斯小姐中学毕业了，因为有"海外关系"的"不良"背景，升不了学也找不到工作，幼儿园看她会弹风琴会唱歌，就让她在幼儿园当了教小朋友唱歌跳舞的老师，让她的奶妈黄姆姆在幼儿园当了炊事员。

让梁姆姆耿耿于怀的是斯小姐的信仰。她问斯小姐："你咋个去信了天主教嘞？"

"我母亲是天主教徒，她说我是上帝赐给她的小天使，她给我取名'安琪'。小时候，我每星期都要跟着母亲去平安桥的天主教堂做礼拜，我还参加了唱诗班，学会了弹风琴。八角亭里的那架风琴就是我母亲送给我的。"难怪斯小姐每天傍晚都去八角亭里弹风琴，风琴是她母亲留给她的念想，她弹出的每一个音符都是对她母亲的思念。

梁姆姆释怀了，不再纠结斯小姐信的是天主教。面对这个无依无靠的孤女，梁姆姆心疼不已。她对斯小姐说："你要不嫌弃的话，以后你就把我当成你的妈。"

梁姆姆大斯小姐不过十来岁，本来她想让斯小姐认她当姐姐，但是梁医生的辈分摆在那儿，梁医生比斯小姐高一辈，梁姆姆的辈分也就上去了。

剥完了毛豆，梁姆姆侧身坐在石磨边推磨，斯小姐往磨眼里喂青豆，磨出来的稠稠的淡绿色液体流入纱布袋里，从纱布袋里流出来的就是绿豆浆，留在纱布袋里的是绿豆渣。梁姆姆说把绿豆渣拿来煮稀饭，颜色好看，营养还丰富。梁姆姆做了这些费工费时的食物，都要请我母亲尝尝鲜。

"梁小猫，一会儿请你妈妈下来喝绿色的豆浆稀饭哈！"

那天傍晚，斯小姐在梁家喝了绿色的豆浆稀饭便去八角亭弹风琴，母亲和梁姆姆搬了小板凳坐在厨房外面的走廊上乘凉，摇着芭蕉扇摆龙门阵。

梁姆姆说:"林校长,我今天跟斯小姐摆了一会儿龙门阵,心里头多难受的。孤零零的一个人,别看她是个大门大户的小姐,其实她好单纯哟,我就怕她受人欺负。"

母亲说:"是呀,她在斯公馆长大,然后又在幼儿园工作,接触的人太少,也不懂社会的复杂性。"

"所以嘛,我们要帮她。"梁姆姆顺势对母亲说,"你在学校当校长,认识的人多,给她介绍一个对象嘛。"

"介绍对象?斯小姐那么清高,那么浪漫,她不会接受这种方式吧?"

"她的情况和你差不多,你还不是清高,还不是浪漫,结果喃,你和老唐还不是别人介绍的,现在过得好巴适嘛。"

母亲当时的情况确实和现在的斯小姐的情况差不多,也像斯小姐那么清高那么浪漫,她要等,等她未来的爱人来到她的身边,就像白马王子骑着白马来到白雪公主的身边一样,断然不能接受别人介绍的对象。可她最听她哥哥也就是我舅舅的话,我舅舅要她改名字她就改名字,我舅舅要她要求进步她就要求进步,我舅舅让她去相亲她就去相亲,她第一次相亲就遇见了我父亲,他宽厚的肩膀给了母亲足够的安全感,直觉告诉她,这是可以依靠一辈子的人。

"好姻缘都是可遇不可求的。"母亲感慨道,"还是要看缘分。"

"这个道理我懂。万一斯小姐的缘分到了喃?"

母亲答应梁姆姆,她会把斯小姐的事放在心上,但是急不得,得慢慢找。

四

梁姆姆和斯小姐的接触越多越觉得斯小姐单纯,这种不食人间烟火的人最容易上当受骗,所以斯小姐的终身大事她一定要管。母亲说斯小姐的事急不得,要慢慢找,梁姆姆可等不及。

这天,九思巷著名的王姆姆端了一个空碗,来8号公馆找梁姆姆要泡菜水。梁家的泡菜是九思巷公认的最好吃的泡菜,经常都有街坊邻居来8号公馆向梁姆姆要泡菜水。

王姆姆在九思巷也算著名人物,她的名气是做媒做出来的。梁姆姆从泡菜坛子里舀了大半碗泡菜水给王姆姆,顺便表达想请她给斯小姐介绍对象的意思。

"哎呀,你咋不早说喃?我正好有一个表侄儿,他也姓王,这个人你也见过。"

"我见过?我见过的人多了,你就说是哪个嘛?"

王姆姆故弄玄虚:"你那么喜欢看川剧,他的名气又那么大,你肯定见过的。"

梁姆姆是川剧戏迷,以前经常去锦江剧场看川剧,喜欢看《金山寺》《柜中缘》《御河桥》这些经典的折子戏,这些年都不让演了,她也好多年不去剧场了。

"你说的是哪辈子的事哟,现在演的都是革命样板戏,我咋晓得你说的哪个喃?"

王姆姆终于说出了她的表侄儿:"就是那个大名鼎鼎的变脸王。"

川剧变脸是川剧表演的一种独特的艺术,以快速准确的面具变换动作来表现人物的性格及情感变化。像梁姆姆这种川剧爱好者肯定看过舞台上的变脸表演，变脸比眨眼睛还快，根本搞不清是哪个变的，更看不清变脸人的真实面目。再说，好多年都在舞台上看不见川剧的变脸表演了。

王姆姆恨不得将她表侄儿的所有才华都说给梁姆姆听："人家不仅变脸变得快，还有一门绝技喷火，一股一股的火焰从他嘴巴里头吐出来，嚯哟，好吓人哦！你说我表侄儿是不是一般人？"

"再不一般也过时了，变脸也好，喷火也好，现在都上不了舞台咯。"梁姆姆问王姆姆，"你表侄儿现在干啥子喃？"

"人家现在是台柱子，演的都是主角。"王姆姆炫耀道，"他演现代川剧《智取威虎山》里面的杨子荣。"

梁姆姆听收音机听过京剧样板戏《智取威虎山》，晓得杨子荣是插入敌人心脏的孤胆英雄，是绝对的主角。能演主角的人资历都不浅，又听说他原来又变脸又喷火的，便问王姆姆："你表侄儿的年龄……"

"也就四十来岁。"王姆姆说，"没结过婚，和斯小姐一样，挑来挑去挑花了眼，我看他们两个合适得很。"

梁姆姆也觉得合适，就给斯小姐讲了，还定下了第二天来8号公馆见面的时间。斯小姐的心里是一万个不情愿，她坚信她的姻缘不是找来的，是等来的，她不能接受相亲，但又不能辜负梁姆姆的一片好意，她嘴上答应下来，转身就去找小哥。

第二天下午，小哥和蒋义就像两个门神，守在8号公馆的门口。见面的时间约在下午两点半。主角"杨子荣"准时到达。他偏着颈子，当守在门口的小哥和蒋义是空气，昂首阔步跨过门槛径直往里走。

"站住！站住！"

"杨子荣"站住了，还是偏着颈子，眼睛不看小哥也不看蒋义，不晓得在看哪里，也不晓得他在和哪个说话："你们在叫我嗦？"

小哥问道："你找哪个？"

"杨子荣"偏着颈子，眼睛还是不看小哥，嘴里像念川戏道白："我找斯安琪，王姆姆和梁姆姆约好的。"

正说着，梁姆姆从灶房里出来了："你是……"她忘了王姆姆当时介绍他时的尊姓大名，只记住了他原来会变脸会喷火，现在演现代川剧《智取威虎山》的主角杨子荣，"你是'杨子荣'哇？好像哦！"

"你就是梁姆姆嗦？"

"杨子荣"偏着颈子也不看梁姆姆，梁姆姆对他的印象分立减一半，心里嘀咕道："有啥子了不起嘛？到了我们8号公馆还像在台子上演戏一样。"

梁姆姆叫小哥上楼去看斯小姐在不在。

小哥跑上楼进了斯小姐的房间，学了"杨子荣"偏着颈子不看人的样子，斯小姐捂嘴笑得眼泪都流出来了。不用斯小姐指示，小哥也晓得他接下来该做啥子了。

小哥下了楼，对"杨子荣"说："斯老师不在。"

"杨子荣"不相信，说不在你还去了那么长时间。小哥说他去了那么长时间，是把斯老师的房间都找遍了，也没找到斯老师。

"杨子荣"哼了一声，转身跨出了8号公馆的门槛。

过了一会儿，王姆姆就找上门来兴师问罪，说人都没见着就把人家打发了，啥子意思嘛？

梁姆姆说："到了我们8号公馆还把自己当'杨子荣'，偏着颈子不看人，好不得了要上天的样子！"

"他不是不得了，不是要上天，我忘了给你说。"王姆姆把嘴凑到梁姆姆的耳边，"他本身就是偏颈子。"

梁姆姆一听就抱怨道："哎呀，你咋个把一个偏颈子介绍给斯小姐嘛？人家斯小姐伸伸抖抖的，亏你想得出来。"

"再伸抖也一大把年纪了，还有海外关系。我表侄儿的家庭关系，那是一清二白，本人又是专门演革命样板戏主角的台柱子，如果没有偏颈子的毛病，还能等到今天让斯小姐挑挑拣拣？"

王姆姆就像在菜场买菜讨价还价。梁姆姆当场揭穿她："你当时说的是你表侄儿挑花了眼才把自己耽误了。"

王姆姆反唇相讥："男女之间的事情，还不是你挑我，我挑你，最后都把自己挑剩下了，就像挑剩下来的菜，只有打堆堆卖了。"

王姆姆把斯小姐比喻成"堆堆菜"，梁姆姆对她极其不满："我们斯小姐金枝玉叶，再好的姻缘，她也配得上。"

因为斯小姐，一向与人为善的梁姆姆与王姆姆反目，从此不相往来，王姆姆再也要不到梁姆姆的泡菜水了。

为斯小姐的好姻缘，梁姆姆把所有的希望都寄托在值得信任的我母亲身上，在她心目中，我母亲是个特别靠谱的人，靠谱的人做靠谱的事。母亲为不负梁姆姆的重望，几乎动用了她所有的人脉关系。她先找到她学校的副校长，副校长介绍了朋友的表弟，名叫杜克尧，大学老师，与斯小姐同岁。母亲把情况讲给梁姆姆听，梁姆姆啧啧啧地赞不绝口，说这么好的条件，打灯笼都找不到。

为避免再出现第二个"杨子荣"，为了对斯小姐负责，母亲决定先见杜克尧一面。

那天在副校长的家里，母亲和杜克尧见面了，杜克尧给母亲的印象很好，不高不矮，五官端正，行为举止温文尔雅，特别是他讲起话来，风趣而不失真诚。母亲最想晓得的是，他这么优秀，为啥子到现在还单身一人。

杜克尧坦诚相告："我有过几段感情经历，主要有三段：第一段是我的初恋，谈了三年，因为我家庭出身不好，她还是抛弃了我；第二段是别人介绍的，她是商店的售货员，她倒没有嫌弃我的家庭出身，就是我们之间没有共同语言，这一段是我提出了分手；第三段是我爱上了大学的女同事，可惜她已经结婚了，这一段单相思也就不了了之。"

母亲把对杜克尧的印象和杜克尧说的那几段感情经历都一五一十地讲给斯小姐听了，斯小姐坚决拒绝和杜克尧见面，她说她不能接受一个感情经历如此复杂的人，她的爱人的心中必须还是一片纯洁的处女地，那是一片仅属于她的处女地，一直在等待她的到来，不容许那么多人都去过了。斯小姐向母亲表明了她的态度：她不找，她要等，等爱来。

梁姆姆完全不能理解斯小姐，在她看来，斯小姐和杜克尧简直就是天造地设的一双，她劝斯小姐还是去见一面再做决定，斯小姐连见一面都不肯。母亲倒是能理解斯小姐，她对梁姆姆说："你劝也没用，斯小姐有'情感洁癖'。"

梁姆姆问母亲，"情感洁癖"是不是一种病？

母亲说不是病，是一种心理现象，在爱情上追求纯爱，要求对方的情感经历简单如一张白纸，不能有任何的瑕疵，也就是说，不能与任何人有任何的感情纠葛。梁姆姆听了直摇头，说到哪里去找这样的人？除非到童话里去找。

第五章 后 妈

一

打我记事起，每周六下午小学生不上课，小哥就会带着我到后子门去等家婆。我问小哥："你家有外婆，为啥子还有一个家婆？"小哥说他不晓得，他生下来就有家婆，家婆每个周六的下午都来。

家婆在我的心中一直是个谜，她和梁家到底是啥子关系？等我再长大一点，我又问小哥："梁姆姆叫你外婆叫啥子？叫你家婆叫啥子？"

小哥说："我妈叫我外婆'妈'，叫我家婆'娘'。"

在我的认知里，娘就是妈，妈就是娘，我还是没弄清楚这里边的复杂关系。

家婆六十几岁了，却一点不显老，头发也没有白，在脑后绾一个髻，用黑色的丝网网住，前面的头发一丝不乱。家婆夏天穿中式对襟绸衫，冬天穿丝绵对襟袄子，懂得起的人都晓得，家婆的衣服很讲究，都讲究在用手工做的盘扣上。她走路带风，腰板挺得直直的，说话的声音却是苍老干巴的，梁姆姆说那是因为她抽烟把嗓子抽成那样的。

家婆手里永远提着一个人造革黑包包，还没到家婆的跟前，就能闻到里面的油酥香，那是两包从文殊院买来的宫廷桃酥，一包甜味，一包椒盐味，椒盐味的是专门给梁家老大买的，包桃酥的纸油浸浸的。黑包包里还有一包用荷叶包起来的卤猪尾巴，这也是梁家老大喜欢吃的，而且他只吃中兴街"盘飧市"卖的卤猪尾巴。家婆对梁家老大巴心巴肝，梁家老大对家婆有礼貌却有些冷淡，全家人中对家婆最好的就是梁姆姆和小哥了。

家婆爱吃陈麻婆豆腐，每次她到了8号公馆，梁姆姆拿出早就准备好的有把手有盖儿的大号搪瓷盅盅，吩咐小哥去西玉龙街的陈麻婆豆腐老店把刚出锅的麻婆豆腐端回来。有好几次我都看见，梁姆姆打发小哥去端麻婆豆腐，都要特别叮嘱道："你不要跑哈，谨防红油洒出来把你的手烫起泡儿。"

等小哥走远了，梁姆姆带着家婆转身进了那间长年紧闭房门的房间，在里面起码待一个多小时，估摸着小哥要回来了，她们才从那房里出来，家婆拉着梁姆姆的手，一边说一边还流下眼泪。

有一次，小哥端着麻婆豆腐回来，正撞见梁姆姆和家婆从那间装满秘密的房子里出来，梁姆姆怕小哥东问西问，就要检查小哥把麻婆豆腐的红油洒了没有，小哥揭开搪瓷盅盅的盖盖儿，只见厚厚一层亮汪汪的红油，看不见下面的豆腐。小哥还想问她们进那间房子干啥子，梁姆姆赶紧把话岔开，问小哥晓不晓得陈麻婆豆腐为啥子要放那么多油。小哥没心思回答，他刚才已经看见那间神秘的房子里有好大一张床，床上挂着白色的蚊帐，蚊帐是放下来的。梁姆姆见小哥呆呆的，已经听不见她问他的那些话，心里明白小哥已看见了,幸好蚊帐放下来了,他看不见蚊帐里面。梁姆姆只好自问自答说豆腐要吃得烫,全靠油来泡。

家婆也怕小哥看见了那间房子里的秘密,她试图分散小哥的注意力,问小哥晓不晓得陈麻婆豆腐为啥子叫陈麻婆豆腐。小哥说他每次看见的都是男的在做豆腐,从来没有看见脸上长麻子的女的做豆腐,他就想不通为啥子要叫陈麻婆豆腐。

梁姆姆见家婆成功地将小哥的注意力转移到陈麻婆豆腐上,忙对小哥说:"快请家婆给你讲,家婆啥子都晓得。"

小哥和我搬来小板凳,坐在家婆的跟前。家婆一边帮梁姆姆择红油菜薹,一边给我们讲道:在清代末年,有个叫陈春富的人,在成都北门外的万福桥边开了一家小饭铺,他的妻子掌灶。他妻子脸上有几颗麻子,人称"陈麻婆"。那时有许多运菜油的船路过万福桥,船上的人都要停下来在小饭铺歇脚打尖,船上的油篓子里有的是油,随便舀两勺,再割些牛肉,将油和牛肉一并交给陈麻婆。陈麻婆把牛肉切成细小的颗粒,放进油锅里炸得酥脆,然后加辣椒酱和豆腐一起煮,起锅时放切成段的青蒜苗,撒上花椒面。刚出锅的豆腐上盖着一层厚厚的红油,红油下面是白嫩的豆腐,点缀着几段翠绿的青蒜苗,是又辣又麻又烫,"陈麻婆豆腐"从此声名远扬,生意日渐兴隆。来吃陈麻婆豆腐的也不止是运油船上的人,其他人都仿效船上的人自带牛肉自带油,往灶上一放,便坐在临窗的桌前,一边欣赏河上的风景,一边等着麻婆豆腐端上桌。

家婆问小哥:"你从小吃到大,你能吃出麻婆豆腐的几种味道?"

小哥回答说:"三种味道:麻,辣,烫。"

家婆却说麻婆豆腐有八种味道,也是麻婆豆腐的八字箴言:麻,辣,烫,香,酥,嫩,鲜,活。麻,是麻婆豆腐起锅时撒上去的花椒面,花椒一定要用麻味醇正的汉源花椒,三十年代初,军阀割据混战,汉源花椒紧缺,陈麻婆豆腐店在店门口贴出告示:无上好花椒,宁停不卖。陈麻婆豆腐"货真价实""诚心待客"的声誉口口相传,名气越来越大;辣,是选用龙潭寺大红袍辣椒制作的豆瓣,剁细炼熟;烫,油多保温,不易冷却,烫得可口,热得汗流;香,闻得到豆腐的豆香味,却闻不到点豆腐的石膏味;酥,说的是炸好的牛肉臊子酥脆金黄;嫩,豆腐下锅有棱有角,色白如玉;鲜,指麻婆豆腐这道菜所有原料都是新鲜的,红白相宜,色味俱鲜;活,是陈麻婆豆腐店的一项绝技,煮熟的麻婆豆腐,一寸来长的蒜苗在碗中根根直立,翠绿娇嫩,活灵活现,就像刚刚从地里摘来切断入锅的,吃进嘴里却毫无生涩的味道。

小哥听入迷了,没想到看似家常的麻婆豆腐竟有这么多的讲究,难怪只要吃过一回就能照样做出来、味道不离八九的梁姆姆,从来不做麻婆豆腐给家婆吃,因为麻婆豆腐是家婆一生的挚爱,她能吃出麻婆豆腐的八种味道,梁姆姆却做不出八种味道,她最多能做出麻、辣、烫三种味道。

小哥一心沉迷在陈麻婆豆腐的传说中,暂时把对神秘房间的好奇搁到一边。

二

家婆在成都解放前是给人做旗袍的,解放后穿旗袍的人越来越少,家婆就在家里接一些裁缝的活儿,因为活儿漂亮,家婆的收入还算丰厚,她自己的生活十分节俭,对梁家的儿女却出手大方,每个娃儿的生日她都会送他们最想要的生日礼物,每个星期六去8号公馆,她都买娃娃们爱吃的桃酥和卤猪尾巴,每个月还会带娃娃们去羊市街吃"成都名小吃"。临行前,家婆都会对小哥说"把你的梁小猫也带上",我以为这是家婆爱屋及乌,她疼爱小哥,而我又是小哥喂养的"小猫"。

走在路上,通常是双胞胎姐妹手挽手走在前面,她们穿一样的衣服一样的鞋子,梳一样的辫子,两个人嘀嘀咕咕永远在说悄悄话,活在她们两个人的世界里,就当旁人都不存在。久而久之,梁家人都习惯了,8号公馆的人也习惯了,都不去打扰她们;走在她们后面的是家婆,家婆一手牵着我,一手牵着小哥;走在最后的是梁家老大梁家龙,他一路踢着石子走,家婆不停地回头去看他,他连头都不抬一下。梁家龙已经读初中了,他压根儿就不想跟家婆出来,他小时候喜欢吃"成都名小吃",家婆每个月都要带几兄妹去吃一回,他心里明白他的弟弟妹妹都是沾他的光。现在他长大了,心思不在吃上,每次家婆要带兄妹几个去吃"成都名小吃",他都想逃避。然而,梁家龙虽然事事以自我为中心,但也不是不管不顾不知深浅,他得顾及家婆和梁姆姆的面子。

"成都名小吃"原来在西玉龙街,后来搬到了羊市街。成都市委也在羊市街,门口还有解放军站岗,进进出出都是黑色的小轿车。成都市委坐落在两条巷子的中间,往东门街的方向是鹦哥巷,往西玉龙街的方向是羊市巷,"成都名小吃"紧邻羊市巷,一长溜临街的大玻璃窗,窗下摆着二十几张铺着白色台布的圆桌。吃小吃没有饭点儿,任何时候都是座无虚席要等座。每次都是小哥先进去,看哪一桌快吃完了赶紧跑过去站在旁边,家婆带着我们在卖票的窗口前排队,等小哥占上座儿了,家婆也买好了票,带着我们坐在了临窗的圆桌旁。

我们一共五个孩子,家婆就买五套小吃,像玩具一样的小碗小碟摆了满满一桌。家婆心满意足,招呼我们"吃呀吃呀",小哥说:"家婆,你也吃。"

家婆说:"家婆不饿,家婆看着你们吃。"

我记得每次来吃小吃,家婆都说她不饿,只给我们五个娃娃买五份套餐。家婆笑眯眯地看着我们吃。每套小吃中有一个龙抄手,一个鲜花饼,两个钟水饺,两个赖汤圆,一碗担担面。梁家龙吃完他那一套中的龙抄手,又连吃了两份龙抄手。大双叫起来:"大哥,你把我和小双的龙抄手都吃了!"

"摆在桌上,我想吃就吃。"

"喜欢吃就好,我再去买。"

家婆起身离座,第二次排队单买龙抄手。梁家龙理所当然地把桌上我和小哥的两碗龙抄手都吃了。这时,大双和小双的头又凑在一起嘀嘀咕咕,我坐在小双的旁边,听见大双问小双:"晓不晓得家婆为啥子那么惯着大哥?"

小双一边吃鲜花饼一边摇头，大双说："因为家婆是大哥的亲外婆。"

小双惊愕无比，正往嘴里送的半个鲜花饼都掉在了地上。她还想问大双，大双使劲地给她眨眼睛，原来是家婆又买了五碗龙抄手端过来了，说："看这馅儿比大包子的馅儿还大，这汤是用鸡、棒骨、墨鱼和干贝吊出来的汤，难怪家龙喜欢吃。吃呀吃呀，每人一碗。"

家婆还是笑眯眯地看着我们吃。我们都吃饱了，满桌子的小碗小碟，里面有剩一个钟水饺的，有剩两个赖汤圆的，有剩半碗担担面的，家婆一边说着"好可惜哟，不能浪费哈"，一边把剩下的食物都吃得干干净净。

回家路上，还是大双和小双走在最前面，她们头挨头，大双不时将嘴凑在小双的耳边，她们两个，总是大双说小双听，她们是不是又在说家婆是梁家龙的亲外婆？

回到家里，我心里有好多疑问想要问母亲，母亲从早到晚忙工作，梁姆姆几乎把我的生活都管完了，每天临睡前躺在床上，母亲才有足够的时间和耐心来回答我的问题，从来不会把我当小娃娃来敷衍。

"妈妈，今天家婆带我们去吃小吃，我听见大双在对小双说，家婆是梁家龙的亲外婆，如果是真的，为啥子家婆对大双小双，对小哥都那么好喃？"

"人心都是肉长的，将心比心。"母亲说，"因为梁姆姆对梁家龙好，梁家龙的亲外婆当然就会对梁姆姆的亲生儿女好。"

第五章　后妈　083

母亲的这番话听起来有些费脑,我琢磨道:"你是说,梁家龙不是梁姆姆亲生的?我觉得梁姆姆最爱的就是梁家龙,总是把最好的都给他,对大双小双和小哥很不公平。"

"所以说,梁姆姆是天底下最善良的人。"母亲感慨万千,"人要懂得感恩。唐爱林,你永远不要忘了梁家人对我们母女俩的救命之恩。"

"梁家龙的亲妈妈是不是不在了?"

"还在。"

"在啥子地方?梁家龙为啥子不去找她喃?"

母亲翻个身背对着我,我的这个问题让她为难了。过了好一会儿,母亲才翻过身来面对着我:"在告诉你之前,我先要给你讲一个做人的道理:考验一个人是不是值得信赖,其中之一就是看这个人是不是能守得住秘密。"

三

母亲告诉我,梁家龙的亲生母亲就在8号公馆。她已经成了植物人。

"是不是在那间锁起来的房间里?"我恍然大悟,难怪梁姆姆每天都要神秘地消失一两个小时,难怪每天她都要往那个房间端进一盆一盆的热水,难怪每次家婆来都要去那个房间里待一会儿。

我母亲没有当校长之前,曾经是梁家龙的语文老师兼班主任,是梁姆姆把梁家龙亲生母亲的事情告诉我母亲的。

梁家龙的母亲有个很有诗意的名字叫雨荷,她和梁医生结婚多年都没怀上孕,梁家几代单传,雨荷求子心切,家婆也和她一样着急。家婆对雨荷的婚事可谓心满意足,美中不足就是雨荷迟迟未能给梁家传宗接代,这成了家婆的一块心病。一位经常请家婆做衣服的邻居也是多年不孕,最近却生了儿子,家婆买了红糖鸡蛋去看望,还在坐月子的邻居悄悄告诉家婆,青城后山有一个小庙子,里面供着一尊送子娘娘,常年香火不断,都说灵得很,她去拜了,送子娘娘第二年就给她送来一个胖儿子。家婆半信半疑,刚生了胖儿子的邻居说:"信则灵,不信则不灵。就是路太难走了,一路千辛万苦,好不容易才走到深山老林中的那座小庙子里,拜了送子娘娘,你看,送子娘娘是真的被我感动了。"

家婆有意带雨荷去深山老林中的小庙子里求送子娘娘,又担心路途凶险,雨荷却执意要去,她说哪怕九死一生,只要能感动送子娘娘,吃多少苦遭多大的罪,她也心甘情愿。

家婆和雨荷瞒着所有的人,包括梁医生,毕竟去庙子求送子娘娘还是被人不齿的封建迷信,母女俩谎称去走亲戚,带着干粮出了城。进了山里,山路崎岖,有抬滑竿的脚夫来揽生意,雨荷坚决不坐,她说她要走着去求送子娘娘,才能证明她心诚,才能感动送子娘娘。就这样,她们在山里风餐露宿,走了三天三夜,才找到那座小庙子。

求了送子娘娘的第二年是龙年,雨荷生了儿子,梁医生龙年得子,给新生儿取了一个响亮的名字叫"梁家龙"。已到中年的梁医生终于做了父亲,他毫不怀疑是他给雨荷开的调理身体的方子起了作用。亲朋好友也纷纷向他道喜,中年得子本来就是大喜,那些夸他"不仅能治好多年的老觉巴儿,还能治好多年的不孕之症"的溢美之词,更是让他心里头受用得很。

梁家龙满月后,雨荷就想着要到送子娘娘那里去还愿。她不晓得听哪个说的,心想事成后一定要去还愿,否则以后再有所求就不灵了。雨荷还是瞒着梁医生,说要和家婆去走亲戚,其实是她一个人去的。她想快去快回,坐车出城,再坐滑竿进山,最多三天就能回来。就在回来的路上,咋个也没想到阳春三月竟下起了大雪,纷乱的雪花迷失了雨荷的双眼,她看不清脚下的路,一脚踩空,跌下深渊。

雨荷去还愿的第三天,也就是雨荷应该回来的那天,家婆来看望她的外孙儿,梁医生十分诧异:"雨荷不是和你去走亲戚了?"

"娃娃还那么小,我咋可能让她和我去走亲戚嘛!"

听家婆这么一说,梁医生的脸都青了:"她会去哪儿喃?"

"她会不会去青城后山了?"

雨荷不止一次对家婆说,如果她求子成功,她一定会带着香火再去小庙子还愿。雨荷是说话算话的人,她许诺的事情一定会去做。

"她去山里干啥子?"

家婆不得不实情相告,一向温文尔雅的梁医生气得嘴唇发紫,憋了半天吼出两个字来:"愚蠢!"

找人要紧,梁医生强忍住心头的怒火,去求一位配有司机的领导,他曾经医好了领导母亲的觉巴儿病,领导对他心存感激,多次对他说"有事尽管开口"。梁医生向来清高,从不肯开口求人,但这次他预感大祸临头,刚生了儿子的妻子生死未卜,他儿子才刚刚满月啊!

领导的司机很快开车来了,家婆带路,他们在通向小庙子的山路上,正遇上山民抬着雨荷往山下送。雨荷昏迷不醒,在医院抢救了近一个月,还是昏迷不醒,医院宣布雨荷成了植物人。

梁医生在短短的一个多月里经历了人生的大喜大悲,哪经得起这样的折腾,一下子老了十岁。家婆自责不已,她总觉得梁家的不幸,不能说是她造成的,但至少和她有关系,如果不是她向雨荷说起送子娘娘,如果不是她和雨荷一起去了深山老林的小庙子,悲剧就不会发生。

梁医生把雨荷接回家后,他要照顾病床上的雨荷,虽然她已经是毫无知觉的植物人,但植物人也怕害褥疮,每天要给她翻身,还得给她擦洗身子……让梁医生最恼火的是梁家龙这个嗷嗷待哺的奶娃儿,从早哭到晚,哭得梁医生不知黑天白夜,他都不能给病人看病了。

就在梁医生处于人生最低谷的时候,家婆带着住在她家里学手艺的素洁来到梁家。对梁医生来说,素洁简直就是仙女下凡,就是神话故事里的"田螺姑娘"。梁家从此雨过天晴,重新开始了井井有条的生活,梁医生重拾信心,他还是原来那个众口交赞的梁鮈巴儿。

四

家婆和素洁住在梁家,家婆负责照顾雨荷,素洁负责照顾奶娃儿梁家龙。说来也奇怪,素洁还是一个未出阁的大姑娘,她第一次抱起梁家龙，梁家龙就把她当作妈，只要看不见她就哭，睡觉也得挨着她睡，总之，梁家龙离不开素洁了。

家婆必须要离开梁家了，她接下的裁缝活儿早已过了取件的日子，家婆是个把信誉看得很重的人，她得回家把接下的活儿赶出来。让家婆揪心的是，她走了，素洁要跟她走咋个办？人家父母把女儿交给她，是要跟她学裁缝手艺的，不是来服侍病人给人带娃娃的。善解人意的素洁仿佛看出了家婆的心思，她对家婆说："你就放心地把家龙和雨荷姐姐交给我嘛。"

家婆心里觉得对不起素洁："你还那么年轻，你真不想学手艺了，愿意给人带娃娃？"

"说不想学手艺是假的，又有啥子办法嘛？"素洁说，"带家龙也带出了感情，现在他离不开我，我也离不开他。"

素洁愿意留下来照顾外孙儿和植物人女儿，家婆是放心了，可还得和梁医生商量。梁医生心里当然十分乐意，素洁是个有分寸、有边界感的年轻女子，给人的感觉如沐春风。相处的这么些日子，别说梁家龙离不开她，就是梁医生自己，也离不开她了。

"好是好，只是……"梁医生向家婆说了他心里的顾虑，"人家还是黄花大姑娘，不要把人家耽误了。"

梁医生的顾虑也是家婆的一块心病，她和梁医生商量来商量去，也没想出一个比素洁留下来更好的办法。最后，他们俩商量了一个不是办法的办法：先让素洁在梁家干着，他们抓紧时间找人来接替素洁。

这一晃就是一年多，其间也找了七八个人，不是家婆不满意，就是梁医生不满意。素洁在梁家如鱼得水，把梁家龙养得白白胖胖，把雨荷擦洗得干干净净，还把梁医生侍候得巴巴适适。特别是梁医生的一日三餐，她每天都用心地琢磨梁医生的口味。梁医生就好一口新鲜的豆浆，素洁硬是去弄来一台石磨，每天天不亮就起来推磨，把泡了一夜的黄豆磨出来，等梁医生一起床便能喝到一碗热气腾腾的鲜豆浆。梁医生懂养生，喜好清淡的菜肴，他最爱吃的一道菜是"开水白菜"，素洁说："你喜欢吃，我就天天用开水煮白菜给你吃。"

梁医生笑道："开水白菜可是顶顶高级的一道川菜，也是顶顶难做的一道菜。"

梁医生说开水白菜是他母亲的拿手好菜，他从小就看他母亲做开水白菜，素洁就要梁医生给她讲开水白菜是咋个做出来的。好多年没有吃开水白菜的梁医生，讲起开水白菜的做法，两眼闪闪发光："'开水'是清汤，清汤代表川菜的最高境界，用老母鸡、干贝、排骨、火腿、猪蹄炖汤，反复过滤，最后留下的是像开水一般清亮、一颗油珠珠都没有的汤，用这样的高汤煮出来的白菜就叫'开水白菜'。"

梁医生以为给素洁讲开水白菜的做法，无非是让她长长见识，以后别再闹"开水煮白菜"的笑话，没想到第二天，素洁就把开水白菜端上了桌，梁医生尝了一口，味道有那么点意思了，就是汤还有点浑，汤面上还漂着几颗油珠珠，达不到"开水"的级别。经过梁医生的几番调教，素洁再做出来的开水白菜完全可以和他母亲做的开水白菜一比高下了。

梁医生是美食家，他喜欢吃的菜肴做起来都是费工费时又费料，他还喜欢吃的一道菜叫"鸡豆花儿"，也是用"开水"级别的高汤来烹调的：将鸡肉去掉筋膜，用刀背剁成茸，与蛋清、水淀粉、盐一起调成糊糊，放入烧开的高汤中，鸡茸一点点地凝固成豆花儿的模样。素洁做菜有悟性，在梁医生的指点下，鸡豆花儿也成了素洁的一道拿手好菜，用梁医生的话说，素洁做菜的手艺已经不在他母亲之下了。

梁家龙第一次叫素洁"妈妈"，把素洁的脸都叫红了，她把梁家龙抱到雨荷的床前，对梁家龙说："她才是你的妈妈，快叫妈妈！"

梁家龙搂着素洁的脖子，还是叫素洁"妈妈"。家婆来梁家，听梁家龙奶声奶气地叫素洁"妈妈"，心里头那是五味杂陈。素洁向家婆哭诉："你看咋个办嘛？我喊他不要叫我妈妈，我把他抱到他亲妈跟前，给他说她才是他的妈妈，他就是不听。"

"他才多大点，你给他说那么多干啥子？"家婆说，"你喂他吃哄他睡，一天到晚和他在一起，他不喊你'妈'才怪呢！"

家婆嘴上这么说着，在心里已经做了一个重大的决定：她要梁医生娶了素洁。当她把这个决定告诉梁医生时，如平地一声惊雷，吓得梁医生脚都软了："妈，现在是新社会，三妻四妾是犯法的。我要是娶了素洁，就是犯了重婚罪，要坐牢的哦。"

家婆主意已定："你和雨荷离婚。"

"妈，你叫我和一个植物人离婚，我咋做得出来嘛？"

家婆问梁医生："你准备一辈子就一个人过？"

一辈子那么长，梁医生还有半辈子要过，他真不敢把他下半辈子的话都说绝了。家婆说："我是雨荷的亲妈，雨荷已经是植物人了，我可以为她做主和你离婚，离婚后你马上娶素洁，没有比素洁更好的后妈了，也找不到比素洁对雨荷更好的人了。"

梁医生不再坚持，他佩服家婆深明大义，家婆说的句句在理，他也不能硬扛到底，如果这一辈子一定要再娶，那也只能娶素洁，对家龙来说，没有比素洁更像亲妈的后妈了；对雨荷来说，没有比素洁更尽心尽力的护理了；对梁医生来说，没有比素洁更让他感觉舒服的女人了。

在家婆的一手操持下，梁医生和雨荷离了婚，家婆认素洁做了干女儿，素洁称家婆为"娘"，家婆风风光光地把素洁嫁入梁家，素洁就成了今天的梁姆姆。

五

梁医生和梁姆姆结了婚，梁家龙一天到晚跟在梁姆姆屁股后面叫她"妈妈"，除了家婆和梁医生，人们渐渐忘记了植物人雨荷的存在，没有人怀疑梁姆姆就是梁家龙的亲妈。有人还当着梁医生和梁姆姆的面，讨论梁家龙长得像梁医生还是像梁姆姆，都说梁家龙白胖白胖的，长得像梁姆姆，儿子长得像母亲有福气。

梁姆姆每天去雨荷的房间都带着梁家龙，她一边用毛巾擦洗雨荷的身子，一边和她说话："雨荷姐姐，你睁开眼睛看看嘛，你的儿子已经会跑了，还会叫妈妈。龙儿，你叫一声'妈妈'，快叫嘛！"

"妈妈！妈妈！妈妈！"梁家龙奶声奶气地叫个不停。

"雨荷姐姐，你听见没有，你儿子在叫你哪！他的声音好好听哟，脆生生的，他的样子也好看，眼睛好黑哟，鼻子好棱哟，嘴巴儿好乖哟,长得也高,和他一样大的娃儿,他比人家要高一截。雨荷姐姐,你就睁开眼睛看一眼你的儿子嘛!"

梁姆姆相信,她对雨荷说的话,雨荷都听得见。

给雨荷擦洗完身子,梁姆姆又把梁家龙拉到床前,指着躺在床上的雨荷对梁家龙说:"看见没有,她才是你的亲妈,你看你长得好像她嘛,儿像妈有福气哟……你要把你亲妈记到心里头哦……"

那时梁家龙还小,不晓得啥子叫怕,也听不懂梁姆姆对他说的那些话,更听不懂她对躺在床上的女人说的那些话。

等梁家龙长大一点,梁姆姆再把他带到雨荷的房间,他已经能分辨出雨荷和其他的人都不一样,雨荷的脸没有血色,就像一张死人脸,这时候的梁家龙已经晓得怕了,他拼命地哭,挣扎着要逃出雨荷的房间。

梁家龙坚决不肯再去雨荷的房间,他对梁姆姆说他怕。梁姆姆抱着他说:"你怕啥子嘛,她是你的亲妈,是世界上最爱你的人。"

梁家龙搂住梁姆姆的脖子,哭道:"你才是我的亲妈,你才是世界上最爱我的人。"

梁医生也不止一次劝说梁姆姆:"家龙长大了,你不要再带他去雨荷的房间。"

梁姆姆说:"我就是怕他长大了,把他的亲妈忘了。"

梁医生劝说不通,就请家婆去劝说梁姆姆。梁姆姆说:"我就是想让家龙每天去雨荷跟前叫她几声'妈妈',万一哪天真的就把她叫醒了喃?"

"你咋那么傻哟!"家婆问梁姆姆,"家龙把雨荷叫醒了,你咋个办嘛?"

"我就离开梁家,还去你那里学手艺。"

"你去我那里,大双小双咋个办?你肚子里头的娃娃咋个办?"

那时,大双小双已经两岁多,梁姆姆的肚子里正怀着小哥。

梁家龙集万般宠爱于一身,他的童年却被噩梦纠缠不休,他经常在夜里被噩梦吓醒,梦见一个脸色煞白、长发拖地的女人死死地抓住他,他拼命挣扎却动弹不得,醒来一身冷汗——在梦里抓他的就是他的亲妈雨荷。

梁姆姆哪里晓得梁家龙噩梦缠身,她一意孤行,凡是重要的日子,她都要想方设法地带梁家龙去雨荷的房间。

梁家龙上了小学,他戴上红领巾的那一天,是六一儿童节,也是梁家大喜的日子,他们全家去祠堂街四川电影院对面的艺峰照相馆照了一张全家福庆祝,梁家龙身穿雪白的衬衫,佩戴鲜艳的红领巾,坐在梁医生和梁姆姆的中间,大双小双和小哥站在他们的两边。

照了全家福,梁医生和梁姆姆又带着四个娃娃去人民公园转糖饼。卖糖饼的人都是艺术家,卖出的每一个糖饼,都是他们即兴创作的作品。草把上插着几十种糖饼,不带重样的,十二生肖、花虫鸟兽,应有尽有,都是一个价。耗糖最多、工艺最复杂的龙,一毛钱;耗糖最少、工艺最简单的桃子,也是一毛钱。对娃娃们来说,最吸引他们的并不是糖饼本身,而是火炉旁的那个转盘。草把上的糖饼都装在转盘的格子里,转到啥子就是啥子,全凭运气。梁家龙想转一条龙,转盘呼啦啦地转了几圈,却转了一只鸡。大双转了一个桃,小双转了一只猴。轮到小哥转了,那时小哥才一岁多,一伸手便转了一条龙。糖饼艺人舀一勺金黄的糖浆在铜锅里,将糖浆熬得嘟嘟冒泡,趁热浇在如镜的铜板上,飞快地作起画来。眨眼间,一条神气活现的龙便跃然铜板上。手快的糖饼艺人,趁糖龙还没有冷却,赶紧插一根竹签在糖龙的身上,举起来笑眯眯地递给小哥。

梁家龙要用他的糖鸡换小哥的糖龙,梁医生不许,梁姆姆却说:"今天是家龙的好日子,要让他高高兴兴的。小弟,把你的糖龙给大哥。"

梁家龙高高兴兴地举着一条黄澄澄亮晶晶的糖龙回到家里,梁姆姆带着他又去了雨荷的房间,她拉亮房间的日光灯,刺眼的白光照在雨荷惨白的脸上,梁家龙的心里充满了恐惧,他想起了在梦中死死抓住他的女人,他想逃,可梁姆姆却把他往雨荷的床前推:"快让你亲妈看看,也让她高兴高兴,她儿子今天戴上红领巾了……"

梁家龙尖声叫着,跑出了雨荷的房间。

从这天起,梁家龙开始恨梁姆姆。之前梁姆姆带他去雨荷的房间,梁姆姆对他说了许多"亲妈"之类的话,那时他年纪小,对这些话似懂非懂。现在,他是小学生了,听得懂梁姆姆的话,他必须接受这样的事实:梁姆姆不是他的亲妈,床上那个让他做噩梦的女人才是他亲妈。

梁家龙不再把梁姆姆当亲妈,他变得心事重重,梁医生察觉出他对梁姆姆的恨意,他用不容商量的语气对梁姆姆说:"从今以后,除了你和我,还有娘,不许任何人进入雨荷的房间,也不许任何人提及雨荷的事情,免得节外生枝。"

搬到8号公馆那天，梁医生是趁四个娃娃都睡下了，才在夜深人静的时候将雨荷搬进来的，他将一把暗锁的钥匙交到梁姆姆的手中，再一次叮嘱梁姆姆不要带梁家龙进去，不要让双胞胎姐妹和小儿子晓得。梁家是带着一个巨大的秘密搬进8号公馆的，九思巷的人并不晓得梁家还藏着一个植物人，梁医生以为搬到8号公馆就意味着他的新生活开始了。

梁姆姆每天去那个神秘的房间给雨荷擦洗身子，都是避开人的。从我记事起，我就对那间房门永远紧闭的房子充满了好奇，我总觉得那间房子里藏着秘密。我也问过小哥，小哥说那间房子里装的是他们梁家的金银财宝，还说梁姆姆每天都要端水进去擦洗那些金银财宝。那天，他去给家婆端麻婆豆腐回来，撞见那个藏宝的房子里有一张挂着蚊帐的雕花大床，我听见他对蒋义说，他们家的金银财宝都放在一张雕花大床上。蒋义问他有好多金银财宝，小哥说看不见，雕花大床上的蚊帐放下来，看不见床上放的是啥子东西。

自从搬进8号公馆，梁家龙没有进过那个房门紧闭的房间，但他晓得他的亲妈就在那个房间里。他心里明白，梁姆姆对他再好，也不是他的亲妈，他乖巧懂事，对梁姆姆彬彬有礼，对家婆也是彬彬有礼，在心里却和她们是隔着的，甚至有点恨她们。

第六章　小　满

一

九思巷原本是一条僻静的小巷子，住在九思巷的人并不多，随着梁鮈巴儿的名气越来越大，来往于九思巷的人渐渐地多起来，十有八九是来找梁鮈巴儿看鮈巴儿病的老年人。梁鮈巴儿坐堂的药房，原本有两位配药师，年事已高，街道医院要调一个年轻人来给两位配药师当徒弟，将来好接他们的班。

吃晚饭的时候，梁姆姆问梁医生："不晓得新来的年轻人是个啥子人哟？"

"好像是曲艺团唱清音的，嗓子倒了上不了舞台，转业到了街道医院。"

"唱清音的，是个女的呀？"梁姆姆有些担心，"原来在舞台上那么风光，在药房里头一天到晚和药草草打交道，不晓得她是不是静得下心来？"

梁医生说："人家是自己愿意来的。"

第二天早晨，梁姆姆照例去药房做梁医生出堂前的那一套仪式，感觉气氛反常，候诊的病人们并不像往常那样盼着梁医生出来，他们的目光都齐刷刷地射向一个方向：一个二十来岁的姑娘正在用抹布擦柜台的玻璃,她盯着一个地方使劲地擦,身子随着手的动作摆动,细细的腰肢在小方格衬衫里若隐若现,两条乌黑的辫子搭在胸前,辫梢系着鹅黄的蝴蝶结,就像两只黄蝴蝶在她胸前的两座高峰间飞舞。也许她晓得病人们都在看她,还没说话,那双水汪汪的大眼睛先笑了:"你们好!我叫小满,有啥子需要我做的,尽管开口哈!"

看见梁姆姆,小满走过来和梁姆姆打招呼:"哎呀,一看你就是梁师母!以后你要我做啥子随便叫哈,千万不要客气哟。"

梁姆姆心里喜欢小满,夸赞小满长得乖,做事手脚麻利,嘴巴也巴适,说出来的每句话都那么贴心,就是说话的声音不像她的样子那么嫩气,有点沙哑。不过话又说转来,人哪有十全十美的,如果她的样子也好,嗓子也好,人家凭啥子会跑到这么小的药房来抓草药嘛。

到了下午,围在药房外面的人更多了,都是来看小满的,男的眼睛都直勾勾的,一边看一边吞口水:"是不是仙女下凡哦!"

女的更是七嘴八舌:"咋个不像真人喃?像从画里头走出来的美人一样。"

"硬是比那些电影演员还漂亮!"

"人家本来就是演员,说是倒了嗓子,才分配到药房来的。"

小满惊艳了九思巷。

在围观小满的男女老少中,梁家老大梁家龙也在其中。他刚满十七岁,正读高二,平日里他两耳不闻窗外事,几乎对所有的事情都提不起兴趣。下午放学回家,梁家龙见家门口围了许多人,他挤进人群只想看一眼就走，哪晓得看了一眼就走不动路了。

吃晚饭时，小满成了梁家饭桌上的中心议题。梁姆姆对小满赞不绝口，小双也说从来没见过长得这么好看的人，大双把筷子往桌上一拍，瞪了小双一眼："长得好看有啥子用？还不是到药房来打杂。"

梁医生教训大双道："你不要瞧不起药房的工作，人家小满是国家分配来药房学配药的，以后就是配药师，和我们医生是平起平坐的。革命工作不分高低贵贱，都是为人民服务。"

"就是就是，都是为人民服务哈，不说小满了，吃饭吃饭！"梁姆姆想岔开话题，"我今天做了鱼香肉丝，你们看是不是能吃出鱼的味道？"

饭桌上的那些话，梁家龙一句也没听进耳朵里。他一副茶饭不思、魂不守舍的样子，满心里都是小满。

"家龙，你咋不吃喃？"梁姆姆夹了一筷子鱼香肉丝放到梁家龙的碗里，"十七八岁的小伙子，正是长身体的时候，多吃点哈！"

梁家龙干脆放下碗筷，回他自己的房间了。梁姆姆还想把他追回来，被梁医生喝住了："你不要管他，坐下来吃你的饭！"

梁姆姆担心道："他是不是身体不舒服哦？"

梁医生沉吟一声，他刚才在药房里，看见了梁家龙在围观小满的人群里，他还在心里奇怪，梁家龙从来不看热闹，今天不仅看了热闹，而且还看了那么久，梁医生的心里有一种不祥的预兆。

过了几天，房管所的人来通知，说要把8号公馆二楼的靠楼梯的那间闲置房分配给小满住。第二天，小满便搬进了8号公馆。现在，二楼正中带阳台的套二大房子是我和母亲住的，左邻小满，右邻斯小姐。

8号公馆的大灶房现在是四家合用。梁姆姆把小满带进灶房，说："这个灶房主要是我们梁家在用，林校长的工作忙，每天早出晚归，一天三顿都在学校吃，她只有一个女儿梁小猫，从小就在我们家吃；斯小姐不大会做饭，就会炖鸡汤，有时候在鸡汤里下点面吃，有时候在鸡汤里下点抄手吃。"

小满和斯小姐同样是一个人，但她的厨具就像有一大家子人，光是泡菜坛子就有三个：泡老泡菜的土陶坛子，泡红辣椒的瓷坛子，泡洗澡泡菜的玻璃坛子；锅也有好几个，有炒菜的铁锅，有煮饭的铝锅，有蒸菜的蒸锅，还有炖汤的砂锅。梁姆姆说："哎呀，你一个人咋用得了这么多锅？"

小满说："一个人还是要把生活过好噻。"

梁姆姆还发现小满的碗柜里，碗没有几个，盘子却有好几十个，都是十分精致的小盘子。小满见梁姆姆对她的小盘子好奇，说道："每个盘子敲出的声音都不一样。"

小满左手的手指夹着一个小盘子，右手拿一根筷子，筷子敲在盘子上，发出银铃般的声音；小满换了一个薄瓷的小盘子夹在手指上，筷子敲在盘子边边上，发出鸟叫般的声音。

小满说她从十岁开始学唱四川清音，经典曲目《小放风筝》《送公粮》《断桥》她都会唱，唱得最好的是《布谷鸟儿咕咕叫》，说着，她就要唱给梁姆姆听。她摆好身段，张口做出要唱的样子，却又闭口不唱了，眼里的光也黯淡下来。她的嗓子倒了，再也唱不出布谷鸟婉转悦耳的叫声了。

梁姆姆是个讲究礼数的人，为欢迎小满搬进8号公馆，梁姆姆准备了一桌菜，把斯小姐也请来了。梁姆姆笑眯眯地说："今天，8号公馆的人都到齐了，从今以后，我们就是一家人。你们两个女娃儿，父母都没在跟前，有啥子需要帮忙的事情说一声，千万不要见外哈！"

"我们不会见外的。"小满代表斯小姐答谢道，"从今以后，梁医生和梁姆姆就像我们的爸爸妈妈，家龙、大双小双和小弟就是我们的弟弟妹妹，我们会好好地爱护他们。"

小满的嘴巴真甜，说得梁医生和梁姆姆心花怒放。

小满对斯小姐也很热情，她说："从今以后，我们两个就是好朋友了，我们可以一起去看电影，一起去逛街，一起去吃冰粉儿……"

斯小姐只是礼貌地笑笑，并不接小满的话茬，在她的心目中，她和小满不是一路人。

二

从前来找梁医生看病的几乎都是老年人，自从药房来了小满，来找梁医生看病的小伙子多起来，都是头痛脑热的小病，有的甚至都说不出自己有啥子病，只求梁医生开了药方，他们拿着药方等着配药，就有了近距离观看小满的正当理由。

小满来到药房不久，便有一个自称画家的人，每天一早便来到8号公馆门前，他自带小板凳，坐在正对着药房的5号公馆的院墙下，支好画架，几十管大大小小的颜料摆了一地。早上八点钟，小满准时从8号公馆出来给药房下门板，下完门板用鸡毛掸子掸药柜上的灰尘，然后把药材放进石臼里捣成粉末。

梁姆姆注意这个画家已经有好几天了，她问小满："你认得他啊？"

"不认得。"小满说，"这个人好怪哦，我们早晨上班，他来了；我们晚上下班，他走了。就像到我们这儿来上班下班一样。"

梁姆姆走过去问画家："你在干啥子？"

画家没有停下他手中的画笔，他说："我在画画。"

梁姆姆看画布上勾勒的是药房的轮廓，便笑道："你这个人好怪哦，药房有啥子好画的嘛？"

画家的笔还是没有停下来，他说药房只是背景，主题还没出来。

梁姆姆听不懂啥子叫主题，就问他好久才画得完。画家说不晓得，一个作品的完成需要一个漫长的过程。梁姆姆问他漫长有好长。

"这要看主题。"画家越说越玄，"主题要一点一点地去挖掘，挖掘得越深，主题越有价值。"

梁姆姆又问："咋个才挖得到有价值的主题嘛？"

画家就两个字："用心。"

画家的玄龙门阵，梁姆姆听不懂，只打听到画家姓甄，便回到药房来对小满说："这个甄画家简直就是一个怪人，天天跑到这儿来挖……挖啥子主题……搞不懂他们这些怪人，我去买菜了。"

小满把手中的活儿干完，也会看几眼对面的甄画家。有时和甄画家的目光在空中相遇，她抿嘴一笑，嘴角两边现出两个深深的小酒窝,她特别想过去看看甄画家到底在画啥子。

也有脸皮薄的人,不好意思直勾勾地看小满,借口看甄画家画画,一本正经地站在甄画家的背后,看一眼药房里的小满,再看甄画家画几笔,其中就有蒋义的大哥蒋忠。蒋忠是云南建设兵团的支边青年,去云南两年了,第一次回成都探亲就感觉到九思巷已经不是原来的九思巷,九思巷因为小满,犹如在平静的水中扔下一块大石头。蒋忠在家里待不住了,他从九思巷的这头走到九思巷的那头,又从九思巷的那头走到九思巷的这头,就为了看一眼药房里的小满。甄画家天天坐在药房对面画小满,可以正大光明地看小满,这让蒋忠妒火中烧,他假装看甄画家画画,脚都站麻了,蒋忠干脆回家搬了小板凳坐在甄画家的身边。

小哥和蒋义下午放了学,也去看甄画家画画,蒋义发现他大哥坐在甄画家身边,走过去悄声问道:"大哥,你想学画画啊?"

蒋忠嗯了一声,心思都在小满身上,对蒋义不理不睬。蒋义哪里晓得蒋忠是醉翁之意不在酒,便认真地劝说他大哥:"学画画都是从小学起,你都多大年纪了,肯定学不会。"

这时,小满在向小哥招手,蒋义跟着小哥来到药房。小满问小哥:"那个甄画家在画啥子哟?"

小哥说:"画你。"

"画得像不像?"

"不像。"蒋义说,"没有你好看。"

小哥说:"现在还看不出来,只画了一个人影子。"

小满眉毛一挑,斜着眼睛看了一眼甄画家:"从早画到晚,就画了一个人影子，还甄画家呢，我看他是个假画家。"

小哥和蒋义都同意，说甄画家多半是个假画家。

甄画家还是一如既往，每天早晨小满给药房下门板时，他已经坐在药房对面墙根下的小板凳上了，画架也支起来了；每天傍晚，小满给药房上门板，甄画家也收起他的画板，搬起他的小板凳离开。围观他画画的人，应该说看小满的人越来越多，甄画家都当他们是空气不存在，他的眼里只有小满。

这个甄画家到底要把我画成啥样子哟？小满终于按捺不住她的好奇心，她端了一杯清火的菊花茶向甄画家走去，甄画家赶紧用一块白布蒙在画架上。

小满说："我看你中午都没有吃饭，你不饿呀？"

甄画家说："不饿。"

"你喝点菊花茶嘛，清火的。"

小满捧着水杯，甄画家伸手接过水杯，他第一次这么近地感受小满的美，他想起那四个字"一眼万年"，只能用点睛之笔才能画出勾魂的内涵。站在甄画家面前的小满是如此的鲜活，她的长睫毛忽闪出来的脸上的生动，还有那如花蕾般鲜嫩丰满的嘴唇吐出的气息，都激发了甄画家强烈的创作冲动。

小满对甄画家说："他们都说你在画我，可不可以给我看一眼嘛？"

甄画家毫不客气地拒绝了。他对小满说："你等我两个月，两个月之后，我来找你，再给你看。"

甄画家手忙脚乱地收拾好他的画架、摆了一地的颜料，还有他的小板凳，大步走出了九思巷。

甄画家不来了。小满每天早晨出来下药房的门板，都要习惯性地朝对面看看，对面空空的，没有画架，没有小板凳，也没有甄画家，小满的心也空空的。过了几天，她已经把甄画家忘了。

甄画家天天来画小满的时候，蒋忠有些讨厌他，把他当作他假想的情敌。现在他不来了，蒋忠再也不能找学画画的借口，堂而皇之地在药房的对面看药房里的小满，他又回到从前，从九思巷的这头走到九思巷的那头，看一眼小满；再从九思巷的那头走到九思巷的这头，再看一眼小满。他从早走到晚，走过去走过来，人走瘦了，脚也走细了，他回成都探亲的日子也到头了。

明察秋毫的蒋二爷在蒋忠回云南建设兵团的头天晚上，把蒋忠叫到他的房间，他咕嘟咕嘟地抽着水烟，把脸藏在烟枪背后观察蒋忠。蒋忠如置身在聚光灯下，手脚无措，心慌意乱。

抽完一袋水烟，蒋二爷的头才从烟枪背后露出来，他问蒋忠："晓不晓得我为啥叫你来？"

蒋忠如背书一般："回到兵团后要一不怕苦，二不怕死，要用毛泽东思想武装自己的头脑，争取做保卫边疆、建设边疆的好战士。"

"你娃莫要鹦鹉学舌给我讲大道理。"蒋二爷谆谆教导道，"响鼓不用重槌，人要有本事，有了本事，就是天上的仙女，都要下凡来找你。你娃现在球本事没得，不要东想西想乱想汤圆儿吃。"

蒋忠闷闷不乐地收拾行李，蒋义十分同情他的大哥，他问蒋忠："你真的喜欢药房的小满啊？"

蒋忠沮丧极了："喜欢有啥子用嘛，我现在还没得本事，不像人家甄画家,他有画画的本事。"

"你现在没有本事,不等于你一辈子都没有本事。"蒋义给他大哥出主意,"不如这样,你可以一边学本事,一边喜欢小满。"

蒋忠更加沮丧:"我在云南边疆离她那么远,人都见不着,咋个喜欢嘛?"

"我天天都能见到小满,我给你写信,写小满,等于你天天都见到了小满。"

兄弟俩小指勾着小指:"拉钩上吊一百年不许变!"

三

蒋义本来就经常出入8号公馆,他是来找小哥玩,现在来得更勤了,他和他大哥有约定,要把小满写在信上寄到云南边疆去,让他远在云南边疆的大哥天天都像见到小满一样。让蒋义恼火的是来看小满的人仍然那么多,好在那个甄画家不再来了,他大哥少了一个竞争者。

"你不要高兴得太早。"小哥和蒋义之间没有秘密,他也晓得蒋义的大哥蒋忠喜欢小满。他对蒋义说:"你大哥还有一个你没有看见的情敌。"

蒋义问小哥是哪个,小哥说远在天边,近在眼前。蒋义指着小哥:"你呀?你那么小就……"

小哥把蒋义指着他的手挡开:"不是我,是我大哥。"

"梁家龙?"蒋义不相信,"你大哥死气沉沉的,比人家小满小好几岁,咋可能嘛。"

"咋不可能喃?我大哥都害相思病了,天天都写诗,半夜三更都在写,电灯光射得我晚上都睡不着。"

小哥和他大哥住一个房间。

蒋义本来就不太喜欢梁家龙,现在更是对他嗤之以鼻:"你大哥的胆子太大了,他还在读高中,就敢喜欢小满,你爸妈晓得不?"

小哥说:"我不晓得我爸我妈晓不晓得,但是大双肯定晓得,大双晓得等于小双也晓得了,害相思病就是大双说的,大双怪小满把大哥害了。"

"咋个怪人家小满喃?"蒋义为小满打抱不平,"是你大哥自己要去喜欢小满的。小满晓不晓得你大哥喜欢她?"

小哥说:"那么多人喜欢小满,人家小满根本不在乎你大哥还是我大哥,在她心目中,不管是你大哥还是我大哥,统统不存在。"

蒋义提了一个问题来考验他和小哥的友情:"你愿意小满和你大哥好,还是和我大哥好?"

小哥心里面觉得蒋义这个问题毫无意义,在小满那里,你大哥我大哥都没戏。看在蒋义对他大哥忠心耿耿的分上,就当安慰蒋义,小哥对蒋义说:"我当然愿意小满和你大哥好。"

有了小哥这句话,蒋义备受鼓舞,当天就给他大哥写了信,他在信中客观地分析了当前的局势:那个甄画家已经不存在了,突然又冒出一个梁家龙,但梁家龙还在读高中,比小满小好几岁,连他的小弟都反对他。写了蒋忠的优势,再写蒋忠的劣势,就是云南边疆离九思巷太远,蒋忠不能像梁家龙天天都能见到小满。信写到最后，蒋义说他大哥还是有希望的，连梁家龙的小弟也站在自己一边支持蒋忠和小满好，真不愧是他一辈子的朋友。

陷入单相思的梁家龙仿佛变了一个人，冷漠的他居然有了写诗的激情，而且一写就是十二首，他把十二首诗工工整整地抄写在一个精装的蓝色笔记本上，实在没有勇气亲手交给小满，万一被小满拒绝了喃！对他这么一个从来没有受过挫败的天之骄子来说，他怕他经受不起这样的打击。

梁家龙找到我，把一个封得严严实实的牛皮纸袋交给我，说："梁小猫，帮我交给小满。"

我都这么大了，梁家人还叫我梁小猫。我接过纸袋，感觉沉甸甸的，问梁家龙："这里面装的是啥子嘛？"

"你不要管。你还要向我发誓，坚决不打开看。"

我把牛皮纸袋还给梁家龙："你自己交给小满嘛。"

"梁小猫，我是你大哥，你敢不听我的？"

梁家龙就是这么霸道。

我拿着梁家龙交给我的牛皮纸袋进了小满的房间，小满正在拆一件红色的波点衬衫，我说："好好的衣服，拆了好可惜哦！"

"我把它改一下。"小满在她身上比画着，"把腰身收紧，穿起来才显得腰细细的，腿长长的，我这么好的身材不显出来好可惜哦！你说是不是嘛，梁小猫？"

我连声说是，把手中的牛皮纸袋交给她："梁家龙让我给你的。"

"梁家龙就是那个还在读高中的梁老大？"小满似乎和梁家龙并不熟，"是啥子东西嘛？"

"我也不晓得。"我说,"他不许我打开看,还让我发誓。"

"啥子东西那么神秘哦,不许你看,还让你发誓。这个梁老大奇奇怪怪的,我和他话都没有说过,他还送我东西……"

小满一边说,一边用剪刀剪开了牛皮纸袋,一个精装的蓝色笔记本掉了出来,小满惊喜道:"好高级的笔记本!可惜我早就不上学了,他送我笔记本有啥子用嘛?不过,我正好缺一个记账的本本。"

小满翻开蓝色笔记本,看见前面几页已写了字,便有些嫌弃:"这个梁老大啥子意思哟,送我本子还是写过字的,不过把这几页撕了,还可以将就用。"

我来不及阻止她,小满已经把蓝色笔记本前面写过字的几页撕了下来。

第二天,梁家龙见了我,把我拉到一边悄声问道:"梁小猫,你把东西交给小满没有?"

我说:"我昨天晚上就给她了。"

"为啥子她今天见了我,还是和原来一样喃?梁小猫,你好好回忆一下,她读了我写给她的那些诗,有啥子反应?"

"蓝本子上前面那几页是你写给她的诗啊?"我觉得有点对不起梁家龙,"你咋不早说喃?她把你写给她的诗都撕了。"

梁家龙脸色煞白,说话的声音在颤抖:"她为啥子要撕我写给她的诗?是嫌我的诗写得不好?我读了好多普希金的诗,莱蒙托夫的诗,还读了《少年维特之烦恼》才写出来的,她咋不动心喃?"

我赶紧安慰梁家龙:"不是你的诗写得不好,小满根本就没看。"

梁家龙的嘴唇抖得更凶了,还带着哭腔:"她看都没看,为啥子要撕喃？"

我不得不实情相告："她说她正好缺一个记账的本本，就把前面写了字的几页撕了，将就用。"

梁家龙两眼无神，一副欲哭无泪的样子，我只好安慰他说："大哥，小满不晓得本子上的那些字是你给她写的诗，你再给她写几首，她肯定不会撕。"

"算了，心死了，再也写不出来了。"

我在梁家吃饭，几天都没见着梁家龙。小哥说他大哥绝食了，梁姆姆急得哭了好几回，晚上睡在床上，翻来覆去问梁医生："饿死了咋个办嘛？"

"饿不死，他这叫鬼迷心窍。"梁医生倒想得开，"老大今年十七岁，人生的路长得很，早晚都要经历这些死去活来的事情，等他真正长大了，懂事了，再回过头来看这些事情，简直就是一个笑话。"

"笑话也是以后的笑话，但是现在我好心疼老大哟，小满天天都在他眼面前晃来晃去的，他的心肯定像受煎熬一样难受。"

梁医生也心疼梁家龙，他是疼在心里，不会像梁姆姆那样挂在嘴上。在他的后代中，他本来对老大梁家龙是寄予厚望的，梁家是中医世家，梁家龙是长子，天资聪慧，最有可能继承梁家的衣钵。如今，看梁家龙要死要活的样子，他和小满生活在一个院子里头，低头不见抬头见，必须防患于未然。梁医生快刀斩乱麻，把他的重大决策下达给梁姆姆："家龙马上就要高中毕业了，毛主席号召知识青年到农村去，毕了业就叫他响应毛主席的号召到农村去插队落户，接受贫下中农的再教育。"

蒋义每天都在8号公馆进进出出，梁家龙为小满绝食这么重要的情报，他当然要写信告诉他大哥蒋忠。他在信中希望他的大哥千万不要像梁家龙那样为了小满去绝食，一定要牢记他爷爷的话，学本事长本事，有本事的人是绝对不会绝食的。

四

就在小满已经把甄画家忘了的时候，甄画家突然出现在小满的面前。那天，小满正在上班，他问小满啥时候下班，有一样东西要送到小满的家里去。

"啥子东西嘛？你给我，我自己带回去。"

甄画家说了声"你拿不动"，便从药房那里走过来坐在8号公馆的门槛上，他的旁边，立着一个一米多高的木头架子，还有一幅将近一米高的长方形的木头画框，正面蒙着一块白布。

到了下班的时间，小满上了药房的门板，走过来对甄画家说："跟我走嘛，我就住在这里头。"

甄画家将木头架子背在身上，小心翼翼地抬着木头画框，跟着小满进了8号公馆，上了小洋楼的楼梯，进了小满的房间。甄画家四下看看，他说屋里的光线不太好。小满拉开窗帘，夕阳的光照了进来。

甄画家将画框放在木头架子上，正对着夕阳射进来的那一束明亮又柔和的光，这才对小满说："你来揭幕吧！"

"嚯哟，好隆重哦！"

小满说着，揭下蒙在画框上的白布——这是一幅油画作品，作品的名字叫"小满"。小满的呼吸急促，突然捂着脸哭起来，甄画家不去问小满为啥子哭，他有足够的理由相信：小满是被油画上的自己美哭了。

等小满哭够了，甄画家重新将小满的画像用布遮盖起来，小满说："你画得这么好，还怕人看嗦？"

甄画家说："这幅画是勾魂的，你不要随便给人看哈，免得把人家的魂勾走了。"

小满问甄画家："这段时间没看见你，你上哪儿去了？"

甄画家说他回农村了，他是到成都近郊郫县插队落户的知青，已经插队落户了三年多，父母都在外地工作，他是他外婆带大的，他外婆的家就在平安桥教堂背后的五福巷。

小满惊喜道："哎呀，我也是郫县那边的人。"

甄画家说小满的成都话说得好正宗哦，一点儿都听不出有郫县的口音。郫县虽然就在成都的边边上，但郫县人的口音极重，只要一开口说话，不用介绍就晓得是郫县人。小满说她小时候是闻名方圆几十里的百灵鸟，有一副唱啥子像啥子的好嗓子，刚满十岁就被成都的曲艺团选中，来到成都学唱清音，一学就是十来年，终于可以上舞台了，嗓子又倒了，医了两年也没有完全医好，还是有点沙哑，被人戏称为"鸭公嗓"，不能再上舞台唱清音了，这才转行到了药房。

甄画家问小满，郫县老家还有啥子人。小满说父母双全，都是红光公社的社员。说起红光公社，小满很自豪，这是毛主席亲自视察过的地方。

"我家里还有一个妹妹，妹妹的名字叫谷雨，两岁发高烧把耳朵烧聋了。我妹妹好乖哦，可惜是个聋哑人，我会照顾我妹妹一辈子，以后我如果嫁人，其中一个条件就是要管我妹妹一辈子。哎呀，我咋给你说这些哟……"小满的脸红了，赶紧转移话题，"你在农村插队，咋个当了画家喃？"

甄画家说："我自小学画画，我的理想就是当画家。下了农村，我还是天天画，我喜欢画人，村子里的男女老少都被我画遍了，到目前为止，我觉得画得最好的是你，是这幅《小满》。"

"你咋个想起来画我喃？"

"一眼万年。"甄画家解释道，"这不是我说的，是和我住一屋的成都知青说的。他说回成都陪他妈妈到九思巷梁鮈巴儿那里看病，去药房配药时看见了你，当场美得他心跳过速，出气都不均匀了。我问他到底有好美，他说他肚子里头的词汇量不够，形容不出来，最后冒出'一眼万年'四个字。我一听，再也睡不着了，翻身起床，连夜赶回成都，天还没亮，我就在药房外面等起了。"

甄画家虽然现在只是一个知青，还没有成为画家，但他身上已经具备了作为一个画家的职业素养，那就是敏感和激情。

两人摆着龙门阵，不知不觉天已经麻麻黑。小满留甄画家吃晚饭："没得好东西招待你，煮一碗红烧肥肠面给你吃。就是不晓得你们这些搞艺术的，吃不吃肥肠这种下水货？"

"吃！吃！我最喜欢吃的东西就是肥肠。"甄画家说，"肥肠好吃，就是洗起来太麻烦。红烧肥肠是我外婆的拿手好菜，小时候她经常做给我吃，现在她年纪大了，洗不动肥肠了，我都想不起上一次吃肥肠是哪年哪月。"

小满仿佛找到了知音，说："肥肠也是我的最爱。是不是我们这些搞文艺的都好这一口？"

小满虽然离开了曲艺团，但她一直还把自己当作文艺界人士，她把甄画家也归到文艺界。她到楼下灶房去热红烧肥肠，肥肠是昨天就烧好的，在炉子上热一热，下了两碗面条，把热好的红烧肥肠浇在面条上。

当小满把两碗热气腾腾的红烧肥肠面端进二楼的房间，满屋子都是肥肠的味道，甄画家连声说："就是这个味道！就是这个味道！"

小满问他是啥子味道。

"外婆的味道。"甄画家说他外婆做红烧肥肠的经验，就是不能把大肠里面的肥油撕得太干净，撕得太干净就没有那种妙不可言的味道了。

两碗红烧肥肠面拉近了两颗心的距离，能吃到一块儿就能说到一块儿。吃完红烧肥肠面，甄画家和小满已经像上辈子就认识一样。甄画家明天一早就要回郫县插队的地方，小满把他送出8号公馆，好像还有许多话要说，又把他送出九思巷，送到平安桥，送到平安桥教堂背后的五福巷，甄画家的外婆家就在五福巷。甄画家不放心小满一个人回家，又把小满送回九思巷的8号公馆。

甄画家第二天就回了郫县，对小满的思念让他度日如年，才不过一星期他又回来了，小满在灶房里给他做红烧肥肠，斯小姐也在灶房做饭，她没有见过猪大肠更没有吃过，她捂着鼻子问道："小满，你锅里头煮的啥子，咋个有股……"斯小姐想说"有股厕所的味道"，但她说不出口。

"装屎的肠子，肯定有股厕所的味道噻。"小满把斯小姐说不出口的话都说出来了，"你不晓得肥肠的妙处，妙就妙在闻起来臭，吃起来香，我们文艺界的人都喜欢吃肥肠。"

斯小姐听说小满的锅里煮的是装屎的猪大肠，捂着鼻子跑出了灶房，正遇上来灶房的梁姆姆，梁姆姆拉住她："斯小姐，出了啥子事？"

斯小姐说不出口，捂着鼻子直摇头。梁姆姆赶紧到灶房看个究竟，一股猪大肠的味道灌到梁姆姆的鼻子里头来。梁姆姆以前在娘家是吃过肥肠的，嫁入梁家后，梁医生不吃肥肠，她也好多年不吃肥肠了。所以，在小满搬进8号公馆之前，在8号公馆是绝对闻不到肥肠味儿的。

"小满，你是不是没有把肥肠洗干净哦？"

"我洗了十几遍，不可能没有洗干净。"

"洗了十几遍，咋还有那么大的味道喃？"

"我故意不把肠子里头的肥油撕干净。"

"你为啥子不撕干净喃？"

"撕干净了就没有那股味道了，妙不可言的味道。"

小满揭开锅盖，锅里咕嘟着厚厚一层鲜亮的红油，那是留在大肠里面的肥油和郫县豆瓣一起熬出来的红油。小满从红油里夹出一块卷曲的肥肠请梁姆姆尝，梁姆姆没有抵挡住诱惑，张开嘴巴接住了那块肥肠，眼睛却还盯着锅里，说："你还放了那么多独独蒜啊？"

小满又从锅里夹出一颗白白胖胖的独独蒜喂进梁姆姆的嘴里，说："红烧肥肠必须放独独蒜，绝配。"

这时，小哥放学回来，带着蒋义到灶房来找东西吃，闻到肥肠的味道，也像斯小姐那样捂住了鼻子。梁姆姆对小满说："我们小弟都十几岁了，还从来没有吃过肥肠。"

小满舀了满满一碗肥肠给小哥和蒋义："你们两个端过去慢慢吃哈！"

小哥和蒋义你一口我一口，把碗里的肥肠都吃了，最后剩下一颗独独蒜，小哥用筷子夹成两半，两个一人一半。

小哥放下筷子，意犹未尽："人间美味啊！"

"可惜你今天才第一次吃到这人间美味，以前的日子都白活了。"

小哥问蒋义："你以前吃过哇？"

蒋义说："我经常吃，因为我爷爷最喜欢吃肥肠，每星期我妈都要做粉蒸肥肠给他吃。"

蒋二爷何等人物，他在小哥的心目中就是顶天立地的英雄，居然也喜欢吃肥肠！小哥和蒋义无话不说，小哥怪蒋义，肥肠这么好吃的东西，蒋义为啥子从来没有跟他说起过嘛？

蒋义说，那些有身份的人都喜欢吃肥肠，但都不会说出来，就像他爷爷，最喜欢吃的是粉蒸肥肠，却给别人说他最喜欢吃粉蒸牛肉。

当天晚上，蒋义就给远在云南边疆的大哥蒋忠写信，把小满喜欢吃红烧肥肠的情报报告给他，还写了小满做的红烧肥肠比他们妈妈做的粉蒸肥肠好吃，因为放了很多独独蒜。

五

小哥和蒋义帮小满洗过几次肥肠，小满先用面粉揉，把肠子里的屎味儿揉出来，再用清水清洗十几遍，幸好8号公馆有口井，小哥和蒋义轮流从井里打水上来帮她冲洗肥肠，红烧肥肠烧好后，小满都会舀一碗给他俩吃，他俩就会说："小满姐姐，你下次洗肥肠，还喊我们两个帮你打水哈！"

小哥和蒋义天天都盼着帮小满洗肥肠，算起来都有一个多月了，小满都没有做红烧肥肠。梁姆姆也问小满："咋个这么久都没见你做了喃？"

小满说："吃腻了。"

"也是，再好吃的东西也有吃腻的时候。"梁姆姆说，"难怪不得你现在一天三顿都吃泡菜，这样子也要不得，泡菜没得营养，天天吃，把身体吃垮了咋个办嘛？"

已经有几个月了，甄画家都没有回成都，他说他在搞创作。画油画费钱，买颜料买画布要花很多钱，小满每月的工资才三十几元，给父母十元，给甄画家买颜料买画布，剩下的钱便只能顿顿吃泡菜了。

小满每个月都去一次甄画家下农村的地方，给他送颜料送画布，还有一大饭盒榨菜炒肉丝。买肉凭肉票，每人每月凭票买半斤肉，小满把她的半斤肉都炒成榨菜肉丝，给甄画家送去。小满第二天要上班，必须当天去当天回，她拎一个有拉链的旅行包，包里装着颜料、画布和榨菜肉丝，赶早班长途车到了郫县，还要走十几里的田坎路。

　　进了村子，免不了被村子里的妇女一番品头论足，说她眼睛像《红灯记》里的李铁梅，说话的样子像《沙家浜》里的阿庆嫂，身材像《红色娘子军》里的吴清华。她们说的都是革命样板戏里的女主角，家家户户的墙上都贴着她们的剧照，在那个年代，她们就是女性美的天花板。村里的妇女把几个女主角身上的最好的部位组合在小满身上，小满无疑就成了她们心目中的绝代佳人，那个甄知青咋个配得上嘛！这个绝代佳人还经常大包小包地给甄知青送东西，来了就给他洗衣做饭，甄知青何德何能，简直就是祖坟上冒青烟。

　　有爱管闲事的妇女直截了当地问小满："你咋就看上了那个人不人鬼不鬼的甄知青喃？"

　　甄画家被形容成"人不人鬼不鬼"，小满既心痛又生气："你说些啥子哟，嘴上留德哈！"

　　爱管闲事的妇女说："我们村里头的人都这么说他。你看他嘛，每天只晓得画画，画得两眼发直，小娃儿见了都要被他吓哭，你说他是不是'人不人鬼不鬼'嘛？"

　　"人家是艺术家，不痴迷，不疯癫，咋个进入创作状态嘛？"

　　爱管闲事的妇女问小满："甄知青啥时候成了艺术家，我们咋个不晓得喃？"

　　小满说："他现在不是，将来肯定是闻名全中国，不，肯定是闻名全世界的大画家。"

"神戳戳的。"爱管闲事的妇女怀疑小满有神经病，她在村里到处散布说，"甄知青对画画着了魔，小满对甄知青着了魔。"

甄画家住的那间小屋在村子尽头的小河边，原来和他同屋的知青也搬走了，他实在受不了甄画家，同住的屋子本来就小，放了两张单人床，到处都是甄画家画好的画和还没有画好的画，颜料、画布摆了一地，连个插脚的地方都没有。

同屋的知青搬走了，甄画家嫌做饭费时间，他就一次煮一大锅饭或者煮一大锅红苕，可以吃好几天。每当他情绪低落、感到前途渺茫的时候，小满就来了，拎一个大包，里面装着颜料、画布和榨菜肉丝，但甄画家觉得比这些东西对他更有用的是精神层面的东西，小满给他带来了希望，小满就是黑暗中的一道光。

小满来了就煮饭，饭煮熟了，小满给甄画家舀一大斗碗，给自己舀一小碗，就着榨菜肉丝，有滋有味地吃起来。小满把肉丝都夹到甄画家的碗里，自己只夹榨菜丝，每次只夹一根。甄画家给小满夹肉丝，小满又把肉丝夹到甄画家的碗里，说："我不爱吃肉，我爱吃大龙虾。等你成了大画家，你给我买大龙虾吃。"

"小满，你说我有没有那一天哦？"

"肯定有噻，不然我每个月都跑来干啥子嘛？全世界的人都不相信你，我相信你。"

甄画家哭了，哭得泣不成声。小满抚摸着甄画家乱糟糟的头发，说："村子里的闲话你不要听，他们不懂你。"

甄画家抬起头来仰望着小满："我只要你懂我。"

小满点点头，说甄画家的头发长了，该剪了。为了甄画家长得像野草一样快的头发，小满专门去学了理发，买了理发的工具，每个月来，都要给甄画家剪头发。给甄画家剪完头发，小满把甄画家塞在各个角落里的脏衣服、脏床单和脏袜子都找出来，拿到河边去洗。

清清小河水，倒映着天上的云彩和河边的绿树，缓缓地向前流淌。甄画家坐在开满野花的河滩上，捧着速写本给小满画速写。小满把衣服洗完了，甄画家的速写也画完了。他仰卧在河滩上，望着天上奇形怪状的流云，说："真想这样过一辈子！"

"你咋没有追求喃？"小满放下衣服，跑到甄画家的身边，"我可不愿意你在这个乡坝头过一辈子，你是要做大事情的人，一定要走出这个乡坝头，走得越远越好。"

"你就不怕我走远了，把你甩了？"

"你要甩我，那是缘分到头了，我一定会放手。"小满看着甄画家的眼睛，"真的，你能走多远就走多远。"

甄画家抱住小满，抱得很紧很紧。

"我该走了，再不走怕赶不上末班的长途车了。"

小满从甄画家的怀抱里挣脱出来，把洗好的衣服搭在竹竿上，对甄画家说："晚上记着收衣服哈！"

甄画家每次都要把小满送到长途车站。他们走在乡间小路上，黄昏的落日，竹林盘头升起的袅袅炊烟，归林小鸟的欢叫，诗情画意，一切都是那么美好。到了长途车站，看着小满上了最后一辆末班车，甄画家跑到小满座位的窗口，眼巴巴地望着小满，就像一个孤苦伶仃的孩子："小满，你要来哈！"

小满从窗口伸出头来,她好想对他说点什么,可她啥子也没说。车开走了,小满憋了好久的泪水才夺眶而出,甄画家在小满的泪眼中渐渐模糊,渐渐消逝。

六

在一个阳光灿烂的下午,甄画家突然出现在小满的面前,小满惊讶道:"你咋回来了喃?"

甄画家说他要去四川美术学院上学了,是郫县红光公社推荐的工农兵大学生。

"我就说嘛,你肯定有出人头地的那一天,没想到这一天来得这么快,我还说明天去割肉给你炒榨菜肉丝,后天给你带去……这下好了,以后再也不用跑那么远给你送榨菜肉丝了。"小满问甄画家,"你啥时候去重庆?"

甄画家说,九月开学,他准备八月下旬就去,有很多画油画的高手都聚集在重庆的沙坪坝,他准备早点去会会他们,切磋画技。

小满的眼睛里闪过一丝若有所失的忧伤,说话的样子还是欢欢喜喜的:"你想我咋个给你庆祝喃?"

甄画家说:"好久没有吃红烧肥肠了,你就给我做一顿红烧肥肠来庆祝噻。"

当天,小满用粮票又加了一些钱换了两斤肉票,半夜三更就去春熙路的东风菜市场排队,只有那里有肥肠卖。因为肥肠比肉便宜,一张一斤的肉票能买四斤肥肠,肥肠越来越难买了,只有排队排到前几个的人才能买到，卖完就没有了。

这个暑假，已经读初中的小哥和蒋义每天上午去后子门体育场踢足球，下午，我们三个就去人民公园的游泳池游泳。这天下午，我和小哥正要出门去蒋公馆约蒋义去人民公园时，小哥看见小满顶着烈日在井边洗肥肠，便对我说："梁小猫，今天我们不去游泳了。"

我还没有反应过来，小哥已像离弦的箭冲出了8号公馆。过了一会儿，小哥和蒋义跑步冲进8号公馆，直奔后花园，见小满正从井里打水上来，"我来我来"，小哥和蒋义争着去抢小满手中的井绳。

蒋义问道："小满姐姐，你好久都没有做红烧肥肠了，咋个今天又在洗肥肠了喃？"

"这是我最后一次做红烧肥肠。"小满怕我们问她为啥子这么说，赶紧把话岔开，"你们今天也可以吃个够，我半夜就去排队，心里想着你们，所以多买了一些。"

小哥和蒋义听说今天可以吃个够，不仅帮小满打井水，还帮她洗肥肠。我也要去帮小满洗肥肠，小满忙拦住我，说："肥肠味儿留在手上，几天都洗不掉，你还是帮我剥蒜哈！"

我到灶房头看见筲箕里面的独独蒜足有一斤多，就问小满剥好多。

不等小满回答，蒋义抢着说："全部剥了，这么多肥肠必须配这么多独独蒜。"

小满向梁姆姆借了大锅来烧肥肠，整个下午，8号公馆的空气里都弥漫着肥肠的味道。

第六章　小满

肥肠烧好了，甄画家也来了，径直上楼进了小满的房间。小满又向梁姆姆借了一个大汤盆，把红烧肥肠舀进大汤盆里，放在一个托盘上，对小哥和蒋义说："锅里头还有，你们随便舀来吃哈！"

蒋义说："原来你今天做红烧肥肠是给甄画家吃。"

小满淡淡一笑："他要去读大学了，就想吃我做的红烧肥肠。"

小满端着托盘离开了灶房。我们三个舀了一碗肥肠围在一起吃，蒋义问小哥："你说甄画家是不是小满姐姐的男朋友？"

"百分之七十是，百分之三十不是。"小哥是这样分析的，"如果甄画家不是小满姐姐的男朋友，小满姐姐不会半夜三更跑去排队买肥肠，这有百分之七十的可能。"

"还有百分之三十喃？"

"小满姐姐好像有点不高兴。"小哥百思不得其解，"甄画家去读大学，小满姐姐为啥子不高兴喃？"

"你们懂不懂啥子叫离愁？"我那时虽然还在读小学，可是已经读了一些书，"甄画家要去外地读书，小满姐姐不是不高兴，是舍不得。"

当天晚上，蒋义给他远在云南边疆的大哥蒋忠写信，他报喜不报忧，只把甄画家去读大学，要离开成都，也就是要离开小满的情报报告给他大哥，至于小满半夜三更去排队买肥肠，小满舍不得的离愁，蒋义一个字都没写。每封信的最后，蒋义总会叮嘱他大哥，一定要多多学本事，有了本事，就会有千千万万个小满在远方等着他，语气像极了蒋二爷曾经对蒋忠说的那句话：只要有了本事，就是天上的仙女都要下凡来找你。

这年的夏天特别热，立秋过后，早晚有点凉风，送来茉莉花最后的芳香。甄画家是坐晚上的绿皮火车去重庆，第二天上午就能到达。小满把他送到车站，神情有些恍惚，似乎已经预感到她和甄画家是没有未来的。

甄画家拉着小满的手："小满，我会每天给你写信的。"

小满说："你的时间那么宝贵，天天给我写信好浪费时间哟！一星期写一封就可以了。"

火车就要开了，列车员催旅客上车，甄画家和小满拥抱告别，小满把甄画家抱得紧紧的。甄画家在小满的耳边说："等我毕业，我们就……"

小满用手捂住甄画家的嘴，不让他说下去。她在甄画家的耳边说："你是要做大事情的人，不要忘了自己的初心。"

小满放开甄画家，望着甄画家渐行渐远的背影，默默地流下了眼泪，心里明白这是她和甄画家最后一次拥抱。

甄画家到了重庆，每星期给小满写一封信，信中写的都是他的创作灵感，他井喷似的创作灵感，大多是像他当初见到小满"一眼万年"的那种。后来，甄画家每星期写给小满的信渐渐变成两星期写一封。再后来，信越写越少，差不多一个月才能收到一封。终于，小满不再收到甄画家的来信，她想起甄画家在小河边对她说的那句，"你就不怕我走远了，把你甩了"，如今，他还没有走远，就已经……

小满没有悲伤，也没有后悔，她以为她之前为甄画家做的一切，都是值得的，因为她对甄画家是真心的，在真心付出的过程中，她获得了从来没有过的真正的快乐。小满是典型的成都美人，脾气也是典型的成都女人的脾气：爱就爱了，散就散了，不纠缠，不抱怨。

甄画家是小满的初恋，小满是甄画家的初恋。小满收拾好失恋的心情，平静地将甄画家为她画的那幅油画《小满》，用白床单仔仔细细地包裹起来，塞到床底下，也把她的初恋藏在心底。

第七章　舅　舅

一

我的舅舅是个美男子。

舅舅名叫林卫国，这是解放后他自己给自己取的名字。解放前，我外公给他取的名字叫林伯翰，给我母亲取的名字叫林丽雅。成都解放后，舅舅嫌他们兄妹俩的名字不打自招，看名字就能嗅到资产阶级的味道，他不仅给自己改了名字，还把我母亲的名字改成林卫红。

舅舅在四川大学当学生时便加入了地下党，在成都解放前夕，他参加解放军上了前线，我外公跳着脚大骂他"逆子"，要断"林家的香火"。不久，外公家道中落，后又染上重疾，在他临终前，把我母亲叫到床前，将三百块大洋交到母亲手中，叮嘱道："这是给你哥哥娶妻的钱，你哥哥回来，你一定要亲手交给他。"

那一年，母亲十五岁，正在成都石室中学读书，外婆在她十二岁时便去世了，现在她父母双亡，不得不自食其力。尽管她手中有外公交给她的三百块大洋，在当时也算一笔巨款，但她牢牢记住外公的话，这是给她哥哥成家娶妻的钱。她靠给人家洗衣服来养活自己，后来在亲戚的介绍下，给有钱人家的小姐当陪读丫头，一直到成都解放。

成都解放那年，舅舅已是解放军部队的团参谋，即将随部队进入成都。我母亲打听到舅舅的部队是从北城门进入成都，带着外公给舅舅的三百块大洋，天不亮就在北门外等候舅舅的部队，一直等到傍晚，才等到回到故乡的舅舅。当晚，母亲便将三百块大洋交到舅舅的手中，转述了外公给他这笔钱的用途：成家娶妻。舅舅问我母亲，这些年她一个人是咋个生活的。母亲没有说她靠给别人洗衣服糊口，只说她没受苦，她给有钱人家的小姐当陪读丫头，和小姐一起读到高中毕业，她也获得了高中毕业证书。舅舅简简单单说了一个字"哦"，便把三百块大洋全都收下了，说他马上要去抗美援朝，保家卫国，是革命军人义不容辞的责任，也是革命军人的光荣。舅舅对母亲说，他要把这三百块大洋全部捐给国家用来买飞机买大炮，打败美帝野心狼。

"可是，爸爸给你的这些钱，是让你用来成家娶妻的，这是爸爸临终前的遗嘱。"

母亲想说，那些年，她吃了上顿没下顿，后来给有钱人家小姐当陪读丫头，有饭吃了，穿的都是小姐的旧衣服。读高中时，正是爱美的年纪，母亲想给自己做一件新衣服，只要从那三百块大洋里拿出一块来就够了，可是，想起外公的临终嘱托，母亲铁了心要把这三百块大洋分文不少地交到舅舅的手上。话到嘴边，母亲把想说的话都咽回了肚子里。

舅舅以为母亲的思想转不过弯来，他慷慨激昂："我们的国家已经到了生死存亡的紧急关头，我哪有心思成家娶妻？小妹，我已经把我的名字改成'林卫国',取'保家卫国'后面两个字。我想把你的名字改成……"

母亲吓了一跳,难不成舅舅要把她的名字改成"保家卫国"的前面两个字"保家",叫"林保家"?舅舅笑起来:"女娃儿咋个能叫'林保家',我要把你资产阶级情调的'林丽雅',改成具有革命气概的'林卫红',保卫红色江山的意思。"

看母亲不太情愿的样子,舅舅语重心长地教导母亲:"小妹,你还年轻,人生的路长得很,你好好想一想,你早就不是资产阶级的小姐,你自食其力,给有钱人家的小姐当陪读丫头,你用自己的劳动养活了自己,你是名副其实的劳动人民。但是,'林丽雅'这样的名字不可能出自劳动人民家庭。小妹啊,你不能让人家对'林丽雅'这个名字有联想,有怀疑,这会影响到你的政治前途。"

那时,母亲还不能理解"政治前途"的重要性,舅舅现在是她唯一的亲人,长兄如父,舅舅的话她不得不听,舅舅把她喜欢的名字"林丽雅"改成了她不喜欢的"林卫红",她也在舅舅的安排下,进一所小学校当了老师。

舅舅在朝鲜战场上屡立战功,已经是志愿军的团长。抗美援朝战争胜利后,舅舅回到成都,成都正大搞经济建设,舅舅转业到商业局当了局长,隔三岔五地就要到成都市委来开会。成都市委在羊市街,九思巷就在羊市街的附近,步行不到十分钟,就能到九思巷的8号公馆。每次舅舅在市委开完会,都要到8号公馆来看望母亲。

因为有梁姆姆管我吃管我喝,有小哥陪伴我,母亲完全可以不操心我,她把学校当成家,不到天黑不回家。舅舅每次来到8号公

第七章 舅舅 127

馆，总是径直到后花园来找我，梁姆姆从灶房里出来迎接，给舅舅泡一杯碧潭飘雪，那是最高级的茉莉花茶，只有高贵的客人，梁姆姆才会给予这样的待遇。梁姆姆搬一把竹椅请舅舅坐在灶房外面的走廊上，一边喝茶一边等我母亲回来。

"梁小猫，快来和你舅舅耍一会儿！"

梁姆姆搬一个小板凳让我坐在舅舅的跟前，舅舅招手叫小哥和蒋义也搬了小板凳，我们坐成一排，舅舅让我们背"老三篇"给他听。"老三篇"是伟大领袖毛主席在抗日战争期间写的三篇著名的文章：《为人民服务》《愚公移山》《纪念白求恩》，我们先背《为人民服务》，三个人齐心协力，勉强能背完；再背《愚公移山》，三个人你一句我一句，拼拼凑凑，能背个大概；最后背《纪念白求恩》，除了开头一段背得流利，接下来都是磕磕巴巴，还没有背到一半，舅舅便喊"停"，他对我们三个很不满，说："学校天天都在喊你们背'老三篇'，咋个背成这个样子？看我的！"

舅舅站起身来，我们才发现舅舅是如此高大。我们抬头仰望舅舅，舅舅一口气背完"老三篇"，行云流水，抑扬顿挫，他的表情他的手势都令人着迷，像极了电影《列宁在一九一八》中，列宁在工厂给工人演讲时的风采。我还惊奇地发现，我们天天都在背的"老三篇"，通过舅舅绘声绘色的演绎，是那样的文采飞扬，字字珠玑，我们衷心地敬佩伟大领袖毛主席不仅是伟大的思想家，还是伟大的文学家。

舅舅在我们心目中的形象日渐高大，不仅仅因为他的身高超过了一米八，更因为他能把"老三篇"背得如此精彩，还有他那迷人的男中音。舅舅也能感受到我们三个对他的崇拜,喝了几口碧潭飘雪,便给我们演讲《共产党宣言》。我们三个基本上听不懂,但被舅舅的万丈激情感染,我们也热血沸腾。演讲完《共产党宣言》,舅舅意犹未尽,唱起了悲壮的《国际歌》,一边唱一边挥舞手臂,指挥我们一起唱。

二

舅舅是母亲政治上的引路人,母亲对学校工作全身心地投入,无怨无悔地付出,舅舅感到很满意,所以,他每次来8号公馆,等母亲等多久他都没有怨言。然而,无论母亲的工作有多么积极,表现有多么突出,始终改变不了的是她资产阶级的家庭出身。舅舅虽然和母亲是同胞兄妹,同样的家庭出身,但他在解放前便加入了共产党,在抗美援朝的战场上立过战功,转业前顶着革命军人的光环,转业后顶着革命干部的光环,他的家庭出身完全可以忽略不计。舅舅真正操心的是他的亲妹妹我的母亲,这个世界上他唯一的亲人,他不希望在我母亲身上有任何带有资产阶级烙印的东西,特别是母亲身上残留的那些小资情调,最容易暴露她的家庭出身。

这天,舅舅在市委开完会又来到8号公馆,他晓得母亲天不黑不回家,便径直来到后花园,梁姆姆照例给他泡上碧潭飘雪,搬了竹椅请他坐,问道:"林舅舅,你有一阵子没有来了哈?"

舅舅说,他去北京了,去参观毛主席纪念堂。我和小哥还有蒋义,搬了小板凳坐在舅舅的跟前,要他给我们讲毛主席纪念堂是啥子样子的。舅舅说纪念堂在天安门广场上，和人民英雄纪念碑一样巍峨雄伟，毛主席躺在被鲜花簇拥的水晶棺里面，慈祥的笑容让毛主席的脸显得无比生动，就像睡着一样……舅舅哽咽着说不下去，小哥振臂高呼："毛主席永远活在我们心中！"

舅舅一把将小哥抱在怀里，他擦了把眼泪，说："我给你们念毛主席的诗吧！"

舅舅念的是《沁园春·雪》："……山舞银蛇，原驰蜡象，欲与天公试比高。须晴日，看红装素裹，分外妖娆。江山如此多娇，引无数英雄竞折腰……"

毛主席的诗恢宏壮丽，气势磅礴，舅舅念了一首又一首，念得我们心潮澎湃。"五岭逶迤腾细浪，乌蒙磅礴走泥丸""暮色苍茫看劲松，乱云飞渡仍从容""风雨送春归，飞雪迎春到。已是悬崖百丈冰，犹有花枝俏"，毛主席诗中气韵天成的英雄气概和潇洒浪漫，舅舅用声音用肢体语言表现得淋漓尽致。在一个小女孩的心中，我第一次懂得啥子叫"男人的迷人风采"，是在我舅舅朗诵毛主席诗词的时候，我甚至觉得我舅舅是世界上最有魅力的男人。

母亲回来时，天已经黑尽，母亲在学校吃了晚饭，我在梁家吃了晚饭，舅舅还饿着肚子，母亲在煤油炉子上给他煮了一碗挂面，面里头卧两个鸡蛋。母亲端着面碗和舅舅一起上楼进了我和母亲的房间，我留在灶房里帮小哥洗碗。没过一会儿，便从我家阳台那里传来舅舅和母亲的争吵声。我宁愿是我的耳朵出了问题，我舅舅和我母亲不可能吵架，从来都是我母亲绝对服从我舅舅。

小哥跑出灶房，望着二楼的阳台听了一会儿，跑回来对我说：

"梁小猫,真的是你妈妈和你舅舅吵架了,你快上楼去劝架。"

我轻手轻脚上了楼,先听听他们在吵啥子。原来是为了母亲的一件红毛衣。母亲今天穿了一件黑色的薄呢大衣,进了房间,母亲脱了大衣,里面是一件鲜红的羊绒毛衣。舅舅便皱了眉头,说道:"我给你说了好多回,你现在是学校的领导,在穿着打扮上一定要艰苦朴素,你咋不听喃?"

母亲说:"我又没穿在外面,穿在里面特别暖和,这是纯羊绒线织的。"

"你穿在里面,领口和袖口那里还是会露出来,刚才我一眼就看出来了。"舅舅武断地命令道,"以后不要穿了。"

"大哥,我这次不能听你的,这件毛衣我一定要穿。"

在我的记忆中,这是母亲第一次反抗舅舅。

舅舅以为母亲舍不得这件红毛衣是纯羊绒线织的,说道:"我出钱给你重新买一件灰色的或者黑色的,也买纯羊绒线织的,不仅穿在里面暖和,穿在外面还不被人家说闲话。"

"你买的能够和这件红毛衣一样吗?"母亲说,"这是老唐一针一线织出来的,他给我织了一件,给唐爱林织了一件。"

"啥子喃?"舅舅提高了嗓门儿,受惊的程度不亚于火星撞了地球,"你再说一遍,是哪个织的?"

"是老唐给我织的。"母亲清清楚楚地回答道,"老唐每天忙完兵站的工作,等战士们都睡下了,才在马灯下每晚织一点,织了一年多,给我织了一件,给唐爱林织了一件,今年回成都过年才带回来的。"

"今天不是亲耳听你说的，打死我也不相信，老唐那样一个顶天立地的革命军人，居然还会织毛衣。"舅舅语重心长地对母亲说，"老唐毕竟是兵站的最高领导，应该把所有的精力都放在工作上，把宝贵的时间用在给老婆娃儿织毛衣上，传出去影响不好，说严重点，还会影响他的政治前途。"

母亲为父亲辩解道："他都是在夜深人静的时候织的，没有人晓得。大哥，我和老唐一年才能见到一面，他为啥子要给我和唐爱林织毛衣，他是把对我对唐爱林的思念，都织进了毛衣里……"

母亲说着说着就哭了，我在门外也哭了，我想起了在雪山上的父亲，我的身上也穿着父亲在兵站的马灯下为我织的红毛衣。

"好了好了，红毛衣的事就不说了，你要穿就在屋里头穿，不要穿到外面去，更不要对别人说老唐织毛衣的事。"舅舅转换了话题，"我今天还想给你说说8号公馆的事情。"

母亲吓了一跳："8号公馆出了啥子事？"

"8号公馆的风气有些不对头。"舅舅说，"那个斯小姐搬进来，把风琴也搬进了八角亭，那是侵占公家财产，还在里面弹一些消沉革命意志的陈年老调，这会给梁小猫和梁家那几个娃儿带来很不好的影响。"

"放一架风琴在八角亭，哪里说得上侵占公家财产？唐爱林小时候喝羊奶，我们家还把羊养在八角亭里，你是不是也要说我侵占公家财产？"母亲把舅舅问得哑口无言。母亲继续为斯小姐辩解，"再说，斯小姐弹的那些曲子，虽然不是革命歌曲，但都很好听，美的旋律，不仅不会消沉娃娃们的革命意志，反而会激发他们对美的向往。"

舅舅放过了斯小姐，又说小满："那个原来唱清音的演员搬进来后，我发现8号公馆已经不是原来的8号公馆了。"

舅舅皱着眉头想了半天，也说不出8号公馆和原来有啥子不一样，但是感觉就是不一样。小满是惊艳了九思巷的美人，当然也惊艳了舅舅。他第一次见到小满，是小满走在九思巷的背影，这无疑是个美人的背影，舅舅本能地想快走几步冲到前面，看看这个美人究竟有多美，但顾虑自己的身份，舅舅不得不克制原始的冲动，默默地跟在这个美丽背影的后面，任想象的翅膀自由飞翔。"美丽背影"进了8号公馆，也许她听见了跟在她后面的脚步声，她回眸一笑，这一笑令舅舅惊心动魄，这女人的美远远超出了他的想象。舅舅不是没有见过世面的人，漂亮女人也见过不少，惊心动魄的感觉却从来没有过。以后，舅舅来8号公馆，还没走到8号公馆的门口，他便有些心慌意乱，他想见小满，又怕见到小满。

三

舅舅操心母亲的政治前途，母亲操心舅舅成家娶妻。娶妻生子，这是我外公的临终嘱托，在我母亲的心中，这才是舅舅的人生大事。舅舅仪表堂堂，是标准的美男子，他身高一米八二，威武挺拔，无论他走到哪里，都会把人们的眼球扯到他身上。舅舅有一双深邃的眼睛，非常迷人，这是一双令人产生欲望的眼睛——想探索他深不可测的内心世界的欲望；舅舅的笑声更迷人，是那种爽朗的开怀大笑，露出一口雪白结实的牙齿。这么一个魅力十足、身居高位的男人，为啥子年过四十还是单身喃？

母亲是晓得其中缘由的。舅舅曾经给母亲看过一张照片，他一直珍藏着这张照片，放在他随身带的钱包的夹层里。这张照片已经发黄，照片是舅舅和一位年轻女子的合影，这位面目清秀的女子，名字叫碧绣，碧绣是舅舅的初恋。当时，碧绣是华西协合大学的大学生，舅舅是四川大学的大学生，他们在锦江河畔开始了他们的初恋。舅舅经常到华西坝来找碧绣，碧绣是中共地下党员，经过她介绍，舅舅也加入了共产党。可以说，舅舅走上革命道路，碧绣是他的引路人。在成都解放前夕，碧绣接受地下党的命令去外地执行秘密任务，她严守党的纪律，即便是最亲密的爱人，也要绝对保密。所以，碧绣究竟去了哪里，舅舅毫不知情，从此音信全无。

解放后，舅舅一直在找碧绣，他相信碧绣还活着。他还相信，他在等碧绣，碧绣也在等他。舅舅骨子里是一个非常浪漫的人，当然，舅舅更愿意说自己是浪漫的革命者。

自从梁姆姆把斯小姐当作自己的女儿后，其实她最想把斯小姐说给舅舅。虽说舅舅年过四十，但斯小姐也三十有几，男的大女的十来岁，都叫年龄相当，梁医生大她自己还不是十几岁，简直就是天作之合；再说相貌，舅舅仪表堂堂，人家斯小姐也是气质出众，一副大家闺秀的模样，越看越有味道；只是舅舅和斯小姐的身份，梁姆姆想起来就有些气短，在梁姆姆的心目中，舅舅是高干，斯小姐是幼儿园老师，万一舅舅还要计较斯小姐的家庭出身喃？

除了最后一条，梁姆姆觉得舅舅和斯小姐是非常般配的，梁姆姆生性乐观，凡事都爱往好的方面想，她想万一舅舅不计较斯小姐的家庭出身嘛？

在一个星期天的下午，母亲在阳台上看书，梁姆姆站在灶房外面的走廊上喊道："林校长，我熬了绿豆百合汤，清火润肺的，你下来喝一碗嘛。"

母亲下了楼，坐在灶房外面的竹椅上喝梁姆姆给她舀来的绿豆百合汤。梁姆姆几次想说斯小姐和舅舅的事，就是张不开口。母亲看梁姆姆难于启齿的样子，便说道："梁姆姆，你有啥子话就说嘛，是不是我们家唐爱林惹了啥子祸？从小到大，你为她操的心比我这个当妈的操的心还多，我都不晓得咋个感谢你……"

"不是不是，不是梁小猫，人家梁小猫多乖的，我硬是喜欢得很。"梁姆姆终于将话题转移到舅舅和斯小姐的身上，"林校长，你觉得斯小姐和你大哥林局长是不是很般配？"

"我也想过，他们两个看起来是很般配，只是……"

母亲欲言又止，梁姆姆忙说道："林校长，我们一家人不说两家话，如果你不把我当外人，有啥子话你就说嘛。"

母亲说："为啥子我大哥这么多年都不找，其实他心里头一直有个人，这个人是解放前他在四川大学当学生时的恋人，还是他的入党介绍人，后来去外地执行党的秘密任务，和我大哥断了联系。"

"哦，我晓得了，这就是林局长这么多年不结婚的原因。"梁姆姆感慨道，"想不到林局长这么大的干部，还这么痴情。"

母亲说："我也劝过大哥，找了这么多年都没找到，也许人都不在了。"

"就是，完全有可能。做地下工作好危险嘛，为革命牺牲了那么多英雄，说不定林局长的心上人，早就成了英雄。"梁姆姆言归正传，"林校长，你说斯小姐和林局长有没有可能喃？"

"很难。"母亲说，"就算我大哥同意了，斯小姐未必愿意。梁姆姆，你还记得不，我给你说过斯小姐有情感洁癖，如果她晓得我大哥有这么一段刻骨铭心的感情，我想她肯定接受不了。"

梁姆姆一声叹息，在几乎绝望中还抱着一线希望："林校长，我们就死马当作活马医，你去跟林局长说，我去跟斯小姐说。"

母亲和舅舅一说，舅舅断然拒绝："小妹，你又不是不晓得，我心里头早就有人了。"

"万……"母亲小心翼翼地，"万一她已经不在了喃？"

"她就是不在了，也永远活在我的心中！"

母亲毫不怀疑舅舅的山盟海誓，她还是想做最后的努力："你可能还不了解斯老师，虽然三十几岁了，却没有受到任何污染，为人处世特别简单，现在，很难找到这么纯洁、这么善良的女子了。"

母亲不敢在舅舅跟前称呼"斯小姐"，她有意回避斯小姐的家庭出身，她估计舅舅还是计较的，虽然他自己的家庭出身也不好，但他还在读大学时就加入了共产党，上战场立过战功，现在是担任领导职务的革命干部，他自以为早就脱胎换骨了。

舅舅的态度十分坚决："斯老师再好，可惜我心里头已经有人了。"

母亲这边毫无回旋的余地，梁姆姆那边却传来喜讯：斯小姐居然同意了。虽然斯小姐有严重的情感洁癖，但因舅舅出众的外表，特别是他超过一米八的身高，高挺的鼻梁，优雅性感的下巴，斯小姐已经在心里给他打了九十分。至于他那段感情经历，令斯小姐唏嘘不已，她崇尚浪漫的爱情，舅舅对碧绣忠贞不渝的爱情，那才是真正的浪漫，真正的爱情至上，把浪漫的、爱情至上的斯小姐感动得泣不成声。当梁姆姆向她委婉地转达舅舅拒绝的意思，斯小姐说她完全能够理解舅舅对革命爱情的忠贞不渝，从此她对舅舅的爱慕中又多了一分敬重。

四

舅舅隔三岔五就要到市委开会，开完会就会从羊市街走到九思巷，舅舅成了8号公馆的常客。舅舅来了就到后花园，梁姆姆给他泡上一杯碧潭飘雪，他就坐在灶房外面的竹椅上，一边喝茶一边等我母亲回来。

这天傍晚，舅舅在市委开完会又来到8号公馆的后花园，却不见梁姆姆从灶房里出来迎接他，小满在灶房里头洗碗，看见舅舅来了，小满忙招呼道："舅舅来了！快坐快坐，我去给你泡茶哈！"

小满也跟着我叫"舅舅"，舅舅听起来不是滋味儿，皱了下眉头，问梁姆姆咋个不在。

小满说："刚才还在这儿炒鱼香油菜薹，你闻嘛，现在灶房里头还有一股鱼香味儿，一眨眼睛就不在了。梁姆姆经常神秘地消失，我都习惯了，要不要我去找她？"

"不用，不用麻烦！"舅舅说，"我就在这儿等林校长。"

"外面吹风了，你进来等嘛。"小满问舅舅，"你吃晚饭没有啥？"

"还没有。"舅舅有点不好意思,"我等林校长回来,让她给我下碗面吃。"

舅舅的肚子不争气地叫了一声。今天天气突变,他出门也没人提醒他加件衣服,现在他又冷又饿,这一个人的单身生活过得有点狼狈。

"舅舅,我给你煮碗醪糟粉子,你先打个尖哈!"

依舅舅的性格,他是应该拒绝的,无奈他又冷又饿,实在抵挡不住醪糟粉子的诱惑,假装客气道:"哎哟,我咋个好意思喃?"

"舅舅,你千万不要跟我客气,林校长对我多好的,我也喜欢梁小猫,梁小猫的舅舅就是我的舅舅,一家人不说两家话哈!"

小满口口声声"舅舅"长"舅舅"短的,喊得舅舅心里头很不舒服。

小满用火钳将塞在蜂窝煤洞眼上的小盖盖儿夹出来,十二个洞洞盖着十二个小盖盖儿,把十二个小盖盖儿都夹在一个搪瓷盅盅里面,马上就有蓝色的火苗从蜂窝煤的十二个洞洞中冒出来。

小满在蜂窝煤上坐上一口小铝锅,在里面放了小半锅水,然后把晒干的糯米粉加水揉成雪白的一团。这时,锅里的水开了,小满把玻璃瓶子里的一大块红糖放进锅里,锅里的水渐渐变成醇厚的绛红色。小满左手托着雪白的糯米粉子,右手翘着兰花指,把糯米粉子一小块一小块地掰进沸腾的锅里。过了一会儿,雪白的粉子都漂浮在绛红色的水面上。小满拿出两个鸡蛋,却不直接敲进锅里,而是把鸡蛋敲在一个长柄汤勺里,再轻轻地放进锅里;再敲一个鸡蛋在长柄汤勺里,再轻轻地放进锅里。看两个鸡蛋在锅里凝固成圆圆的、鼓鼓的荷包蛋,小满转身从碗柜里抱出一个用红绸子封口的陶罐,从里面舀出两大勺醪糟放进锅里,雪白饱满的米粒在红糖水中翻滚,一股醇厚浓郁的酒香味儿直往舅舅的鼻孔里灌。

小满将红糖粉子醪糟蛋舀到一个蓝边边的大斗碗里,端到舅舅面前:"舅舅,你尝尝味道巴适不巴适?"

舅舅尝了一口,糯米粉子软软糯糯,能嚼出红糖的甘甜,舌尖上却留着醪糟的酒香;舅舅用勺子破开一个圆鼓鼓的白中透红的溏心蛋,嫩嫩的,火候刚刚好。

舅舅吃完红糖粉子醪糟蛋,浑身上下热乎乎的,脑门上还冒出了细细的汗珠。他放下吃得一干二净的蓝边边大斗碗,只说了一句话:"这个味道巴适得板!"

舅舅是领导干部,他平时说话的风格总像在作报告,这会儿用老百姓的语言来夸赞小满煮的红糖粉子醪糟蛋,是想与小满亲近一点。小满高兴得眉毛都是笑的,嘴角两边的小酒窝更深了,她说:"舅舅,你以后想吃红糖粉子醪糟蛋就来哈!"

这一声"舅舅",又叫得舅舅不舒服。一碗红糖粉子醪糟蛋下肚,舅舅已在微醺的状态中,他竟对小满说:"你以后不要叫我'舅舅',我的名字叫林卫国,你可以叫我卫国嘛。"

小满抿着嘴,心里笑道:"好肉麻哦!"

舅舅也感觉到小满叫不出口,又说:"叫林局长也可以。"

小满说:"叫局长好生分嘛,还是叫舅舅亲热些。"

这一碗红糖粉子醪糟蛋,吃得舅舅终生难忘。他的心里不再只有碧绣一个人，小满端着一碗红糖粉子醪糟蛋，就这样闯进了他的心房。这么多年，仪表堂堂、身居高位的舅舅，曾是多少女人梦中的如意郎君啊！这里面有别人介绍的女干部、女职员、女演员、女老师，这其中就包括了斯小姐，还有他在工作中认识的女上司、女下属、女同事……舅舅刀枪不入，从未动心，咋个就被一碗红糖粉子醪糟蛋……舅舅自己也想不通，自从吃了小满煮的那碗红糖粉子醪糟蛋，为啥子小满总在他眼面前晃来晃去，她那会笑的眉毛，她那会说话的眼睛，特别是她嘴角边两个深深的小酒窝，在舅舅心里挥之不去。单身多年的舅舅，一心扑在工作上，早已不食人间烟火，那天在8号公馆充满烟火气的灶房里，看小满忙来忙去，他竟产生了幻想，幻想他每天下班回家，进门就能看见在灶房里为他做饭烧菜的妻子，舅舅开始憧憬起有烟火气的家庭生活。舅舅毕竟是有血有肉生活在尘世的男人，他需要女人的温暖女人的体贴。

　　看似不食人间烟火的舅舅，每天都在思念小满的红糖粉子醪糟蛋。那天，他看小满把瓶子里的红糖都倒进了锅里，便去八宝街红光商场买了两斤云南产的红糖。这天，舅舅在市委开完会，提着两斤红糖来到8号公馆的灶房，梁姆姆和斯小姐正在灶房里。斯小姐见到舅舅有点不好意思，找了个借口躲了出去。舅舅问小满喃。梁姆姆愣了一下，她一直以为舅舅和小满风马牛不相及，他咋个问起小满了喃？

　　梁姆姆说："小满看电影去了，你找她有事啊？"

　　舅舅托梁姆姆把两斤红糖转交给小满，说那天小满给他煮红糖粉子醪糟蛋，把红糖用完了。梁姆姆心里七上八下的，这个林局长是啥子意思哟?

母亲从学校回来,在煤油炉子上给舅舅煮了一碗面条,舅舅一边吃一边把母亲煮的面条和小满煮的红糖粉子醪糟蛋作比较,那真是云泥之别啊!母亲见舅舅食之无味的样子,觉得好反常,虽然她不太会做饭,但舅舅一直喜欢吃她煮的面条,每次都吃得很香,今天是不是遇到了不顺心的事情?

一碗面条,舅舅居然剩了一半,这也是一反常态。舅舅每次吃面,吃完了连汤都喝得一滴不剩,而且,他今天也没有慷慨激昂地和母亲讲大道理,有些心不在焉的样子。这时,楼梯上响起轻盈的脚步声,是小满回来了,舅舅情绪好转,一副放下心来的样子,和刚才判若两人。

梁姆姆找到母亲,说:"林校长,你有没有发现,林局长对小满……"

"不可能哦!"母亲说,"我大哥和小满完全是两个世界的人,斯小姐和我大哥那么般配,我大哥都回绝了。"

"哎呀,林校长,男女之间的事情说不清楚。只要看对了眼,不存在啥子般配不般配。我给你说嘛,很少有男人对小满不动心的,除了我们梁医生哈。林局长虽然是个革命干部,他毕竟还是男人嘛。"

梁姆姆说"很少有男人不对小满动心的",这其中也包括梁家老大梁家龙,这是梁家避讳的家丑。梁医生为断了梁家龙对小满的念想,高中一毕业,就送他去了农村插队落户,接受贫下中农的再教育。

母亲心里明白,"林局长对小满有意思"不能完全说是梁姆姆捕风捉影，她觉得好荒诞，她不希望这是真的，她想起小满好像和甄画家谈过恋爱，便问梁姆姆："不晓得甄画家和小满现在是啥子状况？"

"可能已经吹了。"梁姆姆说，"以前小满每个星期都要做红烧肥肠给甄画家吃，现在好久都没看见小满做红烧肥肠了。"

母亲说："甄画家不是去重庆上大学了？"

"去重庆还是可以写信噻。"梁姆姆在母亲的耳边压低了嗓门儿，"我天天都在开信箱，好久都没有重庆的来信，恐怕甄画家已经把小满甩了。"

"小满对甄画家真是一片痴心，那时候，甄画家在农村插队，小满天天吃泡菜，把钱都省给他用，给他买颜料买画布……"母亲心疼小满，"唉，如果真的是甄画家把小满甩了，也没见小满伤心的样子。"

"我就喜欢小满的性格，洒脱得很，人家对甄画家从来没有一句怨言，也不哭哭啼啼要死要活地折磨自己。"梁姆姆问母亲，"要不然，我们两个给他们撮合撮合？"

梁姆姆说的"他们"，是指我舅舅和小满，母亲说顺其自然，有缘千里来相会，何况舅舅经常到市委来开会，从羊市街到8号公馆，不过几分钟的路程。

这时，在舅舅的心中有两个女人：一个是他忠贞不渝的精神上的红色恋人碧绣；一个是他想和她结婚一起过日子的小满。然而，舅舅有心，小满无意，舅舅眼睁睁地看着小满嫁给了方方面面都配不上她的白日梦。从此，只有他精神上的红色恋人碧绣在他的心中常驻。

第八章　白日梦

一

　　宋小江是成都一家报纸的摄影记者，整日背着相机在成都的大街小巷转来转去，抓拍一些社会新闻发表在报纸上，这只是他的工作，宋小江志不在此，他真正的兴趣是拍珍稀动物野生大熊猫。成都西边的卧龙山，就是野生大熊猫经常出没的地方，已经成为野生大熊猫的自然保护区。宋小江认识几位研究野生大熊猫的科学家，他们经常会去卧龙山区跟踪野生大熊猫，可宋小江只能用积攒下来的休假日，跟随科学家去拍大熊猫。一年去一次，每一次都能拍上千张照片，但选出来的只有几张，积少成多，他拍大熊猫的名气越来越大，他最大的愿望是办一次大熊猫的画展，出一本大熊猫的画册。

　　在一个春风和煦的下午，宋小江背着相机，晃荡到与九思巷相邻的西二巷。在一棵上百年的皂角树下，围着几个十六七岁的小伙子，他们都仰着头朝树上喊："下来下来，你还没有看够嗦？"

　　宋小江走过去问道："你们在看啥子哦？"

　　一个小伙子回答道："球花。"

　　"啥子球花哟？从来没有听说过。"

　　"地球之花，你懂不懂？"

小伙子们都笑起来，原来树上还有一个和他们一般大的小伙子藏在茂盛的枝叶间，正举着望远镜在看……宋小江又问他们："他用望远镜在看啥子喃？"

小伙子们笑而不答，其中一个对他说："你想看就排在我们后头，轮到你了，你自己上去看嘛。"

几个小伙子都上去了，最后从树上下来的小伙子把望远镜递给宋小江："你上去看嘛。"

宋小江说："我不用。"

小伙子们都说："你不用望远镜咋个看嘛？连个人影子都看不到。"

几个小伙子见宋小江还是不用望远镜，都笑宋小江是"瓜娃子"，嘻嘻哈哈地走开了。

宋小江爬上树，举着相机用长焦镜头搜索目标，小满出现在镜头里，她正在配药，左手翘着兰花指提着精致的秤杆，右手抓着一把药材一点一点地往古铜色的秤盘里放，双眼专注地盯在秤杆的秤星上，宋小江摁下快门，拍下一个个特写镜头：浓密的长睫毛覆盖的双眼；她把称好的药材倒在摊开的草纸上，转身走到密密麻麻的小抽屉前寻找药方上的药材，她的背影她的侧影都极具画面感，每一个动作都是曼妙的舞蹈。宋小江不停地摁快门，拍下她踮起脚拉开小抽屉像跳芭蕾舞的背影，拍下她扭着腰肢仰头找药的侧影；药配齐了，她把药包起来递给顾客，宋小江终于看到她的正脸了，美得心颤，宋小江差点从树上掉下来。啪啪啪啪，宋小江的长镜头对着她的脸一阵猛拍，可惜相机里的胶卷拍完了。

第二天，宋小江备了三个胶卷，一个胶卷能拍三十六张照片，运气好的话，一个胶卷能拍三十七张甚至三十八张，这三个胶卷至少能拍上百张照片，咋个都能抓拍到几张闭月羞花沉鱼落雁的照片来。

宋小江爬上那棵皂角树，从上午拍到下午，他也不觉得饿；举着相机的手都举麻木了，他都忍着，就怕错过美的瞬间。

就在最后一卷胶卷快要拍完的时候，昨天那几个小伙子带着望远镜又来了，看见宋小江在树上，就在树下喊道："你下来哦，看了那么久还没有看够嗦？"

宋小江啪啪地摁了两下快门，把相机里最后两张胶片拍完，从树上下来了。小伙子们看着宋小江脖子上挂着长焦镜头的相机，说："你玩得还很高级嘛！昨天就跟你说，她是地球的球花，你现在服不服？"

出于新闻敏感，宋小江问他们："球花是哪个评选的喃？"

"她还需要评选嗦？只要看一眼，就得心服口服。你说你服不服嘛？"

如果宋小江说"不服"，肯定会被这几个小伙子打一顿。再说宋小江也算阅人无数见过世面的人，如果真的要选球花，宋小江会毫不犹豫地将他那一票投给他相机里的美人。

"你们晓不晓得她叫啥子名字？"

宋小江这一问，惹得几个小伙子愤怒起来：

"你啥子意思哦？不要东想西想产生幻觉！"

"拍了人家的照片，回家慢慢看嘛，你还敢对人家有想法嗦？"

"也不撒泡尿照照自己，癞蛤蟆还想吃天鹅肉？"

宋小江招架不住，在一片"瓜娃子"的嘲骂声中，背着相机回暗室冲洗照片去了。

宋小江冲了上百张照片出来，从中选出最好的一张放大成八寸，镶嵌在木制的相框里；再从中选出几十张来，镶嵌在自制的纸壳里，用黑色的墨水画了黑色的边框，黑色的边框里画上排列整齐的白色圆点，像极了电影胶片，照片上的人就成了电影中的女主角。

宋小江用报纸包了那个镶嵌着他自以为拍得最好的照片的相框，来到九思巷的中药房，等几个人拿着配好的药走了以后，他站在玻璃柜台前，小满问他："药方子喃？"

宋小江拿出用报纸包好的相框给小满，小满问道："啥子东西哦？"

宋小江说："你打开看嘛。"

小满拆开报纸，看见相框里的照片，惊讶道："你咋个会有我的照片？"

宋小江说："我拍的。"

"你在哪儿拍的，我咋不晓得喃？"小满觉得面前这个人神秘兮兮的，"你是哪个哦？"

"我绝对不是坏人。"宋小江指着那张包相框的报纸，"我是这张报纸的摄影记者，你不信看我的工作证嘛。"

宋小江掏出工作证来给小满看，小满仔细看了工作证上的照片，又看了一眼宋小江，确定是他本人。包相框的报纸在成都家喻户晓，能在这家报社当记者，小满解除了对宋小江的防备之心，还有了些好感，但她还是想晓得眼前这个人是在哪里拍的她。

药房对面是5号公馆，那棵大树在5号公馆后面的西二巷，在药房里能看见那棵大树的树冠。宋小江指着远方的树："我爬到那棵树上拍的。"

小满觉得眼前的这个人更神了："那么远，你咋个把我拍得那么清楚喃？"

"这涉及相机镜头的专业知识，还涉及人物拍摄的技术水平，一句两句说不清楚。"宋小江说，"我还拍了你好多照片，你想不想看？"

小满说："我的照片，我肯定想看噻。"

宋小江邀请小满去他的暗房，小满不晓得啥子叫暗房，听起来有点吓人，就说："算了，我还是不去了，我和你又不熟。"

"一回生，二回熟嘛。"宋小江一脸真诚，"我把工作证都给你看了，我向毛主席保证：我真的不是坏人。"

二

作为见面礼，小满收下了镶嵌着她的照片的相框，也答应了宋小江的邀请，去他的暗房看她的照片。在小满轮休的那一天，宋小江带着小满去了他的暗房，在那家报社的一个角落的红砖房里。宋小江打开门，里面黑黢黢的，小满叫道："咋个这么黑哦！"

宋小江开了电灯，小满见窗户上挂着厚厚的黑布窗帘，说道："大白天的，把窗帘打开嘛！"

小满说着就要去拉窗帘，宋小江赶紧拦住她："暗房是冲洗照片的地方，必须把外面的光遮得严严实实的。"

几十张镶嵌在"电影胶片"里的照片，用小夹子夹在一根长长的绳子上，小满从左边看起，一边看一边赞叹："就像看电影一样。"

宋小江说："小满，不是我当面夸你，你真的比那些电影演员还经看。"

小满心里相信，嘴上却不相信："你是不是见人说人话，见鬼说鬼话哦？"

宋小江举起右手向小满发誓："我敢向毛主席保证，我说的都是真心话。"

这确是宋小江的真心话。报社经常指派宋小江去拍演员，他也拍过很多电影演员，基本上都是摆拍，笑也是那种露出六颗牙齿的标准微笑，宋小江没感觉到美，只当完成任务，真正让他上心的是拍野生大熊猫。

暗房里的一面墙上也拉着布帘，宋小江拉开布帘，整整一面墙上全部都是大熊猫的照片：大熊猫在吃竹子，大熊猫在树上发呆，大熊猫在竹林里穿行，大熊猫从雪坡上滑下来，大熊猫和熊猫宝宝在雪地里打滚，熊猫妈妈与熊猫宝宝深情对望……在宋小江的镜头里，各种形态的大熊猫憨态可掬，呆萌呆萌的，都是黑白分明的色彩，只有几张灰扑扑的，也不晓得拍的是啥子，宋小江却说这几张照片具有很高的艺术价值。

"我咋看不出来喃？"小满左看右看，"你拍的是啥子哟？"

"熊猫屎。"

小满在心里怀疑宋小江是不是精神方面有问题，嘴上却说："大熊猫简直成了你的命根子，连它的屎都要拍。"

"小满，你好懂我哟！"宋小江立马将小满视为知音，"你不晓得我们寻找大熊猫有好艰难，大熊猫行踪隐秘，经常十几天都不见它的踪影，能遇见一堆新鲜的熊猫屎，会让研究大熊猫的科学家们欣喜若狂，他们如获至宝，小心翼翼地把熊猫屎装进塑料袋里带回去研究。"

小满觉得好笑："熊猫屎好臭哟，有啥子好研究的嘛？"

"新鲜的熊猫屎不仅不臭，还有一股竹子的清香。"宋小江说，"一堆熊猫屎可以给科学家提供很多大熊猫生活的信息和数据，他们把熊猫屎晒干，称出竹叶的重量和竹竿的重量，就晓得大熊猫是喜欢吃竹叶还是喜欢吃竹竿；还有，从熊猫屎中能晓得大熊猫在哪些地方活动，因为不同的地方生长着不同品种的竹子。"

"嚯哟，一堆熊猫屎还有这么多的学问！"小满听宋小江说得头头是道，不再怀疑他有神经病，只是好奇他为啥子要拍熊猫屎。

宋小江说："新鲜的熊猫屎，光滑的屎面上排列着翠绿的竹屑，远看像啥子，近看像啥子，全凭各自的想象力。艺术品的价值就在于能够激发丰富的想象力。"

小满一直觉得自己是文艺界人士，她崇尚艺术，宋小江说得越多，她越觉得他像个艺术家。

"不是像，我本来就是资格的艺术家。"宋小江纠正道，"看一个人是不是资格的艺术家，主要是看他有没有一双能够发现美的眼睛，我就有一双这样的眼睛，我发现了熊猫屎，我还发现了你。"

小满叫起来:"你咋个把我和熊猫屎相提并论喃?"

宋小江慢条斯理地说:"在我眼里,你和熊猫屎有一个共同的特点,那就是美。"

因为小满,只喜欢拍大熊猫的宋小江,开始对人物拍摄有了浓厚的兴趣,当然,拍摄的对象仅限于小满,绝对的唯一。

又到了小满的轮休日,宋小江约小满去四川医学院拍照。小满很不理解:"成都的公园那么多,草堂的浣花溪,望江公园的薛涛井,南郊公园的古柏红墙,四川医学院里头有啥子好拍的嘛?"

"我要拍的是一种很文艺的感觉。"

宋小江见小满穿了一件红方格拉链上衣,里面是一件白衬衫,便要小满带一条素净的裙子。小满说:"这两天穿裙子好冷哟!"

"只在拍的时候穿。"宋小江说,"为艺术就得有牺牲精神,我为了拍到大熊猫的一个珍贵镜头,经常在冰天雪地里等大熊猫出现,一等就是好几天,冻得都成了冰棍,你这点冷根本不算啥子。"

到了四川医学院,宋小江把小满带到一座钟楼前,说:"这是四川医学院的标志建筑,是四川医学院的灵魂,1926年建成的。"

小满以为宋小江要在这里取景为她拍照,宋小江哈哈一笑:"把你和这座钟楼拍在一起,就是'到此一游'的照片。我要给你拍的是有文艺范儿的照片。"

四川医学院除了钟楼这座标志性的建筑,钟楼两边还有好多青砖黑瓦、画栋雕梁、中西合璧的建筑,位于钟楼荷花池东的是叫"嘉德堂"的解剖楼;位于钟楼荷花池西的是叫"懿德堂"的化学楼;最气派的是1915年动工、1920年建成的叫"合德堂"的牙科楼。

宋小江说四川医学院最出名的是牙科，就在牙科楼取景了。

小满脱了红格外套，把带来的湖蓝色半截折子裙扎在白衬衫的外面，从牙科楼后面走出来，仿佛一个清纯的女学生从画中走出来。宋小江眼前一亮，他说小满把白衬衫穿出了初恋的感觉。小满长了一张初恋脸，她是甄画家的初恋，是蒋义的大哥蒋忠的初恋，是梁家老大梁家龙的初恋，还是许多暗恋她的人的初恋。宋小江说不清楚他的初恋发生在啥子时候，也许在那棵大树上，也许在他的暗房里，也许就在眼下，在他看见小满向他走来的那一瞬间。

小满问宋小江："咋个拍？"

"随便你，你想咋样就咋样。"宋小江摆弄着他的照相机，"我对你的要求就两个字：自然。"

小满简直就是为宋小江的镜头而生，她的回眸一笑，她的深情凝视，她的天真好奇，她的翘首眺望，她的低头含羞……宋小江惊叹小满的镜头感，她在镜头前的松弛自然简直就是与生俱来。

这一组照片冲洗出来，宋小江反复欣赏，陶醉了好久，他自信他拍大熊猫能拍出天花板的水平，没想到他拍小满，也能拍得这么文艺，拍出了文艺范儿的天花板。

三

这个春天，宋小江对小满开始了疯狂的追求，他把小满的轮休日都安排得满满的，他的理由是"不能辜负了大好的春光"。宋小江有一辆摩托车，是报社给他配的，他经常骑着摩托车在九思巷招摇而过,摩托的轰鸣声响彻在九思巷的上空,九思巷的人都跑出来看热闹,羡慕的人说"好拉风哦",嫉妒的人说"瓜戳戳,骑摩托"。总而言之,九思巷的人都晓得小满和甄画家吹了,现在和一个骑摩托的人在耍朋友。

梁姆姆听见风言风语,在8号公馆的灶房头,一边帮小满剥豌豆壳壳,一边和小满摆龙门阵。她问小满:"你和那个骑摩托的,是真的啊?"

小满娇羞地一笑,说:"人家是搞艺术的,是报社的摄影记者。"

梁姆姆一听说"搞艺术的",就想起了甄画家,甄画家也是"搞艺术的",心里头就有些担心:"小满啊,那些搞艺术的人都是天马行空,两脚不沾地,你还是要找一个体体面面的人,过踏踏实实的日子。"

梁姆姆说的"体体面面的人",暗指我的舅舅。在她的心目中,只有舅舅这样体体面面的人,才能给人见人爱、花见花开的小满踏踏实实的日子,才能让那些对小满有非分之想的"癞蛤蟆"望而却步。

小满为宋小江辩护道:"人家好有追求哦!他的奋斗目标就是成为全世界拍大熊猫的第一人,他可以在冰天雪地里死等大熊猫,一等就是好多天。"

梁姆姆不能理解:"他等大熊猫干啥子嘛?"

"为了拍到大熊猫的珍贵镜头嚯。"小满说,"梁姆姆,你肯定想不到,他可以把一堆熊猫屎拍成艺术品。"

梁姆姆越听越觉得宋小江是着了大熊猫的魔,小满是着了宋小江的魔,不晓得小满和宋小江的关系到了啥子程度。

"我就是欣赏他。"小满说,"我毕竟也是从文艺界出来的,和搞艺术的人有共同语言。"

"现在有共同语言,以后成了家,还不是油盐酱醋茶。"梁姆姆想为我舅舅做最后的努力,"有一个人,比宋小江更合适你。"

小满问道:"哪个哦?我咋不晓得喃?"

"梁小猫的舅舅林局长。"梁姆姆说,"人家三天两头给你送红糖,你一点感觉都没得啊?"

"我就是煮了一碗红糖粉子醪糟蛋给他吃,他那天看我把红糖用完了,就送那么多红糖给我,吃都吃不完,梁姆姆,你们屋头人多,你拿去吃嘛!"

舅舅三天两头给小满送红糖,盼着能再吃到小满煮的红糖粉子醪糟蛋,盼到现在也没有吃到第二碗,那一碗红糖粉子醪糟蛋就成了舅舅终生难忘的心头爱。

小满把舅舅送的红糖,都放进梁家的碗柜里,急得梁姆姆直摆手:"要不得!要不得!这是林局长对你的情意,林局长对你那是一往情深啊!"

"我和林局长?"小满想起来就好笑,"我跟着梁小猫一直都喊他舅舅哦!"

小满把舅舅视为令人尊敬的革命长辈,舅舅却把小满视为温暖的人间烟火。舅舅每天都在回味那碗红糖粉子醪糟蛋,每天都在憧憬有小满的家庭生活。

人间四月天,桃花儿朵朵开。

宋小江骑着摩托车轰隆隆地开进九思巷，在8号公馆门前刹住车，正遇上出门买菜的梁姆姆，她好想把这个浑身都是艺术细胞的艺术家看个清楚，无奈宋小江戴着头盔，黑色风衣的拉链拉到下巴那里，浑身上下遮得严严实实，哪里看得见他身上的艺术细胞？

梁姆姆明知故问："你找哪个哦？"

"我找小满。"宋小江说，"我和小满约好的，我今天带她去龙泉山看桃花。"

正说着，小满跑出来，宋小江给她戴上头盔，小满跨上摩托车的后座，宋小江一踩油门，小满赶紧抱住宋小江的腰。梁姆姆目送着摩托车开出了九思巷，一声叹息，她为我的舅舅感到惋惜。

春风浩荡，一路向东，摩托车开上了龙泉山，沿途都是桃树林，桃花开得正好，他们来得正是时候：早几天，桃花还没有开；晚几天，桃花已经开过了。他们来到桃林深处，置身于一片花海之中。山上的桃林和山脚下的桃林连成一片，盛开的桃花灿若红霞。宋小江的镜头对准小满的脸，拍了许多特写镜头，朵朵桃花衬托着小满的笑靥，天然去雕饰，小满犹如从桃树上长出来的桃花仙子。

从桃树林出来，宋小江带着小满来到东湖边一棵巨大的梨花树下，地上铺着一层厚厚的梨花瓣。宋小江仰面躺在梨花瓣上，小满躺在他的身边，他们都闭上了眼睛。雪白的梨花瓣，就像雪花一般，从梨树上纷纷飘落下来，落在小满和宋小江的身上，不一会儿，他们的身上便盖上一层厚厚的梨花瓣，犹如盖上了一床松软芬芳的梨花被。

他们醒来时，已近黄昏。宋小江一跃而起，慌慌忙忙地说："我们赶紧走,我明天还要去卧龙山。"

小满问道:"咋这么急嘛?"

"我昨天才得到通知,忘记给你说了。"宋小江对小满说,"大熊猫在春天活动频繁,我那几个研究大熊猫的哥们儿要去给大熊猫安装无线电颈圈,约我一起去。这是和大熊猫近距离接触的难得的好机会,机不可失,时不再来。"

小满问道:"为啥子要给大熊猫安装无线电颈圈?"

宋小江心里着急,三言两语地敷衍小满:"就是为了跟踪大熊猫去过哪些地方,啥子时候睡觉,啥子时候吃东西。总而言之一句话,为了更好地保护大熊猫。"

在回成都的路上,宋小江把摩托车开得风快,小满把宋小江的腰抱得紧紧的,把她的脸贴在宋小江的背上。开到东门大桥,摩托车差点追尾一辆大货车,宋小江一个急刹车,摩托车侧翻在地,宋小江和小满都重重地摔在地上。宋小江在摩托车倒地的刹那间,他的第一个动作是检查他的相机,他身上有没有摔伤他也不在乎,一直在摆弄他的相机。此时此刻,他只关心他的相机有没有摔坏,摔坏了明天咋个去卧龙山拍大熊猫嘛!

小满的右脚拐拐一阵钻心的痛,她站不起来了。她伸手想让宋小江扶她起来,宋小江似乎已经忘记了她的存在。小满愤怒地大叫一声:"宋小江!"

宋小江这才反应过来,他赶紧跑到小满的身边,想把小满扶起来,小满甩开他的手:"我死也不要你管!"

四

宋小江把小满送到东门街骨科医院，诊断的结果是右脚踝软组织挫伤。医生给小满敷上难闻的膏药，纱布绷带缠了一圈又一圈，还开了止痛的药，对宋小江叮嘱道："伤筋动骨一百天，要卧床休息，受伤的脚尽量不要沾地，三天来换一次药，晓得不？"

宋小江点头哈腰："晓得了！晓得了！"

宋小江把小满送回8号公馆，还把她抱上了楼，让她躺在床上，给她盖上被子，把止痛药放在床头柜上。小满冷冷地对他说："你明天还要早起，早点回去！"

宋小江如获特赦令，他心里惦记着明天一大早就要去卧龙山，虽然他不忍心丢下小满就这么离开，但他又不愿失去近距离拍摄大熊猫这个千载难逢的好机会。心一硬，宋小江头也不回地离开了8号公馆。

第二天早晨，8号公馆该上学的都上学去了，来了一位手捧鲜花、头发乱糟糟的眼镜男，他站在小洋楼下向楼上喊道："小满！小满！"

眼镜男把梁姆姆从灶房里头喊出来了，她一看眼镜男是从来没有见过的，还看他捧着一束鲜花，以为又是那些想吃天鹅肉的"癞蛤蟆"，便没好气地问道："你是哪个哦？"

"我是受朋友之托来看望小满的。"

梁姆姆又问道："你的朋友是哪个嘛？"

"报社的摄影记者宋小江。"

"哦，就是那个骑摩托车的。"梁姆姆面有不悦，"昨天我还看见小满坐在他的摩托车上，开得飞叉叉的。"

"所以嘛，出事了。"眼镜男对梁姆姆说，"昨天，他们去龙泉山看桃花，回到成都天都黑了，结果就在东门大桥出事了，小满把脚拐拐摔伤了。"

"难怪不得昨天晚上，我的眼皮子跳个不停，原来是小满出事了。不晓得小满伤得重不重？"

梁姆姆带着眼镜男上了楼，一进小满的房间，满屋子都是膏药的味道，小满躺在床上，一只枕头垫在受伤的脚下，敷在里面的膏药渗出来把白色的纱布绷带都染黄了。梁姆姆的眼圈红了，小满反而安慰梁姆姆："没得啥子，骨头又没有断，只是伤了脚拐拐的软组织。"

"虽然骨头没有断，还是大意不得，伤筋动骨一百天。我去给你做早饭，你想吃啥子嘛？"梁姆姆把眼镜男叫到小满的床前，对他说，"有啥子话，你自己跟小满说。"

梁姆姆下楼给小满做早饭去了，眼镜男捧着鲜花，像个犯了错误的小学生站在小满的床前，自我介绍道："我是宋小江的毛根儿朋友，从小一起长大的。他今天一早和那几个科学家去了卧龙山，把你托付给我，让我来照顾你。"

小满的眼泪夺眶而出："他还是走了，我还不如他的大熊猫。"

"话不能这么说，你是你，大熊猫是大熊猫，特殊情况下的爱情和事业，就像鱼和熊掌不可兼得。"

小满赌气道："我和他没得爱情。"

第八章　白日梦　　157

"咋没得嘛？宋小江昨天半夜三更跑来找我，把他所有的钱都给了我，喊我每天买一束鲜花献给你，表达他对你的歉意和爱意。"

眼镜男把鲜花插在床头柜的玻璃花瓶里，对小满说："你就把花当作宋小江，天天守护在你的身边。"

小满想起来了，宋小江在暗房给她看熊猫屎的照片时，说他有个铁哥们儿，艺术感觉特别好，很多人都看不懂熊猫屎的照片，这个铁哥们儿具有超乎常人的想象力，给了熊猫屎照片许多独特的解读，他说这个铁哥们儿是在这个世界上唯一懂他的人。

"你是不是那个能看懂宋小江拍的熊猫屎照片的人？"

眼镜男一脸茫然，在心里琢磨小满话里的意思。

小满说："宋小江说你是在这个世界上唯一懂他的人。"

眼镜男惊喜道："没有想到，我在宋小江的心目中是这样的人。"

小满说："我还不晓得你叫啥子名字。"

"姓白名浪，白浪。"

"白浪？"小满笑起来，"你这个人看起来一般，名字却不一般。"

眼镜男赔着笑，露出两颗龅牙："其实，很多人都不叫我白浪，他们都叫我白日梦。"

小满觉得奇怪："白日梦？啥子意思嘛？"

"他们都说正常人做梦都是在晚上，我是大白天做梦，所以他们都叫我'白日梦'。"

小满问道："宋小江叫你啥子嘛？"

"宋小江也叫我白日梦。他说写小说的人必须有做白日梦的天赋，才写得出小说来。"

"原来你是写小说的呀？"小满问白日梦，"你有啥子作品喃？"

"还在孕育中。"白日梦怕小满听不懂，又补充道，"我一直在构思一部长篇小说，写出来也许就是一部巨著。"

小满在心里笑道：真是名副其实的"白日梦"。比如现在，就是在大白天睁着眼睛说梦话。她问白日梦："你做白日梦，还是要吃饭噻，你在哪里挣饭钱喃？"

"在群众艺术馆，那里不仅是做白日梦最好的地方，还是自由支配时间最好的地方。"白日梦问小满，"我现在就去给你买好吃的，你想吃啥子喃？"

小满说："我想吃啥子我晓得给梁姆姆说，就不麻烦你了，我怕耽误你做白日梦。"

"我和宋小江是一起长大的毛根儿朋友，他的事就是我的事。既然他把你托付给我，我就要对你负责到底。哦，小满，你不要误会哈，我的意思是在你伤筋动骨的一百天里，我要对你负责到底。"

门外传来梁姆姆上楼的脚步声，她给小满送早饭来了。白日梦走出小满的房间，梁姆姆叫住他，说："伤哪儿补哪儿，你去给小满买两个猪脚脚回来，给她炖蹄花儿汤。"

"要得！要得！我马上就去！"

白日梦从肉铺子买回来一根猪脚脚，梁姆姆一看就叫起来："你咋买这么长一根猪脚脚哦？"

"你看清楚哈，这是猪的右前脚。"白日梦把猪脚脚伸到梁姆姆的眼前，说："小满伤的是右脚的脚拐拐，你不是说伤哪儿补哪儿嘛？普通的猪蹄子连脚拐拐都没得，咋个给小满补嘛？我好话说了一箩筐，卖肉的师傅完全被我感动了，才给我挑了一根带脚拐拐的右前蹄给我。"

梁姆姆对白日梦顿时有了好感，禁不住数落起宋小江来："你硬是对你那个开摩托车的毛根儿朋友忠心耿耿的，他倒洒脱，把人家小满摔成这个样子，屁股一拍，走了。"

白日梦竭力为宋小江开脱："我那个毛根儿朋友绝对不是无情无义的人，他心里头还是有小满的。只是不巧得很，这次能够近距离地拍摄大熊猫，确实是千载难逢的好机会，机不可失，时不再来，要怪就怪他的追求太执着了。"

梁姆姆拿出一个夹毛的小夹子，让白日梦把猪脚脚上的毛夹干净，白日梦说了声"看我的"。他把猪脚脚拿到蜂窝煤上翻来覆去地烤，烤得黑黢黢的，再泡进水里用刀刮，一边刮一边对梁姆姆说："一举两得，去掉了毛，还去掉了皮腥味儿，这才是把蹄花儿汤炖得雪白的窍门儿。"

梁姆姆看白日梦把猪脚脚刮得白生生的，夸赞道："看不出来，你硬是啥子都懂哈！"

白日梦毫不谦虚："不瞒你说，我们这些人懂艺术，更懂生活。"

第九章　一百天

一

第二天是星期天，白日梦捧着鲜花又来到8号公馆，梁家人都在客堂里吃早饭，蒋义也在，他来约小哥去后子门体育场踢足球。他见白日梦捧着鲜花直接上了楼，问道："他找哪个哦？"

大双阴阳怪气地说："捧着鲜花来的，除了找小满，还会找哪个？"

小双小声说道："小满不是和那个骑摩托的……"

梁姆姆叹息一声，说："唉，说起来话长，这个人是那个骑摩托的毛根儿朋友，好得就像小弟和蒋义的关系。小满坐在摩托车上，骑摩托的把摩托车开翻了，小满的脚摔伤了，这个人叫白日梦，是帮那个骑摩托的来照顾小满的。"

蒋义愤愤不平："那个骑摩托的为啥子不亲自来照顾小满姐姐？"

梁姆姆说："人家潇洒得很，去卧龙山拍大熊猫去咯。"

大双幸灾乐祸："长那么漂亮有啥子用嘛！还不如大熊猫。"

在8号公馆，大双最讨厌的人就是小满，要说理由，就是小满长得人见人爱花见花开。

蒋义为小满感到惋惜，更为他大哥蒋忠着急。他和小哥去后子门体育场踢球，踢得心不在焉，居然把球踢进了自家的球门，被对方球队一阵嘲笑，被小哥一顿数落，闷闷不乐地回家给他远在云南边疆的大哥写信。信一开头，他就问他大哥一个问题："小满姐姐受伤了，你会丢下她，让你的朋友去照顾她，去给她送花，自己却跑到卧龙山去拍大熊猫吗？"蒋义还拿我来说事儿，"如果是梁小猫受了伤，我一定会天天陪伴在她的身边，为她做一切事情。"每封信写到最后，蒋义都不忘鼓励他大哥："你还是有希望的，小满早晚要和那个开摩托的说拜拜，你只要学到了本事，总有一天，那个给小满送鲜花的人就是你。"

　　第三天一早，白日梦捧着鲜花又来了，他把昨天送来的花换下来，把今天送的鲜花插进花瓶里。小满提醒他："我今天要去医院换药哈！"

　　"我晓得，我这就背你去。"

　　"你背我？"

　　"你怕我背不动你？"看小满憋住笑的样子，白日梦拍拍他单薄的身板儿，"我们这些人瘦是瘦，有肌肉。"

　　白日梦背着小满下了楼，走出了8号公馆。小满在白日梦的背上说："你背累了，就把我放下来歇一会儿哈！"

　　白日梦说："你不要小看我嘛，东门街又不远，我一口气就能背到。"

　　小满在白日梦的背上，感觉到从未有过的安全感，还有说不清道不明的归属感，她搂紧了白日梦的脖子，以为这样可以减轻自己在白日梦背上的重量。

在东门街骨科医院换了药,白日梦又把小满背回8号公馆。他把小满放在床上,将一个枕头放在小满缠着绷带的脚下,又下楼去灶房给小满热蹄花儿汤。

白日梦将一碗雪白的蹄花儿汤,上面还漂着几颗翠绿的葱花儿,端到小满的床前。小满努着嘴,吹开汤面上的葱花儿,喝了一口汤,说:"好香啊!"

白日梦被小满吹汤的嘴迷住了,在心里构思:如果在小说中要用一个词来形容小满吹汤的嘴,非"性感"一词不可。白日梦嘴上回应小满的话,却把"性感"一词用在了葱花儿上:"主要是放了性感的葱花儿。"

小满笑起来:"你们这些写小说的简直要上天,居然可以用'性感'来形容葱花儿。"

小满喝完蹄花儿汤,让白日梦坐在她的床边,说有话要跟他说。

"从明天起,你就不要给我送花了……"

"为啥子喃?"白日梦急得打断小满的话,"宋小江让我天天给你送花,这才送了三天,我对宋小江发了誓的,我必须遵守我的诺言。"

"每天都送,好浪费钱哟!"

"钱算啥子嘛?钱在爱情面前就不值一提。"白日梦说,"宋小江一而再,再而三地求我,求我每天给你送一束鲜花,表达他对你的爱和对你的歉意……"

"不要说了,我不听!"小满长长的睫毛上挂着亮晶晶的泪珠,

"那天在东门大桥上,我就死心了,在他的心里,我还不如他的相机,更不如他的大熊猫。"

白日梦本来还想为宋小江辩解,眼前泪眼婆娑的小满,令他心痛不已。小满说:"我不喜欢那些虚头巴脑的东西,我们还是现实点,宋小江给了你好多钱?"

"二百七十多块,这是他所有的钱,一分钱都没有给自己留。我算了一下,这些钱够买一百天的鲜花,一百天以后,你也康复了,他也回来了,我就把你还给他。"

小满杏目圆瞪:"把我还给他,你把我当成东西嗦?"

"该打!该打!"白日梦打着自己的嘴巴,"言多必失!言多必失!"

小满拉住白日梦的手,不让他打自己:"你听我给你说,你把宋小江给你的钱,拿去买一辆自行车,再把自行车改装成炽耳朵车,你骑着它送我去医院换药,拉我去逛街,比天天送我花要实惠得多。"

"啥子嘛?"白日梦吓得眼镜掉下来,挂在鼻尖上,"你要我骑炽耳朵车?"

小满笑嘻嘻地帮白日梦把眼镜扶到鼻梁上:"你咋个大惊小怪的哦?骑炽耳朵车又不是好难的事情,会骑自行车就会骑炽耳朵车。"

白日梦哭笑不得:"骑炽耳朵车的男人都是结了婚怕老婆的男人,我还没有结婚,你就要我当炽耳朵嗦?"

"哪个规定的结了婚的男人才能骑炽耳朵车?怕老婆的男人都是爱老婆的好男人,你不想当好男人嗦?"小满不耐烦地说,"反正我不要你送花,你不要再来了。"

二

第四天,白日梦果然没有来送花,小满有些后悔:我昨天是不是把话说绝了?

第五天,白日梦来了,两手空空,没有鲜花。小满心里一阵欢喜,嘴上却哼了一声:"我还以为你真的不来了。"

"我对宋小江是有承诺的,在你伤筋动骨的一百天里,我不可能不来。"宋小江说,"我昨天去买了一辆自行车,按照你的吩咐,安装成了炝耳朵车。"

"真的呀?"小满顿时来了精神,"你现在就拉我出去兜一圈,一天到晚憋在这屋子里头,人都快憋疯了。"

白日梦背着小满下了楼,那辆炝耳朵车就停在8号公馆的门口,梁姆姆手里拿着一根有脚拐拐的猪脚脚,正前后左右地打量崭新的炝耳朵车。

"小满,你看人家白日梦好把细哦,脚踏板上还给你安了个铁架子。"

白日梦说:"医生说的,受伤的脚要放高些,血流才畅通。"

白日梦把小满放在车斗上,小满把受伤的右脚放在铁架子上,十分满意:"好安逸哦!"

梁姆姆对白日梦说:"你第一次骑炝耳朵车,先在九思巷骑几个来回练好技术,再正式上街哈!"

白日梦连耳根子都是红的,不好意思去骑炮耳朵车,他想能躲一会儿是一会儿:"我还是先去炖蹄花儿汤。"

"我来帮你炖。"梁姆姆把手中的猪脚脚拿给小满看,"你看这根猪脚脚是白日梦刚刚才买的,他每次买的都是有脚拐拐的右前蹄,他对你好用心哦!"

"不,不是我,是宋小江。"白日梦赶紧声明,"我做的这一切,都是宋小江叫我做的。"

梁姆姆一副不屑的表情:"那个宋小江,只晓得把摩托车骑得飞叉叉的,就说伤哪儿补哪儿,他有心为小满跑几个肉铺子去挑有脚拐拐的右前脚啊?我看除了你白日梦,没有哪个男人做得到。"

梁姆姆越说,白日梦越尴尬,他赶紧骑上炮耳朵车,按照梁姆姆的吩咐,先在九思巷骑几个来回练练手艺。

为了从尴尬中解脱出来,白日梦没话找话,他问小满:"你住在九思巷,晓不晓得九思巷是啥子意思?"

"不晓得。"小满问白日梦,"你晓得啊?"

"九思巷是个很有文化的巷名,'九思'出自《论语》中'君子有九思:视思名,听思聪,色思温,貌思恭,言思忠,事思敬,疑思问,忿思难,见得思义'。"

"嚯哟,好深奥哦!啥子意思喃?"

"这'九思'是人格教养的精华浓缩,深究起来,三天三夜都讲不完,总而言之一句话,这'九思'是一个人应该具备的修养和品格。"

小满对白日梦刮目相看:"嚯哟,你好有学问哦!"

"不足挂齿，不足挂齿。"白日梦沾沾自喜，"不瞒你说，我还晓得你出生在农村，你的父母都是农民。"

"你咋晓得嘛？我说一口标准的成都话，长了一张标准的成都脸，穿得又洋气，十岁就来了成都，哪点不像成都人嘛？"

白日梦笑而不答，又说："我还晓得你的生日，不是五月二十日，就是五月二十一日；不是五月二十一日，就是五月二十二日，反正是这三天中的其中一天，对不对？"

"天哪！你会算命啊？"

"是你的名字，暴露了你出生在农村和你的生日。"白日梦侃侃而谈，"'小满'是二十四节气中的一个节气，在五月二十和五月二十二日之间，所以我晓得了你的生日；二十四节气是古代农耕文化的产物，到了啥子节气，农民就干啥子农活儿，可以说，二十四节气就是农民的生活宝典。你恰好生在'小满'这一天，所以，你当农民的父母就给你取了'小满'这个名字。"

"嚯哟，你硬是懂得多哦！"小满对白日梦有点崇拜了。

白日梦蹬着炮耳朵车在九思巷蹬了几个来回，九思巷的人都跑出来了，对白日梦指指点点，七嘴八舌地议论道：

"小满找了个啥子人哟？她是不是脑壳里头进水咯？"

"哦豁，挑来挑去，挑了个漏灯盏。"

"你说那么多人追求她，她咋一个都看不上嘛？"

"我原来还以为她的眼光有好高，可惜了，一朵鲜花插在了牛粪上。"

小满心里头晓得爱管闲事的这些人说不出啥子好话来，她有办法来对付这些毒舌。她对白日梦说:"随便他们咋个说,你都不要心虚哈,看我的!"

小满一脸灿烂的笑容,热情地和那些七嘴八舌的男男女女打招呼:

"李太婆,你出来晒太阳啊?"

李太婆就像被人捉了现行,赶紧回到院子里。

"张姐姐,你今天不上班啊?"

张姐姐不好意思地笑笑,突然想起有急事的样子,小跑起来。

"王大爷,你今天不去公园喝茶啊?"

王大爷尴尬地说道:"就去,就去。"真的就去公园喝茶了。

"赵姆姆,你们屋头的猫跑了呀?"

赵姆姆赶紧学两声猫叫,假装找猫的样子。

七嘴八舌的男男女女都散去了,九思巷又恢复了往日的宁静。

三

白日梦在九思巷练好了骑炮耳朵车的技术,可以正式上街了。他问小满:"你今天想去哪儿嘛?"

小满说:"我想去春熙路。好久都没有去逛春熙路了。"

"怪不得春熙路上的美女那么多,原来美女都想逛春熙路。"

小满问白日梦:"你是不是经常去春熙路看美女哦?"

"美女不能说'看',要说'打望'。"白日梦老老实实地交代,"我和宋小江去打望过几回。"

一听宋小江的名字，小满的脸色就不好看，白日梦赶紧对小满说："打望归打望，宋小江对女人的品位那不是一般的高，从来没有对哪个女的动过心，除了你之外哈。小满，我敢向毛主席保证：你是宋小江的初恋。"

小满正色道："白日梦，我和你约法三章：以后你在我面前，少提'宋小江'三个字。"

白日梦不敢再说话，默默地蹬着炮耳朵车。到了春熙路，白日梦没话找话说："小满，你那么爱逛春熙路，你晓不晓得春熙路是咋个来的嘛？"

看小满还在生气，白日梦自问自答："一九二四年以前的春熙路，是一条狭窄的小街，与走马街相接，街道较宽的东大街横贯其中，是出东门的必经之路，从东门进来的客商经过东大街去商业场，中间还要经过这条狭窄拥挤的小街，十分不便。当时四川省的军务督理杨森用一年的时间修筑了一条宽敞的马路，从东大街通向商业场，杨森还亲自给这条马路取名叫'春熙路'，意思是在他治理下的成都春光明媚，街上熙熙攘攘，一派繁荣兴旺的景象。"

"你咋个啥子都晓得喃？"小满不生气了，越来越崇拜白日梦，"你简直就是一部成都的百科全书。"

白日梦毫不谦虚："小满，不瞒你说，我还真的有一个外号叫'成都通'，我就是看书看得杂，啥子书都看，所以啥子都晓得。"

炮耳朵车骑到春熙路的西段，一个用霓虹灯管绕成的"耀华餐厅"的招牌闪闪发光，夺人眼目，白日梦问小满："你经常逛春熙路，到耀华餐厅吃过西餐没有？"

"一直想去吃，不晓得西餐是啥子味道的。"

"味道肯定好嚼，毛主席都来吃过的。"白日梦说，"一九五八年，毛主席来成都曾经光临过耀华餐厅，对耀华餐厅的烹调技术大加称赞，还拍照留念，现在照片还挂在墙上，你进去看嘛。"

白日梦把炮耳朵车停在耀华餐厅的门口，扶着小满下了车。小满单脚跳着进了餐厅，赞叹道："曘哟，好高雅哦！"

只见这家餐厅一楼一底，白色桌椅，玻璃桌面，杯盏精致，所有的摆设都那么考究。小满心里发怵："在这个地方吃一顿，不晓得有好贵！"

"也不见得，就看你吃啥子。"白日梦说，"我和宋小江来吃过，我们吃得就不贵。当然，肯定比那些小吃摊摊贵，贵就贵在环境上。小吃摊摊吃的是味道，这种地方吃的是环境。"

白日梦让小满在一张圆桌边的椅子上坐下，自己到门口去点餐买了票，过来坐在小满的对面。过了一会儿，服务员端来一盘青菜叶子，上面淋上又浓又稠的沙拉酱。白日梦用叉子把沙拉酱拌匀，他一边拌一边对小满说："这是餐前的开胃菜，你尝尝。"

小满用叉子叉了一片青菜叶子放进嘴里细嚼慢咽，说："很爽口，但还是不如麻酱凤尾。"

"麻酱凤尾"是中餐中的一道凉拌菜，选鲜嫩的莴笋尖儿切成凤尾状，整齐地摆在盘子里，淋上香浓的芝麻酱，香得有滋有味。

服务员把装沙拉的空盘子撤下去，端上了主食，一人一碗咖喱鸡面。小满看碗里的面条和鸡块都裹着金黄色的咖喱，问白日梦："这算中餐还是算西餐？用筷子吃还是用叉子吃？"

"中西合璧，你可以用筷子挑起来吃，也可以用叉子卷起来吃。"白日梦说，"这就是耀华餐厅的特点，不仅有专门做西点的大师傅，还有从'荣兴园'和'姑姑筵'请来的名厨，在这里，可以吃到最好的西餐，也可以吃到最好的川菜，还可以西餐中餐混合吃。"

吃完了咖喱鸡面，小满虽然觉得好吃，但还是不如素椒杂酱面。成都人主要吃米饭，如果要吃面，一定是素椒杂酱面，每根面条上都裹着红油辣子和炸得焦黄的脆臊，点缀几根绿油油的豌豆尖儿，把几根面条和一根豌豆尖儿缠绕在一起送进嘴里，层次丰富的味道在舌尖上跳跃，就两个字：销魂。

服务员将面碗收走，上了餐后甜点：每人一块蛋糕配一杯咖啡。蛋糕上盛开着一朵粉红色的月季花，小满说："好好看哟，我都舍不得吃。"

"月季花是用奶油做的，你不吃就化了。"白日梦说，"耀华餐厅的规模做得特别大，不仅开店，还有工厂，这奶油蛋糕就是耀华食品厂做的，还开了门市部。"

白日梦用叉子插进奶油做的月季花里，和下面的黄蛋糕叉在一起送进嘴里。小满也学他的样子，用叉子叉了一块奶油蛋糕在嘴里，太甜太腻，小满吃了一口便吃不下第二口。她不好意思地对白日梦笑笑："我这个成都胃，还是喜欢吃蛋烘糕，喜欢吃红糖糍粑。"

四

白日梦蹬着炮耳朵车，每隔三天送小满去东门街骨科医院换一次药，剩下的时间就听小满的吩咐，她想去哪儿，白日梦就拉她去哪儿，小满和他开玩笑："我想上天喃？"

白日梦说："你想上天，我就给你搭梯子。"

老成都人都说成都有三十六条大街，七十二条小巷，白日梦蹬着炝耳朵车，拉着小满走街串巷，往东经过九眼桥去过望江公园，白日梦在薛涛井边给小满讲女诗人薛涛，读薛涛的诗给小满听；往西经过长顺街西安路去过青羊宫、百花潭和杜甫草堂，给小满讲杜甫的诗句"花重锦官城"就是他们一路经过的地方；往北经过北校场，去过文殊院，给小满讲文殊院的逸闻趣事，再往北去过昭觉寺，给小满讲素有"川西第一禅林"的昭觉寺睿智大气的整体布局，佛教寺院至今把昭觉寺视为完善的祖庭；往南经过人民南路，去过南郊公园，去过武侯祠，在蜀相诸葛亮的像前，给小满讲"三顾茅庐"的故事。他们最喜欢去的地方是锦江河畔，吹着人间四月天的风，看一江春水缓缓地流，把美丽和妖娆都流进了成都这条温柔的母亲河。

和白日梦相处的这些日子，小满的心情也像这个春天一样美好，她说："我这是因祸得福，我不摔这一跤，我还坐不上你蹬的炝耳朵车，去那么多的地方，听你摆那些长知识的龙门阵。"

白日梦顺势说道："所以，你应该感谢人家宋小江。"

小满立刻变了脸色："白日梦，你忘了我和你的约法三章，不许你在我面前提那三个字。"

白日梦赶紧转移话题："小满，你明天想去哪儿喃？"

小满说："我想回一趟老家，就是有点远，在郫县的红光公社。"

"不远不远，毛主席都去过的地方。"白日梦说，"我们明天早点走。"

第二天，天刚麻麻亮，白日梦就来到8号公馆，梁姆姆也刚起床，她打着哈欠来给白日梦开门，说："你咋这么早就来了嘛？"

白日梦说："小满要回郫县的老家，早点走，免得小满晒太阳。"

梁姆姆心里一阵感动，说："你对小满硬是巴心巴肝的哈。"

白日梦向梁姆姆借了气枪，给炮耳朵车的三个轮胎都加满了气，又到厨房热了蹄花儿汤给小满端上楼。等小满喝完了蹄花儿汤，白日梦把小满从楼上背下来放在炮耳朵车上，从九思巷出发了。

一路向西，白日梦蹬着炮耳朵车直奔郫县红光公社。过了郫县的地界，太阳才从地平线上冉冉升起，万道金光照耀在希望的田野上，麦田里饱满的麦穗，在风中摇摆；油菜籽田里油菜秆上结满了菜籽荚，在风中窸窣作响；辣椒地里吊满了二荆条辣椒，现在还是嫩绿嫩绿的，等每一根都变成红彤彤的时候，就可以做郫县豆瓣了。

眼前一派丰收在望的喜人景象，小满却有些伤感，甄画家在郫县插队的那些过往，如演电影般一幕幕浮现在她的脑海里。小满要把甄画家从她脑海里赶走，便主动向白日梦讲起了她的家庭："我十岁就被选去成都学唱清音，十八岁那年，第一次领到工资，我留下一半，把另一半给我妈老汉儿送回去。一直到现在，每月领到工资，我都送钱回去，供我妹妹上学。我最疼爱我的妹妹谷雨，她是个聋哑人，我把她送到成都的聋哑学校上学，吃住都在学校，我妈老汉儿总嫌贵。为了让我妈老汉儿放心，我向他们保证我会照顾谷雨一辈子。我妈老汉儿还是不放心，他们怕我结婚以后，给我的小家庭带来负担。我又向他们保证：我未来的丈夫，必须和我一起照顾谷雨，我才肯嫁给他。"

白日梦赶紧说："没得问题，宋小江侠肝义胆慷慨得很，他一定会和你一起照顾你妹妹。"

小满一声尖叫："白日梦！"

白日梦自知又说漏了嘴，小满听不得"宋小江"三个字，一时不晓得说啥子好。小满咄咄逼人，问道："白日梦，如果是你，你愿不愿意和我一起照顾我妹妹，照顾她一辈子？"

"我？"白日梦惊慌失措，"我就是有那个心，也没有那个资格。"

小满步步紧逼："如果我说你有那个资格喃？"

小满等着白日梦回答，白日梦却想逃避这个话题，问小满的家还有好远。小满指着前方一片茂密的竹林，说："快到了，就在前面那个林盘里头。"

川西坝子都是这样的格局，农田边出现浓密的竹林，必有农舍隐藏其中。进了那片竹林，果然看见一排青砖瓦房，房前是一块四四方方的晒坝，屋里头的收音机正在播放热门歌曲《社员都是向阳花》。小满喊了一声："爸、妈，我回来咯！"

只见小满爸和小满妈一前一后从屋里头跑出来。小满爸五十开外，还是身板硬朗的精壮汉子。小满妈虽然梳着两条辫子，穿着花衣裳，面相却比小满爸显老。看小满坐在炮耳朵车上，翘在铁架子上的那只脚还缠着绷带，小满妈便扑过来抱着小满："咋个受伤了喃？我这些天整夜整夜地睡不着觉，做梦都在盼你回家，都过了这么多天，咋个还不回来喃？"

小满说："妈，你好搞笑哦，你觉都睡不着，咋个做梦嘛？"

小满每月发了工资后的那个轮休日，是铁定要送钱回家的。这些年，父母用小满拿回来的钱，不仅供小满的妹妹谷雨读了成都的聋哑学校，还盖了这一排青砖瓦房。这个月小满把脚摔伤了，所以晚回来了几天。

"你回来，我们就放心了。"小满爸这才意识到还有一个骑炮耳朵车的人，便问白日梦，"你是哪个喃？"

"伯父好！伯母好！"白日梦分别给小满的爸妈鞠了躬，"我是帮朋友照顾小满的，我朋友出差了，不晓得啥子时候能回来。伤筋动骨一百天，我就负责照顾小满一百天。"

"帮朋友？"小满爸满腹生疑，又问道，"你的朋友又是哪个喃？"

小满怕白日梦说出"宋小江"，做出不耐烦的样子："哎呀，我的肚子都饿了，你们快去做饭嘛，我们吃了，还要赶回成都。"

小满爸对小满妈说："去把那只老母鸡杀了，给小满补身子。"

"不要麻烦了，我天天都在补。"小满说，"就给我们做点新鲜菜吃。"

"要得！要得！"

小满妈连声应着，忙去屋后的菜园子采摘新鲜蔬菜。菜园子虽然不大，应季蔬菜应有尽有，被小满爸爸打理得郁郁葱葱，长势喜人。每次小满回家，都要带一些应季蔬菜回去送给梁姆姆，梁姆姆做给全家吃了，梁医生最会品味，他一边吃一边点评："这才是真正的菜，吃得出菜的原汁原味。"

不一会儿，小满妈妈便做好了三菜一汤：凉拌菜是嫩胡豆拌折耳根，素菜是花椒和干辣椒炝炒莴笋尖儿，荤菜是腊肉丝丝炒蒜薹，汤是番茄蛋花儿汤。只看颜色，白日梦的清口水就冒上来了，生机勃勃的折耳根和白白胖胖的嫩胡豆拌在一起，油亮的腊肉丝丝和青翠的蒜薹炒在一起，被花椒和干辣椒炝炒后的莴笋尖儿依然那么鲜嫩，鲜红的番茄、金黄的蛋花儿和碧绿的葱花儿色香味俱全，令人食欲大增。

为将就小满，小满爸爸搬了一张小方桌放在炕耳朵车的旁边，小满就坐在炕耳朵车上吃，小满爸妈和白日梦坐在小板凳上吃。小满爸爸拿起筷子，招呼道："吃哦吃哦，都是自家菜园子种的菜，家常便饭，不要客气哈！"

白日梦本来还想客气一番，先是斯文地夹了一根折耳根裹着一颗嫩胡豆送进嘴里，刨了一口米饭，筷子就停不下来了。小满和她爸妈东一句西一句地摆着龙门阵，白如梦也插不上话，正好埋头干饭，一口气干了三斗碗白米干饭，小满爸妈的眼睛都直了，他们还从来没见过这么能吃的城里人。

白日梦不好意思地笑笑："这些菜太下饭了。"

小满也为白日梦打圆场："人家好累嘛，骑了那么远的路，肯定要吃三斗碗嘞。"

小满说着，一巴掌打在白日梦的脸上，白日梦捂着脸叫道："你打我干啥子？"

"我看见一只蚊子在咬你。"

白日梦把手从脸上拿下来，果然有一只蠛蠓蚊死在血迹中，那是白日梦的血。小满说："夏天还没有到，蠛蠓蚊就这么凶！"

小满爸说："去年的蚊子活到今年，肯定凶噻。"

白日梦又捡到一个写小说的素材：潜伏了一个冬天，挣扎了一个春天，夏天都快到了，最终死在幸福的日子来临之前。

小满爸妈收拾了碗筷去厨房，小满妈在小满爸的耳边悄声说："好吃得哦！我看他配不起我们小满。"

"人不可貌相，海水不可斗量。"小满爸到底是男人，有男人的胸怀，"人家都说了，是帮朋友照顾小满一百天，人家把小满照顾得那么好，吃你三斗碗白米干饭，你就心痛了嗦？"

五

过了几天，白日梦对小满说："明天是你妹妹的生日，我们买个生日蛋糕给她送去嘛。"

小满惊讶道："你咋晓得明天是我妹妹的生日？"

"和你一样，是她的名字暴露了她的生日。"白日梦说，"谷雨也是二十四节气中的一个节气，是春天最后一个节气，就在明天四月十九号。"

第二天正好是星期天，白日梦去耀华食品厂的门市部买了一个生日蛋糕，和小满去了西门车站旁边的聋哑学校。见到谷雨，白日梦惊为天人，惊叹她有和小满一样的容貌，虽不能说话，却有一双会说话的眼睛。就在见到谷雨的那一刹那，白日梦竟有了要和小满一起照顾谷雨一辈子的冲动。

谷雨跪在炕耳朵车旁，捧着小满缠着绷带的脚，泪流满面。她抬起泪眼，眼睛里都是问号。小满用手语告诉她，骨头没有断，伤得不严重。小满又指指白日梦，用手语告诉谷雨，有他照顾，她会很快好起来。谷雨站起来，恭恭敬敬地给白日梦鞠了一个躬，白日梦连连摆手，他看懂了谷雨是在感谢他照顾她姐姐。

白日梦捧上生日蛋糕，祝谷雨生日快乐。谷雨又哭了，小满告诉白日梦："谷雨长这么大，还没有吃过生日蛋糕。"

谷雨破涕为笑，她指指白日梦，又向小满竖起大拇指，小满明白她的意思，她夸小满为她找了一个好姐夫，小满没有解释，默认了白日梦是谷雨未来的姐夫哥。

过了谷雨的节气，春天便过完了，夏天的第一个节气小满接踵而至。五月二十号是小满的生日，白日梦要去给小满订一个生日蛋糕，小满说浪费钱，白日梦坚持道："仪式感还是必须要的嚜。"

小满从小离开父母到成都生活，每年过生日，她都会去买鱼、买乌龟，或者买一只小鸟放生，祝它们获得新生，获得广阔的天地和自由的生活，也祝自己生日快乐。今年的生日有白日梦和她一起过，上午，白日梦蹬着炕耳朵车拉小满去天回镇买了几只小乌龟。下午，拉着她到锦江河边把小乌龟放进河水里，几只小乌龟带着小满的祝福，快活地游向远方。傍晚，他们回到8号公馆，梁姆姆为小满煮了一碗长寿面，面条上卧着一个炸得焦黄的荷包蛋。梁姆姆真的把住在8号公馆的人都当成一家人，无论是斯小姐过生日还是小满过生日，她都会煮一碗长寿面送上楼。

小满吃完长寿面，天色也暗下来。今天是小满二十三岁的生日，白日梦在生日蛋糕上插上二十三根细细的生日蜡烛，一根一根地点燃，拍着手一个人唱完了《生日歌》，然后让小满许愿。

小满在生日蛋糕前，双手合十，闭上眼睛，长长的睫毛微微颤抖，在烛光的辉映下，娇俏的脸儿更显生动。

小满睁开眼睛，眼睛里有两颗星星。她问白日梦："你想不想晓得我许的是啥子愿？"

"说不得哈！"白日梦一本正经地告诫小满，"你说出来就不灵了。"

"我偏要说给你听！"小满说，"我想嫁给你！"

白日梦吓得眼镜又掉在鼻尖上，他假装幽默："小满，你是不是因为我的外号叫'白日梦'，硬要给我一个做白日梦的机会？"

"我再给你说一遍：白浪，我想嫁给你！"

听小满直呼他的大名，白日梦晓得蒙混不过去了，他也收起他的嬉皮笑脸，正儿八经地说道："小满，尽管你听不得'宋小江'三个字，但是没有他，我也不可能和你扯上关系，我准备从方方面面来分析一下宋小江，供你参考。其一，我和宋小江是一起长大的毛根儿朋友，凭我对宋小江的了解，我可以负责任地说，宋小江是个正直善良的好人。其二，我和宋小江高山流水，是艺术上的知音，宋小江一心沉迷于拍大熊猫，大熊猫是地球上的珍稀动物，凭他的才华，他拍的那些照片的艺术价值不可估量。凭他的努力，他的成功指日可待。凭我对他的预判，他完全有可能成为全中国甚至全世界拍野生大熊猫的第一人。其三，宋小江出身高干家庭，他的家庭条件和我的家庭条件那是天壤之别，他能够给你富足的物质生活，而我是完全不可能的。其四……"

"我承认你说的都是事实。但是——"小满打断白日梦的话，"我就只记得那天在东门大桥上出事的第一时间，他不管我的死活，也就在那一时刻，我的心死了：我在他的心中还不如他的照相机，这个男人我不能要！"

白日梦哭丧着一张脸："小满，你和宋小江，真的一点可能都没有？"

"没有！"小满干干脆脆，不留一点余地，"我要的男人就是你这样子的，全心全意地对我好。"

白日梦无可奈何："我也是为朋友两肋插刀。"

"就是嘛，你为了朋友都可以两肋插刀，以后我成了你的老婆，你对我还不肝脑涂地？"

小满是女人，这就是女人的思维，男人的理性比拼女人的任性，只有节节败退。白日梦还是顾虑重重："小满，你让我咋个面对宋小江嘛？"

"咋个不好面对嘛？"小满理直气壮，"你爱我，我爱你，天经地义。"

"别人咋个看我嘛？"白日梦哭丧着一张脸，"我要对别人说我要和一个有'羞花闭月、落雁沉鱼'之貌的美人结婚，没得哪个会相信，肯定都要问我是不是又在做白日梦？"

"一个顶天立地的男子汉，咋个能活在别人的眼睛里？"小满撂下一句狠话给白日梦，"我就给你明说，你就是不和我结婚，我也绝不可能嫁给宋小江！"

小满已经把话说到这分儿上，白日梦无路可遁。他求小满给他几天时间，他要冷静冷静，便匆匆离开了8号公馆。

六

过了几天，白日梦出现在小满的面前，小满已经做好了被拒绝的心理准备，她十分坦荡："世上的男人千千万万，我就不相信我小满找不到一个像你对我那么好的人。你放心，我不会在你这棵树上吊死。"

"小满，我已经决定了！"白日梦一副视死如归的样子，"我要和你结婚！"

小满是深明大义的刚烈女子，是典型的成都女人的脾气：拿得起，放得下，想得开。在白日梦消失的这几天里，她把各种可能性都想了一遍，无论白日梦给她啥子样的答复，她都可以坦然接受。

"要结就马上结，免得夜长梦多。"

"急不得！急不得！"白日梦说，"我现在还没有房子。我们家只有两间房，以前，我的两个姐姐还没有出嫁，我父母住一间，我的两个姐姐住一间。宋小江家的房间多，他单独有一个房间，他就叫我和他一起住。后来，我的两个姐姐都出嫁了，我才回家在两个姐姐住过的房间支了一张行军床，全家人吃饭在这间房，客人来了也在这间房。等我们单位给我分了房子，我们再……"

"等你们单位给你分房子，我都成老太婆了。"小满说，"我这间房子虽然不大,两个人还是住得下,隔壁子就是我上班的地方,离你上班的地方也不远,邻居又好相处,你就搬来住嘛。"

白日梦无话可说,但他向小满提出了最后一个请求:"能不能等宋小江回成都后,我们再结婚。"

小满想了想,说:"也好,等他回来,我也要跟他有个了断。"

小满和白日梦一边准备婚房,一边等宋小江回来。8号公馆的人除了梁姆姆,所有的人都觉得白日梦配不上小满,梁姆姆逢人便说:"人家小满才是真精灵,一个女人一辈子图啥子嘛?就是图一个男人巴心巴肝地对她好。那个白日梦对小满硬是好得很,我举个例子嘛,小满的右脚拐拐摔伤了,他给小满炖的蹄花儿汤,每根猪脚脚都是带脚拐拐的右前蹄,好难得哦,要跑几个肉铺子才能买到一根。"

很多人不明白:炖蹄花儿汤还分猪的左脚右脚,前脚后脚?梁姆姆不厌其烦地给人家解释:"伤哪儿补哪儿,小满伤的是右脚的脚拐拐,所以,白日梦一定要用带脚拐拐的右前蹄给小满炖蹄花儿汤喝。"

听梁姆姆这么一说,白日梦在人们心目中的形象骤然高大起来,都说:"怪不得小满的脚好得快,除了天天喝蹄花儿汤,还天天都坐炝耳朵车。人家眼哥还没有结婚就当上了炝耳朵,天地良心,要说对小满好,眼哥第二,没得哪个敢说第一。"

不晓得白日梦的大名和外号的人,看白日梦戴着眼镜,都叫他"眼哥"。

婚房要添的是一张大床,一个高低衣柜,一对单人沙发,白日梦的人缘好,他说他都能找朋友帮忙做,只买材料,要省一半的钱。就是找朋友帮忙时,白日梦颇费了一番口舌,他的朋友没见过也都听说过小满人见人爱、花见花开的倾城美貌,白日梦居然要和这个著名的成都美人结婚,不同的人问的却是同样的话:"你大白天说梦话,是不是又在做白日梦哦?"

白日梦不厌其烦,对不同的人回答的都是同样的话:"这次不是做白日梦,是梦想照进了现实。"

就在家具沙发都快做好的时候,宋小江从野生大熊猫自然保护区回来了。当天晚上,他在味之腴隆重地宴请小满和白日梦。白日梦还怕小满不去,没想到小满一口答应,还把自己打扮了一番。和白日梦来到著名的川菜馆味之腴,一看门面,好气派好高档哟!小满问白日梦,"味之腴"的"腴"是啥子意思?

"是肥肉的'肥'的意思。"白日梦说,"味之腴的招牌菜是'东坡肘子',宋小江在这个地方请我们,可见他的良苦用心,他还挂念你的脚,伤哪儿补哪儿。"

宋小江已经来了,又黑又瘦,像换了一个人。他说在卧龙山日晒雨淋,野餐露宿,饱一顿饿一顿,咋个不黑咋个不瘦嘛?

白日梦问宋小江:"你这次咋去那么久喃?"

宋小江说:"每年春末夏初,正是大熊猫交配的季节,很难拍到大熊猫交配的照片,正好我那几个科学家朋友给一只母熊猫的脖子上安装了无限电颈圈,我就跟着这只母熊猫,在大山里转呀转呀,就等雄性大熊猫来找这只已经发情的母熊猫,这一等就是一个多月,还好,没有白等,终于心想事成。"

说起大熊猫，宋小江的话就像那决堤的洪水，止都止不住，他对大熊猫的真爱溢于言表。宋小江本来还想描述两只大熊猫交配的细节，有小满在，说不出口。他看小满比以前更加光鲜亮丽，脸上的皮肤娇嫩细滑，吹弹可破，情不自禁地赞美道："小满的皮肤越来越好了。"

"咋个不好嘛，每天都吃白日梦给我炖的蹄花儿汤，汤里头的胶原蛋白全都长到我的脸上来了。"

宋小江听得出来小满话中有话，举起酒杯给白日梦敬酒："兄弟，辛苦了！感谢的话就不说了，都在酒里头。"

宋小江一仰脖子，把杯中酒都干了。小满对宋小江说："你不用谢他，我都要嫁给他了，这是他应该做的。"

白日梦听出了小满话中的火药味儿，他必须控制住今天的气氛。他用筷子指着刚端上来的"东坡肘子"，问小满："你晓不晓得这个肘子为啥子叫'东坡肘子'？"

小满不理白日梦，白日梦也习惯了自问自答："苏东坡有句诗：'算来只有猪肉好，可惜世人生吃了。'他亲自下厨，把肘子放进鸡汤里，用文火慢炖的火功，炖到肘子炧而不烂，肥而不腻。'东坡肘子'的调料也讲究得很，郫县豆瓣要宰得细细的用油酥过，花椒只用汉源的红花椒，磨成细细的花椒面，和辣椒粉、芝麻粉一起熬炼成又浓又稠的红油酱料……"

小满打断白日梦的话，问宋小江："这只肘子是猪的左脚还是右脚喃？"

"啥子意思哦？"宋小江一脸懵懂，"吃个肘子还分猪的左脚和右脚？"

"咋个不分嘛，伤哪儿补哪儿，我伤的是右脚，白日梦天天炖蹄花儿汤给我喝，我吃的猪脚脚数都数不清，没有一根是左脚，都是要跑几个肉铺子才买得到的右前脚。"

宋小江又举起酒杯向白日梦敬酒："兄弟，你叫我说啥子嘛？啥子都不说了，都在酒里头。"

宋小江一仰脖子，把杯中酒都干了。

小满从提包里取出一沓钱来，放在宋小江的面前，说："这是你走之前托白日梦给我买花的钱，他给我买了三天的花，我嫌浪费，就叫他去买了一辆自行车，安装成炮耳朵车，拉我去医院换药，拉我去逛街，拉我回郫县的父母家……白日梦说他对我这么好，是因为你把我托付给了他，他要对你负责。我晓得你们兄弟情深，我也是有血有肉有感情的人，我不可能面对一个巴心巴肝对我好的人无动于衷。现在，我把钱一分不少还给你，从今以后，我是我，你是你，他是他。"

宋小江低着头，表面平静，心里头却翻江倒海。好一会儿，宋小江好像说给白日梦和小满听，又好像说给他自己听："世界上有一种爱，叫放手；世界上还有一种更深沉的爱，是把自己心爱的人交给一个他最信赖的人。"

宋小江把他面前的那一沓钱推到小满的面前，说："那辆炮耳朵车是你们两个爱情的见证，就当是我送给你们的新婚礼物，我祝愿我的好兄弟永远做你的炮耳朵。"

都说红玫瑰象征爱情，失恋的宋小江用白玫瑰来象征他失去的爱情。第二天,他捧着一束白玫瑰,手臂上缠着黑纱,来到他最初见到小满的地方——那棵他爬上去用长焦镜头拍小满的皂荚树下,肃立默哀,深切悼念他永逝的初恋。

第十章　双胞胎姐妹

一

　　这一年，梁家的双胞胎女儿读初三，从读幼儿园起，双胞胎姐妹就读一个班，小学、中学都读一个班，两姐妹长得一模一样，衣服穿得一模一样，她俩在教室里，如果不在各自的座位上，同学和老师几乎都分不清谁是大双梁佐翼，谁是小双梁佑翼。8号公馆的人却分得清，靠的不是眼睛而是感觉。比如小满，她觉得小双的眼睛就是一双眼睛，大双的眼睛后面却还有一双眼睛；比如斯小姐，她觉得小双的心里住着一个天使，大双的心里住着一个魔鬼；比如我母亲，她告诫我可以把小双当作亲姐姐，但是离大双要远一点。就说双胞胎的亲妈梁姆姆，小双就是她暖心的小棉袄，但她怕大双，大双经常悄无声息地站在她身后，她一转身会被吓一跳，仿佛有啥子把柄被大双抓住。其实梁姆姆的"把柄"，无非就是那间房子的秘密，她有一种感觉，这个秘密瞒得住小双，却瞒不住大双。小双没心眼儿，大双的心眼儿比筛眼儿还多。

　　眼看着大双和小双还有两个月就要初中毕业了，天有不测风云，一个突如其来的事件，从此断了大双和小双的同胞姐妹情。

　　这话还得从蒋公馆蒋二爷的二孙儿蒋信说起。蒋信也就是蒋义的二哥，他和双胞胎姐妹同读一个中学，他读高二，学校的高中部和初中部分别在两幢教学楼里，中间隔着一个大操场，蒋信和梁家姐妹难得照面，平常并无交集，偶尔在九思巷遇见相互点个头，也是因为蒋义经常出入梁家，小哥经常出入蒋家的关系，蒋信也分不清谁是大双，谁是小双。

蒋信在学校是风云人物，他是学校篮球队的队长，长得又高又帅，常在篮球场上叱咤风云，他跳起来投篮的动作，不知俘获了多少芳心。蒋信不仅是高中女生心中的"白马王子"，也是初中女生心中的"白马王子"，其中就有大双梁佐翼。

大双和小双总是形影不离，不晓得从啥子时候开始，大双在课间十分钟或者放学的时候，会避开小双，独自跑到高中部去，她想制造与蒋信"邂逅"的机会，引起蒋信对她的注意。然而，不晓得是她运气不好，还是蒋信故意躲她，反正她和蒋信就没有遇见。大双只有在九思巷制造"邂逅"的机会。每天上学放学她和小双都要经过蒋公馆，她早已踩好蒋信出门上学的钟点儿，她总是在那个时候，不是蹲在蒋公馆门前系鞋带，就是蹲在蒋公馆门前装肚子疼。那次假装系鞋带时，蒋信吹着口哨从蒋公馆里出来，他只看见了站在那里等大双的小双，根本没看见蹲下来系鞋带的大双。小双确实让蒋信眼前一亮，心里一颤。还有那次大双在蒋公馆门口装肚子疼，蒋信急匆匆地走出来，一眼看见的还是小双，他又见大双弯着腰捂着肚子，他朝蒋公馆里叫了一声"蒋义"，还没看清大双的脸，便匆匆离去。蒋信叫蒋义出来，是因为蒋义与梁家人熟，梁家姐妹有啥子事情，蒋义会比他做得更好。蒋义跑出来，见大双的肚子已经不疼了。

大双制造与蒋信"邂逅"的计划都失败了,她把失败的原因都归罪在小双身上,因为小双在她的身边,蒋信才没好意思和她搭上话,她必须甩掉小双单独行动。

这天上午下了第三节课,大双又来到高中部,发现这里的空气有些异常,这次终于见到蒋信了,他正和一个男生在楼道上,蒋信也看见她了,马上朝她跑过来,把她拉到楼梯的拐角处,将一包用报纸包着的东西塞在她的手中,说:"学校正在高中部搜查这个手抄本,我们马上就要高中毕业了,被搜到了要记到档案里,就成了人生污点。你帮我个忙,你快带着它离开这儿。"

蒋信说完,转身离去。梁佐翼来不及看一眼蒋信的背影,抱着手抄本快步离开了高中部。她回到班上,见有同学正在交头接耳,她伸长耳朵,听了个大概:学校在全校各个班搜查一本名叫《第二次握手》的手抄本,现在正在搜初三(2)班,马上就要搜到他们初三(3)班了。

梁佐翼的心理素质极好,越是危急关头,她越是沉着冷静。她不慌不忙地朝小双的座位走去,小双正和她后面的女生讲话,大双将用报纸包着的手抄本塞进了小双的书包里,然后若无其事地回到她自己的座位上。

第四节课是语文课。课上到一半,初三(3)班的教室门被推开了,进来了五个人,领头的是学校主抓思想政治工作的副校长,其他四个人是负责搜查的学校政工人员。语文老师是位年轻的女老师,从来没经历过这样的阵仗,脸都吓白了,睁着一双惊恐的大眼睛,看着搜查人员把同学们的书包翻个底儿朝天。

教室里鸦雀无声，空气犹如凝固一般令人窒息。大双却一脸镇定，静待暴风雨的到来。

女政工人员来到小双的座位边，小双主动将书包摆在桌上，女政工人员面无表情，把书包里的东西都倒出来，她一把抓住了那包用报纸包起来的东西，打开一看，脸上有了惊喜的表情，大叫一声："黄校长，找到了！"

黄校长和其他几个政工人员都跑过来看女政工人员手里的东西，正是手抄本《第二次握手》。小双脑子里一片空白，一句话都说不出来。黄校长对她说："你跟我们走吧！"

大双眼看着黄校长和几个政工人员带走了小双，虽然心安理得，表现出来的却是急得要哭的表情。语文老师来到她的身边，问道："梁佐翼，你晓不晓得你妹妹带手抄本到学校里来？"

大双的头摇得像巴浪鼓，一脸无辜，带着哭腔说道："我啥子都不晓得。"

去校长办公室要穿过操场，体育老师尖锐的哨声唤醒了小双的记忆。她记得第三节课下课时，她把文具盒放进书包里，那时书包里还没有手抄本。课间十分钟，她都没有离开过座位，只是在上课铃快响起的时候，大双来过她的座位，她当时正和坐在她后面的女生说话，以为大双又像往常一样，从她书包里拿忘记带的东西，所以没有在意。现在，她可以百分之百肯定，是大双把手抄本放进她书包里的。

到了校长办公室，小双已经拿定了主意：她不会供出大双。当校长问她，手抄本是咋个来的？她一句话都不说。

中午放学时，学校的广播宣布了这条新闻：经过全校师生的共同努力，手抄本《第二次握手》已经在我校初三（3）班成功查获。

广播里没有点名，全校的男女学生纷纷跑到初三（3）班来打探情报：这个被抄走手抄本的人是哪个？

二

下午，小双没有去学校上课，她去找了我母亲。小双突然出现在我母亲的面前，把我母亲吓了一跳：早上她们还在8号公馆门口见过面，我母亲去上班，双胞胎姐妹去上学，她们穿着一样的衣服，都梳着马尾辫，我母亲还是一眼就认出谁是大双谁是小双，大双向我母亲问好，脸上都是人情世故；小双向我母亲问好，从她的脸上能看到她的心里。现在的小双和早上见到的小双判若两人，她委屈她愤怒，她的脸上有泪痕，泪眼里却透露出求生般的渴望。

"小双，发生了啥子事？"母亲拉着小双的手坐下来，"不要急，慢慢说。"

小双抱着母亲放声痛哭，哭得撕心裂肺，她要把憋在心中的委屈和愤懑都哭出来。母亲轻轻地拍着小双的背，心生怜惜：这是遭遇了怎样的委屈，才会哭成这样？

小双哭累了，这才对我母亲说道："林校长，我要转学！"

"还有两个月，你就初中毕业了……"

"我一定要转学！"小双抓住母亲的手，抓得紧紧的，就像抓住救命的救生圈,"林校长,你救救我,我会一辈子感激你的。"

小双把今天在学校里发生的事情讲给母亲听了,她也讲了她为啥子不供出大双:"我都是为了我妈妈,我不想让她伤心;我也是为了我们梁家,如果我把大双供出来,一定闹得全家四分五裂。"

母亲抱住了小双,这个善良的女孩,竟在十五岁的花季遭受如此厄难,却还顾及她的妈妈,顾及她的全家,懂事得令人心疼。梁家对我对我母亲是有恩的,母亲早把梁家的事当作自己的事,她对小双说:"我会帮你转学的。"

第二天,小双还是没有去学校上课,她在等我母亲的消息。学校认为梁佑翼带手抄本到学校里来,已经犯了严重的错误,犯了错误还旷课,那就更严重了。班主任通知大双:请梁佑翼的家长来学校。

大双回家传达了学校的指令,当时梁姆姆正在炒菜,手中的锅铲掉在地上,她问大双:"小双出了啥子事?"

大双一副事不关己的样子:"去了学校,啥子都晓得了。"

梁医生每天有那么多病人,实在抽不出时间去学校,只有梁姆姆去学校。梁姆姆战战兢兢地站在校长的面前,听校长讲述小双的"罪状",她也替小双感到绝望。不管以后咋样,梁姆姆都要为小双辩解:"我们家小双老实听话,绝对不会做违反学校规定的事情,肯定是你们学校搞错了。"

校长的态度十分强硬:"手抄本是从梁佑翼的书包里搜出来的,铁证如山。"

梁姆姆不相信"铁证",她更相信自己的女儿:"万一是别人把手抄本放进我们小双的书包里嘛？"

"不可能。"校长断然否定，"我们反反复复地问过了，梁佑翼一句话都不说，说明没有人陷害她。还有，梁佑翼已经旷课了一天半，理应受到严重的惩罚。你回家先让她写一份深刻的检讨书，在全校的广播里念，至于给她啥子程度的惩罚，还要看她认错的态度。"

梁姆姆从学校一路哭回来，在8号公馆门口，遇见了小双和我母亲，母亲带着小双已联系好了新学校。

梁姆姆第一次对小双生这么大的气："小双，你胆子越来越大，竟敢旷课，你去哪儿了？"

母亲赶紧把梁姆姆拉到一边，小声说道："梁姆姆，你先消消气，我有话对你说。"

母亲将梁姆姆带到我和母亲的房里，母亲还关上了门，这才对梁姆姆说道："我给你讲讲小双的事情……"

母亲讲了"手抄本事件"的真相，梁姆姆气得嘴唇颤抖："真的是大双干的？"

母亲点点头："小双是为顾全大局，才没有供出大双，自个儿把事情扛下来了。"

"我的小双啊，她的心咋那么善良哦！"梁姆姆想起大双通知她到学校去的时候表现出来的冷漠淡定，不禁心寒，"林校长，你说一个娘肚子里出来的，咋就那么不一样嘛？大双把小双害得好惨哦，学校要小双写检讨书在全校的广播上去念，叫小双以后咋个做人嘛？"

"小双的自尊心强，肯定受不了这样的屈辱。原来的学校，小双是不能再去了。"母亲安慰梁姆姆说,"我已经为小双联系好了新学校,明天就去办转学。梁姆姆,小双的学业耽误不得,我来不及和你们商量,还请你和梁医生谅解。"

"林校长,你说到哪儿去了,你对我们梁家的恩情,我们一辈子都还不完。"

"梁姆姆,你说这些就见外了。梁家对我们母女有救命之恩,梁家的事就是我的事。"

梁姆姆面有难色,话也说得吞吞吐吐:"小双实在可怜,大双实在可恶,这是家丑啊……梁医生是个好面子的人,如果他晓得了……"

母亲一听就懂了。她对梁姆姆说:"你放心,我会把这件事情烂在肚子里。再说,小双转学以后,就可以开始她的新生活,过去的事情,就让它过去吧。"

三

"手抄本事件"随着小双在学校的消失,热度慢慢地降了下来。再说离毕业的时间越来越近,人生的选择才是值得人们去操心的大事:高中毕业班的学生面临着留城或者下放农村;初中毕业生面临留校继续读高中或者报考中专、报考技校。原来,梁医生一心要双胞胎姐妹都读高中的,现在,小双执意要报考幼儿师范学校,因为可以住校,这样她可以远离大双,不和她住一个房间。梁医生不晓得事出有因,他很生气,生小双的气,在他的心目中,小双一向乖巧温顺，咋个突然像变了一个人，竟敢违抗他的意愿。

梁姆姆心里明明白白，一向乖巧温顺的小双为啥子会突然像变了一个人。虽然她舍不得小双，但是小双继续留在家里和大双住一个房间，她俩之间的积怨会越来越深。长痛不如短痛，就让小双搬出去吧。梁姆姆一直瞒着梁医生，所以梁医生对大双和小双之间发生的事情一无所知，在读高中或读中专的事情上，梁医生简单粗暴地下了结论：大双听话，小双不听话。

"也不是小双不听话。"梁姆姆为小双辩解道，"小双就是和斯小姐好得很，斯小姐教会了她弹风琴，她就想像斯小姐那样，当个幼儿园的老师。其实，一个女娃娃当幼儿园老师也可以，你看人家斯小姐知书达理，体体面面的。"

梁医生在医术上精益求精，儿女的事情，他不强求，有梁姆姆这个贤内助，他不会太操心。

蒋信高中毕业后，一心要去广阔天地接受贫下中农的再教育，一腔热血地要去最艰苦最贫困的大凉山。蒋姆姆天天以泪洗面，说老大还在千里之外的云南边疆，一年都见不到一次面，这会儿老二又要跑到那么远的大山里头去扎根落户，那个地方好苦嘛……蒋信安慰蒋姆姆说："老大和老二都走了，妈，你还有老幺嘛。"

蒋家老幺就是蒋义。蒋义赶紧说："我长大了也要走。"

蒋信问蒋义："你走哪儿去？"

蒋义说："梁小猫去哪儿，我就去哪儿。"

蒋姆姆又哭起来："我一把屎一把尿把你们养大，人家都说养儿防老，我养了三个儿子，都白养了……"

蒋二爷听不下去了，他对儿媳蒋姆姆说："话都不会说，咋个叫'白养'喃？你给国家贡献了三个有用之才，你就是国家的有功之臣。老二去不去大凉山，我说了算。刀不磨不快，玉不琢不成器。老二就应该去大凉山经风雨见世面，不吃苦不受累，咋个练就铮铮铁骨，咋个成为顶天立地的男子汉？"

蒋二爷一言九鼎，在蒋公馆说一不二。有蒋二爷的加持，蒋信如愿以偿。在去大凉山以前，他还有一个心愿，就是要和救他于危难之中的女侠正式地见一面。他晓得这个女侠是梁家双胞胎姐妹中的一个，手抄本被搜出来后，这个女侠便从学校神秘地消失了，他感到深深的内疚，这一切都是他造成的，咋个能让一个女孩子独自承受？他曾经想过去自首，又怕在他的档案上留下污点，影响他的前途。他也曾经找过她，找得好辛苦，最后还是大双故伎重演，又制造了一个邂逅的机会，在蒋公馆门口"邂逅"了蒋信，断了蒋信寻找小双的念头。

自从发生了"手抄本事件"，小双转了学，大双和小双再也不会走在一起了。之前大双多次制造邂逅蒋信的机会，都因为小双在身边而告失败。

这天，蒋信一出门便"遇见"了正路过蒋公馆的大双，他拦住大双的去路，直截了当地问道："你是大双还是小双？"

大双装作冷谈的样子，看都不看蒋信一眼："我是小双。"

蒋信看她很像那个从他手中拿走手抄本拿走手抄本的女孩，试探道："那天，是不是……"

冒充小双的大双晓得他要说啥子，毫不客气地打断蒋信想要问的话："不是我，是我们家大双。"

"你和你姐姐长得真像，简直就像一个人。"蒋信问大双，"我到哪里才能找到大双？"

冒充小双的大双还是冷冷的样子，劝蒋信不要再找了，找也找不到。蒋信说："找不到，我就去自首！"

冒充小双的大双一本正经他告诫蒋信："你去自首，就是辜负了大双对你的一片苦心。既然她已经承担了一切后果，你又何必多此一举喃？一坨屎不臭挑起来臭。我们不要说了，我以后不想再见到你。"

害了人家的姐姐，人家对他有怨恨，说话难听，蒋信完全可以理解，但他还是想在去大凉山之前，向救他的女侠当面谢罪，否则，他走了也不会心安。

蒋信终日徘徊在8号公馆的门前，渴望见到救他于水火之中的大双。

那些日子，小双为搬出去住校做准备，频繁地外出去买日用品，见到在8号公馆门前徘徊的蒋信，只把他当成空气就像没看见，这倒符合之前冒充小双的大双当面对蒋信说过的话："……我以后不想再见到你……"

蒋信终于等来了救他于水火之中的女侠，因为她见到他，两眼放光，主动向他走过来，蒋信更加确定那天到高中部来救他的就是她。蒋信的心咚咚跳，但他还是以防万一认错人，小心翼翼地问道："你是大双还是小双？"

大双精心导演的爱情戏开场了。

大双娇嗔道:"这才过了多久啊,连我你都认不出来了?那天在高中部,我看见你和一个戴眼镜的男生嘀嘀咕咕地不晓得在说啥子,你一看见我,就把一包用报纸包的东西塞给我……"

能说出这样的细节,蒋信坚定不移地相信他跟前的女孩就是救他于水火之中的女侠,找她找得好辛苦!

蒋信约大双去看电影,大双欣然答应,只是向他约法三章:有关"手抄本"的事情,以后一个字都不准再提。蒋信满口答应,对大双的好感又增添了几分,在心里赞叹道:真是善解人意、侠肝义胆的好女孩!

蒋信请大双去四川电影院看了电影,又请她去人民公园的人工湖划船。大双开心极了,和这么有款有型的帅哥又看电影又划船,不晓得吸引了好多羡慕嫉妒恨的目光,大大满足了大双的虚荣心。

从船上下来,蒋信告诉大双,再过几天,他就要离开成都去大凉山插队落户了,大双对他的态度就有些冷淡,心想长那么帅有啥子用,大凉山的山风和紫外线,还不把面前这张英俊的脸吹成两坨高原红?大双想象着蒋信在大凉山挖地挑粪,哪里还有在篮球场上的迷人风采?

蒋信对大双说,他去了大梁山,就给她写信。大双却说她还在读高中,怕影响不好。

"我等你!"蒋信深情地看着大双的眼睛,"我等你高中毕业。"

四

九月开学的时候,蒋信离开了成都去大凉山插队落户,大双继续留在原来的学校读高中,小双读了幼儿师范学校。每周六下午回家,全家人一起吃晚饭,梁姆姆总觉得学校的伙食不如家里,就会炖鸡给小双补营养,其实一只鸡端上桌,还是一家人一起吃,依然是梁医生先动筷子分一只鸡:他把左边的鸡翅膀夹到大双的碗里,把右边的鸡翅膀夹到小双碗里,嘴里说着"比翼双飞"。当初给双胞胎姐妹取名"梁佐翼"和"梁佑翼",取的就是"比翼双飞"的寓意。梁医生又将一只鸡腿夹到我的碗里,将另一只鸡腿夹到小哥的碗里,梁家老大梁家龙没有到农村插队之前,小哥还吃不上这只鸡腿,他只能分到鸡头和鸡脖子,梁姆姆安慰小哥说"宁做鸡头不做凤尾",其实小哥不在乎,只要我有鸡腿吃,他不吃都可以。

小双把她碗里的鸡翅膀夹到小哥的碗里,说:"我不喜欢吃翅膀,小弟吃。"

在座的人,只有梁姆姆心里明白,小双为啥子不吃鸡翅膀。她见小哥把他碗里的鸡腿夹到小双的碗里,又打圆场说"学校的伙食不好,必须用鸡腿来补",又对梁医生说:"记着以后分鸡腿给小双吃。"

吃过晚饭,小双去八角亭和斯小姐一起弹风琴。弹琴唱歌跳舞是幼儿师范学校的主要课程,小双的琴艺大有长进,还能一边弹琴一边唱歌;斯小姐弹琴的时候,她就在一旁打拍子,斯小姐说她的节奏感特别强,还开玩笑说她以后可以去当合唱团的指挥。晚上,小双也不回原来她和大双住的房间，却和斯小姐同住一屋，与斯小姐成了忘年交，斯小姐非常喜欢这个"心里住着一个天使"的可爱姑娘。

星期天，小双要在家里吃了午饭才回学校。星期天的上午，她总是不在家里，也不在八角亭里弹琴，会去哪儿喃？大双疑心重重，虽然小双现在回避她，不和她照面，不和她说话，但她还想像原来那样，小双的一切都在她的掌控之中。她跟踪小双走出九思巷，来到羊市街，看小双过了马路，走进了对面的鹦哥巷。鹦哥巷是一条比九思巷更加僻静的半节巷，巷子里头藏着四个公馆，每个公馆都关门闭户，很少有人知晓里面住了些啥子人。

小双走到最里面的一个公馆门前停了下来，过了一会儿，公馆的小门打开，小双进去了。又过了一会儿，公馆的小门打开，一个浑身都是文艺细胞的青年男子从公馆里出来，紧接着小双也从里面出来了，两人手里各握着一只羽毛球拍，在地上画了一条线，便在巷子里打起羽毛球来。男文青看起来文质彬彬，跳起来接球虽然没有蒋信在篮球场上的雄风，倒也风度翩翩，对小双这样的文艺女青年特别有吸引力。看得出来，小双和他在一起很开心，他不时会停下来纠正小双握拍的姿势和接球的步法。在大双的记忆中，小双不会打羽毛球，现在却打得像模像样，说明小双和这个男文青打羽毛球已经有一段时间了。

大双妒火中烧，从小到大，凡是好东西都应该属于她。她从小双那里抢东西抢惯了，她一定要把这个风度翩翩的英俊男子从小双的身边抢过来。大双很快就打听到，和小双一起打羽毛球的男文青名叫米麒麟，住在鹦哥巷的米公馆，出身书香世家，他爷爷的上一辈的上一辈都是科举状元，他爷爷是留洋博士，现在是民主党派人士。米麒麟的父母都是大学教授，两个姐姐却在工厂里当工人。米麒麟高中毕业后一直待业在家，目前身份叫社会青年，简称社青。

米麒麟和小双是在万岁展览馆里面认识的。看啥子展览，他俩都忘记了，他的眼里只有她，她的眼里只有他，他们都为对方身上的文艺气息所吸引，就这样在一起了。他们一星期只能见一面，通常在星期天上午，有时去看一场电影，有时去人民南路广场旁边的新华书店买文学名著，要排很长的队才买得到。其实，米公馆里就有许多藏书，米麒麟干脆把小双带回家里，借书还书，常来常往，米麒麟和小双有了更多接触的机会，小双也有了正当的理由进出米公馆，米家人心照不宣，但米家是个开明的家庭，对米麒麟和小双的交往也就睁只眼闭只眼了。

大双故技重演，她下午放了学，总是绕道去鹦哥巷，在巷子里走来走去，制造"邂逅"米麒麟的机会。终于有一天，大双"遇见"了米麒麟。米麒麟从米公馆出来，以为她是小双，惊喜道："今天又不是周末，你咋个回来了？"

"我不是梁佑翼，我是梁佐翼。"大双朝米麒麟走过去，"我是梁佑翼的双胞胎姐姐，你没有听她说过她是小双啊？"

米麒麟摇摇头，小双从来没有给他说起过她有个双胞胎姐姐。走近了他才发现，大双和小双实在长得太像了，但米麒麟还是一眼就能分辨出两个人的不一样来：大双没有小双身上散发出来的文艺气息。

大双直截了当地对米麒麟说："我今天来找你，想给你说说我妹妹的事情，你想不想听？"

米麒麟的双手插在裤兜里，眼神里有一种说不出的慵懒，一副可听可不听的样子。恰恰是他这种无所谓的态度激怒了大双，她不管他爱听不听，一吐为快："我和我的妹妹从读幼儿园就在一个班，小学中学也在一个班，可是，就在初中毕业的前两个月，她突然转学了，你晓不晓得为啥子？"

米麒麟肯定不晓得。他和小双在一起有说不完的话，不是谈电影就是讲小说，小双从来不讲她自己，也不讲她的家庭。他们都自以为是对方的灵魂伴侣，除了谈艺术，谈其他的都叫一个"俗"。

"为了一个高中男生，这个男生是我们学校长得最帅的男生，我妹妹一直暗恋他。"大双添油加醋，把她自己对蒋信的暗恋和曾经做过的事情，统统移植在小双的身上。"当时，她以为只在高中部搜查手抄本，就把这个男生给她的手抄本带回了教室，结果初中部也被搜查了。从我妹妹的书包里搜出了手抄本，学校要她写检讨书在全校的广播上念，她就转学了。"

小双毕竟是米麒麟的初恋，米麒麟妒火中烧，他已经把大双说的"高中男生"当作他的情敌了，但他瞧不起甚至鄙视这个"高中男生"，他以为是他惹的祸却让一个柔弱女子去承担后果，米麒麟为小双感到不值。

"不会哦？"米麒麟还是不肯完全相信大双说的话，"既然梁佑翼为了那个缩头乌龟不惜一切代价，她为啥子不和他好下去喃？"

"那个男生高中毕业后，去了大凉山插队落户。"大双一脸焦急，

"我来找你,就是怕发生三角恋的悲剧。"

到了星期天,米麒麟和小双原来约好去美术馆看油画展,小双早早地来到鹦哥巷的米公馆,米麒麟却对小双说,国家马上就要恢复高考了,他和他那两个当工人的姐姐已经在复习功课,准备参加恢复高考后的第一次考试。

"我现在没有工作,高考是我唯一的出路,我必须争分夺秒,把时间都用在学习上,所以,我们暂时不要见面了。"

心思简单的小双没有多想,她真心地为米麒麟感到高兴,她还向米麒麟保证,在他复习备考期间,决不来打扰他,连本来要去美术馆看油画展的计划也马上取消了。他们在米公馆的门口道别,小双给米麒麟留下一个穿着白色连衣裙飘然离去的背影。

五

1977年的高考,改变了许多人的命运:在农村插队落户的梁家老大梁家龙考上了四川医学院;在云南边疆当支边青年的蒋家老大蒋忠考上了第三军医大学;在大凉山插队落户的蒋家老二蒋信,考上了西北大学;鹦哥巷的米公馆更是三喜临门,参加高考的两个女儿和一个儿子,全部考上了大学,米家成了名副其实的书香门第。

蒋忠回到成都的第二天就要去找小满,被蒋义拦下了,蒋义一脸悲痛地告诉蒋忠:"小满姐姐已经结婚了。"

"啊?"蒋忠惊愕道,"你给我写信,从来没有说过小满已经结婚了。"

蒋义说:"我怕你经受不住这么大的打击。"

蒋忠唉声叹气,痛苦万分,蒋义十分同情他的大哥,他很会安慰人,他说小满虽然和别人结婚了,但对蒋忠来说,也不完全是坏事。蒋忠明白蒋义的意思,在云南边疆最艰苦的那些日子里,小满就是他的精神支柱,蒋义那一封封报喜不报忧的来信,激励他不懈努力考上了大学。他报考军医大也是因为小满,小满在药店工作,医药不分家,如果以后他和小满在一起生活,他们就会有共同语言。

其实,在蒋忠这段一厢情愿的单相思的日子里,收获最大的是蒋义,他给他大哥写了很多信,每一封都是真情实感,让他掌握了写文章的要领,所以他的作文水平突飞猛进。写信还提高了他的作文技巧,比如他要在信里写小满,他就得去观察小满,就得把小满描写得活灵活现,让他大哥有亲眼见到小满的感觉;他在信里报喜不报忧,这就在选材上无师自通,该写的和不该写的,他都取舍自如。

蒋义的二哥蒋信从大凉山回到成都后,迫不及待地向家里公开了他和大双的关系。他不吐不快,把堵在他心里的那段不堪回首的往事也和盘托出。

"侠肝义胆的真性情女子啊,你娃不要辜负了人家!"重情重义的蒋二爷对救蒋信于危急之中的大双唏嘘不已,他对蒋信说,"你哪天请人家到家来吃顿饭。"

蒋信和断了联系的大双又重新取得了联系。大双见蒋信的脸并没有被大凉山的风吹成两坨高原红,只是皮肤被高山上的紫外线晒黑了一点,身材比原来更加魁梧壮实,加上蒋信现在又考上了大学,她满心欢喜，欣然答应去赴蒋家的家宴。

大双来到蒋公馆，蒋义一眼就认出她是大双，不是眼睛认出来的，是他感觉出来的：他怕大双。他在梁家的时候，让他轻松自如的一定是小双；让他手足无措的一定是大双。现在来的是大双，蒋义为他的二哥蒋信感到惋惜：为啥子不是小双？

蒋家款待贵客最隆重的菜式是小笼蒸牛肉，也是蒋二爷津津乐道的一道菜。今天他亲自掌厨，牛肉也是他亲自到金家坝去现买的。金家坝是回族在成都的聚居地，在金家坝的牛肉铺子才能买到牛身上最好的叫"吊龙"的里脊肉，一头牛身上就这么一条好肉。肉铺子还没开门，蒋二爷就早早地去等着了，就怕去晚了买不到。蒸牛肉的米粉也是蒋二爷亲手配制的，七成大米加三成糯米，配上八角桂皮草果等十来种香料一起炒出香味，再用石磨磨出喷喷香的米粉；蒸牛肉的调料，除了用正宗的郫县豆瓣，蒋二爷还加了点唐场豆腐乳上浮起的一层厚厚的红油，这是蒋氏小笼蒸牛肉别具风味的秘方。

忙了一个上午，蒸好的小笼牛肉终于上了桌，每人面前放一笼，桌子中间还摆着几样调料：花椒面、熟油辣子、葱花和香菜。蒋二爷亲自给大双的小笼蒸牛肉上撒上细细的花椒面，淋上鲜亮的红油，放几颗嫩绿葱花，最后放切碎的香菜，一边放一边说："香菜才是蒸牛肉的魂。"

大双是不吃香菜的，她听蒋二爷说"香菜才是蒸牛肉的魂"，就说她最喜欢吃香菜，让蒋二爷多给她放点。蒋二爷却说："万万不可多放，只能提个味，放多了反而坏了牛肉的口感。"

大双善于察言观色，不到一顿饭的工夫，她已看出在蒋家说一不二的是蒋二爷，蒋信的爸爸妈妈几乎说不上话，她便爷爷长爷爷短，只想讨蒋二爷的欢心。蒋信的妈妈蒋姆姆生了三个儿子，她最羡慕梁姆姆生了双胞胎女儿，她对大双说："还是你妈妈有福气，生了一对长得一模一样的双胞胎，哪个是大双哪个是小双，我从来分不清。"

"我就分得清。"蒋义说，"我怕大双，不怕小双。"

大双心里不悦，但她要和蒋家的每一个人搞好关系，假笑道："你为啥子要怕我嘛？"

蒋义不敢看大双，嘴里嚼着牛肉，含混不清地说："我说不出来，反正我怕你。"

蒋姆姆瞪了蒋义一眼，她怕大双尴尬，又问道："我们蒋信害得你转学，你转到哪个学校去了嘛？"

大双看了蒋信一眼，蒋信立刻明白了她的意思。他对蒋姆姆说："妈，大双和我约法三章，过去的事情，一个字都不准提。"

"好，不提不提。老二，大双对你的好，你一辈子都不能忘哈！"蒋姆姆对大双是越看越喜欢，她又问道，"你读高中，小双为啥子不和你一起读高中嘛？"

大双说："小双不喜欢读书，她喜欢弹琴唱歌，我们公馆里的斯小姐是幼儿园老师，对她的影响很大，所以她考了幼儿师范学校。我想考大学，所以就读了高中。"

"考大学好！考大学好！"蒋姆姆欢喜道，"你和我们蒋信都是大学生，简直般配得很！"

吃过午饭，蒋信和大双看电影去了，蒋二爷默默地回到他屋里抽水烟，他对大双的印象就三个字：不简单。

六

蒋二爷对他的三个孙儿交啥子样的朋友，他都要亲自过问，亲自过目，严格把关，何况是要做他孙儿媳妇的人。蒋二爷常说女人是男人的一所学校，优秀的男人背后一定要有一个优秀的女人。蒋二爷阅人无数，看人能透过皮看到骨，透过形看到魂，那天把大双请到蒋公馆来吃小笼粉蒸牛肉，大双表现出来的与她年龄不相符的圆滑世故，还有过分的活络灵动，都不是一个为人背锅、甘愿吃亏的主儿。

蒋二爷晓得从蒋信那里问不出啥子来，蒋信对大双深信不疑，大双能讲出那天去高中部和他在楼梯拐角处的所有细节，这些都是大双救他于危急之中的板上钉钉的事实，再说大双和他有过约法三章：过去的事情一个字都不准提。现在，他怀着一颗负罪的心，只想好好地爱大双，好好地补偿大双。

蒋二爷把蒋义叫到他的房间，问道："你一天到晚都在梁家进进出出，你晓不晓得转学的是大双还是小双？"

"不晓得。梁家雄从来没有给我说过。"

小双转学的事，除了我的母亲和梁姆姆知根知底，在梁家忌讳谈论，就算小哥晓得一些蛛丝马迹，他也是猜出来的，即便他和蒋义好得穿一条裤子，他也不会对蒋义说，毕竟家丑不可外扬。

蒋义把他晓得的梁家情况毫无保留地讲给蒋二爷听："原来大双

和小双好得像一个人，现在分开了，从来不在一起，也不住在一个房间，小双每星期从学校回来，都住在斯小姐的屋里。爷爷，我还想给你说句悄悄话。"

蒋二爷停止了抽水烟："说！"

蒋义走近蒋二爷，在他耳边说："我不喜欢大双，我想小双做我的二嫂。"

"你去给我打听清楚，是大双转学还是小双转学？"蒋二爷给蒋义支招，"你去找梁小猫打听。"

在一个星期天的下午，小哥去粮店帮梁姆姆买米，蒋义就趁这个机会，把我带到蒋公馆，说他们家的白鹦鹉小凤仙想我了，天天都在叫我的名字。我跟着蒋义来到蒋公馆，果然听见小凤仙在叫"梁小猫"，它先是模仿蒋二爷的声音叫"梁小猫来咯"，然后模仿蒋姆姆的声音"梁小猫，稀客！稀客！"

蒋二爷和蒋姆姆从各自的屋里跑出来，蒋姆姆拉着我咋个看都看不够的样子，还是那句话："我要生个这么乖的女儿，睡着了都要笑醒。"

每次去蒋公馆，蒋二爷总要拿出最好的东西来招待我，他对蒋姆姆说："快把从龙泉山刚摘下来的五星枇杷拿来给梁小猫吃！"

蒋姆姆从蒋二爷屋里拿出一簸箕金黄的枇杷来，蒋二爷对蒋义说："你带梁小猫去你屋里慢慢吃，要给梁小猫剥皮皮哈！"

来到蒋义的房间，蒋义把枇杷放在他的书桌上，拿起一个来给我看：一头有结蒂，一头的正中间有一个黑色的五角星，所以叫"五星枇杷"。

蒋义剥了一个枇杷给我吃,问我好不好吃。我说:"酸酸甜甜,是我最喜欢的味道。"

蒋义只顾给我剥皮,我叫他也吃,他说等我吃够了他再吃。我问蒋义:"你大哥和二哥都考起了大学,你咋个不是很高兴喃?"

蒋义说:"我二哥和大双好了。大双都来我们家吃小笼粉蒸牛肉了,我爷爷只有招待贵宾才吃小笼粉蒸牛肉,我爷爷还亲自下厨了。"

"你二哥咋个会看上大双喃?"蒋信在我心目中,就是所有女孩子都会喜欢的"白马王子",我为蒋信感到不值。我和蒋义说话从来都是直来直去,"我觉得大双配不上你二哥。"

蒋义愁眉苦脸:"我二哥觉得对不起大双,当年那个'手抄本事件',大双为他背锅,被他害得转学……"

我冲口而出:"你有没有搞错哦?是小双转学,不是大双转学!"

话说出去就收不回来了。我好后悔,我是向母亲发过誓的。小双转学是母亲一手经办的,我问母亲,小双马上就要初中毕业了,为啥子要在这么关键的时候转学?母亲没有回答我,只是告诫我可以把小双当亲姐姐,离大双要远一点。母亲还要我向她发誓:决不把小双转学的事对外说。

违背了对母亲的誓言,我心慌意乱,对蒋义说我要回家。蒋义说我才吃了几个枇杷,吃完了再走。我说我带回去给小哥吃。蒋义拿了一个大袋子,把簸箕里的枇杷都倒进袋子里。

我提着一袋枇杷离开蒋公馆后,蒋义立刻去蒋二爷屋里向他爷爷报告："梁小猫说，转学的是小双。"

蒋信看电影回来，蒋义说蒋二爷在等他。蒋信来到蒋二爷屋里，蒋二爷黑着一张脸，叫蒋信马上和大双一刀两断。

蒋信一头雾水："为啥子喃？"

蒋二爷说："为你背锅，被你害得转学的是梁家的小双。"

"咋可能喃？"蒋信心里一团乱麻，"明明是大双梁佐翼从我手中拿走手抄本的，千真万确的啊！"

"我看你娃是头脑简单，四肢发达。"蒋二爷说，"手抄本确实是大双从你手中拿走的，她拿回教室就不会把手抄本放进小双的书包里？所以，学校从小双的书包里搜出手抄本，是大双栽赃给小双。"

蒋二爷是在江湖上摸爬滚打的过来人，深谙"移花接木""栽赃陷害""混淆视听"之类的害人之道。

蒋信的心里头还是一团乱麻："小双受了这么大的冤屈，她咋不说出来喃？"

"她是顾全大局，为了梁家的体面。"蒋二爷对蒋信说，"可惜了，这么有情有义的女子被你娃错过了，怪就怪你娃有眼无珠。"

蒋信说："她们两个是双胞胎，长得一模一样，我咋分得清嘛？"

"蒋义比你小，他咋分得清喃？"蒋二爷循循善诱，"我现在就把识人术教给你：一要用眼，二要用心。用心比用眼更重要，比如梁家的双胞胎姐妹长得一模一样咋个办？就要用心去感觉。蒋义比你小，但是比你用心，他感觉他怕大双，说明大双不善；他感觉他不怕小双，说明小双心善。"

蒋信再见到大双，直截了当地提出分手。大双心知肚明，她只问了一句："你咋晓得的？"

蒋信说："感觉出来的。"

大双没有再纠缠，反正她还有一个备胎米麒麟，米家的条件比蒋家的条件更好，米公馆也比蒋公馆更气派。再说米麒麟虽然没有蒋信长得帅，但是米家有人脉有背景，米麒麟的前途一定比蒋信更加光明。大双警告蒋信："你不要去骚扰我妹妹，她已经有男朋友，她男朋友刚刚考上了一所重点大学。"

大双口中"小双的男朋友"，其实说的就是米麒麟。蒋信想起小双就心痛，虽然他还没有和小双正式接触过，却深受失恋的折磨。有好几个周六的下午，他都在幼儿师范学校门口徘徊，只为了等小双出来，远远地看她一眼。

小双成了蒋信心中永远的痛。

七

米麒麟考上大学后，小双以为她又可以像以前那样，每星期都可以和米麒麟见面了。她去过几次米公馆，米麒麟对她都冷冷的，他忘不了大双对他说的关于小双和蒋信的那些"过往"，他把蒋信当作他的情敌耿耿于怀。米麒麟那两个原来是工人的姐姐也都考上了大学，现在也瞧不起小双，觉得小双是个中专生，配不上她们考上了重点大学的弟弟。米麒麟的爷爷是民国时期的留洋博士，米麒麟这个名字就是他爷爷取的。在古书中"麒麟"是象征美好高贵的神兽，米麒麟俨然是米家的吉祥物，他是两个姐姐带大的，他的父母心思都在各自的学术研究上，大姐和二姐都是保姆带大的，保姆告老还乡后，抚养弟弟的责任便落在了大姐和二姐的肩上。米麒麟对他大姐和二姐的感情，比对他的亲妈还亲，离不开妈妈的男子叫"妈宝男"，米麒麟是离不开姐姐的"姐宝男"。

这天，小双来到米公馆，想约米麒麟去峨眉电影制片厂看内部电影，她好不容易才搞到两张票。米麒麟靠在客厅的沙发上翻一本杂志，看都不看小双一眼，懒懒地说道："跑那么远看场电影，疯了。"

这还是原来的米麒麟吗？小双记得他们两个一起看的第一场电影就是峨眉电影制片厂的，票还是米麒麟千辛万苦才搞来的。峨眉电影制片厂在成都西郊的罗家碾，他们两个是骑着自行车去的，那个时候不嫌远，咋个现在却嫌远了喃？

小双在米麒麟对面的沙发上坐下来，他也不理小双，哗哗地翻着杂志。其间，米麒麟的教授爸爸和教授妈妈，先后来过客厅，他们只是有礼貌地和小双点点头，不像以前那样问长问短。小双识趣地准备起身告辞，这时米麒麟的两个姐姐进来了，小双不得不重新坐下来，和她们摆一会儿龙门阵。

米家大姐问小双："你看我们两姐妹都二十好几了，都考起了大学，你年纪轻轻的，为啥子不去考大学喃？"

小双说："我很喜欢我现在的专业。"

"嚯哟，你们那种学校还有专业？"

小双听出了米家二姐话中的讽刺意味，她不卑不亢，慢条斯理地说道："我们学校是正规的中等专业学校，专业课程分得很细，有语言课、幼儿心理课、幼儿教育课、美术课、舞蹈课、音乐课。我最近在学弹钢琴……"

米家大姐打断小双的话："你学的课程再多，钢琴弹得再好，也只是一个中专毕业生。我们全家都是大学生，你真的不打算去考大学？"

见小双默不作声，米家二姐似乎在替她着急："你要想清楚哦，将来我们米麒麟大学毕业了，还要考研究生，考博士，你们之间的距离会越来越大。"

小双还是默不作声，她起身告辞。从米公馆出来，阳光把小双孤独的身影，在鹦哥巷的地上拉得长长的。她对自己说"梁佑翼不哭"，两行泪水还是不争气地流下来，她以为米麒麟和他的两个姐姐一样嫌弃她是中专生，配不起他这个大学生，她哪晓得其实米麒麟在吃她的干醋。

一身傲骨的小双对米麒麟彻底绝望，她瞧不起这个表面文艺、骨子里却十分市侩的小人，她要把他甩了。一想到不是她被米麒麟甩了，而是她要甩了米麒麟，小双居然含着泪笑出声来。

走出鹦哥巷的小双，发誓从此不再跨进米公馆一步。她的同胞姐姐大双却开始在米公馆进进出出。每周六的下午，米麒麟从大学回到家里，一家人刚吃过晚饭，大双便来了，说高考临近，她想找米麒麟帮她补习功课。米麒麟的父母和他的两个姐姐把她当作了小双，以为小双回心转意，愿意考大学了，他们为米麒麟感到高兴。米家大姐还说，梁佑翼最好能考上米麒麟读的那所重点大学。

米麒麟没有想到看起来像小绵羊一样温顺的小双竟如此决绝，他一直在等她回心转意，不想没把小双等来，她的同胞姐姐大双倒主动上门了。米麒麟没有拒绝大双，她马上就要高考了，他怕影响她的情绪，更怕影响她的高考成绩。再说，大双和小双长得太像了，他强迫自己把大双当作小双，聊以安慰自己那颗落寞的心。

一个月后，大双如愿考上了大学，而且考上的是米麒麟读的那所重点大学。在接到录取通知书的第一时间，大双跑到米公馆宣布了这一喜讯，米麒麟并不像她的两个姐姐那样高兴，等大双走了以后，米麒麟才告诉他大姐和二姐，考上大学的不是梁佑翼，而是她的同胞姐姐梁佐翼，她们是双胞胎。米家二姐事后诸葛亮，她说她早就疑心梁佑翼为啥子突然变得那么乖巧懂事，会那么努力地去考大学，原来不是一个人。

米家大姐明显喜欢大双，不喜欢小双，她逼问米麒麟："长得一模一样的两姐妹，一个是大学生，一个是中专生，你说你选哪一个？"

米麒麟对他大姐从来都是言听计从，但他扪心自问，他还是喜欢小双，真心地喜欢小双，虽说双胞胎姐妹长得一模一样，但小双身上的那股仙气，那种与生俱来的文艺气质，是大双没有的，尽管她俩是从一个娘肚子里出来的。

米家二姐见米麒麟犹豫不决，在一旁给米家大姐帮腔："我们米家是世世代代的书香门第，现在我们三姐弟都是大学生，米家才没有败在我们这一代上。米家三代单传，到了你这儿，你找一个中专生，你对得起米家祖宗吗？"

当天晚上，米家召开了家庭会议。米家大姐当着父母面，揭开了梁家双胞胎姐妹的真相。米教授皱着眉头，觉得事有蹊跷："为啥子两姐妹都要隐瞒她们是双胞胎，把我们米家的人蒙在鼓里喃？"

米麒麟的妈妈姓秦，秦教授虽为女辈，事业心却比米教授还强，她正在写一篇重量级的学术论文，不愿把时间花在这些在她认为是无聊的琐事上，她快刀斩乱麻："我们米家不能接受一个没有受过高等教育的中专生，散会！"

一声"散会"，米麒麟两眼空空，心也空了，他别无选择，他只能和他不爱的大双谈恋爱了。

第十一章 一只眼睛的血案

一

这一年，8号公馆发生了许多事情，家婆患肺癌住在三医院，梁姆姆在医院伺候她，小哥放了学就往医院跑，有时我也去，家婆一直把我当作梁家人，把我当作她的外孙女。家婆临终前的最后愿望，就是想见见梁家老大梁家龙，她唯一的亲外孙。梁家龙周六下午从四川医学院回到家里，梁姆姆轻手轻脚地进了梁家龙的房间，小心翼翼地对他说："你家婆的日子不多了，她想你……"

"我晓得了。"梁家龙打断梁姆姆的话，眼睛没有离开他正在看的一本书，梁姆姆轻手轻脚从梁家龙的房间里退出来，心里有千言万语，却不能对任何人讲，包括梁医生。

晚上，梁姆姆躺在梁医生的身边，辗转反侧，梁医生晓得她是因为家婆睡不着，便握住她的手，说："你有啥子心事，你就说出来嘛。"

梁姆姆这才说道："你劝劝家龙，让他去医院看看娘。"

第二天早晨，梁家龙吃过小哥为他买回来的痣胡子的龙眼小笼包和三合泥，梁医生把他叫到一边，说："我们今天打开天窗说亮话，你家婆才是你的亲外婆，不是小弟的亲外婆，小弟天天都往医院跑，你为啥子一次都不去？"

"我要考研究生，没有时间。"梁家龙和他父亲说话，眼睛也不看他父亲，"学校还有一个讲座，我要回学校了。"

家婆在临终前，一直叫唤"家龙，我的家龙"，家婆在叫唤声中闭上了眼睛，她最后一眼看见的不是她的亲外孙梁家龙，而是小哥。小哥不是她的亲外孙，却哭得很伤心，那时他已是快一米八的小伙子了，哭得像小孩子一样。我也哭了，想起家婆穿着绣花鞋、手里拎着专程去文殊院买的宫廷桃酥向我们走来的样子，想起家婆带着我们去羊市街的"成都名小吃"店里，给我们买一桌子好吃的东西，她自己一口都舍不得吃的样子……

梁姆姆把自己关在雨荷的房间里，哭得昏天黑地，她向雨荷哭诉："你的妈没了，我的娘没了……世界上对你最好的人走了，再也不回来了……"

梁姆姆哭得太伤心太投入，连雨荷的手指动了一下，她都没有发觉。

人世间有悲就有喜，有死就有生。这一年，小满给白日梦生了儿子，白日梦从护士手中接过初生的婴儿，仿佛在梦中，他问小满："我是不是在大白天做梦哦？"

"瓜娃子。"小满说，"我十月怀胎生下来的娃娃，还能是假的？"

"我不是那个意思。"白日梦说，"我这副样子，咋生出了这么标致的儿子？"

"生女像爸，生儿像妈，我长得这么标致，生的儿子肯定标致噻!"小满对白日梦说,"你读了那么多书,现在派上用场了,你给你儿子取个名字嘛。"

"我名叫白浪,我白浪生的儿子可叫'白浪生',也可叫'白浪子'。小满,儿子是你生的,你在这两个名字中选一个哈。"

小满认真地想了一会儿,说:"'白浪生'这个名字一般般,'白浪子'这个名字还有点特别,就叫'白浪子'。"

"好,好,我也是这个意思。"白日梦说,"儿子的小名我已经想好了,就叫'浪娃儿'。"

浪娃儿因为长得乖又爱笑,成了九思巷的著名婴儿,九思巷的太婆姆姆们,还有那些没出嫁的女娃娃,都跑到8号公馆来逗浪娃儿,"浪娃儿长得好巴适哟","浪娃儿,笑一个!笑了笑了,笑得好乖哦"。

一向和小满保持距离的斯小姐,也因为浪娃儿和小满亲近起来,她看着浪娃儿,总也看不够的样子,说浪娃儿像拉斐尔画的圣母怀里抱着的圣婴,这是她小时候在平安桥天主教堂里看到的一幅巨大的油画。小满没进过教堂,也没见过拉斐尔画的圣母像,所以她不晓得圣母圣婴,更不晓得拉斐尔是哪个,但她能感觉到斯小姐对浪娃儿是真心喜欢,斯小姐对浪娃儿的赞美也是真心的赞美。

"斯小姐,我咋觉得你越来越漂亮了喃?"

小满对斯小姐的赞美也是真心的,像她这种性格率真的女人,她不会说也不屑说虚伪的客套话。女人看女人总是明察秋毫,小满凭直觉,她敢肯定斯小姐恋爱了,只有恋爱中的女人,才会有的那种少女感,无论这个女人是二十岁三十岁还是四十岁。

年近四十的斯小姐终于恋爱了，这不仅是她的喜事，也是8号公馆的喜事。梁姆姆虽然和斯小姐非亲非故，但她为斯小姐的婚事也操碎了心。哪怕仅仅是直觉，小满认为也应该马上去告诉梁姆姆："斯小姐有男朋友了。"

"我咋不晓得喃？"梁姆姆问小满，"你咋晓得的喃？"

"我看出来的。"

"听你这么一说，我也看出来了。"梁姆姆说，"这段时间，我发现斯小姐和原来不一样了，要我说哪儿不一样，我又说不出来，反正不像中年女人，像……像……"

梁姆姆想说斯小姐像情窦初开的少女。

"唉！"梁姆姆叹了一口气，"斯小姐眼光那么高，以前给她介绍的条件那么好，她一个都看不上，不晓得这次成不成哟？"

小满说："我看她容光焕发的样子，这次像是她自己找的。"

"人家斯小姐说了，她不找，她要等，等她的白马王子骑着白马来。不晓得这个骑白马的是个啥子人哟！"梁姆姆想起我母亲对斯小姐的评价，叹了一口气，"唉，斯小姐太单纯，我就怕她上当受骗。"

二

斯小姐最难忘的童年记忆，是在教堂的唱诗班唱歌的礼拜天。唱些啥子歌她已不记得了，只记得没有任何伴奏，干净明亮的童声如天籁。她无数次向小双描绘过那样的天籁，令小双无限神往，现在听不到这样的无伴奏童声合唱，她只有凭想象，想象这样的天籁。

斯小姐参加了文化宫的合唱团，周二、周四、周六晚上的七点到九点，是合唱团活动的时间，斯小姐的生活变得充实又忙碌，再也不像以前两点一线——从8号公馆到幼儿园、从幼儿园回8号公馆那么单调了。

在一个彩霞满天的傍晚，斯小姐走进文化宫，一个背手风琴的背影吸引了她：身高至少在一米八以上，半新半旧的白衬衫洗得十分干净，扎在深灰色的长裤里，两条大长腿迈着从容不迫的步伐，不时潇洒地甩一甩头。斯小姐跟在这个风度翩翩的背影后面，想象着他的正面会不会是她喜欢的模样：有一张轮廓硬朗的脸，一个高挺的鼻子，一双深邃的、不大的眼睛。成都的漂亮女人大都有一双双眼皮的大眼睛，但是斯小姐绝不能接受双眼皮大眼睛的男人，她的奶妈黄姆姆从小就教导她，说男人长着这样的眼睛就是人们常说的"桃花眼"，一肚子的花花肠子。

这个风度翩翩的背影走进了小礼堂，这是合唱团活动的地方，斯小姐一阵心跳。合唱团的团长是文化宫主管文艺的副主任，他姓吕，吕主任热情地迎上来，表情和语气都十分夸张："欢迎欢迎！热烈欢迎！盼星星盼月亮，我们终于把你盼来了。"

吕主任又向大家介绍道："同志们，这是我们合唱团新来的指挥兼手风琴伴奏赵明达赵老师，让我们用热烈的掌声欢迎赵明达老师！"

掌声十分热烈。斯小姐的心儿还在咚咚地跳，她轻轻地拍着手，她终于看到他的正面了：他有一张轮廓分明的脸，一个高挺的鼻子，看不清他的眼睛是大还是小，是双眼皮还是单眼皮，因为他戴着一副黑边眼镜，镜片反光。他的额前搭着一缕微微弯曲的头发，难怪他会时不时甩一甩头，原来是要把这一缕头发甩上去。

等热烈的掌声平息下来，吕主任又对大家说："赵明达老师的手风琴演奏水平高，那不是吹的，我们先请赵明达老师给我们演奏一首，好不好？"

在一片叫"好"声中，赵明达大大方方地在一把椅子上坐下来，手风琴就架在两条大长腿上。他左手放在黑白键盘上，右手放在低音键钮上，低着的头一昂，将搭在眉上的一缕头发甩了上去，手风琴的风箱拉开了。赵明达演奏的是一首大家熟悉的曲子《山楂树》：奔驰的列车，黄昏的水面，开满白花的山楂树下，热恋中的青年男女……手风琴是最能激发共情的乐器，合唱团的团员们都沉浸在音画合一的音乐里，有些亢奋，又有些淡淡的忧愁，都有了想谈恋爱的冲动。

斯小姐手脚冰凉，手心里却攥出了汗。她看小说、看电影、听音乐，感动至极，她的身体便会出现这些反应。《山楂树》最后一个音符结束了，赵明达在悠扬的尾声中缓缓地抬起头来，他的目光和斯小姐的目光相遇了，有那么两三秒钟，空气似乎凝固了，赵明达突然有一种强烈的冲动，他要把他最喜爱的一支曲子献给这个让他心动的女人。他拉开风箱，小礼堂里响起了浪漫抒情的旋律。除了斯小姐，所有的人都没有听过这支手风琴曲。赵明达双眼微闭，身子随着旋律轻轻摇动，他完全陶醉在他手指间流出来的音乐里。斯小姐浮想联翩，一幅幅油画般的画面从她眼前掠过，她呼吸到了大自然清新的气息，她看见蓝天白云下，山坡上的一棵树，树叶在风中摇曳生姿。

赵明达拉完这支曲子，没有给大家介绍这是一支啥子曲子，他用不着介绍，这是他献给斯小姐的，他的直觉告诉他，这个一看就有音乐细胞的女人是熟悉这支曲子的，也能欣赏这支曲子。

吕主任怕赵明达这么一支接一支地拉一些大家都不熟悉的曲子，他得掌控场面："赵明达老师的演奏水平那不是一般的高，让我们大开眼界，心服口服。下面，我们请赵老师伴奏，我们来唱一首《年轻的朋友来相会》，好不好？"

赵明达拉起了《年轻的朋友来相会》的前奏，训练有素的合唱团，分声部合唱了这首热情欢快朝气蓬勃的歌曲。赵明达拉起这种节奏明快的曲子，全身充满活力，把合唱团的女团员们迷得神魂颠倒。赵明达的目光和斯小姐的目光又相遇了，这一次，他们都没有躲闪，仿佛认识了好久好久。

两个小时的活动结束后，合唱团的团员们纷纷散去。斯小姐走出文化宫要经过一排梧桐树，她看见树影中有一个人，那是背着手风琴的赵明达，他在等她，他们自然地走在了一起。

赵明达说："我送你回家吧！"

斯小姐没有拒绝。

赵明达又说："我还不晓得你的名字。"

斯小姐回答："斯安琪。"

"啊，天使的名字。"赵明达肯定晓得这个名字的出处，斯小姐怕他深究下去，把她不愿告人的家庭出身扯出来，赵明达极有边界感,他及时转换了话题,"安琪,我刚才拉的曲子,有一支是献给你的。"

"我晓得,是《风中的树叶》。"斯小姐说,"这是意大利手风琴大师帕萨里尼的名曲,又叫《怀念华尔兹》。"

"啊,你也喜欢帕萨里尼?"赵明达惊喜无比,仿佛找到了知音,"你还听过他哪些曲子?"

"《罗萨舍酒庄》。"斯小姐说,"我家里有一些黑胶唱片,都是我妈妈留给我的。赵老师,如果你有兴趣,哪天我请你去我家听唱片。"

"安琪,在合唱团你可以叫我'赵老师',就我们两个的时候,我希望你叫我'明达'。"

在这个春风沉醉的夜晚,斯小姐开始了她的初恋。待字闺中,人到中年,她坚持不找,她要等,等她的意中人悄然来到她的身边。她终于等来了,等来一个让她怦然心动的男人,他有迷人的外表,更有一个有趣的灵魂。他们漫步在成都的街道上,说的全是心有灵犀的灵魂对话,从文化宫所在的总府街说到西玉龙街,从西玉龙街说到九思巷。到了8号公馆,斯小姐和赵明达已经心心相印,难舍难分了。

三

星期天早晨,斯小姐去菜市场买肉买抄手皮,在菜市场遇见了梁姆姆。梁姆姆问斯小姐,今天是星期天,你咋个起得这么早哦?

斯小姐说，今天有客人来，要用鸡汤抄手招待客人，怕肉和抄手皮卖完了，所以就起了一个早。斯小姐不会做菜，她的奶妈黄姆姆就教会了她用鸡汤煮面煮抄手。

"客人？是不是你的男朋友哟？"梁姆姆挽着斯小姐的手，一起走在回家的路上。斯小姐没有直接回答梁姆姆，只是娇羞地抿嘴一笑，梁姆姆心中便明白了七八分。她又问斯小姐，"你们两个咋个认识的嘛？"

"在合唱团认识的。"斯小姐说，"他叫赵明达，是合唱团的手风琴伴奏兼指挥。"

"嚯哟，好懂音乐哦，你们两个肯定有共同语言。"斯小姐在8号公馆住了那么久，梁姆姆深知她不仅爱音乐，还对男方长相要求高，所以又问赵明达的长相，"他长得巴适不巴适？"

斯小姐又抿嘴一笑："等会儿他来了，你自己看嘛。"

菜市场到8号公馆要经过东城根街、羊市街和长长的九思巷，梁姆姆可以把赵明达问个仔仔细细："赵明达家住哪里？他家里面还有啥子人嘛？"

斯小姐摇摇头："不晓得。"

梁姆姆又问道："赵明达问过你的家庭情况没有嘛？"

斯小姐摇摇头："没有。"

"你们两个是神仙嗦？啥子都没有弄清楚，就开始谈恋爱？"梁姆姆问赵明达的年龄，"他好多岁了嘛？"

斯小姐说："比我小三岁。"

梁姆姆心里咯噔一下，"哦"了一声："也要得，女大三，抱金砖。不过，就算他小你三岁，也早过了结婚的年龄，你有没有问他，他为啥子一直单身喃？"

斯小姐又摇头："不晓得，我没有问过。"

斯小姐是不会问这些的，她以为赵明达和她一样，也不找，也在等，等一个情投意合的知心爱人，这个人就是她，赵明达终于把她等来了。

斯小姐在心里是这样定义她和赵明达的：一个是等待唤醒的白雪公主；一个是唤醒白雪公主的白马王子。

梁姆姆下定决心，等见了赵明达，她要打破砂锅问到底，把他的祖宗十八代都问出来。

回到8号公馆，斯小姐刚把三分肥、七分瘦的二刀肉剁成肉馅，赵明达就背着手风琴来了。斯小姐把他带到灶房见过梁姆姆，两个人就坐在小板凳上，在灶房外面的走廊上包起抄手来。赵明达不会包，斯小姐在他身后，两条胳膊环着他的脖子，手把手地教他。梁姆姆一看，斯小姐那么矜持那么清高的人，居然有如此亲热的举动，看来她已经一头栽了进去。梁姆姆本来想以家长的身份盘问赵明达的心也没有了，她还是不甘心，上楼去找小满，想让小满去给斯小姐把把关。

梁姆姆上楼来到小满的屋里，小满刚奶完浪娃儿，梁姆姆对她说："斯小姐的男朋友来咯，长得好巴适哟，起码有一米八。"

"长得巴适有啥子用嘛，关键还是要人好。"小满说，"你看我们白日梦，虽然人长得歪瓜裂枣对不起观众，但是人好噻。"

"我也是这个意思。"梁姆姆说，"你下去看看嘛，我们一起帮斯小姐把把关。"

小满抱起浪娃儿，和梁姆姆刚走到楼梯口，就见斯小姐带着赵明达上楼来，斯小姐给赵明达介绍了小满，然后和赵明达到她房间听唱片去了。

小满抱着浪娃儿到后花园晒太阳，梁姆姆一边逗浪娃儿一边问小满："你觉得斯小姐的男朋友咋样嘛？"

梁姆姆相信小满看男人的眼光，她和白日梦结婚之前，那么多有才有貌有钱有地位的男人追求她，她一个都看不上，偏偏看上了其貌不扬、没钱没地位的白日梦，白日梦也把她当作手心里的宝，婚后的日子过得有滋有味，现在又生了一个人见人爱的浪娃儿，那小日子过得比白日梦做的梦还美。

"长得是巴巴适适的，就是觉得哪儿不对头。"小满说，"斯小姐向他介绍我的时候，他的眼神躲躲闪闪的。按理说，他是受过教育的人，他的眼睛应该看着我才是有教养的表现……"

梁姆姆也发现，赵明达和她说话时，眼睛也不看她，眼神躲躲闪闪的，就说："他戴个眼镜，是不是镜片在反光……"

小满说："我们白日梦也戴眼镜，镜片也反光，你看他和人家说话，眼睛总是看着人家的眼睛，这才叫真诚，这才叫有教养。"

中午，斯小姐到灶房来煮了抄手端上楼去和赵明达一起吃，吃完抄手，赵明达背着手风琴，跟着斯小姐来到八角亭，不一会儿，从八角亭便飞出了世界名曲《鸽子》。这是我第一次听赵明达拉手风琴，虽然我还没有见过他，但我必须承认，因为他的琴声，我已经被他迷住了。

正在看书的母亲，听见八角亭里的琴声，她来到阳台上，她的心儿已随着鸽子飞出了成都，飞在318国道上，在雪山上的一个兵站的上空盘旋……赵明达拉的《鸽子》，深深地感动了母亲那颗日夜思念父亲的心，她泪流满面，对这个未曾蒙面的赵明达，也产生了莫名的好感。

以后，几乎每个星期天，赵明达都会来8号公馆，来了就直接上楼。斯小姐照例用鸡汤抄手招待他，一大早就去菜市场买肉买抄手皮，有时她还没有回来赵明达就来了，他晓得斯小姐把钥匙放在房门外面的花盆底下，自己开了门进去，打开唱机听黑胶唱片。斯小姐回来了，赵明达也不下楼去灶房帮斯小姐剁肉包抄手。公用灶房是8号公馆的人聚集的地方，赵明达似乎怕和8号公馆的人打照面。

赵明达来过8号公馆好多次，我都没有见着他，他那激荡人心的琴声先入为主，我和我母亲对他有了诸多的想象。在我的想象中，他是一个有艺术家气质的、充满魅力的男人，我渴望一睹他的真容来印证我对他的想象。

机会终于来了。那天上午，我听见有男人的脚步声经过我家门口，在斯小姐的房门前停住了，可以肯定是赵明达来了。我装作出门的样子，正在开锁的赵明达手中的钥匙掉在了地上。赵明达惊慌失措，竟忘了去捡地上的钥匙。我赶紧过去帮他捡起钥匙，向他问好："你好！8号公馆的人都叫我梁小猫。我听过你拉的手风琴，你的手风琴拉得真好，我妈妈也喜欢听。"

我一口气说了这么多话，赵明达只是朝我点点头，都没看我一眼,开了锁进了斯小姐的房间。

我回到家里,对正在写教案的母亲说:"我刚才见到赵明达了。"

母亲喜欢斯小姐,她和斯小姐惺惺相惜,她对斯小姐的婚姻大事尤其关心。她放下手中的笔:"快说快说,你觉得咋样?"

"和我想象中的不一样。"我说,"他的外表虽然像艺术家,但是没有艺术家真诚热情的气质,冷冰冰的,一副拒人千里之外的样子。我现在有点搞不懂了,斯小姐为啥子会喜欢他?"

"被他的琴声迷住了,我们都被他的琴声迷住了。"母亲说,"也许他在斯小姐面前,表现出来的是斯小姐喜欢的样子。"

"那不是两面派吗?这种人好可怕哟!"

母亲叹了一口气:"路遥知马力,日久见人心,就看斯小姐的造化了。"

四

斯小姐和赵明达相处了一段时间,赵明达眼镜后面的眼睛并不是斯小姐喜欢的不大不小深邃的眼睛,而是双眼皮大眼睛,正是她的奶妈黄姆姆说的那种"桃花眼"。现在,斯小姐完全被赵明达迷住了,"桃花眼"也就无所谓了。再说赵明达有一个性感的下巴,这样的男人对斯小姐是有吸引力的,就如当年我舅舅对斯小姐的吸引力,我舅舅也有一个性感的下巴。

赵明达把斯小姐母亲留给她的黑胶唱片都听完了,斯小姐断断续续地也给他讲了自己的身世。赵明达随便问了一句:"当年你父母离开时，不会只给你留下这些唱片吧？"

"还给我留下一对翡翠玉镯，当时我还小，我母亲把这对玉镯交给我的奶妈，说这对帝王绿的翡翠玉镯很值钱，可以保我一辈子过得舒舒服服，安安逸逸。"

赵明达问道："现在这对玉镯喃？"

"奶妈前几年告老还乡，她把这对玉镯交给了我，车轱辘话说了又说，说千万不能给别人说起这对玉镯，更不能把这对玉镯拿给别人看。"

赵明达漫不经心地问道："你为啥子要给我说喃？"

斯小姐脉脉含情地看着赵明达的下巴："我没有把你当外人。"

赵明达漫不经心地问："能不能给我看看，让我也长长见识？"

斯小姐走到梳妆台前，只听咔嗒一声，镜子下面的小抽屉弹了出来，斯小姐从里面取出一个天青色的长方形锦盒来，双手捧给赵明达："你自己看嘛。"

赵明达打开锦盒，黑色的丝绒上躺着两只一模一样的翡翠玉镯，赵明达不懂翡翠，他只说了一句"好绿哟，绿得就像假的一样"，便关上锦盒还给斯小姐，说："你千万不要拿给别人看哈！"

"我只给你看，就要和我结婚的人，有啥子看不得嘛！"

斯小姐的脸红了，赵明达的脸却白了。他从来没有想过要和斯小姐结婚，他只想和斯小姐做灵魂伴侣。赵明达心慌意乱，匆匆和斯小姐告别，逃也似的离开了8号公馆。

赵明达不再到8号公馆来，他怕两个人共处一室，斯小姐再提起结婚的事情，便把斯小姐约到人民公园。去人民公园经济实惠，进去不用买门票，在鹤鸣茶社喝盖碗茶，一毛钱一碗的茉莉花茶，可以喝一天，把茶汤喝成白开水，把茉莉花最后一缕香味儿都喝进肚子里。赵明达最喜欢这里喝茶的氛围，男男女女坐在竹椅上，每一桌与每一桌距离那么近，龙门阵却是各摆各的，互不干扰。喝到下午四五点钟，太阳晒不到这边来了，人工湖上划船的人也纷纷上了岸，赵明达牵着斯小姐的手走进公园深处的树林里。刚才在喝茶时，斯小姐对赵明达说只听过他的琴声，还没听过他的歌声呢！赵明达就在斯小姐的耳边说："等傍晚我们去树林里，我唱给你听。"

赵明达献给斯小姐的歌是《白桦林》，他一边拉琴一边唱，他的声音竟然是非常难得的男低音。这是斯小姐所熟悉的最为凄美的爱情歌曲，用如诉如泣的旋律讲述了苏联二战时期一个凄美的爱情故事：一位姑娘在白桦林中默默地望着自己的爱人随着军队远去，她在白桦树上刻上她和爱人的名字，满怀期待地等待爱人凯旋。然而战争胜利了，她的爱人却没有回来。恋爱脑少女心的斯小姐，以为赵明达唱这首歌给她听，是借这首歌来表达他对她的深情。

斯小姐和小满一样，也是九思巷的著名人物，小满以美貌著称，斯小姐则以气质取胜，加上斯小姐的个人隐私，比如出身名门，比如她人到中年还单身，人们更容易在她身上演绎出许多故事来。

几乎每个星期天的下午，蒋二爷都要去人民公园的鹤鸣茶社喝茶，这天他来得早，和他摆龙门阵的茶友还没到，他泡了一碗茉莉花茶，端起茶托，用茶盖推开浮在滚烫水面上的茉莉花，放在鼻子底下闻茉莉花的香气，这才是茉莉花茶的正确喝法，那些端起来就喝的人，烫了嘴巴不说，还糟蹋了茉莉花。

闻名鹤鸣茶社的"驼背耳朵"走过来，他因为驼背，掏耳朵的技术无人能及，人称"驼背耳朵"。蒋二爷是他的熟客，他见蒋二爷闭了眼睛，偏了头，将一只耳朵摆在明处，没有只言片语，"驼背耳朵"捏起蒋二爷的耳朵就掏，酥麻的感觉如电流般通遍蒋二爷的全身，好安逸哦！掏完一只耳朵，蒋二爷转了头把另一只耳朵拿给"驼背耳朵"掏，就在他转头睁眼的那一刹那，他看见斯小姐和一个男人坐在一个隐蔽的角落里有说有笑，斯小姐像个涉世未深的小女孩，满眼都是对那个男人的痴迷和崇拜，和他平时在九思巷见到的斯小姐判若两人。是啥子样的男人能把骄傲得像公主的斯小姐迷得神魂颠倒？蒋二爷睁大眼，他自恃有透过皮看到骨的识人术，有透过形看到魂的读心术，他要看看这个男人是不是值得斯小姐对他一往情深。

"蒋二爷，你把眼睛闭起嘛。"

"你掏你的，不要管我。"

"驼背耳朵"可怜兮兮地："你把眼睛睁那么大好吓人哦，我都不敢下手。"

蒋二爷不耐烦地对"驼背耳朵"说："你就做做样子嘛，只要你闭嘴不说话，我给你三只耳朵的钱。"

成都解放前，蒋二爷常帮共产党的地下组织打探情报，而当时的少城公园就是现在的人民公园，里面的鹤鸣茶社正是鱼龙混杂的地方，有价值的情报全靠智取。蒋二爷今天用的这一招，借掏耳朵死盯目标，用他过人的识人术和读心术来判断目标，便是他当年用剩下的。

蒋二爷从人民公园回到家里,正好我和小哥都在蒋公馆。蒋二爷把我们叫到他的房间,问道:"斯小姐是不是有男朋友了?"

"有了。"小哥抢答道,"她的男朋友叫赵明达,是个拉手风琴的。"

这就对上了,蒋二爷在鹤鸣茶社看见的那个男人,他坐的椅子旁边就放着手风琴。蒋二爷又问我:"梁小猫,你见过那个人没有?"

我说见过。又说喜欢他拉的手风琴,不喜欢他这个人。蒋二爷显然对我说的话极其重视,他向前倾着身子,问道:"为啥子不喜欢?说来给我听。"

蒋二爷人生经验丰富,他精通人性,在成人与孩子之间,他更相信孩子,他相信孩子才是离真相最近的人。他直勾勾地看着我,等着我的回答。

"我只见过他一次,和我的想象不一样,我觉得他鬼鬼祟祟的。"

蒋二爷点点头,我的话更加印证了他今天的判断:"斯小姐已经陷入了一场阴谋,她孤身一人,我们都要帮她多长一个心眼儿。"

蒋义和小哥马上就要初中毕业了,身高都超过了一米七,自以为已是堂堂男子汉,他们向蒋二爷保证:"爷爷,我们一定把斯老师保护好!"

我们三个小时候读的都是街道幼儿园,幼儿园就在当年的斯公馆里,斯小姐在幼儿园教我们唱歌跳舞做游戏,九思巷的人习惯叫她"斯小姐",我们叫她"斯老师"。

五

斯小姐深陷情网，这张情网是赵明达用他的琴声和歌声编织的，斯小姐陷得越深，赵明达的恐惧也在与日俱增，他想逃离，逃离斯小姐对他的爱情，逃离让他提心吊胆的日子。就在这时候，他家所在的街道办事处转给他外婆一封香港来信，外婆明年就满九十岁了，老眼昏花，让他把信读给她听。这是一封寻亲信，他外婆的侄儿从香港寄来的。就像在黑暗中看见了希望的灯塔，赵明达萌生了要去香港找他表舅的念头。

除了手风琴，赵明达一无所有，咋个去得了香港？赵明达想起斯小姐给他看过的那对帝王绿的翡翠玉镯，他记忆深刻的是斯小姐的母亲对她奶妈说的那句话：这对帝王绿的翡翠玉镯很值钱，可以保斯小姐一辈子吃穿不愁。他不懂翡翠，不晓得他见过的这对帝王绿翡翠玉镯到底值好多钱。

赵明达通过拐弯抹角的关系，认识了经常在送仙桥一带出没的古玩老头儿，据说他以前是做古玩生意的，对翡翠玉石颇有研究，求他长眼的宝物，几乎没有他看走眼的。帮人估看宝物是古玩老头儿的人生乐趣，尽管赵明达手中没有实物，这也难不倒古玩老头儿，他问一句，赵明达答一句，他也能估个八九不离十。

古玩老头儿问："镯子绿不绿？"

赵明达答："绿得很，绿得像假的一样。"

古玩老头儿问："翡翠的绿有很多种，有阳绿、湖绿、祖母绿，还有帝王绿，你看到的是哪一种绿？"

赵明达答:"像韭菜叶子那么绿,听说是帝王绿。"

"帝王绿?不得了!不得了!"古玩老头儿又问,"是啥子种?"

赵明达听不懂。古玩老头儿启发道:"透亮起荧光的叫'冰种',只亮不透的叫'糯冰种'。一般来说,'种'和'色'不可兼得,如果颜色很好,能达到糯冰种的品级,已经是上上品了。我估计你看到的帝王绿镯子是糯冰种的。"

赵明达相信古玩老头儿的判断。

古玩老头儿又问:"镯子是圆口的还是偏口的?"

赵明达答:"圆口的。"

古玩老头儿点点头:"圆口的废料,这就值钱了。"

赵明达补了一句:"两只都是圆口的。"

"你说啥子喃?"古玩老头儿两眼放光,"这样的高品货不是一只,是一对?你确定是两只?"

赵明达肯定地回答:"我亲眼看见的,是两只,一模一样的。"

"啧啧啧,不得了!不得了!两只镯子来自一块石料,这么大一块玉石千载难逢!千载难逢啊!"古玩老头儿像喝醉一般地号叫,"一只是珍品,一对就是极品了。"

古玩老头儿越说越专业,赵明达关心的是:这对极品玉镯到底能值多少钱?

"无价之宝啊!"古玩老头儿比赵明达还兴奋,"如果拿去拍卖,那是天价啊……"

"你说得好玄哦!拿到哪儿去拍卖嘛?"

"拿到香港去噻!"古玩老头儿故作神秘,"我悄悄给你说,现在香港的翡翠市场火爆得很，这对极品玉镯要是能拿到香港去拍卖……"

下面的话，古玩老头儿不说了，赵明达已经心领神会，香港正是他想去的地方，关键是如何把这对极品玉镯搞到手。

赵明达照常与斯小姐来往，斯小姐在情网里越陷越深，她的心里想着他，她的眼里只有他，而赵明达的心里想的却是那对帝王绿的极品玉镯，眼里看着的斯小姐也幻化成那对帝王绿的极品玉镯。

夏天来了，赵明达借口在外约会怕热着斯小姐，他又开始来8号公馆了。来了就到斯小姐房里听黑胶唱片，有时也去八角亭拉手风琴，但都是下午三点以后才来，斯小姐说午饭后到三点之前是8号公馆最安静的时候，8号公馆的人在夏天都有午睡的习惯。赵明达记住了斯小姐说的这句话。

出事的前一个晚上，赵明达突然来到8号公馆，他来给斯小姐送电影票，是一部罗马尼亚爱情音乐片《奇普里安·波隆贝斯库》。斯小姐经常和赵明达在人民公园附近的四川电影院看电影，赵明达买的这场电影票却是远在东郊的一个电影院的。因为一直想看这部电影，斯小姐也没多问。她和赵明达约好明天在电影院见。

第二天午饭过后，8号公馆安静下来，梁医生中午只有一个小时的午休时间，他要回卧房打个盹儿；梁姆姆又神秘地消失了；梁家龙和双胞胎姐妹都在学校，小哥刚初中毕业，一天到晚和蒋义在一起，不是去后子门体育场踢球，就是到人民公园游泳，这会儿，小哥又去了蒋公馆；小满两口子在屋里哄浪娃儿睡觉；我母亲在学校，午饭都没回来吃；我正要上楼睡午觉，和正下楼的斯小姐相遇，她说她去看电影，回来讲给我听。

我躺在床上，烦人的蝉叫声吵得我睡不着，我拿起枕边的一本小说读起来。才读了几页，我听见有脚步声从门前经过，不是斯小姐的脚步声，是一个男人的脚步声，然后听见轻轻关门的声音，那一定是赵明达，因为只有他晓得斯小姐家的钥匙放在哪里，只有他才能自由出入斯小姐的房间。我心里觉得奇怪：斯小姐看电影去了，为啥子他不和斯小姐一起去看电影？或者他不晓得斯小姐看电影去了，在家里等斯小姐？我以为他会像往常那样，一边等斯小姐一边听唱片，可是，我没有听见隔壁传来音乐声，却听见一阵用工具在捣鼓啥子的声音。

我翻身坐起，光着脚板走在地板上，贴着墙壁听了一会儿，捣鼓的声音更响了，我敢肯定，赵明达趁斯小姐不在，在斯小姐的房里找东西。

我怕打草惊蛇，提着凉鞋光着脚板走出房间下了楼，走到8号公馆门口才坐在门槛上穿上凉鞋，跑到蒋公馆，大声叫道："出事了！出事了！"

小哥和蒋义从房里跑出来，蒋二爷也从他房里出来了："梁小猫，不要慌，慢慢说！"

听我讲完刚才发生的事情，小哥说："他在找啥子嘛？斯老师屋里头也没有啥子值钱的东西。"

"就是。"蒋义附和道，"我们小时候帮斯老师搬家，只有那台支着大喇叭的留声机看起来还值点钱，赵明达是不是看上这台留声机了？"

"你们两个假老练,不懂就不要乱开黄腔!"蒋二爷朝蒋义和小哥吼道,"还不快去,不能让那个姓赵的偷走斯小姐的东西!"

小哥和蒋义拔腿就跑,直奔8号公馆。

第十二章　飞蛾扑火的爱情

一

小哥和蒋义跑到8号公馆，树上的蝉声此起彼伏，掩盖了所有的声音，更显得8号公馆如死一般寂静。小哥和蒋义分工合作：小哥上楼侦察动静，蒋义守住楼口。

小哥上楼了，蒋义叫我去灶房拿些绿豆来，我问他，用绿豆干啥子？蒋义笑而不答，叫我快去。我拿了半盆绿豆来给蒋义，蒋义把绿豆都撒在了楼梯上。

这时，听见楼上有搏斗的声音传来，紧接着，赵明达朝楼梯跑来，小哥在后面紧追。赵明达冲下楼来，蒋义把我拉到他的身后，躲在一边。只见赵明达脚底打滑滚了下来，紧追在后的小哥也脚底打滑滚了下来，整个身体都压在了赵明达的身上。

赵明达一声惨叫，小哥从他身上站起来，赵明达的眼镜碎了，满脸是血。

"我的眼睛，眼……睛……"

赵明达痛苦万状，蒋义和小哥都吓傻了，我也吓得哭起来。

白日梦和小满从房里出来，白日梦刚下了两级楼梯，也脚底打滑滚了下来。他朝抱着浪娃儿的小满喊道："危险！你不要下来！"

梁姆姆也从那间装满秘密的房间里出来了："出了啥子事哟，闹得那么凶？"

梁姆姆见到满脸是血的赵明达，脚一软，幸好白日梦把她扶住了。别看白日梦平日里一副炮耳朵的样子，关键时刻却能临阵不乱，他说要把赵明达赶紧送医院，就怕他的眼睛保不住了。白日梦把赵明达扶上他的炮耳朵车，又对已经被吓傻的小哥和蒋义说："流了那么多血，你们还是去派出所报个案。"

小哥和蒋义这才回过神来。小哥对蒋义说："我去！你不要去！"

蒋义说："是我撒的绿豆，祸是我惹的，我去！"

小哥抓住蒋义在他耳边说："你赶紧去把绿豆扫干净，所有的事情我一个人扛，和你没有关系。"

小哥说完，推开蒋义，像电影里大义凛然的英雄走出了8号公馆。我哭着追上去拉住他："小哥，你不要去！"

小哥把我的手拿开，说："一人做事一人当，你不要怕，我把事情说清楚就回来。"

过了一会儿，小哥带着两个警察来到8号公馆，又带着他们去了斯小姐的房间，警察仔细检查了斯小姐的房间，发现梳妆台镜子下面的一个小抽屉周围的木头都被撬烂了，梳妆台上还放着一把水果刀。警察伸手拉了拉小抽屉，根本拉不开。警察分析道："这个人是冲着小抽屉里面的东西来的，他不晓得打开小抽屉的机关在哪里，就用这把水果刀来撬，撬了很长的时间都没撬开。"

警察又检查了斯小姐房间的门锁，完好无损，问道："他是咋个进来的？"

我说："他是斯小姐的男朋友，他晓得斯小姐把钥匙放在花盆底下，他自己开门进来的。"

警察问我是斯小姐的啥子人，我说我就住在隔壁，是我听见斯小姐房间里有动静才去叫人的。

警察盯着我身旁的蒋义问道："你是哪个喃？"

"他是我的同学，他来约我去人民公园游泳。"小哥对蒋义说，"你看我们这儿都出事了，你赶快回去嘛。"

警察也向外赶着蒋义："回去！回去！不要在这儿看热闹！"

蒋义看着小哥，小哥却没看他一眼，只朝他甩甩手，意思叫他快走。小哥和两个警察留在斯小姐的房里，等斯小姐回来。

下午一点半的电影，斯小姐一点十五分就到了电影院，等到电影开映，赵明达还没来，斯小姐只有一边看电影一边等他，随着剧情的推进，斯小姐暂时把赵明达放在一边，完全沉迷在天才音乐家波隆贝斯库和纯情少女贝尔达童话般的爱情里。电影结束后，电影院里的灯都亮了，斯小姐旁边的座位还是空的，赵明达没有来。斯小姐并没有生赵明达的气，她处处为赵明达着想。斯小姐和赵明达交往有一段时间了，赵明达从来没有爽约过，今天一定是他遇到了急事来不及通知她，斯小姐甚至想到了赵明达会不会出了车祸。斯小姐一路想着赵明达遇到意外的各种可能性，唯独没有想到赵明达已在她自己家里出了事。

斯小姐一走进8号公馆就闻到一股血腥味儿。梁姆姆迎了上来："哎呀，斯小姐，出事了！你快上楼，警察还在等你。"

斯小姐倒抽一口冷气，脚底下像踩着一堆棉花脚炧手软地上了楼，她看见楼梯上还有没擦干净的血迹。

脸色煞白的斯小姐出现在两个警察面前，两个警察站起来，其中一个高个儿警察问道："你是哪个？"

斯小姐睁着两只惊恐的眼睛，嘴唇颤抖："我叫斯安琪，是这间房子的主人。"

高个儿警察说："你检查一下，看你房里丢啥子东西没有？"

斯小姐第一眼就去看梳妆台，看见被毁坏的小抽屉，她惊叫一声，跑过去拉小抽屉，拉不动，斯小姐一下子平静下来，对警察说："啥子东西都没有丢。小偷抓到了？"

"他受伤了，正在医院抢救。"警察说，"小偷名叫赵明达，邻居说是你的男朋友，是不是？"

斯小姐两眼空洞，无力地回答："是。"

这时，又有一个警察跑来，在高个儿警察的耳边嘀咕了几句，高个儿警察的神情一下子严峻起来，他对小哥说："梁家雄，你在和赵明达的搏斗中，把赵明达的眼镜打碎了，镜片刺破了他左眼的眼球，可能会失明。现在，我们要把你带走。"

"不是这样的！"我不知哪来的勇气，挡在小哥的前面，"梁家雄没有和赵明达搏斗，他只是在后面追逃跑的赵明达，追到楼梯那里，赵明达自己摔倒了滚下楼梯。梁家雄也摔倒了，滚下楼梯压在赵明达的身上……"

高个儿警察问我："除了你，还有哪个看见了？"

小哥怕我说出蒋义，他对警察说："我跟你们走！"

"小哥,我不让你走!"

我死死地抓住小哥的手。

"放手,梁小猫!"小哥对我说,"你不要怕,蒋义会保护你。"

我放开手,眼睁睁地看着三个警察把小哥带走了。

二

过了两天,8号公馆来了一个三十几岁、满脸横肉的凶悍女人,站在小洋楼下,张牙舞爪地乱骂:"斯安琪,你这个不要脸的烂女人,你勾引我的男人,把我男人的眼睛都害瞎了……"

梁姆姆赶紧从灶房里跑出来,对那女人吼道:"你是哪个哦?跑到我们公馆里来撒泼?"

凶悍女人拍着她肉墩墩的胸脯子,唾沫横飞:"老娘才是赵明达真资格的婆娘。"

听得出来,凶悍女人不是成都本地人,不晓得是哪个地方的口音,吵得像电线杆上的高音喇叭,左邻右舍的人都跑到8号公馆来看热闹。在梁医生那里等候看病的病人们也不看病了,都往8号公馆里跑。梁医生十分气恼,离开诊室回到8号公馆来看出了啥子事。

凶悍女人见围观的人越来越多,干脆一屁股坐在地上,一把鼻涕一把泪地哭诉起来:"想当年,赵明达被下放到我们大队,我老汉儿是大队长,他龟儿肩不能担、手不能提,啥子活路都干不动,就会拉个手风琴,偏偏我就看上了他,求我老汉儿让他当了村小的代课老师。前几年,公社给我们大队分配了一个上大学的名额,赵明达做梦都想去，我老汉儿也不是吃素的，说只要他和我结婚，就把名额给他。赵明达和我结完婚去上了大学，他说大学毕业有了工作就把我接到成都来，这都毕业一年多了，他的人影子我都没见到，原来是斯安琪这个烂女人把他的魂勾走了……斯安琪，你这个不要脸的烂女人，你给我出来……"

梁医生听不下去了，他对梁姆姆说："你快上楼看看斯小姐，叫她千万不要出来。"

梁姆姆蹑手蹑脚上了楼，来到斯小姐的房间，楼下的污言秽语，斯小姐躺在床上听得一清二楚，想瞒她都瞒不住了。梁姆姆坐在床边，不晓得咋个安慰斯小姐才好。

"梁姆姆，我是自作自受。我最对不起的是你和梁医生，是我连累了小弟，一想起小弟，我就……"

斯小姐哽咽着说不下去，梁姆姆也为小哥哭，但还不忘安慰斯小姐："我们梁医生都说了，小弟是见义勇为，我们相信政府会很快把小弟放出来。"

第二天，那个凶悍女人又来到8号公馆，她还带了一把竹椅来，跷起二郎腿，舒舒服服地坐在竹椅上，把天下最难听的话都用来骂斯小姐。我母亲下楼去和她讲道理，她几句脏话就把我母亲骂了回来。梁姆姆又到她跟前好言相劝，她反劝梁姆姆小心点，说："像斯安琪这样的狐狸精，老少通吃，说不定哪天把你儿子把你男人都勾引到她的床上去。"

梁姆姆气得半天说不出话来。如果说我之前是痛恨赵明达的，现在倒有些同情他：如此粗俗蛮横的女人，难怪他不爱，他只有像躲瘟神般地躲着她，遇到高贵文雅的斯小姐难免一见倾心，他们都热爱音乐，他们两个才是天生的一对。然而，性格懦弱的赵明达没有勇气摆脱他命中的母老虎，又不愿辜负斯小姐的一片真情，他只有逃避，逃避母老虎，逃避斯小姐，最终不得不铤而走险。

我就不相信没人收拾得了这个母老虎。我跑到蒋公馆搬救兵，蒋二爷和蒋家三兄弟都来了，看热闹的人都自动地退到一边，蒋二爷不言自威，他后面还站着三个血气方刚的小伙子，母老虎见来者不善，像她这种外表强悍内心卑微的人，其实就是欺软怕硬。她从竹椅上站起来，蒋信飞起一脚将竹椅踢散了架。蒋信的这一脚，彻底地灭了母老虎的威风，蒋二爷对她说一声"跟我走"，母老虎乖乖地跟着蒋二爷走出了8号公馆。

从此，母老虎没有再来过8号公馆，斯小姐却一病不起。她又气，又羞，又悔，又愧，还有锥心的痛，排山倒海般地摧垮了斯小姐，少女心恋爱脑的她，为飞蛾扑火似的爱情付出了惨烈的代价。

斯小姐日渐消瘦，梁姆姆炖了乌鸡人参汤给她补养身体，她一心扑在斯小姐的身上，不再为小哥的事情终日悲伤。小哥被警察带走，暂时还没有定论，要等医院给出赵明达的伤情证明才能判小哥对赵明达造成了多大的伤害。梁姆姆是这样理解的：如果赵明达的那只眼睛瞎了，小哥可能会判刑；如果赵明达的那只眼睛没有瞎，小哥就会被放回来。梁家客堂有一个用屏风遮挡起来的角落，里面供着一尊佛像，梁姆姆每天都去烧香拜佛，求菩萨保佑赵明达的眼睛不瞎。

自从小哥被带走后，梁家的双胞胎姐妹小双也回来了，她刚从幼儿师范学校毕业，分配到一个机关幼儿园当老师，现在幼儿园还在放暑假，她正好搬回来，只是她还是不愿和大双同住一个房间，她就住在斯小姐的房里，正好日夜照顾斯小姐。梁姆姆有一种不敢说出来的担忧，她给斯小姐炖了那么多乌鸡人参汤，梁医生每天都给她诊脉，斯小姐也喝了不少调理身体的汤药，身体总不见好，反而瘦得只剩下了一把骨头。梁姆姆对小双说："身体好养，奈何她有但求速死的念头……"

在斯小姐和赵明达谈恋爱之前，小双每周末回来住一夜，都住在斯小姐房里。虽然斯小姐大她二十多岁，但斯小姐的心理年龄也就和小双一般大，她俩成了一对无话不谈的闺蜜。斯小姐和赵明达谈恋爱了，斯小姐的世界仿佛只有赵明达。小双和她开玩笑，说她"重色轻友"，便识趣地不再住在斯小姐的房里，也不回8号公馆。她正在跟学校的钢琴老师学弹钢琴，周末的琴房空着，她正好在琴房里消磨周末的时光。说来也奇怪，她从来没有见过好闺蜜的男朋友赵明达，她也想听赵明达拉琴唱歌。斯小姐也想让赵明达见见她这个和她一样热爱音乐的闺蜜，她相信赵明达和小双都会有相见恨晚的感觉，可赵明达总是以各种借口一拖再拖，一直拖到出事，小双最终也没见着赵明达。

梁姆姆说斯小姐有"但求速死"的念头，小双并不认为是危言耸听，只有她能理解"爱情至上"的斯小姐所受到的情伤有多么严重。斯小姐就这样躺在床上，无疑是在等死。小双去求助她的大哥梁家龙，他现在是四川医学院的研究生，她想听听他的建议。梁家龙说他去找四川医学院的专家给斯小姐做一个全面检查，只有找出

第十二章　飞蛾扑火的爱情

病因，才能对症下药。

三

专家给斯小姐检查的结果：乳腺癌。斯小姐已到了乳腺癌的中晚期。乳腺癌的早期症状并不明显，最近发生了那么多事情，斯小姐的精神受到沉重打击，病情急剧恶化。专家给出的治疗方案：一是化疗，化疗过程十分痛苦，还会掉头发；二是做切除双乳的手术，可以多活十几二十年，甚至更长的时间。

患了癌症，家人们一般不会告诉病人真相，怕把病人吓死。斯小姐没有家人，自从她搬进8号公馆，她就把8号公馆的人都当成了她的家人。要不要将斯小姐患了癌症的真相告诉斯小姐，8号公馆的人还专门在梁家的客堂开了一个秘密会议。

"不能给斯小姐说哈！"梁姆姆想起去年过世的5号公馆的胡姆姆，"本来活得好好的，就是觉得胃有点痛，结果跑到医院一查，查出来是胃癌。胡姆姆晓得自己得了癌症，吓得吃不下饭，睡不着觉，哦豁，才不过几天，自己就把自己吓死了。"

我母亲说："身体是斯小姐自己的，必须斯小姐自己拿主意。"

梁家龙说："要么做化疗，要么做切除手术，斯小姐要尽快做决定。"

梁医生问梁家龙："你的意见喃？"

梁家龙说："我主张做切除手术，能有效控制癌细胞扩散，至少可以多活十年。"

小满说:"女人最美的地方都没有了,活起还有啥子意思嘛。"

"你说些啥子哟!"白日梦说,"活起肯定比死了好噻,能多活一天是一天。"

小双问她大哥:"如果是化疗喃?"

梁家龙说:"不敢保证癌细胞不扩散,化疗的过程也很痛苦,头发一把一把地掉。"

小满又说:"斯小姐最爱惜的就是她的头发,又黑又长又亮,还是自然卷,平时她梳头发掉一根都要心疼半天……"

白日梦问小满:"是命重要还是头发重要?"

"你们不要争了。"梁医生向小满和白日梦摆摆手,"说一千道一万,最终还得斯小姐自己给自己拿主意。"

"这种事情,哪个去和斯小姐说喃?"梁姆姆愁眉苦脸,"本来应该我去说,我就怕我说着说着就哭起来,反而把斯小姐的心哭乱了……"

最后,大家一致推举小双去和斯小姐说。她俩亲如姐妹,无话不说,只有小双能听到斯小姐最真实的想法。

当斯小姐晓得她患了乳腺癌,并没有像梁姆姆想象的那样崩溃。她从床上坐起来,平静地对小双说:"你明天陪我去一趟医院,我想听听医生的说法。"

第二天从医院回来,斯小姐就像换了一个人,完全不像一个病人,她笑吟吟地和梁姆姆打招呼,又逗浪娃儿玩儿,让浪娃儿骑在她的腿上给他唱童谣:

胖娃儿胖嘟嘟

骑马上成都

成都又好耍

胖娃儿骑白马

白马跳得高

……

斯小姐好久都没有笑得这么开心了，浪娃儿笑得清口水都流在斯小姐的裤子上，小满一边擦着斯小姐的裤子，一边说："斯小姐，你那么喜欢浪娃儿，你就给浪娃儿做干妈嘛！"

"真的？浪娃儿，叫干妈！叫干妈！"斯小姐把浪娃儿举起来转圈圈，"今天是我的好日子，我要干干净净、漂漂亮亮地做浪娃儿的干妈。"

斯小姐把浪娃儿还给小满，然后对梁姆姆说，帮她烧一锅热水，她要洗头。等斯小姐上了楼，梁姆姆悄声对小满说："病来如山倒，病去如抽丝，斯小姐咋个好得那么快喃？"

小满怀着一线希望，问小双："是不是医院诊断错了哟？"

小双把小满和梁姆姆拉到一边，说："是她自己做了决定：不做手术，也不做化疗，活一天算一天。"

梁姆姆抱怨小双："你咋不好好劝劝她？"

小双说："劝她还不如尊重她的意愿。"

小满也说："斯小姐是拿得起放得下想得开，经过那件事情，她也活通透了，劝也没有用。我们能做的就是遂她的愿，成全她过好每一天。"

梁姆姆去灶房烧热水，小满说她家里有皂角，用皂角水洗头不掉头发。等梁姆姆烧好了一大锅热水，小满也熬好了皂角水，斯小姐披着头发从楼上下来了。梁姆姆搬来一把竹躺椅，让斯小姐躺上去，把头悬在背靠外面，长发便像黑色的丝绸悬挂下来。梁姆姆把热水装在浇花的洒水壶里，从斯小姐的头上淋下来。小满用皂角水轻轻搓揉着光滑又富有弹性的发丝，对斯小姐说："一根头发都没有掉。"

斯小姐说："我以后就用皂角水洗头。"

"你闭上眼睛，好好地享受一会儿。"

斯小姐听话地闭上眼睛，任由小满摆弄。原来小满要给斯小姐按摩头皮，她灵巧的手指插进丰厚的头发里，轻轻地揉，重重地按，好舒服好安逸哟，全身绷得紧紧的斯小姐放松下来，在皂角水淡淡的香味中睡着了。

"睡得好香哟！"梁姆姆的眼圈又红了，"这么好看的美人儿，咋个就得了绝症喃？常言道红颜薄命……"

小满也是美人儿，也是红颜，幸好梁姆姆反应得快，改口道："小满，还是你的命好，嫁给白日梦，嫁得好；生了浪娃儿，生得好。当初那么多人说你和白日梦不般配，还说一朵鲜花插在了牛粪上……"

"牛粪好有营养嘛，把我这朵鲜花养得水灵灵的。梁姆姆，我们以后在斯小姐面前，不要把她当病人，她想吃啥子，我们就做啥子给她吃；她想耍啥子，我们就陪她耍啥子……"

四

自从斯小姐做了浪娃儿的干妈,如获新生,脸上焕发出母性的光辉。除了晚上睡觉,她不再一个人独处,不是和小双出去逛街看电影,就是逗浪娃儿耍,和梁姆姆和小满摆龙门阵,只是对赵明达、对她的乳腺癌,只字不提,似乎那些糟心的事情根本不曾发生过。

斯小姐从斯公馆搬出来的不仅有黑胶唱片,还有一些旧的电影画报。那天,斯小姐坐在灶房外面的走廊上看一本电影画报,翻到《魂断蓝桥》的剧照,叫小双和小满一起来看,她指着女主角说:"这是我最喜欢的演员费雯丽。"

"嚯哟,好漂亮哟!"小满赞叹不已,"你看人家的头发,吹的是大波浪;你看人家穿的连衣裙,胸那么高,腰那么细,把身材显得好好哟!"

小双对斯小姐说:"你的头发这么好,也可以做成费雯丽的发型;你的身材也好,也可以穿费雯丽身上穿的连衣裙。"

"真的真的,完全可以。"小满说起风就是雨,"我认识美琪美发店的一个老师傅,他的大波浪烫得特别好;连衣裙也有人给你做,这个人远在天边,近在眼前。"

小满说的这个人是梁姆姆。梁姆姆嫁给梁医生之前,在家婆那里学裁缝,眼看着都要满师了,家婆的女儿、梁医生的前妻雨荷成了植物人,梁姆姆当时还是黄花大姑娘,芳名素洁,她是救梁医生于危难之中来到梁家的,从此很少有人晓得她曾经学过裁缝,就是梁医生本人也几乎忘了梁姆姆之前是学裁缝的,他以为梁姆姆生来就是给他当"田螺姑娘"的。

小满叫来正在灶房给斯小姐做鸡豆花儿的梁姆姆，鸡豆花儿是梁姆姆的拿手菜，也是一道功夫菜，费时费力，她从上午做到下午。小满指着画报上费雯丽身上穿的连衣裙问梁姆姆："这样子的连衣裙，你做得出来噻？"

"嚯哟，好高级哦！"梁姆姆说，"我起码有十几二十年没有做过这么高级的衣服了，手都生了，不晓得还做得出来不？"

小双撒娇道："妈，你给斯老师做，肯定做得出来。"

梁姆姆仔细研究了费雯丽身上穿的那件连衣裙，说："我箱子里头还存着一块好料子，是有一年我过生日，你们家婆送的。这块料子是湖绿色的，正好配斯小姐的白皮肤。"

"不不不！"斯小姐连连摆手，"我给你们带来的麻烦够多了，咋个好意思……"

"一家人不说两家话，有啥子不好意思嘛？"

"就是嘛，你千万不要不好意思。"小满接着梁姆姆的话说，"以后，梁姆姆负责给你做衣服，你想吃啥子就给我说。"

斯小姐想吃小满做的红烧肥肠。那时候，小满经常给甄画家做红烧肥肠，整个8号公馆都是肥肠味儿，用斯小姐的话说是一股厕所味儿。这些日子，她经常想她这一辈子，还有啥子东西没有吃过，便想起了小满做的红烧肥肠，想起在锅里翻滚的红油中卷曲的肥肠和雪白的独独蒜，想起小哥和蒋义说闻起来臭吃起来香的那两副馋相。前几天，她还对小双说，一辈子都没有吃过肥肠会不会是人生的一大遗憾？真想尝尝肥肠那种"妙不可言"的味道，到底是啥子味道。

"我晓得斯老师想吃啥子。"小双对小满说,"她想吃你做的红烧肥肠。她说长这么大,还从来没有吃过肥肠。"

红烧肥肠是小满和甄画家的共同爱好,能吃到一块儿就能说到一块儿。甄画家是小满的初恋,为了给他做红烧肥肠,小满经常天不亮就去排队买肥肠,8号公馆的人至今都还记得小满在井边一遍又一遍冲洗肥肠的情景。小满是分手就要分得彻彻底底的人,和甄画家分手后,她好多年都不吃肥肠了,就怕勾起对初恋的回忆。听小双说斯小姐想吃肥肠,小满没有丝毫犹豫,马上说明天一早就去排队买肥肠。

三天后,斯小姐的连衣裙做好了,那是梁姆姆连夜赶出来的,她诚惶诚恐,不晓得生疏多年的手艺是否还捡得回来。她叫上小满,一起来看斯小姐试穿的效果。小满前看后看左看右看,说:"长短合适,肩宽也合适,就是腰身肥了一点点,没有把斯小姐标准的三围、黄金比例的好身材显现出来。"

小满用四根别针,在斯小姐的腰身那里,捏出多余的地方,前后各别了两根别针,高高的胸,细细的腰,翘翘的臀,长长的腿,优美的线条立刻在斯小姐的身上凸显出来。

"好改!好改!就把腰身收紧一些。"梁姆姆对小满说,"难怪不得你穿衣服好看,每件衣服都收了腰身的。"

斯小姐穿了梁姆姆改好的衣服,小满比照着电影画报上的费雯丽,说:"现在的问题是头发,只有大波浪的发型配这样的连衣裙,才有费雯丽的味道。"

小满马上就要带斯小姐去美琪美发厅烫大波浪，小双也跟了去。现在小双已经从幼儿师范学校毕业了，不好意思再用学校的琴房弹钢琴，加上斯小姐现在离不开她的照顾，她甚至打算向还没去上班的幼儿园请假一段时间，专门照顾斯小姐。

烫了大波浪的斯小姐走在街上，路人都向她行注目礼，小满说："晃眼一看，简直就是费雯丽。"

斯小姐只是喜欢费雯丽，并不想成为费雯丽。她说："人家费雯丽是外国人，我是中国人；人家费雯丽是绿眼睛，我是黑眼睛……"

"你和费雯丽一样有气质。"小双说，"你是东方的神韵，费雯丽是西方的神韵。"

三个人一路说一路走，在草市街的川港影楼停下了脚步。川港影楼以拍婚纱照著称，橱窗里都是穿着各式婚纱的新娘的照片。斯小姐对小双说："你结婚时，一定要来拍一组婚纱照。"

斯小姐又对小满说："你要穿上婚纱，不晓得美成啥子样子，一定是全世界最美丽的新娘。你和白日梦应该来补一组婚纱照。"

斯小姐和小满说着话，小双进了影楼，不一会儿又从影楼出来了，对斯小姐说："我刚才进去问过了，也可以拍生活照。你今天这么美，不拍真是可惜了。"

小双和小满一边一个架着斯小姐进了影楼，摄影师是一个自带喜感的中年男人，见到斯小姐就像见到天外来客："啧啧啧，气质美女！像你这么养眼的气质美女不敢说百年不遇，至少是难得一见！"

斯小姐说："我不照婚纱照。"

摄影师说："我给你照一组风华绝代的艺术照。"

没有化妆，没有换服装，斯小姐站在一块背景板前，摄影师如同魔术师，各种灯光打在斯小姐的脸上，斯小姐美得如诗如画如仙。摄影师堪称语言大师，他跳来跳去，从不同角度去拍斯小姐，嘴里全是赞美的话，但不是低俗的吹捧，他是懂得欣赏美的，他说斯小姐的美是骨相美，是高级美，是源自自身修养的美。拍了多久，摄影师就说了多久，没有一句话是重复的。

从川港影楼出来，斯小姐的心情大好，路过一家肥肠粉店，肥肠粉是成都女人的最爱，斯小姐对小满和小双说："你们陪我吃肥肠粉嘛，我还从来没有吃过肥肠粉。"

自从吃了小满做的红烧肥肠，斯小姐竟对吃肥肠上了瘾，这么好吃的东西，她以前居然没有吃过。小满在排队买票，她问斯小姐："加几个帽结子？"斯小姐不晓得啥子叫"帽结子"，小满说："肥肠是猪的大肠，'帽结子'是猪的小肠，吃肥肠粉不加帽结子，等于回锅肉里面没有放甜面酱，麻婆豆腐上不撒花椒面儿。"

斯小姐问小满："你吃几根帽结子？"

"我吃两根。"

斯小姐和小双都说，她们也吃两根。

她们在一张当街的桌子前坐下来，一人面前一大碗肥肠粉，红油里泡着一圈一圈的帽结子，过路的人和店堂里的人都在看她们，眼睛里都是惊叹号。

斯小姐挑起碗中的一根帽结子来研究为啥子叫"帽结子"，邻座的一位大爷，一看就是典型的成都大爷，风趣热心有气场，还擅长和美女搭讪。他看出斯小姐对帽结子一无所知，侧过身来对斯小姐说："这是一段猪小肠拴了一个疙瘩，就像瓜儿帽顶上的帽结，所以叫帽结子。"

"好像哦！越看越像！"斯小姐又向成都大爷请教道，"为啥子要给小肠拴疙瘩喃？"

"你看这段拴帽结子的小肠胀鼓鼓的，里面装的都是精华，和猪大骨猪心肺一起要炖好几个钟头，把汤汁都吸收进去了，拴个疙瘩就是为了把汤汁都封锁在里面，所以吃帽结子很有讲究，不会吃是要烫嘴巴的。"热情的成都大爷竟教起斯小姐吃帽结子来，"你先一小口一小口地从中间把肠子咬断，哦，对了！看嘛，爆汁了！爆汁了！"

斯小姐在成都大爷的指导下咬开了帽结子，油亮的汤汁从咬开的断口处涌出来，斯小姐啜了一小口："好鲜啊！"

小满和小双都夸成都大爷是吃帽结子的专家。成都大爷也不谦虚："我是爱吃，也懂吃。我吃这家的帽结子已经吃了十几二十年了，每天都要来冒碗肥肠粉加三根帽结子，俗话说'久病成良医'，我是'久吃成专家'。三位美女慢慢吃哈，我先走一步。"

成都大爷迈着心满意足的步伐走出肥肠粉店，老板娘追出去喊道："王大爷，明天又来哈！"

斯小姐好羡慕王大爷，说："我要是能像这个王大爷一样，每天来吃一碗肥肠粉加两根帽结子，那样的日子该多美啊！"

小双说："你喜欢吃，我陪你天天来吃。"

斯小姐笑了笑，她心里明白，像今天这么美好的日子不多了。

五

斯小姐铁了心要活一天美一天爽一天，小双也铁了心要陪伴斯小姐到她生命的最后一刻，她向幼儿园请假，说要照顾病人。园长问病人和她是啥子关系，她说是朋友。园长又问她是男朋友还是女朋友，她说是女朋友。

"梁佑翼，是你朋友重要还是工作重要？"园长当初对小双的好感荡然无存，"你能不能下了班再去照顾你的朋友？"

"不能。"小双意志坚定，"我必须二十四小时都陪着她。"

园长的脸阴沉下来："梁佑翼，我看你是油盐不进，这个工作是不是不想要了？"

"园长，对不起！"

小双恭恭敬敬地给园长鞠了一个躬，转身离开了园长办公室，她心里还惦记着去锦城艺术宫买演出票，是北京人艺来成都演的曹禺的话剧《雷雨》，斯小姐特别想看，可是一票难求。再难，小双也一定要让斯小姐看上这场演出。

票果然难买，小双求了一圈的人，最后不抱希望地问了一下小满："你是从文艺界出来的，你认识的人里面，有没有人可以搞到北京人艺来成都演《雷雨》的票？"

"我离开曲艺团已经很多年了，只有去找我们的老团长，他也退休了，不晓得他有没有办法。"

小满把浪娃儿交给斯小姐，坐上炻耳朵车，让白日梦拉着她先去红旗商场买了一瓶五粮液和一瓶麦乳精，这才去了老团长的家。

老团长以为是小满想看话剧演出,说:"我以前咋不晓得你喜欢话剧喃?我要早晓得,那时你的嗓子唱不了清音,我就应该把你推荐到话剧团去。凭你的长相,就是到了话剧团,演个配角还是可以的。"

"如果是我想看话剧,是绝不可能来劳烦你老人家的。"

小满三言两语,把斯小姐的情况讲给老团长听了,老团长点点头,说:"小满,我相信凭我这张老脸,还是能搞到两张票的。"

第二天晚上,小双陪斯小姐在锦城艺术宫看了北京人艺演的《雷雨》,女主角繁漪穿旗袍特别好看。回到家后,斯小姐从樟木箱子里翻出一件墨绿色的丝绒旗袍,这是她妈妈穿过的旗袍,她一直珍藏在箱底。那些年,旗袍也属于封资修的东西,她从来都没有从箱子里面拿出来过。

斯小姐将旗袍抖开,好大一股樟脑丸的味道。小双十分好奇,她只是在电影里戏剧里见过旗袍,电影里戏剧里穿旗袍的都是既美丽又有故事的女人。小双抚摸着斯小姐妈妈穿过的旗袍,那丝滑的感觉如水一般在指间流过。小双对斯小姐说:"我好想看你穿旗袍的样子。"

斯小姐穿上她妈妈的旗袍,哪儿都合适,就是腰身有点肥。斯小姐说:"这是我妈妈生了我以后才做的旗袍,没有生过娃娃的身材肯定比生过娃娃的身材苗条。"

小双问道:"你还记得你妈妈的样子吗?"

斯小姐又从樟木箱子里找出一个心形的紫红色的首饰盒,里面装着一条金项链,项坠是心形的,还可以打开,里面镶嵌着一张小照片,已经有点发黄了。

"这就是我的妈妈。"斯小姐回忆道,"我记得她是瓜子脸,丹凤眼,口红的颜色很好看,她喜欢穿旗袍,我觉得她穿这件墨绿色的丝绒旗袍最好看、最高贵,墨绿色把她的皮肤衬托得像玉一样光亮洁白。我特别喜欢听她穿高跟鞋走路的声音,只要我听见她的脚步声,我就有安全感,就会觉得妈妈在我身边。我还记得,妈妈哄我睡觉,总是唱《花好月圆》……"

斯小姐轻声地哼起来:

浮云散　明月照人来
团圆美满　今朝醉
清浅池塘　鸳鸯戏水
红裳翠盖　并蒂莲开

斯小姐突然不唱了,她把金项链放在小双的手心里,说:"你答应我,我走的那一天,我要戴着这条项链走。"

小双赶紧岔开这个伤心的话题,她问斯小姐:"我们明天去买高跟鞋,我也想听你穿高跟鞋走路的声音。"

第二天,斯小姐穿了她妈妈的旗袍去找梁姆姆给她收腰身,梁姆姆对这件旗袍的做工赞不绝口,旗袍的点睛之笔是领口的盘扣。盘扣有几十种,常见的有一字扣、蝴蝶扣、反琵琶扣、柳叶扣、凤凰扣……

"你妈妈这件旗袍的盘扣是八珠盘扣,少见得很,就是手艺高超的人也不见得做得出来。在成都,公认八珠盘扣做得最好的就是我们家婆。"

"梁姆姆,我妈妈的这件旗袍会不会就是家婆做的?"

梁姆姆又仔细看了旗袍的领口、袖口和前摆后摆的绲边,说:"只有家婆的手艺才绲得出这样的边来。可以肯定,这件旗袍是家婆做的。"

又是一种缘分。梁姆姆眼泪汪汪,她想起了家婆,想起了跟家婆学手艺的那些日子。

昨晚小双听斯小姐说她小时候最喜欢听她妈妈穿着高跟鞋走路的声音,也为了配这件墨绿色的旗袍,小双一定要送斯小姐一双高跟鞋。

小双和斯小姐手挽手走出了九思巷,小双说去人民南路的百货大楼买,斯小姐却说先要去银行取钱。小双急忙说:"我有钱,我说要送给你的。"

"我要买最大的彩色电视机和最大的冰箱。"

斯小姐神采飞扬,似乎她未来的好日子天长地久。

她们去了银行,斯小姐把她存折上的钱都取了出来。这些钱都是她奶妈一点一点为她积攒下来的。成都刚解放那会儿,斯小姐还小,父母不知去向,奶妈便从斯公馆拿了一些值钱的瓷器字画悄悄地变卖了,在她离开斯小姐回乡下时,斯小姐要给她一些钱,她一分都不要,她说她老了,斯小姐还年轻,日子长着呢,用钱的时候多着呢。

到了百货大楼,她们先去买高跟鞋,小双一眼就看中了一双裸色的高跟鞋,请服务员拿一双36码的给斯小姐试穿,合脚得很,就像比着她的脚定做的一样。斯小姐也喜欢，她说裸色的高跟鞋配费雯丽的连衣裙、配她妈妈的旗袍都好看。

买好了鞋，她们往卖家电的二楼走，只见卖电视的地方挤满了人，他们都在看电视里播放的《西游记》，就像在电影院里看彩色电影一样。斯小姐挑了一台尺寸最大的、图像最清晰的、色彩最好的买下来，又去买了一台最大的冰箱，一看存折上的钱，只剩下不到一百块了。

"哦豁，钱不够了。"斯小姐对小双说，"我看你从幼师毕业后，没有钢琴弹了，我本来想买一台钢琴送给你……不过没关系，我会给你留下一样东西，拿去换十台钢琴也够……"

小双不让斯小姐说下去，她催斯小姐赶紧回去，等电视机和电冰箱送货上门。她们刚回去不久，电视机和电冰箱都送来了，斯小姐让送货的人把电视机抬到小满的房间里，说是送给她的干儿子浪娃儿的；把电冰箱抬到灶房里头，8号公馆的人都可以用。

六

当晚风不再有茉莉花和夜来香的香气，这个美丽的夏天已经完美谢幕。

天气渐凉，斯小姐穿上梁姆姆为她改好的墨绿色丝绒旗袍，配上小双送给她的裸色高跟鞋，和小双小满一起去川港影楼取上次照的照片。还是上次给斯小姐拍照的摄影师，他姓张，都叫他张师。张师拿出一袋照片来让她们选一张出来放大，是免费赠送，三个人选来选去，觉得每一张都好，取舍不下。张师从中挑出一张来，十分淡定地说："就这张，风华绝代。"

摄影师挑出的是一张斯小姐的侧面特写，45度的角度，线条优雅的下巴微微上扬，眼光也是微微向上的，看着远方，眼睛里有说不尽的故事。斯小姐在心里暗暗惊叹摄影师这么懂她，她眼睛看着的远方，是她即将去往的天堂。

斯小姐对张师说："我今天还想拍一组照片，穿着我妈妈的旗袍……"

张师说了声"我懂"，便去布置灯光。

斯小姐又对小满说："帮我把头发盘起来。我记得我妈妈穿这件旗袍，头发是盘起来的，盘了一个高高的发髻。"

小满帮斯小姐把头发盘起来，照她描述的那样，盘了一个高高的发髻。长长的颈，挺拔的背，柔美的线条把斯小姐的高贵和优雅勾勒得恰到好处。张师是人像摄影的天才，不仅会选取角度拍出最美的效果，最厉害的是他会从被拍摄者的眼睛里捕捉到灵魂深处的东西。今天这组照片，他从斯小姐的眼睛里捕捉到的是做不了母亲的终生遗憾，但他又拍出了斯小姐浑身散发出来的柔美的母性光辉。

从川港影楼出来，身穿旗袍、足蹬高跟鞋的斯小姐走在街上风姿绰约，惊艳了她走过的每一条街。她们三人又来到上次吃过的那家肥肠粉店，上次指导斯小姐吃帽结子的成都大爷果然天天都来这家店吃肥肠粉，他看着斯小姐，眼珠子都转不动了，说他活到今天这把年纪，还从来没有见过把旗袍穿得如此好看的女人，也从来没见过穿着旗袍来吃肥肠粉的女人。

还是像上次一样，斯小姐要了一碗肥肠粉加两个帽结子，可她只吃了一根便吃不下了。小满说她累了，在川港影楼折腾了那么长的时间，又穿着高跟鞋走了几条街。斯小姐自己心里明白，她的身体一天不如一天。

又到取照片的日子，取斯小姐穿旗袍的那组照片和影楼赠送的、那张被张师称为"风华绝代"的放大的照片，斯小姐已经没有力气亲自去了，是白日梦骑炮耳朵车拉小满去川港影楼取的照片。取到照片后，小满对白日梦说："这是斯小姐留在这个世界上最后的美丽时刻，你去找宋小江，请他把斯小姐的这些照片都做成电影胶片那样的，挂在斯小姐的房间里，就像演电影一样。"

"小满，你说些啥子哟，我咋听不懂喃？"

白日梦不晓得宋小江曾经把她的照片镶嵌在他用硬纸壳做成的"电影胶片"里，挂在他冲洗照片的暗房里。

"你就照着我说的话去跟宋小江说，他听得懂。"小满有点担心，"宋小江现在已经是著名的摄影家，肯定忙得很，不晓得他……"

"你为啥子不亲自找他喃？"白日梦说，"你要是去了，他就是再忙都会说不忙，放下手上的活儿来做你的事情。"

自从那次宋小江在"味之腴"请小满和白日梦吃东坡肘子，小满就把该讲的话都讲了，从此她和宋小江没有再见过面。她和甄画家分手也是分得干净彻底，不矫情，不纠缠。依小满的性格，就是拿枪顶在她的后背上，她也不肯去见宋小江。

宋小江现在的名气大得吓人，因为中国的大熊猫在世界上名气大得吓人，他这个专心专意只拍野生大熊猫的摄影家，也算沾了大熊猫的光，他现在和大熊猫一样闻名世界。宋小江虽然成了世界名人，但他的工作室还在原来的地方，白日梦说碰碰运气，看能不能在工作室找到他。

运气真好，宋小江果然在工作室里。他看见小满的第一个反应，倒吸了一口冷气，问白日梦："兄弟，出了啥子事？"

"是想求你办点事。"小满说，"你现在是世界名人，不晓得你给不给我这个面子？"

"小满，你说到哪儿去了？就是当着白日梦的面，我也敢说，只要不是杀人放火，为了你小满，我啥子事都可以去干。"

"没有那么严重哈，事情的来由是这个样子的。"

白日梦在宋小江的耳边嘀嘀咕咕，又把斯小姐的照片拿出来给宋小江看。小满打量着这个她曾经熟悉的冲洗照片的暗房，到处都是大熊猫的照片，但她还是发现了宋小江为她拍的那些照片，都镶嵌在他自制的"电影胶片"里，挂在隐秘的一角。小满惊喜道："看嘛，就是要把斯小姐的照片做成这个样子。"

白日梦看见了那些"电影胶片"，表情有些不自然。宋小江拍着他的肩膀调侃道："兄弟，你不要想多了哈，你眼里看到的是小满，在我们艺术家的眼里，看见的是艺术品。"

小满对宋小江说："斯小姐的日子不多了，你能不能快一点做出来？"

宋小江表示他就是通宵不睡觉也要做出来。宋小江果然说到做到，第二天，白日梦就把宋小江给斯小姐做好的"电影胶片"取回来了，一组是穿着费雯丽的连衣裙、烫着大波浪，被摄影师誉为

"风华绝代"的照片；一组是穿着斯小姐妈妈的旗袍、绾着高高发髻，被摄影师誉为"母仪天下"的照片，小双把这两组"电影胶片"挂满了斯小姐的房间，一走进来仿佛进入了一个电影世界。

那张川港影楼免费赠送放大的照片，镶嵌在一个木制相框里，挂在斯小姐的床头上，斯小姐自己在心里给这张照片命名为"向往天堂"。她对小双说："我走了，这幅照片就是我的遗像。不晓得我妈妈在不在天堂，她要是在，我们母女就可以团圆了。"

七

秋风吹斜了密密的秋雨，8号公馆的后花园有两株挂花，一株是金桂，一株是银桂，是梁家搬进8号公馆时梁姆姆栽种的，银桂树开出的是一簇一簇细碎的小白花，金桂树开出的是金灿灿的细碎的小黄花。秋风阵阵，将桂花的香气吹向四面八方，香气飘到九思巷，巷子里都是桂花香。

桂花香飘进斯小姐的房里，勾起了她对儿时的回忆。原来斯公馆也种有几棵桂花树，下雨的时候，她喜欢站在桂花树下，细小的桂花儿从树上飘落下来，落在她的身上，满身都是桂花香。

斯小姐来到后花园，淋过雨的桂花树绿得发亮，金桂树下像铺了一层黄金，银桂树下像铺了一层白银。斯小姐在金桂树下站了一会儿，几朵金色的桂花儿落在她的头发上；她又站在银桂树下，任由雨水和银色的桂花儿落在她的身上。

"斯小姐，雨水把你衣服都淋湿了，不要感冒了哈！"

"梁姆姆，不是雨水，是香水，洒在我身上的是桂花香水。"

昨天，梁医生给斯小姐号了脉，他私下对梁姆姆说，斯小姐的日子不多了，在剩下的日子里，要尽量将就她，也就是说她想干啥子就让她干啥子。所以，斯小姐在桂花树下淋雨的怪异行为，梁姆姆也不去劝阻，只是心疼而已。

雨停了，风还在吹，吹散了天上的云，天空犹如洁净的青瓷。小双给斯小姐穿上米色的风衣，要和她一起出去散步。斯小姐说她想一个人走走，小双心里明白她要去的地方，也就不勉强了。

斯小姐要去的地方是平安桥的天主教堂。最近这些日子，她每天都要一个人去那里走走。教堂仍然关闭，高高的黑墙把教堂围在里面，所幸的是那八棵树没有被围进去，斯小姐在八棵树下找到许多童年的回忆。

这八棵树都是银杏树。夏天，树上长满了绿色的小扇子，凉风都是小扇子扇出来的。秋天，树上绿色的小扇子变成了金色的小扇子，在秋风中旋转着飘落而下，一片一片地铺在地上，一个晚上，地上便铺上一层厚厚的落叶，踩在上面沙沙地响。小时候的斯小姐喜欢听踩在落叶上的声音，一边踩，一边捡最完整最好看的"小金扇"，捡回去做书签。

斯小姐在八棵树下走过来走过去，听着脚下沙沙的声音，捡了几片精致的"小金扇"，她以后用不上书签了，捡回去给小双。

斯小姐已经开始产生幻觉，尤其到了晚上，她耳边老是萦绕着小时候在教堂的唱诗班唱的乐曲，她唱了出来，已经忘记了许多年，现在都想起来了，在小双听来，缥缈遥远，仿佛来自天外的天籁。

梁医生又给斯小姐号了脉,他对梁姆姆说,斯小姐活不过这个冬天。梁姆姆就哭起来:"年年春天,斯小姐都吃我做的春卷儿,去郊外摘了灰灰菜回来,和我一起做艾馍馍,哎,明年春天,斯小姐就不在咯……"

清晨,轻纱般的薄雾缭绕,人朦胧树朦胧鸟朦胧,整个成都朦朦胧胧,有一种梦幻的感觉。到了中午,雾气散尽,金色的阳光照耀大地,成都又清晰起来,房屋的轮廓,落叶树遒劲的树枝,甚至人们脸上细微的表情都看得清清楚楚。

冬日的阳光对于阴冷的成都,每一缕都像金子般珍贵,凡是有阳光的地方,就有成都人在晒太阳,成都人都是向阳花。小双要带斯小姐去万岁展览馆门前的街心花园晒太阳,斯小姐说她闻到了人民公园的蜡梅花香,小双说:"好,我们就去人民公园。"

人民公园属于人民,人民公园好多人啊!鹤鸣茶社座无虚席,茶客们半躺在竹椅上,闭着眼睛晒太阳;草坪上假山上也是密密麻麻的人,有的坐着,有的躺着,翻来覆去地晒,晒了肚子又晒背。

小双和斯小姐直接去了梅园,梅园冷冷清清,蜡梅花还没有开,枝头上却已冒出了绿豆般大的花骨朵儿。小双说:"我们过几天再来,也许花就开了。"

"不晓得我还能不能等到花开……"斯小姐自言自语,"花开的时候,满园的梅花黄得耀眼,我和妈妈站在梅花树下,妈妈让我向上看,她说蜡梅的花瓣是透明的。妈妈还让我把落在地上的蜡梅花一朵一朵捡起来,包在手绢里带回家,在水晶盘里放些清水,把手绢里的蜡梅花撒在水晶盘里,蜡梅花便在水中盛开了,满屋子都是蜡梅花的香气……"

天色已晚，斯小姐和小双从梅园出来，经过那片树林，斯小姐的幻觉又出现了，她看见赵明达拉着手风琴在唱《白桦树》。斯小姐脸色煞白，眼神迷茫，脚一软，倒在小双的怀里。

回到家里，斯小姐躺在床上，再也没有从床上起来过。她一会儿迷糊，一会儿清醒。清醒的时候，就让小双给她放黑胶唱片，反反复复地放莫扎特的《安魂曲》，斯小姐两眼瞪着天花板，嘴里喃喃自语："主啊，请赐我永恒的安息……"

梁姆姆来给斯小姐送饭，斯小姐现在只能吃点稀饭就梁姆姆炒的烂肉豇豆。斯小姐支开小双，从枕头下面摸出一个长方形的天青色的首饰盒，交到梁姆姆的手中，话还未出口，已经泪流满面，泣不成声："梁姆姆……你就是我的妈妈……我对不起你……小弟现在都还没有出来……小弟是为了我才……梁家对我的恩情，我有心想报答也来不及了……这一对翡翠玉镯是我妈妈留给我的……你收着……"

"斯小姐，要不得！要不得！"

梁姆姆吓得心都要跳出来了，赶紧把首饰盒子重新放回斯小姐的枕头下面。斯小姐费了好大的劲，又从枕头下面拿出来，塞在梁姆姆的手中，有气无力地说："给小弟……给小双……"

斯小姐已经没有力气说话了，她眼前又出现了幻觉：下雪了，天地一片洁白，8号公馆的小洋楼和八角亭银装素裹，成了一个纯洁的童话世界，她就是这个童话世界的白雪公主，她被恶毒的巫婆毒死了，她在等骑着白马的王子来救她……

夜里,斯小姐浑身难受,叫着"妈妈,妈妈",小双抱着她,轻轻地拍着她的背,唱起了斯小姐小时候她妈妈哄她睡觉时唱的《花好月圆》:

浮云散　明月照人来
团圆美满　今朝醉
清浅池塘　鸳鸯戏水
红裳翠盖　并蒂莲开

斯小姐在她妈妈的摇篮曲中,安详地闭上了眼睛。

第十三章　王宝器

一

斯小姐没有等到蜡梅花开，也没有等到下雪后的8号公馆成为她心中的童话世界。她走了，永远地离开了。成都这座能看见雪山的城市，却罕见下雪。也许上天有灵，就在斯小姐离世的第二天，成都下起了大雪，这是一场美丽的雪，雪花儿晶莹透亮，在空中轻盈地舞蹈，优雅地落下，还给斯小姐一个纯洁的世界。

雪后的天空又白又亮，像一块巨大的坚冰倒扣在我们的头顶上。雪后的空气，清冽纯净，小双闻到了幽幽的清香，难道是梅园的蜡梅花开了？小双要替斯小姐去看蜡梅花。小双来到人民公园，公园里暗香游动，走进梅园的圆门，满眼都是明亮的黄，朵朵蜡梅在严寒中含笑怒放，嫩黄的花瓣被冻得透亮。小双把落在地上的蜡梅花一朵一朵捡起来，用手绢包了，给斯小姐带回去。

从人民公园出来，小双来到半边桥街的鲜花市场，果然有蜡梅花卖，有短枝的，有长枝的，小双掏出她身上所有的钱，长枝的短枝的买了一大抱，抱着走了一段路便走不动了，她把蜡梅花放在地上，准备歇口气再走。

这时，一辆出租车停在小双的身边，司机摇下车窗伸出头来：

"妹妹，走不走？"

小双摇摇头。

"你买这么多花，咋个拿得动嘛？走嘛，我送你。"

小双只好告诉司机："我没有钱，买花用完了。"

"我不要你的钱，你就给我一次做雷锋的机会嘛。"

司机说着已下了车，打开后备厢，把小双放在地上的蜡梅花都抱进去。他绕到副驾驶这边，打开车门请小双坐进去，小双不得不进去，她坚持要司机打表，说："你把我送到家，我去拿钱给你。"

出租车向九思巷驶去。

司机见小双左臂上戴着黑纱，问道："你家里有人升仙了？"

小双没想到一个开出租车的司机不说"死"，居然用了"升仙"这个词，"升仙"用在斯小姐身上再合适不过，便对这个模样如大男孩一般的司机有了好感。她对司机说："不是我家里人，她是我的老师，我的朋友，我把她当作我最亲的亲人。"

司机"哦"了一声，表示理解："难怪不得你买了那么多花，你这位亦师亦友的仙人肯定很喜欢蜡梅花。"

看似吊儿郎当的司机如此善解人意，小双对他的好感又增加了几分。

出租车驶进九思巷，停在8号公馆的门口，小双下了车对司机说："你在这儿等着，我去给你拿钱。"

司机打开后备厢，把蜡梅花抱出来，说："太沉了，我帮你拿进去。"

小双带着司机上了楼，来到斯小姐的房间，看到满屋子挂着

"电影胶片",里面镶嵌的都是斯小姐的照片。小双把短枝的蜡梅花插在两个瓷花瓶里,一瓶摆在斯小姐的梳妆台上,一瓶摆在斯小姐的床头柜上。把长枝的一枝一枝地立在墙边,又在水晶盘里装了清水,把从梅园捡来的蜡梅花放进去,蜡梅花在水中盛开了。小双站在斯小姐那幅《风华绝代》的像前对她说:"斯老师,梅花都开了,你闻到梅花香了吗?"

小双带着司机下了楼,让司机在灶房外面等着,她去找梁姆姆要车钱。梁姆姆节俭惯了,她一边掏钱给小双一边说:"出租车好贵哟,人民公园才几步路嘛,你也要打个出租车回来。"

小双怕外面的司机听见,赶紧拿了钱出来给司机。她把司机送出8号公馆,司机问她:"你那位亦师亦友的仙人姐姐,她的墓地在哪儿喃?"

"在青城后山。"

司机说:"明天早晨七点钟,你在这里等我。"

小双立刻提高了警惕:"你要干啥子?"

"你不要紧张,我不是坏人。"司机一副正儿八经的样子,"我正式地做个自我介绍哈:我姓王名宝七,上有六个姐姐,我妈老汉儿下定决心,不生出儿子来决不罢休,生了六个女儿后,终于生出了我这个儿子,我排行老七,他们给我取名'宝七',全家都把我当成宝贝疙瘩,叫来叫去就叫成了'宝器','宝器'的意思和'瓜娃子'差不多。"

小双忍住笑问道:"你明天想把我带到哪儿去喃?"

"现在不说,到了明天你就晓得了。"王宝器拉开车门,回头对小双说,"明天早上七点,你在或者不在,我都在这里等你。"

小双纠结了一个晚上,明天早上七点,王宝器要把她带到哪里去?理智告诫她,她和他认识还不到一天,他万一是坏人喃?不,他肯定不是坏人!小双自己给自己找理由:坏人的眼睛不会那么清澈,在他眼睛里看不见一丝一毫的邪念;坏人的脸不会那么阳光,能看见他内心的敞亮。最终,好奇心战胜了理智,小双决定明天早上七点,准时出现在8号公馆的门口。

二

第二天早上七点,小双准时出现在8号公馆的门口,一辆亮着车灯的出租车已经等在那里了。王宝器从车里钻出来,为小双打开副驾驶的车门,那样子仿佛把小双拿捏得死死的。小双不服气,说:"你咋个就那么自信喃?"

"你不可能不来。"王宝器说,"连这点好奇心都没有,还敢称自己是文艺女青年?"

小双被他说中了,就是因为好奇心。小双问道:"你要把我带到哪里去?"

"你肯定还没有吃早饭,我已经给你备好了。"王宝器像变戏法一般,变出了一个方块油糕、一个窝子油糕、一个保温瓶,保温瓶里面装的是热豆浆。"你先慢慢吃,方块油糕和窝子油糕都是糯米做的,吃快了不消化。"

方块油糕是咸的,窝子油糕是甜的,王宝器建议她先吃窝子油糕，再吃方块油糕，窝子油糕红豆馅的甜蜜可以完美地烘托出方块油糕的椒麻鲜香。小双把窝子油糕和方块油糕都吃完了，把豆浆也喝了，对王宝器说："你现在可以说了嘛，你要带我去哪里？"

"去你最想去的地方，做你最想做的事情。"

"你又不是我肚子里头的蛔虫，我心头想的，你咋晓得喃？"

出租车一路向西，王宝器侧头看了一眼小双，说："你是不是想去你仙人姐姐的墓地，在她的坟前摆满她喜欢的蜡梅花？"

不得不承认，王宝器说的正是小双想的，这是一个啥子人哪？小双侧头看他，他在认真地开车，他认真的样子真帅！王宝器一只眼睛是双眼皮，一只眼睛是单眼皮，小双喜欢单眼皮男生，她看见的正是单眼皮的这个侧面。小双不好意思一直盯着王宝器看，没话找话说："这一趟来回的车费至少要两百块，我没有钱给你咋个办？我现在没有工作，但也有一些收入，临时的，我会慢慢地还给你。"

在斯小姐最后的日子里，小双为了日夜照顾斯小姐，向刚分配去的幼儿园请假，园长不准，她便自动离职了，至今瞒着梁家所有的人。幼儿师范学校的合唱团参加全省的歌咏比赛，钢琴老师要担任指挥，就把小双临时叫来担任钢琴伴奏，结果幼儿师范学校的合唱团获得了全省歌咏比赛的冠军，小双在舞台上的出色表现也获得众口交赞，陆续有一些机关企业学校的文艺演出或者歌咏比赛，也请小双去担任钢琴伴奏，所以有一些临时的收入。

如果说昨天王宝器在街上看见小双的第一眼，一个他难得一见的清新脱俗的文艺女青年，犹如仙女下凡，这一眼就是一眼万年；那么现在，听着小双不经意地时断时续地讲她丢了工作的经历，发现这个女孩侠肝义胆、自尊自爱，王宝器对小双肃然起敬。他漫不经心地对小双说："你慢慢还吧，反正我不催你。"

到了青城后山的墓园，王宝器和小双下了车，他让小双闭上眼睛，说要变个魔术给小双看。小双闭上眼睛，一股蜡梅花的香气扑鼻而来。她睁开眼睛，哇，原来是王宝器打开了出租车的后备厢，后备厢里装满了蜡梅花枝！

"你真的会变魔术啊？"小双又在心里嘀咕，这是个啥子人哦？"一看就是今天早上才从树上摘下来的，你在哪儿买的？"

"不是买的，是我家种的。成都有个三圣乡，三圣乡有个幸福梅林，幸福梅林有个我的家。"

王宝器的脸上又现出吊儿郎当的笑，小双也不晓得他哪句话是真哪句话是假。王宝器像耍魔术般地变出一个简易的平板推车，把后备厢里的蜡梅枝都卸下来放在平板车上，王宝器拉着堆成小山似的蜡梅枝，到了斯小姐的墓碑前。王宝器在墓碑周围摆满了蜡梅花枝，小双站在墓碑前，对斯小姐说："斯老师，我来看你了，给你带来了好多你喜欢的蜡梅花。你闻到香气没有？这是幸福梅林的蜡梅花，花香飘到哪里，就会把幸福带到哪里……花香飘到天堂，把幸福给你带去……斯老师，你在天堂，一定要幸福啊……"

起风了，风把蜡梅花瓣吹起来，漫天飞舞。小双望着越飞越高的花瓣儿，她相信在天堂的斯小姐，已经闻到了梅花香。

从墓园出来上了车，车往成都开。中午的阳光金灿灿得耀眼，路边那些干枯的树枝也变得柔软起来。

车开到温江地界，王宝器把车停在一家门匾上写着"酥肉豆花儿"的店门前，小双也觉得肚子饿了，跟着王宝器来到店堂里，虽然已经过了吃午饭的时间，店堂里仍然座无虚席。王宝器排队买票，叫小双去等座位。小双说："这一顿我请你，你去等座位。"

"你请我？"王宝器的脸上又现出吊儿郎当的笑，"你有钱吗？"

小双豪气地说："请你吃豆花儿的钱还是有的。"

王宝器点点头，带着一脸吊儿郎当的笑等座位去了。

小双买好了票，王宝器也等到了两个座位。小双去端了三碗酥肉豆花儿放在桌上，对王宝器说："你两碗，我一碗。"

"你咋那么了解我喃？"王宝器说，"我每次到这里来，都是吃两碗。"

"难怪不得你直端端地往这儿开，原来你来过好多回咯！"

"我们这些开出租车的都是好吃嘴儿，成都和成都周边有啥子好吃的，都逃不过我们的嘴巴。"王宝器做出征求小双同意的样子，"如果你不反对，我准备带你吃遍成都的美食。"

"我听人说出租车司机大清早一睁开眼睛就欠出租车公司的钱，辛辛苦苦干一天，要先还了出租车公司的钱，剩下来的才是自己的钱。"小双问王宝器，"我咋发现你不着急挣钱，好像不欠人家的钱？"

"挣钱不是生活的全部，还有比挣钱更有意义的事情。如果为了挣钱失去了生命的意义，挣再多的钱也就是一堆纸而已。"王宝器发现小双在笑，"你笑啥子喃？"

小双说："每次我看见你一本正经胡说八道的样子，我就想笑。"

他们从酥肉豆花儿店出来，王宝器问小双要去哪里，他送她去。

小双不好意思地说:"我要去的地方有点远,是黄田坝的132厂。"

"你去132厂干啥子?"

小双说:"132厂的几个分厂还有总厂的行政部门都在准备春节的联欢节目,都请我担任钢琴伴奏,所以这段时间,我每天下午都要去132厂排练节目。"

车往黄田坝的132厂开,进入厂区,这里完全就是封闭的、独立的、麻雀虽小五脏俱全的小社会。小社会的老一辈都是来自北京、上海、沈阳等大城市的知识分子,他们的后代才是正宗的"厂子弟",操着正宗的"黄普",即黄田坝普通话,穿着扫地的喇叭裤,整日活跃在灯光球场上和俱乐部里。

小双在俱乐部的台阶下面下了车,王宝器摇下车窗对小双说:"我晚上来接你。"

"我……我真的不好意思再麻烦你……"

"不存在哈!"王宝器的脸上又现出吊儿郎当的笑,"你不要不好意思,我给你记账。"

"真的啊?"小双这才释怀,"那好嘛,你晚上九点来接我。"

"好,晚上九点,我准时在这里等你。"

小双郑重其事地又对王宝器强调一遍:"你一定要记账哈!"

"你放心,我一定会记,你想逃债都逃不掉。"王宝器深情地看着小双,"我会天天来找你要债。"

看见王宝器深情的样子,小双说了声"你好烦哦",这是成都女孩娇嗔的口头禅。

三

王宝器每天下午一点钟准时到8号公馆接小双去黄田坝，小双怕他来不及吃午饭，便带一些梁姆姆做的饭菜给他吃，王宝器狼吞虎咽吃完后，总会说一句"好吃，妈妈的味道"。

"我妈以前做菜的味道才好呢。"小双的眼睛里充满了忧伤，"自从我小弟被关进去以后，我妈整天恍恍惚惚，做菜的时候不是忘了放盐，就是忘了放糖。以前，我爸爸最喜欢吃她做的回锅肉，可是昨天，她把醋当成了酱油放，我爸爸说他吃了一辈子回锅肉，从来没有吃过酸得掉牙的回锅肉。"

小双给王宝器讲了小哥的事情。

"在我家里，我和我小弟的感情最好。我上有一个哥哥，一个姐姐，哥哥在读研究生，姐姐在读大学，现在就我住在家里，我不晓得咋个才能让我妈妈从我小弟的阴影里走出来。"

"这事交给我。"王宝器大包大揽，"我在我家就是我妈的开心果，只要有我，我妈就没有不开心的时候。比如，我妈老嫌我一只眼睛是双眼皮，一只眼睛是单眼皮，她说如果我两只眼睛都是双眼皮，她睡着了都要笑醒。每次她生气，我就用我双眼皮的这边脸对着她，让她看不见我单眼皮的这边脸，我妈不笑都不行。"

小双的眼泪都笑出来了，一边笑一边说："我喜欢你单眼皮的这边脸。"

一说完这话，小双的脸就红了，她急忙解释道："我不是那个意思……我的意思是……"

"我懂你的意思。"王宝器说,"在面对你的时候,我就拿单眼皮的这边脸对着你。"

小双娇嗔道:"你好烦哦!"

这一声"你好烦哦",王宝器听得心颤颤的,他感觉他和小双的关系正在发生微妙的变化。

第二天上午,王宝器去买了一块坐墩儿肉,坐墩儿肉上还带着一根尾巴,他拎着猪尾巴来到8号公馆,小双把他带到灶房里,梁姆姆正在做午饭,见了王宝器,又见他手上提着一块肉,以为他是来答谢梁医生的病患家属,忙说:"快拿回去,梁医生不收礼……"

"伯母,我是来找你切磋厨艺的。"王宝器一本正经地说,"我听小双说,你的拿手好菜是回锅肉,我的业余爱好也是做回锅肉。回锅肉的绝配是蒜苗,灶房里头有没得?"

梁姆姆来不及问这个不速之客姓甚名谁,赶紧说:"有,有。"

王宝器又问:"回锅肉的灵魂是甜面酱,有没得?"

"有,有。"梁姆姆从橱柜里拿出一瓶甜面酱,"梁医生那么爱吃回锅肉,灶房里头不可能没有甜面酱。"

王宝器就像在自己家里一样,把洗干净的肉放在半锅清水里,放几片姜、几颗花椒,将几根葱挽成一把丢进锅里一起煮,还加几滴花雕酒。

趁煮肉这会儿工夫,梁姆姆开始盘问王宝器:"你叫啥子名字喃?"

"我叫王宝七,在家里排行老七,上有六个姐姐,是家里的老幺儿,都叫我王宝器。"

"宝器？"梁姆姆也晓得"宝器"和"瓜娃子"是一个意思。"我看你长得伸伸抖抖，精精灵灵的，哪像宝器嘛？"

"无所谓，就是个称呼而已。"王宝器说，"只要叫起来顺口、听起来顺耳就行。"

梁姆姆又问王宝器是哪里的人。

"三圣乡的人，我父母都是农民，我现在开出租车。"

梁姆姆问到了最敏感的问题："你和我们小双是啥子关系喃？"

"雇佣关系。"王宝器大大方方地说，"你家小双的名气越来越大，请她担任钢琴伴奏的单位越来越多，我负责接送。"

梁姆姆对小双说："就你挣那点钱，还敢雇用司机？都不够人家的汽油钱。"

王宝器认真地说："小双让我记账，说她会慢慢还我。"

梁姆姆点着头："哦，这还差不多。"

说话间，王宝器揭开锅盖，用一根筷子戳进肉里又抽出来，说："肉洞洞里头不见血水，就可以把肉捞起来等它晾冷了再来切，切成薄薄的片儿，才炒得出灯盏窝儿。"

王宝器嫌梁姆姆的菜刀不够锋利，梁姆姆拿了一块磨刀石给他，他到井边磨刀去了。梁姆姆把小双拉到一边，悄声问道："这是个啥子人哦？他说他是开出租车的，我看他咋像个厨师喃？"

"他真的是开出租车的。"小双说，"发生在他身上的事情，你都不要觉得奇怪，你就当他是个耍魔术的。"

王宝器刀工娴熟，一块坐墩儿肉瞬间被他切成又大又薄、有皮有肥有瘦的肉片，整整齐齐地码在盘子里。

开始炒回锅肉了。王宝器把油倒进铁锅里转了几转，等油冒出青烟却倒出来不用，铁锅便成了不粘锅。梁姆姆说把油倒了好浪费哦，王宝器说他家有一块种油菜籽的田地，哪天给梁姆姆提一桶清油来。

王宝器把油倒干净后，这才把切好的肉片放进锅里，说要用中小火慢慢熬，所以回锅肉又叫"熬锅肉"，把肉里的油脂熬出来，每一片都成了灯盏窝儿，马上放郫县豆瓣炒出红油，再放甜面酱，炒出酱香味儿，再放青蒜苗炒断生，一盘回锅肉大功告成。

王宝器夹起一片回锅肉请梁姆姆尝，梁姆姆说梁家的规矩，好东西都是梁医生吃第一口的。正说着，已听见了梁医生的声音："在大门口就闻到回锅肉香了。梁姆姆，你的手艺是不是又回来咯？"

"不是我的手艺，高手在民间，是人家这个小伙子的手艺。"梁姆姆把筷子塞在梁医生的手中，"我们都在等你尝第一口。"

梁医生夹起一片回锅肉，对着光亮举得高高的："嚯哟，好巴适的灯盏窝儿！"

梁医生把回锅肉放在鼻子下面闻："好香哦，都把我香迷糊了。"

梁医生把那片回锅肉送进口中慢慢地嚼，细细地品，点头赞道："安逸！巴适！这才是真资格的回锅肉！"

梁医生不再说话，夹一筷子回锅肉扒一口白米饭，吃了一碗又添了第二碗，心满意足地放下碗筷，这才意识到王宝器的存在，他也不问王宝器的来路，直接问道："你啥子时候再来喃？"

王宝器点头哈腰："经常来。经常来。"

梁医生到客堂打盹儿去了。冬天是老鮈巴儿犯病的高发期，来找梁医生看病的病人特别多，他中午只有一个小时的短暂休息。

"我们梁医生吃回锅肉吃了几十年，嘴叼得很，平时最多吃一碗饭，今天吃了两碗饭哦！"梁姆姆眉开眼笑，"这些日子病人太多了，我就怕我们梁医生累坏咯！宝器，你答应梁医生要经常来，你真的要经常来哈！"

"我肯定经常来。"王宝器问梁姆姆，"腊月间家家户户都在晒香肠，我咋没看见你家晒香肠喃？"

王宝器这一问，梁姆姆的眼圈就红了，说："我家小弟最喜欢吃香肠，他现在还关在里头，我做了香肠给哪个吃嘛？"

"他关在里头又不是不出来了。"王宝器听小双讲过小哥的事情，"万一公安局把事情搞清楚了，马上把小弟放出来，回来一看，咋个我妈没有给幺儿做香肠喃？"

王宝器把梁姆姆说得心花怒放。自从小哥被带走后，梁姆姆每天以泪洗面，郁郁寡欢，从来没有像今天这么开心过。

四

王宝器打听到他的一个不晓得拐了几个弯的远房亲戚家里刚杀了一头猪，他马上跑到那个远房亲戚家买了半边猪，又去买了拌香肠肉的香料和灌香肠的肠衣，一并送到8号公馆来。梁姆姆喜出望外："宝器，你硬是说到做到，买的肉好新鲜哦！好多钱，这个钱你一定要收哈！"

王宝器在半边猪身上割下几块带排骨的肉来，说要做腊肉。梁姆姆连声夸道："还是宝器想得周到，我忘了我幺儿还喜欢吃腊肉。往年的大年三十，我在菜板上切腊肉，我幺儿就守在我身边，想吃菜板上的腊肉。后来长大了，他总说装在盘子里的腊肉不如菜板上的腊肉好吃。"

做香肠的肉要七分瘦三分肥，王宝器切了满满两盆，一盆拌了五香味儿，一盆拌了麻辣味儿，再分别灌进泡好的肠衣里。小双也来帮忙，王宝器叫她到他的右边来，梁姆姆不明白："她在你左边还顺手些，为啥子你……"

"小双不喜欢看我双眼皮的这边脸，我怕影响她的心情。"王宝器问梁姆姆，"你喜欢我的双眼皮，还是喜欢我的单眼皮？"

"我都喜欢，越看越喜欢。"

梁姆姆笑得花枝乱颤，8号公馆好久都没听见过这样的欢声笑语了。

香肠灌完了，用棉线拴成一节一节的，挂在竹竿上，挂了满院子，原来冷冷清清的8号公馆，一下子有了年味，有了红红火火过日子的兴旺景象。

"如果小弟能在年前回来就好了，年前的香肠比过年吃还香。"王宝器说，"我们家做的香肠，年前每天都弄几节来煮萝卜煮儿菜，好吃得板。"

"借你吉言，但愿我幺儿回来能吃到年前的香肠。"梁姆姆一直想问王宝器，"我说宝器，你帮我们做了那么多事情，耽不耽误你挣钱哦？"

"钱是挣不完的。梁姆姆，你放心哈！"

梁姆姆还是担心:"那份子钱喃?开出租车不是每天都要交份子钱?"

"不用交,车是我自己的。"

小双第一次听王宝器说他开的出租车是他自己的。这个王宝器,他还有好多秘密是小双不晓得的?小双掏出六十五块钱给他:"这是我刚领到的钱,还给你。"

王宝器接过钱,收了四十块钱,把剩下的二十五块钱给小双:"你还是给自己留点零用钱。"

"我用不上。"小双把二十五块钱塞进王宝强的衣兜里,"我说过,我会把欠你的车费慢慢还清。"

"小双欠你的车费,我来还。"梁姆姆摸出一沓钞票来,"就她那点钱,不晓得何年何月才还得清。"

王宝器坚决不要,他说冤有头,债有主,小双欠他的车费,必须小双自己来还。

王宝器以小双的债主自居,理直气壮地出入8号公馆,让一度死气沉沉的8号公馆恢复了生气,只要听见8号公馆有欢声笑语,就晓得是王宝器来了。梁姆姆已经离不开王宝器,如果有几天他不来,她就觉得心里空空荡荡。梁医生想吃回锅肉了,就会问一句:"那个炒回锅肉的民间高手啥时候来哦?"

小双更是离不开王宝器,他每天准时接送小双,小双本来就是心思单纯的女孩,做事情专注认真,她把所有的心思都用在钢琴伴奏上,难免忽视王宝器的存在,只当他是空气,然而人是离不开空气的。王宝器经常对小双说:"只要有我王宝器在,你喜欢做啥子就

第十三章 王宝器

做啥子，其他的事情你都交给我！"

小双以为这又是王宝器一本正经的胡说八道，她不会当真，但实际上，这些话就像给她吃了定心丸，在不知不觉中，她对王宝器的依赖越来越严重。

这天下午一点钟，王宝器像往常一样到8号公馆来接小双去132厂。小双忘了给他说，今天俱乐部要开大会，取消排练了。小双还是上了王宝器的车，说要去买演出服。

"你想买哪个档次的？"王宝器向小双献计献策，"成都的高档女装都在科甲巷……"

"我不要高档的。"小双赶紧说，"我就买一件在舞台上穿的那种。"

王宝器说了声"我懂了"，他把小双拉到了陕西街，半条街摆满了裁缝台子和缝纫机，半条街是一家挨一家卖各类演出服装的店铺。小双看了几家店，都不满意，回到车上对王宝器说："那些衣服上不是珠珠，就是亮片，我嫌俗气。我只是钢琴伴奏，又不是主角，衣着打扮不能喧宾夺主。"

王宝器又说了声"我懂了"，他把小双拉到三多里。来逛三多里的都是清清纯纯的年轻女孩，这里的店铺都不大，主打小清新风格，王宝器帮小双挑了一件白色的连衣裙，小双一看就喜欢，拿去试衣间穿了出来给王宝器看：毫无装饰的一字领口，恰到好处地显现出小双优雅的天鹅颈和若隐若现的锁骨，腰部的线条收得自然流畅，不规则的裙摆则让这条看似中规中矩的裙子俏皮起来。这条看似朴素的裙子，只有气质清纯的女孩才穿得出这种脱俗雅致的文艺范儿，小双在心里暗暗叹服王宝器的欣赏品味，问道："你觉得喃？"

王宝器歪着头看了一会儿，说声"要得"。

小双又问："你咋个晓得我穿这条裙子好看喃？"

"因为我懂你。"王宝器见小双因为买到满意的演出服心情大好，"我还没吃午饭，我带你去玉林吃晚饭，让你见识一下那里的烟火气。"

小双出生在成都的主城区，经常活动的范围局限在少城以内，往东没走出过九眼桥，往西没走出过杜甫草堂，往北没走出过昭觉寺，往南没走出过武侯祠。她还没有去过玉林，只听说玉林是新成都人聚集的地方，有许多艺术家和文艺青年都住在那里，文艺女青年小双居然还没有来过充满了文艺气息的玉林。

五

王宝器把车开上一环路，拐进省体育馆附近的一条巷子，便到了玉林小区。街边的小店密布，凡是生活所需，在各种小店都能买到，最多的是吃的店和穿的店。王宝器要把车停在吃"芋儿鸡"的地方，好不容易才找到一个车位。王宝器说："幸好来得早，再晚一点来，就要在寒风中等座位了。"

小双跟着王宝器进了热气腾腾的店堂，刚坐下来，服务员便把一个酒精火炉放在了桌上，接着端来一大锅红油翻滚的芋儿鸡。王宝器夹了一块鸡和一块芋儿在小双碗里，小双尝了一口鸡肉，嫩滑入味；又尝了一口芋儿，软糯丝滑，入口即化。她对王宝器说："我喜欢吃芋儿。"

"我喜欢吃鸡。这就叫天作之合,你吃芋儿我吃鸡。"

"你好烦哦!"

小双只当王宝器又在一本正经地胡说八道,她已经习惯了他这种说话的风格。她问王宝器:"你对玉林咋个那么熟悉喃?"

"我经常拉客到玉林来。"王宝器说,"你作为成都的文艺女青年,你晓不晓得中国民间的文艺沙龙就隐藏在玉林,全国各地的艺术家和文艺青年就像朝圣一样,坐飞机赶火车都往成都跑,到了成都就直奔玉林,去'小酒馆'听摇滚,去'白夜'听诗歌朗诵,听关于文学关于电影的讨论……就在前几天,诗人北岛都来了,全国各地又来了好多人来看北岛,把'白夜'都要挤爆了。"

小双以为只有法国英国才有文艺沙龙,没想到成都也有文艺沙龙。小双生在成都,长在成都,她竟然不晓得文艺的成都在外面的名气如此之大。王宝器为低调的成都感到惋惜:"成都是个藏龙卧虎的地方,成都的作家诗人艺术家都是墙内开花墙外香,那些从外地来的男文青女文青都说,成都是文艺之都、摇滚之都、球迷之都……嚯哟,听得我这个成都郊区的人,脸上都好有光哦!小双,我为你这个正宗的成都人感到骄傲!"

"你好烦哦!"

王宝器最喜欢听小双这一声"你好烦哦"。他用漏勺将锅里的芋儿都舀在小双的碗里,将鸡块儿都舀在自己的碗里,说吃饱了就带小双去感受一下"白夜"的浪漫,如果不怕太晚,再带小双去"小酒馆"感受一下摇滚的激情。

小双跟着王宝器来到玉林西路的"白夜"酒吧，门口立着一块黑板，用彩色粉笔写着"文学与电影的关系"，这就是今晚白夜的活动主题。一看里面，人已经坐得满满的，他们进不去，守在门口的一个英俊的酒吧小弟过来和王宝器打招呼："宝哥，你又带人来了？"

王宝器问道："今天咋个那么多人喃？"

"来了个大导演，你看嘛，成都的名人都来了。"

王宝器踮起脚一看，果然都来了，他们都是白夜的常客，王宝器指给小双看："看嘛，那两个留长头发的是著名画家，现在已经是世界著名画家；那几个神经兮兮的是诗人，个个都是才华横溢的人中龙凤，在外面名气大得吓人；那个老帅哥是建筑家；那个戴红帽子的是雕塑家……"

小双以为这么高大上的文学活动肯定是国家的文艺单位组织的，所以才来了那么多墙内开花墙外香的艺术家。

"纯属民间的，都是文艺沙龙的女主人张罗的。这样的活动几乎每个月都有，诗歌朗诵、新书发布之类的中小型活动每周都有，也是她张罗的。你要喜欢，我随时都可以带你来。"王宝器去问英俊的酒吧小弟："女神咋不在喃？"

王宝器口中的女神，就是成都文艺沙龙的女主人，她声名远扬，每天都有从四面八方来的男文青女文青聚集在"白夜"，就为一睹她的文艺风采。

"还在飞机上。"酒吧小弟说，"你们晚点来，肯定能见到她。"

寒风中，王宝器和小双搓着手跺着脚。酒吧里外冷内热，玻璃窗都起了雾，看不见也听不见里面的人在干啥子说啥子。王宝器对小双说："我先送你回去。我们过几天再来。"

"我不！"小双对文艺沙龙的女主人充满了好奇，"我好想见女神！"

王宝器说他的脚都冻僵了，要先去"小酒馆"喝点东西暖暖身子。

"小酒馆"也在玉林西路，王宝器带着小双向距离白夜只有一百多米远的"小酒馆"走去。还没有走拢，已经感受到"小酒馆"里面热血沸腾豪情万丈的气氛。他们刚在门口一站，一股热浪把他们卷了进去。

"小酒馆"的服务生见了王宝器就像见到亲人一样，小双问他："你常来这里？"

"也是拉客来。"王宝器说，"那些热爱音乐的人比热爱诗歌的人更加疯狂，下了飞机下了火车就直奔这里。你不要看这个地方不大，这是中国的摇滚大本营。"

他们找了一个角落坐下来，王宝器要开车不能喝酒，他要了杯热牛奶，帮小双要了杯粉红鸡尾酒。小双是第一次喝酒，才喝了一杯，就有点醉了，脸上红扑扑的，看王宝器的眼神也变得迷迷离离。她脱掉大衣，起身把王宝器拉起来，王宝器轻轻地拥着她，在吉他伴奏的民谣歌中摇摆起来。

小双的脸挨着王宝器的胸口，恍恍惚惚，恍惚中突然惊醒，她仰起脸对王宝器说："哎呀，我还要去见女神！"

王宝器笑道："原来你没有醉。"

王宝器为小双穿上大衣,一起走出小酒馆。冬夜的寒冷和"小酒馆"的热辣,简直就是冰火两重天。成都这座被诗歌滋养的城市,被摇滚激荡的城市,在朦胧的夜色中风情万种。

喝了酒的小双脚下轻飘飘的,王宝器扶着她来到"白夜",守门的酒吧小弟愁眉苦脸地对王宝器说:"女神的飞机晚点了,现在都还没有来。"

"哦豁!"王宝器对小双说,"我们改天再来。"

小双问酒吧小弟:"里面咋个还那么多人喃?"

"他们都要死等,等多晚都要等。"

小双对王宝器说:"我们也死等。"

"你咋个和他们比哦?"王宝器似乎对里面的人很了解,"他们好多都是外地人,都读过女神的诗,是女神忠实的崇拜者,来成都就是为了见女神一面,见不着肯定不甘心,所以他们必须死等。你就不一样了,我随时都可以带你来。再说现在已经很晚了,明天你妈见了我,还不把我骂死?"

从玉林开往8号公馆的路上,小双心心念念的还是那个她没有见到的文艺女神,一路都在说她:"能够吸引那么多人从五湖四海来到成都,就为了一睹她的风采,这一定是个魅力四射的女人。"

王宝器告诉小双,听那些从外地来的男文青女文青说,女神的诗写得极好,她是成都文艺沙龙的女主人,所以成都的文艺沙龙就成了全国的文艺沙龙,她开的"白夜"酒吧就成了全国艺术家的公共客厅。

第十四章　过　年

一

冬天，成都下的雨都是细雨。寒风卷着细雨在天上斜斜地飞，毫无生气的树枝上挂着亮晶晶的水珠儿，青瓦屋顶上仿佛抹了油一般，油亮油亮的。

冬天的成都少见太阳，成都的香肠不是晒干的，是风干的。梁姆姆每天都要去捏捏挂在风口处的香肠，想起王宝器说的那句话"过年前的香肠最好吃"就眼泪汪汪的，心里一声叹息："唉，不晓得我幺儿能不能吃上过年前的香肠哟……"

每年的腊月二十八，是梁家送旧迎新大扫除的日子。这天一早，梁姆姆两眼无神，手里拿一块抹布，却不晓得从哪里抹起。往年的今天，都是小哥和她一起大扫除，小哥总是爬在高高的梯子上，用长长的鸡毛掸子掸去房梁上厚厚的灰尘，用丝瓜布把玻璃窗擦得透亮……

到了中午，梁姆姆拿着抹布还在发呆，突然听见大门口传来小哥的声音："妈，我回来咯！"

梁姆姆以为是幻觉，是她"想幺儿想疯了"，竟然一动不动。小哥已经站在她面前，一声"妈，你幺儿回来咯"，终于把梁姆姆从幻觉中喊回到现实里来。

"哎哟，你咋回来了嘛？"

"我回来帮你做大扫除。"

梁姆姆一把抱住了小哥，这才真真切切地感觉到她的幺儿真的回来了。小哥被警察带走的时候，还是一个高高瘦瘦的大男孩，现在又高又壮，是个顶天立地的男子汉了。

梁姆姆哭一会儿笑一会儿，一会儿摸小哥的脸，一会儿摸小哥的手，问小哥还走不走。

"不走了，事情都搞清楚了。"

"嚯哟，这个王宝器说的话真的应验了，他说万一搞错了嘛，果然就是搞错了。你看嘛，这么多香肠都是他帮我灌的，他说要让你吃到过年前的香肠，我去给你煮香肠哈。"

小哥拉住梁姆姆问："妈，王宝器是哪个哦？"

"是开出租车的，是你小姐姐雇的司机。"

"小姐姐在干啥子哟，还雇得起司机？"

"唉，说来话长……"梁姆姆说起斯小姐就心酸，"斯小姐患了乳腺癌，都是你小姐姐在照顾她。你小姐姐从幼师毕业后，分配到一家机关幼儿园，园长不准她请长假，你小姐姐干脆工作都不要了。斯小姐走了以后，你小姐姐把斯小姐的后事料理完，原来在幼儿师范学校教她弹钢琴的老师给她介绍一些钢琴伴奏的活儿，渐渐有了名气，好多大单位像82信箱、无缝钢管厂、刃具厂的文艺会演都请她去钢琴伴奏。这会儿要过年了，132厂要办春节联欢会，你小姐姐天天都要去132厂排练，她一个女娃娃家，这么远咋个去嘛？就雇了这个王宝器,天天接送……"

梁姆姆一边煮香肠,一边和小哥拉家常:"你大哥好长时间都没有回来了,说要考博士,川医口腔专业的博士好难考哟……不过我看他用功得很,肯定考得起!大双也好长时间没回来了,每个周末从大学回来,都是去米公馆,我也不怪她,我晓得她和小双水火不容,当年那件事情,小双至今不原谅她……"

"妈,我一直想问你,那年小姐姐马上都要初中毕业了,为啥子要突然转学?"

梁姆姆犹豫片刻,说:"我给你说了,你千万不能给第二个人讲,家丑不可外扬,就连你爸爸我都没有讲一个字。"

梁姆姆活到今天这把岁数,最不愿意提起的就是她两个双胞胎女儿的事情,手心手背都是肉,要说谁是谁非,肯定是大双对不起小双,但是,当妈的绝对做不到是非分明。她三言两语讲了个事情的大概,小哥也听明白了,事到如今,他只有心疼他的小姐姐。

香肠煮好了,也听见了梁医生的脚步声,他是回来吃午饭的。梁姆姆再一次叮嘱小哥:"我刚才给你讲的事情,说不得哈!"

梁医生见了小哥,啥子话都没说,只是抓住小哥的两只胳膊,千言万语,都在他的泪眼里。小哥也动了情:"爸,我给你丢脸了……"

"哪个说的给我丢脸了?我从来没有怪过你。"梁医生慷慨激昂,"我幺儿一身正气,见义勇为,你是给我们梁家长脸了!"

"不说了!不说了!"梁姆姆已切好了香肠,"快尝一口今年灌的香肠香不香?"

"天天念叨你幺儿爱吃过年前的香肠,菜板上的腊肉,这会儿你该称心如意了嘛?"梁医生夹了一片香肠,对着光亮高高举起,切成椭圆形的香肠肥瘦相间,肥的透亮,瘦的绯红,送进嘴里连声叫"好","嚯哟,好安逸好巴适哦!比往年做的都香!"

"咋不香嘛,是人家王宝器帮忙买的刚杀的新鲜猪肉,又是他调的味道。"

"原来是炒回锅肉的那个民间高手来做的香肠,他硬是啥子都会。"梁医生话锋一转,问小哥,"你有啥子打算喃?"

小哥说:"我准备先找些临时工的活干。"

梁医生说:"我们梁家几代行医,我原来想你大哥来继承我们中医世家的衣钵,结果你大哥对中医不感兴趣,去学了牙科。小弟,我有心让你来跟我学中医,这要看你有没有兴趣,还要看你有没有天赋。"

小哥摇摇头:"让我像你那样,一天到晚坐在那里给人家号脉,看人家的舌头,我坐不住,还不如让我去干体力活。"

梁医生沉吟片刻,说:"吃得苦中苦,方为人上人。年轻的时候受些挫折,不见得是坏事,很多年以后回头一看,原来都是人生的财富。"

二

放了寒假,我每天都去图书馆看书,今天一早便去排队占座位,直到下午才回到8号公馆。刚一进门,就听见梁姆姆大声喊道:"梁小猫，你小哥回来了！"

在思念小哥的日日夜夜，我曾经无数次地想象过小哥从"里面"出来后与他相见的情景，现在小哥已经回到8号公馆，我却没有立即跑到他的身边，我直接上了楼，扑在床上失声痛哭。小哥被带走的第二天，我就开始写申诉信，在信中详细地叙述了那天出事的经过，我要申辩的是造成赵明达伤情的不是互殴，也不是防卫过度，是赵明达在逃跑时从楼梯上摔下来，摔碎了他的眼镜，破碎的镜片刺进了他的眼睛。小哥在追赶赵明达时也从楼梯上摔下来，压在了他的身上。我一共写了十八封，我自己寄出去几封，给市长给公安局长都寄了，我母亲和我舅舅也把我写的申诉信分别交给了有关部门。前些日子，公安局的人还来找我做了笔录。小哥提前放出来，我不晓得和我写的申诉信和我做的证词有没有关系。

我哭得上气不接下气，我不再假装坚强，自从小哥被带走，无论我咋个想他，我都没有哭过，我要把憋回去的泪水都哭出来。

小哥来了，我听见了他的脚步声，他已经站在了我的门前："梁小猫，你为啥子要躲我？你开门嘛！"

我哭得昏天黑地，根本听不见小哥在说啥子。

"梁小猫，我进来了哈！"小哥进了门，被我吓了一跳，"你咋哭了喃？"

我哭得更伤心了。为了不让小哥看见我满脸的泪水，我把脸埋进枕头里。小哥把我拉起来，很着急的样子："你给我说，你为啥子哭？"

我咋好意思给小哥说，我是为他哭。我"扑哧"一声笑了，把眼泪都抹在他胸前的衣服上。

"又哭又笑，黄狗撒尿。"小哥捏了捏我的鼻头，"今天中午吃香肠，我妈给你留了一碗，走，我带你下去吃。"

小哥和我来到灶房，梁姆姆从锅里端出一碗香肠，说香肠要蒸热了才好吃。我就着香肠吃了三碗饭，太香了！小哥被带走了，把我的心也带走了，吃啥子都不香。梁姆姆哪晓得这些，她笑眯眯地说："过年前的香肠就是好吃，梁小猫平时吃饭就像猫一样吃一点点，嚯哟，今天吃了三碗饭。"

吃完饭，小哥要和我一起去找蒋义，我还记得小哥被带走时，他在我耳边说"不要怕，蒋义会保护你"。可是小哥绝对想不到，自从他被警察带走，我和蒋义从此没有再单独见过面，我们两个都陷入了深深的自责中：如果我不去蒋公馆把小哥叫回来抓赵明达，就不会发生后来的事情，小哥也不会被带走；如果蒋义不在楼梯上撒绿豆，赵明达就不会从楼梯上摔下来被破碎的眼镜片刺瞎一只眼睛。最让蒋义不能原谅自己的是小哥不让他说他在出事的现场，这有悖于他从小受蒋二爷"敢作敢当"的教诲。也许我和蒋义都怕我俩见面时会更难受，因为我们会想起小哥，会想起我们三个在一起的光景，所以我们干脆不见。

小哥被带走的第二年，我也上了中学，如果他和蒋义一起读了高中，我们三个就会在一个学校读书。最悲哀的是小哥被关在四大监，四大监和我们学校就一墙之隔，俨然是两个世界：小哥在没有自由的世界，我和蒋义在另一个世界，这个世界虽然有自由，但是我和蒋义比失去自由更加难受。

现在小哥要我和他一起去找蒋义，我才对小哥说："自从你被带走以后，我和蒋义很久没有见面了。"

"为啥子喃？我还以为我不在你身边，蒋义会天天守着你。"

小哥不会明白我和蒋义心中难言的苦楚。

我跟着小哥来到蒋公馆，那只白色的鹦鹉小凤仙还认得我，高声叫道："蒋义，梁小猫来咯！"

蒋家的人都从客堂里出来了，蒋义和小哥紧紧抱在一起，我的眼泪夺眶而出。

蒋二爷说："成都人硬是说不得，刚才我们吃晚饭的时候，还说起梁老幺……"

蒋姆姆在一旁抹眼泪。蒋二爷吼道："梁老幺回来是大喜事，你哭啥子喃？"

"我是为蒋义哭。"蒋姆姆说，"自从梁老幺关进去后，我们蒋义就没有笑过。"

蒋义心里愧对小哥，有很多次，他都想向他爷爷坦白，他才是造成赵明达瞎了一只眼睛的"罪魁祸首"，可小哥在被警察带走时在他耳边说的话，小哥不让他说，小哥要一个人扛，小哥要他保护我……蒋义心里苦啊，他哪里笑得出来？

蒋二爷命令蒋义："蒋老幺，给你妈笑一个！"

蒋义笑了，眼里含泪。蒋二爷一挥手，大声宣布："我明天要为梁老幺摆一桌。梁小猫，你也来哈！"

蒋姆姆拉着我的手，在我脸上看了又看："梁小猫，你好久都没来咯，我们都好想你哦！"

我尴尬地笑笑，看了一眼蒋义，蒋义的目光闪开了。

第二天中午，我和小哥来到蒋公馆，蒋二爷用最高规格摆了一桌，桌子中央立着一瓶五粮液。小哥是蒋二爷请来的贵客，坐在蒋二爷的右首，我坐在蒋二爷的左首，左边依次是蒋义的爸妈，蒋义的大哥和二哥，蒋义坐末位。蒋二爷开了酒瓶，先给小哥倒满，再给自己倒满，端起酒杯站起来："梁老幺，这杯酒，我敬你！"

"不敢当！不敢当！"小哥赶忙站起来，"爷爷，我不会喝酒……"

"我敬你的酒，你必须喝！"蒋二爷把酒杯端到小哥的手中，"我敬你是个有血性的真男儿！"

蒋二爷一饮而尽，把杯底亮给小哥看；小哥双手端杯，也一饮而尽，把杯底亮给蒋二爷看，然后剧烈地咳起来，满脸涨得通红。

"来来来，吃口菜，第一次喝酒都是这个样子。"蒋二爷给小哥夹了一片一半肥一半瘦的腊肉，"这是我今年做的腊肉，柏树枝熏过的。"

蒋义的大哥和二哥都给小哥敬了酒，蒋义也端着酒杯走到小哥的身旁，小哥端着酒杯站起来。蒋义和小哥碰了杯，蒋义说"啥子都不说了，都在酒里头"，说完一昂脖子把酒干了。蒋义也是第一次喝酒，那表情痛苦万状，把蒋姆姆心疼得给他喂了好几口菜。

酒桌上，蒋二爷豪气冲天，说的都是一些笑傲江湖的豪言壮语，酒是一杯接一杯地喝，话也是东一句西一句地说，他醉眼蒙眬，又给小哥倒满一杯酒，盯着小哥的脸问："梁老幺，我问你，你是不是成都人？"

小哥毕恭毕敬地回答:"我是土生土长的成都人。"

蒋二爷让小哥把酒杯端起来,声如洪钟:"真资格的成都人拿得起,放得下,想得开。梁老幺,你要是真资格的成都人,就把这杯酒干了!"

小哥的神情无比庄重,把杯中酒干了。这杯酒是他对蒋二爷郑重的承诺:他要做一个真资格的成都人,拿得起,放得下,想得开。

蒋二爷高兴,又喝了几杯酒,终于大醉,被蒋义的大哥和二哥扶回房去休息。小哥也不胜酒力,趴在桌上,就剩下我和蒋义还是清醒的。这是小哥被关进去后,我和他第一次面对面,眼睛却都不敢看对方,也没有话讲。幸好蒋忠和蒋信又回到桌上,他们都有话要问我。兄弟俩都喝了酒,酒后吐真言,借着酒力,把清醒时不好意思说的话都说了出来。

蒋忠问道:"梁小猫,小满现在过得好不好?"

"好得很。"我说,"她生了一个儿子叫白浪子,小名叫浪娃儿,好乖哦!"

蒋忠最想问的是:"那个白日梦对她好不好?"

"好得很!"我说,"世界上再也找不到比白日梦对小满更好的人了。"

"好……好……我就放心了……"

看得出来,蒋忠有些言不由衷,他是想放下,但过去这么多年了,他还是放不下。小满毕竟是他的初恋,尽管人家小满直到现在也许都不晓得有蒋忠这个对她一往情深的纯爱战士的存在。

蒋义劝他大哥:"爷爷不是说过,只要有本事,天上的仙女都会下凡来找你。你现在读的是军医大，毕业后就是穿军装的军医，再找一个穿军装的女军医……"

"你不懂。"蒋忠飘忽的眼神如梦如幻，"没有世俗的般配，没有利益的驱使，没有杂念的欲望，才是真爱。"

轮到蒋信了，蒋信问道："梁小猫，那个小双如今在哪个幼儿园当老师？"

"她没有当老师。"我说，"本来她被分配到一家机关幼儿园当老师，因为要照顾斯老师，没办法上班，就把工作丢了。幸好她的钢琴弹得好，她现在的工作是钢琴伴奏，都是临时的。"

"都是我害了她。"蒋信一直没有从愧疚里走出来，"本来她可以考大学……"

"也不见得。"我说，"人家小双现在的名气大得很，都是那些82信箱、65信箱、132厂这样的大单位请她去钢琴伴奏，在舞台上光彩照人，不见得读了大学就比现在好……"

听我这么一说，蒋信的心里好受多了。他又问我，小双的男朋友是不是鹦哥巷米公馆的米麒麟？我说小双还没有男朋友，他说的米麒麟我晓得，现在是大双的男朋友。

蒋信后悔莫及，他那时听信了大双的话，如果他那时就死追小双，也许他们现在已经在热恋中了。

"现在追也不晚。"蒋义又给他二哥出主意，"你就趁这次回成都的机会，直接把人家约出来，不要像大哥那样，自己在心里演爱情戏给自己看，到头来……哦豁！"

蒋信揶揄蒋义恋爱都没谈过就当起了恋爱专家。我对蒋信很有好感，长得又高又帅，还有些腼腆，我巴不得他做小双的男朋友，简直就是一对金童玉女。

三

大年三十，家家户户都要团年。晚上吃年夜饭，是一家人一年当中最能体现亲情的最隆重的时刻，对于梁家来说，更是一家人难得团聚的时刻。去年吃年夜饭，缺了小哥，今年的年夜饭，梁医生说要大办，要办得红红火火，隆重庆祝梁家的小儿子梁家雄回家。下午，把学校当家的老大梁家龙和本来要在米公馆吃年夜饭的大双都被叫回来了。

大双和小双还是水火不容，互不理睬，都当对方是空气不存在。梁家龙以大哥的身份对小哥说："我给你带了一套高中的课本回来，过了年，我就给你补课，我再去给你联系一所中学，寒假过完开了学，你就去上高中。"

大双也说："大哥给你补数理化，我给你补语文、历史、地理、英语。"

小哥说："我这么大年纪了，还去读高中？"

梁家龙说："你不去读高中，咋个考大学？"

小哥说："我不去，丢人现眼。"

"不上大学才丢人现眼。"大双瞟了一眼小双，"我们梁家也算书香门第，已经有一个丢人现眼的了，你还想做第二个丢人现眼的人？"

小双把筷子往桌上一拍:"梁佐翼,你说哪个丢人现眼?"

大双也把筷子往桌上一拍:"梁佑翼,我说我的,你何必心虚喃?"

小双针锋相对:"我凭本事挣钱吃饭,我为啥子要心虚?"

"你们两个冤家,说小弟的事情,你们两个吵啥子嘛!"梁姆姆将一只炖鸡左边的翅膀夹到大双的碗里,将炖鸡右边的翅膀夹到小双的碗里,"你们两个把鸡翅膀都吃了,一起展翅高飞!"

"我才不和她一起展翅高飞!"

大双和小双异口同声。梁姆姆伤心道:"你们两个是咋个搞起的嘛!小时候形影不离,好得像一个人,现在长大了,反而成了仇人!"

梁姆姆以为在座的人,只有她才晓得大双和小双长大以后为啥子成了仇人,其实,还有小哥知道,梁姆姆只给他讲了一个大概,是我把小双转学的真实原因告诉小哥的。

小双和大双唇枪舌剑,令大双对小双刮目相看。小时候,小双就是她的跟屁虫,应声虫,对她是逆来顺受,用梁姆姆的话来说,一个娘肚子里出来的双胞胎,聪明才智和大小心眼儿都长在大双身上了。从小就不把小双放在眼里的大双,没想到几年后的小双竟敢和她针锋相对,她恼羞成怒:"我今天就当着全家人的面,索性把话说开了,我恨我这张脸和你那张脸长得一模一样,这对我就是一种耻辱。"

小双冷笑一声:"哼,我又没有做见不得人的事,你的耻辱从何而来?"

大双含沙射影:"每天和一个不明不白的人进进出出,我都没脸见人。"

梁姆姆赶紧说:"大双,你误会咯!你说的那个人是小双雇来的出租车司机,每天来接送小双去132厂,给春节联欢的合唱团当钢琴伴奏……"

大双冷笑一声:"哼,这种骗人的话,鬼才相信。"

"真的,你不信问你爸嘛。"

"大双,你太不像话!"梁医生十分生气,"连你妈说的话,你也敢不相信?"

"爸,妈,你们两个不要为她打掩护,我没有冤枉她。前几天,米公馆的二姐问我,是不是在小酒馆和一个个子高高的男人跳贴面舞?我凭啥子要为她背黑锅?"

"不会哦?"梁家龙压根儿就不相信冰清玉洁的小双会跳贴面舞,"晚上那些地方的灯光都是昏昏暗暗的,米公馆的人是不是看错了?"

梁姆姆问大双:"啥子叫贴面舞哦?"

"我又没跳过,我咋晓得嘛?"大双居高临下地教训小双,"想找男朋友就认认真真地找一个,至少要找一个门当户对的,不要给我们梁家人丢脸。"

大双以米公馆未来的儿媳妇自居,米家这种有背景的高知家庭,才是给梁家长脸的。梁家人都不晓得大双的男朋友米麒麟原来是小双的男朋友,更不晓得是她抢了小双的男朋友。米麒麟至今没有来过8号公馆,就是他没脸见小双。

小双从来没有把王宝器往"男朋友"那个方向去想，她以为他和王宝器生长在两个完全不同的环境中，是两个完全不同的物种，所以互相吸引：王宝器是农民的儿子，干着劳动人民的体力活儿，却偏偏对清新脱俗的文艺女青年稀罕得很；小双独来独往，我行我素，除了去世的忘年交斯小姐，她没有朋友，钢琴就是她唯一的朋友，她的心思，她的情愫，都用她的手指在钢琴上表达出来了。这个王宝器就像为她开窗的人，让她看见了窗外的世界，给她惊喜，给她惊艳，给她惊奇。最吸引小双的是，在小双的有生之年里，她就没见过有趣的人，而王宝器却是个非常有趣的人，他集他父母的爱、六个姐姐的爱于一身，所以他心里敞亮，尽管他脸上总是挂着吊儿郎当的笑，总是一副"无所谓"的样子，但他的善意，他的如冬日阳光般的温暖，都让小双沉浸在"舒服"的感觉中。

"舒服"是一种妙不可言的感觉。

小双不想解释，解释就是越描越黑。她并不认为有米麒麟那样的男朋友值得炫耀，她内心里坚持认为是她不要米麒麟，是她把米麒麟甩了的，她和米麒麟在一起时，并没有和王宝器在一起时的那种"舒服""松弛"的感觉。小双让自己的情绪平静下来，郑重其事地宣布："爸，妈，趁今天大家都在，我宣布一件事情：我有男朋友了，他叫王宝七，家住三圣乡，父母都是农民，他现在是出租车司机。"

梁姆姆慌了："小双，你是不是在赌气哦？"

梁医生也以为小双在赌气："小双，终身大事，不是儿戏！"

"我不是赌气，我是认真的。"

梁家龙认为小双太草率，一点都不认真，她一定是被大双气得昏了头。如今的梁家龙已经不是曾经那个疯狂爱上小满的十七岁的少年了，他现在是治学严谨心思缜密的研究者，他劝小双不要冲动，要从方方面面去思量和那个开出租车的是否般配。

小双说："我又不是金枝玉叶，啥子叫'般配'，啥子叫'不般配'？我只在乎我对这个人是不是有感觉。"

小双的话让梁家人瞠目结舌，他们都没想到打小只是大双的影子、毫无存在感的小双，如今这么倔强，这么有主见。

四

第二天正月初一，成都的习俗是早晨睡个懒觉，九十点钟起床后吃一碗汤圆。大清早，梁姆姆就起床搓汤圆。糯米粉子是小哥回来那天用石磨磨出米浆，吊在布袋里，吊了两三天才吊出来的不干不稀的粉子。这种粉子才把汤圆搓得圆；汤圆心子是梁姆姆去总府街赖汤圆总店排队买的，买了三种心子：黑芝麻的，玫瑰的，红糖的。三种心子的汤圆分成三锅煮，先给梁医生煮红糖心子的，再给老大和老幺煮黑芝麻心子的，最后给大双小双和我煮玫瑰心子的。

大双起床后，梁姆姆舀了六个汤圆端给她："这是你最喜欢吃的玫瑰心子的。"

大双说她不吃，她要马上去米公馆。大年初一，各路精英翘楚都要到米公馆去拜年，大双不会放过这个积攒人脉的好机会。她在米家虽然只是做一些端茶倒水伺候人的事情，但可以混个脸熟，让那些精英翘楚记住她和米家非同一般的关系，为她今后的人生铺平道路。

等大双走出了8号公馆，小双才从原来斯小姐的房里出来吃汤圆。梁姆姆一直在察言观色，她心存侥幸，希望昨天小双是被大双气昏了头才说王宝器是她的男朋友。小双的表情和往日一样平和，还和小哥一起给梁医生和梁姆姆拜了年，每人得了一个红包，兴高采烈地去数红包里的钱。梁姆姆眉开眼笑，悄悄对梁医生说："看见没有，小双已经把昨天说的话忘了。"

"你不要高兴得太早，小双的主意大得很。"

梁医生给梁姆姆浇了一盆冷水，梁姆姆还想说些话来安慰自己，看见我从楼上下来给她和梁医生拜年，就把话岔开了。我也得了一个红包，梁姆姆又给我舀了六个汤圆，说："梁小猫，我晓得你最喜欢吃玫瑰心子的汤圆。"

我问小哥吃的是啥子心子的汤圆。小哥说是黑芝麻的，说着便从他碗里夹了一个黑芝麻心子的汤圆到我碗里，我也从我的碗里夹了一个玫瑰心子的汤圆到他碗里。

我和小哥、小双正吃着汤圆，蒋义来了，他说他来找小双。

"找我？"小双十分诧异，"你是不是来找小弟和梁小猫的？"

蒋义掏出一张电影票给小双，说是他二哥约她看电影，说完便走，他二哥还在蒋公馆等他回话呢。

小双想起来了，蒋义的二哥就是"手抄本事件"的男主角，她让小哥把电影票退回去。

我不晓得梁家昨晚发生的事情，我还想促成小双和蒋信，我对小双说:"蒋信好帅哦!你和他简直就是天仙配!"

小哥在心里也希望小双和蒋信好,但在昨晚,他亲耳听见小双宣布了她有男朋友,他对小双说:"你还是去见见蒋信,他对你是真心的,有啥子话,你当面对他说。"

电影票是红光电影院下午两点二十分的《魂断蓝桥》。小双早早地去了电影院,远远地看见蒋信已经站在电影院门口的台阶上,他真的是又高又帅,在人群中格外引人注目。蒋信也看见了小双,他喜出望外,迈着大长腿朝小双走来。

"小双,你来了……太好了……"

蒋信激动得语无伦次。小双说:"我已经看过《魂断蓝桥》,我们走一走吧。"

他们从八宝街走到东城根街。大年初一的街道冷冷清清,人们都在家里热热闹闹地过年。蒋信先开了口:"小双,我一直想当面对你说一声'对不起',当年是我害了你,你是为了我才转学……"

"我不是为了你,我是为我自己。"小双打断蒋信的话,"过去的事情,我们都把它忘了吧!你读了大学,我也有了自己喜欢做的事情,大家都好。"

"我不好,小双,因为我忘不了你,你在我心里……"

"蒋信,我晓得你要说啥子。"小双怕蒋义把下面的话说出来,"我们还是长话短说,我已经有男朋友了。"

犹如晴天霹雳,蒋信脑海里一片空白。昨天晚上想好的几箩筐的话,现在一句都说不出来,他呆呆地像个木头人。他不晓得他是咋个回到蒋公馆的,连鞋子都没脱,就直挺挺地往床上一躺,用被子蒙住了头。一看这情形,蒋义不问都晓得是啥子结果,只有在心里一声"哦豁"。

五

大年三十的前一天,132厂在厂俱乐部轰轰烈烈地举办了一场春节联欢会,小双上台四次,给四个合唱节目钢琴伴奏。王宝器连续一个多月接送小双到132厂排练节目,今天是第一次正儿八经地坐在台下看小双弹钢琴。当一队队浓妆艳抹的合唱队员在舞台前面站整齐了,小双穿着那条在三多里王宝器为她挑选的白色连衣裙,轻盈地走上台来坐在合唱队伍旁边的钢琴前,像一朵清淡的水仙花在似锦的繁花边静悄悄地开放,又像天上的仙女悄然降落人间。《黄河大合唱》的激越,《红军不怕远征难》的雄浑,《我爱你,中国》的深情,《我为祖国献石油》的豪迈,《卖报歌》的活泼……在小双的手指间淋漓尽致地表现出来。在舞台上,小双一心把自己当配角,可她的琴声挡不住她的光芒,台下观众的目光久久地停留在小双的身上,让他们记住了这个天仙般的白衣少女。

王宝器表面不动声色,内心却汹涌澎湃,小双在舞台上那种全身心投入的专注认真的神情,完全颠覆了他对美的认知——原来专注认真的女孩最美。

演出结束后,王宝器在舞台后面接到小双,来到停车的地方,打开后备厢,一阵芬芳扑鼻而来。王宝器从后备厢里端出一盆水仙花,庆祝小双演出成功。

"看那些电影里头演的，本来应该送玫瑰花来庆贺，但是也许你更喜欢水仙花。"

"我喜欢！"小双是真的喜欢，"还是你懂我。"

他们上了车，王宝器要把小双送回8号公馆。小双问王宝器她在舞台上的表现如何。

"钢琴那么高雅的艺术，我懂不起，不敢乱说。我只能说我坐在台下，看见观众的眼睛都在看你。"王宝器问小双，"过年这几天，你还有没有打算雇用我？"

小双说："过年都放假了，我没有收入，哪有钱再雇用你？再说，我还欠你那么多钱……"

"虱子多了不怕痒嘛。"王宝器的脸上又现出吊儿郎当的笑，"你放心，我把每一笔账都记得清清楚楚的，你慢慢还，一辈子的时间还不够你慢慢还？好不容易过年了，该去耍还是要去耍，耍安逸了才有动力去工作嘛。"

小双觉得王宝器说得有道理："好嘛，你简直就是我的人生导师。你说，我们去哪儿耍？"

王宝器早就想好了："初一晚上，我带你去青羊宫看灯会。"

和蒋信分开后，小双就回到8号公馆等王宝器。她在门口走来走去，心里盼着王宝器早点来，她昨天晚上向全家人单方面宣布王宝器是她的男朋友，人家王宝器还不晓得，万一他不同意喃？万一他已经有女朋友了喃？万一……小双简直不敢往下想。

真是望眼欲穿啊！

天色暗了下来，王宝器的绿色出租车终于开进了九思巷。小双迎上去，王宝器停车摇下车窗，小双急道："你咋这么晚才来嘛？"

王宝强说："天黑了灯才亮，看灯会去那么早干啥子嘛？灯都没有亮。"

"我有重要的话要给你说。"

王宝器侧头看了看坐在副驾座上的小双："是不是出事了？"

"出大事了。"小双说，"你先好好开车，到了青羊宫再说。"

到了青羊宫，灯还没有亮起来，已经是人山人海。王宝器把小双带到一个僻静的亭子里，问道："快说，出啥子事了？"

小双说不出口。

"你是不是要我猜？"

"你永远猜不到。"小双偷偷地看了王宝器一眼，"我怕说出来把你吓死。"

"说得好玄哦！"王宝器装着害怕的样子，"我好怕怕！"

小双鼓起勇气，说："昨天晚上，我们全家吃团年饭，我向我们全家宣布，你是我的男朋友。"

小双的话虽然没有把王宝器吓死，但也把他吓了个半死。好一会儿，王宝器才说："小双，你是不是受了啥子刺激哦？"

"你咋个和我哥他们说的话一样嘛？"小双生气了，"你如果不愿意，我决不勉强。"

如果不是地球有引力，王宝器肯定幸福得原地起飞。他故作镇定："小双，你要想清楚哦，我一个郊区农民的儿子，一个开出租车的……"

第十四章 过 年

"你好烦哦,我不听!"小双的手指放在王宝器的嘴唇上,"我只晓得我喜欢和你在一起,只要有你,我干啥子都干得好。"

王宝器把小双放在他嘴唇上的手拿下来,握在他的双手里,他看着小双的眼睛:"小双,我没有文凭,没有城市户口,我家和你家也不门当户对,但是,我不觉得我配不上你,我可以为你遮风挡雨,我可以让你活得开开心心,我可以保证你想干啥子就干啥子……"

小双说:"你身上有一样很珍贵的东西,也许你自己都不晓得,仅凭这一样,你就配得上我。"

王宝器一脸茫然:"啥子东西哦?我咋个不晓得喃?"

"这样东西看不见,摸不着,但是被我找到了:一个藏在茫茫人海中的有趣的灵魂!"小双话锋一转,"我欠你的钱,还是要慢慢还哈!"

王宝器的脸上又显出吊儿郎当的表情:"随便你。"

天黑了,青羊宫的灯都亮了,王宝器拥着小双跻身在看灯会的人流里,呼儿唤女的声音此起彼伏,"幺儿,你不要走丢了哦""幺女,你在哪里哟",王宝器牵着小双的手,生怕把她弄丢了。

六

正月十五是元宵节,按古老的习俗,过完元宵节,春节也就过完了。正月十五是个月圆的日子,天上月儿圆,地上人团圆,梁家今天中午又要吃团圆饭。

大清早,8号公馆门外便挤满了人,原来8号公馆的那棵龙梅树，一夜之间，朵朵绿梅绽放。

"看嘛看嘛，活灵活现的一条飞龙！"

"嚯哟，好像哦！"

"今年比去年开得早，去年是过了元宵节才开的。"

听着看花的人七嘴八舌，梁姆姆的心里七上八下的，她悄悄地对梁医生说："硬是有点怪哈，昨天还是绿豆大的小骨朵儿，一夜之间，咋个全都开了。"

梁医生沉吟片刻，说："是很反常。"

"是不是在给我们家龙报喜哦？"梁姆姆一直认为这棵龙梅树和梁家老大梁家龙有着必然的联系，"前几天，年都没有过完，老大就回了学校，说想早点晓得考博士的结果，肯定是考上了。"

梁医生本来想说祸兮福所倚，福兮祸所伏。龙梅反常，有可能是福，也有可能是祸。

快到中午的时候，围在8号公馆门口观看龙梅的人越来越多，梁家人也都回来了，梁家龙果然给全家带回来一个特大喜讯：他考上川医最牛的口腔专业的博士了！

一家人欢欢喜喜地吃了顿团圆饭，然后各司其事：梁家龙又回学校了，大双去米公馆了，小双在客堂里做河灯，晚上她要和王宝器去锦江河边放河灯，小哥在厨房里洗碗。

梁姆姆在门口追上梁家龙，低声下气地对他说："家龙，这么大的喜事，你还是去给你妈说一声。"

小时候噩梦般的往事又浮现在梁家龙的脑海里：七岁那年，他高高兴兴地戴上了红领巾，梁姆姆却把他带进那个神秘的房间，告诉他躺在床上的那个女人才是他的亲生母亲。搬到8号公馆后，他从来没有进过那个一把暗锁锁起来的神秘的房间，也没有再叫梁姆姆一声"妈"。

梁家龙皱皱眉头，对梁姆姆说："我去给她说，她又听不见，何必多此一举喃？"

梁家龙头也不回地走了。梁姆姆望着他远去的背影，叹了一口气，转身进了那个神秘的房间。她昨天刚给雨荷擦洗了身子，还给她洗了头发，干干净净的雨荷安安静静地躺在雕花大床上，就像睡着了一样。梁姆姆坐在床边，拉着雨荷的手，轻声地对她说："雨荷姐姐，今天我要给你说一件天大的喜事：你的儿子龙儿考上博士了！"

梁姆姆感觉她的手被雨荷的手捏了一下，她把雨荷的手举起来，雨荷的手指在动。她附在雨荷的耳边说："你听见我说的话了？你儿子好争气哟，你高兴不高兴？"

雨荷睁开了眼睛，睁得大大的，那样子好吓人。梁姆姆赶紧去找梁医生。梁医生正在午睡，听梁姆姆连声叫"醒了！醒了！"，翻了个身，说："刚刚才睡着，你就叫'醒了'，就想中午多睡一会儿，晚上好看十五的月亮。"

梁姆姆在梁医生的耳边说："雨荷姐姐醒了，眼睛睁得好大哦！你快去看一下嘛。"

梁医生下了床就往雨荷的房间跑。因为有梁姆姆无微不至的照顾，梁医生放心大胆地把植物人前妻交给了梁姆姆，他很少到雨荷的房间来。雨荷还睁着眼睛，梁医生走到床边，叫了一声"雨荷"，他眼前的雨荷和二十几年前的雨荷几乎没啥子变化，没有胖也没有瘦。雨荷差不多也五十几岁了，脸上没有一丝皱纹，岁月仿佛在她的脸上停滞了。梁医生又叫了一声"雨荷"，雨荷的眼睛睁得大大的。梁医生对梁姆姆说："快去把家龙叫回来！"

梁姆姆刚出房间，梁医生又把梁姆姆叫回来，说："雨荷醒过来，你不要声张，叫小弟去喊家龙回来。"

梁姆姆叫小哥坐16路公交车去川医把他大哥叫回来，小哥问："他如果不回来喃？"

梁医生冲了过来："他要不回来，你就给他说，我和他断绝父子关系。"

小哥跑出九思巷，他小时候是飞毛腿，长大了经常和蒋义在后子门体育场踢足球，奔跑的速度仍然快于常人。他没有去坐16路公交车，又挤又要等，还不如他跑着去快。

小哥找到梁家龙，他正要和几个同学去庆祝他考上博士，果然不出小哥预料，梁家龙不肯回去。小哥原话转达："爸说，你如果不回去，他就和你断绝父子关系。"

梁家龙感到事情严重了，梁医生是修养极好的人，情绪十分稳定，不是十万火急，他说不出这样的狠话。他转身和那几个同学嘀咕了几句，同小哥一起回到8号公馆。

梁医生把小哥支开，押着梁家龙来到雨荷的房间，梁姆姆对梁家龙说："刚才，我进来给你妈说你考上博士了，她就把眼睛睁开了。"

梁医生命令梁家龙："快叫'妈'！"

梁家龙毛骨悚然，手脚冰凉，嘴唇颤抖。迫于梁医生的威力，他用颤抖的声音叫了一声"妈"。

雨荷的眼泪夺眶而出，顺着脸颊流到枕头上。

"妈——"

小时候，留在梁家龙记忆里的雨荷就是一个死人，让梁家龙感到恐惧，现在，看见从雨荷眼睛里流出的眼泪，他的这一声"妈"，是从他心里喊出来的。

雨荷的眼睛慢慢闭上了，脸上还带着泪痕。

梁医生翻开雨荷的眼皮看了看，对梁姆姆说："摆灵堂，就在这屋里摆三天。"

雨荷风华正茂时的照片用黑框装起来挂在墙上，梁姆姆给雨荷穿了她出嫁时家婆给她做的嫁衣，还给她化了淡妆，就像活着一样。梁姆姆叫小哥去买白色的菊花，越多越好。小哥跑了好几个花店，把店里所有的白菊花都买来了，小哥不问梁姆姆为啥子要买这么多白菊花。小时候，小哥经常帮梁姆姆把热水端到那个神秘房间的门口，他也从来不问"为啥子"。

雨荷的灵堂摆了三天，梁家龙就在这开满了白菊花的灵堂里守了三天三夜，完成了他这二十几年来的精神成长。这些年来，他在学业上一路开挂，却忽略了心理建设。他为人冷漠，没有感恩之心，尤其是对待他比待亲生儿子还好的梁姆姆，自从他再也不进雨荷房间的那一刻起，他便没有再叫过梁姆姆一声"妈"。是躺在床上的这个已经没有生命征象的女人，他的亲生母亲，唤醒了他的良知。

和当年雨荷悄然来到8号公馆一样，也是在浓浓的夜色里，雨荷的遗体被悄悄地运出了8号公馆，由梁家龙和小哥护送到殡仪馆火化。

七

在我的记忆里，在川藏线雪山上的兵站当站长的父亲，并不是每年都回成都过年，今年，他回来了，回来就忙小哥的事情。我刚生下来还未满月，父亲要回兵站，就在8号公馆的门口，小哥向他保证：一定会用羊奶把我养活。他们还像两个男人那样握了手，父亲问小哥想要啥子。他下次给他带回来。小哥说他想当解放军。那一年，小哥五岁。

母亲以为，小哥不想回学校读高中，只有当兵这一条路了。父亲找了负责招兵的老战友，老战友十分为难，说今年招兵还没开始，要等到今年年底。老战友还向父亲表示，今年年底负责把小哥招去当兵。父亲向小哥转达了他老战友的话，看着又高又壮的小哥，父亲越看越喜欢，他拍拍小哥的肩膀，说："你就是一块当兵的料。等你到了部队，好好地把文化课补一补，争取去上个军事院校，以后当将军。不想当将军的士兵不是好士兵哦！"

过了元宵节，父亲又回兵站了，我和蒋义也开学了，还有四个月，蒋义就要考大学，小哥不再去蒋公馆，他怕影响蒋义考大学，蒋义却天天都到8号公馆来找小哥，小哥便有了外出打工的念头。

小哥把他的想法透露给小双："我已经长大了，不能在家里吃闲饭。我先出去打份临工，等蒋义考了大学，我再回来。"

小双能理解小哥，她问小哥要去哪里。小哥说他也不晓得。小双以为小哥要去流浪，赶紧说："你先不要急着走，等我问问王宝器再说。"

小双给王宝器说他的小弟要去流浪，王宝器说："先学本事，有了本事到哪儿去浪都可以。你问小弟想不想去学开车。"

小双说："你是不是想我小弟像你一样开出租车？"

"也不是不可以。我有的是车，只要他愿意，拿一辆去开就是了。"

王宝器自知说漏了嘴，正想解释，小双告诉他："我小弟在年底是要去当兵的。"

"技多不压身，现代军人也要会开车噻。"王宝器雷厉风行，"我明天就去驾校给你小弟报名。"

"驾校管不管住宿？"小双给王宝器解释道，"我小弟最近一段时间不想住在家里，他有个从小玩到大的毛根儿朋友马上要考大学了，他经常来找小弟，小弟就想住到外面去，让他安心考大学。"

"这还不简单，让你小弟住到我家去，我家离驾校也不远，我和驾校的教练都很熟。"

"住你家？"小双笑道，"你想让我小弟和你挤一张床？"

"那倒不至于。"王宝器轻描淡写的，"我家有一栋楼。"

当天晚上，我在梁家吃晚饭，在饭桌上，小哥对梁医生和梁姆姆说，他明天要去上驾校了，借住在王宝器的家里，他家离驾校近。

我急了："我爸说你今年要去当兵，你不想当兵了？"

小哥说："招新兵在年底，还有那么长的时间，我在家里闲着也是闲着，还不如去学门技术。"

"小弟，有志气，我支持你！"

梁医生还算开明，中医世家到了他这里，就算终结了，他的子嗣都没有继承他的衣钵，老大志不在此，老幺对中医没兴趣，没兴趣就干不好，强扭的瓜不甜。

梁姆姆收拾了碗筷去灶房了，梁医生回房看报去了，客堂里就只剩下我和小哥。我心里舍不得小哥，小哥说等蒋义考完了大学，他就会回来。

"梁小猫，如果蒋义问你，你就说我去学开车了，不要给他说我在哪里学，更不要给他说我住在哪里，我怕他来找我。"

第二天，王宝器开车送小哥去了驾校，又送小双去音乐学院的琴房练习钢琴，还不晓得有没有空余的琴房。小双经常像做贼一样，在各个琴房间神出鬼没。有时，她也去卖钢琴的琴行，装作挑选钢琴的样子，在这台琴上弹一曲，在那台琴上弹一曲，引来许多人围观，一片啧啧的赞叹声。琴行老板也欢迎小双来弹琴，给他带来人气。但是琴行的店员却不这么想，他们觉得小双是在"蹭琴"。

王宝器把车往九眼桥方向开，都到了音乐学院的大门口，又调转了车头，往琴行的方向开，说："每天这么折腾，还不如买一架钢琴回去。"

"你说啥子嘛？"小双差点跳起来，"一架钢琴要好几千，我做梦都不敢想。"

"你不用做梦，我们现在就去买。"

琴行就在音乐学院附近，一脚油门已经到了。王宝器把车停在琴行门口，不由分说地拉着小双的手往琴行里走，听见两个店员在说悄悄话："蹭琴的又来了。"

王宝器大声地对小双说："你慢慢挑，挑一架你喜欢的。"

小双还想和王宝器理论，可一看两个店员嘲讽的眼神，赌气地挑了一架最好的钢琴，坐在琴凳上便弹起来。这台钢琴是这家琴行的镇店之宝，那音色当然不同凡响。

等小双弹完一曲，王宝器对店员说："就它了，开票！"

"你疯了！"小双压低了声音，"这架琴是最贵的。"

王宝器豪气冲天："要买就买最好的。"

王宝器开了票交了钱，留下8号公馆的地址，便和小双上了车。小双捶打着王宝器："真疯了！真疯了！这么贵的东西，你说买就买……"

"你值得！"王宝器握住小双打他的两只手，"小双，世界上所有的好东西，你都值得。"

"这架钢琴的钱，我还是要还给你。"小双突然想哭，"我欠你那么多钱，咋个还得清哟……"

"你咋晓得还不清嘛？"王宝器又开始正儿八经地胡说八道，"一辈子那么长，你就慢慢还嘛。"

钢琴拉来了，在王宝器的指挥下，琴行的人把钢琴抬进了后花园的八角亭。

第十五章　火锅英雄

一

成都的早春二月，吹在脸上的风轻轻柔柔，这是催万物复苏的春风。春风吹过的地方，树枝上长出了嫩绿的新叶，花丛中的新蕾在悄悄绽放。

改革开放的春风也吹到了成都，那些有胆有略的弄潮儿都站在时代的风口上，在遍地是商机的商海里乘风破浪。这么多年，一直在群众艺术馆里构思长篇小说的白日梦也坐不住了，他对小满说，他要弃文从商。

小满白了他一眼："浪娃儿都要上学了，你还在做白日梦。"

白日梦摩拳擦掌，两眼放光："我们艺术馆的人都想出去做生意。"

"你构思了那么多年的长篇小说，不写了？"

小满认识白日梦的第一天，白日梦就说他在构思长篇小说，现在他们的儿子都要读小学了，白日梦还在构思，一个字都没有落在稿纸上。

"现在而今眼目下，哪个还静得下心来写啥子长篇小说？"白日梦问小满，"你晓不晓得，现在做啥子生意最火？"

小满说:"火锅生意。"

白日梦惊讶道:"你咋晓得嘛?"

"大惊小怪的,现在成都三步一家火锅店,五步一家串串香,是个人都晓得。"小满笑道,"难不成你也想去做火锅生意?"

"不瞒你说,不仅仅是想,我和我们办公室的马尾巴已经行动起来,去进行了实地考察。"

"哪个马尾巴哦?"小满想起来了,"是不是那个把头发梳成马尾巴的诗人?"

"哦,就是他,其实他本来就姓马,他还有个很有诗意的笔名叫茫然。"

小满心想,完了完了,一个白日做梦的人,一个茫然不知所措的人,都是两脚不沾地的主儿,还想在一起做生意,肯定是空欢喜一场。白日梦看出了小满的心思,说:"你不要小看我们哈,万事皆有可能。我们文化人做生意,有我们文化人的优势,我们首先要把火锅文化研究透了,才会开始行动。"

白日梦滔滔不绝地给小满讲起了成都的火锅文化:"你晓不晓得,成都第一家火锅店叫啥子名字?说出来吓死你,叫'好莱坞火锅',是一个重庆人1936年开在成都总府街川剧院附近的。"

"嚯哟,成都在解放前就有火锅了。"小满第一次听说,"我还以为成都的火锅是最近几年才兴起的,我晓得新南门那家叫'热盆景'的火锅店火爆得很。"

白日梦和马尾巴诗人去考察的就是位于新南门桥头名叫"热盆景"的火锅店。霓虹灯招牌染红了新南门的天,霓虹灯下,火锅店里挤满了人，连街沿边边上都摆上了火锅，过往的行人只能走在自行车道上。

小满问白日梦："'热盆景'的味道好不好嘛？"

白日梦说："排好长的队哦，每个人都发一张扑克牌，服务员拿着大喇叭在门口喊：红桃9，你在哪里？梅花5，你还在不在？喊一个，进去一个。"

其实，就是没有那么多人排队，白日梦和马尾巴也不敢进去，他们两个人随便点几个菜，一个月的工资就吃没了，他们的钱是要用来开火锅店的。

小满笑道："你们两个去考察人家的火锅店，味道都没有尝到，叫啥子考察嘛。"

"我们还是有收获，取了一些经回来。"白日梦细说他和马尾巴取回来的"经"，"比如，我们看见'热盆景'的服务员都配得有对讲机，客人要添菜，直接用对讲机通知后厨：闷墩儿闷墩儿，来盘豆腐干儿。后厨那边马上回应：幺妹儿幺妹儿，明白明白。不到一分钟，豆腐干儿就送来了，客人肯定满意噻。再比如……"

"说来说去，你们还是只学了一些皮毛。要开火锅店，味道才是关键。"

小满拿出钱来给白日梦，让他和马尾巴去"热盆景"正儿八经地吃一顿火锅，好好生生地把人家的真经取回来。白日梦受宠若惊："小满，你支持我去做生意啊？"

"我必须支持你。"小满轻描淡写地说，"你如果成功了喃，那是梦想成真；你如果失败了喃，那是梦醒时分。正说反说，都是好事。"

"嚯哟，小满，你好有魄力哟！"

和小满做夫妻的日子越久，小满身上的美德被白日梦一点一点地挖掘出来。她的美貌一目了然，反而掩盖了她的大气、她的洒脱和她的深明大义。

白日梦拿着小满给他的钱，和马尾巴去"热盆景"取真经。他们坐下来后，服务员拿来一本菜谱请他们点菜，马尾巴却批评起人家的菜谱来："这本菜谱太一般了，和'热盆景'这么大的名气不匹配。"

在"热盆景"的服务员，男的一律叫"闷墩儿"，女的一律叫"幺妹儿"。在幺妹儿的指点下，白日梦点了四个荤菜：毛肚、鸭肠、耗儿鱼、午餐肉；两个素菜：香菇、豆芽；两个半荤半素的菜：鹌鹑蛋、豆腐皮。本来还想点黄喉、腰片和鳝鱼，恐怕会超过五十元的预算。

"你们吃啥子锅嘛？"幺妹儿介绍道，"有红锅，有白锅，还有鸳鸯锅。"

马尾巴问幺妹儿："啥子叫'鸳鸯锅'？"

"就是把锅分成两半，一半是红锅，一半是白锅。"

"我们正宗的成都人，肯定吃红锅噻。"白日梦一挥手，"来个红锅。"

幺妹儿拿起对讲机："闷墩儿闷墩儿，来一个红锅。"

马上就有一个闷墩儿端来一口铜锅，里面红彤彤的，厚厚的红油上漂满了辣椒和花椒；另一个闷墩儿用推车推来了他们点的菜品。

铜锅里红浪滚滚，火辣辣地冲鼻子，还没开吃，白日梦就连打三个喷嚏。白日梦夹起一片毛肚，放在锅里数到七，再去找那片烫熟的毛肚，已经被马尾巴吃了。站在旁边的幺妹儿偷着笑，一看这两个活宝就是第一次吃火锅。她对白日梦说："烫毛肚烫鸭肠，都是筷子夹到烫，你不夹到就跑了。"

马尾巴嘴里嚼着毛肚，脸上的表情却有点痛苦。白日梦问他味道咋样。他说不如想象的惊艳。站在一旁的幺妹儿又对马尾巴说："你才吃第一口，花椒把你的舌头麻得没有知觉了，等你的舌头恢复了，越吃越好吃。"

真的像幺妹儿说的那样，等舌头上的那股麻劲过后，味觉便苏醒过来，越吃越好吃。麻辣鲜香，麻是麻酥酥的麻，辣是辣得跳的辣，鲜是食材的鲜，香是香迷糊的香。

二

开火锅店的地方找到了，就在马尾巴住的那条巷子的巷口的一棵老树下。白日梦和马尾巴各投"巨资"三百元，三百元对这两个文化人来说，都算一笔巨资。小满把三百元钱交给白日梦，说："这三百元就是我们的全部家当了哈！"

白日梦伸出去的手又缩回来，他于心不忍："小满，你不怕我亏了啊？"

"做生意嘛，有亏有赚，你连这点心理素质都没有，还想做生意？"

其实，小满心里明明白白，这三百元给白日梦，就是有去无回，拿给他交学费的。

双方资金到位后，先要给火锅店取个名字。白日梦说火锅店的门口有棵老树，就叫"老树火锅"，一目了然，还有一种怀旧的诗意。马尾巴坚决反对："火锅就是火锅，不要和诗扯到一起。'老树火锅'死气沉沉的，毫无炸裂的轰动效应。我已经想好一个店名：火锅英雄！"

白日梦被吓了一跳："太夸张了，我们两个咋敢自称英雄？"

"所以你娃写不了诗，只能做白日梦。"马尾巴唾沫横飞，"'火锅英雄'不是具体地指开火锅店的你和我，它是一种意象，只可意会，就是让你自己去想半天。"

白日梦想想也是，"热盆景"火锅店的名字取得好，就是一种意象，就是让人想半天，你想象的"热盆景"是啥样子就是啥样子。

白日梦和马尾巴合开的火锅店正式取名叫"火锅英雄"。马尾巴又说，他把菜谱的菜名也想好了，不是一看就明白，要像读诗一样需要想象力："比如，毛肚叫'一头牛的胃'；鸭肠叫'鸭的消化道'；黄辣丁叫'不是鱼的鱼'；黄豆芽叫'黄豆的童年'；豆腐干叫'黄豆的另一种可能'；豌豆尖儿叫'豌豆的青春期'；童子鸡叫'还没有结婚的鸡'；猪脑花儿叫'猪的思想'；鹌鹑蛋叫'小鸟还在孕育中'……"

"纯属多此一举。"白日梦反对，"人家来吃个火锅，还要被你折磨智商，人家凭啥子嘛？"

"这叫出奇制胜。"马尾巴满肚子都是理由,"我们火锅店现在还没有名气,全靠整点怪名堂出来。"

白日梦犟不过马尾巴,菜谱也按照马尾巴的意思做成了一本诗集的样子。马尾巴在艺术馆写了几百首诗,做梦都想出一本诗集,这本菜谱就算圆了他的诗人梦。后厨请了一个刚从烹调学校毕业的厨师胖娃儿,又招了一个皮肤黑得像非洲人的黑娃儿和一个小乖小乖的女娃儿当服务员,完全模仿"热盆景",男服务员叫"闷墩儿",女服务员叫"幺妹儿",还给他们两个配了对讲机,由白日梦充当教练,给他们两个培训了两个半天,让闷墩儿在后厨,幺妹儿在店堂,拿着对讲机反反复复地练习:"闷墩儿闷墩儿,来一盘豌豆尖儿","幺妹儿幺妹儿,闷墩儿明白","闷墩儿闷墩儿,来一份黄辣丁儿","幺妹儿幺妹儿,黄辣丁儿现杀要等一会儿"……马尾巴还从家里拿了一副扑克牌来,让幺妹儿站在"火锅英雄"的招牌下,拿着大喇叭高喊:"梅花9,你在哪里","黑桃K,你在哪里"……这也是跟"热盆景"学的。闷墩儿也想拿着大喇叭学喊号,马尾巴夺下他手上的大喇叭,说:"你就算了,你看你那个样子好得罪人嘛。"

万事俱备,"火锅英雄"在鞭炮声中,红红火火地开张了。一长串鞭炮不多不少888粒,发发发,取义发财的发。

鞭炮声把半条巷子的人都引来了,他们站在"火锅英雄"的招牌下面指指点点,一看火锅店的两个老板白日梦和马尾巴,都跟"英雄"沾不上边,果然像马尾巴预想的那样,围在火锅店门口的人都在拼命地意会"火锅英雄"四个字的意思,意会了半天都没有意会出个所以然，骂一声"没得名堂"便扬长而去。

围在火锅店门口的人走了一半，幺妹儿赶紧拿出扑克牌给每人发了一张，所有的人都一脸懵懂："啥子意思哦？"

幺妹儿拿起大喇叭开始叫号："方块7方块7，你在哪里？"

拿着方块7的人高举双手："在这儿！在这儿！"

"里面有座位，先看菜谱哈！"接着喊号，"红桃3红桃3，你在哪里？"

被叫到号的人都进了火锅店，坐下来看菜谱，看得一头雾水："啥子意思哦？喊我们进来猜谜语嗦？"

真的有人兴致勃勃地猜起谜语来：

"'没有结婚的鸡'，我晓得我晓得，没有结婚肯定是童子鸡。"

"'黄豆的另一种可能'，有可能是豆腐，有可能是豆花儿，有可能是豆腐干儿，有可能是……"

"'猪的思想'肯定是猪脑花儿噻。"

看菜谱猜谜语，火锅店里热热闹闹，就是没有一个人点菜。猜完谜语，火锅店里的人陆陆续续都走了，白日梦和马尾巴空欢喜一场。

一连几天，火锅店都没有生意，幺妹儿没精打采的，闷墩儿趴在桌子上，每天都是睡不醒的样子，马尾巴就拿闷墩儿出气："看你这个死样子，财神爷来了都要绕道走！"

"你骂闷墩儿有啥子用嘛，人气要靠慢慢养。"白日梦想到一个好主意，"我们请亲朋好友来免费吃，人气不就有了？"

马尾巴怪白日梦："这么好的金点子，你咋个不早点贡献出来?"

马尾巴把他的亲朋好友都想起来了,还有几辈子都没有来往的七大姑八大姨都想起来了,列了一个长长的名单,有一百多号人。他让白日梦把他的亲朋好友的名单也列出来,白日梦说:"我就算了,光是你的亲朋好友,就要把我们火锅店挤爆。"

每到饭点,马尾巴的亲朋好友只能分批来吃,每次都有七八桌,这招儿还真灵,不知底细的人看这家新开的"火锅英雄"人气那么旺,不容他们犹豫,已经被幺妹儿拉进来了:"进来坐嘛,里面还有座位。闷墩儿闷墩儿,快倒茶!"

被忽悠进来的客人又被烧脑壳的菜谱惊艳到了,一边猜谜语一边点菜,等把菜吃进嘴里,又一边吃一边抱怨"好难吃哦",有些"毒舌"说得更狠:"难吃得怀疑人生。"

"火锅英雄"开不下去了,已经被马尾巴拉来的亲朋好友坐吃山空。马尾巴怪白日梦出的馊主意,白日梦不服:"你咋个嘴巴两张皮,边说边在移,是你说的金点子哈。再说来火锅店白吃白喝的都是你的亲朋好友,没有一个是我拉来的。"

三

"火锅英雄"亏得血本无归,房子还得继续租下去,因为签了一年的合同,厨师和闷墩儿、幺妹儿的工资也一分钱都没有付给人家,白日梦想打退堂鼓,三百元就这样打了水漂,这可是他和小满全部的家当,让他咋个面对小满嘛?

白日梦和马尾巴商量:"我们把火锅店的锅碗瓢盆和桌椅板凳都卖了,付胖娃儿、闷墩儿、幺妹儿的工资,然后就解散。"

"白日梦,你还是不是男人?是男人永不言败!"马尾巴不服输,"我们在哪里跌倒,就在哪里爬起来。"

"你还想开火锅店啊?"

马尾巴说:"我认真地总结了'火锅英雄'失败的教训,败就败在味道上。人家的火锅为啥子好吃?都是有秘方的。"

白日梦惊喜道:"你找到秘方啦?"

"你又在做白日梦。秘方那么容易到手,还能叫'秘方'?我们没有秘方开火锅店,我们就做串串香。"

白日梦说:"吃串串香还不是吃味道。"

"串串香的味道不在锅里,从锅里捞起来的串儿,不是直接吃进嘴里,都要在碟子里头蘸了辣椒面才吃进嘴里,所以串串香的味道就一个字——辣。"

白日梦和马尾巴又去吃了几家麻辣烫串串香,蘸了干碟就吃不出味道的高低之分,干碟蘸得越多就越辣,白日梦的嘴皮上糊满了辣椒皮皮,不住地吹气:"嚯哟,好辣哟!辣得跳!"

"好!"马尾巴大喝一声,"就这个名字'辣得跳',够劲爆!够刺激!"

重新开张,又需要投资,还是一人一半,马尾巴说他那一半,他去借;白日梦那一半,他断然不能再向小满开口了,家里已经没有存款了,白日梦也只好去借,找哪个借喃?白日梦第一个想到的人是宋小江,他最不愿意开口借钱的人也是宋小江,宋小江是巴心巴肝地希望小满过得好，向宋小江借钱，不就暴露了小满过得并不好。

马尾巴已把借来的钱投进了"辣得跳"串串香，白日梦不得不向宋小江开口，宋小江二话不说，爽快地把钱借给了白日梦，只是对他说："要做适合自己的事情，不要浪费了自己的才华。"

双方的投资都到位后，马尾巴去做了"辣得跳"的招牌，把原来的招牌"火锅英雄"撤下来，换上够劲爆够刺激的招牌"辣得跳"。马尾巴志在必得，火锅店改成卖串串香，无非是换汤不换药，把烫火锅的食材串在竹签签上，素菜串一根竹签签，荤菜串两根竹签签，结账时数签签，一根一毛钱。

"辣得跳"开张了，怕给人落下像"火锅英雄"那样雷声大雨点小的笑柄，没有放鞭炮，也没让幺妹儿在门口发扑克牌，装模作样地举着大喇叭喊号。过路的人一看招牌"辣得跳"，抱着"尝一下是不是会辣得跳"的心态就进去了。"辣得跳"的功夫都在蘸碟上，马尾巴亲自去采购的"辣中天王"七星朝天椒，让胖娃儿炒香后放在碓窝里面舂成不粗不细的辣椒面，红彤彤地装满一盘子，再在上面撒上炒熟的白芝麻和花生碎，马尾巴自信满满："如果辣不跳，我跟你姓！"

来"辣得跳"吃过串串香的人，都说是名副其实的辣得跳，名不虚传。"辣得跳"每天人来人往，却没有赚到钱。吃一顿火锅人均消费至少十几二十元，来"辣得跳"来吃串串香，吃几串就辣得跳，辣得眼珠子都要爆出来，嘴巴里头都要喷出火来，最多吃几串就不敢再吃了，人均消费不过几块钱，利润之薄可想而知，看起来人气很旺，其实是虚假的繁荣。

几个月下来，"辣得跳"付了房租，付了胖娃儿、闷墩儿、幺妹儿的工资，所剩无几，两个老板白辛苦了几个月。

白日梦从此死了做生意的心，赔了全部的家当，还借了宋小江三百元，他得先给宋小江一个交代。宋小江一看他两眼无神，心里便明白了八九分，没等白日梦开口，便先说道："我上次把钱借给你，就没打算要你还，算我帮你交了学费。"

白日梦简直无地自容："你都晓得了？"

"不存在晓不晓得。我早就晓得，你不是做生意的料。"

"你早就晓得？"白日梦问宋小江，"你为啥子还要借钱给我？"

"你当初出来做生意，小满为啥子要把全部的家当都给你？难道小满不晓得你不是做生意的料？"宋小江说，"小满和我一样，都是为了让你死了那颗不安分的心。"

白日梦口服心服："死了，肯定死了。"

"小满，多好的女人啊！不仅长得漂亮，活得更漂亮。"宋小江一副感慨万千的样子，"常话说得好，好女人是男人的一所学校。"

白日梦点头称是，承认小满就是他的一所学校。

宋小江语重心长："白日梦，你我兄弟一场，真人面前不说假话，你已经过了做梦的年纪，长篇小说写了这么多年也没写出来，你得承认自己没有写小说的天赋，但是你要相信，天生我材必有用，只是你现在还没有找到适合你干的事情而已。"

白日梦回到家，小满好像啥子都晓得了，她对她给白日梦的那三百元钱只字不提，只问白日梦借了宋小江多少钱。

"三百元。"白日梦实话实说,"宋小江不要我还,他说算他帮我交的学费。"

"必须还!"小满不容商量,"我来还。"

四

改革开放的春风也吹到了文化领域,白日梦所在的群众艺术馆,文化人都被优化组合到各个不养闲人的部门,白日梦被优化到《龙门阵》编辑部。成都话"摆龙门阵"是"聊天""说闲话"的意思,把摆龙门阵的内容编成文字,就成了一本话说成都历史变迁、三教九流、众生百态、风土人情的杂志《龙门阵》。

白日梦带回来几本《龙门阵》,小满翻了翻,好像发现了新大陆:"白日梦,你去《龙门阵》编辑部,简直是老天有眼,把你派到了最适合你的地方。这叫报应,好人有好报。"

"你咋晓得《龙门阵》是最适合我的地方?"

"我早就说过你就是一本成都的百科全书。你一肚子都是成都的龙门阵,印成字就是一本《龙门阵》。"小满比白日梦还兴奋,滔滔不绝,"想当年,你蹬炮耳朵车带我逛遍了成都,你给我讲成都为啥子叫'成都',讲春熙路的来历,讲人民公园为啥子又叫'少城公园',讲成都有三十六条街道,有七十二条巷子,讲每条街每条巷子的名字的意思,讲成都的袍哥组织,讲大军阀刘文辉,讲川剧名角阳友鹤,讲清音大师李月秋,还讲了好多好吃的地方荣乐园、味之腴、姑姑筵、哥哥转、努力餐、耀华餐厅、枕江楼南堂餐馆……

就说我住了这么多年的九思巷,是听你讲了'君子有九思'的含义,我才晓得我原来住在这么有文化的一条巷子里。"

白日梦有些感动:"小满,我给你讲的这些,你都记得这么清楚?"

"和你在一起后,你每天给我讲一点,每天给我讲一点,我都快成成都百科了。真的,白日梦,我不是当面吹捧你,你满肚子的学问,满肚子的成都龙门阵,不去《龙门阵》编辑部,先不说浪费了你的才华,就是你自己也对不起你自己。"

白日梦觉得小满说的都对,还是心有不甘:"我也晓得《龙门阵》适合我,就是挣不到啥子钱。"

"挣钱挣钱,你还在做挣钱的白日梦!"小满给足了白日梦的面子,她想说白日梦"不是挣钱的那块料",但她说不出口,怕伤了白日梦的自尊心,"我就问你,你喜不喜欢《龙门阵》?"

"肯定喜欢嘛。"

小满一锤定音:"喜欢就去干,不要再做挣大钱的白日梦了。"

白日梦去《龙门阵》编辑部当了一名编辑,工作干得得心应手,还可以不坐班,家务事他全包了,一切都是那么称心如意,只有一件愁心事,就是借宋小江的那三百元,还不晓得咋个还。

白日梦安定下来,小满却处在风雨飘摇中。梁医生所在的街道医院被成都中医学院的附属医院收编了,为他设了"专家门诊",专治顽疾"老鼩巴儿",现在梁鼩巴儿的名气比以前更大了,要预约他的专家门诊号,起码要提前半个月。梁医生不坐堂了,开在8号公馆门前的药房也就不存在了,在药房当配药师的小满下岗了。

小满到处找事做，求到原曲艺团的老团长的门下，老团长可以说是小满的伯乐，是他发现小满百灵鸟般的歌喉，把十岁的小满招到曲艺团悉心培养，小满练的是童子功，还未正式上台，便在圈子里头有了"小月秋"的绰号。李月秋可是四川清音的一代宗师，叫小满"小月秋"，可见小满的前途一片光明。眼看着小满可以上台表演了，嗓子却倒了，但老团长晓得她的功力还在。

"小满啊，你不来找我，我还正想找你呢。"老团长说，"我有个熟人，原来也是文艺界的，他在玉林那边开了一个有歌手驻唱的酒吧，人气旺得很，我这个熟人就想我给他介绍唱歌唱得好的人，我第一个想到的人就是你……"

"不不不，我的嗓子已经倒了，你又不是不晓得。"小满说，"我的意思是想求你把我介绍到哪个电影院卖票，查票也可以，反正我喜欢看电影。"

"小满，你听我把话说完嘛。"老团长接着说道，"你的嗓子倒了，练了那么多年的功力还在，唱那些流行歌完全没有问题。"

第二天下午，老团长陪小满去了位于玉林的一个酒吧，酒吧老板请了几个懂音乐的内行来听小满唱歌，其实就是考试。他们给了小满一张歌单，让小满选一首来唱。歌单上的歌都是港台的流行歌曲，小满选了一首老歌《夜来香》。小满毕竟是受过专业训练的，一首歌还没有唱完，就把这几个内行惊艳到了，他们说小满是老天爷赏饭吃，她现在略带沙哑的嗓子就是唱流行歌的金嗓子，她的声线像极了台湾的歌后凤飞飞。他们又选了凤飞飞的经典歌曲《追梦人》让小满唱，几个内行都是闭着眼睛听的，说仿佛在听凤飞飞的原唱。

小满心里不踏实，悄声问老团长："我真的有他们说的那么好啊？"

老团长百感交集，说："小满啊，你是因祸得福。如果你的嗓子不倒，唱清音的嗓子太脆太亮，是唱不了流行歌的。你现在嗓子沙哑得恰到好处，很有磁性，正是唱流行歌的金嗓子。"

酒吧老板马上就要和小满签合同，每晚唱两首歌，每首歌二十元。天哪，一晚上就能挣四十元。

每天吃完晚饭，把浪娃儿托付给梁姆姆，白日梦蹬着炮耳朵车把小满送到位于玉林的酒吧，看着小满进去后，他就在外面等，等小满唱完两首歌，白日梦又蹬着炮耳朵车把小满拉回8号公馆。炮耳朵车上坐着一个人，没有骑自行车快，从九思巷到玉林，来回要一个多小时，每天回到家，白日梦满头是汗，连说话的力气都没有。小满心疼白日梦，不要他接送，她要自己坐公交车去，白日梦坚决不同意。

没过几天，小满便唱红了，来酒吧的人有一半都是来听小满唱《夜来香》和《追梦人》的。在玉林的另外一家酒吧的老板通过老团长的关系，也找到小满，想请小满每晚到他的酒吧也唱两首歌。就这样，小满在第一家唱完两首歌，马上转场到第二家，白日梦坐在炮耳朵车上随时待命，看小满从第一家出来，赶紧又把她拉到第二家，等小满在第二家唱完两首歌，白日梦蹬着炮耳朵车把小满拉回8号公馆，已经是半夜。虽然辛苦，但两口子心里美滋滋的，一晚上就可以挣八十元，比白日梦的工资高多了。

五

小满领到钱，马上给了白日梦三百元，让他去还给宋小江。宋小江不要："说好是给你交学费的。"

白日梦把钱硬塞给宋小江："小满说必须还。这钱是她挣的。"

白日梦把小满去玉林唱歌的事讲给宋小江听了，宋小江又是一声叹息。他突然向白日梦问起小满的妹妹谷雨："我记得你把她介绍到你姑婆那里去学蜀绣，现在学得咋样了？"

蜀绣又称川绣，是中国四大名绣之一，与苏绣、湘绣、粤绣齐名。白日梦的姑婆精通蜀绣全部的针法技艺，尤其擅长蜀绣双面异色绣和双面异形绣。白日梦的姑婆年轻时候守寡，靠蜀绣的手艺养活了三个娃娃。谷雨从聋哑学校毕业后，小满想让谷雨学一门手艺。谷雨不能说话，白日梦想起了他的姑婆，他姑婆能说话，但她不喜欢说话，一年到头都说不了几句话。姑婆性格孤僻，从来不收徒弟，白日梦只能带谷雨去碰碰运气。没承想姑婆见到谷雨的第一眼便喜欢，她一眼看出谷雨的心灵手巧，最让她满意的是谷雨十分安静，而谷雨见到蜀绣的工具绷子和五颜六色的丝线也爱不释手。姑婆当即收下了谷雨，还让谷雨住到她家里去，谷雨成了姑婆这一生中唯一的徒弟。

"学得还可以，都可以双面绣了。"白日梦问宋小江，"你咋个想起问谷雨喃？"

"我给你说，现在大熊猫在全世界太火爆了！"宋小江眉飞色舞，"好多外地人、外国人到成都来看大熊猫，凡是大熊猫的周边商品都卖火了。我看见有卖大熊猫蜀绣的,因为是大批量生产,都是机绣的,都是一个样,我想送一幅给外国朋友,都拿不出手。"

宋小江说着,拿出几张放大的照片给白日梦:"这些都是我拍的野生大熊猫,全是获奖作品,你看谷雨绣得出来不?"

现在的宋小江已经不是当年的宋小江,他在全国的几个大城市都举办了个人摄影展,展品全是在自然环境中拍摄的野生大熊猫,这些照片都十分珍贵,不仅轰动了中国,也轰动了世界,有好几个国家都邀请他去办个人摄影展,大大小小的摄影奖,宋小江也拿到手软。

白日梦收了宋小江的获奖照片走出宋小江的工作室,刚走到门口,宋小江又把他叫回去:"我今天看你的脸色好难看哦,还有点肿,你是不是生病了?"

"我咋会生病?我身体那么好,从小到大就没有生过病。这些日子,就是有点累,不想吃东西。"

"从小不得病的人,一得病就是大病。"宋小江表情严肃,"我明天陪你去医院做个全面检查,和自己的身体开不得玩笑哈。"

第二天,白日梦背着小满,在宋小江的全程陪同下,在医院做了全面检查。结果,查出他患了尿毒症。

白日梦问医生:"我还有好多日子?"

"日子长着呢。"医生说,"你只要坚持透析,活二三十年没得问题。"

白日梦哭丧着一张脸:"透析一次要花那么多钱,要活二三十年,简直就是一个无底洞,还不如不活了。"

"你不想活了,你想过小满没有?你想过浪娃儿没有?"

白日梦叮嘱宋小江："你千万不要给小满说哈，我怕影响她的心情。心情不好，歌就唱不好。"

"你想瞒也瞒不住。你还想蹬着炮耳朵车送小满去玉林唱歌啊？来回要蹬一个多小时，你不要命了？"宋小江说，"我的存折上还有点钱，你先拿去做透析，用完了我再想办法。"

小满还是晓得了白日梦的病情，轻描淡写地说："是个人都会生病，该去透析就去透析，莫得啥子。"

白日梦说他不想去透析，透析花起钱来是无底洞。

"花再多的钱，你都值得。你是我和浪娃儿的无价之宝。"小满对白日梦说，"那些丧气话，你就不要再说了，有我在，钱的事情不用你操心。"

小满把酒吧的活儿辞了，然后去医院给白日梦付了三个月透析的费用，钱是她这些日子在玉林两家酒吧唱歌挣来的。两家老板都想留小满，说白日梦不能接送小满了，可以给小满报销出租车费。小满说晚上回去那么晚，怕白日梦操心，还说要全心全意照顾白日梦。

白日梦一周两次去医院透析，小满学会了蹬炮耳朵车，她要拉白日梦去医院，白日梦坚决不干："我坐在你蹬的炮耳朵车上，我还是不是男人哦？"

小满说："你现在是病人，等你的病好了，才是男人。"

白日梦犟不过小满，只好由着她，好在三医院离九思巷不远，小满也不是很累，白日梦也就慢慢习惯了，一路上，两夫妻有说有笑。当年，小满是出了名的成都美人，现在还是那么漂亮，而且越来越迷人，过往的行人驻足给她行注目礼，不仅仅是惊羡她天生丽质的美貌。

小满从来不和白日梦讨论钱的事情,但她心里时时刻刻都在想挣钱的事情。除了唱歌,她在曲艺团还学到了一些本事,比如化妆,比如盘头发,比如服装搭配。小满生了浪娃儿后,就把原来的长发盘在脑后,那次陪斯小姐去川港影楼拍旗袍照,斯小姐想把头发盘起来,盘成她妈妈那样的发髻。小满帮斯小姐把头发盘起来,盘发的斯小姐和长发披肩的斯小姐完全是两种气韵的美,盘发的斯小姐的身上多了一份母性的美。拍照的张师半开玩笑地对小满说:"等我以后自己开了婚纱影楼,一定请你来专门给新娘盘头发。"

几年过后,张师真的开了一家照相馆,就开在后子门。这天,他刚从店里出来就看见蹬着炮耳朵车拉着白日梦的小满,像小满这种"一眼万年"的美人,他一辈子都忘不了。张师径直朝小满冲了过去,吓得小满捏了急刹车:"你要干啥子?"

"我原来是川港影楼的,你想起来没有?"

"哦,我想起来咯!"小满给白日梦介绍道,"他就是给斯小姐照相的那个张师。"

张师看了一眼坐在炮耳朵车上的白日梦,心里便明白了八九分,但他从小满的身上,完全看不到她的窘迫,她脸上的笑容明媚自然,骑在炮耳朵车上时头高高扬起,头上的盘发一丝不乱,以他的专业眼光,简直就是360度无死角。这样的女人,是不会向生活低头的。

张师指指他身后的照相馆,对小满说:"这是我开的照相馆,有空来耍哈!"

第十六章　活得漂亮

一

没过几天，小满来到张师的照相馆，见了张师也没多说客套话，直接问道："你这儿有没有我能干的活儿？"

"肯定有噻。"张师说，"你还记不记得当年我在川港影楼对你说过的话：等我自己开了婚纱影楼，我就请你来专门给新娘盘头发。"

小满四处看了看，说："我咋个没有看到你这儿有婚纱照喃？"

"唉，说来话长。"张师愁眉苦脸，"拍婚纱照需要人手，服装、化妆、发型，不是随便找个人就搞得定。前前后后，我至少请了七八个人，动手能力强的，审美不行；会化妆的不会做发型，更不会盘头发；会做发型的不会化妆……"

小满说："这些事情，我一个人就可以做下来。"

"是呀，不如意的时候，我就会想起你，我总觉得我会遇见你。我原来不信命，现在信了。"张师有些激动，"照相馆的生意一直不好，那天我心里头烦得很，想到门口透透气，嘿，一出门就遇见你，你说是不是命运的安排？"

张师的强项就是拍婚纱照，而且，拍婚纱照一拍就是一套，还有放大装相框的业务，利润可想而知。现在小满来了，他说干就干，小满却先要和他讲条件，张师也爽快得很："你想我给你开好多工资，随便给个数！"

"不是钱的问题，是时间。"小满说，"每周的星期二上午和星期五上午，我要陪我们浪娃儿他爸去医院做透析，就这个条件，如果你不同意，我就不来了。"

张师为人豪爽："完全没得问题。"

张师的照相馆，原来有几套婚纱，一看就是廉价货，到处都是线头，还缀满了俗气的假珍珠。小满说："结婚是女人一辈子的头等大事，人家既然要来拍婚纱照，就要拿最好的婚纱给新娘穿。"

小满说的话，张师都同意，他让小满去科甲巷买香港过来的婚纱。小满来到号称"西部第一女人街"的科甲巷选了几套婚纱，贵是贵，但是一分钱一分货，一看就是高档货。买回去穿给张师看，张师顺手给小满拍了几个胶卷，从中选出全身的、半身的、面部特写的放大了摆在橱窗里，每个从照相馆经过的人，都会有意无意放慢脚步，往橱窗里多看几眼。又听说橱窗里的美人就在照相馆里，都跑进照相馆里来看小满，小满就给那些即将当新娘的年轻女子化妆，化完妆又给她们盘头发，又让她们试穿婚纱，经小满这一番诚意满满的免费服务，本来只是想进来看小满的人，结果都成了照相馆的潜在顾客，铁了心要在这里拍婚纱照。

小满成了照相馆的活广告，来拍婚纱照的人都想拍成橱窗里小满的样子，加上照片上的美人亲自给她们化妆，亲自给她们盘头发，亲自给她们穿上婚纱……照相馆的生意如日中天。

张师又开始信命了，说他前不久经过文殊院，被门口一个算命的老头儿拦住，伸手就向他要五元钱，说他印堂发亮，有贵人相助。那时他刚开了照相馆，生意不见起色，正是心灰意冷的时候，哪肯相信"有贵人相助"这些鬼话，当然，算命老头儿伸手要的五元钱也没给。

"小满，原来那个算命老头儿说的我'有贵人相助'，这个'贵人'就是你。"张师很后悔，"我应该给那个算命老头儿五元钱，哪天我再去文殊院门口找那个算命老头儿，给他十元钱，如果没找到他，我就把这十元钱捐到文殊院里头的功德箱。"

"张师，你才是我的贵人。在我最困难的时候，你给了我这份我又喜欢又能挣钱的工作，每个星期还给我两个上午的时间，陪我们白日梦去医院做透析，大恩不言谢哈！我给你说个正事。"小满言归正传，"时代在发展，我们照相馆也要跟上时代的步伐。"

"肯定要跟噻。"张师豪气冲天，"小满，你说咋个跟我就咋个跟。"

小满说，婚纱照的背景可以做成油画风格的，大海的油画、森林的油画、草坪的油画、教堂的油画、花园的油画，顾客喜欢大海，就给她大海的背景；喜欢花园，就给她花园的背景……"

"高，实在是高！"只要是小满说的，张师全都同意，"只是我只认得画国画的，不认得画油画的。"

甄画家就是画油画的，小满闭口不提。她和甄画家分手，分得干干净净，再无来往。如今的甄画家已经名扬天下，报纸上常有他的新闻，小满从来不看。小满回家问白日梦："你有没有会画油画的熟人？"

白日梦说《龙门阵》编辑部的美编就是学油画的。小满蹬着炕耳朵车拉着白日梦去见了那个美编，鉴赏美女是这个美编的业余爱好，他早就听说过著名的成都美人小满，期盼有朝一日能够当面鉴赏一番。今日一见，真是让他开了眼界，他那轻薄的鉴赏之心顿时荡然无存，有的只是对小满的敬重和叹服。他对小满的请求，二话不说便应承了下来。

几天过后，小满蹬着炽耳朵车去美编那儿，把几幅巨大的油画背景运回了照相馆。小满穿上不同款式的婚纱，在大海、森林、花园、教堂的油画背景前，张师又给她拍了几个胶卷，精选了几张放大了装进雕花的木相框里，换下橱窗里原来那几幅婚纱照。

照相馆又火了，橱窗前挤满了人，都来看他们从来没见过的艺术婚纱照，一时间，成都刮起了拍婚纱照的艺术风。

每天，张师和小满都忙得两脚不沾地，常常连吃饭的工夫都没有，想来照相馆拍艺术婚纱照的人，已经预约到一个月以后。小满还是每个星期二上午和星期五上午，蹬着炽耳朵车拉着白日梦去三医院做透析，雷打不动。张师有些话在心里憋了好久，终于有一天向小满敞开了心扉："小满，我和你商量个事情，你能不能雇个人，陪白日梦去医院做透析？"

小满拉下脸来："张师，我来的时候，我们两个就说得好好的，每个星期要给我两个半天的时间，你想反悔啊？"

张师慌了，有些语无伦次："我不是那个意思……我是这个意思……雇人的钱，我来出……"

"张师，钱不是万能的。"小满正色道，"想当年，我把脚摔伤了，伤筋动骨一百天，人家白日梦去买了一辆自行车，改装成炽耳朵车,就是现在我骑的这辆炮耳朵车,天天拉着我去医院换药,去逛街,去公园耍,还拉着我回我父母的家,郫县那么远的地方,硬是一天蹬了个来回。后来,我在玉林两个酒吧唱歌,白日梦蹬着炮耳朵车每天接送,我也可以打车,但是白日梦不放心。现在,白日梦生病了,我雇个人来照管他,张师,我就问你,我的良心是不是被狗吃了?"

张师被小满问得哑口无言,其实他想说的是另一层意思:"小满,你现在也是成都的名人了,你的名字就是我这家照相馆的金字招牌,你这个人就是我这家照相馆的活广告,好多人都跑到照相馆来想看你这个真人,我就怕,有人刚好看见你骑炮耳朵车从照相馆门前经过,你说人家咋个想嘛……"

"人家咋个想,我管不着,我又不是为别人活,我是为我自己活得心安理得,你晓不晓得啥子叫'心安理得'?就是要对得起自己的良心。"小满负气道,"张师,如果你嫌我给你丢人,我明天就不来了。"

"嚯哟,小满,你的气性好大哟!就算刚才那些话我没有说过。"张师恨不得跪下来给小满磕头,"小满啊小满,你千万不能走哈,你要走了,我这家照相馆只有关门。"

二

小满性格爽快,说翻脸就翻脸,说翻篇儿就翻篇儿,张师说,那些令她心里头不舒服的话,就当他没有说过,小满就真的当他没有说过，已经把这段不愉快的小插曲忘了，张师的心中却荡起了涟漪。张师第一次在川港影楼见到小满，虽然小满是陪斯小姐去拍照，但张师记住的却是小满。张师在影楼见过的美人无数，小满无疑是最美的那一个。如今，小满来到他开的照相馆，让张师心动的已经不是小满的美貌，而是小满的品行。小满对工作的任劳任怨，小满对顾客的满腔热忱，特别是小满对白日梦的一往情深，白日梦成了张师在这个世界上最羡慕的人。一觉醒来，张师常常长吁短叹：白日梦的祖上不晓得积了好多德，才遇上了小满这样的好女人。

后子门照相馆的油画艺术风卷成都，吸引了好多女文青来到照相馆，她们不是来照婚纱照的，她们想照那种小清新的艺术照。8号公馆的小双也来了，那天，她穿着一件有刺绣的白衬衫，下面配一条浅灰色的长裙，长发飘飘，简简单单，清清爽爽，小满让她选一幅油画背景，想请张师给她拍几张照片。小双选了森林油画的背景，小满在小双的头上戴上小野花编的花冠，让她手上提一个盛满野花的花篮，向镜头款款走来。

照片上，一个从森林里走出来的清纯少女带着满满的森林元气，隔着照片都能感受到森林和小双相互成就的小清新。照相馆除了艺术婚纱照，又多了一个"小清新"的项目。小双陪小满去女文青最爱去的三多里，挑选了几套颇有文艺气息的服装和配饰。小满又去求《龙门阵》的美编画了几幅散发着文艺气息的小清新的油画背景，有缠绕着蔷薇花的白色木栅栏，有开满野花的小河边，有看书的转角楼梯，有仰望星空的格子窗……

照相馆再一次声名鹊起，生意好到爆。小满再接再厉，她再一次向张师献计献策:"我一直觉得穿旗袍的女人才是最有味道的女人,只有旗袍,才能把我们中国女人的东方韵味显出来。你还记不记得,我第二次陪斯小姐到川港影楼来拍的旗袍照?"

张师当然记得。斯小姐穿着她妈妈留给她的墨绿色的丝绒旗袍,她腰细胸高臀翘,好身材被裁剪得当的旗袍勾勒得一览无遗,特别是穿上旗袍的精神气质和穿费雯丽的连衣裙的精神气质完全不一样,旗袍是高雅贵气,脸上的神态也会因为穿上旗袍而温柔起来,张师曾经盛赞斯小姐的旗袍照是"母仪天下",虽然斯小姐没有做过母亲,是旗袍把斯小姐身上的母性焕发出来了。

张师哈哈一笑:"小满,你是不是又想给我们照相馆拓展一个新业务?"

小满说,现实生活中,几乎没有人穿旗袍了,但是,有旗袍情节的人大有人在,照相馆完全可以满足这一部分人的旗袍梦。和往常一样,凡是小满说的,甚至是她想的还没说出来的,张师都同意。小满说干就干,她去包罗万象的九龙服装城和泰华服装城,逛了为数不多的几家旗袍店,没有一件旗袍让小满瞧得上眼。这也难怪,见识过斯小姐母亲那件墨绿色的丝绒旗袍,小满的眼光自然就高了:那样的绲边,那样的盘扣,再比较旗袍店里卖的那些旗袍,简直就不能叫旗袍。

在小满的心中,有一个人也许能做出像样的旗袍来,这个人就是梁姆姆。自从植物人雨荷离世以后,梁姆姆的事情就少了许多;梁医生不在药房坐堂,每天早出晚归,也少了许多事情;除了周末,老大梁家龙和大双梁佐翼,几乎就见不到人影;小双的钢琴伴奏的名气越来越大，成都几乎所有的歌咏比赛和文艺演出，都会邀请小双去钢琴伴奏，难得有不出去的时候，小双就关在八角亭里苦练钢琴；小哥在驾校学开车，也不晓得他考上驾照没有，住在三圣乡王宝器的家里，难得回来一趟也是点个卯就走，感觉忙得很的样子。现在的梁姆姆是最清闲的时候，小满想请梁姆姆给照相馆做几件旗袍，梁姆姆满口答应，就是有些担心："我跟家婆学了几年裁缝手艺，家婆也把做旗袍的手艺教给了我，我学会了裁剪旗袍，还学会了绲边，学会了盘扣，就是还没有单独做过旗袍。我就怕……万一做坏了，咋个办嘛？"

"做坏了再重新做嘛，我就不相信得到过家婆真传的梁姆姆，连件旗袍都做不出来。"

梁姆姆感慨万千："小满，不瞒你说，我这一辈子，最想做的事情就是做旗袍。这大半辈子都过去了，还是你发现我是一个有用的人。"

做旗袍的热情焕发了梁姆姆的青春，她兴致勃勃地去绸缎铺子挑选做旗袍的料子，料子买回来后又裁又缝，忙得不亦乐乎。见到梁姆姆的人都说她起码年轻了十几二十岁，问梁医生是不是拿了长生不老的补药给她吃，梁姆姆实话实说："世界上没有长生不老的药。人上了年纪，一定要做点自己喜欢的事情，让自己忙起来，人一忙起来就有了活力，有了追求，就会越活越年轻，比吃啥子补药都管用。"

梁姆姆这边做着旗袍，小满又去《龙门阵》编辑部请美编画几幅怀旧的民国风油画：有雕梁画栋的亭台，有美人靠的长廊，有青石板的雨巷，有造型古雅的拱桥，有油漆斑驳的带铜环的门……小满还设计了一些情节来拍照，根据情节找来一些道具，比如在雨巷里，一个打着油纸伞的穿旗袍的女人；在亭台里，穿着旗袍的女人在弹古琴或弹琵琶；在长廊上，穿着旗袍的女人悠闲地摇着绢扇；在明月照耀下的拱桥上，穿着旗袍的女人吹长笛寄托相思……

梁姆姆的几件旗袍做好了，工艺精湛，旗袍的高级感在于精致的绲边和精致的盘扣。《龙门阵》美编的几幅油画也按小满的要求画好了，美编现在已经不再惊叹小满的美貌，而是惊叹她的艺术感觉：这么好的艺术感觉是从哪儿来的？他哪晓得，小满的初恋男友就是画油画的画家，第二任男友是享誉世界的摄影家，他们都有很高的艺术造诣，小满耳闻目染，多多少少从他们那里受到了艺术的熏陶。

照相馆怀旧的旗袍风再一次风卷成都，那些风韵犹存的成都姆姆闻风而动，成都姆姆对美的追求疯狂得很，旗袍艺术照的预约已经没法再预约下去。小满身兼导演、化妆、发型于一身，照片把穿着旗袍的姆姆们拍得风情万种，还拍出了欲说还休的故事感来。

三

照相馆的生意越来越火，名气也越来越大，张师心里的恐惧也在与日俱增，他发现他越来越离不开小满了，每天清早一睁开眼睛就想去照相馆，就想早点见到小满，只有见到了小满心里才算踏实下来；晚上从照相馆回到家里，心里空空荡荡，躺在床上翻来覆去睡不着，眼睁睁地盼天亮；每逢小满蹬着炮耳朵车拉白日梦去医院做透析的星期二上午和星期五上午，张师就像热锅上的蚂蚁，在照相馆里走过来走过去，那颗躁动不安的心啊，在胸膛里怦怦乱跳。

张师对小满这份说不清道不明的情感，连张师自己都感到害怕，他是有道德感的人，他有老婆有儿子，他老婆勤劳善良，对他巴心巴肝，对他父母又孝又敬，对儿子更是一片慈母心，他现在精神出轨了，他对他老婆的负罪感日益加深，他也想抑制这份不道德的情感，可是越想抑制，越像决堤的洪水挡都挡不住。

小满冰雪聪明，张师的心猿意马，张师的痛苦，她已经感觉到了。她没有问张师为啥子痛苦，她隐约感觉到张师的痛苦与她有关，拖得越久，后果越严重。小满有了离开照相馆的心，但她心里明白，她的离开对照相馆来说，就是釜底抽薪，用张师的话来说，只有关门。小满必须去找一个人来替代她，才不至于让张师关门。

小满去意已定，但她不动声色。她对张师说，照相馆的生意太好了，她想找一个帮手。张师巴不得，满口答应："你太累了，我早就应该给你找帮手。"

张师确实早就想给小满找帮手，是小满自己不愿意。小满在照相馆挣的是计件工资，一个顾客一整套服务下来，收入可观。一个月下来，小满的工资和白日梦的工资加起来，完全负担得起白日梦一周两次的透析，一家三口的生活过得还算宽裕。如果请了帮手，帮手的工资理应由她出，势必会减少她的收入。小满宁愿累，她想多挣点。

要想找一个能够顶替小满的人几乎是不可能的，小满干的那一整套活儿，即便找几个人也未必干得下来。小满只好到原来的曲艺团去找和她类似的人。曲艺团经过整改，上点年纪的人都被整改下来了，其中也包括化妆师。没费啥子周折，小满找到了年纪并不算大的化妆师黄姐，把她带到照相馆，跟了小满几天，基本上熟悉了照艺术婚纱照、小清新艺术照和怀旧旗袍照不同的化妆风格、不同的头发造型、不同的服装配饰，但是，在张师拍照时，小满对顾客动作神态的指导，这需要灵感和审美，这是黄姐学不来的，这一点令张师大为不满，更觉小满的珍贵。

看黄姐已经上手后，小满才正式向张师提出辞职："张师，现在黄姐可以独当一面了，我可以放心地离开了。"

犹如晴天霹雳，张师半天才回过神来："小满，你啥子意思哟？我还以为你找了帮手，是想在照相馆大干一番呢。小满，你是不是对我有意见，你说出来，我改……"

"张师，我对你咋会有意见嘛？我是因为……"

"是不是因为你找了帮手，你的收入减少了？"张师已经乱了方寸，"小满，没有你，也不会有照相馆的今天……你看这样好不好，我把照相馆的利润分一半给你……不，分一大半给你……"

"张师，你把我看成啥子人了？原来我在你的心目中就是见钱眼开的人嗦。"小满拉下脸来，"张师，我要离开照相馆与你毫无关系，完全是我自己的原因，我想多陪陪白日梦。"

张师了解小满的脾气，她决定了事情，八头牛都拉不回来。张师捂着脸，像孩子那样痛哭起来，小满没有劝他，她的心里也很难过，她怕一劝他，她自己也会哭起来。

照相馆的工作，小满是真心喜欢，她为照相馆付出得太多，但她还是走了，留给张师一个坚定的背影。

小满回到家里，白日梦诧异道："咦，你今天咋回来得这么早？"

小满说："我把照相馆的工作辞了。"

白日梦吓了一跳："为啥子喃？你那么喜欢照相馆的工作，干得那么起劲，咋个说不干就不干了……"

"我现在有更喜欢的工作。"

白日梦问："啥子工作？"

小满说不出来。刚才，她是冲口而出。

小满问白日梦："你晚上想吃啥子喃？我去给你做。"

白日梦说："浪娃儿给我说了好几回，想吃你做的滑肉汤。"

小满心里一阵难过，她很内疚，自从她去了照相馆，每天早出晚归，忙得脚不沾地，哪有时间给浪娃儿做饭？现在好了，可以天天给浪娃儿做饭，他想吃啥子就给他做啥子。想到这里，小满又开心起来。

小满和白日梦一起下楼，白日梦去割肉，小满来到灶房，梁姆姆也在，见到小满，惊喜道："小满，好久都没有在灶房头见到你了。"

"梁姆姆，你以后可以经常在灶房见到我了。"

"你不去照相馆上班啦？"梁姆姆表示理解，"照相馆的工作好是好，就是太累了。小满，你那么能干，肯定还找得到更好的工作。"

"就是，我也是这么想的。"小满把照相馆的事放下来，全心全意地做滑肉汤,"哦豁,做滑肉汤的木耳和黄花都没得。"

"我有,我有。"梁姆姆抓了一把干木耳一把干黄花,"赶紧用水泡起,用温水哈!"

把木耳黄花泡在温水里,白日梦把肉也割回来了,割的是精瘦的里脊肉,切出来的肉片粉红细嫩,每一片都裹上红苕粉,平摊在菜板上用刀背锤,锤成薄薄的、大大的一片,半斤肉能锤出两斤肉的样子。煮熟了,锤进肉片里的红苕粉就变成一层透明的亮膜,吃起来特别有弹性有嚼头。

小满对梁姆姆说:"你忘了,还是你教会我做滑肉的?"

"我们梁医生和小弟都喜欢吃锅巴滑肉片。我们屋头人多,做滑肉最划得来,二两肉就可以做出一大盘子。"梁姆姆突然想起来,"小满,我记得你上次做滑肉汤,是你妹妹帮你锤的肉。你妹妹长得好乖哦,咋好久都没来了喃?"

上次,宋小江拿了几张他最得意的熊猫照片让白日梦带给谷雨,谷雨一看就喜欢得哇哇叫,两只手又比又画,白日梦不懂手语,谷雨又拿她绣的双面绣给他看。谷雨的师傅,就是白日梦的姑婆,她告诉白日梦,她已经把蜀绣的各种针法技艺都教给谷雨了,谷雨想用双面绣的技艺来绣宋小江的熊猫照。

"不晓得谷雨把熊猫绣出来没有?"白日梦对小满说,"我们明天去姑婆家看看谷雨。"

"好嘛。"小满说,"我们谷雨也喜欢吃滑肉汤,明天给她带点去。"

四

第二天一早，小满给谷雨装了满满一保温桶滑肉汤，让白日梦抱着，蹬着炕耳朵车拉着白日梦去了草堂附近的浣花溪，白日梦的姑婆就住在浣花溪边的一个小院里。

小满刚把炕耳朵车停在小院门口，白日梦叫道："姑婆！姑婆！"

姑婆满面笑容迎出来，简直和原来的姑婆判若两人：以前的姑婆总是板着一张脸，不爱搭理人，自从谷雨来到她身边，姑婆变得开朗了，每天有说有笑的。

姑婆拉着小满的手，夸起谷雨来就滔滔不绝："谷雨这个女娃儿硬是乖得很，你不要看她又聋又哑，要说心灵手巧，谷雨第二，就没人敢说第一。不管多难多复杂的针法，她只要看几遍，就能绣出来。你们看嘛，她绣的双面熊猫。"

双面异色和双面异形的绣法，是蜀绣中的绝活儿。在薄如蝉翼的纱上刺绣，手指不晓得要被绣花针扎出多少血来，谷雨的手指上全是密密麻麻的针眼儿。

姑婆拿出谷雨绣好的双面熊猫给小满和白日梦看。宋小江最得意的几幅熊猫作品中，谷雨选的是一只母熊猫和一只小熊猫在玩耍的照片，她用了双面异形绣和双面异色绣的技法，凸现在薄纱上的母熊猫和小熊猫比照片更加立体更加生动，尤其难得的是，谷雨抓住了这张照片的魂，母熊猫的母爱情深和小熊猫的天真童趣都在谷雨的一针一线中鲜活起来。

"天哪，谷雨！"小满抓住谷雨的胳膊使劲摇，"这真的是你绣的?"

这幅绣品镶嵌在能转动的雕花檀香木框里,十分精致。谷雨用手语对小满说,这是她的第一幅双面绣作品,她要把这幅作品送给拍照片的人。

白日梦受谷雨之托,带着谷雨的双面首绣和宋小江见了面,郑重其事地将锦缎礼盒双手献给宋小江。宋小江一边开礼盒一边不以为然地说:"啥子哟,这么隆重!"

礼盒打开了,宋小江两眼发直,半天说不出话来。白日梦从礼盒里把绣品拿出来,安装在雕花的檀香木架子上,用手一拨,镶嵌在圆形檀香木里的熊猫母子双面绣转动起来,一面是这样的,一面是那样的。

"谷雨说了,这是她的第一幅双面绣作品,一定要送给拍照片的人。"白日梦对宋小江说,"你不要客气哈,没有你拍的照片,谷雨的绣技再高,也绣不出这么好的东西来。"

"在这个世界上,又多了一个懂我的人。"宋小江说,"谷雨是懂我的人,从她的一针一线里,我能感觉谷雨和我心心相印。熊猫给人们的印象都是可爱的,是憨得可爱,笨得可爱,可我从常年和熊猫的接触中,发现熊猫在憨厚笨拙的外表下,它们也和人一样是有心情的,欢喜的、慈爱的、调皮的、逗乐的,谷雨都绣出来了。"

"唉——"白日梦一声叹息,"生得那么美,又那么心灵手巧,可惜又聋又哑。"

"这正是上天对谷雨的恩赐。"宋小江说,"她的耳朵听不见,她的心却能听见我们常人听不见的声音,比如花开的声音,草长的声音,冰雪融化的声音;她的嘴巴不能说话,她的眼睛却能看见风的颜色,她的鼻子能闻见月亮的味道……"

白日梦揶揄道:"小江,你都没有见过谷雨,说得就像认识好多年一样。"

"你们文人有句话叫'文如其人',我见到谷雨的绣品,就像见到谷雨本人一样。"宋小江捧起谷雨的绣品看了又看,"谷雨的心意我收下了。我还想请谷雨再绣一幅,我要送给一位外国朋友,他下个月要来成都。但是,这一幅绣品,我是一定要付报酬的。"

"你说些啥子哟,谷雨肯定不会收你的钱。"

"必须收。"宋小江正色道,"桥归桥路归路,心意归心意,生意归生意,这是我开口要的,就算是给谷雨的第一笔生意。靠自己的劳动挣钱吃饭,天经地义。"

白日梦点头称是。

"这样的双面绣就是谷雨的生财之道。"宋小江越说越兴奋,"首先,要把谷雨的品牌树立起来。白日梦,你的篆刻手艺可以派上用场了,你给谷雨刻一个印章,以后,谷雨的每一幅绣品,都要用红丝线把印章绣在上面,慢慢地把品牌树立起来。"

谷雨绣出了第二幅熊猫母子游戏的双面绣,白日梦给这幅绣品取名《天伦之乐》,又让谷雨用细细的红丝线绣上他篆刻的"谷雨绣品"的印章,谷雨从此有了自己的品牌。

宋小江的外国朋友杰克如期到达成都,他是一位著名的策展人,在国际上享有盛誉。他这次来成都,就是和宋小江商议,准备把宋小江的野生大熊猫的摄影作品做一个国际巡展。与杰克同期到达的还有几位外国朋友，他们都是来成都看大熊猫的。当天晚上，宋小江带着谷雨的双面绣来到外国朋友下榻的锦江宾馆，当宋小江把双面蜀绣《天伦之乐》展示给杰克时，杰克高兴得手舞足蹈，他一次又一次拥抱宋小江，反反复复夸赞这礼物太精美、太珍贵，他会珍藏一辈子。

作为答谢，杰克在锦江宾馆设宴招待宋小江，宋小江把白日梦和小满也带去了，在座的还有与杰克同来的那几个外国朋友，他们是冲着双面蜀绣《天伦之乐》来的。杰克向大家介绍宋小江，说他是中国拍摄野生大熊猫的第一人，老外对拍摄野生动物的摄影家都会高看一眼，宋小江拍的还是地球上的珍稀动物大熊猫，几个老外对他更是无比崇拜，他们一次又一次举起酒杯，都预祝宋小江的大熊猫国际巡回摄影展圆满成功。

宋小江又向在座的老外介绍白日梦，说白日梦是他的毛根儿朋友，老外不懂成都话"毛根儿朋友"是啥子意思，宋小江给他们解释说，就是从小一起长大、感情深厚的朋友，老外频频点头，对白日梦也有了一份崇敬。接着，宋小江介绍小满，他说小满是白日梦的妻子，绣出《天伦之乐》的谷雨是她的亲妹妹。

老外的眼睛都亮了，不同颜色的眼睛闪出不同颜色的光：蓝光，绿光，棕色的光。有女老外问宋小江："谷雨也和她姐姐一样美吗？"

宋小江没有见过谷雨，他只有凭他的想象来说谷雨："小满是标准的成都美人，她的妹妹和她长得很像，都是成都美人，只是谷雨是个聋哑人，听不见外面的声音。她不会说话，她把她想说的话都用针和线绣出来了。"

老外们若有所思，默默地点头。杰克说："只有生活在自己的世界里不受俗世纷扰的人，才绣得出《天伦之乐》这样惊世的绣品。"

在宴会结束时，几个老外都向小满表达了这样的意思：想买《天伦之乐》这样的绣品带回国，绣品上必须有用红丝线绣的"谷雨绣品"的印章，才有珍藏的价值。

五

听从宋小江的建议，小满开了一个公司专门经营谷雨的蜀绣绣品，公司取名叫"谷雨绣品有限责任公司"，小满自任总经理。小满走的是精品路线，生意再好，她绝不雇请绣工来复制或者仿制，更是坚决不用机绣，她坚持有"谷雨绣品"标志的所有绣品，都必须是谷雨亲手所绣。

除了那幅已经驰名海内外的熊猫双面绣《天伦之乐》，谷雨又把宋小江的另外几幅获奖的熊猫照片也用双面异色和双面异形的技法绣了出来，增加了"谷雨绣品"的品种，让客户有了更多的选择余地。宋小江拍的那张熊猫屎照片，白日梦以为只有他才欣赏得来，不想被谷雨绣成双面异色和双面异形的双面蜀绣后，一堆新鲜的熊猫屎呼之欲出，屎面上排列整齐的嫩绿的竹屑，给人无限的遐想，完全是一种抽象的美感。这幅熊猫屎的双面蜀绣，被冠以抽象派风格，传说喜欢的人都是那种不仅富有想象力，还有独到的审美意识和深刻的哲学思想的人。人人都想成为懂得起"熊猫屎"的人，《熊猫屎》居然成为那幅经典绣品《天伦之乐》之后，抽象派风格的经典绣品。

小满代理的"谷雨绣品"做的是少而精的口碑生意，说不上火爆，但是细水长流。小满心疼谷雨，她不想谷雨太累，尽量少接订单，在时间上也尽量宽限，当然，这样会少挣许多钱。

四川省要举办首届蜀绣展览，邀请蜀绣名家参加，其中就有德高望重的蜀绣艺人姑婆。姑婆年事已高，老眼昏花，在绷子跟前坐不到两个时辰就腰酸背疼。姑婆绣不动了，她对白日梦和小满说，她有意让谷雨绣品去参展，但是谷雨似乎不愿意。

小满用手语问谷雨："这是一次难得的机会，你为啥子不愿意？"

谷雨用手语回答："我怕自己不行。"

小满用手语说："你咋个晓得你不行？姑婆教给你的针法技艺，除了双面绣，还有好多你还没有派上用场。"

谷雨用手语说："绣熊猫能挣钱，我想挣钱给姐夫换肾。"

小满用手语对谷雨说："你不要为钱放弃这次机会。"

小满暂停了"谷雨绣品"的订单，她要让谷雨静下心来，一心一意准备参展绣品。

姑婆小院在风景如画的浣花溪边，雨过天晴，空气干净得没有一点杂质，往西看，能看见西岭的雪山。谷雨每天散步都会走到杜甫草堂，体会杜甫当年写下那首传世的《绝句》的意境："两个黄鹂鸣翠柳，一行白鹭上青天。窗含西岭千秋雪，门泊东吴万里船。"四行诗四幅画，谷雨烂熟于心，她要用她最娴熟的双面异形和双面异色的针法，用绣花针和丝线，在薄如蝉翼的纱上"画"四幅意境深远的水墨画，镶嵌在四扇屏风上。

姑婆关门闭户，让谷雨静心地绣。小满也清闲下来，除了每个星期二上午和星期五上午蹬着炮耳朵车拉白日梦去医院做透析，有时和梁姆姆一起去自由市场买了菜，就在灶房头和梁姆姆切磋厨艺，每天换着花样给浪娃儿和白日梦做好吃的。白日梦的身体大不如以前，但《龙门阵》的编辑工作他还是能够胜任。老话说"女怕嫁错郎，男怕入错行"，如今的白日梦就是入对了行，他庆幸当时听了小满的话，没有一头栽到"钱眼儿"里，义无反顾地去了《龙门阵》编辑部，才有了这份他热爱的工作。

梁姆姆每天下午都会去对门的5号公馆打一会儿麻将，小满见她有好些日子不去了，便问道："梁姆姆，你咋个不去对门打麻将了嘛？"

梁姆姆说锣齐鼓不齐，打麻将的四个人缺了两个人，都去茶园听李老师的散打评书去了。

"说好听得很，去听一回，就想天天都去，比打麻将的瘾还大。"梁姆姆羡慕道，"我就是要给梁医生做晚饭，不然的话，我也天天去听。"

白日梦现在不构思小说了，改研究成都的民间艺人，已经在《龙门阵》上发表了十几篇研究文章。小满问他，晓不晓得成都有个说散打评书的李老师？

"听人说起过，说他现在火爆得很，我还正想去听他讲的散打评书，就是那地方有点远。"

"远怕啥子嘛，我蹬炮耳朵车送你去。"

第二天下午，小满蹬着炽耳朵车拉着白日梦去了李老师讲评书的地方，还有半个钟头才开场，摆在院子里的竹椅子上已经坐满了人，小满一进去就是全场的焦点，把所有人的眼球都扯到了她身上，有人在小声议论："嚯哟，李老师好有魅力哟，连著名的成都美人都来了。"

蒋公馆的蒋二爷坐在正中间，他经常看见小满蹬着炽耳朵车在九思巷进进出出，对白日梦的病情略知一二，对小满的人品那是十二分的敬重。像蒋二爷这样的江湖豪杰，漂亮的女人见得多，得到他的喜欢容易，想得到他的敬重，几乎是不可能的。

蒋二爷起身给白日梦让座："白老师，到我这儿来坐！"

"不敢！不敢！"白日梦客气道，"蒋二爷，你坐！你坐！"

"你过来坐嘛。我喊他们把桌子撤了，再搬两把椅子过来。"

蒋二爷一挥手，马上有两个小伙子过来把蒋二爷面前摆了一碗盖碗茶的木桌子搬走，又搬来两把竹椅子。白日梦过去坐下了，蒋二爷请小满也坐下，说："来听李老师讲书的年轻妹妹多得很，保你今天听了，明天还想来。"

盛情难却，小满坐下了。

开场的时间到了，李老师身穿白衫黑裤布鞋，手摇纸扇从一道圆门里走出来，坐在一把太师椅上，响木一拍便开讲："话说……"

李老师今天讲的是《水浒传》里的《武松打虎》，《武松打虎》的故事家喻户晓，为啥子还要去听老师讲？李老师的迷人之处，在于他独创的"散打艺术"，把书中的人和事与现实中的人和事巧妙地结合起来，结合得严丝合缝。响木一拍，一句"话又说回来"或者"要得公道打个颠倒",他又能把书中的人和事从现实中抽离出来,让他们回到书中去。比如,他讲武松的兄长武大,他会扯到现实中的成都男人的美称"耙耳朵",历数成都"耙耳朵"种种宠妻狂的表现,把听书的人笑得前仰后合,特别是那些年轻的成都妹妹,笑得嘎嘎嘎的,其中就有小满;再比如,他讲到潘金莲和西门庆苟且龌龊的丑事,会扯到现实生活中伤风败俗的男男女女,男的一律叫"那个背时的短命娃娃",女的一律叫"那个死女娃子";讲到给西门庆和潘金莲穿针引线的王婆,他又扯到现实生活中隔壁子的张姆姆李姆姆,尽做一些"一坨屎闻起来不臭挑起来臭"的毁人婚姻的缺德事,脸皮厚得比城墙倒拐还厚……李老师用他幽默诙谐的成都话和生动夸张的肢体语言,在古代故事和现实生活之间自由穿梭,游刃有余,听众们在一浪接一浪的笑声中受到正能量的道德熏陶。

真的像蒋二爷说的那样,只要去听一回李老师的散打评书,去了一次想二次,去了第二次就想天天都去。李老师在哪里讲,小满就蹬着耙耳朵车拉着白日梦到哪里去听。听了一段时间,白日梦沉迷于李老师的散打艺术的研究,他已经写了好几篇评论文章,研究李老师的语言艺术,李老师发扬光大了成都方言艺术,是当之无愧的语言大师。白日梦对李老师散打评书的"散打艺术"情有独钟,李老师说的评书之所以能从各类评书中脱颖而出,正是因为他独具一格的"散打艺术",他以为李老师的"散打艺术"是"古为今用"的实践典范,借古讽今,具有强烈的现实批判精神。白日梦发表在《龙门阵》上研究李老师的文章,更是站在人民群众的立场上,从方方面面分析了李老师的散打评书为啥子广受欢迎，金杯银杯不如人民群众的口碑，人民群众喜欢才是硬道理，才称得上人民的艺术家。

除了发表在《龙门阵》上的文章，白日梦研究李老师"散打评书"的文章还在全国各地的报刊上遍地开花，只是他自己心里明白，他的日子不多了，他能在他生命最后的日子里，做了这么件有意义的事情，死而无憾。

六

宋小江也为白日梦感到高兴，他这个毛根儿朋友、多年的好兄弟，做了这么多年的白日梦，终于梦醒了，终于脚踏实地干出了成就。他约白日梦出来喝茶，小满蹬着炮耳朵车把白日梦拉到宋小江约定的茶楼，宋小江已在门口恭候了，他请小满也留下来喝茶，小满说："你们两个男人喝茶摆龙门，有个女人在旁边，咋个畅所欲言嘛。"小满又对白日梦说："到时候我来接你哈！"

宋小江今天确实有不方便小满听的话要对白日梦讲，他没有勉强，让小满走了。进了茶楼，宋小江和白日梦面对面地坐下来，白日梦盯着宋小江的脸看了又看，宋小江摸摸自己的脸，问道："我脸上有麻子啊？"

"你脸上有情况。"白日梦直奔主题，"你恋爱了？"

"你咋看出来的？你啥时候学会看相的？"

"你的眼睛里有星星。"白日梦说，"前几回看见你，都是霉戳戳的样子，两眼无神，你只有看见大熊猫，眼睛里才会有光。"

"不愧是和我从小一起长大的毛根儿朋友，我多年的好兄弟，还是你懂我。"宋小江承认了，"我恋爱了，我认真的。"

"快说，哪个？"

小满是宋小江的初恋。自从宋小江手臂上缠着黑纱，手捧一束白玫瑰来到那棵皂角树下——他第一次见到小满，就是爬上这棵皂角树用照相机的长焦镜头看见的——他在皂角树下肃立默哀，悼念他永逝的爱情。从此以后，他没有再恋爱，虽然有一些捕风捉影的绯闻，但宋小江都没有正式承认过。现在，由宋小江亲口说出来他是"认真的"，十有八九是真的了。

"这个人你认识，而且和你的关系非常近。"

白日梦吓了一跳："你莫不是又爱上了小满？"

宋小江坦白道："是小满的妹妹谷雨。"

白日梦松了一口气，但还是又惊又吓："你和人家谷雨连面都没有见过，咋个就恋爱了喃？"

"我是没有见过谷雨，但我就是爱上了她，你说咋个办嘛？"

白日梦苦口婆心，语重心长地对宋小江说："你已经三十好几了，已经过了年少轻狂的年龄，在恋爱这件事情上，你能不能正常一点？你看你当年追人家小满，就很不正常，结果喃？还让我去给你捡脚子。过了这么多年，你秉性不改，又去招惹人家的妹妹，我把话说到前头，你再也找不到我这样的人去给你捡脚子了。"

宋小江认真地说："我对谷雨是认真的。"

"你当年也是这么对我说，你对小满是认真的。"白日梦逼问宋小江,"你说,你是咋个爱上人家谷雨的?"

"就是她送给我的那幅熊猫双面绣,我天天看,看着看着,我就和她谈起了恋爱,我相信她和我有同样的感觉,这就是神交,你懂得起不?"

"我懂得起又有啥子用嘛?"白日梦说,"人家谷雨是聋哑人,你又不会手语,你咋个和她交流嘛?"

白日梦以为他说得这么现实,会让宋小江清醒一点。没想到宋小江痴心不改:"她喜欢我拍的照片,我喜欢她绣的绣品,这就是我和她之间的交流。白日梦,在恋爱这件事情上,我承认我是有点与众不同,我想要的是灵魂伴侣。"

"你想要灵魂伴侣,关键要看人家谷雨愿不愿意成为你的灵魂伴侣,我看你是'剃头挑子一头热'。"

"所以我才找你帮我噻。"宋小江抓住白日梦的手,"你带我去你姑婆那里见谷雨。"

"不得行哦!"白日梦甩开宋小江的手,"不要说你,就是小满现在要见谷雨,都要被我姑婆挡在门外。"

"为啥子喃?"

"谷雨要去参加四川省蜀绣展览,她这次是自己给自己出的难题,要用绣花针和丝线'画'水墨画,把杜甫的《绝句》'两个黄鹂鸣翠柳,一行白鹭上青天。窗含西岭千秋雪,门泊东吴万里船'绣成四幅双面绣,镶嵌在四扇屏风上。为了让谷雨静下心来完成她自己给自己出的难题,我姑婆关门闭户,谢绝所有人的来访,包括我和小满。"

宋小江惊喜道："杜甫的那四行诗最能表现诗意成都的美景，而水墨画又最能表现那四行诗的意境。绣成水墨画风格的双面绣，是谷雨的创意吗？"

"肯定是她嘛，所以我们都说她是自己给自己出难题。"

"就凭这个创意，谷雨已经成功了一多半。"宋小江又开始想入非非，"我这么懂谷雨，我一定能成为谷雨的灵魂伴侣。"

在四川蜀绣展览会上，谷雨的双面绣镶嵌在四扇雕花的檀香木屏风上，摆放在展厅最显要的位置，参观的人群在这四扇古风古韵的屏风前驻足不前，欣赏用绣花针和丝线"画"出来的水墨画，浓淡相宜，简约的色彩运用尽显水墨画的独特魅力；双面异色和双面异形的针法技艺，又将诗意成都的风景立体地凸现出来，美轮美奂；而在薄如蝉翼的纱上留白，让镶嵌在屏风里的画面更具层次感和空间感。有人蹲下身来，仔细辨认四幅双面绣的右下角用红丝线绣的印章"谷雨绣品"。

"谷雨绣品"在四川省首届展览会上一炮而红，有一家外贸进出口公司当即出价二十万要买下这四扇屏风，小满不想卖，谷雨却坚持要卖，她用手语对小满说："把这二十万存起来，一分钱都不能动，等有了肾源，就给姐夫换肾。"

宋小江也去看了展览，看了那四幅镶嵌在四扇屏风里的用绣花针和丝线"画"出来的水墨画。谷雨的灵性和悟性，让宋小江惊为天人，他更加坚信谷雨就是他想要的能够和他心心相印的灵魂伴侣。

白日梦瞒着小满，带着宋小江去他姑婆在浣花溪的小院见谷雨，白日梦还没有给谷雨介绍宋小江是拍熊猫照片的人，谷雨已经拿出了宋小江托白日梦带给她的那几张熊猫照片,捧在她的心口上,她不会说话,但她的眼睛会说话,宋小江看着她的眼睛,仿佛听见了她心里想要对他说的话。他们就这样深情地对视着,犹如一对上辈子就相知相爱的恋人。

第十七章　球迷的狂欢之夜

一

蒋义考上了大学，小哥从三圣乡回来了，他早就考取了驾照，但他只回过几次8号公馆，都是趁蒋义在学校的时候悄悄回来的，他怕蒋义来找他，影响蒋义考大学。现在蒋义已经考上了大学，梁医生和梁姆姆以为小哥这次回来就不走了，等到了年底就去参军，这是我父亲给他安排好的。

"哎呀，我的幺儿终于回来了。"

小哥现在已经是高过一米八的小伙子了，比他大哥梁家龙还高，但在梁姆姆的心中，小哥还是她永远的幺儿。小哥对他爸妈说，他回来和蒋义玩几天，还是要回三圣乡，那里才是他的广阔天地。

"你要到三圣乡去插队落户啊？"梁医生笑小哥不懂国家政策，"国家已经不号召城里头的娃儿去农村了，你娃娃还没睡醒嗦？"

"不是插队落户，是我的事业在那里，我要跟王宝器一起干。"

王宝器就一个开出租车的，难道小哥要和王宝器一起开出租车？

小哥说："你们根本就不了解王宝器，开出租车只是他开着玩儿的，人家的事业大得很。你们听没有听说过三圣乡冬天的'幸福梅林'就是他搞的，现在正和我一起搞夏天的'荷塘月色'，以后，我们还要一起搞春天的'世外桃源'，秋天的'东篱菊乡'，我们还准备种植大片大片的薰衣草，大片大片的向日葵，把三圣乡建成成都人的后花园……总而言之，三圣乡才是我的广阔天地。"

梁姆姆恍然大悟："难怪不得王宝器一天到晚陪小双去这儿去那儿的，我还在想，像他这个样子，咋个挣得到钱嘛？最搞笑的是他还一本正经说要小双慢慢地还他钱……"

梁医生也回过神来，说："我早就发现这个王宝器不简单，摆起玄龙门阵来总是一本正经的样子，听得你云里雾里。不过话又说回来，他炒的回锅肉确实巴适，每一片都起了灯盏窝儿。"

小哥对梁医生说："你想吃他炒的回锅肉，给小双说，小双喊他来，他不敢不来。"

梁姆姆问小哥："小双晓不晓得王宝器的真实情况？"

"也许晓得，也许不晓得，她根本不在乎王宝器是不是有钱人，她只在乎和王宝器相处起来，她是不是舒服。"小哥现在成了最了解王宝器的人，"人家王宝器就是喜欢小双这样的文艺女青年，自己有自己喜欢干的事情，两个人各忙各的，少了许多互相猜忌、互相折磨、互相伤害的麻烦。"

"我看小双现在是越来越好，证明小双找王宝器是找对了。"梁医生是过来人，他有自己的人生感悟，"是不是找对了人，要看自己是不是越来越好，对方是不是越来越好。"

梁姆姆附和道："就是就是，我感觉小双和王宝器在一起比大双和米公馆的那个米麒麟在一起好。"

梁医生对大双很不满:"大双和那个米麒麟好了那么长时间了,也没把他带回来见过父母,是不是怕我们梁家配不上他们米家?"

梁姆姆没有吭声,其实她心里明白,大双就是觉得梁家配不上米家,米家三姐弟,三姐弟都考上了大学;梁家四姐弟,只有两个考上了大学,一个只上了中专,一个只上了初中,她觉得小双和小哥丢了她的脸。当然,米麒麟也不愿意到8号公馆来,他怕见了小双尴尬。直到现在,梁医生和梁姆姆都不晓得大双的男朋友是抢小双的。

还有一件事情,梁姆姆不敢给梁医生说。前些日子,大双回来了一趟,说要找在中学时获得的"优秀共青团员"的证书,翻箱倒柜找了半天,后来又去梁姆姆的房间找,结果把梁姆姆藏在樟木箱子底下的那一对翡翠玉镯找出来了。梁姆姆忙说:"快放好,那是斯小姐的东西。"

大双问道:"斯小姐的东西咋个会在你的箱子里头?"

"唉,说来话长。"梁姆姆说,"斯小姐临终前,把这一对玉镯交给我,说一只给小弟,一只给小双。"

"妈,你是不是听错了?我和小双是双胞胎姐妹,一对玉镯,正好我和小双一人一只,咋会给小弟嘛?"

"我没有听错,肯定是给小弟的。小弟是男娃娃,但是他总有一天要结婚,他可以送给他的新媳妇嘛。"梁姆姆分析了斯小姐为啥子要把一对玉镯留给小弟和小双,"小弟被关了两年多,还不是因为这对玉镯;小双为了照顾斯小姐,把那么好的工作都丢了。"

大双承认梁姆姆说得合情合理,况且,她和斯小姐的关系并不好，斯小姐不喜欢她，喜欢小双，斯小姐见了她只是勉强地点个头，如果不是碍于梁医生和梁姆姆的情面，像斯小姐那么清高的人，都不会搭理她，不可能把那么贵重的东西留给她。大双从小习惯了抢小双的东西，斯小姐不给她，她可以从小双那里抢过来。

大双心眼儿活泛，脑子转得快，她对梁姆姆说："妈，这对玉镯是不祥之物，因为它，那个叫赵明达的人才起了歹心，害得自己瞎了一只眼睛，气死了斯小姐，还害小弟被关了两年多。现在这个不祥之物在我们家里，如果又被哪个坏人惦记上了，说不定我们梁家也会遭遇灭顶之灾。"

大双说起吓人的话，张口就来，当场就把梁姆姆吓昏了头："大双，你说咋个办嘛？"

大双心生一计："我听说银行可以出租保险箱，你把这对镯子交给我，我明天去银行租个保险箱存起来。"

就这样，大双轻而易举就从梁姆姆的手中把这对帝王绿的翡翠玉镯拿走了。大双心思缜密，明白这是"抢"来的，她还要谋划咋个把这"抢"来的东西合法化。

第二天，大双又回到了8号公馆，她对梁姆姆说，她去银行租保险箱，银行要她出一个证明，证明这对玉镯是她本人的。她已经帮梁姆姆把证明写好了：我自愿将这对翡翠玉镯赠予我的女儿梁佐翼。大双让梁姆姆在证明上签上她自己的名字"白素洁"，还让梁姆姆写上自己的身份证号码，连红色的印泥也准备好了，让梁姆姆在她自己的名字上按上红色的手印。

二

学生时代的暑假过完一个少一个。每到暑假快过完的时候,我的心情都像树上的夏蝉,烦躁不安,还像天上的一丝丝游云,有一点淡淡的忧愁。这个暑假,也是快过完的时候,我的烦躁我的忧愁荡然无存,因为蒋义考上了大学,小哥从三圣乡回来了,在开学前的日子里,我和小哥、蒋义每天都在一起。小哥和蒋义更是形影不离,不是小哥住到蒋公馆去,就是蒋义住到8号公馆来。蒋义还把他用过的高中教材和高考复习资料全部送给了小哥,让他去考电大或者夜大。

蒋义考上了大学是蒋家三喜临门的第三喜:第一喜是蒋老大蒋忠在国家恢复高考的第一年就考上了第三军医大学;第二喜是蒋老二蒋信在国家恢复高考的第二年,考上了西安交通大学;现在,蒋老幺也考上了大学,三喜临门,蒋二爷在家里摆了一桌粉蒸系列的宴席,特别盼咐蒋义要把小哥和我请去当贵宾。

我好久不来蒋公馆,那只白鹦鹉小凤仙还认得我,"梁小猫来了!梁小猫来了!"叫个不停。蒋二爷带领他的三个孙儿在走廊上迎接我们,那排场十分了得:三个高高大大、一表人才的小伙子簇拥着蒋二爷,犹如蒋二爷当年的风光再现。蒋姆姆拉着我的手,反反复复地说着原先不晓得说了好多遍的话:"真是女大十八变,越变越好看。我要有一个你这么乖的女儿,睡着了都要笑醒。"

"入席!入席!"

蒋二爷带领我们步入客堂,圆桌上摆满了大蒸笼、小蒸笼和不大不小的蒸笼。一个系着白围腰、戴着白色厨师帽、年龄和蒋二爷相仿的老人，在灶房和客堂之间进进出出，一看就是资深厨师。蒋二爷有隆重的宴请，都是请他来主厨，他最擅长蒸牛肉、蒸肥肠、蒸排骨、蒸糯米圆子、蒸咸烧白甜烧白……这一桌蒸菜，都是他的杰作。

蒋二爷开了一瓶五粮液，给他的三个孙儿和小哥面前的酒杯都满上了，最后给他自己也倒满。酒过三巡，龙门阵便摆起来。蒋二爷问我："梁小猫，你咋那么久都不来找蒋义了喃？"

都是因为小哥，我们三个人才经常在一起。小哥都不在，我咋可能来找蒋义？这是我的心里话，但是不能说出来。我说："我怕影响蒋义考大学。"

蒋姆姆却说："我们蒋义不怕影响，你来找他，说不定他考得更好。"

"完全有可能。"蒋义接着他妈的话说，"有了奋斗目标，肯定会考得更好。"

大家都笑了。我偷偷地看了一眼小哥，他居然也笑了，还说："再过几年，梁小猫也要考大学了，争取考到和蒋义同一所大学。"

我说："等我考上大学，蒋义都大学毕业了。"

"我接着考研究生，在那里等你。"

虽然蒋义是半开玩笑说的话，但我还是生气，生小哥的气，是他挑起的这个话题。

话题转到小哥的身上，小哥不在8号公馆的日子，到底在干啥子，是大家最好奇的。小哥说他在三圣乡，又讲了他在三圣乡干的事情，一句话，就是要把三圣乡建成"成都人的后花园"。

"好！好！好！"蒋二爷连说三个好，"算你娃有眼光，选在三圣乡干事业。你们晓不晓得三圣乡为啥子叫三圣乡？是哪三个圣人？"

小哥说："是炎帝、黄帝和仓颉。"

"对头。"蒋二爷说，"传说在清代，在三圣乡这个地方建有一座供奉着炎帝、黄帝和仓颉的三圣庙，现在这座三圣庙连影子都找不到了。"

蒋二爷提议，为"成都人的后花园"干一杯，蒋家三兄弟都起身给小哥敬酒。蒋二爷对他的三个孙儿说："人生是一场马拉松，不要看你们三个都考上了大学，不见得最后跑得赢梁老幺，有眼光有胆略有格局的人，才是最后的赢家。"

"爷爷过奖了！过奖了！"小哥受宠若惊，"我是跟着王宝器在干，他是土生土长的三圣乡的人。"

蒋二爷问："王宝器又是哪个？咋个叫宝器？他是个瓜娃子啊？"

"王宝器是我小姐姐的男朋友。"小哥说，"他在家里排行老七，大名叫'王宝七'，叫来叫去，就被人叫成了'王宝器'。"

在座的人都偷偷地看蒋信，都晓得小双是蒋信心头永远的痛。蒋信喝了一口酒，不再说话，只是一口接一口地喝闷酒。看得出来，蒋信还没有把小双放下，他很痛苦。我同情蒋信，他是女孩子心中的白马王子，当初小双被大双陷害，为他背锅转了学，不是大双从中作梗，也许小双会喜欢他，他们俩真称得上是一对金童玉女。

从蒋公馆出来，一路上我都不理小哥。小哥不晓得我为啥子生气："你小时候不爱生气，咋个长大了爱生气了喃？"

"你为啥子要我和蒋义读一个大学……"

"我真是这么想的。"小哥认真地说，"你和蒋义读一个大学，蒋义可以保护你照顾你。"

我盯着小哥的眼睛问："你喃？"

"我不可能读大学，最多读个电大或者夜大。你成绩那么好，是肯定能考上大学的，不大有可能读电大或者夜大。"

听了小哥的话，我很难过。

这天夜里，我翻来覆去睡不着，脑海里像过电影一样，一幕幕都是我和小哥的故事。

三

王宝器炒的片片都起灯盏窝儿的回锅肉，梁医生想了好久，梁姆姆也给小双说了好多回，小双终于叫来了王宝器，他这次来不是开的出租车，而是开着一辆银灰色的桑塔纳来的，一手提着一块二刀坐墩儿肉，一手提着一把蒜苗，一看就是来炒回锅肉的。我在8号公馆见过他几次，就觉得他好玩儿，幽默的人走到哪儿都受欢迎。

王宝器这次来，已经不是原来开出租车的王宝器，他是干大事业的王宝器。如果不是从小哥嘴里透露出来，还不晓得他要瞒到啥时候，梁姆姆以为他在考验小双，其实他只觉得好玩儿。直到现在，小双还在辛苦地挣钱，一点一点地还钢琴钱，他一本正经地都收下。

正是在他觉得"好玩儿"的过程中,他深深地爱上了简单实诚的小双。

梁姆姆正愁不晓得咋个面对干大事业的王宝器,结果今天一看,他脸上依然是那种吊儿郎当无所谓的笑,依然一本正经地胡说八道,觉得他还是原来的王宝器。她说小双在八角亭里弹钢琴,就要去把小双叫出来。

"不用去叫。"王宝器对梁姆姆说,"她弹她的钢琴,我做我的回锅肉。"

在小双的钢琴声中,王宝器一边煮肉切肉,一边和梁姆姆摆一些姆姆们爱听的龙门阵。梁姆姆叫我去蒋公馆把小哥和蒋义叫来吃王宝器炒的回锅肉,等我叫来了小哥和蒋义,梁医生也回来了,王宝器才开始炒回锅肉。

王宝器端着一大盘回锅肉走出灶房,顺便朝八角亭的方向喊了一声:"小双,吃饭咯!"

八角亭里的钢琴声戛然而止。小双从八角亭里出来,惊喜道:"宝器,你好久来的喃?"

"我好久来的不重要,你快去把手洗了吃饭。"

回锅肉摆上了桌,肉汤里煮了冬瓜,透明的冬瓜片镶着一线翠绿,清清爽爽;梁姆姆还做了两道小哥喜欢的菜:一道是鱼香茄饼,一道是姜汁豇豆。

梁医生坐下来后,第一筷子就夹了一片回锅肉让小哥和蒋义看:"看见没有,真资格的回锅肉,必须是这种起灯盏窝儿的。"

蒋义尝了一片回锅肉,点评道:"火候刚刚好。就是经常到我们家来给我爷爷做菜的厨师,也炒不出这样的灯盏窝儿。"

蒋义开始崇拜王宝器,事业做那么大,还能炒出有灯盏窝儿的回锅肉,不是一般人。

王宝器也喜欢蒋义,他对小哥说:"我把桑塔纳留给你,这几天你就开车和蒋义一起去青城山峨眉山耍一趟。"

"要得要得。"蒋义高兴得很,"梁小猫也去。"

我还在生小哥的气,埋头喝冬瓜汤。梁姆姆对我说:"梁小猫,你就跟他们两个去耍一趟嘛,从小就是他们两个到哪儿你跟到哪儿,暑假就要过完了,蒋义去读大学,你小哥去三圣乡干事业,你们三个要想见一面都难咯。"

第二天一早,小哥开着王宝器的桑塔纳,蒋义坐在副驾上,我坐在他俩后面,一路向都江堰开去。出了成都,天空更高更蓝,许多自由的云朵飘移在一起,聚成厚厚的、巨大的云块,然后又自由地分开,各奔远方。昨晚下了一场雨,温柔地给天空洗了一个澡,空气格外洁净,能看见远方如水墨画般的山影。

"青城天下幽"果然名不虚传,满目苍翠,空气里都带着薄荷的味道,是名副其实的天然大氧吧。成都人爱爬青城山,因为青城山是道教的发祥地,成都人深谙道家精髓,如果说儒家教人"拿得起",佛家教人"放得下",那么,道家就是教人"想得开"。成都人的生活就一个字:道。顺其自然,淡泊淡定,遇事想得开就玩得欢。

小哥和蒋义就是来爬山的,"老君阁"在青城山的最高峰上,他们勇攀高峰,只是担心我是不是爬得上去。蒋义说:"爬不上去,我们可以背你,我们又不是没有背过你。"

小哥附和道:"梁小猫,你不要忘了,你是我和蒋义背大的。"

"你们两个不要小看我,我们来比赛!"

我一直在他俩的前面,我心里明白是他俩故意要输给我,小哥和蒋义都有两条大长腿,咋个可能被我甩在后面?

到了青城山腰的天师洞,洞门前一棵有一千八百多年历史的银杏树,有五十多米高,直径都有两米多,是青城山的镇山之宝,被誉为天府树王。这棵千年古树历经沧桑,树枝上挂满了祈福的红布条,我在树下双手合十,闭上双眼,在心中祈福:为我父亲母亲,他们是生养我的人;为小哥和蒋义,他们是陪伴我长大的人。我也为我自己祈福,愿小哥能陪伴我到永远。

从天师洞往上爬,我还是一直在小哥和蒋义的前面。过了上清宫,上山的石阶越来越陡,越来越滑,就在抬头已经能看见顶上的老君阁的时候,我脚下一滑,摔倒在地,膝盖肿起来,还渗出了血珠。我对小哥和蒋义说:"马上就到顶了,你们上去,我在这里等你们。"

"这哪行?最好的风光都在山顶上,你岂能错过?"蒋义蹲下身来,"来,我背你上去!"

小哥将我扶上蒋义的背,蒋义一口气把我背上了老君阁。这是青城第一峰绝顶,又称彭祖封顶或高台山,四处眺望,远近山水尽收眼底,山木层层叠翠,如城墙般把道教圣地老君阁围起来,这也许就是青城山叫"青城山"的缘由。

蒋义蹲下身子把我放下来,说:"幸好我把你背上来了,不是亲眼所见，你永远不晓得青城山为啥子叫'青城山'。"

我对蒋义说："就是你乌鸦嘴，还在山下就说要背我，果然我就……"

小哥和蒋义一边一个扶着我，走近老君阁。老君阁建在青城山的最高点上，是塔形尖顶的楼阁，共有九层，每层有八角，象征太极八卦。走进老君阁，里面供奉着一尊太上老君坐莲像，金光闪闪。

四

小哥背着我下山了。山路崎岖，小哥和蒋义都是踢足球的，甩开他们的大长腿，下山比上山快多了。我真的是小哥和蒋义从小背大的，那时他们还是小男孩的身板，我可以紧紧地搂着他们的脖子。现在，我能感觉出小哥和蒋义身上结实的肌肉和他们雄壮的男子汉的气息。只是为啥子蒋义背我，我没有心跳加速也没有害羞？为啥子小哥背我，我又心跳加速又害羞，眼泪还不争气地流了下来，流在小哥的脖子上。

"梁小猫，你咋哭了喃？"小哥扭过头来问我，"我看了你的伤不是很严重，回去养几天就好了。"

"就是，你要相信你小哥，他曾经当过赤脚医生，还当过随军卫生员。"

小哥上小学时，去学农当过"赤脚医生"，去学军当过"随军卫生员"，蒋义和小哥一唱一和，我破涕为笑。

天色忽然暗下来，天上的乌云如万马奔腾，山里的天气像小孩儿的脸，说变就变，刚才还是晴空万里，现在却下起了大雨。山道上，一边是万丈深渊，一边是悬崖峭壁，连个躲雨的地方都没有。蒋义跑在前面，去寻找躲雨的地方，小哥背着我，在雨中继续前行。过了一会儿，蒋义跑回来，说发现一处小山洞。

小山洞真是小，小得只容得下我一个人。小哥和蒋义用他们高大的身躯挡在洞口外面，为我遮风挡雨。

山里的雨来得快去得也快，雨过天晴，我们继续下山。蒋义抢着要背我。小时候，小哥和蒋义放了学到幼儿园来接我，他们都抢着要背我，为公平起见，幼儿园到8号公馆之间有一根电线杆杆，他们就以这根电线杆杆为界，蒋义从幼儿园把我背到电线杆杆这里，换小哥把我背回8号公馆。他们背我最远的一次，是背我到三洞桥去捡废铁，在路上还给我买牛奶冰糕，钱不够，他俩只好买一根果汁冰糕，两人你一口我一口，一直舔到三洞桥。从三洞桥捡了废铁回到8号公馆，小哥做的酱油饭和椒盐锅巴，吃得我和蒋义终生难忘。

想起酱油饭和椒盐锅巴，我的口水差点掉在蒋义的脖子上，肚子咕地叫了一声。

"梁小猫，你是不是饿了？我听见你的肚子在叫。"蒋义对我说，"你再坚持一下，我们到山下去吃白果炖鸡。"

小哥也说："到了青城山，肯定要吃白果炖鸡，那些白果都是上千年的银杏树上掉下来的。"

出了山门，坐上小哥开的车，去吃白果炖鸡。在路上，遇见一只母鸡带着几只小鸡过马路，小哥把车速减下来，一看鸡是从一道篱笆门溜出来的,篱笆门上飘扬着蓝底白字的布幡,正是"白果炖鸡"。小哥把车停在篱笆门前,马上就有穿花衣裳的小妹儿迎出来,年龄也就和我一般大,笑靥如花,说话的声音也好听:"进来坐嘛!"

早已过了午饭时间,院子里空无一人。蒋义让把桌子椅子都摆在院子里的树荫下,小姑娘为我们端来煮玉米的水,我们一边喝着清香回甜的玉米水,一边等白果炖鸡上桌。

过了一会儿,白果炖鸡端上来了,装在一个巨大的陶盆里,一整只鸡卧在金黄的鸡汤里,汤里的白果个儿大且饱满,颜色也好看,嫩黄嫩黄的。

蒋义先喝了一口汤,叫道:"好鲜!把舌头都鲜掉了。"

蒋义年纪不大,却是个资深吃货,他从小跟着蒋二爷吃八方,会吃也懂吃,说起吃来一套一套的:"这个汤没有加任何调料,鸡和白果都是高级食材,炖在一起是鲜上加鲜,再加调料就是多此一举了。"

小哥撕下一条鸡腿给我,我不要,说:"你和蒋义一人一条鸡腿,我吃鸡翅膀。"

蒋义把两个鸡翅膀都给了我:"你那么喜欢吃鸡翅膀,是不是想展翅高飞?"

"小哥在成都,我往哪儿飞嘛?"

我这话是说给小哥听的,小哥却毫无反应。他问我:"梁小猫,你觉得是我妈做的白果炖鸡好吃,还是这里的好吃?"

从小到大,我不知在梁家吃了多少梁姆姆做的白果炖鸡,鸡是买来的,肯定不如这里的鸡是自家养的,炖鸡的白果也没有青城山的白果大，但我还是觉得梁姆姆做的白果炖鸡好吃，因为炖鸡的白果是小哥带着我在御河边捡的。

除了鸡骨头，我们三个把一大盆白果炖鸡吃得干干净净，连一滴汤都没剩下。

我们这次出来，原计划是第一天，上午爬青城山，下午去参观都江堰的水利工程。接下来的几天，就去峨眉山，再去乐山看乐山大佛。计划赶不上变化，我的膝盖受伤了，又紫又肿，峨眉山肯定去不成了，乐山也去不成了，都江堰水利工程还是想去看看，因为蒋义说："成都为啥子能够成为天府之国，都江堰的水利工程功不可没。我都要读大学了，如果人家问起都江堰水利工程，作为成都人都没有亲眼见过，咋好意思嘛！"

我也想去，小哥不让我走路，他和蒋义又像小时候一样，轮流背着我，去参观两千多年前水利工程的奇迹。

被誉为世界水利的鼻祖、古今生态水利典范的都江堰水利工程，位于玉垒山下岷江中游，是两千多年前战国时期的蜀郡太守李冰和他的儿子李二郎率民众修建的，由鱼嘴、飞沙堰和宝瓶口三个主体工程组成。因为已近黄昏，我们仅看了都江堰的核心工程鱼嘴，确实令人叹为观止：只见形似大鱼的分水堤坝卧伏在岷江江心，鱼的尖嘴将岷江分为内江和外江，内江用于灌溉，外江用于排洪。富饶的成都得天独厚，得益于这样的天才发明。

开车从都江堰回到成都，已是万家灯火。吃了梁姆姆熬的荷叶稀饭和葱油锅摊儿，梁医生检查了我受伤的膝盖，说不碍事，没有伤筋也没有动骨，只是皮外伤，擦点药水几天就可以结疤。

五

虽然我的膝盖只是皮外伤，但膝盖是关节活动部位，也不宜多活动。小哥说这几天他哪儿都不去，就在家里陪我，我说人家王宝器把车留给你开，是让你和蒋义出去玩。成都人说不得，刚说蒋义，蒋义就到了，手里端着一个小盘子，盘子里躺着几朵黄葛兰。

"树上就剩这几朵了，我妈让我全部摘了给你送来。"蒋义拎起用白线串起的两朵黄葛兰，"我妈让你戴在身上。"

蒋义一口一个"我妈"，似乎这一切都与他无关，都是他妈的意思。我把两朵串好的黄葛兰挂在衣扣上，调皮地问蒋义："你妈还有啥子指示？"

蒋义说："今年龙泉山的水蜜桃特别甜，我们不如今天去龙泉山摘桃子。"

小哥笑道："这也是你妈的指示？"

"是我爷爷的意思。"蒋义说，"我爷爷说，现在正是吃水蜜桃的时候，从树上摘下来吃能吃出仙桃的味道……"

"我要去吃仙桃！"我欢呼道，"我们马上去龙泉山！"

小哥有点犹豫："梁小猫，你不能多走路……"

"我们肯定不让她走路，我们两个轮流背她。"蒋义竭力怂恿小哥，"我们两个去摘仙桃给梁小猫吃。"

小哥开着车，一路向东，进了龙泉山的地界，前面的路都是连绵起伏、曲曲弯弯的山路，山路两旁是望不到头的桃树林，密密层层的树叶中间，藏着成熟的桃子，一个个白白胖胖，抹着红嘴儿。

我摇下车窗，一股带着蜜甜的香风扑鼻而来。

小哥把车开进桃林里，停在一个青瓦白墙的院子里，一位慈眉善目的老婆婆迎了上来："来摘桃子哇？随便摘来吃，不收钱；摘下来带走的，才给钱。在我们这儿还可以吃仙桃宴。"

小哥问道："啥子叫'仙桃宴'？"

老婆婆说："就是全部用刚从树上摘下来的水蜜桃做的宴席。"

蒋义问老婆婆："是不是天上的仙女下凡来做的？"

老婆婆懂得起蒋义的幽默："我这个地上的老仙女做的，你们吃不吃？"

蒋义对老婆婆说："我们先去摘桃子吃，再来吃你做的仙桃宴哈！"

小哥把我背到摘桃子的地方，蒋义伸手就摘了一个熟透的水蜜桃给我，那个桃差不多有一斤重，撕掉一层有毛毛的薄皮，粉嫩的果肉便暴露出来，咬一口，一半汁水顺着下巴流到地上，一半汁水流进肚里，甜到了心里。

蒋义一口气吃了三个，点评道："人间仙桃，名不虚传。"

我还想吃一个，小哥劝我留点肚子，还有仙桃宴呢。

老婆婆来叫我们去吃仙桃宴，她把仙桃宴摆在邻近灶房的一棵桃树下，上的第一道菜是像冰块一样透亮的拔丝桃肉。我夹起一块就往嘴里送，细细的亮亮的丝从盘子里拖到我的下巴上，烫得我哇哇地叫起来："好烫哟，咋个看起来像冰块，吃起来这么烫喃？"

"说明这拔丝桃肉做得相当的地道。"蒋义指着装拔丝桃肉盘子旁边的一碗凉水，"晓不晓得这碗凉水有啥子用？看我吃给你们看。"

蒋义夹起一块拔丝桃肉，十分老练地在凉水碗里蘸了蘸，再放进嘴里。我学着蒋义的样子又吃了一块，居然吃出了冰糖葫芦的感觉，新鲜的桃肉比冰糖包裹的山楂果更软糯更香甜。

第二道菜是枣泥桃核。这是一道蒸菜，每个瓷罐里装着一个蒸熟的桃子。蒋义教我们用勺子把熟桃分成两半，露出紫红的"桃核"，几乎可以和真的桃核乱真。我用勺子把"桃核"挖来吃了，是甜甜的枣泥。我问老婆婆是咋个做的，老婆婆说，把桃一分为二，取出桃核，把枣泥填进去，再把两半桃合在一起蒸，蒸好后便成了一个完整的桃。

第三道菜是玻璃桃片。这是一道炒菜，把桃片切得像纸一样薄，小哥夹起一片对着天光一照，像玻璃一样透明。

这个"仙桃宴"是三菜一汤一主食。红桃汤上来了，汤是桃花那样的艳红，却清澈见底，汤底卧着几颗肉乎乎的红球，喝一口，满嘴留香，桃子所有的香味儿都在汤里了。再吃那肉乎乎的红球，那是紧紧裹住桃核的那一层红色的桃肉，桃肉的红是由里向外放射的，里面最红，红到表面，便已经成白的了。这红桃汤的红，就是最里面的桃肉熬出来的。

最后上的是主食鲜桃肉包，白面做的，里面包的是桃肉馅，形状颜色几乎可以和树上结的水蜜桃乱真，那嘴儿上的红是点上去，然后向四周晕染；皮上的白中带绿，是用绿色的蔬菜汁和的面粉蒸出来的。

"仙桃宴"所有的菜品，都是现从桃树上摘下来的桃子做的，鲜美无比，蒋义说他爷爷吃遍天下美食，也未必吃过这样的"鲜桃宴"。

小哥向老婆婆要了三个竹编的果篮，要去桃林摘三篮子水蜜桃带回去，我们一人一篮。我想跟他们一起去，小哥不许，蒋义说他背着我摘，老婆婆问我："他们两个哪个是你哥哥？"

我要老婆婆猜。我希望老婆婆猜的是蒋义，可老婆婆非常肯定地说小哥是我的哥哥，小哥似乎很享受当哥哥的感觉，夸老婆婆心明眼亮，是神仙婆婆。蒋义问老婆婆，他是我的啥子人？老婆婆笑了，是那种意味深长的笑，又说了一句意味深长的话："你现在不是她的啥子人，你在等她长大。"

老婆婆的话，把我和蒋义都吓了一跳，半天回不过神来。小哥更加相信老婆婆就是从天上来到人间的神仙婆婆，不仅有一双能摆弄出"仙桃宴"的巧手，还有一双能把人看透的慧眼。小哥和蒋义都皆大欢喜，我却莫名地伤感起来，小哥对我的好，原来是哥哥对妹妹的好。梁姆姆经常说，小哥对我，比对他的两个亲姐姐还好，梁家人直到现在还叫我"梁小猫"，我是早产儿，生在8号公馆的井边，生下来只有一只小猫大，是小哥用羊奶把我养大的。

我们满载而归，车里飘满了新鲜水蜜桃的果香味儿。刚从树上摘下来的水蜜桃把三个果篮装得满满的，我那一篮是蒋义背着我，我亲手给我母亲摘的。我们各有收获，小哥说他的收获最大，他带回来的不仅仅是一篮水蜜桃，更有一个大胆的宏伟规划，能够让他在三圣乡的事业更上一层楼。

六

几场秋雨下过之后，天气越来越凉，成都的秋意，是在空中翻飞的银杏树叶，每一片都那么精致有型，如金色的小扇子在扇着秋风。而刚劲的秋风，又让成都这座温润的城市爽朗起来。傲寒怒放的菊花的清香和糖炒栗子的甜香味儿混在一起，混合成秋天的味道，弥漫在成都的大街小巷。

我和小哥、蒋义又聚在了一起，我们要去看一场足球比赛。蒋义和小哥都是铁杆球迷，他俩从小就在离九思巷只有几步远的位于后子门的成都体育场踢足球，小哥踢左边锋，蒋义踢右边锋，号称"左右二虎"，在皇城一带的名气那是响当当的，也经常被城边边的街娃儿邀去踢野球踢坝坝球，他俩自封"皇家球员"，转战城边的东西南北。后来，小哥和蒋义上了同一所中学，立即被学校的足球队吸纳进去，还是小哥踢左边锋，蒋义踢右边锋，"左右二虎"在足球场上出尽风头，几乎全校女生都成了他俩的迷妹。再后来，因为在斯小姐房里企图偷盗的赵明达瞎了一只眼睛，见义勇为的小哥因"防卫过当"的罪名被抓，这本是一个冤假错案，却害得小哥没有读成高中。为此，在整个高中阶段，蒋义都郁郁寡欢，他从足球队退出来，足球场上再不见"左右二虎"的踪影，可他俩已经成为曾经是他俩的迷妹们心中抹不去的记忆。

成都人对足球极其狂热，在全国，成都球迷如果称第二，没有哪个城市敢称第一。成都的球市也火爆得很，无论大小比赛，都是一票难求。蒋义通宵排队买来三张球票，把小哥从三圣乡召唤回来。

我不懂足球，我去等于是浪费。

"作为一个成都人，你不去会遗憾终身，这是一场壮烈的成都保卫战。"蒋义的样子极其悲壮，就像要去战场上抛头颅洒热血，"全兴队能不能保级成功，就看今天的决一死战。"

我以为看足球比赛都是男的，蒋义和小哥都笑了："看足球比赛的美女多得很。"

我惊奇道："她们都懂足球啊？"

"有懂的，也有不懂的。不懂的就看帅哥。今天晚上，成都的帅哥都会倾巢出动，所以，美女也会⋯⋯"

"有你们这两个大帅哥，我天天看都看烦了。"我决定要去，"我去看美女。"

赛场在后子门的成都体育场，从8号公馆走过去不过十来分钟。还不到下午三点，蒋义就来催我们快走，我说比赛晚上七点才开始，这么早去干啥子？蒋义说一点都不早，现在人都把后子门挤爆了。蒋义和小哥都穿着黄色的衣服，让我也找一件黄色的衣服穿上，因为全兴队的球衣是黄色的，全兴队的球迷都得穿黄色的。

我们走出九思巷，后子门果然人山人海，清一色的黄，黄得耀眼，铁杆球迷额头上都箍一根写着"保卫成都""全兴队雄起"的黄色布条，有的在脸蛋上还涂了一抹黄色的油彩。我们融入黄色的人流中，都朝着一个目的地——成都体育场移动脚步。本来不过十来分钟的路程，走了半个多小时，才走到卖锅盔的地方。卖锅盔的门前排起了长队，都晓得看球赛吃不成晚饭，买锅盔垫肚子才是明智之举。蒋义也排进买锅盔的队伍里，他问我想吃卤肉夹锅盔还是想吃夫妻肺片夹锅盔，我都想吃，小哥就叫蒋义给我买一个卤肉夹锅盔，买一个夫妻肺片夹锅盔，我说我吃不了这么多，小哥说吃不完给他吃。从小到大，小哥不晓得吃了多少我剩下的东西。

我们一边吃锅盔，一边随着人流向前走，小哥和蒋义一人一个卤肉夹锅盔，我把吃不完的锅盔，一半夹卤肉的给了小哥，一半夹夫妻肺片的给了蒋义。锅盔吃完了，我们也走到了体育场的门口，这里的人更多了，我被小哥和蒋义护在中间，他们高大的身躯为我挡住了拥挤。

体育场门口锣鼓喧天，那是为四川全兴队敲响的战鼓。体育场周围的人也是里三层外三层围得水泄不通，蒋义说这些人都是没有入场票的超级球迷，从比赛开始到比赛结束，他们都会在场外全程呐喊助威。

进到场内，离比赛时间还有两个多小时，可看台上已经密密麻麻坐满了人，黄成一片。看台上，数不清的黄色旗帜在挥舞飘扬，犹如黄色的狂飙，每面黄旗上都有两个红色的大字"雄起"，横幅标语"众志成城，拼死决战，保卫成都"更是满目皆是。场内人声鼎沸，如沸腾的海洋，"全兴队，雄起"的口号声此起彼伏，震耳欲聋。对面看台上还唱起了《真心英雄》，全场响应，都站立起身，认识的人和不认识的人都拉起手高高举起，我的一只手拉着小哥，一只手拉着蒋义，也加入这六万多人的大合唱：

在我心中曾经有一个梦
要用歌声让你忘了所有的痛

灿烂星空谁是真的英雄

平凡的人们给我最多感动

……

这首歌把所有的人都唱得热血沸腾，把成都人的荣誉感和城市的凝聚力都融进了歌声里。

果然像蒋义说的那样，来看足球的美女特别多，我发现坐在我们前面一排的几个大学生模样的女生时不时转过头来，她们都在看小哥，还嘀嘀咕咕地在小声议论，其中长得最好看的长发女生叫了一声"蒋义"，蒋义愣了一下，这才想起来："你是三班的米娜！"

米娜指着小哥问蒋义："他是不是原来和你一起踢足球的梁家雄？"

得到蒋义的肯定回答后，米娜拍手欢呼，她赢了！原来这几个女生在打赌：小哥是不是读初中时，在学校足球场上被全校女生都崇拜过的梁家雄？那时的小哥还是英俊少年，时隔几年，小哥已是高大俊朗的帅哥，变化有点大，米娜还是认出来了，读初中时，她就是小哥的迷妹。

小哥没有读高中，蒋义和米娜在不同的高中班，但米娜是校花，所有的男生都认识她。蒋义悄悄告诉小哥："追她的男生至少一个排。听说她在大学学的是建筑设计。"

比赛开始了，我看不懂球，只要听见"好球""好球"的欢呼声，我就晓得球在全兴队的脚上；听见捶胸顿足的抱怨声，就晓得全兴队没有进球。比赛异常激烈，球迷们看得心惊肉跳，比场上的运动员还紧张。八一队也是强队，很难攻下来，比赛快要结束了，还没有进一个球。"全兴队，雄起""全兴队，进一个"的声浪一浪高过一浪。我发现坐在我们前面的米娜是懂足球的，她站起身来喊"好球"的时候，她唉声叹气坐下来的时候，小哥都在偷偷地看她。

时间不多了，全场观众都站起来，几万颗心在一起跳动，眼睛都死死地盯着那个被争来争去的黑白小球，全兴队全线压上，10号球员一个漂亮的头球，狠狠地炸进了八一队的球门。

全兴队保级成功！

成都保卫战大获全胜！

此时此刻，是成都人永远的经典记忆。全场的欢呼声排山倒海，球迷们像孩子一样哭着，笑着，认识的人和不认识的人都抱在一起，小哥、蒋义和我也抱在一起，小哥在我左边的脸上亲了一下，蒋义在我右边的脸上也亲了一下。

在这个胜利的夜晚，没有一个人想回家，大家成群结队地涌向成都的酒吧、歌厅、啤酒馆，为全兴队庆功。我们也不想回家，从体育场出来，朝着与九思巷相反的方向来到了人民南路广场，这里成了狂欢的海洋，根本挤不进去。小哥和蒋义一人牵着我的一只手，怕我走丢了。我们随着人流，来到锦江河畔，锦江两岸的对歌已经开始了。河这边唱完张信哲的《爱如潮水》，河那边接着唱《特别的爱给特别的你》；河这边唱《沧海一声笑》，河那边唱《水手》；河这边唱张学友的《只想一生跟你走》，河那边唱周华健的《花心》；河这边用国语唱周华健的《朋友》，河那边用粤语唱谭咏麟的《朋友》；河这边唱王菲的《我愿意》，河那边唱罗大佑的《恋曲

1990》……

九十年代盛产好歌，好得每个人都会唱，好得能唱到每个人的心里头。我们一首接一首地唱，唱得热血沸腾，唱得泪流满面，所有的心情，我们都借着歌唱，抒发得淋漓酣畅。

这天晚上，天上有月亮，不是那么圆，也不是那么亮，沉醉在被秋风吹起了波浪的锦江水中，摇摇晃晃，醉意朦胧。这个燃起成都激情的不眠之夜，庆功的成都人喝光了所有的酒，啤酒红酒跟斗儿酒，把天上的月亮都喝醉了。

第十八章　蜘蛛精

一

米麒麟和大双梁佐翼先后大学毕业了，米麒麟顺利地考上了研究生，按照他父母给他的人生规划，读完研究生再接着读博士，然后留在大学里当教授。米麒麟的父母都是学术界泰斗级的人物，他们已给米麒麟铺好了通向象牙塔的路，让米麒麟可以舒舒服服一辈子在象牙塔里做学问。

米麒麟本来希望大双和他一起考研究生，大双不喜欢读书，更不喜欢做学问，她的兴趣是"研究人"，目的是"征服人"。大双野心勃勃，她急于成功，想大学一毕业就去工作，就去闯社会。大双把社会视为"征服与被征服"的人的江湖，她自信只要到了这个江湖，她便有了用武之地，因为她有闯江湖的法宝，那就是人脉关系。一路读书读到大学的大双还没有进入社会，但是米公馆的会客厅就是一个小社会，一个人情往来的人情社会，来来往往都是社会上有头有脸的人物。米公馆对于大双来说，是一个令她着迷的地方，她以米麒麟的女朋友的身份在米公馆进进出出，低眉顺眼地给那些有身份有地位的人端茶送水，至少混了个脸熟，即便她还没有成为米家的人，也让那些人记住了她和米家是有特殊关系的人，她也把那些人作为课题来研究。

这些年,大双在米家就像蜘蛛织网,织出了一张人情关系网,她一点一点积攒的人脉关系,她相信总有一天能派上用场。大双把这些人脉关系都记在一个缎面的小本子上,日积月累,已记了大半本,这不是一般的通讯录,记的不只是姓名和电话号码,大双还给这些人建立了档案,将他们的职称职务、性格爱好、亲属关系、社会关系都记录在案,重点是将这些人有何用处,做了特别的记号。大双的这个小本本,以后成为她混迹社会的"工具书"。

有了这些人脉关系,无论大双想找啥子样的工作都不在话下。大双在大学学的是中文,要去的肯定是文化单位。经过反复思量,大双圈定了出版社。

大双翻开她的"工具书",新闻出版局的局长和分管人事的副局长都赫然在目,她完全可以直接找分管人事的副局长,在米公馆的会客厅听得多了,她懂得一把手和分管领导之间的区别,就是一把手只有一个,分管领导却有好几个,都得听一把手的。大双把分管人事的副局长这一页翻过去,仔细研究了她为局长建立的档案,从中理出一条人脉关系来:局长的女儿正读大四,准备考米麒麟妈妈的研究生。

大双拨通了局长的电话:"管局长,不晓得你是不是还记得起我?我在米公馆见过你,我妈妈经常在家里提起你女儿,还说你女儿要考她的研究生。"

大双拉大旗做虎皮,她说的"我妈妈"指的是米麒麟的妈妈。

电话那边的管局长,哪里记得一个端茶送水的小姑娘,但大双在电话里说秦教授是她妈妈，赶紧说"记得记得"，为了他女儿，他必须记得。

接下来，大双直奔主题："我大学毕业了，想去出版社工作，我妈妈让我先给你打个电话，了解一下出版社的情况。"

管局长问大双："你对哪方面的出版物比较感兴趣？"

大双说："我在大学学的是中文，读的文学书比较多。"

"你就去锦江出版社。"管局长帮大双做了主，"锦江出版社是一家专门出版文学书的专业出版社，社长原来是我的秘书，我马上给他打个招呼，你明天直接去找他。"

当天，难得回8号公馆的大双回去了一趟，她记得家里还藏着一支上百年的包治百病的野山参，梁医生经常拿出来观赏，梁姆姆要泡参茶给他喝，梁医生都舍不得。大双故意趁梁医生不在的时候回去，就是为了避开梁医生。梁医生一生清廉，为人正派，最反感攀龙附凤的恶俗行径，肯定不会同意她把野山参拿去送领导。

大双在灶房找到梁姆姆，说她找到了一个好工作，要从家里拿一样贵重的东西去感谢领导。

"我记得我们家有一支上百年的野山参，就是爸爸经常拿出来欣赏的那支，你拿出来给我欣赏一下。"

那支上百年的野山参装在一个红丝绒的礼盒里，是梁医生的父亲传给梁医生的，也算得上是梁家的传家宝了。

"你想把这么好的野山参拿出去送人？"梁姆姆吓了一跳，"肯定不行，你爸爸不会同意的。"

"你不给他说，他咋个会晓得嘛？妈，你说是我的前途重要，还是这支野山参重要？"

在梁姆姆的心中，当然是大双的前途重要。还在读小学的时候，大双就已经把梁姆姆拿捏得死死的，她想要啥子，八百个心眼子只动一个，梁姆姆就得对她言听计从。

出版局和锦江出版社都在一幢出版大楼里，锦江出版社在5楼，出版局在8楼，大双完全可以直接去5楼的锦江出版社，可她却去了8楼的出版局，进了管局长的办公室。管局长正在打电话，看了她一眼，并没有认出她是哪个来。等管局长打完电话，大双上前说道："管局长，我昨天和你通过电话，我就是你在米公馆见过的梁佐翼。"

"哦……哦……"管局长热情地站起来，"我已经和锦江出版社的社长打好招呼了，你直接去找他。"

大双从包里拿出红丝绒礼盒，双手捧给管局长："这是我妈妈的一点心意，她以后见了你再面谢。"

管局长与大双的亲生母亲梁姆姆毫无交集，大双口中的"我妈妈"，管局长理所当然地理解为米麒麟的妈妈秦教授。大双看他笑纳了野山参，故作天真地说："出版大楼真大啊，好像一座迷宫，锦江出版社咋个走喃？"

管局长马上说要带大双去，这是大双精心策划的：她自己去锦江出版社和局长带她去，效果不同。大双乖巧地跟在管局长的后面，一路上都有人向管局长问好，也顺便给大双行注目礼，大双都坦然接受。

下了电梯来到5楼的锦江出版社，局长驾到，惊动了出版社所有的人，都站在楼道上夹道欢迎，社长也大步跑上前来迎接。出版局的一把手亲自陪同她来出版社，等于向全社的人宣告：她梁佐翼是通天的人物。

二

按照出版社的规矩，刚来的新编辑都要到校对科干半年，合格了才能转成正式编辑。大双来到校对科还没干上一个月，她就烦了，烦透了。校对工作是一件老老实实的伏案工作，字错了内容错了，没有检查出来是要担责的，把对的改成错的更要担责。大双如蜘蛛精般织出的人情关系网，在校对科完全派不上用场，在这里对的就是对的，错的就是错的，板上钉钉。

校对科的科长是一位在业界德高望重的老校对，凭资格她可以和社长平起平坐，她和社长说话从来都是直来直去："这个梁佐翼是个聪明人，就是聪明过头了，明显的错别字、标点符号错误她不改，不该改的地方她乱改，把对的改成错的，甚至把人物关系、故事的逻辑关系都给人家改了，连人家的语言风格，她都敢改……朱社长，我晓得她是有来头的人，书稿被她改得乱七八糟的，是要追责的，我可不当这样的冤大头。"

梁佐翼是管局长亲自带来的人，朱社长可得罪不起，他想把大双从校对科调出来直接去编室当编辑，但是他也不能明目张胆地破坏出版社的规矩。思来想去，既然梁佐翼背景强大，人脉宽广，就给她指一条路让她自己去闯吧。

朱社长把大双叫到他的办公室，说道："我晓得你想离开校对科，但是出版社有出版社的规矩，我是一心要帮你的，现在有个办法，能够让你名正言顺地离开校对科。"

朱社长给大双交了底：出版社追求的就是双效益，获奖的书能收获社会效益，畅销的书能收获经济效益。

"小梁啊，我相信你的能力。"朱社长向大双许诺，"你只要能抓来一部获奖书稿或者畅销书稿，我立马把你破格调入编室当编辑。"

大双翻开她的缎面小本本，她第一次感觉到她这本人脉关系"工具书"不管用了，她通过"工具书"上头面人物的关系找到那些已经成名的畅销书作家或者获奖书的作家，但这些作家正在创作的书稿早已"名花有主"，以后的书稿也有出版社排着队等，她梁佐翼愿意等，也要等到三五年以后。

大双不能等，她深知就算她在校对科待满半年，她也不能拿到合格证书顺利地当上编辑，因为要过校对科科长那一关，她就过不了。米麒麟问她愿不愿意用新人的稿子，大双断然拒绝，她说新人的书稿在出版社堆积如山，都没人看。

米麒麟找出这几天的报纸，说副刊上给这个新人开了专栏《我的国道318》，这家不温不火的报纸突然间就火了。副刊编辑是米麒麟的大学好友大余，他第一次读到这些描写318国道上的游记散文，立即被其极具个性的文字震撼到了，他千方百计联系上了作者，原来是个二十几岁的成都姑娘，一个人开着一辆红色的越野车，从成都出发，沿着318国道，一路开向西藏。她一路走，一路将沿途的川藏风情和人文历史用鲜活灵动的文字记录下来。

大双对318国道一无所知，米麒麟在心里一声叹息，但凡爱好文艺的人，特别是追求时尚的年轻人，都不会对318国道一无所知。每当米麒麟对大双感到失望的时候，他就会想起小双，小双是纯粹的文艺青年，"优美与壮丽共存""英灵与神明同在"的318国道，一定会是她心中神往的地方。

米麒麟耐着性子，简明扼要地给大双讲318国道："318国道是中国最著名的公路，也是世界上最美的景观长廊，从海平面的入海口直抵地球之巅珠穆朗玛峰，被誉为'通天之路'，全长五千四百多公里。其中，成都到拉萨这一段，美景与险道高度集中，川藏线难，难于上青天，说的也是这一段，但是景色绝美，全长两千多公里，是那些探险者心心念念的终极之路。《我的国道318》，写的就是这一段。"

在米麒麟竭力游说下，大双同意与《我的国道318》的作者木木见面，时间地点由发现木木这个宝藏女孩的伯乐大余来安排。大余说木木这两天正在成都，就安排在报社附近大慈寺的茶馆里见面。那天，米麒麟也去了，他是抱着一颗好奇心去的，他读了那些直抵他心灵深处的文字，他常在字里行间感叹啥子样的奇女子才写得出这般迷得他神魂颠倒的文字，他盼望能够一睹这个奇女子风采的时刻。然而，他见到了木木，他眼前的木木是如此的平凡，平凡得掉进人堆里，你都把她找不出来。而且，她表情木讷，说话还有点结巴，米麒麟只能在心里感叹，这个木木一定有一支被上帝吻过的生花妙笔，才写得出与她形象完全不符的灵动飞扬的文字。还有她瘦小的身体，米麒麟不敢相信，瘦小的她能驾驶一辆庞大的越野车，奔驰在那些被称为"死亡之路""魔鬼路段"的世界上最危险的公路上。

大余说，他在报纸的副刊上给木木开专栏《我的国道318》已经有两个多月了，报纸的发行量天天见长，他向大双夸下海口，把副刊上发表过的文章结集成书，一定会成为超级畅销书，因为木木已经有了读者基础，也就是说木木具备市场号召力。米麒麟在一旁敲边鼓："你一定要相信大余的眼光，当时他要给木木开专栏，几乎遭到他们报社所有人的反对，因为给一个没有名气的年轻作者开专栏，史无前例。结果喃，木木一炮而红，大余被公认是发现木木的伯乐，报社破格提拔他为副刊主编。"

如果真的如大余所说，木木具备读者基础，具有市场号召力，这样的作者对出版社来说可遇不可求。第二天，大双直接去找朱社长，说她拿到了一部畅销书稿《我的国道318》。朱社长一听，眼镜差点掉下来，赶紧用手扶上去："小梁，我没有听错嘛，你说你拿到了《我的国道318》？"

大双喜欢研究人，察言观色是研究人的基本功。朱社长对《我的国道318》的一系列反应，让大双立即判断出《我的国道318》真的如大余所说，是一部炙手可热的书稿。她添油加醋地对朱社长说："我好不容易联系上了作者木木，昨天还跟她见了面，她答应把书稿交给我们社出，唯一的条件就是要我做她的责任编辑。"

朱社长毫不含糊，一锤定音："我们一定满足作者的要求。"

朱社长雷厉风行，立即叫来总编和几个副社长，就在他的办公室开了一个紧急会议，会议一致决定：趁热打铁，梁佐翼赶紧去和木木签订出版合同，调集全社所有资源，以最快的速度出版《我的国道318》，力保在全国书市上隆重推出。顺便，朱社长提出这部书稿是梁佐翼组来的，作者的唯一要求也是要梁佐翼担任这本书的责任编辑。

就这样，只在校对科干了不到一个月的大双，名正言顺地进入编室，做了《我的国道318》的责任编辑。

三

《我的国道318》如期出版，正赶上在北京隆重举办的全国书市，书市上，到处都能见到《我的国道318》的宣传海报。一个年轻女子开着红色的大吉普独闯以惊险著称的川藏线，全国各大媒体都想采访具有传奇色彩的作者木木，想把文字背后的惊险故事挖掘出来。被称为"死亡之路"的318国道，途经的地形地貌极其复杂，有高山、峡谷、悬崖、峭壁、冰川，特别是怒江七十二拐，这是318国道上最险峻的路段，位于西藏八宿县境内，这段路因为有七十二个急转弯而闻名，是无数探险者想挑战的梦想之路。

木木没有去北京。本来出版社想邀请木木去北京与媒体见面，宣传效果会更好。大双是木木的责任编辑，社长将邀请木木的任务交给大双去办，大双压根儿就不想木木去北京，她从小抢小双的东西抢惯了，凡是好东西她都要抢，现在，木木风头正劲，她便要抢木木的风头。大双来到出版社当编辑，受到最多的训诫是编辑要"甘为他人作嫁衣"，对争强好胜、处处掐尖的大双来说，她咋个会甘心默默付出？她要从书的背后跳出来，跳到作者的前面，挡住作者的光芒。大双谎称联系不上木木，朱社长便派大双去了北京，如果有媒体要采访木木，就由大双代替木木接受媒体采访。

大双在北京接受了多家媒体的联合采访，有纸媒的，还有电台电视台的。面对相机摄像机的"长枪短炮"，大双难免有些紧张，反而增加了媒体记者对她的好感。他们最讨厌那些"久经沙场"的老油条，你问东他答西，说一堆毫无新闻价值的废话，等于啥子都没说。而大双这种野心都写在脸上、立志要征服世界的人，从她身上挖到的有可能都是有新闻价值的"干货"。

记者问大双："你是怎么发现木木这个年轻作者的？"

大双只字不提发现木木的伯乐大余，更不提大余在报纸副刊上给木木开的专栏《我的国道318》，她只说偶然在报纸上读到木木的文字，虽然粗粝，却像原始的璞玉，但她相信经过打磨后一定会成为熠熠生辉的宝玉。大双说谎张口就来，她现编的故事，也是媒体想要的"干货"：她如何费尽周折找到了木木，发现她有大量的素材，从成都一直写到西藏拉萨，就有了想给她出书的想法。

作者木木，是媒体最想要的"干货"，他们争相向大双提问：你见到了木木，她是一个什么样的人？

大双说，木木来无踪去无影，在见到木木之前，她对木木的想象是一个女侠的形象，真的见到了，原来就是一个平淡无奇的小女子，像她那些还没有经过打磨的文字一样平淡无奇。

本来，记者们对藏在文字背后的木木有各种各样的想象，听大双这么一说，便对木木失去了兴趣，而记者都是敏感的，善于捕风捉影，大双话中有话的"没有经过打磨的文字平淡无奇"，他们不会放过这句有新闻价值的话。有记者追问道："你刚才说木木给你的都是素材，我们读到的《我的国道318》这么好的文笔，都是你打磨出来的吗？"

大双不直接回答记者的问题，她拿玉来做比喻。她说，玉不磨不成器，没有木木提供的素材，再好的编辑，也编不出这样的好书。

大双的说辞滴水不漏，新闻的噱头也有了：风靡全国的《我的国道318》，出版社最初拿到的稿子是一堆素材，是经过出版社的编辑梁佐翼的精心打磨，才成就了一部文采飞扬的超级畅销书。

《我的国道318》火了，首印二十万册已供不应求，出版社又紧急加印三十万册，成为锦江出版社有史以来首屈一指的超级畅销书。作为这本书的责任编辑，大双不仅成了锦江出版社的有功之臣，还成了整个出版大楼闪耀的明星，就是在全国出版界，她现在也是响当当的人物，但她总有一种悬在空中的感觉，她需要权威的肯定。这时，那本如蜘蛛网般的人脉关系"工具书"又被大双派上了用场，她找到一位在文学界具有话语权的专家学者，这位康教授当年评教授时，曾经到米公馆有求于米麒麟的爸爸，这是一个让康教授投桃报李的好机会，大双是不会放过的。

大双拿着几家媒体关于《我的国道318》是"经过编辑打磨出来……"的报道，去找到那位被米麒麟爸爸提携过的康教授，说明了来意，希望在媒体报道的基础上上升到理论层面，以专家的权威予以定性。康教授本来就对那些毫无背景、没有拜倒在专家门下就出书的年轻作者不满，加上大双又许诺要给他出书，稿酬丰厚，便满口答应写一篇吹捧文章来奠定大双在出版界的地位。

有些出版社还邀请大双去作报告做演讲，大双来者不拒，反正有康教授写的那篇文章，她照着念就是了，不明真相的人心服口服，也有人不服，其中就有锦江出版社的校对科科长。《我的国道318》作为社里的重点书，是她亲自校对的，原稿的文字干净流畅，具有作者明显的语言风格，任何的改动都是对这部书稿的亵渎。梁佐翼标榜《我的国道318》是她打磨出来的，简直就是欺世盗名，不知天高地厚，居然还在最有文化的出版界上演了一出《皇帝的新装》的闹剧，干了一辈子的老校对只有在心里一声哀叹。

四

除了了解真相的老校对，还有一个对《我的国道318》了如指掌的人，那便是发现木木的伯乐大余。他看了媒体关于《我的国道318》是编辑"打磨"出来的报道，也读了康教授吹捧大双的文章，他怒气冲冲地去找米麒麟，把报纸和康教授那篇吹捧大双的文章，狠狠地摔在米麒麟的脸上。米麒麟与大余相识多年，大余饱读诗书，温文尔雅，米麒麟从来没有见他发过脾气。米麒麟不晓得出了啥子事情，能把大余气成这个样子，气得脸都变形了。

"你先看，看完这几篇狗屁文章，我们再说。"

米麒麟读完了这几篇狗屁文章，明白大余为啥子找他兴师问罪了。他羞愤难当，无地自容："大余，你息怒，对不起，真的对不起！"

"你对不起的应该是木木。《我的国道318》里的文章，都是在我们报纸上发表过的文章，梁佐翼拿去出了书，就成了是她打磨出来的，简直是抓屎糊脸。我也对不起木木，我不该把她介绍给你那个梁佐翼，你咋个不管管她？"

"我不晓得。"米麒麟说，"如果我晓得，我肯定要管。"

"你不可能不晓得。那个康教授是不是你们米家的关系？为了舔你们家的梁佐翼，他在文章说，木木交到梁佐翼手中的书稿，如一块粗糙丑陋暗淡无光的璞玉，经过才华横溢、学识渊博的年轻编辑梁佐翼的精心打磨，才成就了这本字字珠玑的《我的国道318》。这个康教授就是吃准了木木是独来独往的圈外人，这样的独行者不屑于拉帮结派，都会遭到同行的排挤孤立，所以他敢这么信口雌黄。"

米麒麟无言以对，姓康的的确是他爸爸提携过的一个教授。大余又说："梁佐翼因为木木的这本书红透了半边天，到处请她去作报告，讲她的'打磨精神'。她为啥子这么红，你就没有问过她？"

"没有，我真的没有。"

米麒麟说的是事实。大双在出版社的所作所为，他真的一无所知。大余不相信，没有他们米家这么强大的背景，就凭她梁佐翼一个刚刚从大学毕业的大学生，能弄出这么大的动静来？能这么肆无忌惮地欺负人？大余宣布"绝交"，发誓从此与米麒麟不再来往。

米麒麟拿着大余留给他的那几张报纸和康教授的那篇狗屁文章回到米公馆，大双不在，她现在经常在外面应酬。他的两个姐姐都在，大姐和二姐都结婚了，因为米公馆的房间多，大姐和二姐都把家安在米公馆里，再说她们的父母也离不开她们姐俩，两夫妻都是忙学术，没有心思也没有精力来管这个家和他们的宝贝儿子米麒麟。米麒麟是两个姐姐带大的，对两个姐姐百依百顺，人家都是

"妈宝男"，米麒麟是"姐宝男"。

米麒麟没有和两个姐姐打招呼就进了自己的房间。现在，他见着他两个姐姐就是一肚子的气，要不是她们嫌弃小双没有大学文凭，他不会和小双分手。和小双分手后，他才发现自己对小双是真爱，悔不该当初听信了他大姐二姐的话，说双胞胎姐妹长得一模一样，大双是大学生，小双是中专生，米家是书香门第，大双才配得上她们这个才貌双全的宝贝弟弟。其实，应该是小双坚决要和米麒麟分手的，一边是小双的决绝，一边是大双的死缠烂打，表面一脸学问、内心却极其简单的米麒麟哪经得起大双的一番软磨硬泡，他天真地以为他可以把大双当作小双的影子，反正她俩是双胞胎长得一模一样。哪晓得和大双相处的时间久了，才发现大双和小双完全是两个世界的人，而且，时间越久，他越搞不懂大双，大双的心机太深。

两个姐姐门都不敲就进来了，见米麒麟直挺挺地躺在床上，她们就坐在床边上，问道："你咋个不高兴喃？"

米麒麟翻身坐起，指着书桌上的几张报纸和康教授的狗屁文章，让她们自己去看。两个姐姐一目十行地看完了，大姐不以为然："小弟，你就是为这生气啊？"

二姐更是毫无原则："大双的事业发展得这么好，你应该高兴啊！"

"你们不觉得她这是毫无底线地不择手段吗？"米麒麟满腔怒火，"我最好的朋友大余都宣布和我绝交了。是大余发现木木这个年轻作者的，在报纸的副刊上给木木开了专栏连载她的游记散文《我的国道318》，是大余介绍梁佐翼和木木认识的，木木给她稿子都是在大余主编的副刊上发表过了，咋个出成书，就成了她梁佐翼打磨出来的？她连啥子是318国道都不晓得，还是我给她讲了半天，更不要说人家木木写怒江七十二拐，写丹巴的碉楼，写稻城亚丁，写新都桥泸定桥，写折多山二郎山，写塔公草原邦达草原，写米堆冰川鲁朗林海，写南迦巴瓦峰，写雅鲁藏布江大峡谷，写布达拉宫……这些地方她都没去过，她有啥子能耐去打磨这些身临其境的文字？"

《我的国道318》出版后，米麒麟完全可以让大双从出版社带一本回来给他，可他偏要自己去书店买一本以表达对木木的支持。一本书读完，米麒麟对木木的文字表达叹为观止，若不是亲临其境，绝对写不出这般鲜活的文字。

大姐和二姐在心里也觉得大双理亏，嘴上还想为大双打圆场："大双就是上进心太强。"

"她这叫不要脸！"

米麒麟只图解气，说出来的话也顾不得轻重。大姐正色道："小弟，你咋能这么说大双？你不要忘了，你和她是扯了结婚证的合法夫妻。"

大姐不说，米麒麟真的忘了他和大双已经扯了结婚证，他和大双是有法律效力的婚姻关系的，大双是他的合法妻子。这都是两个姐姐逼他的。那时，他刚刚考上研究生，大姐和二姐突然要求他和大双结婚，他从来没有想过要和大双结婚，他在大双身上完全找不到和小双谈恋爱时的感觉。他能够和大双保持一种若即若离如温暾水般的关系，完全是为了顺从他的两个姐姐。没想到两个姐姐得寸进尺,刚考上研究生就要他结婚,米麒麟坚决不从。

"小弟,我们是为你好。"大姐一副苦口婆心的样子,"我们全家人为你的婚事操碎了心,不如你和大双把证领了,把关系稳定下来,大双放心了,我们也放心了,你也可以安安心心去读你的研究生。"

米麒麟不明白:"大双有啥子不放心的?"

"你考上了研究生,她怕你把她甩了。"二姐说,"其实大双也很可怜,你不给她个名分,她就这样不明不白地住在我们米家啊?"

"她可以回8号公馆嘛。"米麒麟又怪他两个姐姐,"都是你们两个贪小便宜,为了让大双帮你们干家务,就让她住在我们米家。"

"哪里是我们贪小便宜,是大双自己要住进来的。你想嘛,她和小双住一个房间,你和小双又有那么一段,大双和小双咋个相处嘛?"

米麒麟总觉得两个姐姐和大双之间有啥子不可告人的勾当,其实她们两个并不是那么喜欢大双,也常常拿大双和小双作比较,平时在两个姐姐的言谈中,她们觉得大双除了学历比小双高,要说可爱还是小双可爱,小双单纯实诚,大双心机太深,摸不透她,为啥子两个姐姐又要这么巴心巴肝地帮大双喃?

米麒麟凡事都听他两个姐姐的,这一次也不例外,经不住她两个姐姐的软硬兼施,稀里糊涂答应了和大双扯结婚证,但要求姐姐必须答应他一个条件:在五年之内不举行婚礼。

两个姐姐把米麒麟同意扯结婚证的好消息告诉了大双,大双喜出望外,至于那个"五年之内不举行婚礼"的附加条件,正中大双的下怀,她和米麒麟不温不火地谈了几年恋爱,米麒麟直到现在也没有和梁家人正式见过面，扯结婚证的事，她也是瞒着梁家的。

大双回8号公馆偷出户口本儿，拉着米麒麟去街道办事处领到了那个她梦寐以求的红本本。当然，米麒麟满脸的不情愿，她也是看在眼里记在心里，她晓得米麒麟还爱着小双，小双是他心中永远的白月光。大双在心里冷笑一声，米麒麟对她来说，就是她从小双手里抢来的战利品，就像小时候她从小双手里抢来的玩具一样。她心里也有她永远的意难平，那就是蒋信，她从读初中时就开始喜欢蒋信，蒋信是她的初恋，也是她唯一爱过的男人。后来，蒋信爱上了小双，再后来，小双又成了蒋信心中永远的意难平，那种撕心裂肺的痛和对小双刻骨铭心的嫉恨，才让大双意识到她对蒋信有多爱。

大双急于和米麒麟扯结婚证，她要确定她和米家的关系，图的是米家强大的社会背景和如蜘蛛网般的人脉关系，大双要出人头地，先要做一只在人脉网上爬来爬去的"蜘蛛"。在人脉网上越爬越大的"蜘蛛"，后来都成了"蜘蛛精"。

五

米麒麟向大双提出离婚，大双以为他是为了小双，冷笑一声，说："你心里还惦记小双？人家小双的男朋友根本不是啥子出租车司机，而是家财万贯的青年企业家，我们都被这个不食人间烟火的小仙女骗了。我听我妈说，小双马上就要嫁给那个王宝器了，我劝你还是把你那颗对小双有非分之想的心收回来。"

米麒麟说他不是为了小双，是为了木木。

"你和木木是啥子关系?"

"我和木木没有关系,但是我和你有关系。我不能容忍你踩着木木欺世盗名。"

大双擅长研究人,她早把米麒麟研究透了。米麒麟生在米家,从小养尊处优,毫无进取之心,他的人生之路铺满鲜花,都是因为有米家的背景。米麒麟啥子都不缺,就是缺心眼儿,耳根子还特别软,对他的两个姐姐言听计从。所以,要对付米麒麟,只需去笼络他的两个姐姐,把他两个姐姐摆平了,等于把他也摆平了。大双和他两个姐姐有了实质性的交易后,她便吃下了定心丸,根本不把米麒麟放在眼里。她装作漫不经心地问米麒麟:"你是不是受了大余的挑拨离间?"

"大余已经和我绝交了,所以,我也要和你离婚。"

大双眼睛都不眨一下,心平气和地问米麒麟:"你要和我离婚,你父母晓不晓得?你两个姐姐晓不晓得?"

米麒麟心虚了。大双镇定自若:"只要你父母、你两个姐姐同意你离婚,我这边没问题。"

米麒麟绝望了,只得向大双提出两个不离婚的条件:"一是向木木道歉;二是在媒体上公开声明《我的国道318》不是编辑打磨出来的雕琢之作,而是作者木木原汁原味的作品。"

大双给米麒麟留下三个字"你疯了",然后扬长而去。

如今大双的事业如日中天,《我的国道318》在不到一年的时间里加印了八次,出版社赚得盆满钵满,赢得了巨大的经济效益。随着这本书的持续畅销,川藏线上的绝美风情声名远扬,318国道的川藏线上兴起了自驾游,都是这本书带来的社会效益。《我的国道318》成为一本名副其实的双效益图书,大双功不可没。这一年的年终奖金,大双拿得最多,是社里的冠军。

社里有了钱,建社三十周年的社庆活动要大办,要把对出版社有突出贡献的作家请到社里来开座谈会,还要给他们发大红包。大双以为《我的国道318》热销不衰,几乎每个月都在加印,是为社里赚钱最多带来声誉最高的一本书,作者木木应该是对社里贡献最大的作家。然而,木木并不在邀请的名单里,被邀请的都是获奖书的作家或者有获奖潜质的作家。朱社长怕大双想不通,语重心长地开导她:"在出版社的时间长了,你慢慢就会明白,对一家出版社来说,获奖书比畅销书更重要。但是,一定要有畅销书,有了畅销书,才有经济效益。"

大双是聪明人,她的聪明是识时务的一踩九头翘,朱社长一番醍醐灌顶的话,令她茅塞顿开。

朱社长见大双心思活络是可塑之才,又说:"小梁啊,经过我们对你方方面面的考察,发现你能力很强,社里决定把你从编室调出来,专门为你成立一个工作室。"

大双从八个人的编室搬到一个人的办公室,还有一部电话也归她单独使用。大双坐在皮转椅上慢悠悠地转着,她现在已将出版社的路数和领导们的心思琢磨透了,彻底地明白她要编啥子样的书才能平步青云。她意气风发,踌躇满志,她要挑选的书稿,内容和质量都是其次的,关键是作者本人,像木木这种独来独往、人缘不好的作者,作品再畅销,也不过是为社里赚钱的工具人而已,不能满足大双的野心。

朱社长的话，大双牢记在心。朱社长说畅销书稿可遇不可求，出版社最看重的还是那些"事在人为"的书，领导对大双寄予厚望，就是希望她在"事在人为"这条道上施展拳脚。研究人是大双的长项，她对书稿没有兴趣也没有判断力，她把所有的时间和精力都用在调查研究作者的背景和人脉关系上，每天都要打几十个电话，经过精挑细选，最终选定一个圆滑世故、擅长拉帮结派的圈内人，这种人左右逢源，平庸的人写平庸的文字，但这样的人往往不具锋芒人缘好。

大双看中的书稿，无疑成了社里的重点书，书还在印刷厂，大双已经开始张罗开作品研讨会了。大双在米家积攒的蜘蛛网般的人脉关系及时地被派上了用场，她翻开她的"工具书"，一页一页地翻找，把学术界有头有面有话语权的专家学者评论家一个不漏地搜索出来，列了一串长长的名单，亲自登门送请柬。虽然这些重量级人物觉得为一本平淡无奇的书唱赞歌不值得，但是盛情难却，米家的面子还是要给的。

作品研讨会在一个五星级大酒店的一个豪华会议厅举行，被邀请的重量级人物悉数到场，可以说是盛况空前，给出版局管局长和锦江出版社朱社长挣足了面子。那天使用频率最高的一个词是"蓬荜生辉"，以往的那些研讨会，重量级的人物能来一两个就不错了，大双运作的研讨会，重量级人物倾巢出动，可见其能量了得，可见管局长慧眼识珠没有看错人，可见朱社长高瞻远瞩没有用错人。

作品研讨会开得轰轰烈烈，不管作品咋样，专家学者争先恐后的发言却很精彩很到位，各家媒体的吹捧报道也是铺天盖地。有这样的铺垫，这本只印了三千册的平庸之作，何愁拿奖不拿到手软？大双志在必得。

种瓜得瓜，种豆得豆，有一分耕耘就有一分收获，大双在"事在人为"的路上越走越顺。她也被人喻为"蜘蛛精"，爬行在如蜘蛛网般的人脉关系网上，这张网越爬越大，大双的事业如日中天。

第十九章　帝王绿玉镯

一

出版局管局长的千金顺利地成为米麒麟母亲秦教授的硕士研究生，大双也被社里破格提拔为副总编。

大双春风得意。常言道，月满则亏，水满则溢，福兮祸兮，有得就有失。大双费尽心思和米麒麟扯到的结婚证，全靠米麒麟的两个姐姐，而这两个姐姐也不是省油的灯，明知米麒麟不愿意，她们凭啥子违背亲弟弟的意愿来帮她这个外人？大双明白这个道理，在她的认知里，没有利益交换的事情十有九不成。拿啥子去和这两个非常难缠的姐姐做交易喃？她们出身高门大户，啥子东西没见过？舍不得孩子套不着狼，大双把那对从梁姆姆手中骗来的帝王绿玉镯，一只给了大姐，一只给了二姐。

大姐和二姐也是识货的，这种品相的帝王绿玉镯本来就十分罕见，竟然还是一对，不说价值连城，至少也是无价之宝。她们的妈妈也有一只外婆传下来的玉镯，是阳绿圆口的，在没有见到这一对帝王绿玉镯之前，她们以为她们妈妈的那只就是极品了，现在和这对帝王绿玉镯放在一起，真是相形见绌，之间的差别一目了然。

大姐二姐当然要问这对帝王绿玉镯的来路，大双说是她母亲给她的嫁妆。大姐有疑惑："按理说，你妈妈生了一对双胞胎姐妹，这一对玉镯正好一人一只，为啥子你妈妈把两只都给了你？"

大双早就想好了对策："我妈妈原来是打算把这对玉镯一只给我，一只给小双，哪晓得小双找了一个特别有钱的企业家。我妈妈觉得我能够成为米家的儿媳妇，是梁家高攀了米家这样的高知家庭，她是为了让米家人看得起我，所以把这对玉镯都给了我。"

大双又把梁姆姆签了字按了手印的字据拿出来给大姐二姐看，有凭有据，大姐是坚信不疑，二姐却半信半疑。

为啥子大双要把这对极其珍贵的帝王绿玉镯慷慨赠予米家的大姐二姐，大姐二姐心知肚明，这是一笔交易，没有她俩的鼎力相助，她们的宝贝弟弟根本不可能刚刚考上研究生，就和大双去扯结婚证。

重金之下必有勇夫，大姐二姐明知山有虎，偏向虎山行。即便米麒麟是对他两个姐姐言听计从的"姐宝男"，但是结婚毕竟是他的人生大事，他爱的是小双，他只是把大双当成小双的替代品，因为她们是双胞胎，长得一模一样。要让一个爱情至上的文艺青年和一个他不爱的人结婚，这个难度可想而知。大姐二姐软硬兼施费尽周折，总而言之，大双心想事成，和米麒麟扯了结婚证。

事情办成了，一对帝王绿玉镯，一只归了大姐，一只归了二姐。两只玉镯装在一个长方形的锦盒里，大姐拿走一只玉镯，把另一只玉镯和锦盒都留给了二姐。二姐喜欢看英国侦探小说女王阿加莎·克里斯蒂的侦探小说，用大姐的话说，二姐看所有的人都是犯罪嫌疑人。关于这对帝王绿玉镯的来路，大双的说辞并不是没有漏洞，比如梁家世代行医，几辈子挣下的家产也未必买得起这对帝王绿玉镯。

疑心重重的二姐没事就把归她那只帝王绿玉镯拿出来研究,她和大姐都不敢把玉镯戴出来,就怕别人问起玉镯的来路,连米麒麟和她们的丈夫都被姐俩瞒得严严实实的。这天,二姐打开锦盒,刚拿起玉镯,衣袖把锦盒拂在了地上,镶嵌在长方形锦盒里的两个正方形的丝绒盒子掉了出来,一张宣纸便签也掉了出来。二姐捡起来一看,宣纸上有用小楷写的毛笔字,字迹歪歪扭扭。这张便签上正是斯小姐的绝笔,也可以说是斯小姐的遗书,遗书上只有一个遗愿,就是她的一对帝王绿玉镯,一只留给梁家雄,一只留给梁佑翼,落款是斯安琪。

二姐马上去找大姐,见到大姐就抱怨:"我一直怀疑这对玉镯来路不明,你还说我侦探小说看多了,看哪个都是犯罪嫌疑人。你看看这个。"

二姐把斯小姐的遗书从裤兜里摸出来给大姐看:"看见没有,上面明明白白地写着一对帝王绿玉镯,一只留给梁家雄,一只留给梁佑翼。"

大姐接过斯小姐的绝笔看了又看:"这个斯安琪是不是原来那个斯公馆的斯小姐?"

"就是她,后来幼儿园变成街道办事处,斯安琪就搬到了8号公馆。"二姐开始破案,"斯小姐出身名门,家底雄厚,这对帝王绿玉镯肯定是她的。"

"这字写得歪歪扭扭的,不像是斯小姐的笔迹。"大姐怀疑遗书的真实性,"斯小姐是有文化的,不可能把字写成这样。"

二姐分析道:"我觉得这是斯小姐在临终前的绝笔,她受病痛的折磨，已经没有力气写字了。你看这张宣纸便签，右下角印着淡淡的茉莉花纹，这种宣纸便签非常贵，只有像斯小姐这样的人，才用得起这样的便签。"

二姐的分析丝丝入扣，大姐还有疑惑："就算梁家对孤身一人的斯小姐有恩，斯小姐要把这对玉镯留给梁家，梁家有四个子女，她为啥子要指名道姓地留给梁佑翼和梁家雄喃？"

二姐对此也百思不得其解，但斯小姐不想把玉镯留给大双是肯定的："按理说，双胞胎姐妹一人一只玉镯正好，斯小姐不把玉镯留给大双，我想她是不喜欢大双。斯小姐生前也是九思巷的一段传奇，我虽然没有跟斯小姐正面接触过，在街上见过她几回，属于气质美女，一看就清高孤傲，像大双这样的心机女，她肯定不会喜欢，她喜欢小双这种心思简单的清纯少女。"

大姐问二姐："斯小姐就算不喜欢大双，梁家还有一个大儿子，她为啥子要把一只玉镯指名道姓地给小儿子？"

二姐马上联想到当年发生在8号公馆的血案，联想到梁家的小儿子曾经被抓进去关了两年多，会不会和这对帝王绿玉镯有关系喃？大双十分忌讳说起她这个小弟，他是让她在米家感到自卑的一个原因。

二

斯小姐留给梁家小女儿和小儿子的无价之宝，他们的妈妈为啥子要违背斯小姐的遗愿，把两只玉镯都给了斯小姐不喜欢的大双？

还给大双留下字据，在字据上签了字按了手印，二姐按照侦探小说女王阿加莎·克里斯蒂的破案思路，做了各种各样的假设，都不能自圆其说，只有当事人才说得清楚。

米麒麟的大姐自从见到斯小姐的遗书，便惶惶不可终日，她和二姐商量："我们还是把玉镯还给大双，这是不义之财，要遭报应的。"

"不能还给大双，我们还给她，等于是助纣为虐。"二姐想的是咋个破案，"我们要还，也要还给她母亲，这对玉镯是她母亲给她的。"

在一个下着毛毛雨的下午，8号公馆的人上班的上班，上学的上学，小满蹬着炮耳朵车拉着白日梦又去了东郊的李劼人故居，每天早出晚归。梁医生自从在中医学院的附属医院开了专家门诊，每天也是早出晚归，精神头却十足，梁姆姆笑他"鸡冠花老来红"。这个时辰，一般只有梁姆姆一个人在8号公馆。

米家的大姐二姐提了一袋苹果来到8号公馆，见到梁姆姆先做自我介绍："我们是米麒麟的大姐二姐，我们家麒麟和你们家大双都扯了结婚证，我们两亲家还没有走动过。今天，我们来拜访……"

"啥子喃，我是不是听错了？"梁姆姆打断两姐妹的客套话，"我们大双已经和你们家的米麒麟扯了结婚证，我咋个不晓得喃？"

大姐和二姐交换了一下眼神，不晓得咋个来接梁姆姆的话。二姐急于破案，直接拿出那对帝王绿玉镯，梁姆姆一看就叫起来："这对玉镯，咋个在你们手上喃？"

二姐问梁姆姆："这对玉镯是不是你赠予大双梁佐翼的？"

"啥子'赠予'哟？"梁姆姆说，"大双说这么贵重的东西放在家里怕出事，劝我去银行租个保险箱，我哪懂得起这些嘛，就把这对玉镯交给她去办。是不是大双没有把玉镯放在银行的保险箱里，放在你们米家了？"

二姐顺着自己的思路往下问："梁姆姆，你是不是在一张字据上签了你的名字，还按了你的手印？"

"有这事，有这事。"梁姆姆回忆道，"大双去银行租保险箱，她说银行要一个证明，她写好了让我签了字，还让我按了手印。"

二姐接着问："梁姆姆，你还记不记得，字据上写的是啥子内容？"

梁姆姆说："我看字要用老花镜，当时老花镜不在手边，大双又在催，我也不晓得上面写些啥子，就签字按手印了。"

大姐和二姐的眼神又交流了一下，二姐打开装着两只玉镯的长方形锦盒，将两个镶嵌在一起的正方形的丝绒盒子抠出来，底下露出斯小姐写在宣纸便签上的遗嘱。二姐把斯小姐的遗嘱展开给梁姆姆看："这是斯安琪写的遗书，你见过没有？"

"没有见过，从来没有见过。"梁姆姆说，"我不晓得斯小姐还有遗书。她临终前把这个锦盒交给我，说是给小弟和小双的。她可能忘了，也可能是没有力气给我说，这个锦盒底下还有她的遗书。遗书上写的啥子嘛？"

二姐告诉梁姆姆："就是她给你说的，这对玉镯，一只给梁家雄，一只给梁佑翼。"

大姐问了她最想问的问题："梁姆姆，你有一对双胞胎女儿，这

第十九章　帝王绿玉镯　　417

对玉镯正好一人一只,为啥子斯小姐只留给小双喃?"

梁姆姆说:"斯小姐和我们小双情投意合,是忘年交,她查出绝症那会儿,小双刚刚幼师毕业,分配到一个机关幼儿园,为了照顾她,小双把这么好的工作都辞了,一直把斯小姐照顾到她去世。"

"哦!"大姐二姐唏嘘不已。大姐又问道:"你有两个儿子,斯小姐为啥子把另一只玉镯留给你的小儿子?"

"这个说起来话就长了。"梁姆姆的眼圈红了,"那年暑假,小弟初中毕业,成绩考得多好的,开学就读高中了,哪晓得……"

梁姆姆一把鼻涕一把泪,从斯小姐和赵明达那场飞蛾扑火的恋爱讲起,讲了赵明达瞎了一只眼睛的血案,讲了以"防卫过当"的罪名把小哥抓进去的冤假错案……讲起小哥,梁姆姆就心痛不已,泣不成声:"斯小姐觉得小弟是因为她才受到连累的,连高中都没有读成……"

二姐心中大喜,所有的疑团都解开了:发生在8号公馆的血案果然是由这对玉镯引起的,梁家的小儿子被抓进去果然与这对玉镯有关。

二姐将斯小姐的遗书放回锦盒里,把两个正方形的丝绒盒子盖在上面,一对玉镯分别放进两个正方形盒子里,锁上锦盒,姐妹俩郑重其事地将这对帝王绿玉镯还给了梁姆姆。大姐说了一遍又一遍:"梁姆姆,斯小姐的遗书千万不能丢哦。"

在回米公馆的路上,大姐对二姐说:"小弟必须和大双离婚,这个人太可怕了。"

"幸好只扯了结婚证还没有办婚礼。"二姐打了一下自己的脸,

"大姐,你说我们两个都做了些啥子嘛?小弟是我们两个捧在手心里长大的,我们巴心巴肝想为他好,结果把他害了。"

三

米家姐妹走了以后,梁姆姆两眼发直,她想了半天也想不通:这对玉镯不是被大双存进了银行的保险箱,咋个又到了米家姐妹的手里?但是有一点她是明白的,就是米家姐妹发现了斯小姐的遗书,才来把这对玉镯还给她。还有她签了字按了手印的字据,她们说啥子"赠予",这更让梁姆姆一头雾水。她伤心的是大双瞒着梁家人,神不知鬼不觉就和米麒麟扯了结婚证,米麒麟至今也没有来8号公馆认梁医生这个老丈人,认她这个老丈母。她虽然是大双的亲妈,但大双的事情,她永远搞不懂。

今天发生的事情,梁姆姆只能烂在肚子里了,这是家丑,不能让任何人晓得,连梁医生都不能。她赶紧把米家姐妹还回来的那对玉镯,重新放回樟木箱子里。她想等小双出嫁了,等小弟娶媳妇了,再把玉镯给他们,完成斯小姐的遗愿。

梁姆姆为梁家操劳了一辈子,总算把四个子女拉扯大了,不是她亲生的老大梁家龙,她在他身上付出的心血最多,他也最争气,读了博士还当上了主任医师;大双也不让她操心,她究竟在干啥子,梁姆姆不清楚,只晓得她的事业蒸蒸日上,风光得很;小弟最让她心疼,他从来不说他在三圣乡干些啥子,但从王宝器的只言片语中,梁姆姆听出来了,小哥在工地上搬砖、扛预制板、开挖土机,一边干着苦活儿重活儿,一边还读完了夜大,现在和王宝器一起,事业越做越大;小双最不让她省心,为了照顾斯小姐丢了工作,幸好有弹钢琴的特长,东奔西跑地给各种单位的文艺演出当钢琴伴奏,挣的是临时工的钱。小双的钢琴伴奏名气越来越大,到少年宫去担任合唱团的钢琴伴奏兼指导老师,终于有了正式编制,可以每月挣工资了,可还不到一年,小双又辞职了。梁姆姆也问过小双,小双回答她"给你说,你也听不懂",她又让王宝器劝劝小双,王宝器说他不劝,还说:"小双想干啥子就让她干啥子,我这辈子最大的愿望,就是让小双可以随心所欲做她自己喜欢的事情。"

这是王宝器说话的一贯风格,一本正经地说些不晓得是真还是假的话,梁姆姆晓得他有钱,小双就是不工作,他也养得起她,但小双偏偏要自己养活自己,至今还在一点一点地还王宝器给她买钢琴的钱。小双和王宝器确定关系的时候,只晓得他是出租车司机,至于他现在的身份和身价,对于小双来说,王宝器还是原来的王宝器,他是他,我是我,王宝器再有钱,事业做得再大,小双是绝不肯做依附在王宝器身上的附属品的。幸好有斯小姐留给小双的玉镯,梁姆姆好比吃了一颗定心丸,无论小双想干啥子,她今后的生活都是有保障的。

小双也是凭实力才进少年宫的。每年的五月,成都都要举办合唱节,在这一个月时间里,天天都有歌咏比赛,要经过初赛、复赛、决赛三轮比赛,才能决出一等奖二等奖三等奖。少年宫合唱团是千年老二,这一年来了个新主任,新官上任三把火,新主任雄心壮志,立志要少年宫合唱团在今年勇夺一等奖。小双给往年获奖的合唱团都做过钢琴伴奏,早已名声在外。新主任千方百计把小双请到少年宫,给小双许诺,只要少年宫在今年拿到一等奖,就让小双正式入职少年宫。小双经验丰富,她把各个优秀合唱团的优点长处都总结出来,用来指导少年宫的合唱团。在红五月的最后决赛中,小双不负新主任的重望,带领少年宫合唱团一路过初赛复赛决赛,荣获一等奖,新主任也立即履行他对小双的许诺,把小双调进了少年宫。

一天,小双路过平安桥的天主教堂,发现之前围在外面的高墙被拆掉了,隐蔽的教堂终于露出了它的真面目,可以对外开放了。小双想起了斯小姐,如果她能活到今天,每个星期她都可以来教堂做礼拜了。小双走进教堂,隐隐约约地听见有游丝般的歌声从天上传来,她停住脚步,闭目聆听,这歌声不是那种有管风琴伴奏的教堂唱诗班的歌声,而是无伴奏的童声合唱,干净纯洁,荡涤心灵,难道这就是传说中的天籁?

第二天上班,小双来到主任办公室,开口便说:"主任,我想搞一个无伴奏的童声合唱团。"

主任没有听过无伴奏童声合唱,所以不懂啥子叫"无伴奏童声合唱团"。小双给她解释,就是没有任何乐器伴奏的童声合唱。主任一头雾水:"我们少年宫有钢琴有手风琴,你最拿手的就是钢琴伴奏,是我们少年宫的一张王牌,为啥子要'无伴奏'喃?"

"无伴奏合唱是一种非常高级的声音,这种声音干净得没有一点杂质……"

"我说小梁老师,你不要想一出是一出。"主任简单粗暴地打断小双的话,"我还指望明年的五月合唱节,你带领少年宫合唱团再接再厉,再拿一个一等奖。"

小双还想争取:"无伴奏童声合唱团也可以去参加比赛。"

主任问小双:"你能保证拿到一等奖?"

"不晓得。"小双实话实说,"无伴奏童声合唱目前在国内还是新鲜事物,被人接受还需要一段过程,我不敢保证……"

主任再一次打断小双的话:"小梁老师,有把握的事情你不做,为啥子偏偏要去做一些悬吊吊的事情?"

"虽然没有把握,我觉得还是值得一试。"

"你觉得你觉得,啥子都是你觉得,你这个人咋是一根筋嘞?"主任恨铁不成钢,"我千辛万苦把你调进少年宫,不就是因为你有钢琴伴奏的特长,现在你要搞啥子无伴奏,我调你来有啥子用?你这不是自己砸自己的饭碗?"

小双还是坚持要搞无伴奏童声合唱,主任暴跳如雷:"你不要一意孤行,我绝不允许你把少年宫当作你的试验田。"

"主任,你放心,我今天就辞职。"

小双离开了少年宫。不得不说,在少年宫合唱团当指导老师兼钢琴伴奏,是一份轻松又高雅的工作,少年宫离8号公馆只有两站路,骑自行车用不了十分钟,丢了这么安逸的工作,小双并不认为她是一时冲动,就如当时她从幼儿园辞职一样,至今不后悔,陪伴斯小姐走完生命最后一程,她值得。现在,为了她想干的事情而辞职,不管结果怎样,她也值得。

小时候,小双都是听大双的,大双叫她干啥子她就干啥子,她没有自己的主见,只是大双的一个影子。自从因"手抄本事件"和大双决裂后，小双终于成了自己，我行我素，做人做事只会听从自己的内心，值得去做的事情，她一定尽力而为，决不辜负自己。

小双想去找个学校的合唱团来搞无伴奏童声合唱，她熟悉的几个有合唱团的学校都去过了，学校的态度和少年宫主任一样，连拒绝的说辞都一样。一个郊区的向阳花小学欢迎小双去，这个学校的学生都是郊区农民的娃娃。小双去了，没有一分钱的报酬，每周去两个下午，坐长途公交车去，下了车还要步行半个多小时。小双乐此不疲，因为她在这里发现了宝藏，她一个一个挑选出来的合唱团成员，嗓音条件极好，就是不大会唱歌，经过悉心调教，完全可能超过少年宫合唱团。

郊区的娃娃和城里的娃娃还是有差别的，小双对这些娃娃一个一个地指导，几个钟头下来，就像打了一场仗，精疲力竭，连说句话的力气也没有。每次去郊区小学，小双都是坐长途公交车去，回来的时候，通常是王宝器开车去接，这样不耽误他干大事，接上小双还可以带她吃成都美食。在车上，王宝器见疲惫不堪的小双不想说话，他也不说话，脸上挂着吊儿郎当的笑，时不时侧过脸来瞟小双一眼。

小双有气无力地问王宝器："你是不是想说我自讨苦吃？"

"你不是自讨苦吃，你是苦中作乐。我活着的意义就是陪你苦中作乐。"

王宝器总是一本正经地说着半真半假的话，但是，这句话一定是他的真心话，他能对小双做的，就是懂她，疼她，包容她。王宝器是从社会底层摸爬滚打过来的人，明知像小双这种简单干净的人注定要被社会吊打，但他就是爱小双这样的"珍稀动物"。这个内心强大的男人，是小双的精神支柱，小双越来越离不开他。看着王宝器开车的侧颜，这边脸是小双喜欢的单眼皮，那边脸是双眼皮，小双飞快地在单眼皮的这边脸上亲一下。她每次亲王宝器，都是亲这边脸，那边双眼皮的脸留给王宝器的妈去亲，他妈喜欢他的双眼皮，还经常劝他把那只单眼皮割成双眼皮，王宝器说小双喜欢单眼皮，他妈才作罢。

四

米家大姐二姐天天催米麒麟去和大双办离婚手续，米麒麟觉得好奇怪："催我和大双扯结婚证的是你们两个，催我和大双去离婚的也是你们两个，到底是为啥子嘛？"

姐妹两个和大双之间的交易，也就是那对帝王绿玉镯，一直都瞒着所有的人，包括米麒麟。现在已经把这对玉镯还给梁姆姆了，更要对米麒麟守口如瓶。大姐对米麒麟说："我和你二姐想了又想，你不愿意和大双结婚也许是对的，她这个人心术不正，说不定哪天把你卖了，你还帮她数钱。"

二姐也在一旁说："也怪我和你大姐，当初就是看她的学历比小双高，人也比小双聪明，但大双是聪明过头了，聪明反被聪明误，你还是赶紧和这种人离了，趁年轻再好好地找一个像小双那样的。"

"再找一个就算了。"米麒麟心灰意冷，"再也找不到像小双那样的。就是样子和小双长得一模一样的大双，她学小双的文艺范儿也学得惟妙惟肖，长发飘飘，穿白衬衫，穿碎花的长裙，穿平底鞋，晃眼一看就是小双，但是我从她身上丝毫感受不到小双身上的文艺气息。"

小双没有野心，没有算计，米麒麟朝思暮想的还是小双那样的文艺女青年。因为大双住在米公馆，米麒麟住在学校尽量避免和大双见面，连大双升职出版社的副总编辑，他都不晓得。大双越是春风得意，米麒麟越是对他的好朋友大余和《我的国道318》的作者木木感到内疚。周末回米公馆见到大双，米麒麟再一次和大双谈判离婚，大双似乎已经习以为常，她和米家两姐妹有交易，根本不把米麒麟放在眼里。她一边在手指甲上涂透明的指甲油，一边说："你以为结婚离婚是儿戏呀？想结就结想离就离，你有没有问过你两个姐姐，她们同意不同意？"

米麒麟赶紧说："就是我大姐二姐要我和你去办理离婚手续的。"

大双不相信，她要米麒麟把他两个姐姐找来，当面和她说清楚。米麒麟找来他的大姐二姐，大姐二姐要米麒麟回避，她们要单独和大双说。

大双一改往日对米家大姐二姐的恭敬，她话里有话："我能够和米麒麟扯结婚证，全凭大姐二姐的鼎力相助，当然，我是付出了巨大代价的。"

米家大姐明白"巨大代价"指的是啥子，赶紧说："我们已经把那对玉镯还给你母亲了。"

"你们两个疯了！"大双简直不敢相信自己的耳朵，"玉镯是我的，你们两个凭啥子……"

米家二姐针锋相对："正因为我们发现玉镯不是你的，我们才把玉镯还给了你母亲。"

"在把玉镯给你们的时候，我把我母亲签了字按了手印的字据给你们两个看过，证明这对玉镯是我母亲赠予我的。"

"可是，我们又发现了另外一个证据。"米家二姐沉浸在破案的快感中，"我们在装两只玉镯的锦盒底部，发现了斯安琪的遗书，这对帝王绿玉镯是斯安琪的，她的遗嘱是将这对玉镯其中的一只留给梁家雄，就是你的小弟；其中一只留给梁佑翼，就是你的同胞妹妹。"

"二姐，我晓得你喜欢看侦探小说，你是不是在编故事哦？"大双的心理素质极好，她处乱不惊，"故事不是事实，口说无凭，除非你拿出真凭实据。"

"我们把遗书和那对玉镯一起还给了你母亲。"米家大姐还补了一句，"我们把遗书放回了原处，就在那个装玉镯的锦盒底下。你不信，可以回8号公馆，让你母亲拿给你看。"

大双怒气冲冲回到8号公馆，梁姆姆一见她便说："你再不回来，我就去出版社找你了。"

大双直截了当地问梁姆姆："米家的两个姐姐是不是来过？"

"来过来过，她们把那对玉镯还给我了。"梁姆姆问大双，"我就想问你，我让你存到银行保险箱的玉镯，咋个在米家两个姐姐的手上？"

"一句两句说不清楚。"大双急于见到斯小姐的遗书，"你快把那个装玉镯的锦盒拿给我看，我看是不是有啥子遗书在里面。"

"有有有，我都看见了。"

梁姆姆从樟木箱子里把装着一对玉镯的锦盒拿出来放在桌上,轻轻打开,两只绿得耀眼的帝王绿玉镯,并排躺在镶嵌在一起的两个正方形的黑色丝绒盒子里。米家姐妹说遗书是放在锦盒底下的,大双把锦盒举起来看锦盒的底部。

"是放在盒子里头的。"

梁姆姆示范给大双看。她先把两只玉镯从锦盒里拿出来,再把两个正方形丝绒盒子从锦盒里抠出来:"看嘛,这就是斯小姐的遗书。"

大双展开那张印着茉莉花纹的宣纸便笺,面不改色心不跳:"我看不是斯小姐的笔迹,斯小姐的字写得很漂亮,你看这上面的字,歪歪扭扭,像蚂蚁爬的。"

梁姆姆辩解道:"这是斯小姐临终前写的,她用最后的力气写的,咋可能像她平常写字那么漂亮嘛。"

大双明知梁姆姆说的是事实,她还是面不改色心不跳,故作神秘地对梁姆姆说:"妈,这是一个阴谋。"

"啥子阴谋哦?"梁姆姆被吓到了,"你怀疑斯小姐的遗书是假的?"

"是不是假的要拿到公安部门去鉴定。"

大双最擅长拉大旗作虎皮来吓人,这一招管用得很,在出版社她为所欲为,都说是上面的意思,出版社的人都晓得她是有来头的人,无人敢怀疑她说的话,所以她一路畅通无阻;如果她看哪个作者不顺眼,她就说我们要小心,上面对这个人有看法。大双背景强大,她说的"上面"不会是空穴来风,于是,无论这个作者有多么优秀，也一样被打入冷宫。"吓人"这一招被大双玩得溜熟，出版社是文化人成堆的地方，都被她吓得一愣一愣的，要吓梁姆姆这样的家庭妇女，还不跟玩儿一样？

大双要把斯小姐的遗书拿到公安局去鉴定，梁姆姆毫不怀疑遗书的真实性，她顾虑的是斯小姐已去世多年，入土为安，如今再来把这对引发过血案的玉镯闹到公安局去，岂不是对斯小姐不恭不敬？大双见梁姆姆犹豫不决，她挽住梁姆姆的胳膊，说："妈，我是你的亲生女儿，你还不相信我？"

梁姆姆确实不相信，连结婚这么大的事情都敢瞒着她。她问大双："你和米麒麟都扯了结婚证，咋个我们全家都不晓得嘛？"

"晓不晓得都不重要了，现在米麒麟要和我离婚。"

如五雷轰顶，梁姆姆感到一阵眩晕，说话也是有气无力的："还没有举行婚礼，咋个就要离婚嘛？"

"这是一场精心策划的阴谋。你快把遗书给我拿去鉴定。"见梁姆姆还在犹豫，大双说话的语气便有了威胁的意味，"妈，你不相信我，还不相信公安局？"

梁姆姆一听公安局，脸都吓白了，她木然地将斯小姐的遗书交给了大双。

第二十章　梁姆姆猝死之谜

一

大双拿走了斯小姐的遗书，梁姆姆每天像热锅上的蚂蚁，在8号公馆转来转去，她在等公安局的鉴定结果。梁姆姆不敢给任何人讲，连她最亲近的梁医生，她也没有讲，他怕影响梁医生的情绪。梁姆姆这一辈子，不晓得有好多烦心事，她都烂在了肚子里，就是怕梁医生晓得了，分神开错药，那是人命关天的哦！

梁姆姆心神不定，丢三落四，炒菜时不是忘了放盐就是把盐放多了，梁医生还跟她开玩笑，说她把盐罐罐打翻了。梁医生见梁姆姆日渐消瘦，行为异常，拉着她的手就要给她号脉："素洁，你是不是身体出了问题？"

"没有没有。"梁姆姆把手抽回来，强作欢颜，"我身体好得很，咋个会出问题嘛？"

梁医生用看病人的目光在梁姆姆的脸上停留了几秒钟，问道："是不是家里面出了啥子事？"

"没有没有。"梁姆姆的眼睛不敢看梁医生，"家里面能有啥子事嘛？四个娃娃都好得很，各忙各的，人影子都见不着。你安心看你的病，家里头的事情你不要操心哈。"

梁医生就是不想操心，有梁姆姆为他遮风挡雨，家里头的事，他放心得很。梁医生这一辈子，心都用在了病人身上。他相信了梁姆姆的话，他以为平时8号公馆的人上班的上班，上学的上学，梁姆姆一个人闷得慌，难免精神恍惚，食欲不振。他对梁姆姆说："你可以去对面5号公馆打打麻将，去听李老师讲评书，喜欢吃啥子就买啥子，不要舍不得钱。"

过了七八天，梁姆姆终于把大双盼回来了，可她不是一个人回来的，还带了一个夹着公文包的秃顶男人，大双介绍说他是贾律师。梁姆姆一听是律师又吓了一跳，律师总是和官司如影随形，像梁姆姆这样的家庭妇女，最怕惹上官司。

梁姆姆急于晓得拿到公安局去鉴定的遗书是真的还是假的，大双说这个问题由贾律师来回答。贾律师面无表情，一副公事公办的样子，说话的声音也不带任何感情色彩："经过公安局的笔迹鉴定，斯安琪的遗书系伪造。"

"不会哦！"梁姆姆的嘴唇在颤抖，"斯小姐临终的时候说的话，和遗书上的内容是一样的。"

贾律师问梁姆姆："斯安琪临终前说了啥子话？"

梁姆姆说："斯小姐把一个锦盒交给我，说里面装着一对帝王绿玉镯，她要留给小弟和小双。"

贾律师又问梁姆姆："斯安琪临终前说的这些话，除了你，还有哪个听见了？"

梁姆姆摇头："没得哪个，就我一个人。"

贾律师遗憾地摊开两手耸了耸肩膀，说："没有人证。"

梁姆姆用手指指着自己的鼻子："我不算人证啊？"

"你不算。"贾律师的回答斩钉截铁，"你是当事人。"

贾律师从公文包里抽出一张字据，指着上面的签字问梁姆姆："这是不是你的亲笔签名？"

梁姆姆点头："是。"

贾律师又指着字据上红色的手印问梁姆姆："这是不是你的手印？"

梁姆姆点头："是。"

"那么，这张字据是有法律效应的。因此——"贾律师把那个装着一对帝王绿玉镯的锦盒交到大双的手上，"这对帝王绿玉镯当属梁佐翼合法拥有。"

"你讲不讲理啊？"梁姆姆哭了，"斯小姐真的亲口对我说，她把这对玉镯留给小弟和小双……"

"可惜死无对证。"贾律师冷冰冰地说，"法院就是个讲理的地方，你完全可以请律师和梁佐翼打官司。不过，我要提醒你，打官司就是打证据，从目前的情况看，打官司对你很不利，梁佐翼有证据，你没有。"

梁姆姆咋个可能和她的亲生女儿打官司？眼睁睁地看着大双把那对帝王绿玉镯拿走了，她两眼发直，一口气没上来，倒在了地上。

我五点多钟放学回到8号公馆，按往日的习惯直奔灶房，吃完晚饭还要去学校上晚自习，我今年要参加高考，每天这个时候，梁姆姆已经把晚饭准备好了，笑眯眯地一边看我吃一边说："我们梁小猫好努力哦，肯定能考上一个好大学。这个鱼香猪脑花儿你多吃点儿，吃哪儿补哪儿，补脑的。"

我比我班上的同学都幸福，他们的爸妈都要上班，晚饭只能在外面买两个包子或者买碗凉面，随便将就一顿就去上晚自习，我有梁姆姆每天换着花样为我做晚饭，吃得又好又饱，上晚自习做作业效率特别高。

在灶房不见梁姆姆，也不见有做好的晚饭，我跑到梁家的客堂，见梁姆姆躺在地上，双眼紧闭。我抱着梁姆姆哭喊着："梁姆姆，我好怕，你快醒醒啊……"

梁姆姆一动不动，她的身体已经有点凉有点硬了。这时，小满和白日梦带着浪娃儿回来了，听见我的哭喊声，小满和白日梦冲了进来："梁小猫，梁姆姆她……"

"我不晓得，我刚才回来，梁姆姆就躺在这儿了。"

"咋可能喃？"白日梦一脸懵懂，"上午我们走的时候，梁姆姆还是活鲜鲜的，咋个……"

小满叫白日梦不要啰唆，赶紧打120叫救护车来。我用梁家的电话给小哥打电话，他现在有一部大哥大，一打就通："小哥，你快回来，梁姆姆她……"

我哭得说不下去，小哥挂了电话。我又给我母亲打电话："妈，你快回来，我好怕，梁姆姆会不会死哦……"

二

我母亲的学校离8号公馆走路不过十来分钟的路程，她和医院的救护车同时到达。从救护车上下来一位医生，后面还跟着两个抬担架的人。医生翻开梁姆姆的眼皮看了看，又摸了摸梁姆姆颈上的脉搏，摇摇头，站起身来就往外走。小满拦着医生，哭着哀求道："求求你，还是把她拉到医院去抢救……"

"太晚了，你们咋个不早点打120？"医生很无奈，"已经去世好几个小时了，没得救了……"

救护车开走了，我和母亲，小满和白日梦、浪娃儿，我们放声大哭，就像失去亲人一样伤心。在8号公馆，梁姆姆就是我们的亲人。母亲生了我，梁姆姆把我养大成人，她和母亲一样，是我最亲最爱的人，我再也吃不上她做的饭，再也看不见她笑眯眯看我的眼神，听不见她一天要说好几遍的"我们梁小猫，好乖哟"；对我母亲而言，没有梁姆姆，她不可能把学校当家，全身心地投入学校繁杂的事务中；小满没有结婚前，斯小姐没有去世前，梁姆姆给予她们的母爱，不是亲妈胜似亲妈，她们的父母都不在身边，因为有梁姆姆便有了家的温暖；自从白日梦得了重病，小满能够坚持这么多年，每周两次蹬着炮耳朵车拉白日梦去医院透析，成全白日梦的梦想，都因为有梁姆姆的帮衬，他们不会为浪娃儿感到焦心，只要梁姆姆在，把浪娃儿往梁姆姆跟前一放，就可以放放心心地去做他们自己的事情。

王宝器开车和小哥一起回来了，王宝器把小哥放下来后又去医院接梁医生。小哥抱着梁姆姆,抱得紧紧的,眼里没有一滴眼泪。小哥的样子很吓人,我好害怕,我抱住小哥:"小哥,你哭呀,哭出来呀!"

小哥不哭,他的嘴抿得紧紧的,我想也许人到了极度悲痛的时刻是哭不出来的。小哥是梁姆姆的心头肉,梁姆姆最心疼他,但是给他吃的苦也最多。梁姆姆明显偏爱老大梁家龙,他不愿意干的事情,梁姆姆都叫小哥去干;小弟的东西,只要梁家龙喜欢,梁姆姆总是让小哥给他。小哥受尽委屈,可他最爱的人还是梁姆姆,他从三岁起就帮梁姆姆跑腿做事,打酱油打醋买米买面,梁姆姆都是叫小哥去,还在上幼儿园的小哥在九思巷来回奔跑,成为当年九思巷一幅经典的画面。梁姆姆心疼小哥,还因为小哥懂事,在梁家,梁姆姆有许多不能说出来的难言之隐,小哥似乎都晓得,比如梁姆姆每天都要端水进入那个神秘的房间,小哥从来不问梁姆姆进去干啥子,他只是帮梁姆姆从灶房端来一盆一盆的热水,放在那个神秘的房间外面。梁姆姆常常为她这个贴心的善解人意的幺儿暗自落泪。

老大梁家龙回来了,他跪在梁姆姆的遗体前,一声一声地叫着"妈"。梁姆姆不是他的亲妈,却给了他比亲妈还多的母爱。当他还在襁褓中时,他亲妈便成了植物人,是梁姆姆一把屎一把尿把他拉扯大的,他以为梁姆姆就是他的亲妈,可是,梁姆姆却经常把他带到那个神秘的房间,教他喊躺在床上的女人"妈妈"。小时候,不晓得怕,直到他戴上红领巾的那个儿童节,本来是他最高兴的一天,梁姆姆又把他带进那个神秘的房间,指着床上那个像鬼一样的女人,说她才是他的亲妈,还让他对他亲妈说,他戴上红领巾了。梁姆姆不停地要他和他亲妈说话,说他亲妈听得见,他亲妈会为他骄傲为他自豪。七岁的梁家龙已经懂事了,也晓得怕了,他童年的恐惧都来自那个神秘的房间,都来自那个永远躺在床上的女人。如果梁姆姆不带他进那个房间,他心里的亲妈就是梁姆姆。那以后,他恨梁姆姆,不再叫她"妈妈",直到他的亲生母亲去世,他也长大了,终于明白梁姆姆的一片苦心,梁姆姆是天底下最好的后妈。

王宝器把梁医生接回来了。梁医生握着梁姆姆不再温暖的手,轻声地叫着"我的田螺姑娘"。梁姆姆对梁医生来说,真的就是他的"田螺姑娘"。她来到梁家时还是个黄花大姑娘,正是梁医生最狼狈不堪的时候,他的妻子成了植物人,留下一个襁褓中的婴儿,是他妻子的母亲把她带到梁家来帮忙的。那时的梁姆姆有一个好听的名字叫"素洁",她放弃了跟家婆学裁缝手艺,心甘情愿地留在了梁家。素洁要抚养他的儿子,要伺候他的植物人妻子,还要照顾他的生活,素洁凭一己之力,把他从苦海里打捞出来,素洁忙碌的背影在他眼里幻化成神话故事里的"田螺姑娘"。梁家世代行医,医德仁心,不晓得救活了多少人,一定是他的善举感动了上苍,才把像"田螺姑娘"一样的素洁恩赐到梁家来。日久生情,梁医生离不开素洁了,他的儿子也离不开素洁,把她当成了亲妈,梁家不能没有素洁。在家婆的安排下,梁医生和他的植物人妻子离了婚,娶了素洁。梁医生对素洁是有爱的,还有感恩。他对素洁表达爱意,就是握着她温暖的手,轻声地唤她"我的田螺姑娘"。

梁家龙一天天长大了,梁家又添了一对双胞胎姐妹和一个小儿子,素洁成了梁姆姆,没有人再记得起她的芳名。为了让梁医生一心一意地治病救人，梁姆姆扛起了梁家的大事小事，为梁医生遮风挡雨，对梁医生只报喜不报忧，为了梁家的体面，把许多家丑和难以言说的事都烂在她自己的肚子里头。这些年来，梁医生因为有他的"田螺姑娘"，过着神仙般的日子。现在，他的"田螺姑娘"走了，走得这么突然，梁医生这一辈子救活的人无数，可是他最心爱的人，他连救她的机会都没有。

小双回来了，哭晕在王宝器的怀里。醒过来后，她就是不相信，不相信她的妈妈已经走了，永远地走了。今天早晨吃早饭时，她还对梁姆姆使了小性子，说每天早饭都吃荷包蛋，都吃出了鸡屎味儿。梁姆姆问她想吃啥子，她说想吃羊市街"成都名小吃"的鲜花饼。梁姆姆马上说"你等着，我去买"。把鲜花饼买回来，看小双吃完了鲜花饼，梁姆姆叫小双喝牛奶，小双说来不及了，梁姆姆便把一盒牛奶放进她包里，说在路上喝。现在，这盒牛奶还在她包里，可她妈妈已经不在了。小时候，人们难免要把梁家的一对双胞胎姐妹拿来作比较，大双聪明伶俐心眼多，会来事儿；小双木讷反应慢，但心眼实诚。小双始终生活在大双光环的阴影里，在姐妹俩的房间里，墙上贴满了大双的奖状，没有一张是小双的。记得学校的宣传队要跳《洗衣舞》，小双很想去，结果选上的是大双。大双在排练的时候，小双就在一旁等，她看会了《洗衣舞》所有的动作，也唱会了这支歌。演出时，学校统一置办了跳这个藏族舞的藏族服装，大双穿着演出服在家里显摆，梁姆姆就照着大双的演出服给小双做了一套一模一样的，让大双和小双一起跳《洗衣舞》。大双不跳，说小双不是学校宣传队的，没有资格跳《洗衣舞》。等大双不在的时候，小双就自己唱自己跳，梁姆姆悄悄地告诉小双，说她跳得比大双好，特别是她唱得好听。梁姆姆说的是真心话，她不懂音乐的节奏，也不晓得小双在音乐方面是有天赋的，她就是觉得有节奏感的小双比大双跳得好看，每个踏步都踏在节点上。因为小双不如大双聪明，也不像大双那样争强好胜，梁姆姆对小双没有过高的期待，小双就在这宽松自在的环境中长大了，长成了自己想要的样子。

三

大双是最后一个回到8号公馆的。她哭得比任何人都伤心，哭完了，她开始兴师问罪，先问她大哥梁家龙："妈是咋个死的？"

"是猝死。"梁家龙是医学博士，他用医学专业知识来解释，"猝死分心源性和非心源性。心源性猝死由冠心病、急性心梗、心震荡等引起的，占总体人数的80%；非心源性猝死包括精神应激、过敏、严重感染等，占总体人数的20%。"

梁医生闭着眼睛，有气无力地说："你妈没有冠心病，也没有心血管方面的病症。"

排除了猝死的第一种可能，那么只有第二种可能了，那就是"精神应激"，受到了强烈的精神刺激。大双心里咯噔一下，但她面不改色心不跳，又问小双："平时只有你和妈在家里，你晓不晓得妈到底受了啥子刺激？"

"我不晓得。"小双说，"我上午出去的时候，妈还是好好的，她还去羊市街给我买了鲜花饼。"

大双又问道："是哪个第一个发现妈出事的？"

我说："我大约五点二十分回到8号公馆，像往常一样去灶房吃晚饭，不见梁姆姆，也不见她为我做的晚饭，就去客堂找，发现梁姆姆躺在地上。这个时候，小满姐姐他们也回来了。"

小满接着说："我叫白日梦赶紧打120，救护车来了，医生还带了两个抬担架的，结果医生检查了一遍，说太晚了，至少在两个小时前，梁姆姆就已经走了。"

大双把梁姆姆"走了"的时间在心里默默一算，正是她和贾律师离开后的这段时间。刚才在回来的路上，她也想过有没有这种可能：梁姆姆是被她活活气死的？梁姆姆最后留给的她的样子是脸色煞白，两眼发直，嘴唇在颤抖，那时已经说不出话来了。大双担心的是，会不会有人看见在梁姆姆临死之前，她回过8号公馆。她带着贾律师是下午一点钟来到8号公馆的，她挑这个时间去，正是九思巷最安静的时候，8号公馆除了梁姆姆也没有其他人。这些日子，小满两口子也是早出晚归，不晓得在忙啥子。如果梁姆姆是在她和贾律师离开后就断气了，那么就没人晓得她大双回过8号公馆；即便梁姆姆在死之前还见过人，依她对梁姆姆的了解，她敢肯定梁姆姆啥子都不会说。凡是家丑，梁姆姆都要烂在肚子里头。梁姆姆这一辈子，被她这个女儿拿捏得死死的，大双就是吃准了梁姆姆死要面子活受罪，所以她可以在梁家为所欲为。

别看梁姆姆活了大半辈子，在大双心里，梁姆姆的心理年龄就像一个十七八岁的小姑娘，对付起她来就像玩儿一样。大双随便找了一个人冒充律师，给梁姆姆介绍说是贾律师，其实就是假律师，偏偏他又姓贾。假律师说斯小姐的遗书拿到公安局去做笔迹鉴定，鉴定结果是假的，梁姆姆明知斯小姐的遗书是真的，但一听公安局就被吓到了。大双吃准了梁姆姆把梁家的体面看得比命还重，却叫假律师让梁姆姆和她的亲生女儿打官司，打官司就是把家丑张扬出去。大双有些后怕：这一招是不是太狠？她把她的亲妈活活气死了！

这不是大双想要的结果。她带着假律师去见梁姆姆，只是想吓吓她，把那对帝王绿玉镯抢回来。拉大旗做虎皮是大双惯用的伎俩，她借假律师之口，说经过公安局的笔迹鉴定，斯小姐的遗书是伪造的，还让梁姆姆去和她自己的亲生女儿打官司，打官司就是打证据，假律师手上拿着梁姆姆亲笔签名按了手印的字据，她只想吓吓梁姆姆，让她把"帝王绿玉镯"的事情彻底烂在她肚子里头，哪晓得梁姆姆这么不经吓，就这样被活活吓死了！

不管梁姆姆是被活活气死的，还是被活活吓死的，大双都难脱干系。她哭梁姆姆比小双还哭得伤心，是真哭，泪水像断了线的珠子，顺着下巴滴落在地上。从小到大，大双都是别人家的孩子，成绩好，会来事儿，小小年纪人情世故都懂，每次去学校开家长会，都是梁姆姆的高光时刻，听着老师对大双的表扬，梁姆姆就在心里为小双惋惜：都是一个娘肚子里出来的，一对双胞胎差别咋那么大喃？梁姆姆早就有所察觉，大双啥子都好，就是嫉妒心太强，见不得别人好。班上有一个叫李晓敏的女生，成绩和她不相上下，每次考试，不是她第一名，就是李晓敏第一名。大双恨死了李晓敏，经常说李晓敏的坏话，还指使小双与李晓敏也断绝了来往。有一次，班上要选出一名口算冠军去参加区上的口算比赛，数学老师布置了六十道口算题，后面二十道题是超纲难题，要在规定的时间里完成，得分最高的去参加区上的口算比赛。规定的时间到了，老师收了卷子，班上好多同学都没有答完题，大双最后两道题也没答完。老师把收上来的卷子放在讲桌上，带着同学们下楼做课间操了。大双最后一个离开教室，她飞快地走到小双的课桌前，打开她的文具盒拿了她的香水橡皮擦，跑到讲台那里翻出李晓敏的卷子，她看李晓敏的卷子全部做完了，用橡皮擦刚擦掉四道题的答案，就听见教室门外有脚步声，慌乱中大双赶紧从教室后门跑了。李晓敏很快被数学老师叫到办公室，问她为啥子要把试卷最后几道题的答案擦掉。李晓敏说不是她擦的，她好不容易全做完了，为啥子要擦掉？数学老师觉得李晓敏言之有理，拿起卷子对着光看，没有完全擦掉的答案完全正确。这还了得，显然是有人故意搞破坏，这是哪个干的？数学老师和同学们一起下楼做课间操，突然想起口算试卷还放在教室的讲台上，就叫班长去教室拿了放到她办公室去。班长说她回教室的时候，看见一个人影从教室后门跑了。

　　数学老师问道："你看清楚没有，是不是我们班上的同学？"

　　班长说："有点像梁佐翼，又有点像梁佑翼。我还在卷子上面捡到一个香水橡皮擦，放进'拾金不昧'的小箱子了。"

　　那时候，每个教室都有个"拾金不昧"的小箱子，同学们捡到的东西都往里边放。数学老师在这个小箱子里果然找到了一个粉红色的香水橡皮擦，把它举在手上问全班同学："这是哪位同学的橡皮擦？"

"是梁佑翼的。妈妈买了两个香水橡皮擦，粉红色的给了小双，黄色的给了我。"大双从文具盒里拿出一个黄色的香水橡皮擦，"看，这是我的。"

数学老师把小双叫到办公室去审问，小双一直哭，反反复复地说她啥子都没干。数学老师请家长去学校，梁医生要治病救人，只有梁姆姆去。梁姆姆对数学老师说："我生的娃娃我晓得，我们小双绝对干不出这种事情。"

回到家里，梁姆姆把大双带到她和梁医生的卧室里把门关起来，问大双是不是她干的。大双还想抵赖，梁姆姆说："我晓得是你干的，小双干不出来。我今天在老师面前给你留面子，是为了我们梁家的体面。这件事情你晓得我晓得，不能让你爸爸晓得，免得他生气。"

有了第一次就有第二次，大双的胆子越来越大，不晓得做了好多移花接木嫁祸小双的事情，梁姆姆都晓得，但是都被她烂在了肚子里头，没有对梁医生透露一丝半点，以至于后来发生"手抄本事件"，害得小双在学校名誉扫地，又是梁姆姆出面摆平了这件事，我母亲给小双转了学，直到现在，梁医生都不晓得当年小双为啥子要转学。

梁姆姆就这样走了，带着一肚子的难言之隐，永远地走了。她贴身的衣袋里还藏着一个鸽子蛋大的玉佛，圆圆鼓鼓的大肚子上都起了荧光，这荧光是梁姆姆的手指头摸出来的。这个大肚弥勒佛是她出嫁时梁医生送给她的，他把玉佛放在她的手心里，意味深长地对她说：弥勒佛的肚子大，是因为"大肚能容，容天下难容之事"。

四

梁姆姆的灵堂就设在8号公馆里。小满给她换衣服,打开她的衣柜,发现里面挂着十几件旗袍,春夏秋冬的都有,但是从来没有见她穿过,因为她从早忙到晚,穿旗袍不方便,为啥子又要做那么多旗袍?梁姆姆还是有梦想的,她十六岁就到梁家龙的亲外婆、我们叫家婆的裁缝铺学手艺,她梦想做一个像家婆那样有名的旗袍师傅。手艺还没学出来,家婆就把她带到梁家来当救星,来做梁医生的"田螺姑娘",她心甘情愿把自己献给了梁医生,献给了梁家的儿女。等儿女们都长大了,梁医生也到医院去开专家门诊发挥余热了,寂寞的梁姆姆重新捡起做旗袍的手艺,开始是给小满工作的那家照相馆做了几件旗袍用来拍民国风的照片,这一做就做上了瘾,早些年她存了一些好料子,都用来给自己做了旗袍,每件旗袍的盘扣都不一样。每做好一件旗袍,梁姆姆都会在心里问家婆:"娘,你看我是不是可以出师了?"

小满选了一件紫红色的丝绒旗袍给梁姆姆穿上,还给她化了淡妆,梁姆姆那张"家和万事兴"的脸又活过来了。她心平气和地躺在那里,不像猝死的,倒像睡着一样。

哀乐在8号公馆如诉如泣,九思巷的人都奔向8号公馆,你问我,我问你:"哪个死了?""哪个死了?"当他们得知是梁姆姆时,立即哭成一片,泣不成声地你问我,我问你:"这么好的人,咋个就走了喃?"

"昨天上午,我还在菜市场遇到她,她说要买两条活鲫鱼,给梁医生做鲫鱼汤炖豆腐。"

"昨天早晨，我在后子门遇见她，她手上拿着两个鲜花饼，说是给小双买的。我们还摆了几句龙门阵，我给她摆了我和大儿媳妇怄气的事，她还劝我大量点，多想大儿媳妇的好处，家和万事兴。"

"昨天中午，我还看见梁姆姆拿个抹布在擦公馆的门槛，我到玉龙街吃了一碗面回来，就看见公馆的门关上了。我还觉得奇怪，8号公馆在大白天咋个要关门嘛？"

九思巷的公馆，独门独户的大白天才关门，比如蒋公馆、王公馆、刘公馆，几家人合住的公馆，大白天是不关门的。昨天是大双和假律师进入8号公馆后，大双把门关上的。

天地动容，泪洒九思巷。九思巷的街坊邻居都聚集在8号公馆的门口，一把鼻涕一把泪地述说梁姆姆的好：

"我前些年一到冬天就犯軥巴儿病，腿脚又不方便，都是梁姆姆每天把药熬好给我送到床跟前，硬是把我的軥巴儿病医好了。"

"我们两口子都要上班，娃儿有个头疼脑热，都是梁姆姆帮忙照顾。"

"我带农村的老人去梁医生那里看軥巴儿病，要长期吃药，梁姆姆晓得我手头紧，吃了这么多年的药，都是梁姆姆帮我给的药钱。"

不说不晓得，梁姆姆的好三天三夜都说不完，原来九思巷这么多人都受过梁姆姆的恩惠，梁姆姆是天底下最善良的人。街坊邻居们排成长队，到梁姆姆的遗像前做最后的告别。到下午的时候，8号公馆里已经摆满了街坊邻居送来的花圈。

蒋二爷送来了一个巨大的花圈，他在梁姆姆的遗像前三鞠躬，可见梁姆姆在这个德高望重的九思巷的灵魂人物心中的分量。在九思巷，蒋二爷最敬重的人就是梁姆姆。蒋二爷阅人无数，年少轻狂，他也风流过，喜欢年轻漂亮的女人，如今早已过了对女人审美的初级阶段，看女人他有他的标准：德行占七分，相貌占三分。蒋二爷和梁姆姆的交情，仅仅是擦身而过的点头之交，但是他看人能透过形看到骨，透过骨看到魂。蒋二爷看得见梁姆姆甘于奉献的高尚灵魂，蒋二爷给这个极具美德的女人打满分；梁姆姆的相貌也是蒋二爷喜欢的那种，她身形富态，慈眉善目，属于越看越好看的耐看型，蒋二爷也给她打满分。

过了一天，又来了好多人，他们送来的花圈，8号公馆里面已经摆不下了，只好摆到外面来，摆满了半条九思巷。送花圈的人来自成都的四面八方，都曾经是梁医生的病患，虽然8号公馆的药房已经不在了，梁医生也有好几年不在药房坐堂了，但他们都记得梁师母，永远笑眯眯的梁师母，让病患如沐春风的梁师母，他们来就是为了再看一眼梁师母，和她做最后的告别。

告别的队伍一直排到了后子门。

办完丧事，九思巷又恢复了往日的宁静，8号公馆的人不晓得啥子时候才能从悲痛中走出来。小哥没有马上去三圣乡，他要在家里陪陪梁医生。这天下午，他接到一个不愿透露姓名的电话，说在梁姆姆去世那天，下午一点钟左右，他看见梁家的女儿带着一个男人进了8号公馆。他晓得梁家有两个双胞胎女儿，至于是大双还是小双，他认不出来。

如果这个匿名电话说的是真的,那么,大双小双两个人之间,必定有一个人在撒谎:大双说她一直住在米公馆,起码有半个月都没有回家了;小双说她那天上午就离开8号公馆了,梁姆姆去世的消息是王宝器告诉她的,那时她正在郊区的向阳花小学校排练节目。匿名电话说,他看见梁家女儿带着一个男人进了8号公馆,如果是小双,他应该带的是王宝器。小哥回忆起来,他在三圣乡一般是和王宝器一起吃午饭,梁姆姆去世的那天中午,他是一个人吃的午饭。

小哥一个电话给王宝器打过去:"我妈去世的那天,中午一点钟左右,你是不是和小双在一起?"

"小弟,你啥子意思哦?"

"你就直接回答:那个时间,你是不是和小双在一起?"

"我想一下哈。"王宝器想了几秒钟,"那天十一点钟的样子,小双打电话喊我去献爱心,说在荷花池批发市场等我。我去了以后,小双要我出钱给她搞的无伴奏童声合唱团的娃娃们买布料做演出服装。买好以后,我把她送到长途公交车站,看着她坐车走了。"

王宝器说的和小双说的完全扣得上,可以肯定,梁姆姆在去世之前,是大双带着一个男人去了8号公馆,她为啥子要撒谎喃?

小哥想来想去,还是把匿名电话的事给梁医生说了,梁医生毕竟是一家之主。梁医生闭着眼睛,过了好久,才沉吟一声,说:"唉,家家都有一本难念的经。小弟呀,这个事情就天知地知,你知我知,不要再追究了。你妈这一辈子,我晓得她心里头有很多说不出的难言之隐,她还不是为了我们这个家,为了这个家的体面。现在她走了,就让她清清静静地走,我们不要辜负了你妈的一片苦心。"

第二十一章　最爱小满的人走了

一

梁姆姆是8号公馆的灵魂人物,现在她走了,魂还留在8号公馆,梁姆姆无处不在。我不敢进灶房,我怕看见灶台,梁姆姆总是在灶台上一边炒菜一边对我说:"梁小猫,我今天炒了你最喜欢吃的宫保鸡丁,赶紧吃了去上晚自习哈!"我也不敢去后花园,我怕看见那口井,梁姆姆总是在井边洗衣洗菜;我走出8号公馆不敢往后看,梁姆姆总是在8号公馆门口,目送我走出九思巷,耳边萦绕着梁姆姆不放心的声音:"梁小猫,下了晚自习赶紧回来哈!"

小双一直没有从失去母亲的悲伤中走出来,她天天把自己关在八角亭弹钢琴,弹的全是令人心碎的曲子。小哥临走之前对我说:"梁小猫,我妈不在了,你不要忘了你还有个哥,我会像我妈一样对你好。"

我忍不住又哭了,小哥轻轻拥着我,轻轻拍我的背:"你不要哭,你再哭,我也要哭了。你答应我,有事情一定要给我打电话。"

我抽泣着点头,小哥用手抹去我脸上的眼泪,说:"除了我,你还有蒋义,你可以到蒋义家去吃晚饭,他爷爷和他妈妈都很喜欢你,他们会对你很好的。"

我仰起脸对小哥说:"我只要你对我好。"

我戴着黑纱去学校,同学问我家里谁去世了,我只说是和我妈妈一样的人,便不愿多说一个字,她们不能理解我的悲伤。晚自习前我不再回8号公馆,就在学校周围小吃摊上随便买点东西来填饱肚子。有一天,我和两个女生正在小吃摊上吃椒麻抄手,两个女生的眼睛看着一个方向,眼珠子都转不动了。我顺着她俩的目光一看,原来是蒋义把她俩帅成了这样子。蒋义骑在一辆自行车上,一条大长腿放在马路牙子上,正看着我。我朝他走过去:"蒋义,你找我?"

"我找你好多天了。"蒋义说,"你以后放了学去我们家吃饭,我答应你小哥的事情,我就要做到。"

"马上要高考了,这段时间我能对付过去。"

"梁小猫,你不能随随便便地对付。高考前的营养必须跟上,我妈说她天天给你炖鸡汤炖鱼汤。"

蒋义是个地地道道的暖男,我嫌他啰唆,催他快走。他说如果我不去他家吃晚饭,他就把饭送到学校里来。蒋义现在在读研究生,我问他:"你不钻研学问啊?"

"我钻研学问还是要吃饭噻。学校食堂的饭菜哪有我妈做的好吃!梁小猫,你就让我沾沾你的光嘛。"

蒋义说到做到。每天我下午放学,他已经在学校门口等我了,自行车的龙头上挂着一个巨大的保温桶。他在我们学校附近找了一家咖啡店,忙忙碌碌地从保温桶里取出三菜一汤,还有一碗米饭,摆了一桌子,他不吃就看着我吃,还不停地给我夹菜。等我吃饱了,蒋义再回家吃晚饭,然后心满意足地回学校做他的研究生。这样的日子一直持续到我高考结束。

梁姆姆在的时候就像空气，感觉不到她的重要性，如今她不在了，才发现人人都离不开她，因为人人都离不开空气。小满要养家糊口，白日梦每周两次的透析也是一笔巨大的开支，好在她代理的"谷雨绣品"的品牌公司越做越大，生意都做到外国去了。白日梦也越来越忙，他对梁姆姆说，他现在是活一天少一天，他在忙他生命中最后一件大事。梁姆姆就呸呸呸连"呸"三声，告诫他"以后不许说不吉利的话"。

"梁姆姆，我自己的病我自己晓得，我的日子不多了，我把这件大事做完，我这一生总算没有白活。"

看白日梦视死如归的样子，不像在做白日梦。梁姆姆好奇地问道："啥子大事哦？"

白日梦问梁姆姆："成都有个作家叫李劼人，你晓不晓得？"

梁姆姆摇头："不晓得。"

白日梦叹了一口气，表示惋惜。他又问："李劼人写的《死水微澜》《暴风雨前》《大波》，你晓不晓得？"

梁姆姆还是摇头："不晓得。"

"所以说，我现在做的事情太值得了，连你这个土生土长的成都人都不晓得成都有个这么了不起的作家，不晓得他写了这么多著名作品。"白日梦一副任重而道远的样子，"成都文联组织了几个专家学者，要编一套《李劼人全集》，我现在就忙这个大事。"

"嚯哟，白日梦，你都成专家学者了？"梁姆姆为白日梦感到高兴，"你忙你的，浪娃儿就交给我了，午饭晚饭就在我这儿吃。"

小满和白日梦真的就把浪娃儿交给了梁姆姆,各忙各的去了。白日梦全身心地投入《李劼人全集》的编选工作中,有时小满还蹬着炝耳朵车拉着他去沙河堡李劼人的故居采集资料,回来晚了也不担心浪娃儿,反正有梁姆姆。现在,梁姆姆不在了,小满和白日梦总得留一个人在家里照顾浪娃儿,这才发现一个娃娃有那么多事,原来梁姆姆默默地帮他们做了那么多。

白日梦可以在家里工作,照顾浪娃儿的重任就落在了他的肩上,除了给浪娃儿做饭吃,还要监督浪娃儿做作业。浪娃儿已经读五年级,受白日梦的影响,喜欢看书,但他不像白日梦啥子书都看,他只看科普书科幻书。浪娃儿还在读三年级时,字都认不全,白日梦就给他订了一份《科幻世界》,别看这份杂志办在成都,名声却在外,已经有了世界影响力。《科幻世界》成了浪娃儿的枕边书,他沉迷在科学与幻想的世界里。学校的语文老师每周都要布置写周记的作业,要求写身边的人和事。浪娃儿憋了半天,白日梦检查浪娃儿写的周记,说他写得像流水账,毫无想象力。浪娃儿问白日梦:"咋个才会有想象力?"

白日梦说:"你喜欢看《科幻世界》,说明你是有想象力的。如果没有想象力,不会喜欢也看不懂《科幻世界》。"

白日梦经常带浪娃儿参观科技馆,门口有卖宇航员戴的那种样式的太空头盔,有红色的、蓝色的、银色的。白日梦让浪娃儿自己选,浪娃儿选了一顶银色的,科技感十足。有一次,浪娃儿戴着太空头盔读《科幻世界》,发现有飞起来的感觉,仿佛在太空中遨游,浪娃儿就经常戴着太空头盔读《科幻世界》。

"浪娃儿，你咋个不戴你的太空头盔写周记喃？"白日梦突发奇想，"浪娃儿，你戴着太空头盔读《科幻世界》都有飞起来的感觉，你戴着太空头盔写作文，不晓得是啥子感觉。"

浪娃儿戴上太空头盔，面对绿格子的作文本，白日梦问他有啥子感觉，浪娃儿说有飞起来的感觉。白日梦就说，你把飞起来的感觉写在作文本上。浪娃儿却说："我们老师要求写自己身边的人和事。"

"最好的作文是写出自己的真情实感。"白日梦循循善诱，"你现在有飞起来的感觉，你把飞起来的感觉写出来，就是一篇具有真情实感的好作文。"

浪娃儿文思如泉涌，他在绿格子的作文本上写下题目《相约星期六》。这一天是星期六，戴着银色太空头盔的浪娃儿起飞了，把他飞起来产生的幻觉都写在了绿格子作文本上：他和一个来自外星球的孩子，每个星期六，都相约在成都的人民公园。

二

八九十年代的成都，文艺女青年遍地都是，她们都像小双一样，有一双清澈的大眼睛，长发飘飘穿碎花的长裙是她们的标配，身上散发出清新脱俗的文艺气息。教浪娃儿语文的舒老师就是这样的一个成都女文青，她批改作文时读到了浪娃儿写的《相约星期六》，虽然不是按着她的要求写身边的人和事，但是她读到的是一篇天马行空的科幻故事，舒老师又惊又喜。她把这篇科幻故事念给班上的学生听，教室里鸦雀无声，浪娃儿让全班同学的想象力都起飞了。舒老师念完了，同学们还没有听够，舒老师就说："白浪子写的科幻故事叫《相约星期六》，我们就请他每个星期六把故事接着往下写，每个星期一，我就把白浪子写的科幻故事读给你们听，好不好？"

就这样，每个星期六，浪娃儿都写一篇他和从外星球来的孩子在一起的故事，舒老师觉得他越写越精彩，同学们也越听越入迷，还把他写的故事讲给其他班的小朋友听。舒老师想让更多的孩子读到浪娃儿写的科幻故事《相约星期六》，她骑着自行车，亲自把浪娃儿写的六篇科幻故事《相约星期六》送到在人民南路四段的《科幻世界》，《科幻世界》的主编是一位著名作家，像他那样的文学大师都有一双会发现的眼睛，读了浪娃儿的《相约星期六》，就像猎人发现了猎物。主编是性情中人，一时兴起，要在《科幻世界》上开辟一个新栏目《科幻少年》，专门发表少年儿童的科幻作品。浪娃儿有幸成为这个新栏目的第一个作者。

白日梦一周两次去医院透析一直没有间断过，要不是因为小满的坚持，他早就不想去了，只想好好地把手边的事情做完，但他是炮耳朵犟不过小满，无论小满有多忙，该去透析的时候，她就会骑在炮耳朵车上命令白日梦上车，白日梦不敢不听，乖乖地坐上去。成都的街上，已经看不见骑炮耳朵车的人了，骑着炮耳朵车的小满，成了街上的一道奇观，街道两边的人都向这个著名的成都美人行注目礼。坐在炮耳朵车上的白日梦苦苦地求小满："我求求你，你不要再让我坐你蹬的炮耳朵车了。"

"为啥子嘛？"

"你看嘛，街上的人都在看你？"

"让他们看嘛，我长得这么漂亮，肯定有人看噻。"小满不在乎别人的眼光，她只在乎白日梦的感觉，"我就问你，你坐在我蹬的车上，舒不舒服嘛？"

白日梦实话实说："舒服是舒服，就是心里头不自在。"

"你又舒服又不自在，到底是啥子意思嘛？"

"我看你那么辛苦，我心里头难受。"白日梦说，"小满，你就让我自己去医院嘛。"

小满说："我让你一个人去医院，我心里头才难受。你要是心疼我，就不要让我难受。"

当初白日梦查出尿毒症，医生说坚持做透析可以多活十年，白日梦已经活了七八年，他最近感到精力一天不如一天，觉得特别累，他不敢给小满说。在他面前，小满说起他的病，总是一副云淡风轻的样子，其实她心急如焚，她到处找肾源，找了几年，都没有找到能够和白日梦配对的肾源。妹妹谷雨给她姐夫换肾的钱，一分没动，都存在银行就等能配对的肾源。背着白日梦，小满也流泪，懂事的浪娃儿明白他妈妈为啥子伤心，他给小满擦眼泪，说："妈，你等我长大，我把我的肾给爸爸。"

白日梦终于完成了他的人生大事，《李劼人全集》共有十七卷，李劼人不仅是文学家，还是翻译家，全集收了他创作的长篇小说、中短篇小说、散文、诗歌戏剧、文学批评和书信，还有他翻译的外国文学作品。白日梦负责的那部分编选工作一结束，他就倒下了。也许他早就不行了，全靠心中的执念支撑着。

白日梦住进了医院，身上插满了管子。宋小江刚从国外回来，直接从机场来到他的病床前。这些年，大熊猫作为中国的国宝，成为与全世界各个国家友好往来的和平使者。大熊猫在世界上的名气越来越大，拍摄大熊猫的宋小江在世界上的名气也越来越大，国家把大熊猫派往哪里，宋小江就跟着大熊猫去哪里，他已经在二十几个国家举办了中国野生大熊猫的摄影展。

白日梦已经住进了重症监护室，病床周围都是冷冰冰的仪器。身上插满管子的白日梦躺在病床上，躺在冷冰冰的仪器的包围之中，宋小江心如刀绞。这个和他一起长大的毛根儿朋友，他们出身悬殊，宋小江是住在西南局大院里的高干子弟，白日梦是住在西南局外面街边边门板房里的街娃儿，可他们情同手足，比亲兄弟还亲。白日梦家里只有两间房，他的姐姐妹妹已经长大了，白日梦还和她们住一个房间，宋小江就让白日梦去他家住，他父母还专门准备了一张上下铺的床，他俩便成了上下铺的兄弟，一直住到白日梦的姐姐和妹妹出嫁。

宋小江这次出国之前还见过白日梦，他精神亢奋，滔滔不绝地讲李劼人，一讲就是几个小时，宋小江为他高兴，以为他的病情好转了，哪晓得是回光返照。

"你来啦，我还怕我见不到你了。"白日梦笑了笑，他的笑像在哭，"你是我的大恩人，我见不到你，眼睛也闭不上。"

宋小江故作轻松地说："你说到哪儿去了，啥子大恩人哟，我担当不起哈。"

"你对我的恩情比天高，比海深。"白日梦表面上就像平时和宋小江开玩笑,其实都是他的真心话,"没有你,我不可能认识小满,我也不可能成为世界上最幸福的男人。"

宋小江和白日梦会心一笑。确实是白日梦帮宋小江去给小满送花,小满才认识白日梦的。以前觉得有点荒唐有点可笑,小满和白日梦相亲相爱十几年,现在到了他生命的最后时刻,这两个人到中年的男人才感慨道:"那时候,我们多年轻啊!我们多浪漫啊!"

白日梦又对宋小江说:"我要走了,唯一不放心的是……"

"我晓得你不放心的是浪娃儿。"宋小江以为白日梦要临终托孤,"我会把浪娃儿当作我的亲儿子,抚养他长大成人。"

"我不放心的不是浪娃儿,是谷雨。"白日梦说,"我和小满结婚时,小满啥子都不要,对我只有一个要求,就是要我和她一起,照顾她的聋哑妹妹一辈子。后来你要和谷雨结婚,我现在给你说实话,小满是不同意的。她说你心里头只有大熊猫,不会一心一意地对谷雨好;还说谷雨是残疾人,你是世界名人,怕你变心……"

"咋可能嘛,我追求的是灵魂伴侣,和是不是残疾人无关。再说我已经失去了小满,我不能再失去谷雨。你晓得的,我和谷雨结婚的时候已经不年轻了,懂得起一个成熟男人要对自己的行为负责。"宋小江向白日梦发誓,"你放心,我一定会对谷雨好,好一辈子。"

"你我兄弟一场,我肯定相信你噻。"

和宋小江做了一辈子朋友,宋小江的人品还是过得硬的,他说得到做得到,有了他刚才那番誓言,白日梦放心了。

三

小满还在到处求人找肾源，找了这么多年，要找到与白日梦配对的肾源难于上青天。如今白日梦病情加重，小满更不甘心。白日梦倒是视死如归，希望早点解脱。他对小满说："小满，我最后求你一件事。"

"你跟我还那么客气，啥子事情你说嘛。"

白日梦晓得他说出来，小满肯定不会答应："你要先答应我，我才说。"

"好嘛，我就答应你，快说嘛。"

白日梦握住小满的手，还要小满答应他："我说了，你不要哭。"

眼泪已经涌了上来，在小满眼眶眶里打转转。小满点点头："你说嘛，我不哭。"

白日梦对小满说出他深思熟虑的话："我想把身上的插管都拔了。"

小满的眼泪夺眶而出。目前维持白日梦生命的就是这些插管，一旦拔了，小满不敢往下想。

"说好不哭的哈！"白日梦轻轻抹去小满脸上的泪水，"你听我慢慢地跟你说。"

白日梦说："我这一辈子，因为有你，我觉得我是这个世界上最幸福的人，我死而无憾。"

白日梦说："我这一辈子，前半辈子尽做白日梦，一事无成；后半辈子才做成了几件像样的事情，总算没有白白地来这个世界走一趟，我死而无憾。"

白日梦说："我和你生下白浪子，浪娃儿是我这一生的骄傲，我虽然不能把他抚养成人，看着他娶妻生子，但也对得起我白家的列祖列宗，我死而无憾。"

白日梦说："我这一辈子，虽说没有多大的出息，但是活得体面，活得有尊严，所以，我希望我离开这个世界的时候，有尊严地离开，走得体体面面。小满，你是我最亲最爱的人，你就成全我，好不好？"

听白日梦说了这么多，小满一直憋着。白日梦要小满成全他，小满再也忍不住了，她跑出了重症监护室，在楼道上遇见了宋小江，宋小江看见她泪流满面，拉住她："小满，你哭啥子？"

小满挣脱宋小江，宋小江一直追到医院的花园，宋小江拉住小满坐在长椅上，小满放声痛哭。宋小江默默地坐在小满的身边，他没有劝小满，小满的心中积压了太多的悲和痛，让她哭，把心中的悲和痛都哭出来。

等小满哭够了，宋小江说："我晓得你哭啥子。昨天，白日梦也给我说了，是不是他想拔管的事？小满，你咋想的喃？"

小满摇摇头，又哭起来。

"我想了一个晚上，我给你说说我是咋个想的。"宋小江说，"我昨天去找了白日梦的主治医生，说到白日梦的病情，他很不乐观，我们现在把希望寄托在找肾源上是不现实的。多拖一天，白日梦就多受一天折磨，白日梦想从折磨中解脱出来，想有尊严地离开，我们应该成全他。"

小满和宋小江都在乎白日梦的感受，他们都想白日梦尽快地从病痛的折磨中解脱出来。小满顾虑白日梦的家人，她们会不会同意？白日梦的父亲已去世多年，他还有一个母亲一个姐姐一个妹妹。宋小江和她们很熟，小时候，白家难得吃一回肉，白姆姆都要叫宋小江去吃。白姆姆已经七十几岁，白日梦的病情一直都瞒着她，白发人要送黑发人，怕白姆姆受不起这样的打击，宋小江只把白日梦的姐姐和妹妹约出来，陪小满去见她们。

小满刚把拔管的事一说，白家姐妹立即和小满翻脸。

白家大姐指着小满的鼻子，说："你啥子意思？拔管和杀人有啥子两样？"

白家小妹更是出言不逊："你是不是等不及了，嫌我哥是你的累赘？"

宋小江实在听不下去了，说了公道话："白浪生病不是一天两天，这七八年都是小满在他身边照顾他，就是每星期两次去医院做透析，都是小满蹬炮耳朵车拉他去的，这么多年从来没有间断过，你们凭良心说，还能不能找到比小满对白浪更好的人？"

"宋小江，你不要在这儿冒充好人。"白家大姐对宋小江也不客气，"哪个不晓得你和小满耍过朋友？你巴不得我弟娃儿早点断气。"

"大姐，你不要乱说哈，我是结了婚的有妇之夫。"

"结了婚还可以搞婚外恋嘛。"

白家姐妹站在道德的高地，理直气壮地做了道义的审判官，判小满和宋小江为企图谋害她们兄弟的奸夫淫妇。她们坚决不同意给白日梦拔管，留下一堆难听的话扬长而去。宋小江劝小满不要和她们一般见识:"像她们这种只会打嘴炮的人,说的那些伤人的话你就当耳边风。小满,你才是白日梦最亲最爱的人,是否成全他的意愿,主意还是得由你来拿。"

白家姐妹的这番胡搅蛮缠,坚定了小满要成全白日梦早日解脱的决心。白家姐妹仗着她们和白日梦有血缘关系,就成了捍卫道义的审判者,她们只图嘴上痛快,毫不顾及小满的感受,小满才是为白日梦付出最多的人啊!小满是有脾气的,她从来不活在别人的成见里,为了她心爱的人,她可以忍辱负重,受尽天下人的误解和责骂,如同当初如花似玉的她执意要嫁给一无所有的白日梦一样,也是受尽了天下人的误解和嘲笑。

四

小满和宋小江去见白日梦的姐姐妹妹,白日梦不问也晓得是啥子结果。他给他的母亲和他的姐妹写了一封信交给宋小江,说等他走了以后,再把这封信交给她们。

该交代的事情都交代了,白日梦最后一个愿望就是要和他日夜想念的儿子浪娃儿见一面。自从他身上插满管子住进重症监护室,他就不让小满带浪娃儿来见他,他怕吓着浪娃儿。

浪娃儿晓得《科幻世界》要发表他写的《相约星期六》,因为是语文老师把他的作文送到编辑部去的,所以他去问舒老师:"我写的《相约星期六》发表没有?我想带到医院去见我的爸爸。"

舒老师晓得浪娃儿的爸爸住在医院的重症监护室,如果他爸爸能在生命的最后时刻见到浪娃儿发表的作品，是多大的安慰啊！舒老师骑着自行车又去了《科幻世界》编辑部，责任编辑说杂志已经在印刷厂印好了，就是还没有装订，要等几天。舒老师急得眼泪都快流出来了，说："不晓得白浪子的爸爸还能不能等到那一天。"

那位极其欣赏浪娃儿的主编马上给印刷厂打电话，让印刷厂火速装订一本出来，责任编辑直接送到学校交到浪娃儿的手中。

在去医院的路上，小满对浪娃儿说："你见到爸爸不要哭，爸爸看到你哭，心里会难受。"

浪娃儿说："我不哭。爸爸经常对我说，男儿有泪不轻弹。"

拔了管的白日梦住进了普通病房，这是白日梦为了见浪娃儿特别要求的。白日梦刮了胡子，头发梳得一丝不苟，就像要见重要的大人物。对他来说，他儿子白浪子就是最重要的大人物，他要在他儿子心中，留下坚强乐观笑傲江湖的父亲形象。

浪娃儿见到白日梦没有哭，白日梦见到浪娃儿发表在《科幻世界》上的《相约星期六》，倒先哭了。他问浪娃儿："你晓不晓得大家为啥子都叫你爸爸白日梦？"

浪娃儿摇头。他从记事起就听人们都叫他爸爸"白日梦"。

"我从小爱读书，读得多了就想自己写书，这就有了当作家的梦想，做梦都想有一天，我写的字能印成这样的铅字。"白日梦指着杂志上一行一行的铅字，每一个铅字都散发着油墨的芬芳，"人们都笑我痴笑我傻，说我想当作家是白日做梦。我姓白，白日梦就这样叫开了，人们反而忘记了我的真名叫白浪。儿子，你真给老子长脸，还在读小学就发表了作品，儿子帮老子实现了作家梦。浪娃儿，爸爸要谢谢你，让爸爸亲一下。"

浪娃儿伸过脸去，让白日梦亲。浪娃儿抱住白日梦，抱得紧紧的，他也在白日梦的脸上亲了一下。

"浪娃儿，爸爸要拜托你一件事情。"白日梦把手放在浪娃儿的肩上，"爸爸不在的时候，你就是妈妈身边的男子汉，一定要保护好妈妈照顾好妈妈，你能不能做到？"

浪娃儿用力地点头："我能做到！我保证能做到。"

读五年级的浪娃儿，已经能意会他爸爸的言外之意。他想哭，但是他答应过他妈妈：在爸爸面前不哭，怕爸爸心里难受。浪娃儿对白日梦笑，白日梦也对浪娃儿笑，他们的眼睛里都含着泪。

白日梦心满意足，他所有的愿望都实现了。他现在唯一能做的，就是帮小满卸下他这个沉重的负担，让小满得到解脱。他握着小满的手，深情地看着小满，一辈子都看不够，这个让他幸福了一辈子的女人。

白日梦走了，这个世界上最爱小满的人走了，他走的时候，还握着小满的手，眼睛是慢慢闭上的——小满永远地留在了他的眼眸里。

第二十二章　美人依旧

一

白日梦对浪娃儿的临终遗言："爸爸不在的时候，你就是妈妈身边的男子汉，一定要保护好妈妈照顾好妈妈。"在失去爸爸的日子里，浪娃儿觉得自己一下子长大了，已经是男子汉了。下雨的时候，总是他给小满撑着雨伞；过马路的时候，总是他牵着小满的手；家里的重活儿，比如买米担水搬蜂窝煤，也总是浪娃儿抢着干。浪娃儿读小学六年级，已经长得和小满一般高了，他长得像小满，小满是三百六十度无死角的美人，浪娃儿的五官轮廓十分标致，行为举止颇有教养，是人见人爱的英俊少年。

在浪娃儿刚上初中的那个金秋十月，《科幻世界》举办全国少年科幻优秀作品评奖，浪娃儿的《相约星期六》获得了一等奖。颁奖典礼在成都大礼堂举行，来自全国各地爱好科幻文学的少年欢聚一堂，还来了好多已经成名的科幻作家，他们和浪娃儿一样，处女作都是在《科幻世界》发表的，不一样的是，他们发表处女作时已经是成年人，而浪娃儿还是未成年人。那时的《科幻世界》还没有《科幻少年》这个栏目，这是因为主编读了浪娃儿写的《相约星期六》之后决定开设的，《相约星期六》是发表在这个新开栏目的第一篇作品，引来了如雪片般的来稿，原来全国各地有那么多爱好科幻文学的科幻少年，"科幻少年"这个栏目的设立，让他们终于有一个科学与幻想交融的天地来展现他们的文学才华。

小满去给浪娃儿定制了一套黑色的西服，一件雪白的衬衫配一条黑色的蝴蝶领结。浪娃儿不好意思穿，说："妈，是不是太隆重了？"

小满说："要拍照片给你爸爸，必须隆重！"

全国崭露头角的科幻少年集聚在科幻之都成都。

那天去成都大礼堂参加浪娃儿的颁奖典礼，小满也是盛装出席，她薄施粉黛，长波浪的头发松松地绾在脑后，穿一件裁剪简约的宝蓝色礼服，脖子上戴一串珍珠项链，光彩照人。她挽着她儿子的胳膊款款步入会场，后面还跟着宋小江，他是小满叫来给浪娃儿拍照的。

颁奖典礼开始了，《科幻世界》的主编发表了热情洋溢的讲话，他说今天的《科幻世界》星光灿烂，《科幻少年》栏目是一个让热爱科幻文学的少年儿童梦想起飞的地方，他们的未来可期，必将从科幻之都成都走向世界。

颁奖从三等奖开始，然后是二等奖，最后是一等奖。浪娃儿站在领奖台上，电视台的摄像机和各家媒体的长焦镜头都聚焦在这个风度翩翩的英俊少年身上。主持人请浪娃儿说几句他的获奖感言，浪娃儿接过话筒说："大家好，我叫白浪子。我的爸爸名叫白浪，我是我爸爸的儿子，爸爸妈妈就给我取了这个名字'白浪子'。很少有人知道我爸爸的真名，他们都叫他'白日梦'，因为他从小就有当作家的梦想，一部长篇小说构思了十几年，最终没有写出来，人们都嘲笑他白日做梦，他又姓白，'白日梦'就这样叫开了……"

台下的人都笑起来，小满却泪流满面。台下的人笑过之后，又鼓起掌来想听浪娃儿往下讲。浪娃儿接着说道："我爸爸是我心中的英雄，面对死亡，他视死如归。他临终时对我说，他说他这辈子没有白活，他的梦也没有白做，他的儿子会继续努力去实现他的梦想。"

掌声又响起来，台下的人流着热泪为浪娃儿拼命地鼓掌。

一等奖的奖杯是一个用有机玻璃做的"少年奔月"。回到家后，浪娃儿把奖杯和奖状都摆在白日梦的遗像前，久久地看着他爸爸，心里有许多话要对白日梦讲。

二

梁姆姆去世以后，梁家的儿女每个星期六都回8号公馆，陪梁医生吃一顿午饭。老大梁家龙有时带着妻子孩子一起回来，有时他一个人回来。这个星期六就是他一个人回来的，碰上正要出门的小满。小满和他打招呼："梁主任，你咋一个人回来喃？"

梁家龙在四川医学院读完博士，在川医口腔医院做了几年主治医师，现在已经是主任医师了。川医口腔医院享誉海内外，梁家龙医术精湛，和他的祖辈一样，是有口皆碑的名医了，小满也跟着大家尊称他"梁主任"。他原来在小满的心目中，可是个毫无存在感的"小屁孩儿"。

梁家龙对小满说:"明明带聪聪去上早教班了。"

明明是梁家龙的妻子,也是医学博士,肿瘤科的主任医师。梁家龙博士毕业后,按部就班地找了一个条件和他相当的女博士结婚,按部就班地生了儿子聪聪。小满见过几次聪聪,都没有给她留下啥子印象,只记得一个特大的脑门儿,一看就聪明得很,难怪取名叫梁子聪,小名聪聪。博士夫妻基因强大,聪聪遗传了博士爹妈的高智商,聪慧过人,是个人见人夸的小天才。梁家龙和他的妻子明明在别人的眼睛里是再般配不过的高知夫妻,两口子举案齐眉,客客气气,但缺少的是激情。好在有了天才儿子后,两口子有了共同的奋斗目标,也有了共同语言,齐心协力要把聪聪培养成出类拔萃的少年大学生,当然也要读博士,不过一定要超过他们两口子。

梁家龙以前回8号公馆,都尽量回避与小满碰面,偶尔碰见了,只是匆匆地点一下头,匆匆离去。白日梦去世后,梁家龙心里也为小满难过,毕竟小满是他爱过的第一个女人。白日梦撒手去了,留下孤儿寡母,他对小满和浪娃儿充满了同情。

"小满姐,你有啥子困难,你要对我说哈。"

"我不得啥子困难,谢谢你哈,梁主任!"小满对梁家龙说,"我现在过得还可以。可能你还不晓得,我给我妹妹做代理都做了好几年,开了一家'谷雨绣品'的品牌公司,生意越做越大,都做到外国去了,现在忙都忙不过来。我走了哈!"

这么多年,小满第一次和梁家龙说这么多话。她向梁家龙摆摆手,朝平安桥的方向走了。梁家龙望着她依然苗条的背影,和他想象中的失去丈夫的悲惨形象相去甚远。他刚才对小满说的那番话是真心的，他真的想帮助小满，他无数次地在心中上演他自导自演的内心戏：失去丈夫的小满形容枯槁，悲悲戚戚，逢人便哭诉她的哀伤，也向他哭诉。面对这个他十七岁就爱上的女人，梁家龙要把小满从苦海里拯救出来。内心戏演到高潮时，梁家龙自己都被自己真男人的真性情感动了。如今见到容光焕发、事业蒸蒸日上的小满，本来他是应该为小满感到高兴的，不晓得为啥子，他的心里头，咋个有一种说不出来的失落感喃？

梁家龙永远忘不了他的十七岁。十七岁那年，他爱上了小满，他看见她的第一眼就爱上了，爱得那么纯粹而热烈，爱得那么不管不顾，不管他还是高中生，不管小满比他大几岁，也不管小满爱不爱他，他整夜整夜地不睡觉，他给她写诗，写了一首又一首；他为小满绝食，差点把自己活活饿死，说他是"纯爱战士"毫不为过。他爸爸梁医生要快刀斩断他的情丝，把本来可以留城继承梁家衣钵的梁家龙送到农村去插队落户。离开了8号公馆，见不着日夜思念的小满，梁家龙在田间劳动之余发奋读书，以此来消解他的苦恋。可是，等他考上大学以为可以堂而皇之地追求小满了，那时小满已有了意中人白日梦。

梁家龙直到现在都很困惑，小满到底晓不晓得他对她的一往情深？当年的小满美得不可方物，身边围着数不清的追求者，也许从来没有把他这个高中生放进眼里。他为小满绝食，他爸爸梁医生还说，多少年后，就是一个笑话。多少年以后，他事业有成，结婚生子，算得上一个成功又成熟的男人，然而，梁家龙从来没有把他对小满爱得死去活来的那段单恋当作笑话，他三十几岁的人生一路开挂，但他自以为最值得纪念的却是他的十七岁。十七岁的梁家龙在别人眼中死气沉沉，只晓得读死书，两耳不闻窗外事，可他见到小满的第一眼，冷漠的他热血沸腾，十七岁的他也有爱美之心，也有青春的冲动，小满就是梁家龙的青春祭，是他心中的一片活色生香的芳草地。梁家龙是牙科医生，每天面对的是散发着恶臭的烂牙，手持精致的榔头、钳子和电钻，在烂牙上修修补补，拔掉旧牙安上新牙。时间长了，好多牙科医生都会精神崩溃，梁家龙也难免会产生厌恶的情绪，他就用他心中的那片芳草地来调节自己的情绪，就像人在疲惫的时候喝一杯提神的咖啡。

三

十几年过去了，小满丈夫白日梦英年早逝，舅舅那颗波澜不惊的心又荡起了涟漪，此时的舅舅已经是快到离休年龄的老头儿，作为资深美男子，他的身板儿依然挺拔硬朗，眼里仍然有光，走路带风，笑起来非常迷人。舅舅是我见过的最有风度最有魅力的老头儿。

舅舅已退居二线，不像以前几乎每星期都要到羊市街市委开会，开完会顺便到8号公馆来看望我母亲。现在他是专程到8号公馆来，来得还很频繁，来的时候我母亲多半都不在，原来有梁姆姆给他泡一杯碧潭飘雪，陪他一边摆龙门阵，一边等我母亲从学校回来。现在梁姆姆去世了，舅舅来8号公馆就想偶遇小满，小满的谷雨绣品代理有限责任公司开在送仙桥，离住在浣花溪的谷雨近，小满每天早出晚归，舅舅的希望也就落了空，他朝思暮想的红糖粉子醪糟蛋，也成了水中泡影。

舅舅在8号公馆，经常能遇见的是浪娃儿。浪娃儿放了学就在后花园写作业，舅舅来了，搬个小板凳坐在浪娃儿的身边，静静地陪着他写作业。等浪娃儿写完作业，浪娃儿便和他摆龙门阵。小满跟着我叫"舅舅"，浪娃儿隔着辈分，叫舅舅"舅爷"。舅舅当年对小满有想法，就不喜欢小满叫他舅舅，现在也不喜欢浪娃儿叫他"舅爷"，他又怕浪娃儿问他为啥子，浪娃儿已经读中学了，凡事都要问个"为啥子"。浪娃儿和当年的小哥、蒋义一样，特别崇拜舅舅这个当过战斗英雄的老革命。舅舅不再要求浪娃儿背诵老三篇，这时已经过了人人背诵老三篇的年代，但舅舅还是喜欢朗诵毛主席的诗词，这是他一生中最大的兴趣爱好。原来他是用普通话朗诵，现在用成都话朗诵，抑扬顿挫，更有韵味。舅舅站在浪娃儿面前，如同站在舞台上，昂着头，挺着胸，他那浑厚的中气十足的男中音，配上威武雄壮的肢体动作，舅舅把毛主席诗词中的英雄主义和浪漫主义演绎得如此完美，令浪娃儿心潮澎湃。浪娃儿在小学的语文课上和中学的语文课上，都学过毛主席的诗词，这些诗词他也都能够背诵，可他通过舅舅声情并茂的朗诵，深深地迷上了毛主席的诗词，对毛主席更是无比崇拜，他认为在全世界的国家领袖中，毛主席是写诗写得最好的国家领袖。

浪娃儿和舅舅摆龙门阵，基本上是"十万个为什么"的问答模式，一般是浪娃儿问，舅舅答。浪娃儿啥子都问，他问舅舅：为啥子要参加地下党？和舅舅接头的地下党都是些啥子人？舅舅在朝鲜战场上哪一场战斗最难忘？浪娃儿也问舅舅的私人生活，舅舅也是有问有答。

"舅爷，你为啥子没有娃儿？"

"我没有结过婚，哪来的娃儿。"

"舅爷，你长得又高又帅，又是个大官，咋个不结婚嘛？"

"浪娃儿，我现在跟你说爱情，是不是有点早？"

"不早，我都懂得起。"

舅舅给浪娃儿讲他和红色恋人碧绣的爱情故事。碧绣是他走上革命道路的引路人，是他的入党介绍人，他们已经有了婚约，等成都解放了他们就结婚，哪晓得就在成都解放前夕，碧绣被地下党派去执行秘密任务，这一去就没有再回来。

"你去找她呀！"

"找了，找了这么多年都没找到。"

"哦豁！"浪娃儿替舅舅感到惋惜，"找了这么多年都没有找到，肯定找不到了。"

"找不到，我就等。"

"你要等她一辈子啊？"浪娃儿问舅舅，"你都这么大年纪了，就没有遇上一个和那个女地下党一样好的人？"

"没有人可以替代碧绣。"舅舅说，"我也遇到过我想和她结婚的人……"

"这个人在哪里？"浪娃儿好激动，"你咋个没有和她结婚嘛？"

舅舅眼里的光黯淡下来："我喜欢她，可是她不喜欢我。"

"不可能哦！"浪娃儿不相信，"这是个啥子人哦，像你这样的人她都不喜欢，她还是不是地球人？她想上天啊？"

舅舅放声大笑。舅舅老了，笑起来还是格外迷人，露出的牙齿还是那么洁白，那么结实。浪娃儿的情商高，是个善解人意的少年，他在舅舅爽朗的笑声中，也听出了一点点伤感，一点点无奈。他马上转换了一个轻松的话题："舅爷，你最喜欢吃的东西是啥子喃？"

"我最喜欢吃红糖粉子醪糟蛋。"舅舅强调说，"必须是你妈妈煮的红糖粉子醪糟蛋，我就吃过一次，一辈子都忘不了。"

浪娃儿就说："舅爷，你明天再来，我让我妈早点回来，煮红糖粉子醪糟蛋给你吃。"

第二天，舅舅提着两斤红糖来到8号公馆，浪娃儿还没有放学回家，小满已经回来恭候舅舅了。小满接过舅舅手中的红糖，笑道："舅舅，你好客气哟！我还记得当年我给你煮了一碗粉子醪糟吃，你就给我送来两斤红糖，我一个人咋个吃得完嘛，我都送给梁姆姆了。"

舅舅一阵尴尬，他当初给小满送红糖，是他这种身份的人向小满示爱的一种表达，小满却理解为舅舅客气，是在还人情。唉，这人世间好多男女情事，都是阴错阳差。

小满给舅舅泡了一杯竹叶青，嫩绿的茶叶在玻璃杯里竖立着，舅舅连称"好茶"。小满坐下来陪舅舅摆龙门阵，舅舅上次坐在这里吃小满给她煮的红糖粉子醪糟蛋已有十几年，这十几年的光阴恍若隔世，各自都经历了许多。小满的人生跌宕起伏，她有一个世界上最宠她爱她的男人，这个男人又早早地离她而去。她为这个身患绝症的男人吃尽了苦头，她为这个和她阴阳两隔的男人肝肠寸断……相比小满，舅舅的经历相对简单点，他是挺立在改革开放浪潮上的勇士,"全国糖酒商品交易会"每年春天在成都举办,吸引四面八方的客商在成都交易,就有舅舅的丰功伟绩。舅舅的事业有成,个人生活却不尽人意,他身居高位,仪表堂堂,不难找到类似小满这样年轻貌美的女子,但接触几次过后,他都嫌人家没有小满的味道,至于啥子味道,他说不出来,那是一种感觉,一种令他赏心悦目又松弛又舒服的感觉。只能说,自从小满住进了舅舅的心里,从来没有离开过。

这么多年过去了,舅舅和小满第一次离得这么近,舅舅老了,小满也不年轻了。在小满眼里,舅舅更有长者的风度,也许人不在高位,舅舅比原来更亲切,更接地气;在舅舅眼里,小满更美了,美得淡定自若,美得宠辱不惊。

小满进灶房去给舅舅煮红糖粉子醪糟蛋,舅舅在灶房外面看着她,想当年他也是这样看着小满在灶房里给他煮红糖粉子醪糟蛋,他这才开始向往温暖的家庭生活,动了想和小满结婚的念头。

小满把一碗红糖粉子醪糟蛋端在舅舅的面前,酒香四溢。还是那个蓝边边的大斗碗,碗里绛红色的红糖醪糟水里,漂着雪白的糯米粒和雪白的糯米粉子;还是和上次一样,碗里卧着两个荷包蛋,圆圆鼓鼓,中间透着诱人的橙红,一看就是火候刚刚好的溏心蛋。舅舅这一生吃过的荷包蛋数都数不清,他没有见过比小满煮得更好的荷包蛋。舅舅尝了一口,对小满说:"还是原来那个味道。"

舅舅终于吃到了他朝思暮想的红糖粉子醪糟蛋,他说的"那个味道",是小满的味道,是舅舅一辈子也忘不了的味道。

四

甄画家回来了，小满是在电视屏幕上看见他的，享誉海内外的他正在接受成都电视台一位著名主持人的采访。甄画家这些年旅居国外，这次回国来办画展，在全国几个大城市巡回展览，第一站就是成都。

主持人问："甄先生，您首次在国内办巡回画展，为什么首展地选在成都？"

甄画家用原汁原味的成都话回答主持人的采访："我是地地道道的成都人，生在成都长在成都，成都是一座美丽富饶、充满了艺术氛围的城市，是一个盛产艺术家的地方。成都这个地方安逸得很，巴适得板，特别适合艺术家静下心来搞创作，我的那些成名作代表作都是在成都创作完成的。可以说，成都是生我养我的故乡，也是造就我的福地。"

主持人："您的作品好多都成了名画，多次在国际上荣获大奖，您最满意的是您的哪一幅作品？"

主持人这个非常一般的采访提纲上的问题，却触动了甄画家，他有些激动，没有马上回答主持人的问题。等他的情绪平静下来，他才缓缓说道："我最满意的作品是我在还没有出名的时候画的一幅油画《小满》，比我所有的作品都好，包括我那些获得过国际大奖的作品。我把这幅画献给了小满本人，我记得小满看到这幅作品时，她自己都被画上的自己美哭了。小满是我的初恋，初恋只有一次，所以，这样的作品不可能再有第二幅。"

主持人问了一个不是采访提纲上的问题:"这次在成都的展览,我们能有幸见到《小满》这幅作品吗?"

甄画家遗憾地笑笑,说:"布展的时候,让参观的人第一眼看见的应该是我最得意的作品,可是我把这个最重要的位置空在那儿,这个位置永远属于《小满》。"

小满看完甄画家的采访,从床底下拖出用白布包裹的那幅油画,白布上蒙了一层厚厚的灰尘。小满解开白布,里面的油画和她第一眼见到的时候一模一样。小满把画像立起来,她再一次被画上的自己美哭了。小满找了一床干净的床单把甄画家最得意的作品包裹起来,她要去找甄画家。

小满不晓得在哪里才能找到甄画家,她只有到甄画家的外婆家去寻找线索。她来到平安桥天主教堂背后的五福巷,因为天主教堂重新开放,还要扩建,甄画家的外婆家即将拆迁,有一个远房亲戚在帮忙料理。他对小满说,甄画家的外婆在三年前就去世了,他只晓得甄画家住在锦江宾馆。

小满到锦江宾馆去找甄画家,甄画家不在房间,小满就在大堂等,等了一个多小时才把甄画家等回来。甄画家留着长发,穿一件黑色的风衣,风度翩翩,和当年那个在农村被人形容成"人不人鬼不鬼"的甄画家判若两人。其实甄画家一进来就发现有一个美人独自在大堂里徘徊,甄画家有一双发现美的眼睛,不会放过任何美人。只是,他没有想到这个美人竟是小满。甄画家又惊又喜:"小满,你咋个在这儿嘛?"

"我来找你噻。"小满看看手表,"都等了一个多小时。"

小满当初和甄画家分手分得那么决绝，两人从此断了来往。现在主动到他的住处来找他，还等了他一个多小时，肯定有非常要紧的事情，莫非小满也有求于他？甄画家成名以后，围绕在他身边的人，几乎都对他有所求，他倒希望小满对他有所求，这么多年，他不就是等着这一天吗？他等小满来求他，他会满足小满的一切要求，要啥子给啥子。在这个世界上，甄画家谁都不欠，只欠小满的，永远还不完。

甄画家对小满说："我们两个起码有十几年没见面了，我们去找个吃川菜的地方，一边吃一边摆龙门阵。"

他们打车来到西玉龙街的"陈麻婆豆腐"，找了个安静的地方坐下来，甄画家说他离开成都这么多年，始终改变不了的是一颗成都心，一个川菜胃。

麻婆豆腐端上来了，厚厚的红油上面点缀着几段鲜活翠绿的蒜苗，撒着一层薄薄的花椒面。豆腐和炸得焦脆的牛肉臊子都藏在红油下面。甄画家对小满说："麻婆豆腐是川菜的招牌菜，全世界的中餐馆都有这道菜，但我从来不在除成都之外的餐馆点麻婆豆腐，因为没有灵魂。"

小满笑起来："嚯哟，吃个麻婆豆腐还吃出了灵魂？"

"蒜苗是麻婆豆腐的灵，花椒面是麻婆豆腐的魂。蒜苗和花椒面这两样东西，外面的那些餐馆都没有。"甄画家说，"离开成都后，还有一样东西我不吃，红烧肥肠。"

小满听得懂甄画家的言外之意，红烧肥肠是她和甄画家的"定情之物"，她把甄画家想要说下去的话岔开："我在电视上看见你，本来想去五福巷你外婆家找你,哪晓得你外婆在三年前就……"

"我外婆去世的时候,我回成都料理她老人家的后事,我看见过你。"甄画家回忆道,"我从骡马市的外文书店出来,站在羊市街口准备过马路,就在这个时候,我看见了你,街上好多人都在看你,你蹬着忾耳朵车,车上坐着一个男的,戴一副眼镜,看样子是生了重病。"

小满云淡风轻地说:"哦,那是我的丈夫,已经过世了。"

"我想你那时一定很难,我想帮你,又顾虑到你生性要强,怕反而伤了你的自尊心,你会恨我。"

小满相信甄画家说想帮她是真的,说她会恨他也是真的,如果那时甄画家真的找上门来要帮她,她一定会恨他。他们毕竟相知相爱过,他懂她,她也懂他。

一盆麻婆豆腐都快吃完了,还没说到正题。甄画家言归正传:"小满,你是我这辈子唯一让我觉得愧疚的人,你有啥子事一定要给我说哈,我一定尽我的全力……"

小满打断甄画家的话,说:"你昨天在电视上,我看了记者对你的采访,你说到你为我画的那幅画是你最得意的一幅作品,还说在展览的时候,要把最重要的位置空起来……我就想要把这幅画还给你,那个最重要的位置为啥子要空起喃?"

甄画家简直不敢相信自己的耳朵,他喜出望外:"小满,你说的是真的?"

"我给你说的哪一句话不是真的?"小满站起身来,"你现在就到我家去,把那幅画拿走。"

"小满，你不要急嘛，坐下来慢慢说。"甄画家拉小满坐下，"这幅画对我来说意义非凡，是我生命中最重要的作品，一生的真爱只有一次，这幅画是我这一生真爱的见证。既然我把它献给了你，我咋能要回来嘛？小满，你开个价。"

"开个价？你啥子意思哦？"

"小满，我就给你交个底，这幅画在我心里无比珍贵，珍贵得即使出天价，我也不会卖。小满，你开个价，这样我心里会好受点。"

小满又站起来："你要这么说，我就走了，你就当我今天没有找过你。我实话给你说，那几年，我丈夫每星期两次去医院做透析，还需要一大笔钱准备给他换肾，日子过得那么艰难，我都从来没有动过拿这幅画去换钱的念头。"

甄画家的心都要碎了。他最后恳求道："小满，你不为你自己，也要为你还在读书的儿子、为你聋哑的妹妹着想啊！我记得你曾经说过，要和你结婚的一个条件，就是要和你一起照顾你妹妹一辈子，我虽然没有和你结婚，但是我愿意照顾你妹妹……"

"我代我妹妹谢谢你的好意。"小满说起她妹妹谷雨便眉开眼笑，"我妹妹现在有出息得很，人家已经是蜀绣大师了，还有了自己的品牌'谷雨绣品'，我都是给她打工的，开了一个'谷雨绣品'代理公司，我是总经理。钱挣得不多，主要是我一根筋，坚持'谷雨绣品'必须是谷雨亲手绣出来的，绝不请代工，也绝不批量生产，这样就会少挣很多钱，不过也够用了。"

甄画家惊讶于小满的品牌意识，他对小满说："你这样做是对的。做品牌公司就是要有你这样的格局，才能越做越大，越走越远。"

甄画家送小满回家，西玉龙街离九思巷不远，两人并肩走着，却一路无话。也许他们都想起了他们的青葱岁月，他们手拉手走在乡间的小路上，彩霞满天，看着黄昏的夕阳，听着归林的鸟叫，他们有说不完的悄悄话。

五

这天晚上，甄画家失眠了，满脑子都是小满，一会儿是过去的小满，一会儿是现在的小满。现在的小满依然很美，但不是过去的小满那样的惊艳，那样的"一眼万年"，她现在的美，美得有韵味，美得有内涵，就像一杯醇厚的美酒，值得慢慢品味，越品越有味。

甄画家结了两次婚，离过两次婚。第一任妻子是他大学老师的女儿，崇拜他的才华，执意要嫁给他，婚后五年离婚，甄画家净身出户，育有一个儿子留给女方抚养；第二任妻子是一个法国人，也是一个画家，是他在法国留学时认识的，两人婚后育有一个女儿。甄画家爱中国，法国妻子爱法国，都不愿意迁就对方放弃自己的国家，只好分道扬镳，他们的女儿留在了法国。离过两次婚的甄画家没有再结婚，女朋友倒是换了一个又一个，个个年轻貌美，甄画家也画她们，但就是找不到当年画小满的感觉，这就是在他成名以后，没有作品能够超越他在没有名气的时候画的《小满》的原因。

甄画家功成名就，成了名利场上的红人，他的一幅画不是上百万就是上千万，围绕在他身边的女人，不是冲着他的名，就是奔着他的利，甄画家心明眼亮，所以他不再结婚。小满爱上他的时候，他还是一个插队知青，小满是为他付出最多的女人，也是唯一一个对他没有任何要求的女人，每每想起小满，甄画家只有一声叹息。

画展开幕的前一天，记者们本来想去现场看甄画家在电视采访上说的空位置，记者们想就这个"留空"大做文章，设置悬念，吊足参观者的胃口。记者们来到展厅，迎面看见的那个最重要的位置并没有空着，已经挂上了一幅油画，只看一眼，就有"一眼万年"的震撼，凑近了一看画上的小字，正是《小满》。记者们如获至宝，马上回报社发稿，确保这个重大新闻在画展开幕的当天见报。

第二天，来看甄画家画展的人比预期多了好几倍，他们都是看了新闻抱着强烈的好奇心来的，就是为了看甄画家最得意的作品《小满》。总而言之，甄画家全国巡展在成都的首展获得了空前成功，人气足旺，话题度足高。甄画家在全国各地的画家朋友、评论家朋友和他的崇拜者都打飞的来成都看《小满》，他们经常听甄画家说他最好的作品是《小满》，他们每个人的心中都有一个自己想象的《小满》，今天终于见到了《小满》真迹，他们不得不承认，他们眼前的《小满》，比他们想象的《小满》更美，美得令人心颤。

小满和谷雨也来看甄画家的画展，她们随着人流进入展厅，人都堵在《小满》这幅画前，久久不愿离去。和小满第一次见到这幅画一样，谷雨哭了，她也是被画上的小满美哭了。她用手语对小满说，她要把这幅油画绣成蜀绣，小满说这幅画现在属于甄画家，要得到他的同意才行。

谷雨马上就要去找甄画家，甄画家这时正在接受记者的采访。

小满怕记者认出她来，忙拉着谷雨躲在墙角处。等记者采访完，甄画家刚要转身离去，被小满叫住了。甄画家一看小满身边的谷雨，不用介绍便知她是小满的妹妹，姐妹俩都有一双会说话的大眼睛，一对甜蜜蜜的小酒窝。

"你是谷雨？"甄画家看了看小满，"你们两姐妹长得真像啊！"

谷雨把手里的鲜花献给甄画家，又指指小满，表示她和小满祝贺甄画家在成都的画展圆满成功！然后，她对甄画家比画了一阵，甄画家不懂手语，小满要给他翻译，甄画家说："我懂谷雨的意思。她说她想把《小满》这幅画绣成蜀绣。小满，你给谷雨说，我马上派人把画取下来，给她送去。"

小满把甄画家的话用手语告诉了谷雨，谷雨连连摆手，又比画了好一阵，这次甄画家看不懂了，他问小满："啥子意思哦？"

小满对甄画家说："谷雨说，等你办完了成都的画展，还有其他几个城市的巡展，再给她送去。她会抓紧时间把这幅画绣出来，需要一年的时间，到时候会把这幅画还给你。"

甄画家赶紧说："小满，你要给谷雨说清楚哦，这幅画我早就送给你了，所有权是属于你的哈。"

小满没有把甄画家的话翻译给谷雨听。

甄画家成名以后，在国内国外办过好几次画展，从来没有一次像在成都的这次这么成功，这么轰动，都是因为《小满》这幅作品的展出，《小满》赢得众口交赞，不仅美术界的专家学者给予了高度评价，也成了为数极少能进入大众视野的深入人心的艺术精品。那些有眼光的收藏家竞相出高价要购买《小满》，比甄画家以往卖出的任何一幅作品的价都高出许多,更有不达目的誓不罢休的收藏家直接让甄画家开个价,他说多少就是多少。甄画家被逼得只好实话实说,说《小满》画好以后,他就送给了小满本人,现在《小满》的所有权属于小满本人。

来自四面八方的收藏家们都悄悄潜入成都,全城搜寻小满,在小满经常出入的九思巷以及送仙桥一带,常有人暗中尾随。一天,小满坐出租车到她在送仙桥的公司,刚从车上下来,一位六十几岁气宇不凡的老先生便迎了上来要和小满握手:"小满女士,幸会!幸会!"

小满以为遇见了熟人,但老先生一口京腔,她的熟人中并没有北京人啊!老先生虽然也是第一次见小满,但有见人自来熟的说话技巧:"小满女士,您没有见过我,我可在很多年前就见过您。"

小满完全蒙了:"很多年前?我对你咋个一点印象都没得喃?"

老先生哈哈一笑:"玩笑!玩笑!我是在一幅画上见过您,那画上是很多年前的您,所以我说在很多年前就见过您;那幅画的名字叫《小满》,所以我知道您就是小满。"

小满问老先生:"先生贵姓?你找我有啥子事喃?"

老先生说:"我在这里等了您三天,今天终于把您等到了,我们找个地方坐下来慢慢聊?"

小满说过一会儿还要见一个客户,她请老先生到她公司里,泡了一杯竹叶青,放在老先生的面前:"请喝茶!不晓得你们北京人喜不喜欢喝我们四川的绿茶?"

老先生抿了一口:"四川绿茶的极品就是竹叶青,果然名不虚传，好茶！"

老先生一边喝茶，一边欣赏挂在墙上的"谷雨绣品"，连声赞道："真是巧夺天工啊！原来小满女士从事的也是和艺术有关的工作。"

"我妹妹是蜀绣大师，这些都是我妹妹的作品，我的公司是'谷雨绣品'的代理公司。"

小满心里着急，她想这位老先生不晓得有好重要的事情，才会在她公司门口等了三天。她再一次问道："先生找我有啥子事？"

老先生先做自我介绍："我姓夏，喜欢收藏油画，我是专程从北京飞到成都来看甄亚飞的画展，确切地说，就是来看《小满》这幅画的。我和甄亚飞认识多年，我也收藏过他的作品，他多次向我提起《小满》，说是他最好的作品，但是在他的画展中，这幅作品从来没有出现过，也没有人见过。这次《小满》首次出现在成都的画展上，不只是我，从外地来了好多同行都是来看这幅画的。小满女士，我们长话短说，我想收藏《小满》这幅作品。"

小满问夏先生："你既然认识甄亚飞，你为啥子不直接找他喃？"

"我找了。亚飞说这幅画是您的，他在多年前就把这幅画送给您了。是这样吗？"

小满说："当时是送给我了，这么多年一直都在我家里。就是前阵子，我晓得他要在成都办画展，又把这幅画还给他了。"

"您还给他了？"夏先生像看外星人一样看着小满，"您知道这幅画现在值多少钱吗？"

"我晓得。甄亚飞给我说过。"

"您知道，为什么还要把这幅画给甄亚飞呢？"

"不是给他，是还他。"小满一副无所谓的样子，"这幅画本来就是甄亚飞画的，他在电视上说这幅画是他最好的作品，我就把这幅画还给他了。"

夏先生看着小满，半天说不出话来。小满完全颠覆了他对漂亮女人的认知。在他们那个圈层中，"漂亮女人"是永恒的话题，"漂亮女人"就是一门学问，他们不仅深入研究，还把不同地域的美女作比较研究。成都是盛产美女的地方，当然是他们的重点研究对象，公认成都美女皮肤好，长得乖巧，说话的声音好听，但身材不如重庆的美女，脸上的轮廓骨相不如北方的美女，气质不如江南的美女，但论给人舒服和松弛的整体感觉，成都美女说第二，没有哪个地方的美女敢说第一，这就是许多外地的男人来到成都之后，都会后悔自己结婚太早。夏先生是"漂亮女人"的资深研究者，到了他这个年纪，他的研究早已超越了对美女外在的研究，在他的心目中，美到极致的女人应该有一个有趣的灵魂，这样的女人万里挑一。他眼前的这个名叫小满的成都美人，就是万里挑一。

六

果然像夏先生说的那样，收藏界的各路人马都聚集在成都，都是奔着《小满》来的。这天，一位身材高挑，戴一顶紫红贝雷帽的女士在九思巷徘徊了一天，夜色渐浓，路灯亮了，一个袅袅婷婷的身影出现在九思巷，正款款地向她走来。在昏黄的灯光下，戴贝雷帽的女士看不清她的模样，仅凭直觉，她肯定这个风情万种的女人就是她等了一天的小满。她快步迎上去："小满，我终于把您等回来了！"

女士挽着小满的胳膊向8号公馆走去，不明就里的人还以为她俩是久别重逢的朋友。小满听她说一口不太流利的中国话，又见她一身异国情调的打扮，问道："请问，你是……"

"哦，你叫我苏菲吧。"苏菲十分健谈，"我是生在中国长在法国的法籍华人，我和甄先生是在法国认识的，我在法国开了一家画廊，全世界的著名画家和我都有合作。甄先生好几幅画作都是在我的画廊里卖出去的。对于甄先生最好的作品，如果我能为他效力，那是我莫大的荣幸。"

这一长段中国话，苏菲说得磕磕巴巴，小满虽然听得吃力，但也明白了苏菲女士的来意。到了8号公馆，小满却没有要进去的意思，说："苏菲女士，你是不是找错人了？"

"我没有找错人，我要找的就是您。"苏菲有点急了，说话更是费劲，"甄先生在法国的时候，经常给我提起他最好的作品是《小满》，他说在这个世界上，除了他，只有一个人见过这幅作品，这个人就是小满本人，他画完这幅画，就把这幅画送给了您，这是真的吗？"

小满点头："是真的。"

"为什么又会出现在他的画展上呢？"苏菲说，"我是听中国的画家朋友说，甄先生最得意的作品《小满》在成都的画展上出现了，我是专程从巴黎飞过来看《小满》这幅画的，果然名不虚传，称得上艺术珍品。"

小满说，她也是看了甄画家的电视采访，才晓得《小满》是他最好的作品。她以为《小满》是他想当画家还没有当上画家的时候画的，没想到他如今都是闻名天下的大画家了，真的就没有一幅比《小满》更好的画作吗？

"真的没有。"苏菲肯定地说，"甄先生所有的画作都给我看过，也许甄先生当时画《小满》的时候，没有具备现在这么高超的画技，但他那时有您，有您给他的创作冲动，这样的激情是不可复制的，再高超的画技也不行。"

小满笑了，是从心里笑的："我把这幅画还给他，是我这辈子做得最正确的事情。"

小满的笑，让苏菲感慨万千，她终于明白甄亚飞为啥子画不出超越《小满》的作品了。苏菲不甘心，她还想在小满身上再下一番功夫。她拉着小满的手："小满，我见到您的第一眼就喜欢您，您不请我去您家里坐坐吗？"

小满有些局促："对不起，苏菲女士，我本来是应该请你去我家，可我家只有一间房，我和我儿子住，他现在可能在做作业……"

苏菲十分惊讶："啊？我以为这个公馆是您的，原来您只有一间房，您是说您现在和您儿子住在一间房里？"

"是的，我丈夫几年前去世了。"

苏菲说话不再拐弯抹角了，她直奔主题："小满，如果您相信我，就把《小满》交给我，我一定卖出一个天价来，您完全可以把这个公馆买下来。"

小满摇摇头，轻描淡写地说："我已经把那幅画还给甄亚飞了，你去找他吧！"

"我找过他了，他说他早把这幅画送给您了，所有权是您的。"苏菲竭力要说服小满，"小满，您不为您自己，也要为您的儿子想一想，他长大了，您还能和他住在一个房间里吗？买房子需要很多很多的钱。"

"谢谢你，苏菲女士！我已经把画还给甄亚飞了，所有权就是他的。"

小满的语气毫无回旋的余地，苏菲再做努力也是徒劳。临别时，苏菲拥抱了小满，说："我这次到成都来，最大的收获不是看到了甄先生的得意之作《小满》，而是认识了画中人小满。"

苏菲对小满的赞美是真心的。男人对漂亮女人的赞美可以慷慨，女人对女人的赞美却极其吝啬，尤其是对漂亮女人。

几个城市的巡展圆满结束之后，甄画家把《小满》送到浣花溪边谷雨住的小院里。他对谷雨的蜀绣作品赞不绝口，小满说谷雨最得意的作品，是用绣花针和丝线"画"的水墨画，杜甫的四行诗句"两个黄鹂鸣翠柳，一行白鹭上青天。窗含西岭千秋雪，门泊东吴万里船"，分别镶嵌在四扇雕花的檀香木屏风上，可惜他看不见了，展出的当天便卖出去了，只能给他看照片。甄画家一边看照片一边惋惜道："这样的极品真不应该卖啊！"

"我也是这么想的，可谷雨执意要卖。"小满的眼里有了泪光，哽咽道，"当时，要给我丈夫准备换肾的钱……"

看见小满伤心的样子，谷雨似乎明白了她姐姐和甄画家在说啥子。她指指甄画家送来的《小满》，用手语告诉他们，她要用蜀绣的针法绣出油画《小满》，这将是她最好的作品，给多高的价都不会卖。

谷雨用蜀绣的针法绣出了水墨画的效果已经让甄画家惊叹不已，要绣出油画的立体感和质感，而且还是人物像，要绣出面部五官和头发上的光影效果，在甄画家看来就是奇迹。

谷雨听不见说不出，揣摩人的心思就成了她必需的生活本领。她明白甄画家心里在想啥子，她用手比画着：蜀绣有122种针法，"乱针绣"是最难的，用"乱针绣"和"平针绣"相结合的手法，可以绣出油画的效果。

甄画家还没到"叶落归根"的年龄，可这次回成都，他再也不想离开了，他在浣花溪那一带买了一处房子住下来，步行到白日梦姑婆的小院也不过十几分钟。姑婆已经九十几岁，患轻度脑痴，对眼前的事情转身就忘，对过去的事情却记忆犹新，她每天就盼着甄画家来，听她摆老成都的老龙门阵，甄画家也喜欢听，经常摆到一半，姑婆就睡着了，甄画家便去看谷雨绣《小满》。谷雨眼里只有《小满》，穿针引线地绣着《小满》，听不见他的脚步声，听不见他的呼吸，完全感觉不到他的存在。甄画家就坐在谷雨的身后，面对那幅他百看不厌的《小满》，沉浸在回忆中，最难忘的还是他的知青岁月，那些和小满在一起的画面如电影般在他脑海里闪回：那开满野花的小河边，那挂着鲜红二荆条的辣椒地，那炊烟袅袅升起的竹林盘，还有那含泪离别的火车站……

第二十三章　人算不如天算

一

梁医生命好，他这一辈子积德行善，治病救人，老天爷待他也不薄，他人生中有两次低谷：一次是他的第一任妻子摔伤成了植物人，那时的梁家龙还是一个刚满月的婴儿，梁医生有一双起死回生的妙手，但对这个嗷嗷待哺的婴儿和一大堆杂乱无章的家务却手足无措。就在他狼狈不堪的时候，老天爷把"田螺姑娘"送到了他的身边，这就是让他感到舒服安逸巴适的梁姆姆；第二次是梁姆姆突然离世，给梁医生的打击巨大，一夜之间老了二十岁，头发也全白了。就在他一蹶不振的时候，一个从小县城来的女医生到中医学院进修，医院把她派到梁医生身边当助手。女医生姓方，叫方红霞，在她出生的小县城里是小有名气的才女，婚姻大事上自然不肯迁就，挑来挑去挑到三十几岁，也没挑到如意郎君，至今未婚。方红霞刚来时，是梁医生工作上的助手，要挂梁医生的专家门诊号，一号难求，每天梁医生的诊室外面都坐满了候诊的病人。方红霞负责喊号，然后坐在梁医生的身边，看梁医生给病人号脉，听梁医生询问病情，然后把梁医生开的药方记录下来。方红霞来了以后，梁医生每天看诊的病人比原来几乎要多出一倍，但梁医生不仅不觉得累，反而比过去更轻松更舒坦了。学中医学的是经验，短短的几个月，方红霞在梁医生的诊室里学到了她从医近十年都积累不起来的经验。方红霞对梁医生的崇拜之情日益加深，还有一些说不清道不明的情愫，她开始在生活上和梁医生越走越近，她和梁医生一起吃午饭，下午下班后，她和梁医生一起回到8号公馆，给梁医生做晚饭，吃了晚饭又陪梁医生去散步。渐渐地，梁医生从失去梁姆姆的悲痛中走出来了，人也越活越年轻。就像当年他离不开梁姆姆一样，他现在已经离不开方红霞了。九思巷的人看着梁医生和方红霞出双入对，也没说啥子闲话，似乎梁医生命中注定就应该有这样的福分。

梁医生每周休息一天，梁家的四个儿女都会回来和梁医生一起吃个午饭，方红霞也会在这一天，早早地去菜市场买鱼买肉买菜，大包小包地提到8号公馆来，一直在灶房里忙到中午。方红霞和梁姆姆一样，在美食家梁医生的调教下，也能做出几样拿手好菜，比如宫保鸡丁、鱼香肉丝、锅巴肉片、水煮牛肉、红烧带鱼、鱼头豆腐汤，她也学会了做高难度的开水白菜和鸡豆花儿，因用料讲究，工序烦琐，太费时间，她只在她空闲的时候做给梁医生吃。有两样菜，梁医生不要求方红霞做：一样是麻婆豆腐，梁家人只吃从西玉龙街陈麻婆豆腐总店端回来的，小哥从小就捧着大号搪瓷盅盅儿去西玉龙街端麻婆豆腐，现在小哥回到8号公馆的第一件事，还是用原来那个大号的搪瓷盅盅儿去西玉龙街把麻婆豆腐端回来；还有一样是回锅肉，自从梁医生吃了王宝器炒的回锅肉，他再也不吃别人炒的回锅肉。王宝器就是忙得脚不沾地，也会在这天中午赶到8号公馆来，自带一块二刀坐墩儿肉和一把青蒜苗，给梁医生炒一盘起灯盏窝儿的回锅肉。

方红霞把她做的几样拿手菜和小哥端回来的麻婆豆腐摆上桌,最后才把王宝器炒的回锅肉端上桌,方红霞把回锅肉摆放在梁医生的座位跟前;把鱼香肉丝摆放在小哥的座位跟前,小哥从小就爱吃梁姆姆炒的鱼香肉丝;把红烧带鱼摆放在梁家龙的面前,方红霞观察到梁家龙喜欢吃鱼,而且只喜欢吃海鱼,所以每次梁家龙回来吃饭,方红霞做的鱼,不是海里的带鱼就是海里的黄花鱼,在成都这种远离大海的内陆城市,也只能买到这两种海鱼了。

这时,梁家龙和大双都回来了,小双一早就去了八角亭弹钢琴,王宝器把她叫出来,梁家人一周一次的午宴便开始了。

午宴设在客堂里,客堂里还挂着梁姆姆的遗像,大圆桌就摆在遗像的下面,大家按原来的座位坐下来,梁医生右首的座位空着,那是原来梁姆姆的座位,桌上放着一只空碗,一双筷子。梁医生坐下来后,端起碗拿起筷子,对梁姆姆的遗像说声:"素洁,请哦!"四个儿女加上王宝器也一起端碗拿起筷子,对梁姆姆的遗像齐声说道:"妈,请哦!"方红霞懂事识大体,她端起碗拿起筷子大大方方对梁姆姆的遗像说:"梁师母,请哦!"

饭桌上,少不了对方红霞做的菜一番毫不吝啬的赞美,小哥说吃出了"妈妈的味道";梁家龙说方医生把冰冻带鱼烧出了鲜带鱼的味道;小双说方医生炒出来的蔬菜绿油油的,就像炒活了一样。梁家儿女对方红霞的好感,是从她做的一手好菜开始的,也就是说,方红霞先征服了梁家儿女的胃,继而征服了他们的心。

大双也承认方红霞做的菜好吃,然而,方红霞能征服她的胃,未必能征服她的心。她一直对方红霞存有戒心，说一个从小县城来的，无非是想要一个落户大城市的跳板，再说她的年纪做他们父亲的女儿都绰绰有余，肯定另有所图。

梁家龙说："老爸一生两袖清风，有啥子所图的嘛？"

小哥对大双说："你不要老把人往坏处想，我觉得方医生对老爸是真爱。"

"真爱？说出来也不觉得肉麻。"大双冷笑一声，"这年头，哪有啥子真爱，只有在电影里头小说里头才遇得到。"

大双的事业如日中天，感情生活却糟糕透顶，她和米麒麟还没有举办婚礼，米麒麟就闹着要和她离婚，是她拖着不离。米麒麟长住在大学的宿舍里不回家，难得和她见一面，一见面就和她说离婚的事。心灰意冷的大双再也不相信这世界上还有真爱，她也容不得别人有真情有真爱。

梁家龙想用事实来说服大双："我们就说老爸现在的状态，是不是越来越好？越来越年轻？如果不是真爱……"

大双打断梁家龙的话："梁家龙，你和你老婆看起来般配得很，日子也过得风平浪静，你扪心自问，你和你老婆有没有真爱？你们是利益的结合体，两个都是精明人，都是高学历，博士配博士，主任医师配主任医师，旗鼓相当，两不亏欠。"

大双说了梁家龙还不解恨，她又说小双："你敢说你和王宝器有真爱？"

"我为啥子不敢说？"小双挽住王宝器的胳膊，挽得紧紧的，"我和王宝器就是真爱，百分百的真爱！"

"哼，八角亭里的那台钢琴才是你的真爱。"大双冷笑一声，"你们两个也是各有所图。你图的是王宝器有钱，给你买得起最贵的钢琴；王宝器图的是可以跨越阶层，附庸风雅，明明满身铜臭味儿，非要把自己装扮成儒雅商人的样子。"

小哥听不下去了："大双，你不要乱说哈，人家王宝器是受到政府嘉奖的青年企业家。"

王宝器为小双辩护道："小双认识我的时候，我就是一个出租车司机，再说那台钢琴，小双是借我的钱买的，至今还在还我的钱。"

大双不相信王宝器说的话，她认为他在自欺欺人。从小到大，她就瞧不起小双，瞧不起她没有考上大学，瞧不起她为照顾斯小姐丢了铁饭碗的工作，现在因为王宝器，大双更加瞧不起小双。

小双突然宣布道："我要和王宝器结婚了。"

大双气得五官都变了形。本来，小双要和王宝器结婚，她应该高兴才是，小双至今还住在米麒麟的心里，米麒麟不爱她，都是因为小双。当初，天真的米麒麟以为大双可以成为小双的替身，真正和她在一起后，米麒麟才发现永远不可能，这两个长得一模一样的同胞姐妹，一个是天使，一个是魔鬼，魔鬼永远成不了天使。

二

"小双，你真的要和我结婚啊？"王宝器还在恍惚中，"你是不是为了和大双赌气，在说气话哦？"

"我本来就要和你结婚。"小双说，"我早就想好了，如果我带的无伴奏童声合唱团能亮相五月合唱节，只要能进入决赛，我就和你结婚。哪晓得我们拿的是一等奖，还是那些娃娃争气，帮我遂了心愿，这哪里是说的气话？"

那天在锦城艺术宫的决赛，王宝器也去了，他是去看小双的，他见过小双在舞台上表演钢琴伴奏，还没见过小双在舞台上指挥合唱团。只有他晓得，小双为这个农村小学的无伴奏合唱团付出了多少心血。在七天的合唱节里，一共有上百个合唱团参加比赛，有大学、中学、小学的合唱团，有机关、街道社区、公司企业的合唱团……比赛分初赛、复赛和决赛，小双带领的那个农村小学向阳花合唱团过五关、斩六将，终于进入了决赛。

猩红的丝绒幕布徐徐拉开，第一个上场的是少年宫合唱团，就是小双曾经在少年宫担任过指导老师的合唱团，在台上站了四排，舞台中央放着一台大钢琴，钢琴伴奏是从省歌剧院请来的著名的钢琴演奏家，指挥也是从省歌剧院请来的大指挥家，他身材瘦高挺拔，穿一件黑色的燕尾服，里面衬着雪白的衬衫，脖子上系着黑色的领结。最引人注目的是他花白的头发，梳成大背头，油光光的一丝不乱。

大指挥家站在舞台上，虽然背对观众，但能想象出他脸上的表情一定非常丰富，因为台上的孩子们的笑脸像朵朵花儿开；大指挥家的肢体动作十分夸张，台上的孩子们也摇来摆去，肢体动作令人眼花缭乱。少年宫合唱团的舞台表现十分精彩，所选的歌曲风格都是轻快活泼的，赢得了满堂喝彩。少年宫合唱团在上一届的合唱节赢得了冠军，小双当时是合唱团借调来的钢琴伴奏兼指导老师，就是因为取得了冠军的好成绩，小双才正式调入少年宫担任合唱团的指导老师。

接下来是军区合唱团的演唱，军人们身穿佩着肩章、收腰挺括的军装，英气逼人。这个合唱团的人数更多，起码有一百人，所选的歌曲都是雄赳赳、气昂昂的进行曲，威武雄壮，令人心潮澎湃。这个合唱团还有一个亮点是军乐团的伴奏，气势磅礴，台上台下，所有的情绪都被推向了高潮。

大学生合唱团一上场就带来一股青春阳光的气息，男生高大帅气，女生时尚靓丽。伴奏是各种各样的吉他，有西班牙吉他、夏威夷吉他、民谣吉他和电吉他。一曲《同桌的你》，让人们回到往日时光，心中充满了对纯洁美好的青葱岁月的无限怀念。

真是强手如林！每一个合唱团都有自己的特点，每一个合唱团都有征服大众评委的秘密武器，所以大众评委都给他们打出了高分，比分咬得非常紧。目前，获得大众评委的支持率最高的还是少年宫合唱团，王宝器为小双捏了一把汗。

向阳花合唱团上场了，四十个孩子，高高矮矮，小的八九岁，大的十一二岁，他们都是小双从全校六百多个农村孩子中一个一个挑选出来的。男孩子身穿白色短袖衬衫，衣衫下摆扎在黑色的短裤里，脖子上系着鲜艳的红领巾；女孩子清一色的白色连衣裙。这些演出服都是王宝器赞助的，他亲自陪小双去荷花池批发市场买的衣料，每一件都是小双为他们量身定做的，因为向阳花合唱团的成员和少年宫合唱团的成员不一样，少年宫合唱团对年龄对身高外形条件都有整齐划一的标准，而向阳花合唱团对孩子们的唯一要求就是好声音，所以站在舞台上的孩子高的高，矮的矮，胖的胖，瘦的瘦，即便穿上光鲜的演出服，也掩饰不住农村孩子的质朴憨厚。

舞台上没有台式大钢琴，没有管弦乐队，没有军乐团，向阳花合唱团是这场决赛中，唯一无伴奏的童声合唱团。

小双宛若一只翩翩的玉色蝴蝶出现在舞台中央，只见她一袭拖地的白色长裙，长发及腰，美若下凡天仙。台下的观众还没回过神来，她已转身面向孩子们，展开了她柔美的双臂——

月亮在白莲花般的云朵里穿行
晚风吹来一阵阵欢乐的歌声
我们坐在高高的谷堆旁边
听妈妈讲那过去的事情
……

座无虚席的大剧场鸦雀无声，人们屏息聆听着这仿佛来自天外的天籁：天然的纯净，清澈透亮，这是被天使吻过的声音。人们恍若有了这样的幻觉：这是一群人间的孩子，还是一群小天使飞来人间？

一曲《听妈妈讲那过去的事情》感动全场，泪光在闪烁，人们由衷地叹服，无伴奏的童声合唱居然有如此丰富、如此神奇的表现力，叹服孩子们收放自如地把握和声的平衡度，叹服孩子们对气息的掌控能力。这种轻声的、发自内心的歌唱，让观众感受到的却是感天动地的强大力量。

王宝器流泪了，这个内心强大的男人，他为这些农村孩子的歌声，也为他的小双而流泪。只有他晓得，这撼动人心的天籁般的歌声，对小双来说是多么来之不易。

当观众还沉浸在如诉如泣的音乐中，只见小双指挥的手势轻快起来，孩子们的脸上绽开了天真烂漫的笑容——

我是一个粉刷匠，粉刷本领强
我要把那新房子刷得更漂亮
刷了房顶又刷墙，刷子飞舞忙
哎呀我的小鼻子变呀变了样
……

这轻快活泼的旋律，激荡着每一颗童心飞扬。台下的观众都情不自禁地从座位上站了起来，跟着台上的孩子比画着孩子气的动作，仿佛都回到了无忧无虑的童年。

一曲充满童趣的《我是一个粉刷匠》，将观众的情绪推向了高潮。当最后一个音符收在小双高举的拳头里，她转身面向观众行礼时，观众才从沉醉中回过神来，报以雷鸣般的经久不息的掌声。

决赛的成绩远远超过了小双的预期，向阳花合唱团荣获一等奖，小双的尝试成功了！想当初她要尝试无伴奏童声合唱，遭到了所有人的反对，才不得不在郊区的农村学校建了一个全部都是农村孩子的无伴奏童声合唱团，她现在都不敢往回想，她是咋个坚持下来的，好在她吃的苦受的累都值得，让她特别有成就感的是人们接受了无伴奏合唱这种表现形式，她相信是童声本身的魅力征服了人心。

上一届合唱节获得一等奖的少年宫合唱团败给了农村小学的向阳花合唱团，只得了一个三等奖，少年宫主任马上找到小双，他要小双重回少年宫，马上办理正式入职的手续，他说他已向上级单位主动检讨了他的重大失误，当时小双辞职，他没有尽力挽留，让国家遭受了巨大的损失。

"巨大的损失？"小双没听明白，"啥子损失哦？"

"国家损失了人才噻。梁佑翼，你晓不晓得，你是国家的特殊人才，是我把你放走的，上级领导要拿我是问，我咋个担当得起嘛？亡羊补牢还来得及，我要重新把你调进少年宫，为你组建一个无伴奏童声合唱团，不仅要参加明年的成都合唱节，还要参加明年全国的合唱比赛。"

小双矜持地说了一句："好马不吃回头草。"

"小梁，我晓得你是一匹好马，你就帮帮我，吃一次回头草嘛。"

不容小双还想考虑考虑，主任雷厉风行抢人才，神速地把小双重新调进了少年宫。

三

大双日渐消瘦，出版社的人都说她太拼了，各种级别的奖项拿到手软，在整个出版系统出尽了风头，她也不枉"蜘蛛精"的虚名，在社会上的人脉关系网也越织越大。出版社的朱社长还有一年就到退休年龄了，不出意外，大双就是锦江出版社社长的不二人选。其实,大双的状态不佳,与她的工作毫无关系,社里给她的任务就是为出版社挣荣誉,以她的能量,她的社会背景,再说她手上还有一本畅销书《我的国道318》不断地加印,不晓得给社里挣了多少钱。她出手大方,有钱好办事,根本不需要像旁人所说的"太拼",她做起这些事情来长袖善舞,游刃有余。让她闹心的是那一对帝王绿的翡翠玉镯。她以为她母亲梁姆姆去世后,这一对翡翠玉镯便尘埃落定,已经完全彻底地属于她,即便米家大姐二姐自以为抓住了她的啥子把柄,也是死无对证。再说米家姐妹俩和她勾结在一起,哄着米麒麟和她扯了结婚证,说出来也不是啥子光彩的事情。虽然米家姐妹没有再来找她的麻烦,可她那死去的妈妈梁姆姆却经常跑到她的梦里来找她,来了就向她要那对玉镯,说那对玉镯是斯小姐留给小弟和小双的。她在梦里对梁姆姆说,那对玉镯不在她这里,梁姆姆抓住她的两只手腕,她的一只手腕戴着一只玉镯。梁姆姆死死地揪住玉镯不放,母女俩搏斗了几个回合,两只玉镯掉在地上,摔得粉碎。大双被噩梦吓醒了,赶紧从柜子里找出那个长方形的锦盒,打开一看,两只帝王绿的翡翠玉镯好好地躺在锦盒里。大双抱着玉镯坐在床上不敢再睡,怕睡着了梁姆姆再来找她,眼睁睁地坐在床上盼天明。

　　梁姆姆隔三岔五地来找大双,把大双折磨得死去活来。要命的是斯小姐也来找她,来了就和她摆龙门阵,摆的都是天堂地狱之类的玄龙门阵,她说人死了以后,有的人会上天堂,有的人会下地狱。大双问斯小姐去了哪里,斯小姐说她上了天堂,在天堂遇见了梁姆姆。大双说她死后也想去天堂见她的妈妈。斯小姐说她去不了,她只能下地狱。大双问斯小姐:"你为啥子可以上天堂,我不可以?"斯小姐说她在天堂遇见了梁姆姆,她问梁姆姆,你活得好好的,咋这么早就上了天堂喃?梁姆姆说她是被你活活气死的。斯小姐还拉住大双说,我来找你,就是来给你摆摆关于地狱的龙门阵,地狱有十八层……斯小姐一层一层地讲给大双听,讲得阴森森,血淋淋,直到把大双从噩梦中吓醒。

大双噩梦缠身,梁姆姆和斯小姐就像轮班一样,每个晚上轮番去大双的梦中折磨她,她现在就怕睡觉,睡着了就怕做梦,她甚至诅咒:人为啥子要睡觉?睡着了为啥子又要做梦?如果只有白天没有黑夜,那该多好啊!

大双做梦都没想到,比她的噩梦更加可怕的事情还是发生了。她找来吓梁姆姆的假律师,是个混社会的混混,他姓贾,没有正经工作,练就了上知天文能捡瓦、下通地理能掏沟的嘴上功夫,他的特长是不懂装懂,人称"假老练",凭一张能把死人说成活人的嘴,到处帮人拉生意,包括帮律师拉生意。他常在盐市口的天桥上拉生意,这里人来人往机会多,大双就是在这里遇见假老练的,她当时正想找一个素不相识的人冒充律师吓吓梁姆姆,她看假老练鬼头鬼脑一脸精明相,穿一身西装,要说他是律师也没人不相信。大双朝假老练走去,直截了当地对他说:"我请你冒充一次律师,一口价八百元。"

假老练认为大双要求他做的事情对他来说就是小菜一碟。一口价就一口价,他在天桥上揽生意,还没见过出手这么大方的主。他给大双夸下海口:"你眼睛咋那么毒喃?天桥上这么多人,你咋个一眼就看出我就是干这个的嘛？你放心，你要我冒充律师，我包你满意，负责冒充得比真律师还像。"

那天，大双把假老练带到8号公馆，贾老练的表现比她预期的还好，他真的没有吹牛，他冒充的律师比真律师还像，当场就把梁姆姆吓得半死，成功地帮大双从梁姆姆手中夺回了那对帝王绿的翡翠玉镯。

从8号公馆出来，大双和假老练走到没人的地方，大双掏出一个牛皮纸信封给假老练："这八百元是给你的。从此以后，我不想再见到你，你懂我的意思嘛？"

假老练接过信封在手上拍了拍："八百元就想把我打发了？"

大双急了："你啥子意思？八百元是我们两个讲好的一口价。"

假老练一点都不急，他慢条斯理地说道："我们两个是讲好了一口价，但是，你事前给我说帮你拿回一对玉镯，并没有说清楚是一对这么值钱的翡翠玉镯，和这对玉镯一比，我就值八百元，你也太瞧不起人了。"

小人难缠，大双只想尽快脱身，她问假老练："你想要好多？"

贾老练伸出三个手指："三千。"

"三千？你疯了！简直是狮子大开口。"

"三千算啥子嘛？我帮你拿到了那么值钱的宝贝，不晓得要值好多个三千？我向你要三千，简直就是个良心价，你不要和我讲价还价。"假老练嬉皮笑脸地对大双说，"我晓得你现在身上没带那么多现金，明天上午十点，我在老地方等你。你如果不来，后果自负。"

假老练说的老地方，就是盐市口的天桥上。这假老练不仅是个小人，还是个狠人，大双被他拿捏得死死的，他吃准了他帮大双拿回的这对价值不菲的翡翠玉镯的背后一定有不可告人的勾当，这三千元他吃定了。

按假老练约好的时间地点，大双带了三千元现金去见假老练，在把三千元交到假老练手中之前，大双要他保证，拿到这三千元以后，从此他们两个老死不相往来。

假老练一而再再而三地保证：他拿到这三千元后立马从她的世界中消失，万一不小心撞见他，就当撞见了鬼。

四

大双晚上不敢睡觉，白天就抽空在办公室里眯一会儿，眯一会儿不会做梦，不做梦就不会被梁姆姆和斯小姐纠缠。

这天上午，大双去朱社长办公室汇报工作，朱社长看她两眼无神还有明显的黑眼圈，贴心地关怀道："小梁啊，你看你都成大熊猫啦，要注意休息哦！"

大双当然不会对朱社长说实话，说她晚上不敢睡觉是怕做噩梦，她晓得朱社长喜欢听啥子她就说啥子："报奖的材料那么多，白天在办公室里人来人往，电话不断，这些工作只好带回家熬夜干。"

这番话果然说到了朱社长的心坎儿上，他再一次向大双许诺道："我一定向上级重点推荐你。"

这样的许诺，朱社长记不得已经许过好多回了，每许诺一回，就是对大双的一次褒奖。大双回到自己的办公室关上门，想在转转椅上眯一会儿，刚合上眼，就听见有敲门声，大双在转转椅上坐直了身体，强打精神地说声："请进！"

进来的是假老练。大双就像见到鬼一样，赶紧起身去关了门，咬牙切齿地低声问道："你咋个不讲信用嘛？"

"梁总，你一个出版社的大总编，和我们这些社会闲杂人员讲啥子信用嘛？"假老练还是原来那副嬉皮笑脸，"我记得我给你说过，万一你以后见到我，就当见到鬼一样。你现在就把我当鬼哈。"

假老练一屁股坐在大双对面的一把椅子上，中间隔着一张大班桌，他伸手将桌上的电话听筒搁到一边，一本正经地说："我们两个安安静静地摆一会儿龙门阵，我怕外面来电话干扰我们。"

大双压住满腔的怒火，问道："你是咋个找到我的？"

"你是不是有个双胞胎妹妹，和你长得好像哦！"假老练说，"我那天在天桥上看到她，我还以为是你，我正想找你，就走过去和她打招呼，她好像不认得我的样子。我提醒她说'我是假律师'，她说我认错人了。我说：'我咋可能认错人？你忘了我还当过你的律师。'她说：'你说的是我的姐姐，我们是双胞胎，你去锦江出版社找她嘛。'……"

大双心里恨死了小双，更怕假老练暴露他们之间不可告人的勾当。她装着若无其事的样子问假老练："你和她说了我和你的事？"

"我又不是瓜娃子。"假老练说，"你那个妹妹好清高好有气质，简直就是不食人间烟火的小仙女，我们两个之间那些见不得人的勾当，咋能讲给她听嘛。"

大双放心了。假老练环顾大双的办公室，皮笑肉不笑地说："梁总，不简单哦！年纪轻轻就当了出版社的总编，我原来真是小看你了，到了出版大楼一打听，十个人里头有十个人都认得你，你好有名气哦！"

大双听出来了，假老练的话中带着威胁的意味，他的来意，大双已心知肚明，她要先发制人："你今天不来找我，我也要去找你。"

"你找我？"假老练没想到大双会给他一个下马威，"你找我干啥子？"

"我妈死了。"大双不动声色，"当初我找你的时候说得好好的，只是让你冒充律师吓吓我妈，但是没让你把我妈吓死啊！现在我妈已经被你吓死了，人命关天，你说我们是走法律程序还是你赔钱私了？"

大双最擅长吓人，这些年她在出版社为所欲为，用的就是拉大旗做虎皮的伎俩，所以她总是要风得风，要雨得雨。然而，假老练不是文人也不是知识分子，他是混社会的，他不吃大双那一套。

假老练面不改色心不跳："梁总，我咋觉得你妈不是被我吓死的，是被你气死的喃？你看我们两个是走法律程序还是给钱私了？"

"你还想和我走法律程序，你凭啥子？"

"凭我手上有证据。"假老练慢条斯理地说，"梁总，我不懂一点法律也不敢帮你冒充律师，打官司就是打证据。你有啥子证据证明你妈是被我吓死的？"

大双拿不出任何证据，她那套"吓人"的把戏在假老练这里行不通。她以为假老练说他手上有她吓死她妈的证据，也和她一样是吓人的，她要假老练把证据拿出来给她看。假老练不慌不忙地从西装内袋里掏出一个牛皮纸信封,又从信封里掏出一张发黄的纸来,大双一看这是斯小姐用的宣纸便签,便知这是斯小姐的亲笔遗书,是她亲手交给假老练让他冒充律师,编造公安局鉴定的结果是"伪造的遗书"的谎言去吓她妈妈的。

"梁总,你看清楚哈,这是你亲手交给我的那张遗书哦!"假老练展开遗书让大双看了一眼,马上装进信封放回他的西装内袋里,语重心长地对大双说,"梁总啊梁总,你还是太年轻,这么重要的东西你咋就忘了要回去喃?"

这时,大双连死的心都有了。当时,她一心都在那对玉镯上,以为拿回玉镯便万事大吉了,她本应该在付钱给假老练之前就把遗书要回来的,她算栽在这个烂人手上了。假老练就喜欢看这个自作聪明的女人自认倒霉的样子,他玩起了猫逗老鼠的把戏:"梁总,你看我们是走法律程序,还是赔钱私了?"

大双有气无力地说:"给多少钱,你才肯把这张遗书还给我?"

假老练在来出版社之前,他只想向大双要三千。来了出版社后才晓得大双不是一般人,她是出版社的领导,这无疑是个意外的收获。领导最怕啥子,没有比假老练这个混社会的混混懂得更多的了,再说这个女领导也不是啥子好人,对她亲妈都那么狠,他得狠狠地宰她,替天行道,让她付出不孝的代价。

假老练继续玩着猫逗老鼠的把戏:"梁总,你看我们是不是先把这张遗书拿到公安局去做个鉴定,万一是假的喃?"

"不用了,你直接开个价。"

"好,领导就是领导,有魄力!"假老练的心里乐开了花,"梁总，你把那对玉镯给我，我就把遗书还给你。"

大双一巴掌拍在桌子上："你休想！"

"梁总，你不要动肝火嘛，生意是慢慢谈出来的。"假老练摆出谈生意的样子，"那对玉镯是无价之宝，我手中的这张遗书和你手中的那对玉镯应该是等价的，也是无价之宝。你既然不肯把玉镯给我，那就给钱嘛。"

大双让他说个一口价，想尽快摆脱他。

"既然我手中的这张遗书是无价之宝，就不存在'一口价'这一说。"假老练说他有一个周全的方案，"我缺钱的时候，就到你办公室来要，你先给我一万，行不行？"

大双两眼一黑，就在这时，有人敲门，大双忙打起精神，镇定地说声："请进！"

进来的是朱社长，大双忙站起身来："朱社长，你找我……"

朱社长看了一眼假老练，说："我给你打电话一直打不通，原来是有客人。"

大双赶紧把电话听筒放回座机上，挤出一个笑脸："哦，没有放好。"

朱社长又看了一眼假老练，说："你现在有客人，我过一会儿……"

"哦，你就是朱社长，久闻大名，如雷贯耳，幸会！幸会！我哪天来找你摆龙门阵哈！"假老练"自来熟"的功夫了得，他使劲儿握着朱社长的手，"我这就走，你和梁总忙你们的。梁总，我明天上午十点钟准时来，不要忘了我要的东西哈，我们不见不散。"

五

大双心里恨死了假老练，要命的是昨天他还见到了朱社长，故意当着朱社长的面说那些弦外有音的话，像他这种厚颜无耻的小人啥子事情都做得出来，如果他今天拿不到他要的一万元，他很有可能真的要去找朱社长摆龙门阵。大双忍气吞声，上班之前去银行取了一万块钱，在办公室等假老练来拿。

上午十点，准时响起了敲门声，大双晓得是假老练，没好气地吼了一声："进来！"

假老练像只老鼠一样钻了进来，满面春风地打着哈哈："你们出版社的办公室咋个都是一个样，我差点走进了朱社长的办公室。"

大双听懂了假老练的弦外之音，她起身关上办公室的门，把打着捆的一万元摔在假老练的面前，压低嗓门儿挤出一个字："滚！"

假老练拿起那一万元在手中掂了掂，说："银行打的封条还没拆开，我就不数了哈。哎呀，我终于成了万元户！梁总，我这一辈子都忘不了你！"

大双厌恶至极："快滚，我这一辈子不想再见到你！"

"那是不可能的。"假老练皮笑肉不笑，"一万元只是我的一个小目标，我美好的愿望是做百万富翁，还要靠梁总来帮我实现。"

假老练怀揣他的"小目标"扬长而去。

大双如生活在水深火热中，每天都在受折磨受煎熬。白天，她怕假老练到她办公室来要钱；晚上，她怕做噩梦，怕梁姆姆和斯小姐到梦里来纠缠她。

后来，假老练向她要钱，都是提前一天给她打电话让她把钱准备好，他第二天去她办公室取。大双几次求他不要到她的办公室，另约个地方把钱给他，假老练坚决不同意，他说他喜欢梁总的办公室，在她办公室摆摆关于人生的龙门阵，特别有感觉。在假老练的心目中，大双是个精明过头的心机女，能激发他斗智斗勇的斗志，每次他拿到钱后都不会马上离开，他坐在大双对面的椅子上，心平气和地要和大双摆一会儿关于人生的龙门阵，在她受伤的伤口上再撒一把盐。

"梁总，你现在是不是特别后悔？"假老练见大双不理他，他已习惯了自问自答，"你后悔你不该见财起意，你今天所有的不幸都是那对玉镯给你带来的。因为那对玉镯，你亲妈被你气死了，说不定以后还会给你带来你想不到的灾祸。我劝你趁早把这对玉镯给我算了，从此，你就摆脱了我这个活阎王，清清白白地做人，清清静静地过日子。"

大双还是那三个字："你休想！"

假老练就像一个无底洞，大双已无力满足他的贪得无厌，她开始借钱，她不敢向梁家人借，也不敢向米家人借，她怕他们追问她借钱来干啥子，编一个谎要用无数个谎来圆，她怕万一编不圆事情败露，得不偿失。她没有朋友，只有出版社的同事，但绝不能向同事借，每年她都是拿奖金最高的冠军，咋个可能缺钱喃？要说有钱，《我的国道318》的作者木木最有钱，她是挣版税的作家，《我的国道318》既是畅销书又是长销书，出版社每印一次都要付她版税，木木性格豪爽简单没心眼儿，感觉是个容易借到钱的人。大双找到木木开口借钱，没料到木木一口拒绝，没有商量的余地。

大双遭到木木的拒绝后顿悟，她应该找那些和她有利益关系的人借钱。这时，那本记录人脉关系网的小本子又派上了用场，她把那些有经济实力的名字用红笔圈起来，一个一个地向他们借。她是米家的儿媳妇，又是出版社的总编，当社长也是早晚的事情，这钱果然借得容易。借钱容易还钱难，再牢固的关系，只要借钱不还，无论是亲情友情还是关系情，顿时灰飞烟灭，荡然无存，何况还是利益交换的关系。很快，大双苦心经营的人脉关系网上的人都像躲毒蜘蛛般地躲着她，怕她开口借钱。

大双到处借钱的传闻，终于传到了朱社长的耳朵里，朱社长痛心不已。梁佐翼是他破格提拔起来的社级领导，是整个出版系统的红人，事关重大，首先要搞清楚一个不缺钱的人为啥子要到处借钱。朱社长年轻的时候也搞过文学创作，善于从细节入手挖掘人物性格命运的走向，联想到梁佐翼近日来身形消瘦、萎靡不振、两眼无光，在人面前也忍不住打哈欠，和吸毒的瘾君子有啥子两样？"吸毒"两个字在朱社长的脑海里冒出来再也挥之不去，朱社长吓得出了一身冷汗。他又联想到最近有一个男人经常到梁佐翼的办公室去找她，来了就关起门来不晓得在干啥子，这个人一看就不是好人，他也许就是在梁佐翼的办公室进行毒品交易的人。朱社长沿着文学创作的思路一路畅想下去：毒资是一个无底洞，借钱是瘾君子的初级阶段，后来是犯罪，再后来是家破人亡。

朱社长认定了大双到处借钱是因为吸毒，他把大双叫到他的办公室，一改往日对她的和颜悦色，也不想听她花拳绣腿地说些废话，直截了当地问道："你吸毒有多长时间了？"

"社长，你这个玩笑开得太大了，就是全世界的人都吸毒，我也不会吸毒。"

大双能言善辩，朱社长早就领教过，现在他一个字都听不进去："你不吸毒，为啥子到处借钱？"

大双家境优渥，无论是她的娘家还是她的婆家，都是大户人家，丈夫是大学老师，她自己的收入也不低，没有任何负担，她实在编不出啥子理由要到处借钱。

"你还说你没有吸毒，你看你现在这个样子，和那些吸毒的瘾君子有啥子两样？"朱社长按照他自己的创作思路畅所欲言，"当务之急是避免事态扩大化，我现在最怕借钱给你的那些债主跑到出版社来找你要钱，于你于我于出版社，都是灭顶之灾。不如这个样子，你先去找个地方戒毒，我对外就说我派你去外地坐等一位重量级的作家完成一部可望获大奖的作品，这样神不知鬼不觉，你戒完毒回来，想办法把借人家的钱都还了，这场风波就算过去了。"

朱社长一意孤行硬要说大双吸毒，大双又编不出能让他信服的理由来辩解，她只好认了，何况朱社长还给她出了一个人间蒸发的好主意，等于救她于水深火热之中，正好帮她摆脱假老练。

中秋节是个合家团圆的日子，家家户户都会在中秋之夜一边赏月一边吃月饼。大双不敢回梁家，她怕面对她妈妈的遗像，晚上做噩梦；她也不敢回米家，米麒麟的大姐二姐因为那对翡翠玉镯已经和她决裂，米麒麟的父母对她更是恨之入骨，她借钱的人大多是他们学术圈儿的，看在两位教授的面子上才肯借给她的。在这个合家团圆的中秋节，没有人挂念大双在哪里过中秋节，梁家人以为她在米家，米家人以为她在梁家。其实在中秋节这天，大双孤身一人拖着行李箱，黯然离开了成都。

机关算尽给自己规划好精彩人生的大双，最终活成了自己讨厌的样子。

第二十四章　喜　丧

一

这一年，我考上了大学，我以为我会在成都读大学，因为小哥在成都。我考完的那个下午，蒋义到考场来接我，说要请我好好吃一顿，犒劳犒劳我。我说打电话给小哥，把小哥叫来，我们三个好久都没有在一起了。蒋义说小哥要来肯定不是一个人来，他还会带他的女朋友来。如平地一声惊雷，我差点跳起来："蒋义，你说些啥子哦？"

蒋义对我好，我心里明白；我对小哥好，蒋义心里也明白。我希望蒋义说的是一句玩笑话。蒋义好像是他自己犯了错误，向我坦白道："你小哥恋爱了。"

"我不相信！这么大的事情，我咋个不晓得喃？"

"你每天那么用功，你小哥怕影响你考大学，所以只给我说了。"蒋义说，"你小哥的女朋友你见过的，上次我们三个去体育场看足球，就是那场'成都保卫战'，遇到几个我高中的女同学，其中有一个叫米娜的……"

我想起来了："你说的是那个长头发大眼睛、在重庆读大学的女生？"

"哦，就是她。"蒋义说，"我们一起看了那场足球后，他们两个就好了。"

我恍然大悟，小哥为啥子在灶房洗碗的时候，老唱阿尔巴尼亚电影《宁死不屈》的插曲，"赶快上山吧勇士们，我们在春天加入游击队，敌人的末日已经来临……"，《宁死不屈》女主角的名字就叫"米娜"。

我的眼泪流个不停，顺着下巴滴落在白色的连衣裙上。蒋义递给我纸巾，我用手挡了回去。蒋义说："梁小猫，你难过就哭几声嘛，哭出来就好了。"

"我不哭。"我嘴上说不哭，眼泪还在哗哗地流，"你把你晓得的事情都讲给我听。"

"他们两个就是有共同的爱好，都喜欢足球，米娜比好多男球迷还懂足球，这是她和一般女孩子不一样的地方，也是最吸引你小哥的地方。总而言之，因为足球，他们在一起了。米娜大学毕业后，去了你小哥的公司，现在他们在一起创业，公司越做越大。"

我是小哥用羊奶把我养大的，我还是婴儿时的第一次笑也是献给小哥的，我们在8号公馆朝夕相处，难道如此深厚的感情还抵不过一个足球？我已经哭不出来，只觉得心痛："如果我喜欢足球，如果我懂足球，我和小哥……"

"也不可能。"蒋义不忍看我难过的样子，艰难地说出了下面的话，"你小哥对我说过，你在他的心中，就是他的亲妹妹，他对你的感情很深，是一辈子的兄妹之情。还有……"

"有话就说完，快说！"

"我说了你不要生气哈!"蒋义鼓起勇气把没有说完的话说完,"他晓得我喜欢你,他说只有我们两个在一起,他才放心。"

我放弃了我的第一志愿四川大学,执意要去我的第二志愿的大学,这所大学在外地。成都的九月已经有了秋意,秋雨绵绵,一场秋雨一场寒,这个秋天对我来说特别悲凉,我要走了,离开成都,离开8号公馆,离开这个令我伤心的地方。

离开成都的第二天,我便开始想念成都,想念我的母亲。我给我父亲写信,请求他争取调回成都陪伴我的母亲。我父亲在川藏线上的兵站已经工作了二十几年,也应该回成都了。

中秋节前,我收到了我母亲的来信,信上说我父亲要回成都过中秋节,以后就不走了,他已调回成都军区。这天大的喜事不能说治愈了我的情伤,至少给了我许多安慰。我用我所有的生活费买了一张回成都的机票,我要回成都等我父亲回来。

在中秋节的前一天,我父亲回来了,军区的车把他送到8号公馆的门前,我让蒋义来帮忙,毕竟在兵站生活了二十几年,总有一些东西要带回来。没想到父亲只带回了一个巨大的军用皮箱,蒋义一个人提不动,是父亲和他一起从车上抬下来的。蒋义使出吃奶的劲儿才把这个又大又沉的皮箱提上二楼。他揩着满头大汗,问我父亲:"里头装的啥子哟,咋个这么重喃?"

"我的宝贝。"父亲说,"我积攒了二十几年的宝贝都装在里头了,咋个不重嘛。"

"啥子宝贝哟?打开给我们看看!"

我说着就要去开箱子,可箱子上有暗锁,父亲用钥匙开了暗锁,打开一看，满满一箱子都是信。父亲说："这都是你妈妈写给我的信。二十几年了，你妈妈写给我的每一封信，都在这箱子里。"

我泪如泉涌。小时候，母亲给父亲写信的时候，我都睡在她身边，她以为我睡着了，其实我是装睡，我喜欢看母亲写信的样子，在温柔的灯光下，母亲的眼睛里全是柔情蜜意，真美啊！那应该就是爱情的样子。

母亲说，她也有宝贝给我们看。母亲弯腰从床底下拖出一个巨大的军用皮箱，和父亲带回来的皮箱一模一样，她从写字台的抽屉里拿出一把小钥匙，开了皮箱上的暗锁，也是满满一箱子的信。母亲说："这都是你爸爸写给我的信。你爸爸再不调回来，我得再准备一个大箱子了。"

在我很小的时候，我就晓得我家的大床底下有一个大箱子，因为好奇，我也想打开看，但箱子上有暗锁打不开。我也问过我母亲，箱子里装的是啥子？母亲也跟父亲说的一样，是她的宝贝。那时，我已经懂事了，隐隐约约地晓得我母亲的家里在解放前很有钱，我以为床底下的大箱子装着我外公外婆给我母亲留下来的值钱的宝贝。

蒋义默默地将两个大皮箱摞在一起，然后告辞回家。我把蒋义送下楼，看他的眼圈红红的，我们默默无语。蒋义先开了口："梁小猫，我也给你写信。"

我还沉浸在我父母的爱情里："我妈妈写给我爸爸的信，要等七八天才能收到；我爸爸写给我妈妈的信，也要等七八天才能收到，他们就这样写了二十几年，在彼此的思念中过了二十几年。现在，还能找到我爸爸妈妈那么浪漫那么忠贞的爱情吗？"

我想要的是我父母那样的爱情。

二

我长到十八岁，父亲第一次在成都和我们一起过中秋节，多少个中秋节，父亲都是在兵站和年轻的子弟兵们一起过，我们一家三口只能望着天上又大又圆的月亮，我和母亲在九思巷思念雪山上的父亲，父亲在雪山上思念他在成都的妻子和女儿。现在，父亲终于回到了成都要和母亲厮守一辈子，他们就像初恋的情人，父亲的眼里只有母亲，母亲的眼里只有父亲，无论走到哪里都手牵手，一个是军官，一个是校长；一个脸上有两坨高原红，一个细皮嫩肉气质高贵。街上到处都是手牵手的年轻人，像我父母这种年纪的人还手牵手，引来许多羡慕的目光，特别是像我一样还在憧憬爱情的女孩子，她们都驻足望着我父母的背影，眼里有泪光，在心里默默祈祷老了的时候，也有心上人和自己手牵手，走在岁月的黄昏里。

在成都过中秋节的这几天，我都躲着小哥不和他见面，我很少待在8号公馆，不是跟我父母外出，就是和高中同学聚会。明天就要回学校了，蒋义要给我饯行，他小心翼翼地问我："是不是把你小哥也叫来？"

"就我们两个。"我对蒋义说，"等我能够坦然面对小哥面对他的米娜，那时候大家都不尴尬。"

一晃三年过去了，就在我即将大学毕业的最后一年，我忙着写毕业论文，没有回成都过中秋节。刚过完中秋节，蒋义突然从成都飞到我的身边,他说他爷爷想在临终前见我一面。我十分诧异,我在成都过暑假的时候,蒋二爷过八十八岁的生日,在蒋公馆宴请宾客,拜寿的人络绎不绝,摆了八桌麻将,从早上打到晚上。我那天也去了,蒋二爷还说我"女大十八变,越变越好看",我看他红光满面,说话中气十足,这还不到三个月,咋个就"临终"了喃?

蒋义说:"小凤仙死了,我爷爷的身体就一天不如一天。"

小凤仙是蒋二爷养的一只白色鹦鹉,据说比蒋义的大哥蒋忠的年龄还大,它会模仿人说话,还会唱川剧折子戏,蒋二爷不把它当玩物,把它当作蒋公馆的成员。我小时候最喜欢去蒋公馆,多半是因为小凤仙,它有时模仿蒋二爷声音喊道"梁小猫来啦",有时模仿蒋义的声音喊道"梁小猫来了"。蒋二爷生日那天,我去蒋公馆帮蒋义摆寿桃,刚到门口,就听见小凤仙模仿蒋义的声音高声叫道:"梁小猫来啦!蒋爷爷生日快乐!寿比南山!"

来给蒋二爷祝寿的人络绎不绝,每来一位,小凤仙都要高声叫道:"蒋忠,蒋信,蒋义,来客啦!"

蒋二爷的三个孙儿蒋忠、蒋信、蒋义,如今都长成了顶天立地的男子汉,英俊潇洒,身高都在一米八以上,像保镖似的紧贴在蒋二爷的身边迎接来宾。来宾们拱手对蒋二爷说了祝寿的话,晓得蒋二爷最喜欢听啥子话,便对三个孙儿赞不绝口,女的望着三个孙儿两眼放光:"嚯哟,又高又帅,一个比一个长得巴适。"男的拍拍蒋忠的肩膀,捏捏蒋信的胳膊,向蒋二爷竖起大拇指:"好拽实哟!蒋二爷有福气哦!"

只要是夸三个孙儿的话,蒋二爷百听不厌;得意的话,他也是百说不厌："我为国家培养了三个大学生，蒋义还是研究生，我这辈子没有白活，三个孙儿给我长脸了！"

蒋二爷这辈子信奉的三字经是"忠、信、义"，"忠诚、诚信、义气"是他做人的座右铭，他给三个孙儿取名蒋忠、蒋信、蒋义，亲自调教，他把后半生的全部精力都投入三个孙儿的品格教育上，他言传身教，立志要把三个孙儿培养成有血性的真男人，三个孙儿都十分争气，长成了蒋二爷想要的样子。

在蒋二爷八十八岁生日的这一天，来敬酒的人投其所好，对他呕心沥血培养成人的三个孙儿一顿猛夸，蒋二爷越听越欢喜，一杯接一杯地喝，车轱辘话来来回回地说："我可以……闭上眼睛了……死而无憾……死而无憾啊……"

在生日寿宴上说"闭上眼睛""死而无憾"之类的话，毕竟不吉利，寿宴上的气氛不如开始的时候那么热烈，三个孙儿赶紧将蒋二爷扶进房里休息。

寿宴继续进行，请来的厨师都是川菜烹调学校的老师，厨艺了得，做出来的都是正宗的川菜，完全颠覆了人们对川菜只有麻辣味道的认知。每上一道菜，来宾们都七嘴八舌地点评。菜才上了一半，突然又听见蒋二爷的声音"闭上眼睛……死而无憾……"，原来是小凤仙在模仿刚才蒋二爷的醉话，小凤仙模仿了一遍又一遍，太不吉利了，来宾们脸色大变，纷纷离席而去。小凤仙看着空空的院子，不停地叫道"哦豁""哦豁"，那声音那语气也像极了蒋二爷。

小凤仙老了，它的羽毛已失去了往日的光泽，声音也不如从前洪亮。蒋二爷生日这一天，它已经尽力了，开席之前，来宾们不停地要听它唱川戏,小凤仙强打精神,把它会唱的几句翻来覆去地唱,看得出来它是用尽了全身的力气。

过完生日的第二天,没精打采的小凤仙已经发不出声来,蒋二爷心疼极了,他将小凤仙从挂在屋梁上的鸟架上抱下来,放进鸟笼里,套上黑色的罩布,让它安静地养养神。

小凤仙每况愈下,精神头一天不如一天,蒋二爷再也听不见它说话唱川戏。蒋二爷从不把小凤仙当玩物,而是把它当作有灵性的知心朋友,他把心里的话都讲给它听,它都能听懂,黑溜溜的圆眼睛一眨不眨地看着蒋二爷,满眼里都是对他的无限深情和对他的不舍。

在一个细雨纷飞的早晨,蒋二爷打开套在鸟笼上的黑罩布,小凤仙硬邦邦地躺在鸟笼里,它死了,翅膀伸展着,整个身体像一朵盛开的白花。

蒋二爷把小凤仙装在一个梨花木匣子里。这是用他早年得的一块上好的梨花木,专门请人给小凤仙做的棺材。蒋二爷亲手将小凤仙埋葬在蒋公馆的那棵铁树下。

三

小凤仙死了,蒋二爷卧床不起,蒋义把他送到川医做了全面检查,没有查出啥子病来,医生建议回家静养。蒋忠和蒋信大学毕业后都在外地工作了,只有蒋义还在成都,研究生毕业留校当了大学老师,给本科生上完课,他便回到蒋公馆陪蒋二爷摆龙门阵。蒋二爷对将义说:"我已经过了八十八岁的生日,我自己晓得我没得啥子病,就是活够了。我这一辈子,没有做过亏心事,老天有眼,你们三兄弟就是我的福报,老天爷就是现在要把我收走,我也马上跟他走。"

蒋义赶紧拉住蒋二爷的手,带着哭腔:"爷爷,你走哪儿去哦?你至少要活一百岁。"

"哪能说走就走,我的眼睛闭不上啊!"蒋二爷说,"我还有最后一个心愿没有实现。"

蒋义信誓旦旦:"爷爷,你还有啥子心愿,我来帮你实现。"

"别人想帮也帮不了,也只有你娃能够帮我实现,我最后一个心愿就是梁小猫。"蒋二爷重重地叹了一口气,"我三个孙儿啥子都好,就是情路坎坷,都走得不顺。你大哥喜欢小满那么多年,结果人家小满都不晓得有他这个人,空喜欢一场;你二哥喜欢小双,活生生地被大双搅了局,到现在都没有缓过劲儿来;我晓得你喜欢梁小猫,梁小猫又喜欢梁老幺,梁老幺又喜欢你那个女同学,我见过的,叫啥子名字嘞?"

小哥带米娜去过几次蒋公馆。

蒋义说:"叫米娜。"

蒋二爷问蒋义:"梁小猫晓不晓得梁老幺有了女朋友?"

蒋义说:"晓得。"

蒋二爷又问:"梁小猫晓不晓得你喜欢她嘞?"

蒋义说:"晓得。"

蒋二爷又问:"她对你有没得那个意思嘞?"

蒋义说:"不晓得,我可以等。"

"你等得起,我等不起。"蒋二爷对蒋义说,"你明天就去找梁小猫,就说我在临死之前要见她一面。"

蒋义为难道:"梁小猫在写毕业论文,有啥子话等她回来再说嘛。"

"是论文重要还是你的婚姻大事重要?蒋义,我就怕你走你大哥你二哥的老路,你要是真心孝敬我,就赶紧去把梁小猫喊回来。坐飞机去哈!"

我跟着蒋义坐飞机飞回成都,一路上我都在问蒋义:"你爷爷到底找我有啥子事嘛,这么急?"

"我也不晓得。"蒋义说,"他说他活够了,最后一个心愿还没有实现,他的眼睛闭不上。"

我安慰蒋义说:"人老了难免说糊涂话。你爷爷又没得啥子病,肯定能活到一百岁。"

到了蒋公馆,我直奔蒋二爷的病床前:"爷爷,我回来了。"

蒋二爷从床上坐起来,两眼放光:"回来就好!回来就好!蒋义,你过来!"

蒋义过来和我站在一起,蒋二爷将我的一只手和蒋义的一只手合在一起,问道:"你们两个懂我的意思嚒?"

我犹豫了一下,还是点了头。蒋义僵在那里,不知所措。蒋二爷问蒋义:"你喃?"

蒋义侧头看我,我使眼色叫他快点头,蒋义点头如鸡啄米。蒋二爷将我和蒋义的手松开,心满意足地往后一躺,说:"圆满了!圆满了!"

看蒋二爷睡着了,我离开蒋公馆回到8号公馆,父亲母亲都没下班,我去灶房给他们做晚饭。8号公馆空无一人,后花园的那口井还在,梁姆姆走了以后,井水也干涸了,将梁姆姆洗衣洗菜的身影,永远定格在井边。梁姆姆走了这么多年,我至今见到这口有灵性的井,还会泪流满面。

后花园里,梁姆姆亲手栽的桂花树开花了,满院子都是桂花香。想起小时候,小哥总是让我站在桂花树下,他一边摇树干一边叫"下桂花雨喽!下桂花雨喽",从树上飘落下来的桂花落在我的头发上,小哥又叫"梁小猫像新娘,坐花轿进新房"。桂花依旧,花香依旧,往日时光再也不会重来。

父亲母亲下班回来,我已经为他们做好了晚饭。父亲又惊又喜一把抱住我:"唐爱林,我的唐爱林回来咯!"

在我家里,我父亲我母亲从来不叫我"梁小猫",他们直呼我的大名"唐爱林"。我父亲姓唐,我母亲姓林,我的名字是我父亲取的。

母亲却是担惊受怕的样子:"你突然回来,是不是出事了?"

"没有。"我说,"是蒋二爷叫我回来的。"

母亲一听便明白了,她问我是咋想的,我点点头。母亲又担心我是因为碍着蒋二爷的面子,才……

"不是,我是真心的。"我对父亲母亲说,"我本来打算大学毕业后就和蒋义确定关系,蒋义爷爷的日子不多了,他叫我回来,我答应了他,遂了他最后的心愿。"

"这就好！这就好！"母亲很高兴，"我和你爸爸也觉得蒋义挺好的。你读大学的这几年，家里的重活儿都是他来干，周末还经常开着车带我和你爸爸去郊外玩儿。"

父亲母亲也喜欢小哥，特别是父亲，我出生时母亲没有奶水喂我，父亲从雪山带回一头奶羊交给五岁的小哥，小哥向父亲保证他一定每天去割青草给奶羊吃，用羊奶把我养活。虽然是童言童语，但小哥说到做到，父亲一直很喜欢这个有情有义有担当的小男娃。父亲和母亲都晓得我对小哥的感情有多深，无奈小哥只当我是他的亲妹妹，这是不对等的两种情感。我现在很感激我的父亲母亲，在我最痛苦的时候，在我执意要离开成都的时候，他们没有劝我，他们自信生在成都长在成都的女儿，也有成都人"拿得起，放得下，想得开"的洒脱。时间是治愈情伤最好的良药，这一天早晚会来。

父亲给我买了第二天回学校的机票，我还要抓紧时间完成论文。航班是中午的，蒋义和我约好的他送我去机场，可快到十点了，还不见蒋义来8号公馆。我刚要去门口等他，他已经冲了进来："梁小猫，我爷爷归天了。"

我跟着蒋义往蒋公馆跑，一边跑一边问："昨天精神还那么好，他把我们两个的手握在一起的时候，手上好有劲哦，咋个那么快就归天了喃？"

蒋义说："我们公馆里头有棵铁树，你还记得不？"

我当然记得，一进蒋公馆，迎面就是一棵大铁树。我心里纳闷：铁树和蒋二爷归天有啥子关系？

我问蒋义："爷爷是啥子时候归天的？"

"不晓得。"蒋义说,"我妈妈一早去给他老人家送早饭,才发现爷爷已经归天了……样子像睡着了一样……也就在今天早晨,我们公馆的铁树开花了。"

到了蒋公馆,蒋义让我看那棵铁树,只见墨绿色的叶子中间,长出了一堆黄褐色的东西来,如一团熊熊燃烧的火焰。

铁树是植物界的活化石,寿命长达两百多岁,四季常青,民间有"千年铁树难开花""铁树开花,马长角"的谚语。

蒋义说,这棵铁树是蒋公馆刚建成时,青城山的一个道士送给蒋二爷的。铁树是旺宅的吉利树,道士说蒋二爷刚正不阿的人品,长寿富贵的好命,就像这棵铁树。

"小时候我写作文,形容铁树的叶子像凤凰的尾巴,我爷爷说铁树的前身就是金凤凰,传说一个恶人抓住了一只美丽无比的金凤凰,他把金凤凰关进笼子里,金凤凰向往自由,它不吃不喝,宁死不屈,恶人一气之下,将金凤凰活活烧死。在火焰燃尽的地方,竟长出一棵树来,树干坚硬似铁,象征金凤凰刚正不阿的品格,人们给它取了一个响亮的名字叫'铁树'。我爷爷经常说,不晓得在他的有生之年能不能看见铁树开花,也许花开之时正是他寿终正寝之时,你看神不神,还真被我爷爷说中了。"

蒋公馆的这棵铁树是青城山的道士送来的,道法的内涵是自然,道生万物,万物生于天地之间,最终又归于天地之间,死亡被视为一种超越,是生命回归自然的过程。顺应自然,天人合一,道与自然之间存在一种辩证关系,道与人的生死更存在一种神秘的关系。

四

我退了机票,留下来帮蒋义料理蒋二爷的丧事。蒋公馆里没有一点失去亲人的悲哀的气氛,不像当年梁姆姆猝死,天都要垮下来的样子,8号公馆哭成一片,就是街坊邻居也是泪洒九思巷。蒋二爷的女儿女婿拖家带口地都回来了,没有一个人哭,我问蒋义:"你们一家人为啥子都不哭?"

"我爷爷不许我们哭。"蒋义说,"我爷爷八十八岁生日过后,他就对我们说,如果他归天了,是喜丧,要当喜事来办,不许哭不许放哀乐,要放鞭炮打麻将。"

成都的丧葬一条龙服务非常发达,打个电话就来了七八个身强力壮的小伙子,领头的问蒋义:"咋个办?"蒋义说:"我爷爷说当喜事办。"

"我懂了,是喜丧。"领头的是个严谨的人,他说喜丧有喜丧的规格,不等于过了八十岁以上的都叫喜丧,还要看是不是儿孙满堂?是不是寿终正寝?

"肯定是噻。"蒋义说,"我爷爷八十八岁,他有五个女儿,一个儿子,十二个外孙儿外孙女,三个孙儿,个个事业有成。我爷爷这一辈子积德行善,归天的时候一点痛苦都没有,像睡着了一样。"

领头的抱拳向蒋义道喜:"恭喜恭喜,老人家福寿双全,善始善终,资格的喜丧,我们就按喜丧的规矩来哈!"

蒋二爷的灵堂很快搭起来了,所有的装饰只用白色和红色,张灯结彩,放的音乐也是很喜庆的《步步高》和《太阳出来喜洋洋》

之类的。蒋公馆的鞭炮一响,九思巷的人都跑到蒋公馆看热闹,在门口看见里头的灵堂和蒋二爷的遗像,才晓得德高望重的蒋二爷已经归天了。有岁数的人见蒋家人办的是喜丧,懂得起喜丧不能悲只能喜,他们便是一副欢天喜地的样子,排着队来到蒋二爷的遗像前,给他老人家鞠躬告别。

蒋忠和蒋信还在归途中,蒋义的父母从来都是按蒋二爷的旨意办事,唯唯诺诺,没有主见,现在蒋二爷殁了,幸好有蒋义撑着,事无巨细都听他指挥,我在旁边给他打下手。蒋义待人接物沉着冷静,一个情绪稳定的男人会让他心爱的女人有安全感。

到了中午,九思巷来了许多悼念蒋二爷的人。现在正是菊花盛开的时候,蒋义说他爷爷最喜欢菊花,喜欢菊花傲寒怒放的风骨。送来的花圈都是用新鲜的菊花扎成的,有白色的,有黄色的,还有扎成一圈白一圈黄的,蒋公馆里已经摆不下都摆到外面来了,九思巷成了一条菊花巷,菊花香满九思巷。

蒋二爷生前为人正直,侠肝义胆人缘好,从四面八方来悼念的人笑嘻嘻地来,笑嘻嘻地走,有的来了就不走了,留下来打麻将,麻将桌在蒋公馆里摆不下,又都摆到外面的巷子里,灵棚也扩伸到巷子里,从九思巷的这头搭到九思巷的那头,麻将桌也是从九思巷的这头摆到九思巷的那头,即便人在巷头的后子门,在巷尾的平安桥,都能听见九思巷一片哗啦哗啦搓麻将的声音。蒋二爷的五个女儿负责蒋公馆的大灶房,往日来蒋公馆给蒋二爷做菜的几个厨师都来了,搓麻将的人搓饿了就到灶房里,他们就想三五分钟吃饱肚子再去接着搓,一碗煎蛋面或者一碗椒麻抄手是他们的首选,还有等不得的直接从砂锅里舀一碗温暾暾的红糖百合稀饭，喝一口稀饭咬一口椒盐葱香花卷儿，站着就吃饱了。

守灵三天三夜，麻将也搓了三天三夜。夜晚的九思巷灯火通明，每盏灯下都有一桌麻将，有熬不住的去眯一会儿，马上就有人坐下来接着搓，相互都是不认识的人。

蒋义和他爷爷一样，为人仗义朋友多，和他要好的朋友同学都来了，有的还带着女朋友来，一群朝气蓬勃的青年男女，都来给蒋二爷守灵，坐在蒋二爷的遗像前摆龙门阵，一摆就是一个通宵。蒋二爷是留在他们童年记忆里的传奇人物，小时候，他们都晓得蒋二爷在解放前是袍哥，他们对袍哥的概念是模糊的，不晓得袍哥到底是好人还是坏人，特别想去蒋公馆看看蒋二爷像好人还是像坏人。见过蒋二爷的都说蒋二爷不像坏人，也不像他们想象中袍哥的样子。他们都想听袍哥的故事，蒋二爷却只给他们讲川军的故事，那提劲的样子至今记忆犹新。蒋二爷让他们站成一排，用手指点着他们："你们这些男娃子，晓不晓得啥子叫'无川不成军'？晓不晓得'川军不倒，中国不灭'？三百五十万川军为国捐躯了六十四万还多，中国的抗战勇士中，有五分之一都是从四川来的，就是说五个人里头就有一个是四川人。"

当年听蒋二爷讲川军故事的男娃子也学着蒋二爷提劲的样子，逢人便说："你晓不晓得，中国的抗战勇士中，五个人中就有一个是四川人。"那时候，男娃子们一心想去打仗，都想做五个人当中的那一个。蒋二爷满心欢喜，总是把家里的怪味胡豆、米花糖都拿出来给他们吃，一边看他们吃一边说："现在已经把江山打下来了，你们也不用去打仗去流血牺牲了,但是守江山还靠你们,守江山也需要像川军那样有血性的男儿,永不言败!"

现在是不打仗的和平时代,更是一个激情燃烧的时代,成都已经雄起,每天都在发生变化,蒋二爷遗像前的成都儿女,都是建设新成都的生力军,摆的都是热血沸腾的龙门阵,有几个大学毕业去外地工作的同学摩拳擦掌,都动了回成都的念头。

"回来嘛,成都马上就要起飞了,需要大量的人才,你们回来大有作为。"蒋义告诉大家,"我二哥马上就要调回成都,做金沙遗址的项目。"

蒋义在大学里的研究方向是城市规划,研究的课题是巷子文化,他的一个同学家住宽巷子,马上要搬家了,他问蒋义:"政府说的是搬迁,不是拆迁,搬了不拆,是啥子意思哦?"

我暑假回成都和高中的同学聚会,其中一个女同学家住窄巷子,也说她家要搬了。这个女同学是满族,早年的少城住着不少满族的家庭,早年的宽巷子叫"兴仁胡同",窄巷子叫"太平胡同"。民国初年,将"胡同"改为"巷子","兴仁胡同"比"太平胡同"宽,就叫"宽巷子";"太平胡同"比"兴仁胡同"窄,就叫"窄巷子"。我就读的中学在长顺街的附近,长顺街是少城内主要的交通要道,如果把长顺街比作百足之虫蜈蚣的身子,那么,长顺街两边的巷子多得就像蜈蚣的足。我的同学大多住在长顺街两边的巷子里,每个庭院都有老成都的味道。

成都的巷子文化,正是蒋义的研究课题,他说起来滔滔不绝,就像在大学里给本科生上课:"宽窄巷子不仅是成都遗留下来的成规模的清朝古街道，是北方的胡同文化和建筑风格在南方的'孤本'，更是成都历史文化的见证。政府要把宽窄巷子打造成成都的一张名片，与大慈寺、文殊院并称为成都三大历史文化名城保护街区，再现杜甫笔下的'花重锦官城'。"

守灵三天过后，蒋公馆的灵堂拆了，搭在外面的灵棚也拆了，哗啦哗啦的麻将声戛然而止，九思巷又恢复了往日的平静。把蒋二爷送到殡仪馆，蒋二爷化成了一坛骨灰。安葬骨灰的那一天，护送骨灰的车辆前不见头，后不见尾，缓缓地行驶在盘山公路上。蒋二爷的墓地是他自己早就选好的，在青城山上看得见成都的地方。

五

蒋义和小哥亲如兄弟。还在他们很小的时候，蒋义要和小哥做朋友，蒋二爷必须亲自过目，仅凭我的小名"梁小猫"的来历，蒋二爷便对小哥刮目相看，说小哥有情有义有担当，是蒋义可以交一辈子的朋友。小男孩心里都有个英雄梦，在小哥的心目中，蒋二爷就是英雄般的存在，他崇拜蒋二爷，敬重蒋二爷，蒋二爷的丧事，他忙前忙后，不晓得的人还以为他是蒋二爷的亲孙子。

我以蒋义女朋友的身份在蒋公馆帮忙，小哥在蒋公馆进进出出，我不再躲避他，和他说话时也能够面不改色心不跳地看着他的眼睛，我晓得我是放下了，我的少女时代那段刻骨铭心的初恋，确切地说，是一厢情愿的单相思，真的放下了，翻篇儿了，小哥永远是我的小哥，我永远是小哥的梁小猫。

那几天，小哥的女朋友米娜也天天来蒋公馆帮忙，我称呼她"小嫂"，她也把我当作小哥的亲妹妹，她说小哥经常对她说，我生下来只有小猫大，是他用羊奶把我养大的，比亲妹妹还亲。米娜和小哥真的很般配，他们不仅仅因为足球能说到一起，他们还有共同的事业，他们在三圣乡建设成都人的后花园，春有"世外桃源"，夏有"荷塘月色"，秋有"东篱菊乡"，冬有"幸福梅林"，还有一望无际的薰衣草和一望无际的葵花地。

我父亲调回成都，成都军区给他分了房，但我母亲不愿离开8号公馆，8号公馆离她当校长的学校近，二十几年了，她都习惯了这条步行不到十分钟的路。家里只有一间房，我在成都时，就去小双的房间和她挤一张床。小双和我亲如姐妹，我从小就喜欢这个一身仙气的神仙姐姐，让我一直想不明白的是这个一身仙气的神仙姐姐，咋个会爱上一身烟火气的王宝器？而且爱得死心塌地。母亲倒是能理解小双和王宝器的爱情，她说优质的爱情都是互相成就。像小双这种不世故不圆滑一意孤行的人，她需要一个内心格外强大的男人呵护她一路前行。有目共睹，王宝器越来越好，事业蒸蒸日上；小双也越来越好，她创建的无伴奏童声合唱团声名远扬，小双在全国都出名了。在这段不被人理解的爱情里，小双和王宝器各自都活成了自己想要的样子。

蒋二爷的骨灰已安葬，我明天就要回学校继续完成我的毕业论文。这天晚上，我和小双挤在一张床上，有说不完的悄悄话。我问她啥子时候和王宝器结婚。她说等8号公馆建成的时候。我没听明白："建一个8号公馆？啥子意思哦？"

"我要嫁到三圣乡去,王宝器要在那里建一个8号公馆送给我。"小双说,"和我们现在住的这个8号公馆一模一样,后花园里也有一座八角亭,八角亭里放一台白色的台式钢琴。王宝器说,他特别喜欢听从八角亭里传出来的琴声。"

我笑道:"这王宝器真不是一般人。"

"他做啥子,我都不觉得奇怪。"小双也笑,一副见怪不怪的样子,"否则,他就不是王宝器了。"

小双和我无话不谈,她说她和王宝器的爱情,跟小哥和米娜的爱情不一样,小哥和米娜情投意合,有共同的爱好,有共同的事业。而她和王宝器,她的爱好她的事业,王宝器也许都不懂,但他是真男人,他用他的爱、他包容的胸怀成全小双做了最好的自己。

第二天我回学校,蒋义去机场送我。我读大学的这几年,都是蒋义去机场去车站接送我,我第一次对他依依不舍,这个小时候和小哥争着背我的男人,这个在我准备高考时天天给我送饭的男人,这个从我读幼儿园就开始喜欢我的男人……我有千言万语想对他讲,说出来的话却把蒋义吓了一跳:"我想你背我。"

"在这儿?"

蒋义四下看看,还是蹲下身来,把我背起来。我搂住蒋义的脖子,越搂越紧,眼泪鼻涕糊了蒋义一脖子。

"梁小猫!梁小猫!"蒋义把我放下来,"登机的时间快到了。"

蒋义双手捧住我泪流满面的脸,在我的额上飞快地吻了一下。这是蒋义第一次吻我。这匆匆一吻,仿佛有一个世纪那么长。

"梁小猫,我等你!"蒋义将一个纸袋放在我手里,"都是你小时候喜欢吃的零食。"

飞机起飞了。我在飞机上俯瞰着下面这片生我养我的土地，这里的人风情万种，这里的故事荡气回肠。这片迷人的故土哟，这个正在发生巨变、已经起飞的成都！

真的离开了，才晓得我有多爱。

安逸巴适的成都，我会回来。

2024年7月北京初稿

2024年10月成都二稿

2024年11月成都定稿

《成都往事》地图

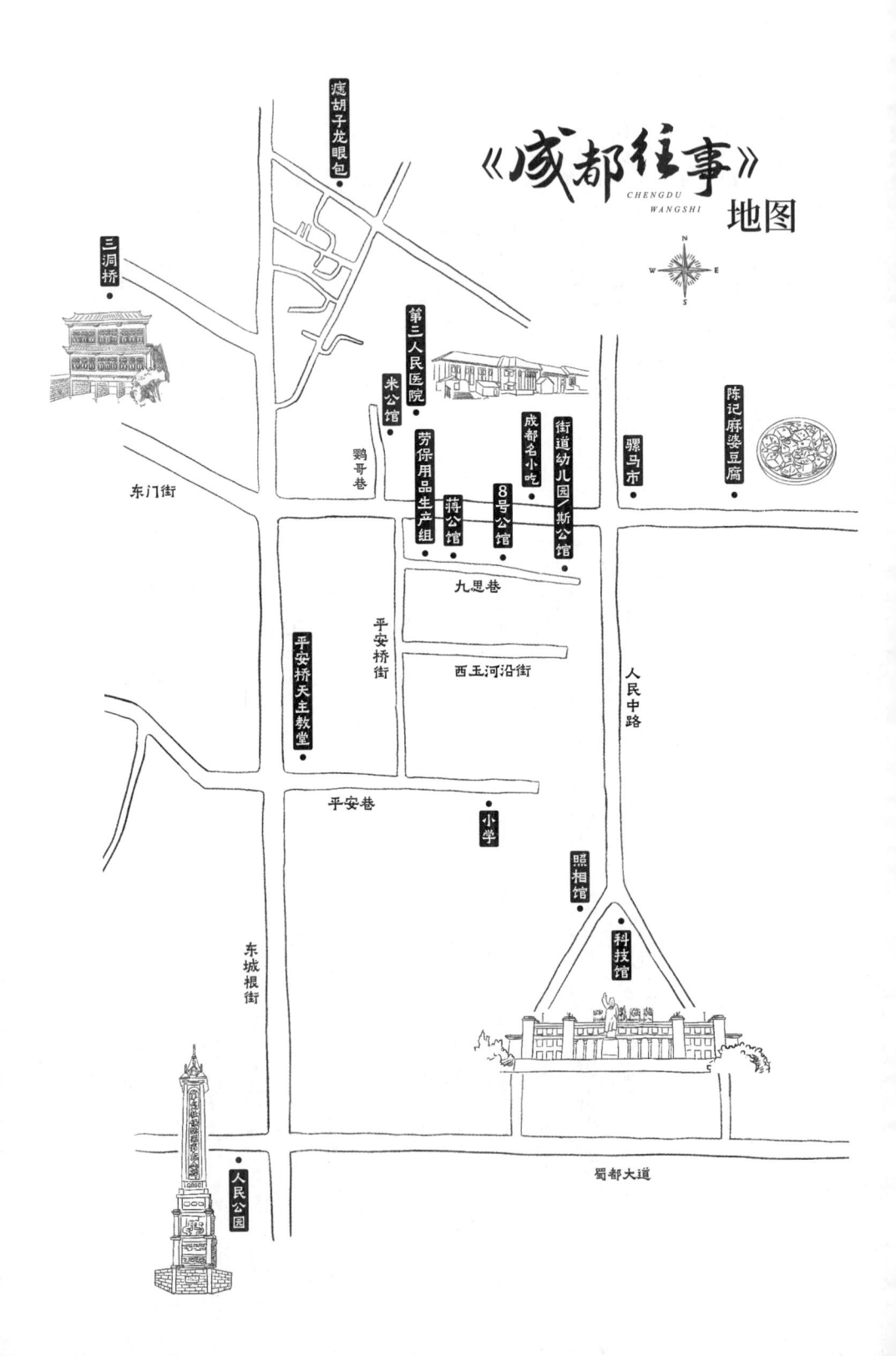

CHENGDU WANGSHI

- 痣胡子龙眼包
- 三洞桥
- 第三人民医院
- 米公馆
- 芳保用品生产组
- 蒋公馆
- 成都名小吃
- 8号公馆
- 街道幼儿园／斯公馆
- 骡马市
- 陈记麻婆豆腐
- 东门街
- 鸭哥巷
- 九思巷
- 平安桥街
- 西玉河沿街
- 人民中路
- 平安桥天主教堂
- 平安巷
- 小学
- 照相馆
- 科技馆
- 东城根街
- 人民公园
- 蜀都大道

人物小传

九思巷8号公馆

梁医生　　中医名家，医治哮喘病的权威，远近闻名的"梁齁巴儿"。

雨荷　　　梁医生的第一任妻子，梁家龙生母，遭遇意外成了植物人，一直躺在神秘的房间。

素洁　　　梁医生的第二任妻子，人称"梁姆姆"，梁佐翼、梁佑翼和梁家雄的生母，8号公馆的灵魂人物。

方红霞　　小县城来的女医生，梁医生助手，后成为梁医生女友。

家婆　　　雨荷的母亲，梁家龙的外婆。梁家儿女称呼她为"家婆"。

梁家龙　　梁家长子，学习成绩好，性情冷漠，十七岁爱上小满，高中毕业后到农村插队落户，恢复高考后考上了四川医学院，后成为口腔医院的名医。

梁佐翼　　梁家双胞胎女儿的大双，聪明灵动心眼儿多，占有欲和控制欲极强，机关算尽，害人害己。

梁佑翼　　梁家双胞胎女儿的小双，简单实诚没心眼儿，是成都文艺范儿女生的典型代表。

梁家雄	梁家最小的儿子,"我"的小哥,从小就有担当。是"我"和母亲的救命恩人,用羊奶把"我"养大;是有理想有抱负,建设新成都的成都青年的典型代表。
王宝七	成都郊区农民的儿子,在家排行老七,外号"王宝器",外表阳光帅气,内心温暖敞亮,是为成都发展献出青春和智慧的青年企业家的典型代表。
林卫红	"我"的母亲,出身资产阶级家庭,小学校长,每天早出晚归,任劳任怨。与"我"的父亲两地分居。
唐站长	"我"的父亲,在川藏线雪山上的兵站当站长,一年回成都一次,与"我"的母亲二十几年的来往信件见证了他们忠贞不渝的爱情。
唐爱林	书中的"我",早产儿,生下来只有小猫一般大,梁家人叫她"梁小猫"。一直爱着小哥,初恋充满了苦涩的味道,后终于明白蒋义才是最爱她的人。
林卫国	林卫红的哥哥,"我"的舅舅,解放前的地下党,抗美援朝的战斗英雄,后转业当了商业局的局长。未婚妻碧绣是地下党,在成都解放前夕失踪。后爱上小满。
斯安琪	出身高门大户,人称"斯小姐",父亲是国民党将领,父母在成都解放前夕神秘失踪,成了孤女。长大后在街道幼儿园当老师,孤傲清高,爱情至上。后在感情上遭受欺骗,羞愤交加,身患绝症,香魂一缕随风散。
小满	贯穿全书的灵魂人物,有闭月羞花之貌,是"一眼万年"的美人,有脾气有性格。十岁学唱清音,后嗓子倒了转行到街道医院中药房当配药师,惊艳了九思巷。追求者众多,最后

嫁给了"炮耳朵"白日梦。

甄亚飞	小满的初恋，著名画家。在成都郊区当知青的时候与小满相恋，后考上美术院校，与小满渐行渐远。
宋小江	小满的第二任男友，著名摄影家。专注于野生大熊猫的拍摄，虽然他家境优渥，但小满不图虚荣，她要的是全心全意爱她的男人，毅然决然地离开了他。
白浪	小满的丈夫。因一直都有写长篇小说的梦想却没有写作的天赋，被人称为"白日梦"。后得尿毒症去世。
白浪子	小满与白日梦的儿子，喜欢看《科幻世界》，作品获得全国少年科幻优秀作品一等奖。
谷雨	小满的聋哑妹妹、蜀绣大师。创立了"谷雨绣品"的品牌。后嫁给宋小江。

九思巷蒋公馆

蒋二爷	解放前成都的袍哥，帮助地下党工作，为成都的和平解放贡献了力量。
蒋姆姆	蒋二爷的儿媳，蒋忠、蒋信、蒋义的母亲。
蒋忠	蒋二爷的大孙子，小满的暗恋者，中学毕业后到云南建设兵团支边，恢复高考后考上了军医大。

蒋信　　　蒋二爷的二孙子，高大英俊，梁佐翼的初恋。

蒋义　　　蒋二爷的三孙子，小哥的毛根儿朋友，和小哥一起陪伴了"我"的整个成长，默默地守护在"我"的身边。后成为大学老师。

鹦哥巷米公馆

米教授　　大学教授。米家大姐、米家二姐、米麒麟的父亲。

秦教授　　大学教授。米家大姐、米家二姐、米麒麟的母亲。

米家大姐　米麒麟的大姐，原来是工人，恢复高考后考上了大学。

米家二姐　米麒麟的二姐，原来是工人，恢复高考后考上了大学。

米麒麟　　梁佑翼的初恋，"姐宝男"。恢复高考后考上重点大学，后因米家瞧不起只有中专学历的梁佑翼，考上大学的梁佐翼乘虚而入。